1980년대의 북극꽃들아,
뿔고둥을 불어라

정과리 비평집

1980년대의 북극꽃들아, 뿔고둥을 불어라
——내가 사랑한 시인들 · 두번째

펴 낸 날 2014년 10월 6일
지 은 이 정과리
펴 낸 이 주일우
펴 낸 곳 ㈜문학과지성사
등록번호 제1993-000098호
주   소 121-894 서울 마포구 잔다리로7길 18(서교동 377-20)
전   화 02) 338-7224
팩   스 02) 323-4180(편집) 02) 338-7221(영업)
전자우편 moonji@moonji.com
홈페이지 www.moonji.com

ISBN 978-89-320-2655-8

* 이 저서는 2009학년도 연세대학교 학술연구비의 지원에 의하여 이루어진 것입니다.

:: 정과리 비평집

1980년대의 북극꽃들아, 뿔고둥을 불어라

—내가 사랑한 시인들 · 두번째

문학과지성사
2014

문턱에 걸터앉아 수다를 떨다

─ 서문은 언제 쓸 건고?

애야, 문지방을 밟으면 복 나간단다.
─ 할머니 말씀

스탕달을 패러디해서 이렇게 외칠 수도 있었으리라.
"그래, 이 예쁜 이탈리아를 구경하자꾸나!
이 나이에도 나는 한결같이 들떠 있나니!"
왜냐하면 예쁜 이탈리아는 여전히 저 바깥에 참으로 멀리 있으니 말이다.
─ 롤랑 바르트[1]

도대체 어떤 정신 나간 운전사가 막 이 글을 쓴 바르트를 치었단 말인가? 그는 오래 살 체질이었는데 말이다. 어린 시절 폐렴을 앓았던 건 문제도 아니었다. 이탈리아가 눈앞 저쪽에 너울거리고 있었건만!

누군들 그렇지 않으랴? 내 마음속에도 소식 끊긴 수골(壽骨)들이 여럿, 자갈처럼 굴러다닌다. 자갈은 자칼이 아니다. 카를로스는 더욱 아니다. 목구멍을 뚫고 튀어나가기는커녕 어떤 내분비액으로

---

1) 롤랑 바르트, 「자기가 사랑하는 것에 내기를 걸고는 좌절하는 게 사람 일이다」, 『그게 그래Tel Quel』, 1980년 가을.

도 녹이기 어려운 결석들이다. 예고 없이 통증을 일으키곤 하는 그것들의 과거의 영상 중에는 소꿉친구도 있고, 일면식도 없지만 그행적이 귀중했던 사람들도 있다. 때론 여러 몸뚱어리와 행동들의 잔해가 엉켜 덩어리진 묵직한 암석도 있다. 1980년대 문학이 그런 경우이다. 내 문학의 뿌리이기도 한 그것.

'1980년대 문학'이란 1970년대 긴급조치를 남발하던 유신 체제에서 청년기를 보냈고, 체제에 항거 혹은 항의하다가 유폐된 경험을 가졌으며(서대문 형무소에서 파출소 보호실까지), 급작스런 정권의 몰락으로 민주화를 기대했으나 오히려 12·12 군사 쿠데타로 독재를 연장시킨 제5공화국에서 사회적 활동을 하게 된 세대가, 새 정권의 초입에 일어난 학살을 방관할 수밖에 없었다는 자책을 원죄처럼 안고 독재의 종식과 민주화를 절대적인 지상명제로 내세우며 전개한 문학적 실천들을 뭉뚱그려 지칭하는 용어이다. 또한 자신이 범한 죄악에 대한 자의식을 견디다 못한 제5공화국의 희한한 관용 정책과 제도 개혁 때문에 사회적으로는 특별히 많은 수가 제도권의 지적 공간(대학을 중심으로 하는) 안에 정착하는 한편, 문화적으로는 비공식의 경계 안에서 모든 이념과 언어가 허용되었던, 기이하게 금제된 해방구의 뚜껑 밑에서 들끓다가 그 문화 공간 내에서 혹은 그 문화 공간이 바깥으로 외재화되면서 발달한 행동 공간(대학의 학생 조직, 소위 '위장 취업'을 통해 발달한 노동 현장 및 그 조직과 같은)을 통해 점점 더 급진화되어 마침내 1987년 6월 항쟁의 승리를 이끌어냈던 정치적 파도와 다양한 방식으로 길항한(정확히 생물학적인 의미에서) 세대가 산출한 문학이기도 하다.

앞 문단은 단 두 문장으로 이루어졌다. 앞 문장보다 뒤 문장이 훨씬 길며 주어가 중첩되어 있는 것은, 앞의 내용은 수없이 되풀이된 1980년대 문학에 대한 공식적인 해석을 포함하고 있지만, 뒤의 내용은 흔히들 잊었거나 외면해온 이면의 복잡한 사실들을 가리키기 때문이다. 이 두 가지 내용을 동시적으로 고려하지 않으면 1980년대는 파악되지 않는다는 점을 덧붙여 지적해야겠지만 그와는 별도로 지난 세기말 같았으면 저런 번잡한 정의 자체가 불필요했을 것이다. 아직도 전 시대의 경험과 행동이 생생히 사람들의 몸에 묻어 있었던 시기가 있었다. 그만큼 1980년대는 강렬했고 그 시대의 문화적 중심을 차지하고 있던 문학은 말할 나위도 없이 가장 야단스러웠다. 그러나 지금은 흔적이 희미하다 못해 오늘의 독자들은 작품이 아니라 일화 등을 통해서 간간이 그 편린을 접할 뿐이다. 그들에게 가장 큰 영향을 미쳤으면서도 그들이 격렬하게 배척한 4·19세대의 문학인들이, 지속적인 사회적 인정의 반석 위에서, 글로든 지위로든 꾸준히 한국적 사회성의 무대에 출연한 것과 달리, 1980년대 세대는 1990년대를 경과하면서 서서히 사라지고 잊혀갔다. 바로 그들이 그 형성에 적지 않은 기여를 한 바로 그 사회에서였다.

1990년대 초엽의 '후일담' 소동이 가리켜 보여주듯이 그들은 새로운 사회에 적응하지 못했다. 그들이 갑자기 뒤바뀐 지평선 앞에서 허둥거리고 있는 동안, 문학은 지적 삶의 중심에서 이탈해 주변으로 밀려나고, 분해·합성을 기본 알고리즘으로 하며 동영상을 지배적 표현 양식으로 갖는 신종 문화가 그 중앙으로 진입했다. 그리고 그 문화에 상응하는 새로운 문학 세대들이 문학판에 입주하기 시작했다. 새 세대는 1980년대 문학으로부터 많은 자원을 물려받았지만 그러나 유산을 자신의 체액과 버무려 전혀 다른 종류의 문학을 산출했다. 그럼으로써 유사한 주제들이 다르게 해석되고 다르게 표현되었으며 결국엔 문학 세계 전체가 변개되는 데까지 나아갔다.

1980년대의 문학과 1990년대 이후 20여 년간의 문학을 구별하는 키워드는 여러 개가 있을 수 있다. 나 역시 이 책의 전반부를 비롯해 여러 글을 통해 산발적으로 견해를 밝혔다. 그러나 그에 대한 총괄적인 해명이 시도된 적은 없다. 아직 후자의 문학이 현재진행 중이어서 분석가들이 적절한 감상의 거리를 확보하지 못한다는 게 큰 이유일 것이다. 그러나 생각을 달리하면 1980년대 문학이 제기한 문제의 시효가 종결되지 않았으며 그 점에서 그 역시 가정적으로 현재적이라고, 혹은 실제적으로 현재적이어야 한다고 말할 수도 있다. 이 책은 바로 그 점을 주장하기 위해 꾸며졌다.

물론 1980년대 문학의 정당성을 강변하는 것은 무모한 짓에 불과할 것이다. 그 문학은 공과가 극단적으로 벌어졌으며 오늘의 언덕에서 뒤돌아보면 그 당시에는 전혀 짐작치 못했던 오류의 크기가 특별히 두드러진다. 그들은 자신들이 앞으로 열게 될 새로운 세상이 지구적 규모로 움직이게 될 것임을 예측하지 못했다. 그들은 세계를 셋으로 대별되는 진영적 대결의 세상으로 바라보았고 그 진영의 축이 국가(민족)인가 체제(이념)인가에 대한 선택 앞에서 양분되었다. 그런데 그들이 앞장서서 도래시킨 새 세상에선 특권적인 진영이란 존재하지 않았고 무수한 진영의 이합집산이 경계를 끊임없이 바꾸면서 칡덩굴처럼 엉켜들고 있었다. 세상이 지구적 규모로 움직인다는 것의 의미이다. 또한 진영의 택일에 대한 강박관념은 서로 다른 견해들을 당면한 한국적 현실에 굴절시켜, 견해와의 상응과는 무관하게, 특정한 집착의 통일을 유도했으니, '자립경제론'의 지상적 명령이나, '의식화'에서 '의식 개조'(가령 '문화혁명')에까지 계몽의 하달(下達)이 가능하다는 환상 같은 것들이 의심하는 자를 꾸짖으며 확산되었다.

모든 것을 단일화하고 줄기의 선택을 통해 옳은 것을 줄여나가는 이 운동의 밑바닥에 도사리고 있던 것은 근본주의적 정념이었다. 부당하게 연장된 독재 정권이라는 절대악과 싸우기 위해 그들은 옳아야 했고 옳은 것보다도 더 옳아야 했다. 세상의 모든 근본주의가 그렇듯 그것은 편협성을 위한 편협한 욕망이었다. 단 그들의 근본주의적 정념은 자신의 '이해'와는 전혀 무관한 것으로 가정되었고 그것이 편협성을 유지할 수 있었던 명분이었다. 그것이 오늘날 세상의 허다한 사회적 요구 혹은 실천들과 실질적으로 다른 점이었다. 그 정념은 생명 진화의 기본 원리와 어울리지 않는다는 점에서 사르트르의 용어를 빌려 말하건대 "무용한 수난passion inutile"에 불과한 것이었다. 그러나 오늘날 미만한 욕망의 온갖 올챙이가 꼬리 치며 퍼져나가다가 스러지고 마는 경계를 넘어설 힌트를 제공해줄 수 있다는 점에서 되새겨야 할 가치가 있다는 것이 내 판단이다.

그들이 자신들의 근본주의적 정념을 자신의 이해와 무관한 것으로 설정했다는 것은 삶의 지평을 공적 혹은 사회적 차원에서 제기한다는 것을 가리킨다. 이 간단한 사실이 왜 중요한가? 바로 민주화 이후 모든 삶의 부면들은 개인적인 이해와 불가분리의 관계 속에 놓였기 때문이다. 그것이 진화의 기본 원리에 부합한다는 것은 더 말할 필요가 없다. 유전자 수준이든, 개체 수준이든, 집단의 수준이든 모든 생명의 움직임은 자기를 보호하고 자기를 증식하기 위한 것이다. 그런데 자신의 이익과 무관하게 공적 지평에서 삶의 문제를 제기한다는 것은 무엇이고, 그것은 가능한 일인가? 공적 지평, 혹은 사회적 지평이 집단의 수준에서 열리는 것임은 분명하다. 그러나 사회는 그 집단이 하나의 계급, 직업, 계층, 지역 등 더미 단위로 이해될 때가 아니라 이질적인 것들의 복합적 관계라는 네트워크로 간주될 때 성립한다. 그 연락망은 자기 이익을 도모하는 무수한 세부 단위 간의 각축으로 보글거리고 있다. 그 연락망 사이로 열리는 시야를 사회적 지평이라고 할 때 거기에서 자신의 '이해'와는 무관한, 혹은 적어도 그것을 뛰어넘는 태도와 행동이 가능할 수 있는가? 문제는 먼지 덩어리에서 시작해 지적 생명의 출현까지 가능케 한 이 진화 운동의 궁극은 절멸이라는 데에 있다. 생각해보라. 언젠가 태양은 식고(초신성으로 폭발할 가능성도 없으니 멋진 최후도 없다) 지구는 어둠 속에 잠길 것이다. 지구를 악착같이 지키고만 있는 한, 다시 말해 자기 보호 본능에 심취하는 한 미래는 검은 구멍이다. 그 긴 시간을 기다릴 것도 없을지도 모른다. 우리는 필요의 축적을 통해서 순환적 질서를 넘어선 인류가 야기한 환경 파괴의 재앙을 어떻게 넘어설 것인가에 대한 답을 여전히 암중모색하고 있다. 어떤 수준에서든 자기 이익을 도모하는 쪽으로 벡터가 발생하기 때문이다. 때문에 진화 스스로가 진화되어야 한다는 불가피한 필요 앞에 지구상의 생명들은 직면해 있다(진화 자체가 진화하고 있다는 관점은 최근의 과학적 발견들에서 산발적으로 제기되는 이야기이다). 유일한 지적 생명체로 간주되는 존재는 그것을 심사숙고해야 할 책임을 떠맡을 수밖에 없다. 즉 사회라는 네트워크의 성질(그 더러운!)을 바꿀 방법을 찾아야 하는 것이다. 자기를 위한 별의별 욕망들의 움직임을 그 본성을 훼손하지 않으면서도 욕망의 유보와, 양보와 협력이라는 움직임과 연결시켜야 하는 것이다.

1980년대 문학의 지배적인 담론은 사회를 집단들의 충돌로 이해하고 있었다. 즉 집단을 오로지 더미로서만 바라본 것이다. 그때 개인적 이해로부터의 초월은 집단의 이익으로 귀결한다. 세계 곳곳에서 출몰하는 근본주의의 문제는 바로 여기에 있다. 그것이 궁극적으로 집단의 가면 뒤에 숨은 개인들의 이익으로 회귀하고 만다는 것을 우리는 지난 세기에 또한 보았다. 그러나 현실태와는 별도로, 저 '이해의 초월'이라는 명제의 잠재성은 지금 썩 유효한 것이다. 또한 그것이야말로 미학의 핵심적인 원리가 아닌가? 칸트의 『판단력 비판』을 읽으며, 문학의 '써먹을 수 없음'에 대한 김현의 성찰을 통해, 롤랑 바르트가 "노동 가치"를 발견했던 플로베르의 절차탁마에서, '숭고'에 관한 리오타르의 망설임을 보며, 우리가 깨친 것이 아닌가? 그런 의미에서 1980년대 문학은, '잠재'라는 어휘가 그대로 가리키듯이, 그들의 글쓰기의 무의식적 실천 속에서 미래를 향하여 작동하고 있었다고 생각한다. 우리가 1980년대 문학을 돌이켜본다면, 바로 그것을 발굴하기 위해서이다.

지금까지의 이야기는 1980년대 시인들에 대한 책을 준비하는 과정에서 내 안에서 무르익은 생각의 결과이다. 덕분에 나는 이 책을 내는 일에 확신을 가질 수가 있었다. 제1부는 그런 생각들의 추이를 보여주는, 이론적인 성격의 글들을 모아놓고 있다. 시간적으로는 거꾸로 배치되었다. 즉 맨 앞의 글이 가장 최근의 생각을 보여주는 것이다. 따라서 독자에 따라서는 거꾸로 읽을 수도 있으리라. 그럼에도 불구하고 이러한 순서로 배열한 까닭은 도달점이 새로운 시작점이 되어야 한다고 생각하기 때문이다. 감히 바라건대, 거꾸로 읽어온 독자가 맨 앞 글의 마지막 페이지를 넘기며 다시 마주하게 될 다음 글을 향해 난 통로는 그가 이미 걸어온 길이 결코 아니기를!

이 책이 1980년대 시인들을 다루고 있다는 것은 『네안데르탈인의 귀향』(2007)에 이어지는 것임을 알려준다. 당연히 이 책의 부제는 '내가 사랑한 시인들, 두번째'이다. 나는 세번째 책 역시 준비하고 있지만 언제 모양이 갖추어질지는 모른다. 여하튼 부제에 쓰인 '사랑'은 육체적인 것도 아니고 정신적인 것도 아니다. 순전히 문학적인 것도 아니다. 아니 차라리 '정말 문학적인 것'이라고 말하는 게 낫겠다. 내가 사랑한 시인들 중에는 나와 지독히 싸운 시(인)도 있고 나와 체질적으로 맞지 않는 시(인)도 있다. 그러나 싸움도 사랑이고 미움도 사랑이다. 왜냐하면 어쨌든 우리는 더불어 살아야 하기 때문이다. 따라서 부제에 쓰인 '사랑'이라는 말은 "정 주고 내가 우네"라고 말할 때의 '정'과 가장 가까운 뜻이긴 한데, 후자의 어사가 흔히 유발하는 연대감을 나는 가능한 한 멀리 밀치려고 애쓰면서 이 글들을 써왔다. 이성복이 그의 '연애시'에서 보여주었듯, 멀어지면서 사랑하는 일의 그 미묘함을 그대는 알랑가 몰라.

제2부와 제3부를 가른 것은 수없이 많은 종류의 사랑이 모세혈관처럼 퍼져 있으며 때로 어떤 것들은 비슷한 궤적을 그리면서 모

인다는 것을 암시하기 위해서이다. 어떻게 다르고 저떻게 모이는
지는 독자께서 직접 '음미'하시기 바란다. 또한 나는 나의 이런 심
사들의 밑바닥을 얼핏 비치는 글을 마지막에 집어넣는 게 좋겠다
고 생각했다. 아주 오래전에 씌어진 글이지만 거기에 그려진 그림
은 지금까지 거의 변하지 않았다. 또한 그 글은 한 시인에 대한 것
이지만, 그 얘기에 이어서 다른 시인들에 대한 아주 다른 이야기들
이 접은 병풍의 다른 폭들을 이루고 있다고 연상해주신다면 고맙
겠다.

　수록된 글들이 처음 씌어진 때로 말할 것 같으면, 1988년부터
2014년까지 길게 걸쳐져 있다. 『스밈과 짜임』(1988) 이후의 글들
을 나는 문칫문칫 흩었다 쓸어 담았다 나누다 하고 있다. 그 사정
에 대해서는 『문학이라는 것의 욕망』(2005)에서 말한 바 있다. 하
지만 요즘 들어 나는 그 책의 어느 글에서 썼던 '장기 생성'의 관
점에서 내가 하는 '짓'을 이해하기 시작했다. 아, 내 마음이 이렇
게 가고 있었구나! 글들을 거의 수정하지 않은 것은 그 때문이다.
또한 대상이 된 시인들은 고정희에서부터 황인숙에 이른다는 것을
적어둔다. 1970년대 말에서 1980년대 말 사이에 등단한 시인들이
다. 황인숙은 1990년대적 정서와 어울리는 것 같지만 오히려 그만
큼 1980년대적인 시인도 흔치 않다. 그가 제2기 동인으로 합류했
던 '시운동'은 분명 1980년대적 현상이었다. 그들을 질타하며 우쭐
댔던 나는 이들에게 마음의 빚을 지고 있다.

　제목에 쓰인 "북극꽃"은 『문학이라는 것의 욕망』의 「서문」에서
밝혔듯, 랭보의 시구에서 따온 것이다. 나는 이 제목에 애틋한 소
망을 담았지만, 눈 밝은 사람은 이 진지하기 짝이 없어 보이는 제

목이 실은 우스꽝스러운 말장난이라는 것을 알아차리리라. 이 제목을 지을 때 내 머릿속에 떠오른 것은 무척 즐거운 어떤 광경이었다. 이 희극을, 독자여, 부디 축제로 키우시기를.

이 책은 문학과지성사의 전 대표였던 홍정선 교수가 그 자리에서 물러난 이후, 그리고 주일우 사장과 이근혜 편집장이 자신들의 직책에 선임되고 나서 내는 나의 첫번째 책이다. 세 분의 헌신적인 태도가 언제나 내게 각성의 계기이자 마음의 큰 위로가 되었던 지난날을 돌이켜보며, 이 자리를 빌려 고마움을 표하고자 한다.

2014년 9월
정과리

차례

제1부

문학의 사회적 지평을 열어야 할 때

대관절 시란 무엇인가?
버려진 진지의 불
여름밤 광막한 산 위에서
오래 연기 피우는.
—— 클로드 비제[1]

그래 여기선 결국 시궁창의 승리!
시의 궁창이여! 만만세여!
발 아래 터널이여!
—— 김혜순[2]

등불과 리바이어던

얼마 전 장 메텔뤼스Jean Métellus가 타계했다는 기사가 프랑스 일간지에 일제히 실렸다. 장 메텔뤼스는 아이티Haïti의 시인이다. 아이티는 2010년 대지진으로 국토 전체가 폐허가 되어 세계인의 걱정을 받았었고, 지금도 꾸준히 유럽 지식인들과 미디어의 관심의 대상이 되고 있다. 그런 근심의 배경에는 아이티가 세계 최빈

---

1) 클로드 비제Claude Vigée, 「시」, 『인간은 비명 덕택에 태어난다*L'homme naît grâce au cri: poèmes choisis*』, Paris: Le Seuil, 2013.
2) 김혜순, 「미쳐서 썩지 않아」, 『당신의 첫』, 문학과지성사, 2008.

국 중의 하나라는 사실이 놓여 있다. 메텔뤼스의 소식과 더불어 프랑스의 교양 미디어들은 앞다투어 지진 발생 4년이 지난 아이티의 현 상황을 리포트했다.

프랑스의 개그맨이자 배우인 미셸 콜뤼슈Michel Coluche(1944~1986)는 1985년 빈자구호활동기구인 '마음을 나누는 식당Restos du cœur'을 창설했다. 이 운동은 크게 성공하여 한 해 평균, 가령 2011~12년에 기금 출연에 "동참한 사람 수가 90만 명으로 평가"되며, 이 식당이 2009~10년 기간에 제공한 "식사 수는 10억 9백만 건을 넘는다." 콜뤼슈는 가수 장 자크 골드만Jean-Jacques Goldman에게 이 활동을 위한 노래를 의뢰했고, 그래서 나온 게 「마음을 나누는 식당의 노래Chanson des Restos」이다. 이 노래는 "당대의 상징적인 예술가들, 즉 콜뤼슈, 이브 몽탕, 나탈리 베이, 미디어 사회자(미셸 드뤼케), 체육인(미셸 플라티니) 그리고 골드만에 의해 불려져" 대대적인 성공을 거두었다(구체적인 정보는 Wikipedia에서 구했다).

전북대학교의 이종민 교수는 보름 전 '북한어린이돕기성금' 모금액이 지난해에도 1천만 원을 넘었다는 자축의 편지를 보냈다. 내 기억에 그는 이 모금을 거의 10년째 하고 있다.

이런 사건과 운동들은 아주 다양한 분야와 종류로 이루어져 있지만, 실상 한 사회의 극히 적은 일부의 자발적인 성의에 의해 유지되고 있다. 세상 인구의 다수가 여기에 참여한다면 노숙자와 굶주리는 사람이 존재한다는 것 자체가 불가능하다. 세상은 오히려 집 없는 사람과 실업자들로 가득하다. 그리고 저런 운동들의 효과는 기껏해야 소비가 미덕인 시대에 생존을 위한 최저 비용조차 없이 연명하는 사람들의 존재를 또렷이 부각시키는 일일 뿐인 것처럼 여겨질 정도이다.

왜, 그것뿐인가? 누군가가 물으면 또 다른 누군가는 사람들의 무관심을 탓할 것이다. 그리고 이 풍요 사회를 움직이는 기본 동인이 이기심에 기초하고 있다는 데에 개탄할 것이다. 이 반응 자체를 접어둔다면, 이 판단은 어김없는 사실일 것이다. 자기에 대한 욕구가 지구상의 생명을 진화시켜온 기본 동인이라는 걸 전제한다면 말이다. 그리고 이기심을 적절히 제어함으로써 공공선에 이바지할 수 있는 방향으로 그 욕망을 선회시켜야 하는 일이 식자들이 아주 오랫동안 고민해온 가장 중요한 문제 중의 하나임은 누구나 알고 있다. 그 이기심을 그대로 두면 순수한 자연적 질서로 복귀하거나 아니면 환경 자체의 위협으로 나아간다는 것은 지구 생명사의 경험이 그대로 보여주고 있는 현상이다. 인류는 자신의 이기심을 자기 욕구의 충족으로부터 필요의 본원적 축적을 위한 타자의 개발이라는 욕망으로 전회시킴으로써 순수한 자연적 질서를 뛰어넘는 데 성공했으나 그 덕분에 환경 전체를 위협하는 재앙적인 존재가 되고 말았다. 그러나 욕구로부터 욕망으로의 전회는 동시에 대자성의 출현, 즉 의식의 출현을 가능케 했으며 그 의식의 생래적인 반성성에 의해서 인류는 자신의 악마성을 되돌아보고 교정할 기회를 갖게 되었다. 방금 언급한 소수의 운동들도 그러한 반성적 성찰의 결과이자 양태들이다. 따라서 이런 운동들이 마땅히 존중받아야 하고 더욱 확산되어야 한다는 것은 반박의 여지가 없는 말일 것이다.

그러나 이러한 운동은 일종의 보조적인 장치이지 생명 활동의 중심은 아니다. 중심은 이론의 여지없이 자기를 보존하고 증식하려는 욕구이다. 그러나 사람들은 바로 사람인 탓으로 그러한 욕구가 욕망으로 바뀌면서 스스로 악마성을 내장한 것을 인식한 까닭으로 이 중심을 대체하려는, 그 또한 또 하나의 욕망인 것에 대한 조바심에 시달리게 되었다. 인류는 그 조바심의 원대한 실험을 지난 세기 전체에 걸쳐 지켜보았다. 그 결과는 참담한 실패였다. 그것은 공산공분(共産共分)의 제도적 묘상을 짜는 게 불가능하다는 것을 엄혹히 보여주었다. 경쟁과 투쟁이 없는 삶은 없다, 는 잔인한 생의 원리를 이제 누구나 알게 되었다. 그러나 그럼에도 불구하고 그 잔인한 생의 원리가 낳는 잔혹한 현상들은 사람들의 조바심을 전혀 진정시키지 못한다. 그 조바심이 과잉되어 자기망각으로 치달으면, 다시 보조적인 활동들을 중심 안으로 진입시키려는 열정이 들끓는다.

실로 저 존중받아 마땅한 구호 활동의 내부에도 이미 그러한 과잉은 작동하고 있다. 「마음을 나누는 식당의 노래」는 이렇게 노래한다. "오늘날 굶주리거나 추위에 떤다는 건/말도 안 되는 일이야Aujourd'hui, on n'a plus le droit/Ni d'avoir faim, ni d'avoir froid." 문자 그대로 번역하면 "이젠 누구도 배가 고프거나 추울 권리가 없다"가 된다. 이 표현은 윤리적 정의를 그대로 공법적 정의에 직결시키려는 욕망을 드러내고 있다. 실제로 이 표현은 오늘날 프랑스인들 사이에서 아주 빈번히 사용되고 있는 어법이다. 최근 프랑스에서 일어난 심각한 해프닝 중 하나는, 디외도네 Dieudonné M'bala M'bala라는 개그맨이 유대인을 조롱하는 공연으로 전국을 순회하고 거기에 사람들이 몰렸으며, 행정 기관장들이 공연을 금지하고 대통령이 신년 대담에서 그 공연의 부당성을 지적한 일이다. 스스로 "세상에서 가장 자유로운 나라"라는 것을 공공연하게 자랑하는 프랑스인들이 이 문제를 가만둘 리가 없다. 한국의 공영방송에 해당하는 '프랑스 되France 2' 채널에서 신년에 새로 출범한 「모두 함께Emission pour tous」의 첫 회에서 디외도네 사태를 두고 개그맨, 배우, 소설가, 정치가, 기자, 학자, 학생, 주부 등등이 시끄럽게 논쟁을 벌였는데, 한 개그맨이 정확하게 디외도네 공연의 인종차별주의를 위와 같은 어법으로 희롱했다. 그리고 그 앞에 하나의 관형어를 구호처럼 붙였는데, 바로 그것은 "정치적으로 올바르기politiquement correct"였다. 이 관형어 때문에 그 개그맨의 희롱은 아마도 자기포함적인 것으로, 다시 말해 그 희롱조차도 희롱의 울타리 안에 가두는 것으로 느껴졌는데, 저 '구호'가 지난 세기에 겪어온 우여곡절을 돌이켜보게 했기 때문이다. 특히 20세기 후반에 좌파와 우파를 오고가며, 프랑스와 미국을 중심으로 세계 곳곳을 넘나들면서 별의별 방식으로 쓰인 이 용어가 저의 냄비 안에서 끓인 고깃덩어리는 다름 아니라 백성에게 "이 밥에 고깃국을 먹이는" 게 소원인 지도자들이 통치해온 어느 국가의 정치 현실과 비스무리하게 윤리적 정의를 공법적 강제로 바꾸어서 마구 휘둘러도 의기양양하기만 하게 전가의 보도처럼 사용하고자 하는 단련된 염통이 아니었던가?

역사적으로 보자면 이는 러시아 혁명 이전으로의 퇴행이다. 즉 시스템의 실패가 행동의 격발acting out로 돌아가게 한 것이다. 이것은 원인과 결과의 착종을 보여준다. 왜냐하면 러시아 혁명의 대의는 전 세기의 실패, 즉 로베스피에르의 몰락이 보여준 법적 강제의 실패의 다음 단계로 제창된 것이기 때문이다. 물론 그 단계론 자체가 무너진 까닭에 그러한 퇴행은 불가피했을 것이다. 그러나 로베스피에르의 경험은 공법적 강제의 욕망에 대해 물음표를 던지고야 말 것 같은데, 또한 아주 오래전의 상앙(商鞅)의 예에서도 볼 수 있듯 그러한 시도들이 역사적으로 성공한 예가 없었다는 사실에 비추어서도, 당연히 물음표의 찌르기가 꽤 심한 통증을 유발해야 할 것 같지만 그러나 자발적 망각의 가죽은 너무나 잘 무두질되어서 퇴보의 발걸음은 가볍고 녹슨 창을 휘두르는 팔은 힘차기만 하다.

이야기가 성급하게 대상을 건너뛰었다. 할 말보다 지면이 모자라기 때문이다. 내가 지금 말하고자 하는 것은 이러한 심리의 전반적인 지배라는 현상이다. 개별적인 사안으로 보자면, 저 상찬받아 마땅한 구호의 열정의 내부에 윤리적 강박관념이 들어차 있다는 것을 탓할 수는 없다. 어쨌든 그 강박관념은 모두가 인정할 수 있는 방식으로 현상의 개선에 기여하고 있으니까. 그러나 거기로부터 조금만 눈을 이동시키면 곧바로 주관적 열정이 정의감으로 무장됨으로써 열정과 윤리 사이에 일종의 '가족 유사성'에 근거한 동일화가 발생하여, 정의의 준엄한 얼굴로 혈압이 오른 주관적 열정들이 법적 강제력을 띠려고 핏대를 올리는 현상들에 직면하게 된다. 그것들이 그저 주관적 열정에 불과하다는 것은 저마다 다른 주장들이 앞다투어 같은 형식을 흉내 내어, 마치 쌍둥이들이 엄마 젖을 다투듯이 드잡이를 하는 것으로 적나라하게 드러난다.

그러니 디외도네에 대한 행정적 제재는 대통령의 사퇴를 주장하는 디외도네 옹호자들의 데모와 짝을 이루고, 그 옆에선 사회당

정부가 도입한 환경세로 "사는 게 염증이 난다ras-le-bol"는 비명을 동반하면서 17세기 절대왕권의 높은 세금에 저항했던 농민들이 썼던 빨간 빵모자bonnet rouge를 쓰고 차도를 점거하여 도로 표지판과 속도 측정기를 파괴하는 반달리즘이 벌어지는 것이다. 얼마 전 마르크 크노벨Marc Knobel이 출간한 저서 『증오의 인터넷 *L'internet de la haine*』(2012)의 제목은 지금 전자 그물에만 해당하지 않는다. 모든 부면에서 증오가 열수처럼 분출한다. 흔히 유행하는 명명을 차용한다면 지금은 '증오 사회'다.

한국의 예를 들지 않는다고 안심하지 말자. 혹은 섭섭해하지는 더욱 말자. 우리는 더 끔찍하니까. 사회적 조치와 사건들에 대한 반대가 곧바로 인신에 대한 공격으로 돌변하는 게 여기다. 20세기 막바지에 인터넷 사용자들을 통해 개발되었고 21세기 벽두에 한 이념적 편향을 가진 사람들이 집중적으로 활용했던 이 영혼 말살 무기는, 현대식 무기의 행로가 그러하듯이, 모든 집단 속으로 퍼져들어가, 지금은 오히려 정반대의 이념적 편향을 가진 자들이 더욱 자유자재하게 놀리는 장난감이 되고 말았으니, 그로부터 이용의 원조들이 자신들이 벼린 무기에 의해서 무참히 짓이겨지는 아이러니에 처하게 되었는데, 인신에 대한 훼손은 늘 같은 차원에서의 인신적 비대발괄과 응포와 부집을 불러일으키게 마련이어서, 시방 여기는 진지전이든 유격전이든 판 박힌 전술에 의해 나를 스커드처럼 발사해 상대를 폭격하는 포화가 시도 때도 없이 작렬하는 도가니이다.

그런데 이 모든 도가니는 지역이 어디든, 양태가 무엇이든, 모든 집단에 의해서 스스로의 윤리적 정당성에 대한 확신이라는 연료를 태워 끓어오른다. 그리고 이 윤리적 기갈을 서둘러 공법적 집행을 통해 해소하고자 하는 욕망이 저 확신을 화산으로 만든다. 또한 이 화염을 다시 정의에 대한 확신으로 순환적으로 연결시키는 은륜을 형성시키는 것은 그 안에 다문다문 박힌 진정 정의로운 윤리적 실천들이다. 그것들은 왜 이런 정신적 연쇄가 지배적인 심리 현상이 되는지에 대한 까닭을 제공해준다. 간단히 대답하면, 인간은 누구나 선의 주체가 되고 싶어 하기 때문이다. 다시 말해 스스로 착한 사람으로 보이고 싶기 때문이다. 착한 사람에게 돌아오는 이득은, 가령 이런 것이다. 선은 악을 짝으로 두고 있으며, 선은 추상적으로 전면적인 데 비해, 악은 구체적으로 국지적이다. 어떤 측면에든 어떤 부분이든 부정적 현상이 있으면 선의 추상/전면성에 근거해 악의 구체/국지성이 뾰루지처럼 도드라져 착한 손톱의 가차 없는 공격을 받는다. 그리고 이어서 악은 전면적으로 상상적인 데 비해 선은 국지적으로 상징적이다. 뾰루지에서 흘러나온 악의 고름은 둘레에 홍수처럼 범람하고 그 위에 섬처럼 선이 솟아오른다. 한 상황의 또는 존재의 '선처럼 보이는' 어떤 특성은 곧바로 나머지 기관들을 그 안으로 흡수한다. 공통의 특성trait unique이 하나되는 특성trait unaire으로 전화한 것이다. 그리하여 모든 악으로부터 정화된 선이 평화와 자애의 얼굴을 하고 수직의 기둥으로 높아지면서 응징의 빗자루로 악의 고름들을 쓸어버리는 것이다. 한데 그렇게 솟아오른 선은 가정적으로는 하나이지만, 실제론 다도해를 이루고 있는 것이다. 그 선이 주관적 확신으로부터 잉태된 까닭이니, 세상의 주관들은 아무리 대의 기구를 통해 줄이고 줄여도 무수히 들썩인다. 모두가 유권자보다는 대의(代議) 주체를, 즉 에 이전트를, 다시 말해 요원을 꿈꾸기 때문이다. 대의 기구가 설립되는 순간 거기로 선이 집중되고 또한 같은 운동으로 권력이 집중되니까. 아무리 요원해도 요원되고 싶은 것이다. 이렇게 말해도 되겠다. 우리는 선의 평행 우주에서 살고 있다.

여기에 대의가 있기는 한가? 흔히들 정보화 사회의 도래와 더불어 직접민주주의 사회로 돌아가고 있다고 말한다. 저마다 자기주장을 할 수 있는 환경이 발달하고 있으니까. 하지만 확신만으로 가득 찬 자기주장들은 민주적인가? 직접민주주의가 아니라 만인대의주의라고 해야 할 것이다. 이 착각이 정말 무서운 것이다. 그러니 다시 물어보자. 이 대의주의에 대의가 있는가? 모두가 자유로운 존재이기를 가정하고 있는 민주주의 사회에서 대의는 필요악이다. 그런데 이 필요악이 목적으로 바뀌면, 대의의 의장만이 남는다. 잠정적인 것과 점진적인 것이 혼동되는 순간, 잠정적인 것은 급진적인 것이 되어버린다. 선의 평행 우주의 근본적인 문제는 모든 우주가 선을 자처할 때 선은 남아나지 않는다는 것이다. 아랍의 옛 시인 만수르 할라즈Mansûr Hallâj는 절대의 탐구에 매몰된 나머지 "나는 진리다"라고 외쳤다가 죽임을 당했다. 그 사람이 아니라 그 사건이 타산지석이 되어야 한다. 민주주의 사회의 본령은 저마다 선이라고 주장하는 데 있지 않고, 저마다 악의 가능성을 줄여나간다, 라고 말하고 그걸 실천하는 데 있다. 자신의 악의 가능성을 줄이려면 자신이 아닌 타자들의 삶에서 배워야 한다. 그것이 나와 타자가 싸우면서 공존하고 함께 진화할 수 있는 가능성의 원천이다.

때문에 아무리 그 태도가 훌륭하다 하더라도 모두에서 언급한 구호 활동들이 보충적 기제임을 잊어서는 안 된다. 타자에게서 삶을 배우려면 타자에게 무엇을 줄 게 아니라 타자가 나를 가르칠 수 있도록 북돋아야 한다. 중요한 것은 굶주리고 집 없는 사람들이 존재하지 않는 세상이 아니다. 가난하고 묵을 곳 없는 사람들이 아무리 적은 에너지를 가지고 있다 하더라도, 그 스스로 굶주리지 않고 묵을 곳을 취할 수 있도록 그들의 정신적이고 물질적인 역량을 높이는 일이다. 그것이 안 되는 한, 가진 자와 가난한 사람들 사이의 거리는 좁혀지지 않는다. 그 사이를 흐르는 구호의 강물은 거기에서 양안의 사람들이 물을 긷기 위해 존재하는 것이지 거기에 빠져서 익사하기 위해서 흐르는 것이 아니다.

내 안의 악을 줄여나가기 위해 타자에게서 배우는 것이 민주적 삶의 본령이라면 논리적으로 선의 완벽한 상태는 존재할 수가 없다. 왜냐하면 모든 타자는 각자의 입장에서 악을 품고 있는 '나'이기 때문이다. 그것이 순환의 운명을 넘어섬으로써 '악'과 '반성'을 동시에 갖게 된 지적 생명의 새로운 운명이라고 나는 생각한다. 그리고 공공선의 완벽한 상태가 달성되지 않는다면, 모든 사람의 '자유도(自由度)'가 최량의 수준으로 높아지도록 경쟁의 지평 자체를 점차로 민주적인 구조로 바꾸어나가는 것이 우리가 할 수 있는 거의 유일한 목표일 것이다. 그것만이 진화의 일반 원리에 부응하면서 진화 자체를 갱신해가는 작업이 될 수 있다. 그리고 이때 이 점진적인 변화는 새로운 존재론의 묘상을 잉태하는 혁명이 될 수 있다. 예전의 사람들이 생각했던 급격한 혁명/점진적 개혁의 이분법은 옳지 않다. 최근 프랑스에서 동성 간의 결혼이 법적으로 허용된 것을 두고 『르 몽드』지는 "침착한 혁명révolution tranquille"이라고 불렀다. 세상의 편견과 끈질긴 거부에 공격적으로 맞서기보다 세상 내부에서 인정의 터전을 천천히 넓혀온 결과였기 때문이다. 오늘날 혁명은 그렇게 조용히 오는 게 합당하다. 급격한 혁명은, 물질의 탄생이 반물질을 동시에 발생시키듯, 동시에 발생하는 반혁명에 의해서 무로 돌아갈 수 있다는 것을 21세기의 '아랍의 봄'은 여실히 보여주었다. 그 혁명에 중립적인 태도를 취하면서도 망명자를 호의적으로 환대한 중심의 작용을 통해서 아랍의 봄은 놀랍게도 아랍근본주의의 확산에 기여했다. 튀니지의 여성에서부터 시작된 그것은 이제 오히려 여성에게 더 두꺼운 차도르를 씌우려 하고 있다. 흔히 혁명의 상징으로 불리는 프랑스 혁명의 교훈인들 다르지 않다. 급격하고 격렬하게 타올랐지만, 온갖 부작용과의 싸움을 통해서, 마침내 자신의 이상을 항구적인 제도로 정착시키는 데 백 년을 몸부림쳐야 했다.

사회성과 사회적 지평

누가 묻는다. 도대체 이런 얘기가 문학과 무슨 상관이란 말이냐? 반세기 전에는 이런 질문이 오히려 가당치 않았다. 문학은 언제나 사회의 거울이고 사회 변화의 시험장이었다. 한데 현실사회주의의 몰락 이후 세계의 문학은 대부분 개인의 사적인 삶으로 선회했다. 그리고 그렇게 되고 만 원인을 전 시대의 오류 탓으로 돌리는 일이 당연지사로 받아들여졌다. 유럽의 경우, 구조주의의 텍스트 환원주의와 누보로망의 사물성chosification이 작품의 난해성을 초래했고 결정적으로 독자와 멀어지게 했다는 논리가 광범위하게 퍼졌다. 심지어 1960년대 롤랑 바르트Roland Barthes, 제라르 주네트Gérard Genette와 더불어 문학적 구조주의를 대표했던 츠베탕 토도로프Tzvétan Todorov마저 그런 견해를 일반화하는 데 나섰을 정도이다. 그러나 이러한 비판이 문학을 현실참여 쪽으로 유도하지는 않았다. 1960~70년대를 풍미했던 구조주의와 누보로망이 사르트르 등의 실존주의적 참여와 마르크시즘의 현실반영론을 낡은 군말로 내친 뒤였다. 1990년대를 즈음해서 유럽의 좋은 문학은 개인의 생체험의 복잡한 묘사나 내면에 대한 깊은 탐구, 또는 영성의 발견으로 나아갔다. 거기에 현실이 없는 건 아니었으나 현실은 대체로 상처를 주는 괴물로 등장했고 개인은 거의 현실에 아랑곳없이 자신만의 고유한 삶을 꿈꾸는 존재로 형상되었다.

한국에서도 사정은 비슷했다. 다만 1980년대에 기세등등했던 민중문학, 그리고 그것과 상극의 위치에서 길항했던 '언어 탐구'가 동반 추락을 하는 과정을 거쳤다는 게 조금 달랐을 뿐이다. 그 배경에는 1980년대 말 민주화의 개시와 더불어 급작스럽게 불어닥친 개인들의 해방이 있었다. 그 이후 한국문학은 순수한 '나'의 발견에 '올인'했다. 이러한 사정은 대략 1990년대 이후 세계문학의 지평에서건 한국문학의 장에서건 '사회적 지평'의 실종을 가리킨다. 그 이전의 문학은 소위 '현실참여'를 부정하는 입장조차도 문학을 공적 지평 위에서 운산했다. 유럽 문학에서의 앙가주망engagement과 데가주망dégagement이나 1980년대 한국에서의 '민중문학'과 '언어 탐구'가 다 그러했다. 가령 김현이 인용한 바 있던 장 리카르두Jean Ricardou의 다음과 같은 발언을 보라. "아름다운 문학은 거지가 있는 세상을 추문으로 만든다"(『누보로망의 문제들*Problèmes du Nouveau Roman*』, 1967). 앙가주망의 변혁에 의 복무 요구에 대한 대답으로 제출된 이 발언은 변혁에 동참하고 자 하는 의지를 전혀 포기하지 않고 있다. 또한 '언어 탐구'의 대표 적인 작가이자 당시의 한 기자의 표현을 빌리자면 "한 줌도 안 되 는 독자"에 의해 추앙받은 이인성의 『낯선 시간 속으로』(1983)를 다시 읽어보라. 애인의 변심으로 인해 연극 동아리로부터 멀어진 데 대해 '나'는 자신의 행동의 이유를 그것의 공적 근거로 돌림으 로써 항상적 강박관념 속에 빠져든다. 그들이 연극 공동체의 일원 이었다 하더라도 애인과 친구가 나를 버렸다는 것만으로는 내 태 도의 까닭이 될 수가 없는 것이다. 왜냐하면 연극하겠다는 의지는 공동체 내부의 염문과는 아무런 관련이 없기 때문이다. 그러나 동 시에 연극 공동체는 연극을 성사시키는 근본적인 요건이다. 그 공 동체의 일원들 각자의 삶은 연극의 의지와 기본적으로 무관한데도 말이다. 이 무관한 것들의 불가피한 연관이 강박관념의 근본 원인 을 이루는데, 그 미궁을 헤맨 끝에 '나'는 "전체를 밀고 나가야 한 다"는 명제에 가 닿게 된다. 그 명제는 실은 '나'의 방황의 첫머리 에서부터 실행된 것이지만(그렇지 않으면 방황은 시작되지 않았을 것이다), 하나의 문장으로 요약됨으로써 차후 행동의 표지로 자리 잡게 된다. 명제의 기능은 상징의 순기능이 그러하듯이 지식의 내 용을 제공하는 게 아니라, 인식의 내용을 스스로 만들도록 마중물 을 붓는 것이다. 그 명제에 의해 방황의 미궁은 섬세히 설계된 건 축으로 바뀔 가능성을 확보한다. 어쨌든 '나'의 고뇌가 시작되지 않았으면 이인성의 소설도 시작되지 않았을 것이다. '전체를 밀고 나간다'는『낯선 시간 속으로』전체의 강박관념이다. 그러니 이 난해하기 짝이 없다고 평가받는 소설이 사회적 대의에 대한 고심 어린 견해라는 것을 어떻게 부인하겠는가?

20세기의 마지막 10년에서부터 문학은 그런 대의에 대한 강박관념을 던져버렸다. 혹은 그런 강박관념을 끈질기게 물고 가는 문학적 경향은 문화 생산과 향유의 가두리로 거듭 퇴각해야만 했다. 그런 현상의 일차적인 한국적 원인을 나는 방금 개인의 폭발이라는 데서 찾았다. 물론 순수한 개인의 묘사만이 있는 건 아니었다. 사회·역사적인 소재가 전면에 깔린 작품들도 많았다. 특히 황석영의『손님』은 한국 현대사의 가장 심각한 상황을 외부의 탓으로부터 한국인 자신의 문제로 돌려놓음으로써 분단문학의 층위를 이동시켰을 뿐만 아니라 한국인의 역사적 환경을 한국인 자신의 영역으로 만드는 데 성공했다(실상 이것은 여전히 오독되고 있는 최인훈의『광장』의 본래의 문제의식에 접근하는 것이었다. 그만큼 분단 혹은 분단문학에 대한 한국인의 오해가 컸다). 그래서 황석영의 소설은 유럽의 독자들에 의해서, 자신들이 잊고 있었던 '참여'를 다시 일깨워주었다는 평가를 받았는데, 그러나 이미 그의 소설의 내비게이터는 유턴을 다급하게 명령하고 있었다.『오래된 정원』에서부터『심청』을 거쳐『개밥바라기별』로 가는 과정은 사회적 격동을 개인적 시련 혹은 모험의 차원으로 치환시키는 과정이었다. 다른 한편 21세기의 문학에서도 역사적 사건이나 인물들이 자주 핵심 소재와 인물로 등장했다. 오히려 그 이전의 문학이 근대 초입과 분단 시기의 최근사에 집중했던 것과 달리 그 범위가 훨씬 넓어졌다. 그런데 이 소설들이 초점을 맞춘 것은 역사 그 자체가 아니라 그 역사에 의해 훼손된 개인의 고유한 삶이었다. 이 역사소설들은 역사에 대한 성찰이라기보다 역사에 대한 저항이었다. 저 옛날 김춘수의 역사에 대한 혐오가 마침내 공인(共認)의 수준에 다다른 것이었다. 1980년대 황지우가, 비록 다른 맥락을 포함하긴 했으나, "페르디난도 춘초씨"를 조롱한 것과 비교하면 상극의 변화였다. 다른한편 박완서의 「환각의 나비」(1995)나 이청준의 『신화를 삼킨 섬』(2003)은 분명 개인들의 삶을 사회적 묘판 위에서 성찰하는 높은성취를 보여주었지만 새로 개발된 '노년문학'으로 이해되었거나시대의 징후로서 이해되지 못한 채 독자들의 더듬이 사이를 빠져나갔다.

그러나 나는 이 현상 자체를 무작정 비판하고자 하는 게 아니다. 이 방향 전환에는 그 나름의 이유들이 있었으며 그 명분에 의해 이흐름 속에서 태어난 작품들 역시 사회성을 확보하고 있다. 무엇보다도 그것은 전 시대 대의에의 종속이 낳은 폐해에 대한 반성으로부터 시작했다. 그 반성이 작가들을 개개인의 구체적인 삶의 실질을 톺아보는 방향으로 이끌고 가게 했던 것이다. 당시 유행했던 말로 하자면 '큰 이야기' 대신 '작은 이야기들'의 소중함을 깨달은 것이다. 우리는 이것을 푸코의 말을 살짝 바꾸어 '개인에 관한 실존적인 담화 구성la formation discursive sur l'individu existentiel'이라고 말할 수 있을 것이다. 이 실존적 담화 구성이야말로 우리의 삶에 생생한 내용을 부여하는 것이다. 입자와 파동과 부피와체적과 결과 주름과 도관과 방들이 의지와 욕망과 감정과 인식과회고와 기획이 배어든 운동들에 의해 꿈틀거리면서 변화시켜가는내용을.

다른 한편 개인의 폭발을 가능케 한 것은 민주화와 더불어 거대 소비사회로의 진입이었다. 이렇다는 것은 개인은 원리적으로 해방되었으나 실질적으로 더욱 왜소해졌다는 것을 가리킨다. 이 세상을 가리키는 교과서들에 의하면 민주 시민은 저마다 독립적인 자유의지의 주인인데, 그러나 직장, 시장, 광장, 클럽 어느 곳을 가보아도 '나'는 지극히 하잘것없는 좁쌀에 지나지 않는 것이다. 개인들은 개인의 이름으로 다중이 되었다. 발자크Honoré de Balzac의 『나귀 가죽*Peau de chagrin*』(1831)에서 라파엘은 욕망과 수명을 맞교환했다가 죽을 날에 전전긍긍하는 초라한 인간으로 전락하지만, 매드슨Richard Matheson의 『줄어드는 남자*The Incredible Shrinking Man*』(1956)는 선실 지붕에서 일광욕을 즐기다 파도로 밀려온 알 수 없는 분무에 싸이고는 한없이 작아지더니 자신이 기르던 고양이의 발톱을 피해 달아난 곳에서 괴물 거미와 맞부닥뜨리게 된다. 오늘날 개인들의 처지가 그와 다를 바 없다. 마음껏 향락하는 듯하다 보면 저 요령부득의 거대 소비사회의 구름 속에서 녹아 자잘한 알갱이로 쪼그라드는 것이다. 라파엘에게는 그나마 한때의 영화가 있었지만, 이제는 그 한때가 찰나가 되었다. 그리고 그 찰나를 영원으로 착각하기 위해 미친 듯이 놀리는 팔다리의 발버둥만이 기괴한 그림자들의 무도회를 여는 것이다.

그러니 21세기의 개인주의 소설에 사회성이 없다고 할 수 없다. 그러나 어떤 차이가 있다. 사회적 지평은 말 그대로 사회적 지평을 바꾸고자 하는 의지를 통해서만 열린다. 즉 '집단 내부의 인간들의 상호 관계와 집단들 간의 관계'를 바꾸고자 하는 의지와 그 가능성의 측량 위에서만. 사회와의 갈등을 다룬다 해도 사회를 넘어설 수 없는 벽으로 간주하고 그 벽을 타 넘으려는 담쟁이에 초점을 맞추는 한 사회적 지평은 열리지 않는다. 생각해보라. 베를린 장벽은 사람들이 그걸 타 넘은 것만으로 무너진 게 아니다. 베를린 장벽이 무너짐으로써 무너진 것이다. 다시 말해 그걸 타 넘은 사람들에 의해 베를린 장벽이 상징하는 세계의 구조 자체가 사라졌기 때문에 무너진 것이다. 나는 지난 11월 소설가 정찬과 함께 베를린의 '동쪽 갤러리Mühlenstraße'를 갔었다. 거기에 보존된 베를린 장벽에는 보통 사람들이 그려놓은 온갖 그림이 끊임없이 이어지고 있었다. 장벽이 화랑으로 바뀐 것이었다. 그 벽을 따라, 저마다 이질적인 하나하나의 그림을 감상하면서 나는 세계에 작용하는 우연하고 다양한 존재의 기운을 몽땅 온몸으로 흡인하는 기분에 젖어들었다.

그렇다. 실존적 개인의 구체적 삶으로 구성된 담화가 세계의 변화에 작용하는 것이 아닌 한, 그 개인의 이야기가 사회성을 품었다고 해서 사회적 지평을 연 것은 아니다. 문제는 개인들의 변화를 통해서 세상을 바꾸는 것이다. 어떻게 그게 가능할 것인가?

사회적 지평은 개인들이 저마다 자신의 주관적 윤리에 집착하는 한 열리지 않는다. 왜냐하면 사회란 개인들의 '관계'이기 때문이다. 그 관계가 합당해야 하는 것이다. 때문에 저 개인을 개인들로 바꾸어서 집단으로 상정해도 문제는 해결되지 않는다. 가령, 하필이면 동원된 저 비유에 기대 이렇게 말해보자. 저 담쟁이들은 바로 집단이 아닌가? 집단의 삶을 뒤바꾸는 것, 그것이 사회적 지평에서 하는 일이지 않는가?

실은 바로 여기에 핵심이 있는 것이다. 지금까지의 개진된 모든 논의가 수렴하는 자리가 여기이다. 집단은 사회인가? 그것이 더미로 이해되는 한 그것은 사회라고 할 수 없다. 왜냐하면 사회는 사람들의 관계이고(이것이 바로 루소Jean-Jacques Rousseau에 의해서 명확하게 정의된 것이다), 그 관계를 고려하지 않는 한 개인들의 총합으로서의 집단에 대한 가정은 무가치하기 때문이다. 1980년대를 풍미했던 뤼시앵 골드만Lucien Goldmann은 자신의 기념비적인 저서 『숨은 신Le Dieu caché』에서 자신의 연구가 개인을 다루지 않고 집단을 다루는 까닭을 개인들 하나하나는 너무나 이질적인 특성과 정신으로 흩어져 있어서 사회변혁의 동인으로 고려할 수 없고, 오로지 집단으로 묶일 때만 사회적 구성자의 의미를 갖는다는 식의 말을 했었다. 골드만이 틀렸다. 왜냐하면 그렇게 해서 가정된 집단은 집단 내부의 구성원들과는 무관한 어떤 이념적 단위로서 바깥으로부터 주어진 것이기 때문이다. 그렇게 논의를 끌고 가는 한 집단 위의 상위 단위를 필연적으로 상정할 수밖에 없다. 그 상위 존재가 20세기 현실사회주의에서 '당'이었던 것이고, 현실사회주의의 몰락은 당의 부패 이상으로 당의 무자격성에 기인하는 것이었다. 집단을, 다시 말해 프롤레타리아를, 민중을 얘기하는 저 외침의 내부에 '간부'가 되고자 하는 욕망이 타오르고 있었을 뿐, 무산자 그 자신으로 하여금 스스로 삶의 주인이 되게끔 하고자 하는 의지는 그럴듯한 '주의'의 풍선에 지나지 않았던 것이다. 그러니 우리는 한나 아렌트Hannah Arendt의 발언을 진지하게 경청할 수밖에 없다. "우리는 미래를 알 수 없다./모든 사람이 미래를 목표로 행동한다. 그리고 아무도 자신이 무엇을 하는지 모른다. 왜냐하면 행동은 나에 의해서가 아니라 우리에 의해서 이루어지기 때문이다. 〔……〕 따라서 정말 일어나는 것은 전적으로 우연의 영역에 속하며, 실로 우연이야말로 역사의 가장 큰 원동력의 하나인 듯이 보인다."[3] 왜 우리가 우연에 속하는가? 우리는 바로 아주 이질적인 '나'들의 관계로 이루어져 있기 때문이다. 다시 말해 집단은 개인들의 총합이 아니다. 집단은 개인들의 연락망이다. 따라서 집단은 요약되지 않는다. 지난 세기의 실험이, 시끄러운 참여론이 실패한 것은 집단을 요약하려고 했기 때문이다. 집단 내부의 개인들을 의미 없는 '수열체'로 여겨 운산에서 제외했기 때문이다. 한나 아렌트는 역사의 원동력으로서의 '우연'을 말하고는, 이어서 역사를 회고적으로 돌이켜보면 그것이 '논리적'으로 이해된다는 사실에 놀람을 표시한다. 만일 그의 두 발견을 함께 고려하고자 한다면, 역사의 논리성은 저 우연들에 의해서 만들어진 것이라고 이해할 수밖에 없다.

더미와, 관계 혹은 난해한 사회와 촘촘한 문학

그러니까 정말 해야 할 일은 이 우연들 속으로, 그 한없는 이질성 안으로 침투하는 것이다. 그렇게 파고들어가 그 무수한 다른 것이 근원(近遠)의 상대들과 전기적이든 화학적이든 주고받는 미묘한 인척(引斥)의 복합성을 따져 헤아리고 그 알고리즘을 파헤치는

---

3) 「한나 아렌트Hannah Arendt」, 로제 에르라Roger Errera와의 인터뷰, 장 클로드 뤼브찬스키Jean-Claude Lubtchansky 연출, 「특별한 시선Un certain regard」, 프랑스 라디오-텔레비전 방송 서비스Service de la Recherche de l'ORTF, 1973(방송 1974).

것이다. 그러기 위해서 그들의 생체험을 복기해야 하는 것이다. 그 생체험은 어떤 것인가? 여기서 아이티의 시인으로 돌아가보기로 하자. 그는 이렇게 쓴다.

> 피부, 특수하고도 공유된 살의 스크린
> 으스대며 뽐내는 퍼레이드 혹은 조롱거리.
> 선과 악을 가르는 멜라닌 휘장
> 권력을 가졌는지 힘이 없는지 보여주는 문장(紋章), 덧없어라.
> 착시로 얻은 미의 가봉(假縫)
> 피부는 영혼을 숨겨준다.
>
> 복숭아 껍질, 오렌지 껍질, 바나나 껍질
> 천사 피부, 뱀 허물

메텔뤼스의 마지막 시집 『피부, 기타 *La peau et autres poèmes*』 (2006)의 '서시'에 해당하는 시다. 한때 유럽의 식민지였던 중남미 시인이 '피부'에 대해 노래하는 까닭은 누구나 짐작할 수 있다. 검은 피부가 그 사람들에게 얼마나 괴로운 정신적 고통이었는가는, 수많은 기억과 통계와 문화적 체험과 그리고 자신의 피부를 탈색시키려고 갖은 애를 쓰다 죽을 때까지 양산을 쓰고 다녀야 했던 어느 가수의 일화 같은 사건들을 통해 세계인이 모두 알고 있다. 그러나 독자의 눈을 따끔거리게 하는 것은 시의 이 나른한 어조와 아름작한 심리이다. 세제르 Aimé Césaire의 겨레붙이이자 세제르의 추앙자인 그의 시는 세제르의 시와 하나도 닮지 않았다.

새벽 막바지, 가냘픈 만들이 싹을 틔우는데, 앙티유는 배고프고, 앙티유는 천연두 우박으로 뒤덮이고, 앙티유는 알코올로 폭발하여, 이 만의 진창 속에 처박혀 있네. 침울히 주저앉은 이 마을의 흙먼지 속에.

새벽 막바지, 가슴 아파하는 척하는 극단(極端)이 물의 상처 위에 부스럼 딱지로 앉는다. 순교자들은 증언하지 못하고, 피로 피어났던 꽃들은 시들어 무익한 바람 속에서, 종알거리는 앵무새들의 비명처럼 파닥인다. 미소를 가장한 낡은 인생, 퇴색한 불안으로 벌어진 그의 입술, 태양 아래 썩어가는 낡은 비참, 식은 종창들이 곪아 터진 낡아빠진 침묵,

우리 존재 이유의 끔찍한 부질없음.

으로 시작하는 『귀향 수첩 *Cahiers d'un retour au pays natal*』 (1939, 1956)과 비교해보라. 이 숨 막히고도 숨 가쁜 격정을 메텔뤼스의 시는 더 이상 되풀이하지 않는다. 그의 시에는 그런 직정적인 반응 대신 미묘한 망설임과 모호함이 미적지근하게 흐른다. 처음엔 인종차별에 대한 냉소적인 아이러니가 돋보인다. 독자는 그런데 옛 식민자의 언어로 씌어진 이 글의 이랑이 각성한 아이티인의 빈정거림인지, 반성하는 유럽인의 자조인지 분명히 알 수 없다. 아니 차라리 두 마음이 함께 포개져 있는 듯이 보인다. 그리고 첫연의 마지막 행에서 알쏭달쏭한 문장을 만난다. "피부는 영혼을 숨겨준다." 무슨 뜻인가? 피부색 아래 어떤 보편적인 영혼이 숨어

있다는 말인가? 그렇다면 피부가 그것을 숨겨주는 게 아니라 오히려 가리는 게 아닌가? 혹시 바로 앞의 진술 자체를 피부가 숨겨주고 있다고 말하는 건 아닐까? 가령 피부색과 관계없이 누구나 보편적 영혼을 가지고 있다는 말을 누가 하는가? 바로 검은 피부를 가졌거나 반성하는 백인이 그런 말을 할 수 있다. 그래서 피식민자의 영혼은 보호되는 듯싶은데, 그러나 그 말을 통해서 그 영혼은 보호되기보다는 활용되는 건 아닌가? 아프리카 토착의 주술이 현대 예술로 변개하듯. 혹은 마사이 주민의 보행이 새 신발을 탄생시키듯. 아메리카 인디언의 포틀래치potlatch가 마치 전위적 인간관계인 양 추앙받듯. 거기에 깃든 영혼은 정말 보편적인가? 그렇게 재개발된 영혼은 그 피부색의 인간들과 무슨 상관인가? 상관이 없는 건 아니겠지만 거기엔 질료 제공자와 가공자 사이의 아주 복잡한 심리의 교환이 스며들어 있다. 그래서 피부는 영혼(에 대한 환상으로서의 영혼)에 도피처를 제공해주는 게 아닌가? 두번째 연은 그러한 우리의 짐작을 적절히 확인시켜준다. 사실 이 짐작이 아니었다면 두번째 연은 전혀 음미할 수 없었을 것이다. 이제 보니, 피부는 맛난 과육을 보호하고 있다가 곧 용도 폐기당하는 과일 껍질 같은 것이다, 천사의 피부인 듯하지만 뱀의 허물이다, 라고 두번째 연은 말하고 있는 듯이 보인다. 그러니까 그 진술에는 각성한 독립인과 반성하는 옛 식민자의 시선들이 발양(發陽)한 원주민과 계산에 바쁜 모험가의 시선들에 굴절되어서 특이하게 일그러지고 겹쳐진 상들이, 그 아주 층지고 분산된 마음들이 윤곽을 톱질하며 나타났다 사라졌다 한다.

첫 연의 마지막 행의 진술이 그렇게 복잡한 마음의 굴곡을 말고 있다면, 이 진술은 또한 주제와 어법의 기묘한 교응을 보여준다. 내용의 복잡성은 시치미를 떼는 듯한 어조의 건조함과 맞물리면서 반성과 아이러니와 체념과 분노와 비애와 저항의 감정들, 어느 것도 아닌 듯이 보이면서도 동시에 그 전부인 듯이 보이는 모호한 어조를 형성한다.

이 평범한 듯 보이는 이 시가 왜 이리 어려운가? 다름 아니라 피식민자였던 가난한 독립국민의 심사가 그렇게 복잡하기 때문이다, 라고밖에는 달리 대답할 길이 없다. 이곳에서 사회적 지평이 열리려면 바로 이 복잡성 안으로 뛰어들어가야만 한다. 만일 전 시대의 문학이 가난하고 힘없는 사람들의 대변인임을 자처하면서 쉽고 무던한 작품만을 요구하고 있었다면, 그것은 그가 그 사람들의 세상 안으로 뛰어들기보다 바깥에 있으려고 했기 때문일 것이다. 문학에도 간부의 욕망이 끓고 있었던 것이다.

당연히 문학이 섬세해지고 깐깐해지는 건 불가피하다. 『낯선 시간 속으로』가 던지는 또 하나의 메시지는 공적 수준의 결단보다도 사적 수준의 문제들은 훨씬 헤아리기 어려운 칡덩굴을 이루고 있다는 것이다. 그런데 그 덩굴을 끌고 가지 않으면 어떤 공적 수준의 선택도 정당성을 확보할 수가 없는 것이다. 또한 같은 작가의 『미쳐버리고 싶은, 미쳐지지 않는』(1995)에서 '나'를 실직과 유랑으로 내몬 '미친 여자'에 대한 '나'의 반응을 꼼꼼히 읽어보라. 거기에는 증오와 공포가 배면에 깔려 있지만 그것만이 아니다. '나'는 그 증오와 공포를 유발한 일차적인 행동 양식(침묵의 전화)으로부터 시작해 한편으로 그걸 피해 헤어진 여자에게 전화를 했다가 미친 여자와 똑같은 수법의 반응을 받고는, 다른 한편으로 그 행동과 감정의 사연을 거꾸로 추적해가는 과정 속에서, 실은 그 행동을 처음 시작한 게 미친 여자가 아니라 자신이었다는 사실에까지 다가간다. 그 행동을 통해서 그가 한 것은 '미칠 것 같은 여자'를 정말 '미친 여자'로 만들었다는 것이다. '나'의 소심한 자기 보호 본능의 "작은 칼"이 "그녀를 참혹하게 베고 말았"던 것이다. 미친 여자의 복수는 그래서 시작되는데, 그 복수의 방법은 '나'를 흉내 내어 '나'의 자리를 빼앗으려고 하는 것이다. 다중은 개인을 모방하고 그럼으로써 주체가 되고자 한다. 주인과 노예의 변증법이 작동하는 것이다. 그런데 주인은 그렇게 무력하지 않다. 개인은 다중을 울타리 바깥으로 내몰아 개인의 자리를 지키려고 한다. 그런데 그 개인이 다중인 것이다. 모든 자가 주관적으로 개인이며 객관적으로 다중인 것이다. 첫 절에서 우리가 여러 차례 확인한 것처럼, 그렇게 하여 만인대의의 사건들이 무차별적으로 벌어진다.

주인과 노예의 변증법은 결코 변증법이 아니다. 다시 말해 해방론이 아니다. 그걸 사람들은 저 옛날부터 해방의 원리로 받아들였다. "나중 된 자가 먼저 된다"고? 당장은 삼키고 싶은 먹이일 것이다. 그러나 그러면 먼저 된 자가 나중 되어 다시 먼저 된다. 주인과 노예의 순환론이라고 말해야 하리라. 한데, 우리가 방금 읽은 작품들의 손가락들은 한결같이 이 순환론을 벗어나는 길은 이 순환의 회로 안에서만 가능하다는 희한한 구멍을 가리키고 있다. 이인성의 '나'가 '너' '그'로 분신하면서 미친 여자와 헤어진 여자의 삶속으로 끼어들어가서 마침내 '나'의 내부에 파묻혀 있는 '악'을 찾아내도록 관찰하고 체험하고 회고하고 생각하는 것은 그 생체험의 인식적 재구성만이 그 만인대의의 도가니를 만인토의의 광장으로 바꿀 수 있다는 신호를 타전하는 것이다. 장 메텔뤼스의 저 복합적 시선들의 중첩 역시, 시인이 그 안에서 변화와 갱신을 모색하기 때문에 그렇게 하는 것이다.

> 피부는 침묵silence과 지혜science를 짠다
> 생경한 모습의 타자와 만나서 생긴
> 모든 요소에 산 자를 섞으며
> 희열 속에서 그리고 명상 속에서
> 성찰을 하고 관찰을 하고
> 열린 의식으로, 민감히 느껴 알며
> 피부는 우리를 사랑하고 축원하고 이해하도록 부추긴다.

파괴와 자멸의 몸짓들을 각성과 사랑의 그것들로 바꾸어 서로의 자유를 북돋는 길은 분노와 절망과 아이러니로 가득 찬 바로 그 피부 안에 있다. 피부는, 다시 말해 우리의 리바이어던은 그렇게 오묘한 것이다.

그러니 이제 대중이 알아듣기 쉽게 쓰라는 말은 더 이상 하지 말기로 하자. 그들을 알지도 못하면서 어떻게 쉬운 걸 골라서 제공한단 말인가? 그건 그냥 서민들에게 된장찌개나 먹으라고 권하는 거나 마찬가지다. 내가 직접 즐겨 끓여 먹는 된장찌개가 나쁜 음식이라고 말하는 게 아니다. 익숙한 습관에 안주하게끔 윽박지르는 그 요구가 잘못되었다는 것이다. 자유로운 존재가 된다는 것은 자신의 가능성을 넓힌다는 것과 같은 말이다. 문학이 그 가능성의 확대에 참여하고 싶다면, 그들 삶의 복잡성 속으로 들어가, 그 복잡성

이 그들 생의 풍요에 연결되게끔 하는 방법을 찾아야 한다. 지금까지 누누이 한 얘기다. 최근 마리 질Marie Gil도 『르 몽드』1월 10일자에 발표한 「문학적 사유를 위하여Pour la pensée littéraire」라는 글에서, 구조주의와 누보로망이 문학을 망쳤다는 통념을 비판하면서, 문학이 사유로서 이해되던 시절에 문학 비평과 문학 창조는 공히 문체가 삶이자 예술임을 보여주었는데, 사유가 빠져나간 지금 문학 창조와 비평은 분리되고 위대한 문학에 대해서조차도 그 문체가 음미되지 않고 있는 현상을 개탄했다. 지금까지의 우리의 논지와 다르지 않다. 문학에 대한 생각은 문체를 낳는다.

1980년대가 멈춘 자리에서

무슨 생각? 문학이 어떻게 세상의 구성적 참여가 될 수 있을까에 대한 생각 말이다. 다시 말해 문학의 사회적 지평에 대한 생각. 그것이 그 사회를 이루는 성원들의 무한한 이질성들의 열림과 성원 개개인의 존재론적 상승을 전제로 한다면, 당연히 생각은 표현의 세공을 부추긴다. 플로베르가 말했듯 현실을 정확히 묘사하기 위해서이기도 하지만 동시에 그 현실이 끊임없는 변화 속에 놓여 있기 때문이기도 하다. 그 변화는 구성원들의 언어적 감각과 예술적 안목과 표현 충동을 기본적으로 포함하는 것이다.

어느 때보다도 사회 변화에 대한 열망이 강렬했던 1980년대에 그걸 파악한 작가, 문인들은 불행하게도 많지 않았다. 그때는 집단이 더미로 인지되던 시절이었다. 앞에서 보았듯, 작가와 시인들은 그 문제를 무의식적으로 감지하고 있었다. 그러나 무의식의 용량이 풍부하지 못한 비평가들은 거의 그걸 눈치채지 못하고 있었다. 어느 때보다도 입법 비평의 위세가 등등했던 시절이었으니, 불행의 정도는 배가될 수밖에 없었다. 1980년대 문학의 '큰 이야기'에 대한 집착이 '작은 이야기들'의 공세에 무기력하게 물러난 것에는 다 이유가 있었다. 시인 중에서 가장 민감하게, 즉 의식적으로 그 문제에 접근한 사람은 황지우였다. 그가 더미로서의 집단을 선명하게 형상화한 게 「겨울―나무로부터 봄―나무에로」였다. 그러나 『나는 너다』(1987)에 와서 관계로서의 집단의 문제가 해결되지 않는 한 집단의 해방은 불가능하다는 인식과 맞닥뜨렸다. 시인은 그 안으로 깊숙이 들어가 좌충우돌했다. 그리고 그 싸움에서 패배했다(나는 이 글 다음다음에 놓인 글 「추상적 민중에서 일상적 타자로 넘어가는 고단함」에서 이 문제를 상세히 짚어보았다). 그는 최초의 길을 열었고 장려히 쓰러졌다(비록 마지막 시가 환호를 외치고 있었지만 그건 일종의 의례적 피날레였다).

그러나 무의식의 차원에서는 황지우와 동행한 작가·시인들은 여럿 있었다고 봐야 할 것이다. 이를테면 이인성의 『한없이 낮은 숨결』(1989)에서 '당신'은 바로 그 관계로서의 집단의 파악을 위해 필연적으로 요청된 것이었다. 특히 「그는 왜 그럴 수밖에 없었을까」는 낮은 계층의 사람이 몸으로 표현하는 언어를 정밀하게 추적했다. 그러나 그의 실험이 제대로 이해되지는 못했다. 그 책에 내가 쓴 해설 역시, 그 핵심을 정확히 인지하지 못한 채 막연한 느낌 속에서 문체만을 분석하려고 함으로써 무참히 실패한 글이 되고 말았다. 김현만이 「그는 왜 그럴 수밖에 없었을까」가 제시하는 상황을 "가난의 공간"이라고 칭하면서, "가난의 공간을 공식 문화의 시선으로 극복해야 되는 단계로 묘사할 것인가, 아니면 비공식 문화의 시선으로 분노의 온상으로 묘사해야 할 것인가? 그 어떤 시선도 가난의 공간을 있는 그대로 보게 하는 것을 막고 있는 것이 아닐까? 가난이란 무엇이며 그 공간은 사회의 전체적 공간 속에서 어떤 모습을 띠고 있는가? 이인성의 소설이 던지고 있는 그런 질문들은 세계에 대한 새로운 해석을 요구하는 질문들"(「실험시·실험소설의 공간」, 『두꺼운 삶과 얇은 삶』)이라고 지적했지만, 이 지적에도 그 공간을 단일체로 간주하는 고정관념이 은근히 개입하고 있었으니, 그 "새로운 해석"을 '가난의 공간' 자체의 새로운 해석으로 받아들여 분석을 발전시킨 비평가는 나오지 않았다. 그만큼 '더미'로서의 집단에 대한 강박관념이 컸고, 저 '당신'을 뷔토르 Michel Butor적 실험의 차용 정도로 이해하는 수준에 그치고 말았던 것이다.

하지만 작가·시인들은 무의식적 수준에서 한국문학의 개인으로의 회귀가 지배적인 추세가 되고 있을 때에도 그 관계를 탐색해나갔다고 나는 생각한다. 그 탐색의 어느 지점에서 그들은 모두 광기를 보았다. 즉 관계의 괴멸과 도착을 본 것이다. 『미쳐버리고 싶은, 미쳐지지 않는』은 제목 자체가 그것을 가리키고 있다. 또한 김혜순은 시가 지향해야 할 저 '고처'가 바로 가장 낮은 곳임을 감각적으로 표현할 수 있었다. "시의 궁창"은 "시궁창"인 것이다. 그런데 그 시궁창에서 그는 몸이 흔들리고 숨이 막혔다.

    이 시궁창은 네가 살 곳이 아니다

네가 자꾸 찾아오면 나는 머리에 별을 꽂고
내 몸속에서 세상의 모든 밤이 터질 거다

태풍이 지나간 맑은 아침처럼 아무렇지도 않은 새날이 오고
죽은 시궁쥐 한 켤레 두 발에 꿰어 거리에 서면
천지 사방에서 불어오는 내 나비들 내 몸은 왜 이리 작은데
내 팔은 내 머리는 내 다리는 내 사지는 왜 이리 멀까
나는 세상의 모든 바람에게 쫓겨 이 몸속에 난파당했나 보다
천지 사방 내 팔다리가 멀어져간다 정신이 아득해진다

나에겐 늘 산소가 모자라 저 툰드라를 걸어가는 내 발자국
　　　　　　　　　　　　　　　　　　　　　—「불가살」 부분[4]

　시인이 애써 하나로 합쳐놓은 시의 궁창과 시궁창은 '불가살'이
라는 환각적 동물을 통해서 분열되고 있다. 환각이 통일을 보여주
지 않고 시야를 찢어놓고 있다. 즉 환상을 심어주지 않고 상황을
직시케 하는 것이다. 생각해보라. 우리는 천국이 여기라고 말하긴
하지만, 실은 여기는 지옥인 것이다. 지옥이 천국이 되려면 얼마
나 고투해야 하는가? 그러나 환각은 그냥 분열만 보여주는 게 아
니다. 그것은 궁창과 시궁창을 붙였다 떼었다 한다. 그 때문에 "내
몸속에서 세상의 모든 밤이 터질 거다." 지옥이 통째로 천국으로
열려 나가려 하니, 그리고 시가 그것을 온 언어로 감당해야 하니,

---

4) 김혜순, 앞의 책.

시인의 몸은 파열 직전의 상태로 부르르 떤다. 진짜 분열은 여기에 있다. 통일과 분열의 이중성 사이에서 진동하는 것. 이 분열증을 비정상으로 생각하는 혹자가 있다면 그는 지금까지의 얘기를 놀랍게도 오독한 것이다. 어디에도 정상이 없으며 당연히 비정상도 없다. 분열증이 어떻게 해방의 계기로 전화하느냐가 중요한 것이다. 이성복은 그의 근작 시집에서 '타자의 고통을 대신할 수 없는 서러움'을 그 하나의 고리로 제시했다(이 글에 이어지는 「서러움의 정치학」에 상론되어 있다). 물론 그것만이 고리가 아닐 것이다. 작가·시인들의 무의식적 실천이 그러하다면 이제 비평가들이 화답해야 할 때가 되지 않았을까? 다시 말해 동굴의 박쥐들과 더불어 작가·시인들이 지상으로 솟구치도록 삽질을 해야 하지 않겠는가?

나는 사회적 지평을 향한 문학적 탐구가 1980년대의 작가·시인들에게서만 나타나는 건 아니라고 믿는다. 내 독서의 테두리 내에서도 더불어 거론하고 싶은 젊은 작가·시인들이 있으나, 분석 혹은 해석도 하지 않으면서 이름만 거론하는 건 옳은 태도가 아니라고 생각한다. 다만, 그들에 대한 믿음이 이 글을 쓰는 힘의 원천이 되었다는 사실만 적어두기로 한다. 이 사실을 적는 것은 오늘의 이 글이 세대에 대해서가 아니라 문학의 당면한 과제에 대해 씌어졌음을 표하기 위한 것이며 동시에 내가 치러야 할 숙제를 나 자신에게 환기시키기 위해서이다. 내 몸은 늙어가고 있으나 내가 그들보다 젊고 싶다는 것은 내 몸의 당연한 욕망이다. 그 욕망에게('을'이 아니라는 것을 굳이 적어두어야 할까?) 절대로 양보하지 말자.

〔2014〕

서러움의 정치학

─ 시는 지금, 이곳에서 무엇과/어떻게 싸우는가에 대한 사색

1. 1987년 이후─적대적인 것들의 결합

시가 전투를 그친 지 아주 오래되었다. 30년 전 시는 최전선에서 싸웠었다. 학생과 시민이 함께한 싸움이었다. 그 싸움의 대의는 민주화였고, 그 싸움의 욕망은 원칙 세우기와 자기되기였다. 시는 1980년대 내내 그 싸움의 '깃발'이었다. 깃발로 치자면 '걸개그림'이 더 화려했으나 시의 깃발은 그보다 더 심오했다. 그것은 청마의 시구 그대로 "애수[가] 백로처럼 날개를 편" "소리 없는 아우성"[1] 이었다. 물론 모든 시가 그런 것은 아니었다. 많은 시는 그림과 같았다. 한편 어떤 그림들은 시와 같았다. 김정환·박노해와 신학철·홍성담, 이성복·황지우와 강요배·임옥상은 그렇게 뒤섞이면서 나란히 전진했다.

---

1) 유치환, 「旗빨」, 『청마시초』, 청색지(靑色紙)사, 1939.

고투 끝에 승리가 찾아왔다. 그러나 앞장서 승리를 맞이한 이는 시가 아니었다. 심지어 학생도 시민도 아니었다. 개선의 광장에서 승리의 찬가를 부른 이들은 어떤 변형체들의 복합 구조물이었다. 그 한 성분은 학생으로부터 지도자로 변형된 자들의 집합이었다. 또 한 성분은 시민으로부터 상인으로 변형된 자들의 집합이었다. 또 한 성분은 시로부터 문화로 변형된 것들의 집합이었다. 또 한 성분은 다성(多聲)의 사회적 장을 특이 음색의 개인적 장으로 바꾼 소설들의 덩어리였다. 또 한 성분은 억제할 수 없는 충동을 심성관리공학 속에 집어넣어 재주조한 향유의 불꽃들이었다. 또 한 성분은…… 나열하자면 지루한 몇 시간을 더 참아야 하리라. 많은 것을 덜어내고 요약하자면 전리품을 얻기 위해서 저항자들은 무언가로 변신했다는 것이다. 변신해야만 했던 것이라기보다는 자발적으로, 즉 자연발생적으로, 그러니까 그들의 소위 '사유'와 무관하게 변신을 향해 나아갔던 것이다. 그 변신이 혼자 힘으로 된 것은 아니었다. 그들은 '대의'를 제공했지만 자원을 가지고 있지 않았다. 자원은 다른 쪽에서 왔다. 지배층에서 경세가로 변신한 자들이 자원을 대가로 대의를 샀다. 군인으로부터, 율사로부터 정치가로 변신한 자들, 기업으로부터 변신한 각종 연구소, 문화사업단, 별별 콘서트가 그들과 어울리게 되었다.

이 결합은 어떤 면에선 불가피한 일이었다. 투쟁은 대의의 깃발 아래 욕망의 선을 따라 흐르게 마련이니까. 게다가 다행스럽게도 욕망과 대의는 겉으로는 서로를 잘 보충하고 있었다. 1987년 6월 항쟁으로부터 오늘날까지의 역사를 민주화의 도정이라고 요약한다면, 많은 혼란을 수반하긴 했지만, 그 도정은 이탈된 적이 없이 점진적으로 넓은 길을 내왔다. 한때 "아, 옛날이여!"를 외치며 후일담에 빠졌던 사람들이 있었으나, 그들은 도태되었거나(지지난해, 후일담 문학의 주도자이기도 했던 한 소설가가 자신이 대표로 있던 옛날의 급진 운동권 출판사로부터 사임한 사건이 도태의 마지막 파일이 될 것이다), 아니면 이 '적대적인 것과의 결합'이라는 새로운 알고리즘을 익힘으로써 살아남았다. 김인환이 솔직하게 지적하듯이 "이윤율의 상승이 사회의 기본 전제라는 잔인한 운명"을, 요컨대 "파이를 크게 하지 않으면 어떠한 사회문제도 해결할 수 없다는 사실"[2]을 배우게 되었던 것이다.

김인환은 한국의 시민들이 그걸 깨달은 게 "1960년대에서 1980년대에 이르는 30년 동안"이라고 했으나, 실상은 1990년대 이후였다고 말해야 할 것이다. 1987년 6월 항쟁까지만 해도, 저항 세력의 입에서는 이윤 창출에 관한 한 마디도 나오지 않았다. 자립경제론과 매판자본 매도, 제국주의 타도가 이구동성인 시절이었다. 그러한 구호가 하나의 환상에 불과하다는 것이 드러난 건, 덧붙여 '의식 개조'라는 명분으로 전 중국의 청소년들뿐 아니라 세계의 지식인들을 매혹시켰던 '문화혁명'이 수많은 사람을 유폐와 감옥과 몰매와 죽음으로 몰아넣었다는 것을 알게 된 것은, 또한 아시아의 용네 마리의 성장의 원천에 두꺼운 중산층이 있었다(매판자본에 의한 빈부극대화가 아니라)는 새로운 리포트가 제출되기 시작한 건, 대체로 현실사회주의 몰락 이후 새로운 시간대에 들어서였다.

---

2) 김인환, 「한국문학과 민주주의」, 함돈균 엮음, 『한국문학과 민주주의』, 소명출판, 2013, p. 26.

2. 모든 저항이 안에서 소비되는 사태

간단히 말해 '혁명'은 실체적으로 소멸했다. 적대적인 성분들의 결합이라는 이 새로운 현상은 개혁reform의 지평만을 작열하는 햇빛 아래 적나라하게 드러냈다. 문제는 그 환하게 드러난 풍경이 결코 아름답지 않다는 것이다. 그 현장에서 어리석은 환상들만이 쫓겨난 것은 아니었다. 현실의 요구와 타협할 수 없는, 타협해서는 안 되는 일체의 것들이 더불어 따돌림당하게 되었다는 것이다. 그러나 그것만이 아니었다. 더욱 심각한 문제는 저 어리석은 환상들이 특정한 방식을 통해서 다시 귀환했는데, 반면 현실과 타협해서는 안 되는 것들은 점점 더 주변과 음지로 퇴각해야만 했다는 것이다. 왜냐하면 저 귀환의 방정식이 새 현상의 모방을 통해서야 가능했으니 그 결과 새 현상의 생산력과 위세는 더욱더 강화되었기 때문이다. 그게 무슨 말이냐고? 저 환상들의 귀환은 오늘의 알고리즘을 특별한 방식으로 개조하는 것으로 가능했다는 말이다. 조금 전 우리는 1990년대 이후의 새로운 현상을 '이윤율의 증가를 전제로 한 적대적인 것들의 결합'이라고 말했다. 달리 말해 공동체의 부의 유지가 아니라 확장이 절대 불변의 지상명령으로 한국인의 행동을 앞뒤로 둘러싸게 되었다는 것이다. 그런데 이 '부의 확장'이라는 지상명령은 현실적으로는 불가피한 것이었으나 당위적으로는 의심스러운 것이었다. 그래서 의심을 제거하기 위해서 이 현실적인 불가피성은 스스로 불가피하게 당위적으로 분명한 것들을 제 안에 끌어들일 수밖에 없었다. 그것들은 가령 공평한 분배, 베

품과 섬김 등의 추상적 명제들로서 이해되었는데, 그것들이 감성의 농도를 강화하면서 한편으론 '착한'이라는 관형어가 수탉의 관모처럼 세워져 모든 사회적 실천 위에서 핏대를 세우는 현상이 무차별적으로 확산되었고(착한 기업에서 착한 떡볶이까지), 다른 한편으론 지난 시대의 분노에 관계된 명제들이 다시 살아나 사회적 현장으로 유입되는 일이 가능해졌던 것이다.

그리하여 저 현실적으로 불가피한 것 자체가 적대적인 것과의 결합을 통해서 구성되는 사태가 일어난 것이다. 그럼으로써 가장 우파적인 욕구와 가장 좌파적인 요구가 이상성의 양축을 구성하면서 한국 사회의 욕망은 그 울타리 안에 가두어져 몸부림친다. 그 바깥을 향해 나가려고 발버둥 치는 게 아니라, 그 안을 통째로 삶아 먹으려고 "나 못살아, 나 못살아" 하는 것이다. 이 와중에서 모든 바깥을 향한 "애달픈" 회원은 안을 태우는 장작불로 스스로를 태우고 말게 되었으니, 문학이 문화로 퍼져나가고, 문화가 한류로 이동하고, 인문학이 스티브 잡스식의 '부가가치를 발생시키는 창의성'으로 변개하고, 본격문학과 대중문학의 분리로부터 잘 팔리는 대중문학이 문학적 가치까지 독식하는 게 자연사가 되어 문학이 자연사하는 사태에 이르기까지 쉴 새 없이 "햇빛 찬연한 밤마다 惡夢"[3]이 벌어지는 것이다.

모든 이상적 가치가 내부에서 '소비'되는 사회, 모든 저항적 몸짓이 화끈한 제스처로 치환되는 사회, 이 사회에서, 현실과 타협해서는 안 되는 것들이라고 내가 명명한 것들은 소리 소문 없이 도태

---

3) 이성복, 「신기하다. 신기해, 햇빛 찬연한 밤마다」, 『남해금산』, 문학과지성사, 1986.

되기 시작했다. 가장 혹독한 운명을 겪은 것은 시였다. 그것들이 왜 '타협해서는 안 되는 것들'인가? 즉 '시'는 왜 현실과 타협해서는 안 되는 것인가? 그것의 시원이 그렇고 그것의 생애가 그랬기 때문이다. 오늘날의 그의 소명이 그렇기 때문이다. 시poésie의 서양적 어원이 '창조poiêsis'라면, 그것은 오로지 모든 현실적 구속들과의 투쟁 속에서만 시가 존재한다는 것을 가리킨다. 그래서 보들레르Charles Baudelaire는 고티에Théophile Gautier의 말을 기꺼이 되풀이한 것이다.

시의 목표가 어떤 교육이라거나, 영혼의 강화라거나, 풍속의 개량이라거나, 심지어 유익한 무언가를 가리켜 보여주는 거라고 생각하는 일군의 무리가 있다. 〔그러나〕 시는, 조금이라도 그 안으로 내려가 그 영혼에게 그의 열정의 기억을 물었던 사람이라면 누구나 알 수 있듯이, '그 자신' 외에는 어떤 목표도 갖지 않는다. 오로지 시를 쓴다는 기쁨을 위해 쓰여졌다는 것을 빼놓는다면 어떤 시도 위대할 수 없고, 고결할 수 없으며, 시의 이름에 값하지 못할 것이다.[4]

그와 마찬가지로 시에 대한 가장 오래된 동양적 정의라고 할 수 있는 '사무사(思無邪)'[5] 역시, 시가 시 외의 어떤 다른 것에 '집착'하지 않는다는 것을 가리키고 있다. 왜냐하면 시가 곧 존재이기 때

---

4) Charles Baudelaire, "Théophile Gautier (I)" (1859), *Œuvres complètes II*— texte établi, présenté et annoté par Claude Pichois, Pléiade collection, Paris: Gallimard, 1975, pp. 112~13.

5) 『논어』, 「爲政篇」.

문이다. 『논어』가 들려주는 또 하나의 유명한 정의를 들어보자. "樂而不淫, 哀而不傷(즐거우면서도 음란하지 않고, 애틋하면서도 몸을 상하게 하지는 않는구나)."[6] 공자로 하여금 그렇게 말하게 한 시 「관저(關雎)」를 직접 읽어보기로 하자.

꽝꽝 우는 물수리, 모래톱에 서 있네 요조숙녀여, 한 남자의 좋은 짝이로구나.

흐늘흐늘 물풀이여, 좌로 우로 흐르네. 요조숙녀여, 오매불망 짝을 구하는구나.

구해도 얻어지지 않으니, 오매불망 생각하고 생각하네.

아아, 이리 뒤척 저리 뒤척 잠 못 이루는구나.

흐늘흐늘 물풀이여, 좌로 우로 캐네. 요조숙녀여, 거문고와 비파가 사귀는구나.

흐늘흐늘 물풀이여, 좌로 우로 우거졌네. 요조숙녀여, 종과 북이 즐기는구나.[7]

왜 이 시가 "낙이불음, 애이불상"인가? "구해도 얻어지지 않"'아서', "종과 북이 즐기"기 때문이다. '않으니'를 '않아서'로 은밀히 바꾸는 '기교'를 통해 이 성애 사건은 오로지 시의 사건, 언어의 열정으로 귀속된다. 이 시의 사건을 순수히 받아들일 때, 즉 무엇에 대한 암시거나 현실의 실패에 대한 보상으로 '계산'하지 않고, 오

6) 『논어』, 「八佾篇」. 배병삼 주석, 『한글 세대가 본 논어 1』, 문학동네, 2002, p. 151 참조.
7) 배병삼 주석, 같은 책, pp. 151~52.

로지 언어의 삶으로서 이것을 실행할 때, 사랑의 불가능성과 즐거움은 서로를 북돋는다. 불가능성은 만남을 애틋하게 만들고, 만남의 즐거움은 불가능성을 새 만남의 빈터로 만든다. 이것을 두고 김학주는 이렇게 풀이했다. "[공자가 이렇게 평한 이유는] 애타는 젊은이의 상념이 슬프기는 하지만 사춘기의 자연스런 감정의 발로이기 때문에 마음을 상하게 하지 않는다고 생각했기 때문이다. 뒤의 학자들처럼 이 시가 '후비(后妃)의 덕'을 노래한 것이라고 생각했다면 처음부터 공자는 시평에 '즐겁다, 슬프다'는 말이나 '지나치다, 마음을 상하게 하지 않는다'는 말을 쓰지 않았을 것이다."[8] 첫 문장은 평범하기 짝이 없지만 둘째 문장은 핵심을 찌르고 있다. 시는 어떤 현실적 존재나 문제들을 빗댄 것이 아니다. 설혹 그렇게 출발했다고 하더라도 시의 효과는 그 사연으로 반향하지 않는다. 오로지 시의 사건 자체에 충실할 뿐이고 그렇기 때문에 이 특수한 사건이 보편성을 획득하는 것이다. 이 범례는 시의 시원에서 시는 근원으로 회귀하는 게 아니라 근원을 효과로 갖는다는 것을 적절히 보여준다. 무엇보다도 시는 세계의 창조인 것이고, 그러기 위해서는 현실의 어떤 것에도, 심지어 자신이 창조한 현실에도 의존하지 않는 것이다.

그것이 바로 시를 '현실과 타협해서는 안 될 것'으로 만든다. 그 기준은 절대적인 것이다. 1990년 이후의 새로운 사회에서 시가 문학판의 가두리로 끝없이 밀려난 것은 그 때문이다. 그 이후 시는

---

8) 김학주 편저, 『시경』(개정 증보판), 명문당, 2002, p. 35. 「관저」에 대한 김학주의 번역과 배병삼의 번역은 사뭇 다르다. 그리고 나는 어느 번역이 더 옳은지 판단할 위치에 있지 않다. 다만 배병삼의 번역이 더 시적이기 때문에 그것으로 인용한다.

무덤 밑을 포복하면서 살았다. 나는 그 상황을 『무덤 속의 마젤란』[9]이라는 한 권의 책으로 정리했고 훗날 이준규의 시를 통해서 "기저수준에서의 '실패의 구축'과 존재하는 것에 의한 미지의 '기미'로서의 탄생"[10]이라는 명제로 무덤 속에서 사는 시의 존재론을 축약했다.

그러나 삶의 모든 실천이 그러하겠지만, 그에 대한 하나의 정의가 영속하는 법은 없다. 정의는 실천에 드라이브를 걸지만 실천은 정의를 변화시킨다. 그뿐만이 아니다. 실천에는 하나의 정의가 아니라 무수한 정의가 개입한다. 누군가가 내린 하나의 정의가 반향을 얻는 것은 그 정의의 적실성과는 큰 관련이 없다. 아마도 시가 문학판, 아니 세상은 이미 문화가 인문적인 모든 것을 흡수한 상태이니, 문화판의 주변부로 밀려나다 못해, 아예 박멸되었거나 적어도 지하 세계로 은둔했다면, 시도 시의 운명을 그냥 살았을지도 모른다. 그러나 그렇게 안 되었다. 안 되는 게 실은 현실이다. 문화판의 지배자들은 자신들의 알리바이를 얻기 위해 시를 끊임없이 호출했고, 또한 시업 종사자들 쪽에서 자발적으로 문화의 무대에 나가기를 빈번히 시도해왔다. 그것이 시의 무덤 이후에 본격적으로 전개된 시의 새로운 상황이다. 문화의 인력에 끌려 그 무대 안으로 진입하면서 시는 사방에서 문화물들의 액세서리로 동원되기 시작했다. 카피와 시가 근접하게 되었을 뿐만 아니라 드라마, 정치판, 행사장, 공익광고, 아침 마당 등에 시와 시인과 시 쓰는 행위들이

---

9) 졸저, 『무덤 속의 마젤란』, 문학과지성사, 1999.
10) 졸고, 「모든 시의 기저수준으로부터」, 이준규 시집 『흑백』 해설, 문학과지성사, 2006.

서러움의 정치학 57

광범위하게 활용되는 것이다. 아주 오래전부터의 관행인 '기념시'
는 하물며이고, 1980년대 말 새롭고도 낡은 정치인이 「늙은 군인
의 노래」를 불렀을 때와는 규모가 본질적으로 다른, '시가 함께하
는' 온갖 문화적 이벤트가 벌어지게 되었다. 이러한 '활용'이 존재
의 '알리바이'를 제공하는 본질적 '액세서리'로서의 존재함이라는
것을 알려주는 간접적이지만 결정적인 증거는, 그러한 현상이 시
작된 것과 시 비평(주로 월평의 형식으로 제시되었던)이 미디어에서
사라진 것과 동시였다는 사실이다. 이제 시는 물음을 받지 않는다.
분석도 되지 않고, 평가도 되지 않는다. 단지 추앙받을 뿐이다. 그
러나 실제로는 추앙받는 방식으로 기생할 뿐이다. 「파이어플라이
Firefly」에서의 '명문 세가의 벗companion' '이나라Inara' 비슷하
게 말이다.[11] 다른 한편으로 시업 종사자들의 일부는 문화의 현장
안에 살아남기 위해 묘수를 궁리하곤 했다. 그래서 뭔가 새로운 것
임을 증명하고자 했다. 그래서 한국시의 지배적 장르라고 간주된
'서정시'가 빈번한 공격의 대상이 되었다. 그리고 때마다 희한하기
짝이 없는 명칭들이 요란히 아우성치는 깃발들처럼 삿되게 펄럭였
다. 그러나 문제는 그 반대가 왜 있어야 하는지, 다시 말해 서정시

---

11) 「파이어플라이」는 2002년 조스 웨던Joss Whedon이 연출한 S/F 드라마이다. 여기
에는 미래사회의 명사, 거부, 고관들의 대화 상대자로서 존경을 받는 여인 조직을
지칭하는 직업이 나오는데, '컴패니언'이 그것이다. 우리말로 옮기자면 본문대로 번
역하는 게 적당할 것이다. 공식적으로는 지극한 명예와 부로 둘러싸여 있지만 실제
로는 몸과 대화로 남자들을 위무하는 매춘부이다. 여기서 내가 말하고자 하는 바는
오늘날 시의 상황이 그와 똑같다는 게 아니라, 그 비슷하게, 상반된 두 위치 사이에
서 요동하고 있다는 것이다. 바깥에서 보면 이상한 모순이지만 안에서는 그것이 지
각되지 않는다.

의 문제점이 무엇인지에 대해서 명료한 의식을 가지지 못한 채로 그런 일이 벌어진다는 데에 있었다. 그저 '자연'을 노래하는 게 불편하다거나, 아니면 '동일성'의 시학은 낡았다거나 하는 정도였다. 그러니 그 대안으로 내세운 명칭들의 속 알맹이가 튼실하기가 어려웠다. 도대체 거기에 어떤 '새로움'이 있는지, 어떤 '미래'가 있는지 요령부득일 수밖에 없었다. 다만 미디어의 확성기들을 통해 세상에 자신들을 시끄러이 알릴 뿐이었다. 그것만으로 족했다. 많은 세상 사람들이 놀랐으니까. 그러니까 이제 시는 미디어의 효과 밑에 놓이게 되었다. 다른 한편 이 '요령부득'의 저편에서 서정시는 요지부동이기만 했다. 느닷없이 몰아친 작은 회오리가 스쳐 지나간 것에 불과했다. 그것도 태풍이라고 착각할 것 같으면 곧바로 잊힐 그런 허풍이 되어 소멸했다. 서정시는 그래서 저 반-서정의 비명들을 천장 삼아 안식한다. 그 보호막 아래에서 여전히 무성하다. 그리하여 시 자신도 적대적인 것들의 결합이라는 존재 양식을 장착하게 되었다. 이제 시는 새로운 민주 사회의 트랜스포머에 탑승하게 되었다. 결코 타협할 수 없는 것이 현실 안에서 저의 무수한 적을 짝으로 찾아 공서하게 되었다. 우글거리게 되었다.

3. 무엇과 싸울 것인가——미디어에 포박된 주관성의 사회

모든 것이 안에서 현란하게 소진되는 이런 민주 사회를 기 드보르Guy Debord는 '스펙터클의 사회'라고 불렀다. 나는 이 완강한 비타협·불복종의 인간이 보여준 통찰이 놀랍기만 하다. 정보화 사회의 초입에 간신히 한 발을 들여놓았을 이 구시대인이 어떻게 이 토록 훤히 들여다볼 수 있었을까? 지금의 눈으로 보자면 얼마간 단순한 형태이긴 하더라도(그리고 어쩌면 이 단순성 속에 그의 마지막 몇 년이 보여준 것과 같은 의혹 혹은 위험이 도사리고 있을지도 모르지만) 그는 근본을 꿰뚫고 있다. 그는 '스펙터클의 사회'가 '분리와 통합'의 '조작'[12]에 근거해 있음을 적시하면서, 이렇게 말했다.

권력들의 투쟁 자체가 사회경제 시스템의 관리를 위해 구성된다. 권력들은 공식적으로는 모순처럼 보이지만 실제로는 실제적인 통합으로 귀속된다. 세계적 규모에서건 국내적 차원에서건 그 방식은 똑같다.[13]

그 분리-통합의 '작란'의 끝자락에 놓인 것이, 바로 '적대적인 것들의 결합'이라고 감히 말할 수 있으리라. 그는 '스펙터클의 사회'를 정의한 지 20년 후에야 이 사회의 특징들을 명료하게 요약할 수 있었다.

통합적 스펙터클의 단계에까지 온 현대화된modernisée 사회는 다섯 가지 특징이 조합하여 발생시키는 효과로 특징지어진다. 그 다섯 가지 특징이란, 쉼 없는 기술 혁신; 경제와 통치의 융합; 비밀의 보편화; 이의 제기가 불가능한 가짜들[의 범람]; 끝없이 순환하는

---

12) "스펙터클은 분열된 것을 통합한다. 그러나 분열된 것으로 존재케 하는 채로 통합한다"(Guy Debord, Œuvres, Quatro collection, Paris: Gallimard, 2006, p. 1263).
13) Guy Debord, La société du spectacle(1967) in Œuvres, p. 783.

현재이다.[14]

  시가 미디어가 켜놓은 조명의 반경 안으로 천천히 진입하고 있을 때, 시는 전투를 재개한 것일까? 그렇게 말할 수 없다. 그것은 오히려 "이의 제기가 불가능한 가짜들"의 머리 위에 꽃 장식을 달아주고 그것들과 더불어 "끝없이 [현재를] 순환"하는 것이다. 그러나 그렇게 현장의 구멍 안으로 뭉툭한 고개를 내미는 얼굴들은 시업 종사자들의 그것이지 시의 표정이 아니라는 반론이 가능하다. 시들은 전자들에 의해, 자신들의 의사와 무관하게, 이리저리 상표를 달았던 것이다. 그렇다면 시는 여전히 무덤 속에서 나오지 않은 것인가? 그러나 그렇다고 대답할 수도 없다. 그가 무덤 속을 복류하고 있다면, 그는 이 사회의 밑바닥에 깔린 비밀의 총체적 네트워크를 잠식할 수 있어야 할 것이다. 불행하게도 시는 그것에 대해 거의 완벽하게 무지하다. 차라리 시의 상황은 「꿈을 위한 레퀴엠Requiem for a Dream」[15]에서의 과부, '새러 골드파브Sara Goldfarb'의 처지와 비슷하다. TV 토크쇼로부터 통보된, 예약된 출연을 한정없이 기다리다 미쳐버리는 그녀처럼, 시도 저 자신의 의사와 무관하게 사회라는 무대 바깥으로 나오도록 구조화되어 있다. 그러나 그렇게 약속되었을 뿐, 여전히 파묻혀 있는 것이다. 그래서 나갈 수도 없고 나가지 않을 수도 없다. 그럴 때는 나갈 수밖에 없는 것이다. 나가지 않으면 미쳐버리니까. 단 불러주지 않았으

---

14) Guy Debord, *Commentaires sur la société du spectacle*(1988), in *Œuvres*, p. 1599.
15) 대런 아르노프스키Darren Aronofsky 감독의 2000년도 영화.

니, 무덤 밖으로 나갈 열쇠를 얻지 못했으니까, 무덤을 통째로 깨고 그 파편을 들고 나가야만 한다. 미디어의 효과가 현실을 장악한 상황에서 그것을 거부하자면, 스스로 몸체-무덤들로 변신하는 수밖에 없다. 그것이 이 스펙터클의 허위를 폭로하고 그 효과를 저지시키는 일이다. 황혜경은 시를 몽당몽당 부러뜨리면서까지 그것을 수행했다.[16]

폭로는 부정의 전형적 전략이다. 그것은 자신의 망가짐을 적나라하게 드러냄으로써 자신을 망가지게 한 자를 고발한다. 그런데 전투는 승리하기 위한 것이지, 파괴하기 위한 것이 아니다. '손자'가 말했듯, 싸우지 않고 이기면 오죽 좋으련만, 그런 로또는 시의 운세를 비껴가기만 한다. 폭로가 스펙터클 사회에서의, 비참한 생존을 거부한 시의 '비타협성'의 비장한 운명에게 열린 유일한 길은 아니다. 어쨌든 폭로를 하기 위해서라도 무덤 밖으로 기어 나와야 한다. 무덤 바깥에서 자살 폭탄 테러를 해야 할 필연성은 없다.

아쉽게도 현재 출현하고 있는 긍정적 전투의 시들을 다 살펴볼 능력과 여유를 나는 갖고 있지 못하다. 나는 이미 심보선, 이수명, 이준규의 시적 실천에 대해 간단히 적은 적이 있다.[17] 충분하지는 못하겠지만 그 얘기를 연장할 기회는 훗날을 엿보기로 한다. 오늘은 다른 시집을 한 권 범례적으로 제시하고자 한다.

아마도 이성복은 이 현실에 대해 거의 본능적으로 저항하기로

---

16) 이에 관해 나는 황혜경의 『느낌氏가 오고 있다』(문학과지성사, 2013)의 해설 「연필 무덤 아래, 꽃과 신발의 적대적 협동 세계를, 생각하며 살기」에서 얼마간 풀이했다.
17) 졸고, 「말이 곧 행동인 행언(行言)의 시들」, 『시평』 제46호, 2011년 겨울.

작정을 한 것 같다. 왜냐하면 그의 새 시집[18]은, 태도로 말할 것 같으면, 현실로부터 전면적으로 등을 돌린 상태에서 더욱 자폐적인 공간으로 칩거하고 있으며, 또한 이런 태도 자체가 현실의 중력에 의해서 세상에 모습을 드러내는 한 가지 방식이라면, 그 드러남의 방식으로서, 아주 생뚱맞은 명제를 들고 나왔기 때문이다.

우선, 자폐성: 그는 시편들마다에서 산다는 것은 오물을 뿌리는 것과 같은 다름이 없다는 인식을 되풀이해 보여주고 있다. 그것도 가장 생생한 느낌의 생의 몸짓일 때 더욱:

입술을 유리창에 대고 네가 뭐라고
속삭일 때 네 입술의 안쪽을 보았다
은박지에 썰어 놓은 해삼 같은 입술
양잿물에 헹궈 놓은 막창 같은 입술
쓰레기통 속 고양이 탯줄 같은 입술,
이라고 말하려다 나는 또 그만둔다
애인이여, 내 눈엔 축축한 살코기밖에
안 보인다, 내 꿈에 긴 백태 때문에

─「입술」전문

속삭이는 입술에서 "양잿물에 헹궈 놓은 막창"을 보는 이 눈. 어째서 이러나? "내 꿈에 긴 백태 때문"이라고 시인은 말한다. 백태가 어떻게 끼었을까? 세상의 끔찍한 소식들 속에 그가 사로잡혀

18) 이성복, 『래여애반다라』, 문학과지성사, 2013.

있기 때문이다. 사로잡혀 있다는 것은 그가 그 끔찍함으로부터 벗어나려고 애쓰면 애쓸수록 그는 저 끔찍함 속에 집착하고야 만다는 것을 가리킨다. 「신문」에 그 사정이 적나라하게 그려져 있다.

　　매일 아침 그녀는 침대에 반쯤 누워
　　신문을 읽는다 매일 아침 그녀가 모르는
　　일이 일어나고, 무언가 끔찍한 일이
　　일어나는데도 그녀가 모른다면 정말
　　끔찍한 일이기 때문이다 그녀가 아는
　　누군가 빌딩 옥상에서 뛰어내리거나,
　　펀치기를 당해 의식불명이 될 수도
　　있기 때문이다 그녀도 아는 누군가,
　　결코 그런 일이 없기를 바라는
　　그 누군가의 이름이 신문에 안 나기를
　　간절히 바라기 때문이다 읽고 또 읽은
　　신문을 밑에서 다시 위로 읽어 올라가며
　　그녀의 굵은 허리는 점점 아래로 깔리고
　　콧등까지 내려온 안경이 헐겁게 떨어질 때,
　　문간에 내놓은 음식 쟁반처럼 그녀의
　　얼굴 위로 구겨진 신문지가 내려 덮인다
　　　　　　　　　　　　　　　　　　—「신문」 전문

　　시의 '그녀'는 자신이 아는 누군가가 재앙에 빠지지 않길 기도하면서, 세상의 누군가가 재앙에 빠져드는 기사를 열심히 읽는다.

재앙의 부재를 확인하기 위해 재앙의 충만에 빠져든다. 어떻게 그럴 수 있는가? 안팎의 이유가 있다. 안으로는 그녀가 재앙의 부재의 대상과 그 반대편 대상을 구별하는 주관적인 선택 기준을 가지고 있기 때문이다. 자기가 아는 사람과 그렇지 않은 사람을 구별하는 것이다. 이 주관적 선택은 재앙에 관한 한 아무 근거가 없다. 내 가족은 안전해도 되고 다른 동네 사람은 망해도 되는가? 그런데 그런 비합리성을 뒷받침해주는 바깥의 장치가 있다. 미디어가 그것이다. 미디어는 독자이며 청취자이며 시청자인 수용자를 생생한 사실성 속으로 초대한다. 그 안에서 사실성은 나의 사실성, 즉 주관적 사실성으로 바뀐다. 수용자는 이 사실성 안에서 감탄하고 한탄하고 통쾌하고 불쾌하다. 마치 이게 '내 사건'이고 마치 저게 '내 적의 사건'인 것처럼 말이다. 이것이 '사실을 전달한다'는 미디어의 효과이다. 미디어가 본래의 의도에 충실하고자 한다면 '타자의 사실을 전달한다'는 문구를 1면에 박아야 하리라. 하지만 그렇게 한다면 수용자를 미디어로 끌어들이기 위해 장기간의 교양 교육이 필요하게 될 것이다. 그러나 그것은 미디어의 본래 정신에 위배된다. 미디어는 수용자를 성숙한 시민으로 간주하기 때문이다. 그렇게 대함으로써 미디어는 수용자를 미디어의 그물망 안에 포박한다. "그녀의/얼굴 위로 구겨진 신문지가 내려 덮인다." 수용자는 미디어에 유혹되어 미디어의 처분 안에 놓인 존재가 된다. 시인은 그것을 "별자리 성성하고/꿈자리 숭숭한 이 세상"(「식탁」)이라는 비유로 절묘하게 환기하고 있다.

시인은 '신문'을 말하고 있지만 실은 TV를 거쳐 인터넷으로 넘어가면, 이 주관성은 단순히 '내가 아는 사람'에 국한되지 않는다.

신문은 오히려 '아는 사람'이라는 표지를 통해서, 이 사실성의 주관화를 인식해왔다. 진정한 사실에 대한 부단한 질문이 신문에 개입된다. '신문'과 '옐로 페이퍼'를 가르는 기준은 바로 그 사실들의 사실성을 책임지는 자신에 대한 질문이다. TV를 거쳐 인터넷으로 넘어가면 저 '아는 사람'은 실체가 아니라 무차별적인 임의로운 선택의 대상이 된다. '일촌' '트위터-팔로워' '친구'······ 이 친구 만들기 붐이 언어의 텔로미어telomere를 극단적으로 줄이는 행위를 동반하고 있다는 것은 아주 시사적이다. 그것이 생각의 봉쇄를 필요로 한다는 것을 가리키기 때문이다. 이 무차별적 임의성을 통해 적대와 친화는 동시에 팽창하고 경계선은 한없이 변동한다. 기 드보르는 그 비슷한 현상을 "덧없음 속에서 우발적으로 선택하는 신종 자유들"[19]이라고 불렀다. 이 신종 자유들은 근거가 없을 뿐만 아니라 근거를 묻지 않는다. 근거를 물을 필요를 느끼지 않는다. 그것이 종이 미디어와 디지털 미디어 사이의 결정적인 차이다. 그 근거의 몰살을 통해서 미디어는, '누리꾼'으로 변신하여 마치 스스로 생산자인 듯한 환상을 품고 날아다니는 수용자들, 이 미디어의 밥벌레들을 자신의 체 안으로 완벽히 빨아들인다.

이성복 시의 문면은 신문에 대해 말하고 있지만, 그것의 효과는 첨단 미디어에 대한 인식을 촉발한다. 신문에 숨어 있는 미디어의 장래를 그가 캐냈기 때문이다. 미디어의 첨단을 살아가는 어떤 젊은 사람들보다도 환갑을 넘긴 시인이 더 그것을 전형적으로 포착했다는 것은 놀랍고 아쉬운 일이다. 그건 그렇고, 그의 시의 존재

---

19) Guy Debord, *op. cit.*, p. 1613.

태는 왜 낡은 매체에 머무는 것일까? 그 이상의 매체에 그가 익숙지 않기 때문이다. 그가 갈수록 자폐화되고 있다는 결정적인 증거이다. 그러나 동시에 그 자폐화는 결국은 미디어의 그물에 끌려 현실의 무대 안으로 인양될 수밖에 없다는 것을 여실히 보여준다. 그것도 적극적으로. 왜 적극적이냐 하면 그렇게 끌려 나오는 대가로 그는 미디어의 미래의 핵심을 꿰뚫어보았기 때문이다. 그러니 이 자폐성은 당연히 '자폐성의 형식에 의한 개방적 현실 개입'이라는 두번째 절차로 이어졌다.

4. 어떻게 싸울 것인가——우울에서 설움으로

그러나 그것만이 아니다. 이 자폐성의 형식에 의한 개방적 현실 개입의 내용은 독자를 놀라게 한다. 앞에서 이미 그것을 두고 '생뚱맞다'고 말했다. 무엇이? 제목부터. '來如哀反多羅.' 풀이하여, "오다, 서럽더라." 이게 왜 엉뚱한가? 옛날의 시가 한 구절을 들고 나와서가 아니다. '서럽다'라는 정조를 들고 나왔기 때문이다. 서럽다는 정조는 한국인들에게 미만해 있던 정조였다. 김소월의 "설움에 겹도록 부르노라"(「초혼」), "옛낯없는 설움"(「옛낯」), "오오 불설워"(「접동새」)에서부터 김수영의 "헬리콥터여, 너는 설운 동물이다"(「헬리콥터」)에 이르기까지, 아니 김수영 이후에도 숱한 시편에서 시도 때도 없이 만나는 게 '서럽다'는 감정을 표현하는 어휘들이다. 그랬더랬는데 언제부턴가 한국 시인들이 설움 대신에 '우울'이라는 단어를 즐겨 사용하기 시작했다. 그것은 한국인 일반이 우울증을 앓는 것이 사회적인 문제가 된 시기와 거의 겹친다.

설움과 우울의 결정적인 차이는 그 원인에 대한 생각이 다르다는 것이다. 서러움은 자신의 의지와 관계없이 바깥으로부터 닥친 수난이 힘들어 마음에 고통과 슬픈 감정이 꽉 찼을 때 발생한다. "설음을뭇으로울기전에따에놓아하늘에부어놓는내억울한술잔"(「·素·榮·爲·題·」[20])이라는 이상의 시구가 그대로 가리키듯이 무엇보다도 억울한 심사로부터 출발하는 것이다. 19세기 말 이후 거의 1세기 내내 바깥의 분위기에 휘둘린 한국사를 유념한다면 설움이 왜 한국인의 보편적 정서가 되었는지 능히 짐작할 수 있다. 반면 우울한 사람은 그 원인을 자신의 내면에서 찾는다. "'도덕적 고통'이라고도 하는 우울은 〔……〕 죄책감과 무자격증을 동반하며 자책을 통해서 표현된다."[21] 우울은 따라서 문제의 근원과 해결을 그 문제를 자각하는 개인 주체에게로 귀일시킨다. 그리고 그런 작용이 일어나려면 한국 사회 전반이 '개인'으로서의 자기를 자각하고 인정하는 풍토가 조성되어 있어야 한다. 따라서 한국 사회에서 '우울'이 문제가 된 것은 형식적 민주화 이후, 즉 1988년 이후로 보아야할 것이다. 실로 그 이전까지의 한국의 담론장에서 '슬픔'에 관한논의의 대종은 '한(恨)'이었다. 그리고 '한'은 설움의 최고도의 정제 감정으로서 설정된 것이었다.[22]

---

20) 김주현 주해, 『정본 이상문학전집 1. 시』, 소명출판, 2005.

21) *Dictionnaire Internationale de la Psychanalyse* (*A-L*), sous la direction d'Alain de Mijolla, Paris: Calmann-Lévy, 2002, p. 990.

22) '한'에 대한 가장 적극적인 해석은 천이두의 『한국문학과 한』(정음사, 1985), 그리고 『한의 구조연구』(문학과지성사, 1993)에서 제시된다. 이 책들은 지금까지 광범위하게 제출된 '한'에 대한 통상적인 해석들을 종합했다는 의미를 지닌다. 그에 비해

그렇다면 20세기 말부터 한국인들은 세상의 문제를 자신의 '책임'하에 두고 사색하게 되었는가? 아마도 우울에 관한 거의 최초의 시적 성찰로 보이는 정현종의 다음 시구는 분명 그런 자기의식을 또렷이 보여준다.

거짓 희망을 쓰러트리는 우리들의 희망이
허락되기 어렵다 하더라도
피곤과 우울은 우리의 것이다!

　　　　　　　—「거짓 희망을 쓰러트리는 우리들의 희망이」 부분[23]

그러나 1990년대 이후의 우울은 좀 다른 것인 듯하다. 민주화 이후 한국인의 감성을 지배하면서 전 세계인의 주목을 받았고 여전히 주목받고 있는 특별한 '정서적 역동성'의 불발로 야기되는 감정으로 보인다는 것이다. 극단적으로 말해 우울증은 조증(躁症)이 안 되기 때문에 일어나는 갑갑함 혹은 탈난 무기력에 불과한 것이 아닌가?

황지우는 일찌감치 "심장을 찌르는, 쩌릿쩌릿한 회한 같은 것을 지그시 참고 있는 흐릿한 우울"이 뚫어지게 바라보고 있는 것이, 어처구니없는 죽음을 방치하는 아무것도 아닌 삶이라는 걸 알아차렸다.

'한'을 니체의 '르상티망ressentiment(원한)'의 일종으로 본 것은 이형의 「한 많은 세상의 한없는 한의 욕망」(『문학과사회』 제15호, 1991년 가을)인데, 이런 견해는 아주 회귀한 것이었다.

23) 정현종, 『나는 별아저씨』, 문학과지성사, 1978.

죽음은 참으로 어처구니없는 것이구나
아아, 이렇게 내가 죽다니
알고는 있었으나 믿어지지 않는 사실!
이 돌이킬 수 없는 깨달음!
삶이란 게, 좃또 아무것도 아니었네
　　　　—「주인공의 심장에 박힌 총알은 순간, 퍼어런 별이 되고」 부분[24]

김경미의 이런 시구는 또 어떠한가?

일수 빚처럼 매일 한 번씩 찾아오는
노을과
우울
곧 싱싱하고 아름다운 저 거리들 사라지리라
곧 김치 다시 담가야 하리라
한번 나가 보기도 전에
　　　　　　　　　　　—「부엌에 대하여」 부분[25]

　　그렇다면 1990년대 이후 한국인이 새롭게 가지게 된 '우울'이라
는 감정은 '죄책감'과 '무자격증'과는 무관한 것이다. 오히려 지나
친 '자신감'과 '자격만당(資格滿堂)감'이 그걸 받아줄 세상을 만나지

---

24) 황지우, 『게 눈 속의 연꽃』, 문학과지성사, 1990.
25) 김경미, 『쉿, 나의 세컨드는』, 문학동네, 2001.

못해 몸부림하는 것이라고 보아야 할 것이다. 그러니 "까닭 없고 대상 없던 우울과 초조/울분이며 분노 따위 햇살 만난 눈처럼 사라지겠지"[26]에서처럼 우울은 '초조' '울분' '분노'의 감정들과 연결되어 있는 것이다. '울'은 '조'의 단순한 반대말에 지나지 않는 것이다.

김혜순의 이런 시구는 그래서 출현했을 것이다.

> 티베트 깡통 돌리는 할머니 염불처럼 천당 지옥
>
> 천당 지옥 계속 이진법이더니
>
> 우 다음에 울을 한 바께쓰 내 살갗 밑에 부었네 갔네
>
> —「우가 울에게」부분[27]

우울은 "천당 지옥"의 "이진법"에 불과했던 것이다. 김혜순의 통찰은 이러한 대위법을 깨뜨리고자 하는 반성으로 이어진다. "내 살갗 밑"에, 뜨거워져 "염불"이 된 우울을 부어버리는 것이다. 그러면 튀지 못해 안달하던 내 몸은 뜨거운 화상을 입고 펄쩍 튀리라. 김혜순은 우울의 기능을 변환시켜 우울 자체의 자연발생적 충동을 정지시킨다. 우울로써 우울을 쳐부수어 우울 이전으로 회귀시킨다. 김혜순 시의 '내파와 검은 유토피아의 시학'[28]을 선명히 보여주는 시구이다.

우울의 허망함에 대한 황지우의 발견의 눈이 마지막에 머무른

---

26) 이재무, 「푸른 늑대를 찾아서」, 『저녁 6시』, 창비, 2008.

27) 김혜순, 『슬픔치약 거울크림』, 문학과지성사, 2011.

28) "검은 유토피아"라고 말한 것은 '우울 이전'에 무언가가 있다고 시인이 믿지를 않기 때문이다. 우울 이전은 새 출발을 위한 무, 여명을 준비하는 칠흑의 밤이다.

곳은 "쓰레기통에 버려진 미(美)"였다.

> 몰리나는 오직 아름다워지고 싶기 때문에 살 수 있었다
> 난 잘못 태어났단 말야, 알잖아, 넌 내가 지금 무얼 원하는가, 그
> 래, 내 다리를 더 위로 올려줘
> 쓰레기 같은 삶
> 쓰레기통에 버려진 美
> 주인공의 심장에 박힌 총알은 순간, 퍼어런 별이 되고
> ──「주인공의 심장에 박힌 총알은 순간, 퍼어런 별이 되고」 부분[29]

이 깨달음은 하나의 각성을 유발한다. 이렇게 살 수는 없는 것이
다. 그의 각성도 시퍼런 유토피아(멍든 유토피아, 멍들게 신칙하는
유토피아)로 창천에 뜬다.

그리고 별은 오직 별빛으로서만 존재해 우리의 삶을 회오 속으
로 몰아넣는다. 때론 별도 지구상에 착륙하고 싶지 않을까? 독자
는 이성복의 '설움'을 각성적 삶의 실체적 존재태를 위한 제안으로
읽을 수 있다. 방금 한국인의 우울이 자기를 지탱하는 자의식이 되
지 못함을 보았다. 그래서 다시 설움으로 돌아간다고? 앞에서 설
움은 문제의 원인을 바깥에서 구하는 데서 발생하는 감정이라고
보았다. 그렇다면 여기에서 자기의식은 우울에서보다도 더없는 것
이다. 아예 없는 것이다.

1988년 이후 이후 거의 25년의 한국 사회를 하나의 스펙터클,

---

29) 황지우, 앞의 책.

즉 "덧없음 속에서 우발적으로 선택하는 신종 자유들" 속에서 무차별적으로 발산되는 주관성이 미디어의 그물에 포박되어 노예로 변질되는 사태가 일상화되어 있는 사회라고 정의한다면 무엇보다도 구출해야 하는 것은 자기를 의식하는 자기, 자신을 세계의 구성적 기제로 만들기 위해 자신의 운동을 성찰하는 주관성의 존재론이다. 그것만이 문제의 원인을 바깥으로 전가하지 않고 스스로 껴안는 성숙한 태도이며 동시에 자신에 대한 믿음을 자기도취로 빠져들게 하지 않고 세계와 이성적으로 대결하는 건강한 주관성으로 생장케 하는 방법이다. 그동안의 '우울' 표현 현상을 성찰하는 까닭은 바로 그러한 과제를 그 감정이 치러내지 못하고 있다고 판단되기 때문이다.

그러나 그렇다고 설움으로 돌아간다고 자기구출이 가능할 것인가? 이성복은 왜 설움으로 돌아가는 것일까? 시를 직접 보도록 하자.

> 그날 밤 동산병원 응급실에서
> 산소 호흡기를 달고 헐떡거리던 청년의
> 내려진 팬티에서 검은 고추, 물건, 성기!
> 이십 분쯤 지나서 그는 숨을 거뒀다
> 그리고 삼십 년이 지난 오늘 밤에도
> 그의 검은 고추는 아직 내 생속을 후벼 판다
> 못다 찌른 하늘과 지독히 매운 성욕과 함께
>
> ─「오다, 서럽더라 1」 전문[30]

30) 이성복, 『래여애반다라』, 문학과지성사, 2013. 이후 인용된 시는 모두 동일한 시집

이 시에서 서러운 건 누구인가? "아직 내 생속을 후벼 판다"라고
말하고 있으니, 서러운 건 나다. 그런데 무언가가 다르다. 고통의
주체는 '내'가 아니라는 것이다. '나'의 생속을 후벼 파며 내가 떠
올리는 것은 바로 "못다 찌른 하늘과 지독히 매운 성욕"을 여전히
냄새 피우고 있는 "동산병원 응급실에서/산소 호흡기를 달고 헐떡
거리"다 죽은 청년의 "검은 고추, 물건, 성기"이다. 그렇다면 내
의식 속에서 내가 고통하는 것은 세상을 온전히 살지 못하고 죽은
청년의 억울한 삶이다. 그렇다면 내가 서러운 것은 무엇인가? 내
가 청년의 삶을 대신 살아주어 청년의 원한을 풀어주고 싶은데 그
러지 못한다는 데서 오는 서러운 감정이다. 그러니 구문은 이렇게
된다. ①'나는 청년의 삶의 현장으로 온다'; ②'나는 청년의 고통을
보고 그것을 내 고통처럼 느낀다'; ③'그러나 나는 청년의 삶을 대
신 살 수는 없어 서럽다.'

이 세 구문의 결합이 "오다, 서럽더라"에 꼭 맞추는 것이다. "오
다"가 ①에, 쉼표가 ②에, "서럽더라"가 ③에 대응한다. 이성복의
설움은, 그러니까 예전의 그 설움이 아니다. 우선 이 설움은 "오
다, 서럽더라"는 문장으로만 표현된다. 오는 행위가 없으면, 와서
느끼는 과정이 없으면 설움을 발생하지 않는다. 다음, 이성복의 설
움은 예전의 설움과 마찬가지로 '억울한 심사'에서 비롯되는데, 그
러나 억울함의 내용이 다르다. 예전의 설움은 내 삶이 억울해서 서
러운 것이었다면, 이성복의 억울함은 타자의 고통을 아무리 강렬

에 속한다.

74

히 느껴도 그의 삶을 대신 살 수는 없다는 것에 대한 억울함이다. 무엇보다도 억울함의 근원에 타자를 느끼는 과정이 있다는 것을 상기해야 한다. 그것이 인간이 세계 및 타자와 맺는 관계의 적합한 모습을 가리킨다. 레비나스가 말했듯, 인간만이 '연민compassion'을 느낄 수 있는 존재다. 그것은 "옆 사람을 대신하고자 하는 데까지 이르는 책임감"[31]으로부터 비롯된다. 그리고 그것만이 "사랑을 정당화"[32]하는 것이다. 세번째, 이성복의 억울함은 억울함이면서 동시에 운명적인 인식이다. 레비나스는 연민은 타자를 대신하고자 하는 실행의 "한 계기일 뿐"[33]이라고 했다. 그것은 연민에 이어 풍요한 실천의 경우의 수가 있다는 것을 암시한다. 레비나스는 그 범례적인 행위로서 '애무caresse'를 제시했다. 이 애무는 감각적인 것으로부터 시작해서 감각적인 것을 넘어 나아간다. 그 너머 나아감에는 현재의 사랑의 형식을 미래로 밀어내는 비우기, 혹은 사랑에의 배고픔이 개입되어 있다.[34]

그러나 여기에는 약간의 논리적 비약이 있다. 저 애무가 사랑의 허기를 유발하지 않고 그냥 소진되어버린다면? 그래서 식상해진다면? 혹은 정반대로 저 위무가 끝없이 이어지는 가운데, 위무받는 사람이 그냥 위무받기만 한다면? 그는 이 세계의 하나의 주체

---

31) Emmanuel Lévinas, *Autrement qu'être ou au-delà de l'essence*, Dordrecht Kluwer Academic, 1974, p. 258.

32) Emmanuel Lévinas, *Entre nous—Essais sur le penser à l'autre*, Paris: Grasset, 1991, p. 125.

33) *ibid*.

34) Emmanuel Lévinas, *Totalité et infini—Essais sur l'extériorité*, Dordrecht Kluwer Academic, 1971, p. 288.

인가, 아닌가? 내가 타자를 대신할 때 그 타자는 일단 없는 존재가
된다. 그 없는 존재가 어떻게 다시 있는 존재가 될 것인가? 이성복
의 '서러움'은 바로 거기에서 자기의 길을 연다. 그의 서러움은 와
서 타자를 느끼되, 그의 삶을 대신할 수는 없다는 데서 비롯한다.
그렇다면 이 서러움은 타자가 스스로를 살아내야 한다는 필연성을
일깨운다. 그는 그의 삶을 스스로 살아야 한다. 설혹 그가 죽어버
린 사람이라도, 그 필연성을 상기시킨다면, 그가 죽기까지 겪었던
완벽한 능욕이 다른 존재들을 통해 되풀이되지 않도록 할 책임이
산 사람들에게 주어진다.

이성복의 설움의 정치학은, 따라서 다음과 같은 복문으로 구성
된다.

(1) 타자에 대한 책임을 떠맡는 데서 주관성의 근본을 찾는다.
(2) 타자에 대한 책임은 느낌 너머로 나아가지 못한다. 못해야 한다.
(3) 그 불가능성이 타자에게 주관성을 돌려주어야 한다는 명제를
  필연성으로 만든다.
(4) 이 필연성은 주관성의 반성적 유보와 함께 '함께 존재함'에
  대한 숙고로 이어진다.

이 정치학만큼 오늘의 사회, 되풀이 말해 미디어에 포박된 주관
성의 세계에 대한 강력한 저항이 또 있을까? 이 세계의 주관성은
오직 준동하려고만 한다. 준동하지 않으면 심심해 못 산다. 이성복
은 단순히 그 주관성을 정지시킬 것을 촉구하지 않는다. 그가 제안
하는 주관성의 반성적 유보는 주관성을 세우는 과정의 한 답으로

제출된 것이다. 그 반성적 유보는 주관성을 버리는 것이 아니다. 동시에 그것은 타자가 스스로 주관성을 세워야 한다는 것을 숙고하는 것이다.

> 죽음은 내 성기 끝에서 피어날지라도
> 그대의 음부는 흰 백합을 닮을 것!
>
> ──「來如哀反多羅 8」 부분

그럴 때 타자에 대한 책임으로서의 주관성은 타자가 스스로를 세우기 위해 확보해야 할 마당, 터전이 된다. "그대의 愛液을 맨머리로 받으면/내 이마에 돗자리 자국이 생겨난다"(같은 시). 주체는 장소가 된다. 그래서 시인은 말한다.

> 불어오게 두어라
> 이 바람도,
> 이 바람의 바람기도
>
> 지금 네 입술에
> 내 입술이 닿으면
> 옥잠화가 꽃을 꺼낼까
>
> 하지만 우리
> 이렇게만 가자,
> 잡은 손에서 송사리떼가 잠들 때까지

보아라,

우리 손이 저녁을 건너간다

발 헛디딘 노을이 비명을 질러도

보아라,

네 손이 내 손을 업고 간다

죽은 거미 입에 문 개미가 집 찾아 간다

오늘이 어제라도 좋은 날,

걸으며 꾸는 꿈은

壽衣처럼 찢어진다

　　　　　　　　　　　　　　—「來如哀反多羅 7」 전문

　최종적으로 이성복이 제안하는 주관성은 준동하는 주관성이 아니라 자신을 세우는 핵자로부터 출발하여 서서히 장소로서 변신해가는 주관성이다. 장소로서의 변신을 통해, 주관성은 순수 운동체로부터 운동에 대한 사유와 운동의 가능성을, 그리고 타자에 대한 책임과 타자의 존재태에 대한 사유를 포괄하는 이동가옥이 된다. 인터넷을 떠도는 주체여, 당신이 시를 읽는다면, 꼭 이렇게만 읽어라.

　이성복의 시만이 유일한 싸움 방식이라고 할 수는 없다. 그저 한 가지 방식일 뿐이다. 그러나 이처럼 유효한 방식은 흔치 않을 것이다. 다만 독자여, 당신이 제대로 읽는다면. 다시 말해 그의 시를 생생한 삶으로서 따라간다면. 나는 가능한 한 그 과정을 생체험 그대로 기록해보려고 했지만, 결국은 요약본을 만들고야 말았다. 그러나 그럼에도 불구하고 그 체험이 감동적이지 않았다고 말할 수 없다. 생각해보시라. 이 생각의 복잡성을. 그리고 그 복잡성이 필요했던 까닭을. 따라서 지극히 명료한 이 미로의 길을. 세계로부터 단호히 등 돌린 자가 어쩔 수 없이 세계, 곧 미디어의 저인망에 포획되어 현실의 무대로 인양될 때, 현실을 폭로하기보다는 그것과 공서하는 대가로 제대로 된 싸움을 벌이기 위해 제작한 이 언어의 장치들은 아무리 곱씹어도 포만해지지 않을 것이다.

〔2013〕

추상적 민중에서 일상적 타자로 넘어가는 고단함
─『나는 너다』를 되풀이해 읽어야 할 까닭

> 멀리서 보면 똑같은 일과에 찌든 일개미들처럼 보이잖아.
> 가까이 가야 미소도 보고 농담도 들을 수 있지.
> ─빅 무니즈[1]

 25년의 세월이 흐른 지금 황지우의 『나는 너다』(풀빛, 1987)를 다시 읽으니, 그 시절 젊은 지식인들의 모습이 선연히 떠오른다. 그들의 고뇌와 열정, 선의와 의지와 절망, 행동과 고난과 착오들이 눈앞의 홀로그램으로 거대한 화염이 되어 타올랐다가 페이드 아웃된다. 꺼지지는 않고 다만 희미해져간다. 마치 딱딱한 안개가 그 앞으로 끼어드는 것 같다. 희미해지며 윤곽이 뭉개지는 그 사이로 고문의 고통으로 낭하에서 구르는 황지우가 보인다. 타인의 감옥을 다시 들어가는 김정환도 보인다. 카프카의 표정으로 무언가에 골몰해 있는 이성복도 거기에 있다. 눈썹 하나 까닥 않고 술을 마시다가 주정뱅이들을 끌고 자기 집으로 데려가 재우는 이인성도 있다. 허망한 표정의 최승자와 음전한 김혜순이 슬그머니 술집을 빠져나가는 모습도 보인다. 성민엽은 아예 오질 않았다. 분명

---

1) 빅 무니즈Vik Muniz, 「쓰레기 하적장Waste Land」(Lucy Walker, 2010).

글 쓰고 있는 게다. 홍정선은 어디서 무엇을 하고 있는지 수배가 안 된다. 수배를 피해 인사동 탑골로 기어들어가는 김사인과 야단을 치지 않으면 속이 풀리지 않는 채광석이 엇갈려 스쳐 지나가고, 박인홍이 알아들을 수 없는 말을 중얼거린다. 김훈은 시대의 고통을 미문으로 포장하려 펜을 두드리고 있다. 장석주는 솟아나는 아이디어를 주체하지 못해 사업을 확장하고, 박영근은 어딘가에서 공술을 먹고 있을 것이다. 김영승은 "외설 시인 김영승입니다"라고 자신을 희롱하고, 윤재걸은 르포도 문학이라는 걸 인정받기 위해 월간지를 개조한다. 윤재철과 김진경은 고개를 맞대고 속삭이고 있다. 임철우는 광주에서 제주도로 이사하고 최수철은 여전히 따로 놀고 있다. 권오룡이 외로움을 곱씹고 있는 반포의 한 카페에서 이창동과 황지우가 대선 후보를 두고 입씨름을 한다. 그 옆에서 졸다가 느닷없이 봉변을 당한 나도 한구석에서 무표정을 가장하기 위해 애쓰고 있다(혹시 이름이 누락되어서 화가 난 분들은 알아서 채워 넣으시길. 이 자리가 1980년대 인물들을 추억하는 자리는 아니니).

이들은 이제 어디에 있나? 누군가는 죽었고 누군가는 지금도 꾸준한 필력을 과시하고 있다. 그리고 대부분은 이제 글을 쓰지 않는다. 혹은 다른 글을 쓰고 있다. 그때는 손으로건 입으로건 혹은 슬로건 모두가 왕성히 글을 쓰고 있었다. 물론 그들의 글은 저마다 달랐다. 달랐지만 한 가지 공통점이 있었다. 근본성의 정념에 사로잡혀 있었다는 것. 그들에게는 세상이 전부 아니면 무(無)였고, 전부를 차지하려고 무에 악착같이 매달렸다. 무 외에는 전부를 보장할 수 있는 게 없었기 때문이다. 세상은 치욕이고 화엄이었고, 나는 파리이고 불의 전차였다. 그로부터 얼마 후 민중문학이라는 이름을 달게 될 것이 융기하더니 폭발했고, 그로부터 한국문학 사상 가장 혹독한 언어의 산티아고가 절벽 쪽으로 길을 내고 있었다. 그들은 세상과 함께 싸웠지만 동시에 서로에 대해서도 끔찍하게 싸웠다. 그들은 서로를 증오하고 동시에 두려워했다. 그들이 서로 사랑을 했다는 증거는 그들이 자주 모여 폭음을 일삼았다는 한 가지밖에 없다. 그리고 이제 그들이 낸 문학의 길은 실종되었다. 그들만이 그 세상을 연 것은 아니지만 어쨌든 그들이 그 틈을 내기 위해 안간힘을 썼던 새 세상이 오자 다른 문학이 대문자 '문학'의 자리를 차지했다. 더 이상 근본성의 정념에 사로잡힐 까닭을 모르는 문학이. 세상의 역설을 한탄할 수도 있겠으나 그들에게도 책임이 있었다. 연장된 독재와 마음속으로 싸우느라고 진을 다 빼버렸는지, 아니면 새로운 시대 앞에서 자기 언어의 무기력에 당황했는지 그것도 아니면 불현듯 사라진 독재 정권에 대해서가 아니면 글을 쓰고 싶지 않았기 때문인지 모르겠으나, 상당수가 글쓰기를 자발적으로 포기했던 것이다. 아니 좀더 정확하게 말해 그들이 글을 쓰지 않았던 것은 아니다. 그때에도 펜으로 글을 썼다기보다 입으로, 술로 글을 쓴 비율이 더 컸으니까. 어쩌면 자신들에게 강요된 퇴각을 그냥 방치해버린 데에 그들의 책임이 있다고 할 수도 있다.

그런데 그들은 정말 자신을 방기하고 말았던가? 분명 오늘까지도 쉼없이 글을 쓰면서 세상과 싸우고 있는 몇몇 사람은 나의 말에 단호히 '노'라고 할 것이다. 나는 이미 그들의 글이 그 이후의 문학과 어떻게 다른 방식으로 세상과 싸우는지를 살펴본 바 있다. 그러나 현실사회주의의 몰락 이후 혹은 욕망 사회의 도래 이후 붓을 포기한 사람들의 경우라 할지라도 1980년대의 막바지에서 정지된 그들의 작업은 시효가 상실되었을까?

황지우의『나는 너다』는 그 답변을 찾아보기 위해 톺아볼 가장 좋은 시금석 중의 하나이다. 이미 두 권의 시집으로 1980년대 대표 시인 중의 한 명으로 떠오른 시인이 그 시대의 막바지에, 혹은 그 시대의 결과이자 새 시대의 신호탄이 될 6월 항쟁과 거의 같은 시기에 펴낸 시집이다. 처음 출간되었을 때는 앞서의 두 시집보다 훨씬 큰 화젯거리가 되었으나 비평적 해석과는 오히려 동떨어진 채로 있었다. 바뀌어버린 지평선이 이 시집에 눈길을 머무르게 할 시간을 축소시켜버린 건지, 아니면 시집 자신이 비평의 기대 지평을 비껴가고 있었던 건지…… 그것도 아니면 1980년대의 종결과 함께 후방으로 물러난 출판사의 운명을 함께 나눈 건지……? 나는『나는 너다』의 내적 동인을 야짓 살펴보는 긴 작업을 돌아서 그에 대한 암시를 얻어보고자 한다. 그럼으로써『나는 너다』가 씌어진 까닭과 씌어지는 과정이 당대의 문제 틀의 한계 혹은 가능성과 어떻게 맞물려 있는지를 알아보고자 한다. 가능하다면 이를 통해 시집이라는 하나의 개별성과 시대의 일반성을 동시에 구출할 수 있는 길의 단서를 얻는다면 더 바랄 나위가 없을 것이다.

1. 형태 파괴의 시인 황지우

『나는 너다』가 출간되었을 때, 세상은 다시 한 번 황지우의 창안적 기발함에 술렁댔다. 황지우는 이미 첫 시집『새들도 세상을 뜨는구나』(문학과지성사, 1983)에서 '시작 메모'라는 이름하에 씌어진 불연속적 문장들의 뭉치를 한 편의 시로 올렸는가 하면, 글자들을 형상적으로 배열하고 신문기사를 그대로 옮겨오거나 만평을 오려 붙이는 작업들을 통해, 통상 시라고 이해되던 것들과 그렇지 않은 것들을 뒤섞어버림으로써, 형태 파괴적인 시인으로 자신을 각인시킨 터였다. 그래서 김현은 그의 첫 시집 해설 첫머리에서 "황지우의 시는 그가 매일 보고, 듣는 사실들, 그리고 만나서 토론하고 헤어지는 사람들에 대한 시적 보고서"라고 지적한 다음, "그 다양함은 우리가 흔히 시적 형식이라고 믿고 있는 것들을 부숴버린다"[2]라고 말했었는데, 이 언급은 곧바로 같은 필자가 『한국문학의 위상』에서 했던 유명한 발언:

힘 있는 문학은 그 우상을 파괴하여 그것의 허구성을 드러낸다. 다시 말하거니와 우상을 파괴해야 한다는 높은 소리에 의해서가 아니라, 억압하지 않는 것이 있다는 것을 보여줌으로써, 아도르노의 표현을 빌리면 파괴 그 자체가 됨으로써, 문학은 우상을 파괴한다. 김정한이나 신동엽의 저 목청 높은 구투의 형태 보존적 노력보다, 최인훈이나 이청준, 김수영이나 황동규·정현종의 형태 파괴적 노력을 높이 평가하지 않을 수 없는 것은 그것 때문이다.[3]

---

2) 김현, 「타오르는 불의 푸르름」, 황지우 시집 『새들도 세상을 뜨는구나』 해설, 문학과 지성사, 1983. 인용은 『젊은 시인들의 상상세계/말들의 풍경』, 김현문학전집 6, 문학과지성사, 1992. p. 113에서 함.

3) 김현, 『한국문학의 위상』, 문학과지성사, 1977: 『한국문학의 위상/문학사회학』, 김현문학전집 1, 문학과지성사, 1991. p. 37.

를 떠올리게 해서, 황지우는 곧바로 '형태 파괴' 시의 전위로서 주목받기 시작했으며, 시인 또한 김현의 해석을 적극적으로 받아들여 훗날 오늘날까지도 문젯거리로 남아 있는 산문 「시적인 것은 실제로 있다」[4]에서 "나는 말할 수 없음으로 양식을 파괴한다. 아니 파괴를 양식화한다"는 명제를 도출해내는 데까지 이르렀다.

두번째 시집 『겨울-나무로부터 봄-나무에로』(민음사, 1985)에서도 그의 해체적 경향은 여전했고 어떤 점에서는 더 무르익어서, 독자들은 황지우의 시에 꽤 적응하고 있었다.

그리고 2년 후, 『나는 너다』에서 그의 형태 파괴적 경향은 극단화되고 있었다. 우선 각 시편의 제목이 의미를 알 수 없는 숫자로 이루어졌고, 그 숫자들의 배열은 무질서했다. 형태 파괴가 의미 파괴로 나아간 듯이 보였다. 각 시편의 본문에선 그 전 시집들이 보여주었던 '보고서'의 형식은 말끔히 사라진 반면, 압축된 서정적 표현이 대종을 이루었다. 하지만 그 시편들의 의미는 해독이 쉽지 않았는데 그것은 난해한 상징이나 복잡한 은유 때문이 아니라 사유의 흐름이 불연속적인 단편들로 뚝뚝 끊어져서 의미를 '구성'하기가 어려웠기 때문이다. 가령 다음 시를 보자.

시리아 사막에 떨어지는, 식은 석양.

---

4) 황지우, 『사람과 사람 사이의 신호』, 한마당, 1986. 이 제목의 '실제'는 '실재'로 고쳐야 옳다는 게 내 생각이다. '실제(實際)'는 '사실상' '정말로'라는 뜻의 부사이다. 반면 '실재(實在)'는 '진정으로 존재하는 것'이라는 뜻의 명사이다. '시적인 것은 실제로 있다'는 것은 단순히 시가 환상이 아니라는 것을 가리키지만, '시적인 것은 실재로 있다'는 '시적인 것'이 세상에 모습을 드러내고 있는 시들과 무관하게 혹은 그것들에 앞서서 존재한다는 뜻이다. 황지우의 글이 의미하고 있는 것은 실제 후자의 뜻이다.

낙타가 긴 목을 늘어뜨려
붉은 天桃를 따 먹는다.
비단길이여,
욕망이 길을 만들어 놓았구나.
끝없어라, 끝없어라
나로부터 갈래갈래 뻗어갔다가
내 등 뒤에 어느새 와 있는 이 길은.

—「126-2」〔5〕 전문[5]

이 시의 의미를 이해하기란 어렵지 않다. 간단히 요약하면 (1)
해는 지고 사막은 아득하기만 하다; (2) 그러나 낙타는 그 사막에
비단길을 냈다; (3) 그 길은 '욕망'이 만든 것이다; (4) 내 욕망은
어지럽게 분출하는데, 그러나 지나고 나면, 내가 지금까지 걸어온
삶의 길을 낸 것이다,가 된다. 이 시를 시답게 하는 것은 우선, 이
의미의 연속체를 지탱하는 명제가 한가운데에 놓여서 첫 세 행의

---

5) 『나는 너다』의 시편들 제목은 모두 숫자로 이루어져 있다. 이 숫자의 의미는 분명치
않다. 혹자는 당시의 버스 노선 번호와의 연관성을 언급하기도 했으나, 그런 해석은
「289」를 비롯한 몇몇 시에 대해서만 유의미하다. 또 「518」은 광주민주화운동의 날짜에
서 그대로 가져온 것인데, 이런 방식도 모든 시에 다 통용되는 건 아니다. 나는 시인이
「후기」에서 "제목을 대신하는 숫자는 서로 변별되면서 이어지는 내 마음의 불규칙적
인, 자연스러운 흐름 이외에 아무것도 아니다"라고 한 말에서 단서를 찾았지만, 이 '마
음의 불규칙적인, 자연스러운 흐름'의 실체를 끝내 파헤칠 수 없었다. 이 진술을 근거
로 숫자를 심리적 고양(혹은 행복감)의 지수로 유추하여 대입해보았는데, 전반부에서
는 그 유효성을 확인할 수 있었지만 후반부, 정확히 44번째 시 「5」에서부터는 전혀 맞
지 않았다. 훗날 보다 조직적인 운산을 할 수 있는 사람에 의해서 이 수의 비밀이 밝혀
지기를 기대하거니와, 현재로서는 이 '마음의 흐름'이 '시의 흐름'을 이해하는 데 방해
가 되고 있는 게 분명해, 제목에 이어 꺾쇠부호(〔〕) 안에 수록 순서를 적기로 한다.

낙타의 행로와 마지막 세 행의 내 삶의 길을 은유적으로 연결시키고 있다는 형태적 특성인데, 그러나 이 시의 매력은 이 형태적 특성보다 그 가운데 놓인 명제, 즉 "비단길이여,/욕망이 길을 만들어 놓았구나"의 직관적 통찰이다. 이 한마디가 독자의 의식을 순간적으로 썻으며 고단한 삶의 보람을 깨닫게 한다. 『나는 너다』의 시편들에는 이런 잠언 투의 통찰이 산재해 있다. "길은,/가면 뒤에 있다"(「503」[1]), "바람이, 비단 같다, 길을 모두 지워놨구나"(「126」[3]), "전갈은 독이 오를 때/가장 아름다운 색깔을 띤다"(「93」[9]), "不在가 우리를 있게 했다"(「107」[13]), "쓰시마 해협을 통과하는 핵잠수함./물에 '기쓰(きず)' 난다"(「70」[22]), "사제 목에 걸린 철 십자가에 못 박힌 노동자./[……]/이 짐승들아,/가슴을 친다고 그게 뽑혀지느냐"(「102」[25]), "거미는 함정을 집으로 하여 산다"(「116」[77]). 일일이 다 예거할 수는 없다. 앞부분만 훑어보아도 거의 모든 시가 이러한 잠언 투를 포함하고 있다.

이와 더불어 문자의 간단한 조작 역시 비슷한 직관적 인식의 효과를 낳는다. 가령

모래내, 沙川을 넘어 구로동으로 가자(「92」[8])

같은 시구에서, 모래내를 한자어로 치환해서 한자로 되풀이해서 쓴 경우가 그렇다. 여기에서 '모래내'라는 한글은 한편으론 그 어감의 부드러움 때문에 다른 한편으론 익숙한 문자에 대한 감각적 자동성 때문에 황량한 느낌을 주지 않는다. 그것을 한자어, '沙川'으로 다시 쓴 것은, 그러한 지각의 자동화를 막고 그 어사를 낯설

게 느끼게 함으로써 '모래내'가 '사막을 연상시키는, 모래가 바닥에 깔린 메마른 개천'이라는 것을 의식케 하고, 이어서 나오는 "구로동으로 가자"[6]라는 청유에 의해서, 이 '모래천'이 노동자의 삶에 가닿지 못하는 지식인의 황폐한 마음을 가리킨다는 것을 깨닫게 한다. 그렇다면 한글 "모래내"는 왜 쓰였는가? 그것을 아예 삭제하고 "沙川"만 쓰는 게 어떠한가? 그렇지 않다. '모래내'는 그 이름에 의해서 정확한 현실적 지시성을 갖는다. 즉 사실 효과가 작동하는 것이다. 내 마음의 황폐함은 관념 속에 있는 게 아니라 지극히 현실적인 것이다, 라는 걸 그것은 또렷이 전달한다. 빈번히 등장하는 한자들은 이처럼 '낯설게 하기'의 효과를 중개로 실제로는 감각적 구체성을 전달하는 데에 더 유력하게 기능한다.

이상은 『나는 너다』의 개개 시편이 정서적으로나 논리적으로나 정돈된 형태를 갖추고 있다는 것을 짐작케 한다. 그러나 대체로 각 시편의 생각과 느낌은 아주 짧은 시간성만을 확보하고 있어서 그 흐름이 다 이어지지 못하고 끊어졌다는 느낌을 갖게 하며, 또한 앞뒤 시편들과의 연속성이 확보되지 않아 각 시편이 마치 파편처럼 던져져 있다는 인상을 준다. 방금 살펴본 첫 시 「503」은 구조적으로 완결성을 갖추고 있다. 그러나 두번째 시 「187」은 첫 시와의 단절이 심하다. 「503」은 "우리 마음의 지도"에 근거해 사막을 건너겠다는 의지를 표명하고 있는 반면, 「187」은 돌연 '방울뱀'의 경보에 대해 말함으로써 독자를 어리둥절하게 한다. "사람을 만날 때마다/나는 다친다./풀이여"라는 구절은 이 경보가 동행이 유발할

---

6) 지금은 '디지털 단지'가 들어서 있는 '구로동'엔 당시 '구로공단'이 들어서 있었다.

수 있는 갈등과 그 갈등으로 인한 상처를 가리키며, "풀이여"라는 마지막 시행은 그런 상처에도 불구하고 동행자의 존재에 대한 바람을 무의식적으로 표출하고 있다고 짐작할 수 있는데, 이 암시적으로 처리된 반전 자체가 당혹스럽고 게다가 이 순간적으로 스쳐 지나가는 생각이 어떤 생각의 흐름 가운데 지극히 짧은 동강으로 비쳐져서 의미론적 긴장을 경직시킨다. 그러고 나서 다시 시인은 다음 시편 「126」에서 '사막 건너기'의 주제로 돌아가는데, 첫 시와는 달리, 일부러 완결성을 무너뜨리고 있다.

나는 사막을 건너간다.
나는 이미 보아버렸으므로.
낙타야, 어서 가자.
바람이, 비단 같다, 길을 모두 지워놨구나.

마지막 네 행이다. "나는 사막을 건너왔다"로 시작한 이 시는, 사막을 건너왔다는 것이 사막에서 무슨 일이 일어났는지 "보아버렸"다는 뜻임을 암시하면서, 그것을 보아버렸기 때문에 이제 다시 사막을 건너가야 한다(이제는 보는 것과는 다른 방식으로)는 의지를 드러낸다. 그러니까 '건너왔음으로 건너간다'는 역설은 일상적 인식을 넘어서는 깊이를 가지고 있다고 할 수 있는데, 마지막 행에서 화자는 느닷없는 발언으로 그 깊은 인식 자체를 다시 한 번 뒤흔든다. "바람이 [……] 길을 모두 지워"놓았다는 것이다. 그 사이에 놓인 "비단 같다"는 '바로 그래서 비단길이다. 비단길의 진정한 의미는 거기에 (길을 모두 지운다는 데) 있다'는 뜻을 함의한다. 즉 사막에서 길은 언제나 새로 시작하는 것이며, 따라서 내가 '본' 사막의 길은 내가 가야 할 길의 표본이 될 수 없다는 것이다. 그렇다면 내가 '본' 길은 내가 갈 길에 대해 어떤 참조의 기능을 할 수 있을 것인가? 그것은 이 시에서 암시되지 않으며 오로지 시의 미래에 그 답이 있을 것이다. 길은 "가면 뒤에 있"(「503」)으니까. 따라서 시인은 이 짧은 네 행 안에 반전을 두 번이나 포함시키면서, 동시에 그 마지막을 미결로 처리함으로써 이해의 완성을 방해한다.

2. 서정시인 황지우

『나는 너다』의 특이한 형태적 양상은 황지우 시에 대한 몇 가지 새로운 이해에 대한 암시를 제공한다. 우선 개개 시편이 비교적 정돈되어 있다는 것은, 그가 형태 파괴를 선호하는 시인이라기보다는 서정시인에 가깝다는 암시를 준다. 김현은 이미 그의 초기 시들을 세 계열로 나누면서 마지막 계열을 "짙은 서정성의 계열"로 정리하고 "그 서정성은 새로 태어나고 싶은 물소리, 엿듣는 풀의 누선, 저 타오르는 물은 얼마나 고요할까 따위의 이미지가 보여주듯, 시인의 시선이 갖고 있는 정일성에서 연유한다. 그의 서정성은 감각적인 것도 아니며, 관능적인 것도 아니며, 꿈꾸는 자의 몽상이 갖는 안온함에 가깝다"[7]라고 풀이했으며, 그 글의 제목을 아예

---

7) 김현, 「엿듣는 자의 누선」, 『젊은 시인들의 상상세계/말들의 풍경』, 김현문학전집 6, p. 112.

「엿듣는 자의 누선」으로 정했다.[8] 김현이 그 글에서 황지우 초기
시의 시적 성취를 두번째 계열, 즉 "일상적인 삶에 매몰된 자아"에
대한 "과장이 적절하게 지적인 통제를 받아" "야유·풍자·유머로
변용되어 나타나는 계열"에서 보고 있는데도 불구하고 글의 제목
을 그렇게 정했다는 것은 그가 직관적으로 황지우의 생래적 기질
을 알아차렸기 때문이 아닐까?

황지우의 시적 기질이 전위적이라기보다 서정적이라는 가정은
그의 '형태 파괴'가 서정적 기질의 표출의 불가능성 때문에 불가
피하게 나타난 인위적 조작이 아닐까 하는 의혹을 불러일으킨다.
그 의혹이 머리에 떠올랐을 때 독자는 거의 실시간으로 그의 발언,
"말할 수 없음으로 나는 양식을 파괴한다"를 연상한다. 그러니까
그는 시적으로 말하고 싶었지만 그것이 불가능해서 스스로도 당연
시해오던 시적 양식, 즉 서정적 양식을 파괴해야 했던 것이다?! 그
리고 이 발언의 두 절을 대등하게 받아들인다면, 그의 시는 서정적
인 시로부터 형태 파괴적인 시로 나아갔다기보다는, 오히려 서정적
기질과 형태를 파괴하려는 기도 사이의 끝없는 불협화음과 긴장 속

---

8) '엿듣기'가 서정적 감각의 근본에 속한다는 것은, 박목월의 시 「윤사월」에서의 "산
   지기 외딴 집/눈 먼 처녀사//문설주에 귀 대고/엿듣고 있다"라는 구절을 상기하는
   것으로 충분할 것이다. 또한 존 스튜어트 밀John Stewart Mill의 유명한 발언, "웅
   변은 듣는 것이고, 시는 엿듣는 것이다"(『시와 그 변형들에 대한 생각Thoughts on
   Poetry and its Varieties』, 1859)도 새겨둘 만하다. 이에 대해서, 스콧 브루스터Scott
   Brewster는 "서정시는 살아 있는 인물처럼 행동하면서 누가 듣는가는 잊어버리기 일
   쑤인 진짜 화자 앞에 우리를 세워놓는 것처럼 여겨진다. 수신자는 종종 없거나 아니
   면 기껏해야 가정될 뿐이다. 독자/청취자는 엿듣거나 아니면 화자 혹은 수신자와 상
   상적으로 동일시해야만 한다"(『서정Lyric』, London: Routledge, 2009, p. 35)라고
   설명한다.

에서 진동하고 있었다고 보는 게 타당할지도 모른다.

실로 황지우가 다양한 형태 실험 중에서도 끊임없이 서정적인 시를 완성하려고 애썼다는 것은 꽤 많은 증거가 입증한다. 우선 그의 첫번째 시집의 표제시인 「새들도 세상을 뜨는구나」는 현실을 벗어나고 싶다는 감상적인 마음을 아주 선명한 영상으로 정제시켜 반성적 인식을 끌어낸 작품이었다. 이 작품은 완미한 서정시였다. 그것은 또한 그의 서정성이 김현이 지적한 "꿈꾸는 자의 몽상"으로부터 계속 진화했음을 알려준다. 황지우의 두번째 시집에서 가장 대중적인 인기를 누린 시편은 표제시 「겨울-나무로부터 봄-나무에로」였는데, 그 역시 형태 파괴적이 아니라 형태적 완결성을 갖춘 작품이었다. 독자의 기억으로 이 시는 아주 큰 반향을 일으켜서 같은 이름의 카페가 서울 시내에 여러 군데 간판을 달았었다. 이 시가 가진 매력이 무엇이었던가? 여린 감성을 현실 극복의 의지로 바꾸는 데 성공했기 때문이다.

그럼에도 불구하고 황지우가 형태적 실험을 거듭했다는 것은 또한 무엇을 말하는 것일까? 사실 황지우 시의 가장 큰 비밀은, 그리고 『나는 너다』의 근본적인 동인은 여기에 숨어 있다고 할 수 있다. 왜냐하면 『나는 너다』의 개개 시편은 가장 압축된 감성의 만화경을 보여주는 듯하지만 실상 그 시편들 자체가 안으로 동강 나 있거나 그 시편들 사이가 단절되어 있는 경우가 태반이기 때문이다. 이것은 그가 자신의 서정적 성취를 고의적으로 해찰하고자 하는 충동에 시달리고 있고, 그 충동을 새로운 시에 대한 의지로 바꾸었다는 것을 드러낸다.

무엇이 문제였던가? 그는 우선 「새들도 세상을 뜨는구나」에서

「겨울-나무로부터 봄-나무에로」로 나아갔다. 독자는 거기에서 서정성의 강화라는 욕구가 작동했다는 것을 쉽게 짐작할 수 있다. 「새들도 세상을 뜨는구나」는 새들의 비상과 '우리'의 좌절을 대비시키고 있는 시이다. 거기에서 자연은 나의 아이러니로서 기능한다. 반면 「겨울-나무로부터 봄-나무에로」는 추위에 대한 나무의 저항과 승리를 그대로 묘사함으로써 그것을 '나'의 삶에 대한 암시로 만든 시이다. 자연과 나 사이에는 가정적 일치가 설정되며, 그로부터 나의 의지와 현실 극복에 대한 믿음이 시 안에 채워진다. 이 시가 대중의 호응을 받았던 것은 시가 충족시키는 믿음이 독자에게로도 흘러들어갔기 때문일 것이다. 그 유통을 가능케 하기 위해 「겨울-나무로부터 봄-나무에로」는 '자연과의 동화'라는 서정시의 공식이 깔고 있었던 전제인 '현실과의 단절'을 폐기했다. 그리고 '자연과의 동화'를 현실 안으로 투영했다. 즉 그것을 '현실의 심리적 반영'으로 만들었다. 그것이 서정시에서 파생한 민중시의 새로운 문법이었고, 황지우가 그것의 가장 중요한 주추를 놓았다고 우리는 감히 말할 수 있다. 우리는 오늘날 그러한 문법의 통속적인 양태를 자주 본다. 뿐만 아니라 정치적인 용도에 빈번히 쓰이고 있는 현상도 본다. 심지어 선거에서 당가(黨歌)로 쓰이기도 한다. 그러나 이러한 문법이 오로지 황지우에게서만 비롯되었다고 할 수는 없다. 우리는 이미 박용철의 시에서도 비슷한 예를 확인할 수 있었다. 시의 자리는 "한갓 고처"라고 역설했던 그 사람에게서 말이다.

어쨌든 「겨울-나무로부터 봄-나무에로」가 보여준 이 변모는 보는 관점에 따라서는 시의 새로운 승리로 받아들여질 만한 것이었다. 그러나 정작 시인은 그렇지 못했던 것 같다. 그가 그것을 승리로 받아들였다면, 그는 민중적 서정시의 세계로 선회했을 가능성이 크다. 그런데 『나는 너다』에 와서 그는 서정성에 대한 성향을 그대로 지속하면서도 그것들을 파편화하고 불연속적으로 배열했다. 왜 그랬을까? 시인이 「겨울-나무로부터 봄-나무에로」의 성취에 대해 무의식적으로 저항했다고밖에는 달리 설명할 길이 없다. 무엇이 문제였을까? 시를 직접 읽어보기로 하자.

> 나무는 자기 몸으로
> 나무이다
> 자기 온몸으로 나무는 나무가 된다
> 자기 온몸으로 헐벗고 영하 13도
> 영하 20도 지상에
> 온몸을 뿌리 박고 대가리 쳐들고
> 무방비의 裸木으로 서서
> 두 손 올리고 벌받는 자세로 서서
> 아 벌받은 몸으로, 벌받는 목숨으로 기립하여, 그러나
> 이게 아닌데 이게 아닌데
> 온 魂으로 애타면서 속으로 몸 속으로 불타면서
> 버티면서 거부하면서 영하에서
> 영상으로 영상 5도 영상 13도 지상으로
> 밀고 간다, 막 밀고 올라간다
> 온몸이 으스러지도록
> 으스러지도록 부르터지면서

터지면서 자기의 뜨거운 혀로 싹을 내밀고

천천히, 서서히, 문득, 푸른 잎이 되고

푸르른 사월 하늘 들이받으면서

나무는 자기의 온몸으로 나무가 된다

아아, 마침내, 끝끝내

꽃 피는 나무는 자기 몸으로

꽃 피는 나무이다

—「겨울-나무로부터 봄-나무에로」 전문

  이 시의 매력은 굴종의 자세를 그대로 항거의 자세로 뒤바꾼 데
에서 나온다. 형상은 하나도 변하지 않은 채로 아래로 향하던 힘이
그대로 위로 솟구쳐 오른다. 굴종의 노역이 지고 있는 무게를 그대
로 항거의 에너지로 변환시킨 것이다. 그렇게 "아아, 마침내, 끝끝
내/꽃 피는 나무는 자기 몸으로/꽃 피는 나무"가 된다. 나무는 항
상 꽃 피는 나무이다. 꽃 지고 있을 때조차 그렇다. 다시 말해 나무
는 이미 솟아오르는 나무이다. 이 시의 대중적 매력은 그러니까 가
장 연약할 때조차도 가장 강한 에너지를 내장한 것으로 느끼게끔
하는 데 있다. 그것이 형상의 불변성을 바탕으로 한 벡터의 역진이
자아낸 효과이다. 그런데 이러한 극적인 반전을 가능케 한 것은 무
엇인가? 놀랍게도 그것은 제10행의 "이게 아닌데 이게 아닌데"라
는 부정어 단 하나이다. 마지막 네 행을 실질적인 결어로 간주한다
면, 제10행은 이 시의 한가운데에 위치한 중심점이다. 이 중심점
이 곧 반환점이 되어 부정적 세계를 긍정적 세계로 돌변시킨다. 희
한한 도상 거울이다. 의혹의 감탄사를 두 번 외치니 세상이 통째로

바뀌었다.

현실이 이렇게 반전하는 경우는 없다. 언어가 그런 믿음을 줄 수도 없다. 그런데 현실의 좌절을 보상하는 게 언어의 기능인지라(그래서 언어는 꿈이다), 사람들은 그런 믿음을 언어에 바라기가 일쑤다. 이 반전은 그러니까 사람들의 소망을 최대한 충족시키기 위해 언어의 보상적 기능을 최대한으로 과장한 것이다. 그럼으로써 언어가 할 수 있는 한계를 넘어서버린 것이다. 언어가 현실을 대체할 수는 없다는 그 한계를. 언어가 현실을 대체한다면, 사람들은 저마다의 광태 속에 빠져 영원히 헤어나오지 못할 것이다.

3. "말할 수 없음으로 나는 파괴를 양식화한다"

시인은 따라서 가장 극적인 성취의 순간, 그것을 부수고 나오지 않을 수 없었을 것이다. 독자는 그러한 시인의 회귀를 두 가지 방향에서 확인할 수 있다. 하나는 『나는 너다』의 도입부를 살펴보는 것이고, 다른 하나는 유사한 주제를 다루는 시편들을 통한 비교이다. '서시'로 기능하는 「503」이 "길은,/가면 뒤에 있다"는 잠언을 핵자로 한 사막 순례의 의지를 다지는 길임은 이미 보았다. 또한 잠언들이 서정적 압축의 역할을 한다는 것도 살펴본 바 있다. 그런데 이 압축은 충만하지가 않다. 그것은 언뜻 보아서는 길의 '있음'에 대한 신뢰를 심어주는 듯이 보인다. 그런데 자세히 읽어보자. "길은" 하고 말하고, 한숨 쉬고, "가면 뒤에 있다"라고 말해보자. 쉼표까지 느끼며 읽은 사람은 곧 '어떻게 가지?'라는 질문을 떠올리게 될 것이다. 그 질문과 함께 독자는 시 전체를 다시 되풀이해 읽는다. 그러면 곧바로 "지금 나에게는 칼도 經도 없다./경이 길을 가르쳐주진 않는다"는 앞의 두 행을 만난다. 그 두 행은 두 개의 부정을 연속으로 행하고 있다. 우선 "칼도 經도 없다"는 사실. 다음 "경이 길을 가르쳐주진 않는다"는 판단. 두번째 판단은 첫번째 사실의 근거로 읽을 수 있다. 경이 길을 가르쳐주진 않기 때문에 나는 경을 버렸다, 라는 뜻으로 말이다. 그러나 정말 그럴까? '칼'은 왜 버렸나? 당연히 '칼'은 애초부터 갖고 있지 않기 때문이다. 그런데 그렇다면 길을 가기 위한 참조 틀이 하나도 없다는 사실이 더 강조가 된다. 그렇게 읽으면, 의미는 '칼이 없어서 경을 찾았더니 경도 길을 가르쳐주지 않았다. 그래서 칼도 경도 없다'가 된다. 왜 사실의 확인이 먼저 나왔는가,를 깨달을 수 있는 대목이다. 그렇다면 어떻게 갈 수 있는가? 일단 가야지 "길이 있"을 테니까. 그에 대한 대답은 마지막 네 행에 나와 있다.

나는 너니까.
우리는 自己야.
우리 마음의 地圖 속의 별자리가 여기까지
오게 한 거야.

여기에서는 두 번의 긍정(주장)을 연속해서 행하고 있다. "나는 너"다라는 확언. 그리고 "우리[가] [공통적으로 가지고 있는] 마음의 地圖"가 있다는 주장. 첫번째 확언은 그다음 행에 근거하는데, 그에 의하면, '나는 너'인 까닭이 우리가 사랑하는 사이, 즉 연대하는 존재이기 때문이라는 것이다. 그리고 그 연대에 근거해서 '공통의 지도'에 대한 확신을 내세울 수가 있다. 결국 결론은, 우리가 같은 꿈을 꾸니까 이 연대의 힘으로 사막에 길을 내며 갈 수 있다는 말이다. 이러한 주장은 독자를 심리적으로 끌어당길 수 있으나 객관적인 근거를 제공할 수 있는 건 아니다.

여하튼 「503」은 약간의 결여를 포함한 채로 완결된 언어로 읽을 수 있다. 그렇다면 「겨울-나무로부터 봄-나무에로」의 완미함이 여전히 여기에도 작용하는 것인가? 그러나 이 '대충 채워진 언어'를 결정적으로 비워버리는 사건이 곧바로 일어난다. 바로 다음 시 「187」에서. 왜냐하면 이 두번째 시는 연대가 깨어지는 사태를 그대로 묘사하고 있기 때문이다. 나와 너는 하나이기는커녕 아예 서로에 대해 지옥이다. 「187」은 「503」의 대극이다. 그다음 시 「126」〔3〕은 이미 보았듯, 역전을 안에 품고 있는 시다. 「126-1」〔4〕에 와서 시인은 그 역전의 숨음이 안심이 안 되었는지, 전망 부재의 막막함을 외재화하고 있다. 그러곤 「126-2」〔5〕에 와서, 다시 희망을 끌어내는데, 이번에는 그 희망은 '연대'에서가 아니라 '욕망'에서 온다. 욕망은 연대를 보증하지 않는다. 다만 그걸 재촉할 뿐이다. 그런데 첫 시에서 제시된 대로 '연대'가 없으면 이 도정은 실패할 것이다(이에 대해서는 다시 말하기로 하자). 그래서 다음 시 「130」〔6〕에서 "사식집이 즐비한 을지로 3가"(여기는 욕망의 거리다)에서 "윤상원로(尹常源路)"(연대의 거리)를 떠올린 다음 윤상원의 죽음을 통해 연대의 거리가 죽었음을 잠시 스쳐 생각하다가 곧바로 "살아서, 여럿이, 가자"라며 연대를 호소하는 외침을 터뜨린다. 그러나 이 청유는 말 그대로 주관적 소망이다. 그는 욕망이 연대를 가능케 할 수 없다는 사실을 본능적으로 느끼고 있다.

　사랑하는 이여,
　이 길은 隊商이 가던 비단길이 아니다.
　살아서, 여럿이, 가자.

라는 시행, 즉 연대의 길은 "隊商이 가던 비단길이 아니"라는 진술
이 억제할 수 없는 감정의 언어로 솟아나고 있기 때문이다. '비단
길'은 「126-2」에서 읽었듯 '욕망'이 만든 길이기 때문에, "이 길은
비단길이 아니"라는 것은 '이 길은 욕망으로 갈 수 있는 길이 아니
다'라는 뜻이 된다. 그 길은 욕망으로 가는 길이 아니라 "살아서,
여럿이, 가"야 하는 길이다. 그런데 이 호소는, 바로 다음 시 「130-
1」[7]에서 근본적인 부인 속에 사로잡힌다. "너무 가지 말자./너무
가면 없다!/너는 자꾸 마음만 너무 간다." 연대가 주관적 호소로
그칠 때 그것은 도로에 그친다는 것을 분명히 가리키고 있다.
　이렇게 「겨울-나무로부터 봄-나무에로」의 상상적 승리는 서서
히 무너져간다. 겨울-나무는 더 이상 봄-나무로 변신하지 못한다.
과연 「109-4」[35]에 와서, 나무는 「겨울-나무로부터 봄-나무에
로」에서의 나무와 똑같은 포즈를 취하고 있으나 의지의 상징이라
기보다 무기력의 상징으로 경멸당하며,

　당신은 게으른 나무예요.
　瞑想하는 포즈로 팔 벌리고 구걸하고 있어요.
　　　　　　　　　　　　　　　　　　　　—「109-4」 부분

「145」〔59〕에서 '겨울나무'는 전혀 다른 명상의 대상이 되고 있다.

　　12월의 숲
　　눈 맞는 겨울나무 숲에 가보았다
　　더 들어오지 말라는 듯
　　벗은 몸들이 즐비해 있었다
　　한 목숨들로 連帶해 있었다
　　눈 맞는 겨울나무 숲은

　　木炭畵 가루 희뿌연 겨울나무 숲은
　　聖者의 길을 잠시 보여주며
　　이 길은 없는 길이라고
　　사랑은 이렇게 대책 없는 것이라고
　　다만 서로 버티는 것이라고 말하듯

　　형식적 경계가 안 보이게 눈 내리고
　　겨울나무 숲은 내가 돌아갈 길을
　　온통 감추어버리고
　　인근 산의 積雪量을 엿보는 겨울나무 숲
　　나는 내내, 어떤 전달이 오기를 기다렸다.

　　　　　　　　　　　　　　　　　　　　　―「145」 전문

이 시에서 '겨울나무'(들)는 더 이상 솟구치지 못한다. "벗은 몸"으로 벌 받고 있을 뿐이다. 그들이 할 수 있는 일이라곤 "다만 서로 버티는 것"이다. 그리고 그들은 "내가 돌아갈 길을/온통 감추어버"린다.

봄-나무는 없고 길도 보이지 않는다. 그러니까 황지우는 「겨울-나무로부터 봄-나무에로」의 세계와 근본적으로 단절한 것이다. 지금까지의 분석에 의하면 그것은 그가 상황을 더욱 정직하게 바라보게 되었다는 것을 가리킨다. 그러나 그것만이 아니다. 이 정직한 시선을 통해 그는 무언가를 얻었다. 희망은 곧바로 주어지지 않으니 방법을 개발해야 한다는 깨달음이 그것이다.

4. '심리 지리' 위의 잠언과 묘사의 대위법

『나는 너다』는 그 깨달음의 실천적인 탐구 그 자체이다. 『나는 너다』는 한편으로는 이전의 시 세계를 반성적으로 해체하면서, 다른 한편으로는 새로운 시 형식을 찾아나서는 모험을 행하는 두 층의 흐름을 중첩시켜놓고 있다. 지금까지 보았듯 반성적 흐름은 그의 시적 형태가 점차로 시인의 본래적 심성에 맞추어가는 방향으로 수정되면서 주제의 변화를 유도해나가는 과정으로 이루어져 있다. 반면 그의 새로운 모험은 순수하게 존재론적인 것, 즉 형태의 변화가 그 스스로 주제를 형성하는 모험이다. 왜냐하면 그것은 새로운 삶의 개진이기 때문이다. 독자는 그 새로운 삶의 양상을 다음 몇 가지 항목으로 분류할 수 있을 것이다.

첫째, '길'의 형식. 이 '길'은 1980년대의 젊은 지식인들이라면 누구나 선택해야만 했던 것이다. 그들은 '광주'와 '독재의 반복'이라는 사태 앞에서 그들을 가르친 지식들이 무기력하게 패퇴하는 것을 바라보아야만 했던 세대였다. 준거 틀의 공백이 발생했고, 루카치의 "길이 시작되자 여행이 끝났다"라는 근대의 운명을 알리는 언명이 그들의 귀에 다른 울림으로 파고들었다. 물론 곧바로 다른 준거 틀이 난입하여 젊은이들을 휘몰아가지만, 이미 보았듯 『나는 너다』는 그런 유의 '자연발생적 부착'을 근본적으로 회의하는 데서 시작한다. 그것이 황지우의 정직성이다. 그로부터 순수한 '길'의 개척이 그의 과제가 되었다. 그 길은 그가 내야 할 길이었기에 "가면 뒤에 있"는 길이다. 그러나 어떻게 그 길을 낼 것인가?

시인은 두 가지 도구를 들고 나왔다. 하나는 "우리 마음의 地圖 속의 별자리가 여기까지/오게 한 거야"(「503」)라는 발언에 그대로 나타나 있듯이 '마음'이라는 도구이다. 즉 그의 길은 '심리 지리'로서 작성되는 것이다. 다른 하나는 "우리는 自己야"라는 직전의 시행이 가리키듯이 타자의 요청이다. 이 두 가지 도구는 사실 그 전에 이미 그가 가지고 있었던 것이다. 생각해보라. 「겨울—나무로부터 봄—나무에로」의 그 엄청난 반전이 순수한 마음의 작용의 결과가 아니라면 무엇이라고 말할 수가 있을 것인가? 또한 이 '나'를 '우리'로 즉각적으로 확대하는 볼록거울이야말로 황지우가 그 기본 도식을 제공한 게 틀림없는 이른바 '민중시'의 전가의 보도가 아닌가?

그러나 황지우는 이 상투적인 도구를 끌어와서 기능을 변환한다. 이 기능 변환을 가능케 하는, 혹은 수행하는 구조가 바로 앞에서 말한 해체—구축의 동시성의 흐름 구조이다. 그것을 이제 구축의 면에서 살펴보기로 하자.

우선, '마음'의 문제. 이전의 시에서 그의 '마음'은 감정과 의지가 양극을 차지하고 있었다. 「새들도 세상을 뜨는구나」의 "우리도 우리들끼리/〔……〕/한세상 떼어 메고/이 세상 밖 어디론가 날아갔으면" 하고 중얼거리는 감정이 한 극을 차지하고, 「겨울-나무로부터 봄-나무에로」가 보여준 용솟음의 의지가 다른 한 극을 차지한다. 『나는 너다』에 와서 이 두 마음의 극은 각각 자신의 안티테제를 갖는다.

> 물 냄새를 맡은 낙타, 울음,
> 내가 더 목마르다.
> 이 괴로움 식혀다오. 네 코에 닿는
> 水平線을 나는 볼 수가 없다.
>
> ─「126-1」〔4〕 전문

를 보라. 감정으로서의 마음은 짙어질수록 강해지는 것이 아니라 오히려 스스로를 파괴하고야 만다. 왜냐하면 감정은 소망으로만 이뤄진 게 아니라 소망/고통의 동시성으로 이뤄졌기 때문이다. 의지로서의 마음 역시 일방적으로 진행되면 허무에 직면한다는 것을 독자는 이미 보았다. 시인이 "너무 가지 말자./너무 가면 없다!/너는 자꾸 마음만 너무 간다"(「130-1」〔7〕 전문)라고 말했던 것을.

이로써 그의 마음은 양극이 아니라 네 극을 가지게 되었다. 이 네 극의 방위를 통해 진정한 심리 지리가 시작된다. 심리 지리는 이미 구획 지어진 거리와 블록 사이를 지나가는 게 아니다. 그렇다

고 그것들을 몽땅 쓸어버리고 새로운 길을 내는 것도 아니다. 그
것은 그것들의 엄연한 실체성을 인지적으로 경험하는 과정을 통
해, 그 실질적인 의미가 장벽인 그것들의 복판으로부터 새로운 길
의 청사진이 인화될 수 있는지를 가늠하는 일이다. 그의 심리 지
리는 기 드보르의 "낯설게 하기의 실행과 만남의 조직적 선택, 미
완성과 이동의 감각, 정신의 영상 위에 포개진 속도에 대한 사랑,
창안과 망각"을 통하여 "사회를 게임의 바탕 위에 세우며",[9] "시
와 체험을 즉각적으로 일치시킴으로써, 도시의 초현실주의적 시화
poétisation에 클러치를 넣어"[10] "도시들의 구축과 집단 무의식의
전복을 준비"[11]하는 심리 지리와는 달리 역동적이라기보다는 사색
적이고 전복적이라기보다는 반성적이지만, 그 기본 태도는 동일한
범주에 속한다고 할 수 있다. '어긋나게 가기dérive'라는 움직임의
방식 말이다.

황지우의 '어긋나게 가기' 혹은 '편류'는 드보르의 그것처럼 자
유로운 일탈의 형태를 그리는 게 아니라, '반대로 어긋나는' 것이
다. 마음에 고통을 가하고 의지에 허무를 준다. 그 반대가 어떻게
새로운 시작이 될 수 있는가? '사막'이 그 비결이다. 시집의 초입
부터 시인은 '사막'과 '낙타'를 전면에 내세웠다. 낙타는 사막이기
때문에 자연스럽게 나왔다. 그러니 우선 물어야 한다. 왜 사막인
가? 독자는 이미 "칼도 經도 없는"자의 근거 없음을 읽었었다. 그
런데 그 이상의 기능이 사막에게 있다. 바로 길을 지운다는 것. 앞

---

9) Guy Debord, *Œuvres*, Quatro Collection, Paris: Gallimard, 2006, p. 121.

10) Vincent Kaufmann, "Introduction", *Œuvres*, p. 76.

11) Guy Debord, *ibid.*, p. 125.

에서 읽었던 시를 다시 읽어보자.

> 독수리 밥이 되기 위해 끌려가는 지아비, 제 새끼들.
> 무엇을 지켰고, 이제 무엇이 남았는지.
> 흙으로 빚은 성곽, 다시 흙이 되어
> 내 손바닥에 서까래 한 줌.
> 잃어버린 나라, 누란을 지나
> 나는 사막을 건너간다.
> 나는 이미 보아버렸으므로.
> 낙타야, 어서 가자.
> 바람이, 비단 같다, 길을 모두 지워놨구나.

—「126」〔3〕 부분

정황은 황지우의 초기 시에서 아주 익숙한 것이다. 끌려가는 아비, 새끼들, 누군가의 밥이 되는 사람들. 그런데 시인은 그들이 '지키고 남긴 것'에서 새 삶의 가능성을 보지 않는다. 그 세상은 '흙'으로 돌아갔다. 그것을 '나'는 보았고, 본 이상, 그 삶은 이제 없다. 바람이 길을 모두 지워놓은 것이다. 이 문장을 조건절로 바꾸어보자. '바람이 부는 것은, 길을 모두 지운다는 조건에서이다.' 즉 새 삶이 운동하려면 과거의 흔적을 몽땅 무로 환원시키는 절차를 거쳐야 한다. 여기서 중요한 것은 부정(무로 환원하는 절차)을 긍정(새 삶의 운동)으로 바꾼다는 사실 자체가 아니다. 부정과 긍정의 분리가 중요한 것이다. 왜냐하면 이 분리를 통해서 부정은 긍정 속으로 빨려들어가지 않고 부정/긍정의 끝없는 순환의 궤도가 발동하기 때문이다. 이 분리가 왜 중요한가? 분리되지 않았을 때 부정은 곧 긍정이 됨으로써 부정의 사태가 더 이상 숙고되지 않는다. 무기력이 곧바로 활력이 됨으로써 무기력했던 과거가 사라지는 것이다. 반면 분리가 일어나면 부정은 부정되어야 할 것으로 남는다. 그런데 그것은 그냥 부정되어야 할 것이 되지 않는다. 지우려고 결심할수록 부정의 사태는 남는다. 인용문의 첫 두 행의 엄연한 실존처럼. 남기 때문에 그것은 부정-긍정이 된다. 이 부정-긍정에 의해, 새 삶의 시작인 긍정은 긍정-부정이 된다. 왜냐하면 전자가 후자의 전망을 자꾸 훼방하기 때문이다. 그래서 사막에서 비단길을 연상한 다음, 곧바로 비단길을 부정한다.

사랑하는 이여,
이 길은 隊商이 가던 비단길이 아니다.
살아서, 여럿이, 가자.

──「130」〔6〕 부분

시집 전체가 바로 이 부정-긍정과 긍정-부정의 끝없는 교번으로 이루어져 있다. 그것을 방금 순환이라고 했지만, 여기에 단계가 없는 건 아니다. 이 나선 순환은 아주 점진적으로 대립의 양태를 바꾸어간다.

앞에서 보았듯, 이러한 대립의 가장 포괄적 형식이 서정적인 것과 해체적인 것의 중첩으로 이루어져 있다고 한다면, 독자는 이 대립의 언어 형태가 서정성의 최대 압축으로서의 잠언과 형식 파괴의 현상태로서의 현실 묘사의 대립을 통하여 나타난다는 것을 곧

바로 알아차릴 수 있을 것이다. 그리고 변화하는 양태 역시 잠언과 묘사의 형태와 기능이라는 것도 짐작할 수 있을 것이다.

실로 시집의 앞부분에서 잠언은 나의 전망을 지시하는 상징적 지시자로서 기능한다. "길은,/가면 뒤에 있다"가 가장 대표적인 상징적 지시자이다. 그리고 곧바로 뒤이어 현실 묘사가 나온다. "단한 걸음도 생략할 수 없는 걸음으로/그러나 너와 나는 九萬理 靑天으로 걸어가고 있다"(「503」). 그런데 저 상징적 지시자는 내용이 부재한다. 길은 아직 없기 때문이다. 따라서 저 언명을 보장할 어떤 근거도 없다. 상징적 지시자는 텅 빈 기표이다. 바로 그것이 앞에서 긍정-부정이라고 말한 것이다. 반면 현실 묘사는 그 자체로는 전망의 막막한 부재를 나타내고 있지만("九萬理 靑天"), 그러나 앞의 잠언에 기대어서 '마음의 지도'를 상정할 수 있게 된다("우리 마음의 地圖 속의 별자리가 여기까지/오게 한 거야"). 현실 묘사는 기의를 품고자 하는 기표이다. 그것이 부정-긍정이다. 이 긍정-부정/부정-긍정은 후자의 힘에 의해서 부정-긍정으로 요약된다. 그러나 이 시는 바로 이어지는 시의 긍정-부정과 대립을 이룬다. 시 「187」〔2〕은 잠언이 생략된 대신, 현실 묘사만으로 이루어져 있는데, 이 현실의 부정성은 "풀이여"라는 마지막 행에 의해서 간신히 긍정의 지푸라기를 잡고 있다. '간신히'라는 말은 말 그대로의 의미를 갖고 있는데, 왜냐하면 사람 사이의 상처를 묘사하는 자리에서 겨우 '풀'에게 구원을 요청하기 때문이다.

이렇다는 것은 『나는 너다』의 전체적인 구조가 긍정-부정/부정-긍정(혹은 거꾸로)의 대위적 구조의 끝없는 순환으로 이루어져 있다는 독자의 짐작에 대한 최초의 증거가 되며, 동시에 이 처음의 양태, 즉 잠언의 상징적 지시와 현실 묘사의 대위법이 점차로 해체되어 갈 것임을 암시한다. 과연 상징적 지시자는 서서히 자신의 한계를 드러내는데, 그것은 그 지시성이 가정된 전망의 근거가 되지 못하기 때문이다. 즉 저 상징적 지시의 현물로서 제시된 것은 낙타가 낸 비단길인데, 그 비단길은 '욕망'이 낸 길이었던 것이다.

시인은 곧바로 내가 너와 하나가 되어 가고자 한 길이 결국 욕망의 길에 불과했던 것이 아닌가에 대한 회의에 부닥치게 된다. "우리는 夜光蟲인가, 異敎徒인가"(「86」〔10〕)라고 자문하는 시인은 사방에서 도착(倒錯)을 느끼게 된다. 그는 "정호승의, 서울의/예수"가 준 "빗자루"로 쓸어야 하는 게 "발밑의 무지개"(환상을 딛고 있다는)라는 걸 직감하는가 하면, 군사독재 정권이 허가한 "통금 해제" 덕분에 술 먹고 늦게 귀가한 날 집 앞에서 기다리고 있는 아내에게서 성녀와 창녀("나의 창녀 金마리아"—「88」〔12〕)를 동시에 떠올리고, 다른 삶을 살고자 하는 희망이 헛된 '날개'에 대한 몽상에 불과하다고 생각하게 된다.

네가 너의 날개를 달면
나에게 날아오렴.

바람이 세운 石柱 위 둥지에
지지지 타들어가는 내 靈魂이 孵化하고 있어.
                                    —「40-2」〔16〕 부분

이런 해체 과정을 통해 잠언과 묘사의 대위법은 묘사가 전면에 등장하고 잠언이 안으로 숨는 새로운 양태로 바뀐다.

번데기야, 번데기야
죽을 육신 속에서 얼마나 괴로웠느냐.

—「4」〔17〕 전문

　이 시가 「40-2」의 형태를 뒤집은 것임을 유의할 필요가 있다. 「40-2」는 '날개'에 대한 환상이 헛됨을 폭로하는 시이다. 그런데 이 부정은 단순히 '날개 같은 건 없다'라는 단언을 취하지 않는다. 앞 인용의 두번째 연을 자세히 보자. 화자는 이렇게 말하고 있다: "칼이 없으면/날개라도 있어야" 한다고 '너'는 말하지만, '나'는 바로 그 날개에 대한 환상 때문에 이렇게 '석주'에 묶여 있다. 그 석주는 "바람이 세운" 것이다. '나는' 그 날개에 대한 환상이 세운 석주에 안온히 기대어("둥지 위에"), 내 영혼은 지지지 타들어가며 부화한다. 그러나 부화하지만 날아가지 못한다. 왜냐하면 이 부화는 날개에 대한 환상에 근거하기 때문에, 부화하려 하면 할수록 환상은, 즉 석주는 강고해진다. 따라서 날개가 아니라 '칼'이 필요한 것이다.

　이 시는 따라서 텅 빈 상징적 지시자가 현실을 결국 잠식해버리는 현상을 현실 묘사로써 제시한다. 잠언과 묘사 사이의 대위법의 해체가 극단까지 나간 상태이다. 이어져 나오는 「4」에서, 잠언은 거꾸로 현실 묘사 안으로 접혀든다. "죽을 육신"이 바로 "번데기야 번데기야/〔……〕 얼마나 괴로웠느냐"의 한정구로 숨어버리는 것이다. 이 시편에서부터 반전이 일어나 부정-긍정/긍정-부정의 교번의 형태가 나타난다. 「4」는 언뜻 보아서는 일방적인 부정의 묘사 같으나 궁극적으로는 이 번데기의 괴로움은 누구나 알고 있듯이 재생의 과정이다(부정-긍정). 반면 이어져 나오는 시 「518」〔18〕은 겉으로는 무등산의 위대함을 칭송하고 있으나, 그 칭송의 근거인 "거대한 兩翼"이 실은 "피묻은 兩翼"이라는 현상을 적시함으로써 이 "불사조"의 위대함이 이미 성취된 위대함이 아니라 앞으로 이루어야 할 과제임을 암시한다(긍정-부정). 이렇게 잠언을 현실 묘사 안에 감싸는 시편들의 흐름은 "신림동 밤골 순대집 장 씨"의 강인한 생명력을 전하고 있는 「160」〔29〕까지 이어지는데, 이 생명력에 대한 찬탄은 '나'와의 극단적인 괴리감을 화자에게 안겨주면서 반전을 맞게 된다.

> 장 씨의 기반은 나무 바닥 밑으로 밤골 검은 또랑이
> 흐르는 순대집이 불린 연립주택 한 채야.
> 브랜드가 박힌 낙타 한 필에 얹혀서 걸어온 나의 길,
> 내 대그빡에 듬성듬성
> 버즘 핀 사막.
> 세상은 내 보폭에 자꾸 태클을 걸고
> 푹푹 빠지는 나의 기반, 나의 모래내.
>
> ─「160」 부분

    현실의 발견은 나의 확신을 강화하는 것이 아니라 오히려 나에 대한 불신을 유발한다. 그리고 "브랜드가 박힌" 나에 대한 불신은 결국 장 씨의 생명력이 생존의 안간힘에 불과하다는 사실을 인지케 한다. 나의 "버즘 핀 사막"과 "밤골 검은 또랑이/흐르는 순대

집"은 동의어인 것이다.[12]

  이 정직한 직시 속에서 애초의 잠언/현실의 대위법은 생각/현실의 대위법으로 바뀐다. 잠언은 가나안으로 우리를 인도하지 못하고 더러운 세상 속으로 처박는다.

  배를 움켜잡고 적십자 병원을 찾아가는 젊은 임산부.
  너는 태어나 영세민이 되는구나.

—「37」[30] 부분

  생각의 출현은 '상징'의 무기력에서 비롯한다. "너는 태어나 ~ 이 되는구나"의 잠언 투는 그대로 유지되지만, 그 내용은 잠언의 무게를 채우지 못한다. '~이'의 내용은 비참의 질료들로 메워지고, '도다'의 영탄조는 '구나'의 체념조로 바뀐다. 그러니까 여기에서 추락하는 것은 현실이 아니라 잠언 자체이다. 현실은 벌써 추락해 있고 그것은 변한 게 없다. 잠언이 그 현실을 위로 끌어 올리려 했지만 도로에 그친 것이다. 생각은 바로 잠언의 추락에서 발생한다. 의미화는 충만한 말에서 발생하지 않는다. 텅 빈 말만이 의미화를 발동시킨다. 생각은 그 공동(空洞)의 동굴이다.

  이와 같은 방식으로 『나는 너다』의 시편들은 긍정-부정/부정-긍정(혹은 거꾸로)의 대위법을 또다시 대위법적으로 되풀이하면서 나아간다. 이 전개 과정의 하나하나를 음미하는 것은 독자에게 시

---

12) 지나가는 길에 덧붙이자면, 여기가 그 자신이 기본 형식을 제공했던 민중시로부터 그가 결정적으로 등을 돌린 지점이다. 민중시는 지식인의 자기환상의 산물이다. 모든 민중시가 그런 것은 아니다. 그러나 그것이 지배적인 것만은 틀림이 없다.

읽기의 고통과 환희를 동시에 안겨줄 것이다. 그러나 나는 이 자리에서 그 과정을 일일이 다 밝힐 생각은 없다. 이미 나는 해설의 과잉이라는 사태에 직면해 있고 여전히 나는 멈출 수가 없다. 그 과정을 간단히 요약하기로 한다.

(1) 잠언/묘사(긍정-부정/부정-긍정):「503」[1]~「40-2」[16]

(2) 현실 묘사 속에 숨은 잠언(부정-긍정/긍정-부정):「4」[17]~「160」[29]

(3) '나'의 생각/'우리'의 현실:「37」[30]~「23」[45]

(4) 인유로서의 자연:「18」[46]~「213」[64]

(5) 역상징으로서의 현실:「138」[65]~「18」[81]

(6) '나'의 수치/'너'의 잉여:「41」(82)~「289」(92)

(7) '우리'의 충만(?):「17」(93)~「1」(96)

이 설계도에서 (7)은 따로 떼어놓을 필요가 있다. 이 마지막 부분은 (1)에서 (6)까지의 흐름 전체에 대한 갑작스런 반전을 보여준다. 그리고 이 반전은 제목의 목적론에 지배되고 있다. 이것도 대위법이라면 대위법이겠지만, 그러나 여기에는 매개가 없다.

(7)을 떼어놓고 보면 (1)(2)(3)과 (4)(5)(6)이 대칭을 이루되, 계층 하락의 형태를 취하고 있음을 알 수 있다. (3)은 (1)(2)에서 진행된 상징의 추락이 '현실'에 대한 무지와 그에 대한 질문(생각)의 출현을 야기하는 한편, '생각하는 나'와 '현실을 살아가는 우리'를 또한 분리시켜서, '생각하는 나'를 근본적인 위기 속으로 몰아넣게 되는 상황을 그리고 있다. (4)는 이 '나'의 위기를 극복하기

위해 '자연'을 끌어들이는데, 이 자연은 (1)에서와 같은 상징적 지시자로서 존재하지 못하고, '인유'의 형식으로 '나'의 텅 빈 생각을 지원하는 기능을 한다. 가령,

관악산 新林이 일제히 중국 연변정 쪽으로 엎드려 운다.
내 關節에서 문짝이 심하게 흔들릴 때
벌과 나비, 숲새들은 모두 어디로 잠적했을까.

—「99」〔20〕 부분

와 같은 시구에서 '자연'은 반어적이긴 하지만 여전히 현실의 은유로서 작동한다("관악산 新林"은 학생 운동권의 의식을, "중국 연변정"은 모택동주의를 비유한다). 하지만

내 발가락이 발견한 마룻바닥의 관솔,
붉은 흉터.
가만히 보며는 파상 나이테를 거느린 중심이다.
흉터로부터 나이를 먹는구나.
우리 모두 起立하여 푸른 숲을 이룬
이일송저엉 푸우른 소오른

—「17」〔56〕 전문

에서의 "마룻바닥의 관솔"은 '나'에게 깨달음을 주는 어떤 본보기로서 나타난다. 은유에서는 자연이 바로 '현실'을 대체하지만, 인유에서 자연은 현실에 대한 생각을 자극하는 촉매이다. 인유로서

의 자연의 문장 형식은 '자연은 현실이다'가 아니라, '자연이 이러이러한 데 비추어 나의 삶은 어때야 하는가?'라는 질문형이다. 상징적 지시자를 회복하려는 욕망이 '가정된 준(準)-상징체들'에 대한 사색으로 변용되어서 나타난다. 때문에 (4)를 이루는 시편들은 대체로 성찰적이며 그 생각의 흐름을 차분히 전달하기 때문에 음미하기에 좋다. 앞에서 우리는 시편 「145」〔59〕에서 '겨울나무'의 힘의 상실을 보았으나, '인유'의 기능이 핵심적으로 작동하는 다음과 같은 대목은 낭만적 성향을 가진 많은 독자에게 외우고 싶다는 충동을 불러일으킬 게 틀림없을 정도로 아름답다.

木炭畵 가루 희뿌연 겨울나무 숲은
聖者의 길을 잠시 보여주며
이 길은 없는 길이라고
사랑은 이렇게 대책 없는 것이라고
다만 서로 버티는 것이라고 말하듯

하지만 그렇다고 해서, 이 성찰의 과정이 상징적 지시자의 부활을 가져다주는 것은 아니다. 이 과정은 오히려 상징적 지시의 본원적인 실패를 더욱 깊이 확인해가는 과정이다. 그 과정의 극단에서

이 지구는 미국의 부동산인가?
'스타워즈'

오매 징한 거

뱀도 자세히 보면 아름답다.

주둔군 병사가 빤쓰만 입고 남영동 쪽으로 조깅을 한다.
행인들은 그를 멀뚱멀뚱 쳐다본다.

—「213」〔64〕 부분

에서처럼 인유의 동맥 자체가 결락되는 사태가 발생한다. 뱀의 "징
한" "아름다움"은 "주둔군 병사〔의〕 빤쓰"에 대한 이해의 촉매로
동원되지만 그 기능을 수행하지 못한다. 그럼으로써 비유와 실물,
둘 모두가 의미를 품지 못한 채로 그 형상만을 선명히 드러낸다.
"행인들〔이〕 멀뚱멀뚱 쳐다"보는 가운데 주둔군 병사의 팬티는 도
로를 질주하며, 화자의 의식에 출현한 '뱀'은 의미의 샘이 되지 못
한 채 화자의 머리 안에 이물질처럼 끼어든 채로 있다. 같은 맥락
에서, 바로 직전의 시편 「175-1」〔63〕의 존재태도 흥미롭다. DMZ
에서의 '노루'와 '새'를 묘사하고 있는 이 시는 "새는 그물보다 높
이높이 난다"는 언술을 통해 현실에 대한 자연의 우위성을 가리키
고 있는데, 그런데 원본이 부재한다. 『나는 너다』에서 대시(—)는
앞 시의 번호를 이어받으면서 그에 대한 대비(긍정에 대한 부정, 혹
은 거꾸로)를 표현하는 시들을 가리킬 때 쓰인다. 그런데 「175-1」
앞에는 「175」가 없다. 「175-1」에서 '자연'은 자신의 초월성을 한껏
과시하고 있지만 그러나 헛발질하고 있는 것이다.
　이 과정을 통해 자연의 인유력의 하락은 (5)에 와서, 현실이 거
꾸로 자연의 역상징이 되는 사태로 발전한다.

이 사막도 월트 디즈니 씨 소유다.

값싼 '이데아(ιδεα)' 하나로

純 모래와 純 물만으로 빚은,

홍콩으로 올라가는 기똥찬 계단.

톱니바퀴에서 웃음을 빼내며

교활한 딱따구리가

내 골을 요란하게 쪼아 먹는다.

월트 디즈니 씨는 천진난만하다.

멀쩡한 사람을 쥐새끼性에 가두다니!

—「189」〔70〕 전문

'월트 디즈니' '일요일 밤의 대행진'이 자연의 권능을 앗아간 현실에서 '자연'은

땅에서 올라온 담쟁이가 실핏줄처럼 번져

꽉 움켜쥐고 있다.

살려다오, 살려다오.

—「59」〔74〕 부분

재앙의 상징으로서만 간신히 존재하거나, 아니면

내 사타구니에서

덜렁덜렁 종鐘치는 붉은 鐘樓,

때가 되었다고

운다.

—「301」〔90〕 부분

에서처럼 조롱거리로 전락한다. 저 "종鍾치는"을 '종종치는'으로
옮겨보라. 그러면 '鐘'이 품고 있던 엄숙성은 순식간에 증발하고,
욕망으로 성마르게 조바심 내는 사타구니의 희극적인 모양만이 소
리로 울린다. 시인은 귀향 여행(「233」〔78〕[13])을 통해서 자연의 회
복을 위한 최후의 노력을 기울이지만, 다음 시

눈 받는 어란 항.
솔섬은 보이지 않는다.
솔섬은 없다.
선창에 밧줄을 대고 저만치 떠 있는 빈 木船들,
흰 상여들.

이 明堂에 묻히고 싶다.

—「234」〔79〕 부분

에서 진술되듯, "솔섬은 없다." 마지막 시행의 "이 明堂에 묻히고 싶

---

13) 고향으로 가는 길에 어란 항에서 술집 작부를 만난 경험을 적고 있는 이 시는 흥미
롭게도 「233」〔28〕과 제목이 같다. 그런데 후자의 시는, 감옥에 간 아우를 기다리기
위해 혼자서 집을 지키는 어머니를 두고 "어머니는 손수 高麗葬을 원하셨다"라고
해석하고 있는 시이다. 자세히 분석할 여유는 없으나 흥미로운 거울 관계를 보여준
다고 생각되어 기록해둔다.

다"는 소망은 "흰 상여들"로 비유된 "빈 木船들"을 삐걱거리게 하는
물결 위에서 공허하게 울린다. 고향에 대한 기억도 마찬가지다.

　　태어나자마자, 나는
　　부끄러웠다.
　　깨복쟁이 때 동네 아줌마들이 내 고추를 따먹으면
　　두 눈을 꽉 닫아버렸다.

　　　　　　　　　　　　　　　　　　—「61」〔87〕 부분

　이 시에서 화자는 어린 시절의 부끄러움을 회상하고 있는데,
그 자체로서 읽는 것도 흥미롭지만, 자연으로서의 '고추'가 아무
런 상징적 환기력을 가지지 못하고 단순히 '어휘로 기능하는 은
유catachrèse'로서 출현한 데에 주목하면 고향 회상의 무기력을
더 잘 이해할 수가 있다. 이제 자연은 스스로에 대한 희롱 속에
갇힌다.

　　신흥 시가지 좋은 집들 사이사이에,
　　아, 나는 황토에 뿌리박은 옥수수나무 몇 그루를 본다.
　　어디로 갔느냐, 너, 원주민이여?
　　거기 사람 있으면 소리 지르고 나오시오.
　　대답 없고
　　옥수수나무만이 털을 꺼내놓고 毛淫을 한다.

　　　　　　　　　　　　　　　　　　—「18」〔81〕 부분

이제 자연은 상징으로서는 물론이고 인유로서의 능력도 상실해 버렸다. 기껏해야 자위의 표상일 뿐이다.[14] (3)의 생각은 (6)에 와서 수치로 바뀌고 (3)의 현실은 잉여로 바뀐다.

> 나는 아무것도 아니었다. 무인칭이었다. 여러 사람 속에서,
> 나는 새빨갛게 부끄러웠다.
> 감옥엘 다녀와도 부끄러웠고,
> 이후, 나이 들고 시인의 아들딸을 두고
> 지금까지도 하늘을 우러러 부끄럽다.
> 살아가는 날들 앞에 두고, 전라도 말로,
> 무장무장 어렵다.
>
> ——「61」〔87〕 부분

‘나’의 부끄러움은 “나는 아무것도 아니었다”라는 사실에서 기인하고, 또 “무장무장 어렵다”라는 고백으로 이어진다. 전자의 사실은 ‘나’의 기도가 실패했음을 그대로 가리킨다. 그러나 이 “아무것도 아니었다”가 공허를 유발하지 않고 수치를 낳았으며, 그 수치가 다시 삶의 어려움이라는 인식으로 이어진 것은 ‘나’가 여전히 할 일을 찾고 있다는 것을 알려준다.

그렇기 때문에 우리는 바로 여기에서 물어야 한다. ‘나’는 정말 실패했는가? ‘나’의 실패는 무엇이었던가? 그것은 무엇을 남겼는가?

---

14) 시 본문의 “毛淫을 한다”는 황지우의 섬세한 언어 감각을 여실히 보여주는 대목이다. 독자는 순간적으로 ‘手淫’의 오기가 아닌가, 생각하다가 오히려 본문대로의 표현이 더 정확하다는 것을 깨닫게 된다. 옥수수는 손이 없는 것이다.

5. 일상적 타자의 존재태—나는 너인가?

(1)(2)(3)의 과정을 다시 복기해야 할 것이다. '나'는 무엇을 부정하고 무엇을 찾으려 했던가? 현실 극복의 욕망이 환상을 통해서 성취되는 것을 넘어서고자 했다. 그것이 상징적 지시와 현실 묘사 사이의 공모를 부정케 한 기본적인 동인이었다. 그것은 시인이 스스로 성취한 시 세계에 대한 부정이자 시적 저항의 진정한 형식을 찾아가는 모험이었다. 그는 형태 파괴를 형태 구축에 연결시키려 했다. 그것은 그의 서정적 기질이 지속적으로 작용한 결과였으며, 다른 한편으로 긍정/부정을 기본으로 한 복합적 대위법을 낳은 원인이었다. 그런데 그 결과는 시의 비유적 위상이 상징에서 인유로, 인유에서 어휘로 전락해가는 과정으로 나타났다. 마치 계단을 구르듯이 형태 파괴는 점점 더 심한 형태로 확장되었던 것이다. 그리고 황지우 시의 미적 효과는 미의 좌절 위에서 반짝이고 있었다. 그것이 (4)(5)(6)을 통해서 독자가 확인할 수 있는 사태이다.

스스로 그렇게 몰고 와서도 시인은 그 상황을 참지 못했던 것 같다. 그는 갑자기 모든 사태를 되돌려 완미한 서정시집을 완성하려고 한다. 그 극점에 마지막 시 「1」[96]이 있다. 그것은 시인의 태생적인 서정적 기질의 끈덕짐을 다시 환기시킨다.[15] 그러나 내가

---

15) 시인의 이 생래적 기질을 잘 보여주고 있는 또 하나의 흥미로운 예가 있다. 「289」[92]에서 그는 최초의 상징 지시자였던 '낙타'를 완벽히 부정하는 발언을 하게 된다. "낙타, 넌 질량이 없어, 없어, 넌, 내장이, 넌 기쁨도 괴로움도 없어./낙타, 넌 臨在할 뿐, 不在했어." 이 시구에서 '臨在'는 원본 시집에서 '臨齋'로 오기되어 있었다.

보기에 이 되돌림은 다급한 봉합에 지나지 않는다. 시의 흐름은 그렇게 되돌려져야 할 것이 아니라, 「289」〔92〕에서 더 전진해야만 했다. 생각하는 인간으로서 우리는 파괴의 연속에 직면하면 서둘러 건설하고 싶은 충동에 시달리게 마련인데, 그러나 건설은 파괴의 상황이 요구할 때만, 그리고 그것이 요구하는 방식으로만 가능한 것이다. 인간에게 앞으로 살날은 충분히 남아 있다. 이 파괴의 과정 자체가 미학을 보유할 수 있다는 것은 이 시집 자체가 증명한다. 바로 미의 좌절 위에서 반짝이는 미의 효과로서. 그 효과는 결국 옛날의 미가 아닌 새로운 미의 지평을 열어 보일 수 있어야 할 것이다.

때문에 우리는 이 거듭된 추락이 무엇을 남겼는가를 살펴야 한다. 특히 「289」에서. 289는 당시 반포를 지나는 버스 노선 번호였다. 이 버스는 반포를 거쳐 어딘가로 더 가야만 하는 것이다. 과연 "건넌다는 게 뭘까, 그녀는 생각"하고 있지 아니한가? 이 시는 차단의 시인 듯하지만 실은 월경의 시이다. 그런데 어떻게?

왜 이런 오기가 일어났던가? 나의 짐작으로는 다음 두 가지 이유에 의해서다. 첫째, 이 '임재'를 '부재'와 변별시키고 싶은 충동이, 형태상의 동일성('在')을 피하게 했다는 것이다. 그런데 왜 하필이면 '齋'인가? 그것이 두번째 이유로서, 이것을 이해하려면 「219」〔86〕의 제사에 나오는 "臨濟錄"에 착목해야 한다. 『임제록』은 시인이 즐겨 읽고 참조하는 선(禪)어록으로서 상징어들의 수정궁과도 같은 책이다. 즉 臨濟錄의 '제(濟)'의 형태와 소리가 영향을 끼쳤던 것이다. 시인의 무의식을 무엇이 지배하고 있는지를 단박에 암시하는 부분이다. 물론 시인의 시적 실천은 무의식의 단순한 반영이 아니라, 무의식에 대한 의식의 투쟁으로 나타나는 것이다. 한마디 덧붙이자면, 이러한 서정적 기질과 형태 파괴의 실천 사이의 갈등은 그의 가족 관계에서 그가 선승이 된 장형과 노동운동가였던 아우 사이를 끊임없이 왕래해왔다는 사실과 연관이 있다는 점을 암시하는 것일 수도 있다.

독자가 이 시에서 느끼는 가장 특별한 인상은 '그녀'가 출현했다는 것이다. '나는 너다'를 모색하는 시에서 '그녀'라니? 이 인물이 그전에 나오지 않았던 것은 아니다. 그러나 그 이전에 '그녀'는 "내 애인"이라고 지칭되었었다(「214」〔84〕, 「66」〔85〕, 「219」〔86〕). 그때 그녀는 '나'의 '너'이다. 그런데 「289」에서 '그녀'는 완전히 독립된 존재이다. 거기에 '나'가 나오지 않는 게 아니다. 그러나 '나'는 그 시에서 "자기를 치근덕거리며 따라오는, 자기를 김 선생이라고 부르는 그 당돌한 남자" "지겨운 그 남자"로 객관화·혐오시되어 있다. 그러니까 '나'도 3인칭화되어 있는 것이다. 지금까지의 논지에 따라 (7)의 부분을 제거한다면 '나는 너다'의 결론은 '그(녀)'이다. 이것이 의미하는 바가 무엇인가?

실로 '나는 너다'라는 제목은 아무렇게나 지어진 게 아니다. 시인에게는 나와 너의 동일성에 대한 절실한 갈망이 있었다. 그것은 바로 「겨울-나무로부터 봄-나무에로」의 환상적 해결을 넘어서서 실제적인 저항의 근거를 마련하기 위해서였다. 생각해보라. 「겨울-나무로부터 봄-나무에로」의 '겨울나무'는 순전히 혼자 고생하다가 혼자 열받아 혼자 일어선다. 그것이 하나의 허구에 지나지 않는다는 것을 독자는 이 글의 앞부분에서 거듭 확인했다. 이 허구를 실제로 바꾸려면? 이 질문 앞에서 황지우는 나와 너의 동일화, 즉 저항력의 수량적 증대를 우선 생각했다. 그래서 그는 "살아서, 여럿이, 가자"(「130」〔6〕)라고 호소했던 것이다. 그러니까 이 '나=너'의 등식에서 요청된 '너'는 원천적으로 '나'와 다를 바 없이 무기력하고 비본질적인, 사르트르적인 의미에서의 '수열체'에 지나지 않았다. 즉 그의 '너', 즉 '타자'는 '미지의 존재로서 사유한다'

라는 의미로서의 랭보의 '타자성'과도 다르고,[16] '항구히 욕망하는 존재'로서 끊임없이 달라지는 존재가 될 운명에 뛰어든 루소적 '타자성'과도 다르다.[17] 그의 타자성은 '타자와 더불어 하나가 된다', 라는 뜻에서의 연대의 타자성이다. 이러한 생각은 낯선 것이 아니다. 오히려 아주 익숙한 것이고 진부한 것이다. 사람들이라면 누구나 생각할 수 있는 것이다. 랭보와 루소의 '다른 사람'이 근본적인 존재가 되고자 하는 희원 속에서 태어나는 반면, 따라서 루소의 경우, 그 '다른 사람'이 '세상의 다른 사람들과는 본질적으로 다른 사람'이라는 의미를 지니기까지 하는 데 비해, 황지우의 '타자'는 바로 세상 속의, 주변의, 이웃의 흔하디흔한 일상적인 타자들에 지나지 않는 것이다.

왜 시인은 이러한 이웃과의 연대에 집중해야만 했던 것일까? 그 것은 그가 그 연대에 대해 '우리는 하나다'라고 말하는 대신 '나는 너다'라고 말하는 데에서 단적으로 드러난다. 그는 '우리'의 단

---

16) "'모든 감각'의 착란을 통해 미지에 다다르는 게 문제입니다. 고통이 엄청나지만 강해야 합니다. 시인으로 태어나야만 합니다. 나는 내가 시인임을 알아보았습니다. 그 것은 내 잘못이 아닙니다. '나는 생각한다'라고 말하는 건 틀린 말이지요. '세상이 나를 사유한다'고 말하는 게 나을 겁니다. 말장난을 용서하세요!/나는 타자입니다 Je est un autre"(Arthur Rimbaud, 「조르주 이장바르Georges Izambard 선생님에게 보내는 편지」, *Œuvres complètes*, Pléiade Collection, Paris: Gallimard, 1972, p. 249).

17) 루소의 다음 발언을 보라. "아, 나는 언제나 다른 사람이 되기를 원한다오. 항상 그녀가 되기를 원하며, 그녀를 사랑하고 그녀로부터 사랑을 받을 수 있도록 말이오"(*Pygmalion*—이용철, 「루소의 글쓰기에 나타난 상상적 자아」, 서울대학교 대학원 불어불문학과 박사학위 논문, 1995, p. 8에서 재인용). 루소의 욕망에 대해 폴 드 만Paul de Man은 "그는 욕망이 어떤 만족의 가능성도 제쳐버리는 근본적인 존재 양식임을 발견한다"(*Blindness and Insight*, Minneapolis: University of Minnesota Press, 1971;1983, p. 17)라고 규정한다.

일성이 보통 사람들 사이에 존재하는 각종의 불일치를 은폐한다는 것을, 사람들은 저마다 자신의 이웃들에 대해 친화하고 협력하기보다 시기하고 갈등한다는 것을 체험적으로 알아차렸던 것이다. 다시 생각해보자. 「겨울-나무로부터 봄-나무에로」의 단일성은 바로 '우리'를 하나의 존재로 당연시한 데서 출발했으며, 또 그 환상 속에서 독자의 호응을 얻었던 것이다. 이러한 단일성의 사전적 전제는 '민중'의 순수성에 대한 막연한 믿음에서 비롯한다. 이에 대한 치열한 논의는 이미 20세기 전반기에 진행된 바가 있다. 그것을 논리적으로 해결했다고 흔히 거론된 사례가 루카치였는데, 잘 아시다시피 루카치는 자본주의 사회에서는 노동자도 '사물화'된다는 점을 인정한 다음 이어서 '실제 의식'과 '가능 의식'을 분리시키는 논리적 곡예를 통해, 가능 의식으로서의 노동자의 의식은 변혁적일 수 있다는 결론을 내렸다. 루카치의 논지가 한국의 수많은 젊은 지식인을 매료시켰다는 사실을 새삼 말할 필요가 없을 것이다. 그러나 실제로 루카치의 이 주장은 노동자 위에 새로운 의식 지도 세력의 존재를 정당화하는 데 기여했다. 왜냐하면 가능 의식을 실제의 노동자들은 알고 있지 못하기 때문이다. 또한 그 주장은 노동자의 단일성이라는 환상을 유포하는 데에도 기여했다. 가능 의식의 수준에서 보면 노동자들의 실제 의식들의 불일치들은 하찮은 것에 지나지 않기 때문이다.

『나는 너다』는 바로 그러한 당대의 환상을, 독자가 이미 보았듯, 그 스스로 그 시적 범례를 제공했던 그 환상을 부인하는 데서 출발한 것이다. 그로부터 출발해 나와 너의 진정한 연대가 가능하기 위해서는 어떤 생각, 어떤 존재 양태가 구성되어야 하는가를 모색하게 된 것이다.

이것이야말로 황지우의 새로움이었다. 그리고 바로 이것 때문에 시인은 근본적인 어려움에 처하게 된 것이다. 실로 일상적 존재로서의 '나'와 '너'의 연대라는 것만큼 어려운 일이 어디에 있는가? 그러나 그 난관을 정면으로 돌파하지 않는다면 진정한 저항과 상생의 세상은 어떻게 올 수 있을 것인가?

라쿠 라바르트와 낭시는 '문화'에 관한 프로이트의 후기 글들을 검토하면서, 프로이트가 '문화' 분석은 정신분석의 연장선상에 있지만 정신분석의 기본적인 전제인 '개인'이 아니라 다른 단위를 핵자로 삼기 때문에 지금까지의 정신분석과는 근본적으로 다른 것이라고 생각했었다는 점을 찾아내고, 그가 생각한 문화의 핵자는 '타자'라는 점을 짚어낸다.

문화의 문제는 프로이트에게 타자의 문제에 다름 아니다. 좀더 진부하게 말하자면, 그것은 타자와의 공존, 평화로운 공존의 문제이다. 그것은 정치의 '[여러 문제 중의] 하나의' 문제도 아니며, 정치 자체의 문제도 아니다. 그것은 바로 '정치적인 것'에 관한 문제이다. 다시 말해, 그로부터 정치가 문젯거리가 되기 시작하는 문제이다.[18]

그들은 이 타자 문제의 분석으로서의 프로이트의 문화 분석 시도를 면밀히 검토하면서, 그의 문화 분석이 매번 실패했었다는 것

---

18) Philippe Lacoue-Labarthe & Jean-Luc Nancy, 『정치적 공황*La panique politique* — *suivi de Le peuple juif ne rêve pas*』, Paris: Christian Bourgois, 2013, p. 14.

을 확인하는 한편, 그 실패의 궤적 속에서 프로이트가 점차로 발견한 것이 있는데, 그것은 바로 집단 심리에서는 "사랑의 철회*retrait d'amour*"[19]가 핵심적인 관건이며, 이것이 일반적 정신분석과 결정적으로 다른 점이라는 것이다.

어린 아이 모세는 이제 이집트 나일의 양수(羊水)로부터 나온다. 유대주의의 역사는 곳곳에서 모성, 그리고 막내의 엄마에 대한 특권적 관계의 흔적을 간직하고 있다. 〔……〕 막내는 엄마의 안에 있거나 밖에 있거나 '집착'을 통해서 그녀와 맺어진다. 〔……〕 부성은 계승만을 담당한다. 그것은 집착에 뒤이어 나타난다. 다시 말해 그것은 동시에 '탈-집착'에 이어서 나타나는 것이다. 집착은 매달릴 데가 없는 매달림attache sans attache, 즉 주체도 비주체도 아니고 대중도 개인도 아니라, 상처 입은 나르시스인 자의 기원을 이루는 '결락으로서의 매달림désattachement'이다. 그를 상처 입히는 존재는 바로 엄마이다. 엄마가 그를 쫓아내고 그를 떼어내〔철회시켜〕 그에게 아버지를 보여주고 그에게서 아버지를 빼앗아가는 것이다. 〔……〕 프로이트는 이것이 아버지의 법이라고 말한다. 단 이제부터는 이 말을 다음과 같은 조건하에서 이해해야 한다. 아버지는 명명될 수 없고 표현될 수 없는 엄마의 진실일 뿐이라는 것. 결과적으로 철회되는 사랑의 진실, 즉 언제나 철회되고 있는 도중인 이 표정 '그 자체'인 사랑의 진실, 비관계로서의 관계, 그것이다.[20]

---

19) Philippe Lacoue-Labarthe & Jean-Luc Nancy, *op.cit.*, p. 53.
20) *ibid.*, pp. 55~57.

'사랑의 철회'는 사랑을 철회하는 것이며 동시에 사랑으로써 철회하는 것이다. 사랑의 행위로서 사랑을 철회하는 것이다. 그것이 어머니에게 집착하는 한 아이를 온전한 독립자로 만들어줄 것이기 때문이다.[21] 그렇다면 우리는 이 '사랑의 철회'를 '리비도의 철회'로 넓혀 해석해야 할 것이다. 즉 타자와의 문제에는 개인 욕망의 핵심인 '존재'와 '소유'의 변증법을 벗어난 다른 존재 방식이 필요하다는 것이다. '너의 그것이 되겠다'는 자동사의 욕망으로서의 존재의 변증법과 '너의 그것을 가지겠다'는 타동사의 욕망으로서의 소유의 변증법을 동시에 벗어나는 것.[22] 그 두 개의 변증법과는 완전히 다른 새로운 변증법의 형식을 찾아내는 것. 시인이 의식적으로 깨닫고 있었는지 모르겠으나 실제로 『나는 너다』가 수행한 것이 바로 그것이었다. 이 리비도의 철회가 (1)(2)(3)에서 욕망의 철회로 나아갔다는 것을 독자는 충분히 알고도 남을 것이다. 그리고 (4)(5)(6)에서 에로스의 철회는 더 심화되어 사랑의 철회로 나아간다. 사랑으로서의 사랑의 철회가 아니라, 사랑의 단절로서의 철회. 그 마지막에 놓인 것이 「289」이다. 이 시가 보여주는 것이야말로 삶의 충동(리비도)에 대한 근본적인 회의이다.

　　그녀는 그때야 그녀를 완강하게 가로막고 있는 게 적신호만이 아니었다는 걸 깨닫는다. 이쪽에서 저쪽으로, 그리고 저쪽에서 이쪽으

---

21) 그래서 retrait de l'amour가 아니라 retrait d'amour이다.

22) 1980년대는 에리히 프롬의 저서 『존재냐 소유냐』가 두 군데 출판사에서 동시에 번역되어 거대 베스트셀러가 되었던 시기였다. 이 역시 흥미로운 반사 관계를 보여준다.

로 사람들이 뛰어서 횡단보도를 건넌다. 흰색의 횡단선을 넘어 정차
해 있는 차들 앞을 그녀는 타박타박, 천천히 걸어서 건넜다. 청신호
는 벌써 깜박깜박 그것의 短命을 알렸다.

우리를 가로막는 것은 적신호라기보다 차라리 청신호였던 것
이다. 그 종류가 무엇이든 삶에 대한 모든 의욕과 의지와 발심과
분발은 오로지 삶을 추문화하고 추락시킬 뿐이다. "이 시대의 기
쁨은 오로지 生殖器 근처에 있으며,/이 시대의 사랑은 오로지 癡
情"이다. "반포 켄터키 치킨"의 통닭들은 "황금 비늘로 덮인, 억
센 발톱[……], 투쟁의 피 흘리는 벼슬을 기념하기 위한 붉은 王
冠[……], 새벽의 숲을 일깨우는, 황금 뿔로 된 부리"를 다 잃고,
"먹이만 보면 일렬횡대로 꽥꽥 소리 지르며 몰려드는 양계장 폐
닭"으로 전락한 것들이다. '289번 버스'는 "신나를 끼얹었어도 안 탈
사람들을 가득 담고, 불구덩으로 들어가는 진흙 인형"이다. 여기
에는 '나─너'가 없다. 단지 그/그녀만이 있을 뿐이다. 이러한 인식
은 시 안에서 '속 쓰림'으로 나타난다. '그녀'는 배가 아픈 것이다.
그녀는 그것을 전락한 삶을 사는 자들이 여전히 자기 환상에 젖어
있는 꼴에 대한 "혐오감"이라고 해석하지만, 실은 말 그대로 배가
아픈 것이다. 왜냐하면 『나는 너다』의 모험은 결국 실패하고야 말
았기 때문이다. 이 실패를 아직 인정하지 못한 채 '그녀'는 전진한
다는 것의 의미를 다시 생각한다. '낙타'를 다시 떠올리는 것이다.
그리고 마침내 생각한다. "너의 염통에는 순수한 의미의 물만 흐
르고 있겠"지만, "먼 길을 온 너의 밥통엔 나처럼 모래만 가득하
겠구나." '나'의 마음(염통) 속에서 '너'는 충만한 듯이 텅 빈 기의

이고, '나'의 실제에서 '나'와 '너'는 추한 잉여들이라는 것이다. 그 생각은 '그녀'를

> 낙타, 넌 질량이 없어, 없어, 넌, 내장이, 넌 기쁨도 괴로움도 없어.
> 낙타, 넌 臨在할 뿐, 不在했어.

라는 환멸 속에 완벽히 가둔다. "魔法에서 풀려날 수 있는 방법은 환멸뿐인가요?"라는 앞 대목의 물음이 허공 속으로 날아가며 그 글자들만을 선명히 공중에 새기는 것이다. 리비도의 철회가 '나'-'너'를 '그/그녀'로 환원시켰다면, 이로부터 새로운 연대가 어떻게 태어날 수 있을 것인가? 프로이트가 실패했듯, 시인도 실패한다. 그 실패를 감당치 못해, 다급히

> 만약 내가 없다면
> 이 강을 나는 건널 수 있으리.
> 나를 없애는 방법,
> 죽기 아니면 사랑하기뿐!
> 사랑하니까
> 네 앞에서
> 나는 없다.
> 작두날 위에 나를 무중력으로 세우는
> 그 힘.

—「17」〔93〕 부분

이라고 '사랑'을 다시 생의 근거로 내세우지만, 그러나 이미 앞에서 보았듯, 이 결말은 허망하게 들린다. "사랑하니까/네 앞에서 나〔가〕없다"면, '사랑'도 없는 것이다. 나 없이는. 오히려 진정한 결말은 여전히 「289」내에 있다. 그녀는 이 실패 앞에서 주저앉지 않는다. "하악의 뼈가 드러나게 이를 악물"고, 전갈좌를 찾아가겠다는 결심을 결단으로 이끈다.

  난 전갈좌의 독을 훔쳐 와야 해. 독에서 깨어나는 순간 난 잠들 거야. 그녀는 속으로 부르짖었다.

  전갈좌의 독을 훔친다는 것은 무엇인가? 훔쳐서 무얼 하려고? 그에 대한 대답을 독자는 찾을 수가 없다. 다만 "독에서 깨어나는 순간 나는 잠들 거야"라는 구절은 시인의 무의식의 복잡다단함을 여실히 전달한다. '독을 먹고 잠들 거야'가 아니고 '독에서 깨어나서 잠들 거야'라고 말한 것이다. 이 독은 전갈좌의 독이 맞는가? 전갈좌의 독은 다른 독을 해독하는가? 아니면 전갈좌의 독에서는 어떻게 깨어나는가? 깨어나면 왜 잠드는가? 이 풀릴 길 없는 무의식의 실타래를 시의 마지막 구절,

  낙타야, 나의, 낙타야 어서 온. 나를 태워다오.
  여기서부터 벼랑이야. 일생에 단 한 번만 건너는 것을 허용하는 강이야.
  희망이 우리를 건너게 할 거야. 希望이.

나이: 서른하나, 성별: 여자, 직업: 미상, 주소: 미상인 한 '사람'
이 1986년 6월 19일(목요일) 21시, 검은 강으로 들어가고 있었다.

에 일치시킬 수 있다면, 전갈좌를 향해 가는 '그녀'의 걸음은 죽음
충동과 도약의 갈망 사이에서 유예되어 있다. 그리고 독자는 시인
과 함께 아직 저 '도약'의 실체를 모른다. 그러나 앞에서 우리는 사
랑의 철회가 사랑의 행위임을 읽었다. 그래서 라쿠 라바르트와 낭
시는 "엄마의 표정의 철회[거둠]가 죄의식을 낳는다면, 역설적으
로 [……] 그것은 어떤 표정을 여전히 요구한다. [……] 사랑의
표정이 아니라, 사랑이 물러나면서 그리는 사랑의 윤곽의 표정을.
그것이 공황을 철회시킨다"[23]라고 결론을 내렸던 것이다. 리비도
를 철회하는 윤리학이 리비도의 힘으로 이루어지지 않는 한 우리
에게 남는 것은 환멸과 공포뿐이다. 그러니 저 '그녀' 안에서, 결코
'그녀'의 3인칭 성을 버리지 않는다는 조건으로, 1인칭과 2인칭의
화응이 태어나는 데까지 가봐야 하는 것이다.

황지우는 거기까지 가지 않았다. 그의 다음 시집 『게 눈 속의 연
꽃』(문학과지성사, 1990)이 그에 대한 새로운 모색인지 독자는 분
명히 알 수가 없다. 『어느 날 나는 흐린 주점에 앉아 있을 거다』(문
학과지성사, 1998)에 대해서도 확신을 할 수가 없다. 시극 『오월의
신부』(2000)는 분명 『나는 너다』의 문제 틀을 다시 끌고 가고 있
는 게 분명하다.[24] 그러나 그 문제의 감옥을 깨뜨릴 다이너마이트

---

23) Philippe Lacoue-Labarthe & Jean-Luc Nancy, *op.cit.*, pp. 60~61.
24) 이에 대해서는 이 책의 제3부에 실린, 「신부(神父)에서 신부(新婦)로 가는 길」을 참
조하기 바란다.

를 설치하는 데 성공했는지의 여부는 분명치 않다. 독자는 그 시극의 모든 내용을 재독해야 하리라. 어쨌든 1980년대 후반의 시점에서만 운산하자면, 그는 더 갔어야 하지만 가지 못했다. 당장 그것이 나를 안타깝게 한다. 왜냐하면 그것은 1980년대의 좌절을 그대로 지시하기 때문이다. 왜냐하면 황지우가 멈춰 선 이 자리는 1980년대가 가장 멀리까지 나아간 지점이기 때문이다. 이 해설은 바로 그것을 증명하는 데에 바쳐졌다고 해도 틀린 말이 아니다. 물론 그 먼 데까지 간 사람이 황지우만은 아니다. 다른 에움길을 거쳐 몇몇 시인과 소설가도 자신들의 방식으로 갈 데까지 갔다. 그러나 또한 상당수가 1980년대에서 발목이 접혔다. 갈 데까지 가본 사람들까지도. 그리고 새로운 시대가 들어섰다. 새로운 시대는 '문화적인 것의 팽대'와 함께 몰려왔으나, 그러나 그 문화는 '타자의 문제'를 문제시하지 않는 문화였다. 리비도를 철회시키기는커녕 리비도가 타나토스까지도 집어삼키는 문화였다. 1980년대의 과제는 항구적으로 유예되었다. 누군가가 그 봉인을 풀어야만 하리라. 1980년대의 문제 틀이 오늘날의 정치적 공황을 해결하기 위해 필수적이라는 것을 깨닫는 사람이 있다면. 『나는 너다』를 이제 첫 페이지부터 다시 읽어야 하는 것은 그 때문이다.

〔2013〕

제2부

이별의 '가'와 '속'

── 이성복의 「남해 금산」과 '연애시' 사이

이 몸, 거친 몸, 이 어이 거친 몸
──「불현 그리움이 물밀어」[1]

언제나 끝났다고 생각한 곳에서 길은 다시 시작되었지요.
──「산길」[2]

이성복의 두번째 시집 『남해 금산』을 서평하는 자리에서 진형준은 그의 시집을 "일종의 연애시집으로"[3] 읽는다. 아마, 「서시」가 촉발시켰을 그 직관은 어느 정도는 '예견적'인 것이었다. 연애시는 『남해 금산』에서 씌어졌다기보다는 『남해 금산』이 끝난, 아니 끝나가는 자리에서 사실상 새롭게 시작되었기 때문이다. 시인 스스로 "삶의 비밀을 밝히려는 모든 시의 원형"[4]이라 말하고, "지난 이태

---

1) 이성복, 『남해 금산』, 문학과지성사, 1986, p. 39. 이 시집의 초판본과 재판본(1994) 사이에는 변화가 있다. 이 글에서는 서문에서 밝힌 대로 글이 씌어지던 때의 정황을 동시에 전달하고자 하는 의도에서, 초판본에 근거한다.

2) 이 글에서 '연애시'로 지칭된 시들은 이성복의 세번째 시집 『그 여름의 끝』(문학과지성사, 1990) 안에 수록되었다. 그런데 이 글은 그 시집이 출간되기 전에 씌어진 것이다. 앞의 주에서 언급된 바와 동일한 의도에서, '연애시'에 해당하는 시편들은 시집으로 묶이기 전의 상태 그대로 출전 없이 제목만을 밝힌다.

3) 진형준, 『또 하나의 세상』, 청하, 1988, p. 63.

4) 이성복, 「戀愛詩와 삶의 비밀」, 『문예중앙』, 1988년 가을, p. 222.

동안 그 어지럽고 숨 막히는 세월에〔그〕비슷한 것을 써왔다"[5]고 고백하고 있는 '연애시'는 『남해 금산』이라고 하는 한 아름다운 세계가 이루어지려는 순간, 그 세계를 떠나 새로운 언어의 공간을 만들어나가는 과정 속에서 생성된다. 그 새로움은, 얼핏 첫 시집 『뒹구는 돌은 언제 잠 깨는가』[6]와 『남해 금산』 사이에서 일어난, 환몽적 고통의 윤곽으로부터 그윽한 사랑의 품으로의 이행보다 폭이 좁은 것 같지만, 그리 벌어지지 않은 듯한 틈 사이를 들여다보는 사람은 깊고 너른 동굴의 냄새를 맡는다. 그리고 그 동굴 안에 발을 들여놓는 사람은, 한 시인의 변모뿐만 아니라 한국시의 깊은 가능성을 엿본다. 이 글은 그 느낌과 엿봄을 하나의 체계로 생산해내려는 욕망 속에서 씌어진다.

1

여러 사람이 지적하듯 『남해 금산』이 사랑 찾음의 시집이라면, 그의 '연애시' 또한 사랑의 시이다. 그러나 같은 사랑이지만, 둘 사이엔 변화가 있다. 『남해 금산』의 '사랑'은 치욕과 고통의 화합물이다. 깊이 치욕을 느낀 사람이 그 치욕으로부터 벗어나고자 오래 "고통받는" 가운데 "그토록 피해다녔던 치욕이 뻑뻑한,/뻑뻑한 사랑이었음을"[7] 깨달으면서 확인하게 되는 사랑이다. 그 '치욕에서

---

5) 이성복, 「새로운 출발점에 서서」, 『大學新聞』, 1988. 3. 7, p. 12.

6) 이성복, 『뒹구는 돌은 언제 잠 깨는가』, 문학과지성사, 1980.

7) 「오래 고통받는 사람은」, 『남해 금산』, p. 69. 이후 시집 명이 명기되지 않고 시 제목

사랑으로'의 건너감을 가능하게 해준 것은 크게 두 가지이다. 하나
는 "저렇게 버리고도 남는 것이 삶이라면/우리는 어디서 죽을 것
인가"[8]라는, 회피할 수 없는 삶의 목도이며, 둘은 그 끝끝내 남는
삶의 현실태로서의 '어머니'이다. 그 어머니는, "살 속으로 물이
들어가 몸이 불어나도/사랑하는 어머니 微動도 않으신다/[……]
/발밑 잡초가 키를 덮고 아카시아 뿌리가/입 속에 뻗어도 어머니,
뜨거운/어머니 입김 내게로 불어온다"[9]에서의 '미동도 않으면서
뜨거운 입김 내게로 불어오는 어머니'이다. 그 [남는] 삶-어머니를
통해, 『남해 금산』의 '나'는 치욕의 나눔과 견딤을 배운다. 아니,
그것만이 아니다. 하나이면서 둘인 그 삶-어머니는 다채롭게 펼쳐
져 이성복의 시적 공간을 생동시킨다. 남는 삶-어머니의 절묘한 융
합하에서, 어머니가 삶에 감싸여져 내 사랑의 상대가 되며, 동시
에 삶이 어머니와 하나가 되어 오래 고통받는 나를 "둥근 나무의
품속에"[10] 품어준다. 어머니에 대한 '나'의 사랑은 "모든 몸부림이
빛나는 靜止를 이루기 위한 것"[11]이도록 이끈다. 빛나는 정지란 무
엇인가. "저무는 풍경 한가운데서/오후의 햇빛처럼 머무는 법"[12]
과 동의어인 그것은, 어머니-나의 두 존재의 사랑을 모든 슬퍼하는
사람들과 함께하는 사랑으로 변환시킨다. '나'는 "우리의 그리움

　　과 쪽수만이 표시된 시편들은 모두 『남해 금산』에 수록된 것이다.

8) 「강」, p. 40.

9) 「또 비가 오면」, p. 43.

10) 「초록 가지들은 燐光의 불을 켜 들고」, p. 83.

11) 「상류로 거슬러오르는 물고기떼처럼」, p. 71.

12) 「붉은 열매들이 소리없이」, p. 77.

뒤쪽에 사는" "흙으로 얼굴을 뭉개고 운"[13) 존재들의 울음을 "친숙한 것들의 목소리로"[14) 귀에 새기며, 그 "진흙의 中心으로 이끌"린다. '나'는 그 슬픔-고통의 세계 내 현존 그 자체, 인간뿐만 아니라 모든 생명의 슬픔-고통을 아우르고 있는 그 현존 그 자체 속에 빛나는 정지로 머물고 싶어 한다.

조금 앞서 있는 시에서 '나'는 말한다.

나는 괴로워했고 오랫동안 그를 만나지 못했으므로
지금 짧아져가는 그 햇빛을 가로지르는 것들은 아름답다
오래 나는 그를 만나지 못할 것이므로

가자, 막을 헤치고 거기 가자
부서진 구름도 따스하게 주위를 흐르는 곳
　　　　　　　　　　　　　　—「지금 경사를 타고 내려와」 부분

시는 말한다. 오랫동안 그를 만나지 못했으므로 나는 괴로워했다; 그러나 오랫동안 그를 만나지 못했으므로 지금 짧아져가는 그 햇빛을 가로지르는 것들은 아름답다: 왜냐하면 오래 나는 그를 만나지 못할 것이므로. 풀어 짜면 이렇다. 오랫동안 그를 만나지 못했으므로 나는 괴로워했다; 그 괴로움의 누적은 소멸-죽음 쪽으로 나를 끌고 간다: 오후의 햇빛은 짧아져간다; 그를 만날 수 있다

---

13) 「환청 일기」, p. 72.
14) 「나무들을 넘어 날개 펴는 바다로」, p. 73.

는 기대가 짧아져가는 그만큼의 정도에 비례해 나는 더욱 그를 만나지 못할 것이다; 그러나 오래 그를 만나지 못할 것이라는 것은, 동시에 그만큼 그를 만나리라는 희망, 기대가 지속된다는 것을 의미한다. "저렇게 흐르고도 지치지 않는"[15] 희망을 지속시키는 것들, "짧아져가는 그 햇빛을 가로지르는 것들은", 그러니, 아름답다; 나는 죽음-소멸의 수락 위에서 죽음-소멸을 지연시킨다. 사건으로서의 죽음은 진행으로서의 죽음으로 변용되고, 그때 그것은 역설적으로 삶에의 욕구를 자극한다.

"오랫동안 그를 만나지 못했으므로"와 "오래 나는 그를 만나지 못할 것이므로"의 사이, 그리고 그 사이가 벌려놓은 빈자리에서 다시 벌어진 '오랫동안 그를 만나지 못했으므로 나는 괴로워했다'와 '오랫동안 그를 만나지 못했으므로 햇빛을 가로지르는 것들은 아름답다'의 사이에 나는 오래 머무르려 한다. 그 머무름, 그것이 이성복 시의 '빛나는 정지'이다. 중층의 사이 벌림이 만들어놓은 그 정지는 그 사이의 폭이 넓어져(그리고 깊어져: 왜? 층을 이루고 있는 사이니까)가는 그만큼 "햇빛을 가로지르는 것들"을 넓고 깊게 아우른다. 그는 정지를 통해 움직이고, 그 정지 속에서 '진흙의 중심', 슬픔의 현존 그 자체로 나아간다.

그러나 그 슬픔의 현존과 "부서진 구름도 따스하게 주위를 흐르는 곳" 사이에는 아직, 단절이 있다. 나 → 진흙의 중심으로의 이동은 있으나, 진흙 그 자체 → 그곳 사이에는 '막'이 가로놓여 있다. 내가 "막을 헤치고 거기 가자"고 외치는 그만큼 "해도 때묻은

15) 「강」, p. 40.

자갈돌을 마른 입으로/핥으며 제 새끼 어루듯 어루는 햇빛,/햇빛들 노는 모습 눈에 선해라"[16] 하고 그리며, 괴로움의 불을 켜 들어, "저 하늘엔 밀고 밀리는 배들,/착한 어버이들이 모여앉아/맑은 술을 나누고 있"[17]는 것을 비추면 비출수록, 해와 그림자 사이, 빛과 어둠 사이에는 "숨소리 거친 골짜기"[18]가 깊어져간다. 나의 의지-희원은 결국 연극에 불과한 것인가. 나로 하여금 "그것은 거의 연극,/막이 내려도 괴로움은 끝나지 않는다"라고 탄식하게 하는 그 '막'의 엄혹한 실재를, 그러나 '어머니와 하나된 삶'은 넘어서게 해준다. 지금까지의 내가 '삶과 하나된 어머니'를 사랑하는 대상으로 깊이 느끼고 그 삶-어머니의 고통 한가운데서, '아버지'의 자격으로 그것을 이곳 너머로 이끌고 가려 했다면, "아버지 놀이에도 지친 아이"[19]에게 '어머니와 하나된 삶'은 그곳이 바로 이곳임을 가르쳐준다. 나는 이제, 진흙의 중심에 오래 머무는 것, 그 죽음의 지연과 진행이 새로운 삶을 향한 방법적 절차가 아니라, 바로 그 자리가 새 삶이 "솟아나는 자리"[20]임을 깨닫는다. 그때 나는 말한다.

밤이 오면 길이
그대를 데려가리라
그대여 머뭇거리지 마라

16) 「햇빛, 햇빛」, p. 63.
17) 「고통 다음에 오는 것들」, p. 68.
18) 「그것은 거의 연극」, p. 70.
19) 같은 시.
20) 김현, 「치욕의 시적 변용」, 『분석과 해석』, 문학과지성사, 1988, p. 51.

물결 위에 뜨는 죽은 아이처럼

우리는 어머니 눈길 위에 떠 있고

이제 막 날개 펴는 괴로움 하나도

오래 전에 예정된 것이었다

그대여 지나가는 낯선 새들이 오면

그대 가슴속 더운 곳에 눕혀라

그대 괴로움이 그대 뜻이 아니듯이

그들은 너무 먼 곳에서 왔다

바람 부는 날 유도화의 잦은 떨림처럼

순한 날들이 오기까지,

그대여 밤이 오는 쪽으로

다가오는 길을 보아라

어둡지도 밝지도 않은 길이

그대를 데려가리라

―「밤이 오면 길이」 전문

　'삶과 하나된 어머니'가 그 어머니를 한 개인의 혈연적 뿌리이기를 넘어 집단적 삶의 중개자로 드넓힌다면, '어머니와 하나된 삶'은 그 집단적 삶 전체를 움직인다. 어머니 눈길 위에 뜬 우리의 괴로움은, 물결 위에 뜬 죽은 아이가 죽음 속에 가라앉지 않듯이, 괴로움 속에 가라앉지 않는다. 그것은 날개를 편다. 그 날개 폄은, 하지만 날아가버리기 위해 날개 펴는 것이 아니다. "어머니 눈길 위에 떠"의 '뜨다'로부터 생성된 '날개 펴다'는, 마찬가지로 그것으로부터 생성된 '눕다'를 분리될 수 없는 짝으로 가지고 있다. 그것은 누워서 자신을 펼친다. 그러니까 그것은 "가슴속 더운 곳"을 마련하고, "지나가는 낯선 새들이 오면" 그 자리에 그들을 눕힐 수 있다. 그리고 어머니 눈길이 우리를 날개 펴게 했듯이, "그대"의 가슴속 더운 곳은 그곳에 눕는 새들을 날개 펴게 할 것이다.

그렇다면 새들 또한 '그대'일 것이다. 그리고 그렇다면 '그대'에게 말 건네는 '나' 역시 그 누군가의 '그대'였을 것이다. '두번째 행의 "그대"는 단순히 2인칭이지만 마지막 행의 "그대"는〔말 건네는〕나―그대―〔낯선〕새들이라는 세 개의 인칭이 함께 어울린 '그대', "다시 말해, 객관화된 우리 자신이다."[21] '객관화된'이란 어사에 주목해주기 바란다. 그 우리는 단순히 존재들의 하나됨으로써의 우리가 아니다. 그 우리는, 셀 수 없는 것이 되고, 끊임없이 퍼지는 이타성들의 복합체로서의 우리이다. 그 때문에 그 우리는 움직이는 우리, 변모하는 우리이다. 왜냐하면 서로 다른 것들의 만남만이 변모를 생산할 수 있기 때문이다. 단일자로 환원된 것, A＝A라는 동일률에 빠져 있는 것은 변모할 수 없다. 그 동일률은, '우리'는 언제나 '지금의 우리', 어느 곳에서나 '이곳의 우리', 어느 누가 보거나 '내가 파악한 우리'라고 말하기 때문이다. 그 동일률을 만드는 것은 주관의 환상이며, '객관화된'이란 말은 바로 '변모할 수 있는'이란 뜻에 다름 아니다.

누운 곳이 펼치는 자리이기 때문에 '있음'으로서의 자리는 '다가옴'으로서의 길이다. 그 길은 "어둡지도 밝지도 않은 길"이다. 고통을 넘어서는 길이 고통을 수락하는 길이기 때문이다. 아니, 길이

---

21) 졸고, 「함께 살아냄에의 권유」, 『존재의 변증법 2』, 청하, 1988, p. 261.

곧 고통이며, 고통이 그 자신을 끌고 간다. "우리들의 등뼈가 아직 기울지 않은 그림자를 끌고 간다."[22]

어머니-삶의 양가성의 융화를 통해 '나'는 세계 내 존재의 전체에 스며들며, 동시에 그 존재의 전체를 움직인다. 내가 그와 한 몸이 된 그것을 나는, 말의 정확한 의미에서, 미화하지도 비하하지도 않는다. 내가 그와 한 몸이 된 그것은 죽음이며, 동시에 생명이다. 그것은 죽음 그 자체로서, "언제나 초록의 싱싱함을 만〔들어〕드는/빛이 닿지 않는 깊은 품속에서/부리 긴 새의 잠을 흔든다."[23]

2

『남해 금산』이 펼쳐 보인 세계는 1980년대의 한국시가 이룰 수 있었던 가장 감동적인 세계 중의 하나이다. 그 시집을 통해서, 우리는 비로소 가난한 자, 억압받는 자, 고통받는 자들의 구체성 속에 몸담을 계기를 마련한다. 그 시집이 비추어낸 그들의 실존의 풍경은 심정인들의 눈먼 환상의 지대도, 분석가들의 한탄을 일으키는 암흑도 아니다. 그것은 영웅주의자들의 미끼도 순응주의자들의 핑계의 대상도 아니다. 그 시집이 흔든 그 세계는 관념주의자들의 맹목적인 절대 긍정과 실증주의자들의 선병질적인 절대 부정을 훨씬 뛰어넘으며, 그들 양편에 똑같이 숨어 있는 '자기애'를 비판적

---

22) 「귀향」, p. 81.
23) 「새벽 세시의 나무」, p. 85.

으로 성찰하게 해준다. 그 세계의 세계 극복의 몸짓은 치욕 속에서 꽃피지, 순수 속에서 꽃피는 것이 아니기 때문이다. 그 세계가 이루는 집단적 공간은 서로 다른 존재들의 융화를 통해서이지, 유보 없는 하나됨이라는 환상에 밑받침되지 않기 때문이다. 그 세계의 변모의 움직임은 밖으로부터 주어지지 않고, 자기 삶의 수락으로부터 생성되기 때문이다.

그러나 하나의 성취를 보았다고 느끼는 순간, 시집 『남해 금산』은 힘들여 이룬 세계를 떠남으로써 막을 내린다. 마지막 시를 보자.

> 한 여자 돌 속에 묻혀 있었네
> 그 여자 사랑에 나도 돌 속에 들어갔네
> 어느 여름 비 많이 오고
> 그 여자 울면서 돌 속에서 떠나갔네
> 떠나가는 그 여자 해와 달이 끌어주었네
> 남해 금산 푸른 하늘가에 나 혼자 있네
> 남해 금산 푸른 바닷물 속에 나 혼자 잠기네
>
> ─「남해 금산」 전문

그 여자, 어느 한 사람을 이른다기보다는 치욕의 누이로부터 사랑의 어머니에게로 이르는 과정 전체의 다른 이름인 "그 여자"는 "나"와의 사랑 한복판에서 돌 속을 떠난다. 떠난 그 여자는 울면서 떠나갔지만, 그러나 해와 달이 끌어준다. 그 여자가 떠나버린 자리에 나 혼자 남는다. 그 결핍의 자리는 그러나 애초에 들어왔던 '돌 속'이 아니라 "푸른 하늘가" "푸른 바닷물 속"이다. 그것은 그 여

144

자의 떠남이 '나'의 남음을 변화시키고 있다는 것을 보여준다. 내가 남은 자리는, 그 여자를 끌어준 해에 상응하여 푸른 하늘가이며, 달에 반향하여 푸른 바닷물 속이다. 그러고 보니까, 그 여자의 떠남만이 나의 남음에 영향을 미치는 것이 아니다. 거꾸로, 그 여자를 떠나게 한 데에는 나의 사랑이 작용하고 있었다. 시의 3~6행을 주의해보자.

어느 여름비 많이 올 때 그 여자는 울며 떠난다. 〔여름날 많은〕 비와 울음은 이미지상으로 동렬에 놓이는 것들이고(그 이미지의 상응은 단순히, 비=물=울음, 먹구름→우울→비→슬픔의 누수→울음이라는, 상투적이고 전통적인 심상에 의존해 있지 않다. 그것은 그보다 훨씬 포괄적이며 구체적이다. 그것은 여름날 장맛비가 가난한 사람들에게 쏟아 던지는 각종 생활의 재난들에까지 넓혀져 있다), 따라서 여름날 비로부터 그 여자의 울음으로의 이동은 아주 자연스러워 보인다. 하지만 그 자연스러움 뒤에는 보다 깊은 울림이 감춰져 있다. 비-울음의 상응은 그 앞에 많은-비와 돌 속의-여자라는 이항대립을 거쳐서 생성된다. 그 대립 때문에 비-울음의 상응은 단순한 동일, 일치가 아니라, 서로 다른 두 존재의 화답으로 나타난다. 그 대립과 화응은, 사실 우리가 지금까지 살펴본 '그 여자'의 변화 과정의 요약이라고 할 만하다. 두 존재의 한 항을 담당하고 있는 '비'는 당연히, 우리에게 시집의 한 분기점에 놓여 있는 작품 「또 비가 오면」을 떠올리게 한다. 「문을 열고 들어가」와 더불어 누이로부터 어머니로 건너가는 과정의 첫 징후로 기능하는 그 작품에서, 이미 앞에서 인용한 바 있듯이 "사랑하는 어머니 비에 젖으"시는데, "살 속으로 물이 들어가 몸이 불어나도/〔……〕/빗물이 눈 속 깊은 곳을 적시고/귓속으로 들어가 무수한 물방울을 만들어도/〔……〕 微動도 않으"시며, "발밑 잡초가 키를 덮고 아카시아 뿌리가/입 속에 뻗어도 〔……〕, 뜨거운/어머니 입김 내게로 불어온다." 비참과 울음의 분위기가 미만해 있고, 그것이 어머니의 온 살 속에 스며드는데, 어머니는 울지 못한다. 『남해 금산』의 '돌 속에 묻혀 있던 여자'는 바로 그 '어머니'에 다름 아니다. '돌'은 '미동도 않으면서 뜨거운 입김 불어오는' 행위의 극명한 물질적 이미지이다. 그 돌 속의 여자가 이제 운다. 그러므로 그 울음은 부정적인 울음이 아니다. 그것은 돌처럼 막혀 있는 고통이 풀리고, 삶의 생기가 온몸을 돌아 흐르는 육체 회복의 움직임이며, 따라서 앞에서 말한 '누워 펼침'의 몸짓과 같은 계열을 이루는 행위이다. 그러니, 울면서 떠나가는 그 여자를 해와 달이 끌어주는 것은 당연하다.

그 울음에 생기를 불어넣어준 것은 바로 '나'의 '그 여자 사랑'이다. 나의 사랑은 그 여자의 풀림을 준비하고, 그 풀림에 밑받침된 그 여자의 떠남은, 그 여자가 있었으며 이제 내가 남은 공간을 변화시킨다. 그 변화 때문에 그 공간은 이별의 막막함에 닫혀 있는 공간이 아니라 다시 어떤 움직임을 낳을 수 있는 자리가 된다. 그러니까 막이 내린 자리에서 바로 새 막이 오른다. 아니, 막 내림이 곧 새 막의 오름이다. "진정한 시작은 끝에서 시작한다"는 한 철학자의 말을 『남해 금산』과 '연애시' 사이는 높은 차원에서 재구성한다.

그런데 그 여자는 왜 울며 '떠난' 것일까. 앞에서 우리는 고통의 이 자리가 곧 새 삶이 솟아나는 자리임을 보았었다. 그렇다면 그 여자의 떠남은 그렇게 힘들여 도달한 삶의 깊이를 단숨에 원점으로 되돌려버리는 것이 아닐까?

그러나 그렇지 않다. 그러한 생각은 그 자리를 '언제나 그때 그 자리'로 여기고 있을 때 발생하는 생각이다. 앞에서 우리는 고통의 자리가 동시에 구원의 자리임을 보았을 뿐만 아니라, 그 자리 자체가 변모하는 자리임을 또한 보았었다. 그 여자가 묻혀 있고, 그 여자 사랑에 내가 그 안으로 들어간, 그 돌 속, 그 진흙의 중심은, 나와의 사랑을 통해서 풀려 퍼진다. 그 여자의 떠남은 그 공간 자체의 확대에 다름 아니다. 그 공간은 해와 달에 이르기까지 넓어진다. 그 여자가 떠나가는 세계는 변형된 이 세계이지, 어느 딴 세상이 아니다. 그러나 아직 의문은 남는다. 그 공간의 확산을 시인은 왜 '떠남'이라는 말로 드러낸 것일까. 떠남이 그 여자와 이 세계의 단절을 가리키는 것이 아니라면, 그것은 그 여자와 '나'의 관계가 끊어진다는 것을 가리킨다. 그렇다면 질문은 이렇게 바뀌어야 할 것이다: 그 여자와 나의 사랑은 왜 이별로 끝맺음하는가.

이 의문을 간직한 채 시집을 덮는 순간, 우리는 어디에선가 『남해 금산』과 '연애시' 사이에 단절의 징후가 되는 그 이별이 좀더 분명한 목소리로 선언되고 있음을 듣는다. 시집 뒤표지가 그곳이다. 시집 속의 '나'인지 시인 자신인지 딱 잘라 말하기 힘든 그 목소리가 말한다.

그때만큼 지금 내 가슴은 뜨겁지 않아요. 오랜 세월, 당신을 사랑하기에는 내가 얼마나 허술한 사내인가를 뼈저리게 알았고, 당신의 사랑에 값할 만큼 미더운 사내가 되고 싶어 몸부림했지요. 그리하여 어느덧 당신은 내게 '사랑하는' 분이 아니라, '사랑해야 할' 분으로 바뀌었습니다./이젠 아시겠지요. 왜 내가 자꾸만 당신을 떠나려 하는지를. 사랑의 의무는 사랑의 소실에 다름 아니며, 사랑의 습관은 사랑의 모독일 테지요. 오, 아름다운 당신, 나날이 나는 잔인한 사랑의 습관 속에서 당신의 푸른 깃털을 도려내고 있었어요. 〔밑줄은 인용자〕

우선, 새로운 반대 사실 하나가 드러난다. 떠나는 것은 그 여자가 아니라, 바로 '나'라는 것. 그것은 앞의 시 「남해 금산」을 다시 읽게 만든다. 울면서 떠난 그 여자를 해와 달이 끌어주었고, 따라서 그 떠남은 그 여자의 본래 자리의 변형이며 확대라면, 실제 떠나는 것은 '나'다. 그러니 6, 7행의 "나 혼자 있네" "나 혼자 잠기네"의 '혼자'는 단순히 씌어진 것이 아니다. 그것은 그 여자 사랑에 들어온 이 세계로부터 스스로 멀어지는 마음이 낳은 표현이다. 그러나 시의 표면은 내가 떠난다는 말을 결코 하지 않았다. 오히려 나는 '남아' 있다. 나는 이 세계에 남아서 이 세계를 떠난다. 그렇다면 나의 떠남은 이 세계 밖으로의 떠남이 아니라 이 세계 안으로의 떠남이다. 나는 내가 사랑으로 채워 이룬 이 세계를 다시 빈자리로 만들어 추구한다. 그 빈자리는 이루어진 세계의 속 겹, 그림자로서의 빈자리다. 그것은 이루어진 세계가 아직, 많은 공백과 구멍을 남기고 있다는 것을 의미한다. "꽃이 필 동안의 잔잔한 그리움을 지우고, 조바심을 지우고 꽃들이 흔들리는 경계 안으로 더 짙은 산그늘이 필요"[24]했던 것이다. 아니, 공백과 구멍을 '아직 남기고 있는' 것이 아니다. 그 세계의 이룸이 없었다면, 그 공백과 구

---

24) 「꽃 피는 시절 1」, p. 86.

멍은 존재하지도 않았을 것이다. 치욕의 누이로부터 인고의 어머니를 거쳐, 우는 그 여자로의 변모, "공기가 더럽고 아픈 기억의" "카타콤"[25]으로부터 돌 속을 거쳐, 해와 달이 끌어주는 우주적 넓이로의 확대가 있었기 때문에 새로운 차원에서의 결핍이 발생할수가 있는 것이다. 한 세계의 이룸이 새로운 변화를 준비한 것이지, 어느 도달해야 할 확정된 목표의 세계가 있어 채워야 할 결핍의 수량이 주어지는 것이 아니다. 그 공백은 무엇일까. 인용문의 밑줄 친 부분은 그것이 사랑의 열정 그 자체로부터 나왔다는 것을 알려준다. 한 여자, 더 나아가 한 세계의 변모를 이루어낸(혹은, 내려 한: 밑줄 친 부분 앞의 진술은 그것의 성취를 부인한다; '낸'은 시집 속의 '나'의 모습이고, '내려 한'은 시인의 목소리이다) 그 사랑이, 바로 그 자체로서, "당신의 푸른 깃털을 도려내고 있었"던 것이다! 세계의 변모, 증진을 구속하고 있었던 것이다. 그 사랑이 왜? 그 사랑이 '사랑의 의무' '사랑의 습관'으로 변질함으로써.

사랑의 태도, 사랑의 형식에 문제가 일어난 것이다. 지금까지의 우리의 이성복 시 읽기가 타당성을 가지고 있다면, 그 사랑은 말의 바른 의미에서의 사랑에 값할 만한 것이다. 그 사랑은 사랑하는 사람의 고통의 한가운데로 들어가는 사랑일 뿐만 아니라 서로 다른 사람의 몸에 눕고, 혹은 그를 제 몸에 눕히는 사랑, 상대를 움켜쥐지 않고 감싸 안는 사랑이다. 그 사랑은 사랑하는 자들을 무한히 증식시킨다. 그러나 그 사랑에 문제가 있었다. 무슨 문제가? 나-시인은 사랑의 의무, 사랑의 습관이 문제였다고 말한다. 그것들은 사

---

25) 「기억에는 평화가 오지 않고」, p. 15.

랑의 소실이며, 모독이라고 말한다. 『남해 금산』의 사랑이 풀음의 사랑이라면 사랑의 의무는 묶음이며, 그 사랑이 갱신과 변모의 사랑이라면 사랑의 습관은 고착일 테니까. 그렇게 되니까, 한 세계의 변모와 확산을 가능하게 한 그 사랑이 역설적으로 한 세계의 굳음과 좁힘을 낳았던 것이다. 그 굳음과 좁힘은 어느새 그 여자와만의 사랑으로 나의 사랑을 옭아들게 한다.

처음 당신을 사랑할 때는 내가 무진무진 깊은 광맥 같은 것이었나 생각해봅니다 날이 갈수록 당신 사랑이 어려워지고 어느새 나는 남해 금산 높은 곳에 와 있습니다 낙엽이 지고 사람들이 죽어가는 일이야 내게 참 멀리 있습니다

―「편지 2」부분

다시 생기는 의문: 그 사랑의 의무, 습관은 어디로부터 어떻게 생겨난 것일까. 시인-나는 그것이 "그리하여 어느덧" 그렇게 되었다고 말한다. '그리하여'는 이유가 있다는 것을 가리킨다. '어느덧'은 그 이유가 '누적'의 성질을 가지고 있다고 말한다. '그리하여'는 앞 문장 전체를 대신한다. 그것은 다음과 같은 내용을 담고 있다.

1) 당신의 나에 대한 사랑은 크다.
2) 그러나 그에 비해 나는 너무 허술하다
3) 나는 그것을 뼈저리게 괴로워했다
4) 당신의 사랑에 값하기 위해 나는 몸부림쳤다.

사랑을 크게 하려 한 마음이 오히려 사랑을 오그라뜨렸다! 마지막 두 항목은 그것이 괴로움과 몸부림 때문이었음을 알려준다. 그러나 그 괴로움과 몸부림이 없었다면 사랑이 가능했겠는가. 그것들이 한 여자, 한 세계의 생기와 넓어짐을 가능하게 한 큰 힘이 아니었겠는가. 그렇다면 두 항목은 이렇게 수정되어야 할 것이다. 세상을 넓힌 그 사랑의 괴로움과 몸부림이 세상을 좁히는 어떤 편향을 낳고 있었다. 하나의 씨앗이 아벨과 카인을 동시에 낳고 있었다. 그 편향은 한 세상이 이루어지는 동안에는 그 동력으로 작용했지만, 세상이 이루어진 후에는 질곡으로 작용한다. 마치 경제에서, 생산력의 발전을 밑받침한 생산관계가 어느 일정한 단계에 이르면 발전된 생산력에 의해 파괴되고 변혁되어야 하듯이. 그렇다면 그 편향이란 무엇인가. 앞의 두 항목은 그 표지를 감추어놓고 있다. 시인-나는 말한다. 당신이 내게 주는 사랑은 너무 크다. 그 사랑은 그러나 '인고'의 다른 말이다. "촛불과 안개꽃 사이로 올라오는 온갖 하소연을 한쪽 귀로 흘리시면서, 오늘도 화장지 행상에 지친 아들의 손발에, 가슴에 깊이 박힌 못을 뽑으시는 어머니"[26]의 사랑은 바로, "우리는 어머니 눈길 위에 떠 있고"에서의 눈길의 사랑, 한 세계의 '누워 펼침'을 받친 사랑인데, 그 형식은 타인의 괴로움을 '홀로' 감당하는 사랑이다. 그 사랑은 말이 없다. 그것은 "온갖 하소연을 한쪽 귀로 흘리시면서" 타인의 몫까지 제 고통으로 옮겨온다. 그것을 사랑이라 이름하는 나는 그것을 본받으려고 애쓴다. 그 애씀 속에서 치욕의 누이가 돌 속의 어머니를 거쳐 해와 달이 끌

---

26) 「어머니 1」, p. 44.

어주는 그 여자로 변모할 수 있었지만, 그러나 그 사랑은 그 여자로 하여금 스스로 해와 달처럼 자신을 넓히도록 하지 않는다. 여자에 대한 나의 사랑은, 내가 생각한 어머니의 나에 대한 사랑이 그러하듯이, 타자의 고통을 제 몫으로 감당한다. 그것은 타자를 도발하지 않는다. 부추기지 않는다. 물론, 우리는 그 여자가 곧 그 어머니임을 알고 있다. 따라서 나에 대한 어머니의 사랑과 그것이 받쳐준 그 여자〔어머니〕에 대한 나의 사랑은 상호적이다. 그러나 그 상호성은, 조금 현학적인 표현을 쓰자면, 분리–상관적인 상호성이다. 어머니가 나를 받쳐준다. 그를 본받아, 나는 어머니를 열어준다〔열어주려 애쓴다〕. 그 증여의 형식은 각자 진행된다. 그것들은 저마다 "임종의 괴로움을 홀로 누"[27]린다. 그 분리성은 결국 함께하는 존재의 증진을 차단한다. 한편으로, 타인의 고통의 몫을 거듭 배제함으로써 타인 스스로의 상승을 차단한다. 그의 '푸른 깃털을 도려낸다.' 다른 한편으로 도발이 없는 증여이기 때문에, 그 사랑은 항상 부족함을 남긴다. 나는 사랑을 주면 줄수록, 당신의 사랑에 비해 나의 사랑이 허술하기 짝이 없다고 느낀다. 그 사랑은 사랑의 결핍을 누적시킨다. 그리고 그때 '당신'은 여전히 '저들'로 되돌아간다. '나'와 '당신'은 각각의 입장에서 상대방에 대하여 안이기도 하지만 또한 밖에 불과하기도 하기 때문이다. '나'의 입장에서 '당신'을 누워 받쳐주는 나는 '당신'의 품이며 안이지만 '당신'은 나의 밖이며, '당신'의 입장에서는 그 거꾸로이다. 여전히 나는 당신의 전모를 감싸지, 받치지 못한다. 다시 한 번 나의 괴로움은 끝나지 않는

---

27) 「聖母聖月 1」, p. 48.

다. 상대방을 경유해 저마다 누리는 괴로움!

저들에게 아직 괴로움의 시간은 남아 있는가 서로 다른 높낮이에
서 앞뒤를 바라보는, 단추같이 희고 작은 저들에게 아직 괴로움의
시간은 남아 있는가

—「꽃 피는 시절 2」부분

문제는 나의 괴로움과 몸부림에 있지 않고, 사랑의 형식에 있었
다. 다시 말해 여자와 나 사이의 사랑의 관계에 있었다. 그것을 시
인―나의 무의식은 생략시켜, 나에게 문제가 있었다고 말한다. 그것
이 책임을 전가하지 않는 정직한 방법이기 때문이다. 그 근원에 나
의 몫이 있기 때문이다. 그러나 그뿐만이 아니다. 나에게 문제가
있었다고 말할 때 나에게 가능성이 열리기 때문이다. 그렇게 말할
수 있는 사람만이 새로운 사랑의 관계, 삶의 새로운 형식을 모색할
수 있기 때문이다.

3

드디어, 떠날 마음과 몸이 준비된다. 그리고 떠난다. '연애시'는
떠남으로부터 시작한다. 그러나 그것이 정말 떠남인가. 앞에서 한
번 읽은 바 있는 「편지 2」를 보라. 『남해 금산』의 뒤표지와 같은 어
조, 유사한 내용으로 내 사랑의 잘못됨을 고백하고 있는 그 시의
두번째 연은, 그러나 뒤표지와는 정반대로 "당신을 사랑합니다,/

떠날래야 떠날 수가 없습니다"라고 말하고 있지 아니한가. '나'의 떠남은 이미 암시했듯 이 세상 안으로의 떠남이다. 내가 그 안이 되었음에도 불구하고 여전히 내 밖에 있는 당신-저들 안으로의 떠남이다. 그 떠남의 길은 「집」과 「어머니」에서 하나의 전언과 하나의 물음으로 시작한다. 차례로 전문을 인용하면서 분석해보겠다.

　내 그대를 떠난 날부터 그대는 집을 가졌네 오직 그대만이 들어갈 수 있는 집, 그대의 무덤

　난 그대의 집으로 들어갈 수 없네 오직 그대만이 들어갈 수 있는 집, 내 떠나므로 불 밝은 집

　내 그대를 떠난 날부터 그대는 집을 가졌네 상처처럼 푸른 지붕과 바람처럼 부드러운 사면의 집

　내 그대를 떠남은 그대 속에 나의 집을 짓기 위해서라네 상처처럼 푸른 지붕과 바람처럼 부드러운 사면의 무덤

—「집」전문²⁸⁾

「집」은 '나'의 '그대' 떠남을 이야기하고 있다. 그런데 이야기의 순서가 뒤바뀌어 있으며, 이야기의 내용이 예상 밖이다. '나'는 떠남의 현재를 이야기하기 전에 떠남의 이후를 이야기한다. 그 이후

---

28) 이 시는 시집 『그 여름의 끝』에 「숨길 수 없는 노래 4」로 제목이 바뀌어 수록돼 있다.

는 그러나 나의 그것이 아니라, 그대의 그것이다. '나'는, 내가 떠나자 그대는 집을 가졌다고 말한다. 그것은 두 가지 의미를 담고 있다. 하나는, 나는 그대를 떠난 이후에도 여전히 그대와 함께 있다는 것이다. "멀리 있어도 나는 당신을 알"고 "부르지 않아도 당신은 온"다. "당신은 지금 내 안에 있"(「꽃피는 시절」)다. 다른 하나는 나의 행동은 당신의 행동을 유발한다는 것이다. 떠남이라는 나의 사건은 그다음의 나의 사건으로 이어지는 것이 아니라, 당신의 사건과 맞물린다. 분명 서정적 자아를 축으로 한 이 상상 구조 속에서 '그대'는, 그러나 나의 대상이 아니라 내 눈길을 끌고 내 귀를 모으게 하는 활동 주체이다.

이 첫 문장에서부터 흔히 근대 문학의 기본 구조로 알려져 있는 자아/세계의 대립적 구조는 해체된다. 나/그대의 이분법에서 출발하지만, '부터'를 연결 고리로 해서 그 둘의 대립적 관계는 상관적 관계로 바뀐다. 그 상관적 관계의 내용이 '이별'일 때 그대가 가진 집은 동시에 무덤이다. 관계가 끊어진 상관성은 죽음에 다름 아니기 때문이다. 그 무덤 속에 나는 들어갈 수 없다. 그러나 둘째 연의 마지막 문장을 보라. 그 집-무덤은 또한 불 밝은 집이다. 그것도 "내 떠나므로" 불 밝은 집이다. 그 불 밝은 집의 '불 밝음'은 옛이야기의 밤길 나그네가 오래 헤매다가 발견한 불빛이 환기하는 안도와 희망, 혹은 성냥팔이 소녀가 엿보는 불 밝은 집이 소녀에게 일으키는 부러움 등의 분위기를 은밀히, 은은히 펼친다. 그 밝은 불은 내가 떠났기 때문에 밝혀진 불이다. 그것은 내가 떠나지 않았더라면 느끼지조차 못했을 불이다. 그렇다면 그 무덤은 죽음이라는 의미뿐만이 아니라 동시에 저세상이라는 의미를 또한 담고 있다. '나'의 입장에서 그것은 내가 버린 장소이며 내가 들어갈 수 없는 경계이기 때문에 비-존재, 즉, 죽음이지만, 그러나 '그대'의 입장에서 그대가 세운 집이므로 내 마음속에 그 무덤은 다른-존재, 즉 저세상이다. 내가 떠나 있을수록 그대 무덤은 더욱 불 밝다.

3, 4연은 앞 두 연을 되풀이하면서 다시 변화시킨다. 그 변화는 두 단계에 걸쳐져 있다. 우선, 집-무덤이 하나인 그대의 공간은 "상처처럼 푸른 지붕과 바람처럼 부드러운 사면"으로 이루어져 있다고 '나'는 말한다. '상처'는 이별의 아픔이 낸 상처이다. 그 아픔은 무덤을 이룬다. 무덤은 상처 입은 자의 공간이다. 그러나 그 무덤이 단순히 비-존재의 표지가 아니라 저세상의 너울이 되는 순간, 상처는 내가 그 안에 들어갈 수 있는 열린 틈새가 된다. 그 상처는 고름이 나는 장소에서 살이 돋아나는 자리, 푸른 자리로 바뀐다. 그리고 이제까지 내가 들어갈 수 없었던 그 무덤의 막힌 사면은 이제 바람처럼 부드럽다. 딱딱한 벽면은 부드럽게 풀어진다. 그뿐이 아니다. 그것은 공기의 성질을 가지고 넓이를 이루어낸다(이해가 어려우면, 바람은 항상 '이곳에서 저곳으로 부는 바람'이라는 것을 상기하기 바란다. 넓이를 갖지 않은 바람이란 없다). 바람처럼 부드러운 사면은 그대를 떠나 멀리 있는 나의 몸을 가로질러 나의 앞뒤에 펼쳐져 있다. 상처의 '지붕'과 바람의 '사면'은 집-무덤의 부속물이지만, 그것들은 거꾸로 집-무덤을 열고 넓힌다. 그것들은 지붕과 사면을 가두고 있는 집-무덤을 여는 지붕과 사면이다. 이 상처와 바람의 생성 위에서 두번째 변화가 다시 발생한다. 비로소 '나'는 "내 그대를 떠남은 그대 속에 나의 집을 짓기 위해서라네"라고 말한다. 무덤 안에 들어갈 열린 통로가 뚫렸기 때문에 이제 '나'는 그

대 속에 집을 지을 수 있다. 그런데 그 통로는 내가 당신을 떠날 때 비로소 열리는 통로이다. 그러니까 나는 이제 내가 그대를 떠나는 것은 그대 속에 나의 집을 짓기 위해서라고 말할 수 있다. 나의 떠남의 현재가 나와 그대의 미래에 뒷받침되어 비로소 그 떠남의 까닭을 찾는다.

그렇다면 이 시에서 현재는 과거와 미래 사이에 있지 않고 그것들 전체의 흐름 위에 걸쳐져 있다. 내가 떠나 있는 곳은 그대 밖이 아니라 그대가 열어놓은 틈새 사이이다. 시간들은 순서적으로 분할되지 않고 중층적으로 겹쳐져 있으며, 공간들은 평면적으로 배열되어 있는 것이 아니라 서로 가로질러져 있다.

안과 밖의 분열이 없는 세계, 아니, 안과 밖의 거리를 벌이면 벌일수록 안팎이 뒤섞이는 세계!「집」에서 잔잔한 희망의 냄새를 어느덧 풍기는 그 세계는 그러나 하나의 물음표의 귀를 세운다.「어머니」를 보자.

달빛 없는 수풀 속에 우리 어머니 혼자 주무시다가 무서워 잠을 깨도 내 단잠 깨울까봐 소리없이 발만 구르시다가, 놀라 깨어보니 어머니는 건넌방에 계셨다

어머니, 어찌하여 한 사람은 무덤 안에 있고 또 한 사람은 무덤 밖에 있습니까

—「어머니」전문

2연은 바로 그 안팎의 혼재성에 놀라 묻는다. 거기서의 '한 사

람'과 '또 한 사람'은 "달빛 없는 수풀 속[의] 어머니"와 '건넌방에 계신 어머니'를 가리킨다. 그러나 그것은 문면에서 그러할 뿐이다. 그 밑에는 좀더 복잡한 존재들의 뒤엉킴과 다른 형식이 있다. 1연에 크게 두 개의 잠이 있으며, 그 각각의 잠 속에 다시 복수의 잠의 형식들이 있다. 큰 두 개의 잠 중에서 드러나는 하나의 잠은 어머니의 잠이다. 그 잠의 시공간 안에는 삼중의 잠의 형식들이 겹쳐져 놓여 있다. 그 하나는 어머니의 악몽이며, 그 둘은 어머니의 잠깸이고, 그 셋은 나의 단잠이다. 어머니의 악몽은 어머니의 잠 속에 있고, 나의 단잠은 어머니의 잠의 밖에 있으며, 어머니의 악몽과 나의 단잠을 잇는 어머니의 잠깸은 어머니의 잠을 뒤집은 것이다. 하나의 시공간 안에 그것의 속과 밖과 역이 동시에 있다. 그러면서 그것들은 재배열된다. "소리없이 발만 구르시다가"는 어머니의 악몽이 단순히 꿈속만의 것이 아니라 아주 현실적으로 무서운 사건에 관계되어 있고(그러니까 잠깸은 현실에 대한 각성이라는 의미를 풍긴다) 그 사건은 어머니뿐이 아니라 어머니와 내가 동시에 연루되어 있는 사건인데 어머니는 그 사건에 내가 눈 뜨는 것을 바라지 않아서 혼자 애태운다는 것을 보여준다. 그때 어머니의 악몽과 나의 단잠은 단순히 공존·대립하는 것에서 상관적 영향 관계의 항들로 변모한다. 그리하여 어머니의 잠과 잠깸이라는 두 상호성 양편에 어머니의 악몽과 나의 단잠이 상호성으로 놓이는 형태가 생성된다. 이 재배열은 〈그림 1〉처럼 도시될 수 있다.

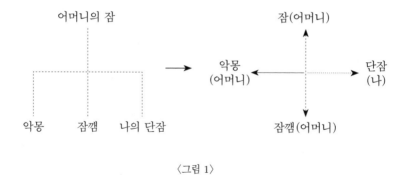

〈그림 1〉

　점선은 의도된 단절을 나타낸다. 그것은 "내 단잠 깨울까봐 소
리없이 발만 구르"시는 어머니가 지속시키고 있는 단절이다. 그러
므로 그 단절은 동시에 아낌이며 보호이다. 실선과 점선의 관계는
단절일 뿐만 아니라 감쌈이다. 그것은 우리가 『남해 금산』에서 살
펴본 '타인의 괴로움까지 홀로 감당하는 사랑'과 동렬에 놓이는 행
위이다. 그러나 『남해 금산』과는 달리 그 사랑은 타인의 삶을 펼치
지 못한다. 오히려 그것은 나의 '단잠', 즉 미각성을 방치하며 어
머니로 하여금 인고의 삶을 묵묵히 감당하지 못하고 발 구르게 한
다. 여기에 물음의 첫번째 표지가 있다. "놀라 깨어보니"의 '놀라'
는 그 자리에서 의문이 발생했음을 가리킨다. 그러나 그 물음은 던
져지지 않고 지연된다. 대신 시는 희한한 층위 이동을 한다. "놀라
깨어보니"의 '깨어보니'는 바로 어머니의 잠이 나의 꿈속의 그것이
라는 새로운 사실을 알려준다. 앞에서 말한 두 개의 잠 중 또 하나
의 잠이 이 나의 잠이다. 어머니의 잠이 시에서 '드러나는' 잠이라
면, 나의 잠은 그것을 '드러내는' 잠이다. 그 잠 속에도 잠의 형식
이 세 가지 있다. 어머니에 관한 악몽을 꾸는 나의 잠과 나의 잠깸

과 건넌방에 계신 어머니의 잠이 그것들이다. 나의 잠이라는 하나의 시공간 속에 그것의 안과 밖과 역이 동시에 있으며, "놀라 깨어보니"를 축으로 그것은 나의 잠과 잠깸의 상호성 양편에 나의 악몽과 건넌방의 어머니가 상호성으로 놓이는 형태로 변화한다. 그러니까 나의 잠은 어머니의 잠과 동일한 형태로 이루어져 있다. 그것은 〈그림 2〉처럼 도시될 수 있다.

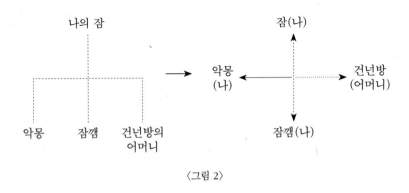

〈그림 2〉

역시 점선은 단절을 나타낸다. 그러나 그 단절은 어머니의 잠에서처럼 동시에 '감쌈'이지 않고, 동시에 '놀람'이다. 그 역시 나의 악몽과 어머니의 잠을 무관한 공존·대립에서 상관적 영향 관계의 항들로 변화시키지만, 그러나 그 상관성은 실현의 형식으로 있지 않고 잠재성의 형식으로 제기된다. 그리고 2연으로 건너가면서 실제 물음이 문면에 드러난다.

그렇다면 그 물음은 문자 그대로의 의미로서의 물음이 아니다. 물음은 이미 있었다. 그런데 그것은 지연되고 대신 '나'의 꿈속에서의 어머니의 잠과 이질동형의 모양으로 나의 잠이 재구성된다.

물음은 발언되지 않고 하나의 삶의 실천으로 바뀌어 나타난다. 그것은 어머니의 무서운 공포를 마찬가지의 공포로 대하지 않고 극복하려는 행위이며 어머니의 〔사랑의〕 행위를 그대로 본뜨지 않고 내가 할 수 있는 가능한 방법을 찾는 모색이다. 물음을 실천으로 변형시킴으로써 나는 비로소 어머니의 삶에 화응할 수 있는 나의 삶을 만들 수 있다. 그렇다면 2연의 물음은 단순한 물음이 아니라 새로운 삶의 가능성에 대한 환기이며 다짐이다. 다음, 그렇게 해서 동등하면서도 다른 모양으로 세워지고 꾀해지는 두 개의 삶, 어머니와 나의 그것들은 마주 보고 있는 것이 아니라 서로 끼워진다. "놀라 깨어보니"를 연결 고리로 나의 잠 속의 어머니의 잠이 나아간 곳은, 마치 뫼비우스의 띠처럼 어머니의 잠 밖의 나의 잠 밖이다. 어머니의 잠 밖에 있는 나의 잠은 어머니의 잠 안에 있으며, 나의 잠 밖에 있는 어머니의 잠은 나의 잠 안에 있다. 그 밖은 그렇다면 차라리 가두리이다. 멀어질수록 안이 풍요로워지는 밖의 경계이다. 마지막으로 우리는 이제 2연으로 건너가 앞의 진술을 수정해야 할 것이다. 2연의 "한 사람" "또 한 사람"은 '달빛 없는 수풀 속의 어머니'와 '건넌방에 계신 어머니'이기도 하지만 동시에 어머니와 나이기도 하며, 또한 '단잠 자는 나'와 '악몽 꾸는 나'이기도 하다. 달빛 없는 수풀 속은 바로 무덤을 가리키고 그 어머니를 꿈꾸는 나는 어머니의 그 무서운 사건이 무엇인지 모르니 무덤 밖에 있다. 그때 그 두 사람은 어머니와 나이다. 내 단잠은 어머니의 잠 속에 있으니 나는 어머니의 공포의 심층이며, 어머니의 잠 밖에서 나의 잠으로 어머니의 잠을 재구성하고 있으니 나는 어머니의 공포의 미래이다. 그때 그 두 사람은 심층의 나와 미래의 나다. 그렇다면 그 둘은 거꾸로 두 어머니가 또한 아닐 것인가. 발 구르는 어머니와 새로운 어떤 어머니. "어찌하여 ~ 있습니까"라는 의문법의 마지막 의미가 여기에 있다. 어머니의 대답을 기다리는 그 물음은 내가 이루어내려고 하는 새로운 삶이 나만의 실천으로 가능한 것이 아니라, 어머니의 변화와 동시에 이루어질 수 있다는 것을 지시한다.

　세 겹으로 된 이중의 시공간이 마분지 공작처럼 끼워져 있는 세계, '연애시'의 세계는 서로에 대해 가두리이며 속인 존재들의 화합의 세계이다(아마 기억하는 사람이 있을 것이다. 『남해 금산』을 닫으며 '연애시'를 여는 시 「남해 금산」에서 내가 있는 곳이, 왜 "남해 금산 푸른 하늘가"이며 "남해 금산 푸른 바닷물 속"이었다는 것을). 그 존재들은 각각 단일한 실체로 있는 존재들이 아니라 무한히 분화되고 넓게 펼쳐지며 편재성을 가진 자장으로서의 존재들이다. 그들은 홀로 존재하지 못하고 상관적으로만 존재하며, 그 존재의 상관성은 실현과 충족의 형식으로가 아니라 공백과 가능성의 형식으로 출현한다. 그들은 밀접하게 하나로 맞붙지 않고 부단히 사이를 벌린다. 그 벌어지는 사이에는 존재들의 새로운 삶을 향한 실천들이 끊임없이 생성되고 변화한다.

4

　'연애시'를 향한 길목에 자리한 두 시는 모두 무덤에 관해 말하고 있다. 그 무덤은 『남해 금산』의 "기억의 〔……〕 카타콤"(「기억에는 평화가 오지 않고」), 『뒹구는 돌은 언제 잠 깨는가』의 "정든 유곽"[29]과 같은 계열에 놓인다. 그것은 '연애시' 역시 앞의 두 시집과 마찬가지로 어떤 비극적인 정황으로부터 솟아난다는 것을 보여준다. 그 비극적 정황은 『뒹구는 돌은 언제 잠 깨는가』에 대한 이경수의 분석처럼 "국제정치학적 역학 속에서의 식민지적 상황"에서의 한국인의 "치욕적인 삶"[30]일 수도 있고, 『남해 금산』에 대한 임우기의 해부처럼 "자본주의의 타락한 물신적 구조"[31]일 수도 있으며, 혹은 그것들의 극단적 결과로서의 1980년 초의 사건일 수도 있다. 그 정황은 사회적인 정황만도 아니다. "그 치욕들에는 〔……〕 집단적 역사나 사건과 관련된 치욕도 있고, 〔……〕 개인의 실존 문제에 보다 깊이 관계된 치욕도 있다."[32] 아니, 그 집단적인 치욕들과 개인적인 그것들은 서로 별개의 것이 아니다. "그 두 가지 치욕들은 서로가 얽혀서 함께 움직이는 것들이다."[33] 왜냐하면 그 정황에 초점이 주어지는 것이 '치욕'이기 때문이다. 즉 정황과 대면한 자들의 행위이기 때문이다. 정황은 존재들의 밖에 있는 것이 아니라 존재들의 몸 그 자체이다. 그렇기 때문에 치욕은 정치적이며 동시에 실존적인, 아니 정치적이기 때문에 실존적인 치욕이다. 그 치욕은 "개인적인 사적 차원에서부터 보편적인 공적 차원

29) 이성복, 「정든 유곽에서」, 『뒹구는 돌은 언제 잠 깨는가』, pp. 14~16.

30) 이경수, 「유곽의 체험」, 『외국문학』, 1986년 가을, pp. 132~35.

31) 임우기, 「타락한 물신에 대한 시적 대응의 두 모습」, 『세계의 문학』, 1986년 가을, pp. 196~200.

32) 홍정선, 「치욕에서 사랑까지」, 『우리시대의 문학』 6, 1987, p. 193.

33) 같은 글, 같은 책.

에 이르기까지 그 의미가 크게 확산되어 있는 어떤 '입에 담지 못할 일'"[34]이다. 그 치욕을 진술하는 '나' 역시 포함된 그 치욕의 정황에 대해 우리는 절망하고 수군거렸다. 그러나 "누이의 戀愛는 아름다와도 될까/의심하는" 나는 "의심하는 가운데 잠이 들었"고, "靑春이 그때마다 나를 흔들어 깨워도 가난한/몸은 고결하였고 죽은 체했다."[35] 수군거리는 사람들은 "마주보지 말아야 했다 서로의 눈길이 서로를 밀어 안개 속에 가라앉혔다."[36] 우리의 절망은 "약간 더 화려하게 절망적인 우리의 습관을/修飾했을 뿐"[37]이다. 우리의 죄의식은 그것 자체로서 하나의 알리바이가 될 수 있었다. "미안한 것만으로 나날을/편히 잠들 수 있"[38]기 때문이다.

'치욕'이라는 핵 단위를 매개로, 초기부터 지금까지의 이성복 시를 뚫고 흐르는 기본적인 인식의 하나는 비극적 정황에 대한 회피와 죄의식의 토로(그리고 그 뒷면인 관념적 분노)가 똑같이 우리가 자진해 간 "보이지 않는 監獄"[39]일 뿐이라는 예리한 통찰이다. 하나는 아픔을 외면하고 다른 하나는 아픔을 강조한다. 그러나 아픔을 강조하는 그것은 "아픔만을 강조[하다가]~아픔을 가져오게 한 것들을 은폐하거나 신비화하게"[40] 된다. 그것은 자기 위안의 늪에 슬그머니 발을 담근다. 이성복의 시들은 아픔에서 달아나지도 않으

---

34) 김현, 앞의 글, 앞의 책, p. 44.

35) 「정든 유곽에서」, 『뒹구는 돌은 언제 잠 깨는가』, p. 14.

36) 「그리고 다시 안개가 내렸다」, 『남해 금산』, p. 19.

37) 「1959년」, 『뒹구는 돌은 언제 잠 깨는가』, p. 13.

38) 「그해 여름이 끝날 무렵」, 『뒹구는 돌은 언제 잠 깨는가』, p. 64.

39) 「1959년」, 같은 책.

40) 『뒹구는 돌은 언제 잠 깨는가』 뒤표지 글.

면서 동시에 아픔만에 빠져 있지 않으려는, 즉 회피와 죄의식을 동시에 극복하려는 노력에 바쳐진다. 첫 시집은 바로 그 감옥의 편재성과 그것의 현란한 변주를 뒤집는다. 변주라고? 아픔을 가져오게 하는 것들은 바로 아픔을 외면하거나 아픔만을 강조하는 행위에 있었기 때문에. "敵은 집이었다."[41] 우리들의 그 행위는 끊임없이 아픔을 조작하고 변용시킨다. 단, "벽제. 이별하기 어려우면 가보지 말아야 할, 벽제. 끊어진 다리"[42]를 결코 건너지 않은 채. 즉, 최후의 자기는 여전히 고수한 채. 그때 아픔을 둘러싼 우리의 부끄러움 · 연민 · 고백 · 다짐은 아픔을 가져오는 것들, 즉 '적이 나 자신'이라는 사실을 감추는 행위일 뿐이다. "假面 뒤의 얼굴은 假面이었"[43]고, "움직이는 성채"인 "소돔"은 또한 "두꺼워 가는 발바닥"[44]이었다. 첫 시집에서 다채롭게 풀려나가는 '자유연상의 이미지들의 사슬'은, 그러니까 이중적 의의를 갖고 있다. 그것은 모든 살아 있는 존재들, 사물들, 사건들 위에 덧씌워지는 아픔의 외면, 제스처, 알리바이의 현란한 변이의 굴곡들을 발가벗겨 치욕으로 전환시키는 것이며, 그것들의 다양한 변주가 동시에 두꺼워 가는 은폐라는 바로 그 점에서 그 은폐의 행위에 이용당한 존재들, 사물들, 사건들에게 자기 삶을 가질 수 있도록 길을 여는 것이다. 그 자유연상의 이미지들은 세계의, 즉 우리들의 허위를 까뒤집으면서 우리들의 감각을 일깨워 사물들, 사건들의 해방을 통해 새로운 삶의 가능성을 환기

---

41) 「금촌 가는 길」, 『뒹구는 돌은 언제 잠 깨는가』, p. 45.
42) 「벽제」, 『뒹구는 돌은 언제 잠 깨는가』, p. 60.
43) 「그해 가을」, 『뒹구는 돌은 언제 잠 깨는가』, p. 67.
44) 「소풍」, 『뒹구는 돌은 언제 잠 깨는가』, p. 29.

시킨다(그러니까 그 자유연상은 문자 그대로 자유로운 연상이라는 의미를 조금도 갖고 있지 않다. 그것은 시인에 의해 의식적으로 재구성된 하나의 구조이다. 자유연상이라는 말의 자유는 차라리 그 구조가 살아 있는 구조라는 것을 뜻한다). 그러나 그곳에는 시간이 없었다. 그곳에서 세월은 "얼어붙은 날들"[45]이었고, '나'의 "出埃及"[46]은 "밥이 法"[47]인 세상의 울타리 안으로 향해 있을 뿐이다. "나는 죽음으로 越境할 뿐"[48]이고, 죽음으로 건너간 세상은 "더럽힌 몸으로 죽어서도/시집 가는 당신의 딸, 당신의 어머니"의 세상일 뿐이다. 그때 "방마다 치욕은 녹슨 못처럼 박혀 있었다."[49] 치열한 자기 부정과 "몸도/마음도/안 아픈 나라"[50]를 향한 신음은 엇갈린다.

두번째 시집에서 시인은 흐르는 시간을 만난다. 그 시간은 그런데 미래로 열린 시간이 아니라 과거로 회귀하는 시간이다. 기억의 카타콤으로 난 시간의 길. 그 회귀의 앞에는 요단을 건널 수 없다는 깨달음이 놓여 있다.

내가 건너겠어요? 어느게 나룻배인가요? 아니예요
그건 쓰러진 누이예요 엄마, 누이가 아파요
— 「사랑 日記」 부분[51]

---

45) 「세월에 대하여」, 『뒹구는 돌은 언제 잠 깨는가』, p. 94.
46) 「出埃及」, 『뒹구는 돌은 언제 잠 깨는가』, p. 26.
47) 「밥에 대하여」, 『뒹구는 돌은 언제 잠 깨는가』, p. 93.
48) 「정든 유곽에서」, 같은 책, p. 15.
49) 「處刑」, 『뒹구는 돌은 언제 잠 깨는가』, p. 101.
50) 「다시, 정든 유곽에서」, 『뒹구는 돌은 언제 잠 깨는가』, p. 109.
51) 『뒹구는 돌은 언제 잠 깨는가』, p. 83.

나의 월경은 쓰러진 누이를 짓밟고 가는 행위에 다름 아니다. 그래서 그는 돌아간다. 우리는 앞에서, 그 회귀가 고통받는 사람들의 한복판, 진흙의 중심으로 들어가는 것이었음을 보았었다. 거기서 나는 인고-사랑을 배우고 그것을 본받아 실천한다. 그 사랑의 형식은 다른 존재를 받쳐주는 존재의 활동이다. 그때부터 두 개 이상의 존재가 한 시의 주체로 등장하게 된다. 한 존재는 지반의 자격으로, 또 하나의 존재는 일어섬의 모습으로. 혹은 한 존재는 따스한 빛 비추어주는 활동으로, 또 하나의 존재는 그 빛을 타고 펼치는 몸짓으로. 그리고 그때부터 우리는 시를 더 이상 선조적으로 읽을 수 없게 된다. 자유연상의 이미지들의 사슬은 뒤로 물러서고, 대신 서우석이 "의미 장"들이라고 말한 것에 상응할 만한 것들의 "교차적 공간"[52]이 형성된다. 그 의미장들의 교차를 가능하게 하는 것은 그것들의 "문법적·의미론적 인력"이다. 예를 들어 살펴보자.

간이식당에서 저녁을 사 먹었습니다.
늦고 헐한 저녁이 옵니다
낯선 바람이 부는 거리는 미끄럽습니다
사랑하는 사람이여, 당신이 맞은편 골목에서
문득 나를 알아볼 때까지
나는 정처 없습니다

---

52) 서우석, 「시의 내재율에 관하여」, 『우리시대의 문학』 6, 1987, pp. 236~39.

당신이 문득 나를 알아볼 때까지
나는 정처 없습니다
사방에서 새소리 번쩍이며 흘러내리고
어두워가며 몸 뒤트는 풀밭,
당신을 부르는 내 목소리
키 큰 미루나무 사이로 잎잎이 춤춥니다

— 「序詩」 전문[53]

마음의 풍경을 전하는 두 개의 담론이 있다. 하나는 늦고 헐하고 미끄러우며, 그리고 정처 없다. 다른 하나는 정처 없으며, 그리고 번쩍이고 몸 뒤틀며 춤춘다. 두 담론에는 "당신이 문득 나를 알아볼 때까지 나는 정처 없습니다"라는 문장이 똑같이 나온다. 그 문장은 두 담론에서 같은 [의미-통사론적] 기능을 하고 있다. 앞 담론에서 그것은 "간이식당에서~미끄럽습니다"의 객관화된 정경 묘사에 대한 주관적 진술이며, 뒷 담론에서 그것은 "사방에서~춤춥니다"의 객관화되는 정경 묘사에 대한 주관적 진술이다. 두 담론의 각 정경 묘사는 문법적으로 거의 유사한 통사론적 구조를 가지고 있으나, 의미론적으로 그 분위기는 정반대이며, 또한 의미론적으로 앞의 것이 과거에서 근접미래에까지 걸쳐져 있다면("사 먹었습니다"→"옵니다"), 뒤의 것은 현재에서 미래까지 걸쳐져 있다("당신을 부르는 내 목소리"). 앞의 근접미래는 확정된 미래이므로 사실상 현재의 연장에 불과하며, 뒤의 미래는 부정(不定)형 진

---

53) 『남해 금산』, p. 11.

술, 즉 비시제적 진술 속에 포함되어 있어서 시간 초월이 현재화되어 있는 형국이다. 시간만 다른 것이 아니다. 공간적으로도 '간이 식당'이라는 지리적 한 점의 장소는 '사방'으로 넓혀진다. 또 거기에 묘사되는 사물들을 보라. 1연의 저녁, 거리는 2연의 새 소리, 풀밭과 마찬가지로 주어지만 1연의 그것들은 그 동작이 나에게 지각되는, 따라서 나의 입장에서는 나의 밖에 있는 대상들이다. 그에 비해 2연의 사물들은 문법적으로 주어이면서 동시에 나의 입장에서도 내가 그와 하나인 주체들이다. 나는 어느새 키 큰 미루나무와 한 몸이어서 당신을 부르는 내 목소리는 그 사이로 잎잎이 춤춘다.

그러니까 두 담론 사이에는 아주 큰 변화가 발생한 셈인데 그 변화를 매개해주고 있는 것이 바로 "당신이~나를~정처 없습니다"의 주관적 진술이다. 하지만 어떤 것이 서로 다른 두 개를 연결해주려면 그것 자체에 변화가 발생되어야 한다. 변화의 매개 도구는 그가 변화시키는 것에 영향을 받아서 그 스스로 변화한다. "당신이~정처 없습니다"는 두 담론에 어사 하나 틀리지 않고 똑같이 나오지만 그러나 다른 방식으로 나온다.

1연: 〔사랑하는 사람이여.〕 당신이 〔맞은편 골목에서〕/문득 나를 알아볼 때까지/나는 정처 없습니다

2연: 당신이 문득 나를 알아볼 때까지/나는 정처 없습니다

1연에서 "당신이~/문득 나를 알아볼 때까지"는 2행으로 쪼개져 있다. 나누어진 그만큼 다른 것들이 덧붙어 있다. 문득 솟아오르는

고양된 목소리, "사랑하는 사람이여"는 당신을 만나지 못하는 나의 슬픔이 억제되지 못하고 가슴 밖으로 터져 나와 물질화된 것이다. 물질화된 그것은 퍼져 문장 전체에 스며들면서 나와 당신 사이를 단절의 분위기로 물들인다. "맞은편 골목에서"의 '맞은편'도 그 단절을 '골목'도 당신의 숨어 있음을 환기한다. '당신이 문득 나를 알아볼 때까지'라는 하나의 구문은 '사랑하는 당신은, 맞은편 골목에 (숨어계시다)'라는 구문에 의해서 지배되고 있다. 따라서 1연에서의 "당신이~/문득 나를 알아볼 때까지"는 '당신은 나를 알아보지 못한다'에 '나는 당신이 나를 알아보길 몹시 원한다'가 더해져서 만들어진 것이며, "나는 정처 없습니다"는 당신을 만나지 못하는 나의 막막한 슬픔과 방황을 의미한다. 그에 비해 2연에서는 당신에 대한 의식의 집착을 제거한다. 당신은 모습이 사라지고 동작만이 남는다. 그리고 그러자 "당신이 문득 나를 알아볼 때까지"에서 강조되는 것은 1연과 달리 '당신은 나를 알아볼 것이다'라는 당신의 잠재된 동작이고, 그때 "나는 정처 없습니다"는 당신의 나를 알아보는 동작이 일어날 때까지 내가 그 알아봄에 합당하기 위해 행해야 할 무한한 동작들의 가능성을 환기한다. 그것의 의미는 이제 막막한 슬픔이 아니라, 특정의 장소, 사물에 집착함 없이 당신을 온갖 모습으로 도처로 찾아다니는 동작의 활기이다.

두 담론을 매개하는 하나의 동일한 구문은 두 담론 각각에 다른 방식으로 쬐어져 의미의 공간을 변형시키고 다양한 의미의 모양들을 연출·생산해내는 빛기둥이다. 그 빛기둥은 또 보았듯이, 각각의 담론에서 다른 의미의 빛기둥들과 중첩되어 더욱 복합적인 공간을 만들어낸다. 두번째 시집에 와서 이제 시는 더 이상 한 서정적 자아의 마음의 공간만인 것이 아니다. 거기에는 둘 이상의 존재의 교차가 생성되고 연출된다. 그것은 부르주아 사회의 완강한 언어적 논리, 선조적 단일성을 넘어서 새로운 유형의 언어적 관계, 그 자신 둘 이상의 담론의 교차로 이루어져 둘 이상의 방향과 둘 이상의 방식의 시 읽기를 요구하는 시적 형태를 만들어낸다.

5

『남해 금산』은 그 자신의 막을 내리고 '연애시'의 막을 올린다. 이미 보았듯, 그 이동에는 당신을 받쳐주는 나의 행위가 거꾸로 당신을 구속하고 있다는 각성이 끼어들어 있다. 그 구속은 형태적으로는 두 의미장의 분리—상관성으로 드러난다. 주제적 차원에서의 '홀로 진행되는 증여'의 형식처럼 언어적 차원에서도 나와 당신, 혹은 세계 사이의 복수의 언어체들이 하나의 진술 형식에 의해 감싸여진다. "~한다"의 기술체, "~합니다"의 진술체, "~하세요"라는 회원체, "~한가"라는 물음체 등의 어느 하나가 저마다의 시에서 다른 언어체들을 실어 나른다. 실어 나르는 것과 실리는 것들 사이에는 일종의 층위적 구별이 있다. 그 층위적 구별을 하나의 공통 공간에 옮겨놓을 때 그것은 궁극적으로 말과 침묵 사이의 구별이 된다. 주제적 차원에서 "사랑하는 어머니 말이 없으"신 것처럼, 언어적 차원에서도 시를 이끌어가는 한 단성의 언어의 입장에서 다른 언어체들은 소리 없는 언어들로 존재한다.

방금 분석해본 「序詩」는 『남해 금산』에서 형태적으로 가장 진보된 시 중의 하나에 속한다. 그것은 두 의미장의 교차라는 새로운 시 형태가 그 내부에서 그 자신의 갱신을 보여주고 있기 때문이다. 1연에서 이미 두 의미장의 교차가 이루어져 있었다. 그런데 그것은 한 매개 구문을 통해 새로운 의미장의 교차로 건너간다. 한 평면에 두 개의 교차 구조가 겹친다. 그뿐이 아니다. 그 변화를 매개하는 구문 자체가 분화되어 교차한다. 그 점에서 「序詩」의 교차 구조는 다형적이고 중층적이다. 그러나 그럼에도 그 교차 구조들 내에 세워진 하나의 질서에 시인은 불만을 느꼈을 법하다. 가령 '당신이 나를 알아보는 행위'는 "당신을 부르는 내 목소리" 위에 겹쳐 놓여진다. 그 잠재태적 동작은 내 목소리에 받쳐져 문득 출현할 것인데, 그 가능한 모양은 '내 목소리'에 어느 정도 일정하게 규제되어 있다. 아마 시인은 그 일정한 규제성은 나와 당신의 만남을 하나로 단일화시키는 것은 아닐까. 주제적 차원에서 "사랑의 의무는 사랑의 소실에 다름 아니며, 사랑의 습관은 사랑의 모독"이듯이 언어의 차원에서도 한 언어체의 주도주의는 다른 언어체의 "푸른 깃털을 도려내"는 칼날을 버릴 수도 있는 것인지 모른다.

그리고 '연애시'들이 씌어진다. '연애시'에서도 역시 복수의 의미장들의 교차 구조가 나타난다. 그러나 그 구조의 보다 속 깊은 곳에서는 큰 변화가 생성되고 있다. 그 변화는 우선 그 교차 구조를 마지막까지 가두고 있는 단일한 형식을 벗겨내는 것에서 시작된다. 이제 두 개의 동작, 두 개의 소리가 동시적으로 함께 출현한다. 그렇다고 시들이 대화 구문으로 이루어져 있다는 것은 아니다. 여전히 겉모습은 한 서정적 자아의 마음의 드러냄이다. 그러나 앞에서 역시 보았듯, 나의 발언은 나를 향해 있지 않고 당신에 대해 있다. 나의 당신 떠나는 행위는 내가 떠난 뒤의 당신의 행위에 의해서 그 바른 의미를 부여받는다. 내가 잣는 상상의 직물 속에 새겨진 당신은 어느새 살아 움직여 새 무늬를 새기고 천의 모양새를 바꾼다. 두 목소리는 그러니까 단순히 공존하고 있는 것만이 아니다. 그것들은 밖의 상대방을 제 안에 두고 있는, 서로 가로질러져 있는 자장들이다. 이 두 목소리의 동시적 출현을 가장 명시적으로 드러내는 것은 '연애시'의 서간적 형식이다. 지금까지 씌어진 거의 모든 시가 당신에 대한 소식 건넴과 안부 물음의 형식으로 이루어져 있다. '연애시'는 당신을 떠나 방랑하는 내가 "바람 부는 낯선 거리에서" 쓰는 "짧은 편지"(「편지 1」[54])들이다. 그 편지들은 상대방의 미래의 편지가 건네는 말에 답하는 편지들이다. 그것들은 서로 상대가 멀리 떨어져 있어서 더욱 자기 마음 깊은 곳을 메아리치는 소리 빔들이다.

　　이별의 거울 속에 우리는 서로를 바꾸었습니다 당신이 나를 떠나면 떠나는 것은 당신이 아니라 나입니다 그리고 내게는 당신이 남습니다 당신이 슬퍼하시기에 이별인 줄 알았습니다 그렇지 않았던들 우리가 하나 되었겠습니까

　　　　　　　　　　　　　　　　　　　　　　　　　　　—「이별」 부분

　여기서 우리는 '연애시'의 두번째 형태를 만난다. 그 연애는 의도적으로 멀어지는 연애라는 것이 그것이다. 나는 "아직 서해엔

---

54) 이 시는 시집 『그 여름의 끝』에 「편지 2」로 제목이 바뀌어 수록돼 있다.

가보지 않았습니다/어쩌면 당신이 거기 계실지 모르겠기에"(「아직
서해엔」)라고 말하며, "내가 멀어지면 쓰르라미 울음 소리 눈부십
디다/여름날 해거름 쓰르라미 울음 소리 귀를 찢었습니다"(「숲속
에서」)라고 이별의 눈부심을 찬미한다. 만남은 지연되고 이별은 더
욱 길어진다. 왜? '내'가 서해에 가지 않는 것은 "당신이 계실 자리
를 위해/가보지 않은 곳을 남겨두어야 할까"보다는 생각에서이며,
내가 "애써 마음먹"어 쓰르라미 잡지 않는 것은 "쓰르라미 잡히면
숲이 잡혀 숨죽이고/은밀한 나의 기쁨 끝"나는 것을 원치 않기 때
문이다. 혹시 그것은 이별을 즐기는 것은 아닐까? 아니다. 나는 그
이별이 아주 고통스런 것임을 알고 있다. "그대와 나의 길은/통곡
이었"(「길」)으며, 쓰르라미의 울음소리는 내 "귀를 찢"는다. 그런
데도 고통을 늘리고 증폭시키고 "연뿌리보다 질기고 뼛센 상처"를
캔다(「만남」). '연애시'의 세계는 상처를 더욱 덧나게 하는 세계이
다. 왜? "얼어 붙은 우리 슬픔 갈 곳 없어도/저 푸르름 속에 우리
슬픔 내다버릴 수 없"(「애가」)기 때문에. 상처를 더욱 덧나게 하는
것은 그것을 얼어붙게 하지 않고, 내다 버리지도 않기 위해서이다.
우리는 초기부터 이성복의 시를 끌고 갔던 하나의 의지, 회피와 죄
의식의 함정을 동시에 벗어나려는 의지가 다시 변주되고 있음을
본다. 처음에 그 의지는 치열한 반성적 해부를 낳았었다. 다음 그
것은 고통의 자리 한복판으로 가게 했었다. 앞의 것은, 그러나 시
간을 낳지 못했고, 고통의 온몸을 사랑으로 감쌀 수 있게 한 뒤의
것은, 그러나 구속의 끈을 꿰었다. 그 두 세계의 성취와 한계를 거
친 시인이 나갈 곳은 어디일까? 바로, 고통으로 하여금 스스로 살
아가게 하는 것. 슬픔을 얼어붙게 방치하지도, 푸르름 속에 내다

버리지도 않고, 슬픔 자체를 "불붙은 그대 눈동자"(「정선에서」)로 만들고, 아픔 자체를 "푸른 상처"로 변화시키는 것이다. 이별은 더욱 지연되고 상처는 아프게 캐진다. 그때 '연애시' 안의 존재들은 "관 뚜껑을 미는 힘으로 나는 하늘을 바라본다"(「아주 흐린 날의 기억」).

'연애시'의 첫째 구조는 복수 존재의 기댐 없는 교직이라고 할 만하고, 그것의 두번째 구조는 그것들의 멀어짐이라고 할 수 있다. 연애시에서 존재들은 서로를 안에 넣으면서 동시에 한없이 밖으로 내민다. 외형적으로 그것은 모순이다. 그 모순은 어떻게 새로운 삶의 생산으로 나갈 수 있는 것일까. 그 비밀은 밖으로의 멀어짐이 곧 안의 드넓힘이라는 것, 그러니까 그 밖은 가두리라는 것에 있다.

우리는 앞에서 『남해 금산』 역시 '지연의 절차'라는 것을 포함하고 있음을 보았었다. 『남해 금산』은 죽음·소멸의 수락 위에서 죽음·소멸을 지연시킨다. 그 지연은 '빛나는 정지'를 이루고 그 정지를 통해 '나'는 고통받는 사람들의 삶의 한복판으로 들어간다. 그 지연은 진흙의 중심 속에 들어가기 위한 방법적 절차이다. '연애시'에서 지연은 존재들의 삶 그 자체이다. '나'는 사랑이 구속으로 변질되는 것을 막기 위해 '당신'을 떠난다. 그 떠남은, 그러나 당신을 잊는 떠남이 아니라, 당신과 함께 있기 위한 떠남이다. 내 떠날 때 나에게 남는 것은 내가 아니라, 당신이다. 그러므로 나의 떠남은 내 안의 당신이 더욱 넓이를 넓히는 떠남이다. 그때 그 떠남에서 초점에 놓이는 것은 헤어짐이 아니라, '헤어져 가다'라는 동사이다.

사랑하는 사람이여,
하마 멀리 가지 마셔요

—「편지 1」 부분

"하마 멀리 가지 마셔요"의 '하마'가 '이미'라는 뜻이라면, 그것은 나와 당신의 멀리 떨어짐이 움직일 수 없는 격리가 아니라, 멀어져가는 진행형으로 존재한다는 것을 의미한다. '연애시'에서 가장 빈번히 등장하는 두 개의 동사, '가다'와 '보다'는 바로 그 진행형으로서의 이별, 즉 만남의 지연을 구체화하는 어사들이다.

겁에 질려 눈을 씻고 들여다보니 그것들은 자취도 없고 가슴속에 털투성이 오만 잡것들이 조용히, 조용히 꿈틀거리는 소리 들렸습니다

—「易傳」 부분

내 아주 가까운 곳에 당신을 보았고 당신 계셨던 자리에 누워도 보았습니다

—「물고기」 부분

어디라고 갈 곳이 내키지 않아 기차가 떠난 자리를 서성거리면 기차는 아득히 멀어져갈 뿐 끝내 사라지지 않는다

—「기차」 부분

그대가 있기에 나는 갑니다
나의 주위에 얼음판 위로

미끄러지는 사내 여럿 있습니다.

—「운명」 부분

    무작위로 뽑아본 위 예문들에서 '가다' '보다'는 동작동사라기보다는 차라리 제어사들이다. 그것들은 행위의 재빠른 미끄러짐, 공포를 멈추게 하고 새 삶의 구성을 가능하게 한다. 그 새 삶은 '나'의 삶이 아니라, 당신의 삶이다(나 떠나면, 나에게 남는 것은 당신이니까). 따라서 그 제어사들은 나의 동작을 지연시킬 뿐 아니라, 나를 비우고 내 안에 당신을 채운다. 그것들이 진행되면 될수록 내 안의 당신은 더욱 커진다. 나의 행위 속에 중심은 없다. 나의 행위 속에 나는 탈중심화된다. 그런데 이 지연의 행위들이 '연애시'의 존재들의 삶 그 자체이다. 나의 당신 떠나는 행위는, 그렇다면 당신의 가두리를 넓히는 행위이다. 이별은 안팎을 만들지 않고 끊임없이 깊고 너른 것이 되는 가와 속을 이루어낸다.

    그리고 그때 비로소 복수적 존재들의 평등한 교류가 생성된다. 당신의 행위는 그만큼 내가 채워야 할 행동의 몫을 증가시키고, 나의 행위 역시 당신에 대해 마찬가지이기 때문이다. 그래서 이런 시구가 가능하게 된다.

    꽃핀 나무들만 괴로운 줄 알았지요
    꽃 안 핀 나무들은 설워하더이다

—「편지」 부분

    타인의 괴로움은 나의 연민 혹은 쾌감 혹은 치욕을 불러일으키는 것이 아니다. 그 괴로움은 그만큼 나의 괴로움을 만들어낸다. 즉, 내가 해야 할 몫을 생산한다. '연애시'에 와서, 우리가 "가담하지 않아도 창피한"[55] 이 세상의 비극은 더 이상 도피와 죄의식의 대상이 아니라, 교류해야 할 사건이 된다.

*

나는 이성복의 '연애시'가 흔히 우리의 전통적 서정시라고 불리는 것들, 특히 만해의 시의 연장선상에 있음을 분석하고 싶었지만 유보했다. 언젠가 소월에서부터 오늘의 시에까지 이르는 한국시의 리듬을 총체적으로 해명하는 작업이 있어야 할 것이다. 21세기 첫 10년의 후반기에서부터 한국시의 리듬에 대한 50여 년의 편견이 붕괴되고 있는 중이다. 완전히 새로운 관점에서 한국시의 운율사가 구성될 날이 올 것이다.

나는 이 글에서 '연애시'의 시발에 대해 이야기했을 뿐이다. 이 글의 초점은 『남해 금산』과 '연애시' 사이에 있지, '연애시'에 있지 않다. 이성복은 연애시를 모은 『그 여름의 끝』 이후, 아주 다른 길로 자신의 시를 끌고 갔다. 그럼에도 불구하고 저 '연애시'와 오늘의 『래여애반다라』 사이에는 분명한 연결선이 존재한다. 그 변화를 추적하는 작업이 있어야 할 것이다.

마지막으로 이 글이 씌어진 시점의 눈으로 지금까지의 논의를 요약하기로 한다.

---

55) 「그리고 다시 안개가 내렸다」, 『남해 금산』, p. 19.

1) 이성복 시의 심층적 동인은 현대 한국인들이 현대사 속에서 떠맡아야만 하는 문제, 즉 우리의 가담으로 발생하지 않은 우리의 치욕을 어떻게 극복할 것인가의 문제를 정직하게 맞서겠다는 의지이다. '연애시'는 회피와 죄의식과 맹목적 분노에 동시에 빠지지 않으면서 '거친 몸'을 이끌고 갈 수 있는 가장 먼 길 중의 하나를 보여준다.

2) 이성복 시의 형태적 변모 과정은 자본주의 사회에서의 언어, 시 장르, 문학의 구조 일반에 대한 대안의 성격을 띠고 있다. 그것은 언어의 선조성, 시 장르의 자아 중심주의, 문학의 자아/세계의 대결 구조를 해체하고 새로운 유형과 방식들에 대한 가능성을 띄운다. 그 가능성의 초점은 탈중심의 상관성이라는 이름을 붙일 만하다.

〔1989〕

그의 시를 풍요하게 읽자
── 이성복의 「제대병」[1]을 중심으로

1

　이성복의 시는 돌올한 상상력과 뜻밖의 변모로 계속 주목을 끌어왔다. 1977년 처음 발표되면서부터 풍요한 자유연상의 이미지들로 사람들을 놀라게 한 그의 시는 두번째 시집 『남해 금산』에서 문득 뜨거운 사랑의 "빛나는 정지"를 보여줌으로써 많은 독자를 감동시켰고, 그것이 한 시대의 시적 절정으로서 이해되고 있을 때, 이미 그는 자연스럽게 '연애시'라는 새로운 세계로 접어들고 있었다. 시집의 제목이 달라질 때마다 성큼 이루어진 그의 시적 변모는 그것이 소재나 형식의 변모 이상의 것이었다는 점에서 더욱 '음미의 바닥 모를 단지'로 탐구될 만했다. 그가 때론 현란하게 때론 그윽하게 그려 보여준 시의 세상은 해석의 무한한 지평 위에 펼쳐진 사건이며 풍경이었다. 이성복의 시는 "개인적인 사적 차원에서뿐만 아니라 보편적인 공적 차원에서 되풀이 물어볼 수 있게끔 그것

---

1) 이성복, 『뒹구는 돌은 언제 잠 깨는가』, 문학과지성사, 1980.

의 의미를 크게 확산시킨다"[2]는 진술은 그것을 두고 한 말이다. 그 의미의 확산은, 사적인 것과 공적인 것 사이에서만 일어나는 것이 아니라, 모든 범주의 이항 사이에서 폭넓게 물결친다. 가령, 그것은 사회적 차원과 존재론적 차원 사이에 놓인 울타리를 또한 넘나든다. 나는 한 편의 시를 재료로 그것을 비교적 자세히 분석해보고자 한다. 분석에 설득력이 있다면, 독자들은 이성복의 풍요한 시들을 정말 풍요하게 읽을 가능성을 시사 받을 수 있을 것이다.

2

아직도 나는 지나가는 海軍 찝차를 보면 경례! 붙이고 싶어진다
그런 날에는 페루를 向해 죽으러 가는 새들의 날개의 아픔을
나는 느낀다 그렇다, 무덤 위에 할미꽃 피듯이 내 記憶 속에
송이버섯 돋는 날이 있다 그런 날이면 내 아는 사람이
죽었다는 소식이 오기도 한다 순지가 죽었대, 순지가!
그러면 나도 나직이 중얼거린다 순, 지, 는, 죽, 었, 다
　　　　　　　　　　　　　　　　　　　　　—「제대병」 전문

이 시의 첫 행은 한국의 남성들에게 상존하는 '군대 강박관념'을 희화적으로 보여주며, 둘째 행은 새들의 집단적 죽음 의례를 그린다. 첫 행이 사회적 억압 구조를 겨냥하고 있다면(우리 사회에서

---

2) 김현, 「치욕의 시적 변용」, 『분석과 해석』, 문학과지성사, 1988.

그곳은 이곳의 관료적 질서의 모형이 아닌가), 둘째 행은 모든 산 존재들의 운명적 몸짓을 상기시킨다("짐승도 죽을 때는 고향 쪽으로 머리를 눕힌다"). 이 두 행의 내용은 거의 무관한데, 그러나 동일한 형태의 행위가 끼어 그 둘을 잠재적인 긴장 관계 속에 놓는다. 그 동일한 형태는 관성이다. 첫 행의 그것은 복종이 습관화됨으로써 생겨난 관성이며, 둘째 행의 관성은 유전적 형질로 인각된 관성이다. 그것들은 모두 체화된 행위들이다. 하지만 그 동일성의 바탕이 곧바로 두 행의 의미론적 동일성을 이끌어내는 것은 아니다. 다시 말해 찝차를 보고 손이 올라가는 것이나, 먼 곳으로 부러 죽으러 가는 일이 모두 어처구니없고 허망한 일이 아니라는 것이다. 우리가 두 행의 동일성을 알아차릴 때, 동시에 보게 되는 것은 본래 무관했던 두 행 사이에 수립되는 대립과 긴장이다. 첫 행의 '나'의 행위는 어떻게든 살고 싶다는 욕구로부터 나오며, 둘째 행의 '새들'의 행위는 숙명의 수락으로 비친다. 굴종의 관습은 생존의 욕구를 구실로 하고 있으며, 집단적 의례는 죽음을 향해 간다. 첫 행의 '나'의 굴종/생존의 도식은 둘째 행의 새들의 운명에 비추어져 문득 진한 부끄러움을 수반하게 되며, 둘째 행의 새들의 숙명적 몸짓은 부끄러운 나의 의식에 비추어져 비장감을 동반하며 나의 의식 속으로 틈입한다. 그것은 나의 의식을 찌른다. 아니다, 그것은 나의 의식을 연다. 첫 행의 인간의 어처구니없는 행위에 비해 너무도 비장한 둘째 행의 짐승의 몸짓은 이번엔 거꾸로 첫 행의 '나'의 행위의 자동성을 유예시키는 한편, 그 유예된 의식이 다시 둘째 행의 새들의 행위를 바라보는 순간 그는 어떤 새로운 가능성에 눈을 뜬다. 그러한 상호성의 움직임을 수렴하고 있는 것이 첫 행의 마지막 어휘인 '싶어진다'와 둘째 행에서 행갈이된 셋째 행의 "나는 느끼다"의 '느끼다'라는 두 동사이다. '싶어진다'의 네 음절의 단어는 그것이 씌어지는(혹은 읽혀지는) 동안의 시간적 길이를 통해 행위의 자연적 진행을 지연시킨다. 그것은 다음과 같은 단계적인 과정을 함축하고 있다. ① '경례를 붙인다' → ② '붙이고 싶다' → ③ '붙이고 싶어진다.' ①과 ② 사이에서 손을 올리는 실제적인 동작은 심리적 충동으로 바뀌며, ②와 ③ 사이에서 일어난 단순한 두 음절의 첨가는, 오스틴의 용어를 빌리자면, ②의 수행적performatif 언어를 ③의 확언적constatif 언어로 바꾸어준다. 즉 말의 기능이 바뀌어, 주관적 마음의 움직임이 숙고될 대상으로 새롭게 드러난다. 현실은 가상이 되고, 진술은 이야기가 되는 것이다. ①과 ② 사이에서: 현실이 가상화됨으로써, 그것은 이미 저질러져서 돌이킬 수 없는 사건이 아니라, 있을 수 있는 여러 가지 동작 중의 하나, 아직 선회가 가능한 미정의 움직임이 된다. 그러나 그것은 변명의 구실이 될 수 있다. '손이 올라가려 했지만, 경례를 하지는 않았다'는 변명 말이다. 따라서 그것의 미정성은 부정적이기도 하고 긍정적이기도 하다. ②와 ③ 사이에서: 이곳에서 앞의 막연한 미정성이 새로운 가능성으로 바뀐다. ③의 '싶어진다'를, ②의 '싶다'를 하나의 식으로 해서, 인수분해하면 다음과 같다:

가) 나는 경례를 붙이고 싶다;

나) 나는 그러한 마음의 움직임이 나도 모르게 일어나는 것을 느끼다.

가)가 주관적 진술이라면, 나)는 그 주관적 진술을 객관화한다. 그것은 마음의 급박한 움직임을 느리게 펼쳐지는 풍경으로 변화시키면서, 외부적 사건으로 만드는 한편, 그 사이에 시간적·공간적 넓이를 부여한다. 그럼으로써 그것은 가)의 미정된 움직임을 공적 토론의 지평 위에 올려놓는다. 확언적 언어, 즉 이야기는 항상 복수의 대화자를 전제로 하는 것이다. 이 시에서 그 대화자는 시인의 여러 분신(공간적 넓이 속의 참여자들)일 수도 있으며, 화자와 독자들(시간적 넓이 속의 참여자들)일 수도 있다. 시인의 여러 분신이 이야기 참여자들일 때 첫 행의 유예된 행위는 자기반성으로 나아갈 수 있으며, 화자와 독자들이 그들일 때 그것은 그 동작의 희화화와 함께, 그것의 바탕을 이루고 있는 억압적 사회질서에 대한 풍자, 혹은 성찰의 길을 연다.

이 반성과 풍자, 혹은 성찰의 길이 열림으로써 둘째 행의 새들의 날아감에 변화가 일어난다. 죽으러 가는 새들의 본능적 움직임에서 '나'는 문득, 오래 쉬지 못했을 날개를 본다. 그것은 새들의 죽음으로의 움직임이 그냥 일어나는 것이 아님을 알려준다. 그 사이에 얼마나 고단한 삶의 여정들이 개재해 있을 것인가? 첫 행의 굴종의 관성이 생존의 욕구를 구실로 하고 있는 것과 마찬가지로, 그들의 죽음으로의 길 또한 눈물겨운 삶의 몸짓들을 동반하고 있는 것이다. 그렇다면 그들의 죽음 의식은 삶의 완성이 또한 아니겠는가? 그리고 다시 그렇다면, 끊임없이 되풀이되는 죽으러 가는 행위는 곧 삶의 끊임없는 재생의 몸짓이 아니겠는가? "나는 느낀다"가 행갈이되어 다음 행으로 넘어간 이유가, 그리고 이어져 나오는 "그렇다"라는 긍정적 탄성이 돌발적으로 솟아나온 이유가 거기에 있을 것이다. 첫 행의 '싫어진다'가, 이미 분해해본 것처럼, '싫다'+'느낀다'라면, 첫 문장과 둘째 문장의 내용은 모두 지각이다. 그러나 첫 문장의 그것은 증상을 뜻하며, 둘째 문장의 지각은 예감을 몸으로 갖는다. 그것은 첫 문장이 느끼게 해준 아픔, 다시 말해 첫 문장으로 열린, 반성과 풍자 혹은 성찰이라는 부정의 정신을 새로운 삶을 향한 긍정의 회로 속으로 유입시킨다. 그러니 새로운 출발이며, 그러니 새로운 행으로 다시 시작하지 않을 수 없다.

　3~4행에 걸친 "무덤 위에 할미꽃 피듯이 내 記憶 속에/송이버섯 돋는 날이 있다"는 바로 앞의 "그렇다"의 풀이이며, 따라서 앞두 행에서 환기된 것의 늘임이다. "무덤 위에 할미꽃 피듯이"는 "페루를 向해 죽으러 가는 새들의 날개의 아픔"이 새로운 삶을 향해 열려 있다는 것의 확인이며, "내 記憶 속에/송이버섯 돋는 날이 있다"는 군대 시절에 대한 내 끔찍한 기억으로부터, 그래서 "아직도 〔……〕 지나가는 海軍 찝차를 보면 경례! 붙이고 싶어"지는 마음으로부터 이젠 탈출할 수 있다는 것의 확인이다. 그것은 따라서 앞부분의 되풀이인데, 그러나 또한 되풀이 이상이다. 그것에 촉매 역할을 하는 것은 '할미꽃'과 '송이버섯'이라는 두 이미지이다. 무덤 위의 할미꽃은 죽으러 가는 새들의 날갯짓과 적절하게 화응하는 이미지이다. 우선, 무덤 위의 꽃의 이미지는 곧, 죽음 속에 새 삶의 탄생이 있다는 것의 물질적 번역이다. 다음, 그 꽃이 할미꽃이라는 것은 무엇인가? 어휘상으로는 그것은 새들의 죽음 의식이 끊임없이 되풀이되는 아주 오래된 것임에 상응하여, 오래됨의 의미를 방사하지만 그것만으로는 충분한 해석이 못된다. 무엇보다도 그것이 '할미꽃 이야기'의 할미꽃임을 한국 독자라면 누구나 알아

차리리라. 그것은 할미의 오랜 정성과 가혹한 박대, 그리고 두 딸 사이에 놓인 그 고단한 길과, 그 오랜 고난이 삭고 익어 발효된 원망을 모두 함축하고 있다. 할미꽃의 이미지의 기능은, 그러나 이러한 해석학적인 차원에만 그치지 않는다. 죽으러 가는 새들의 행위라는 과학적 층위의 이야기가 나의 의식을 통해 심리적 층위로 수렴되어 죽음＝삶이라는 실존적 의미를 부여받았다면, 할미꽃의 이미지는 그것을 설화적 층위 밑으로 깊이 가라앉힌다. 다시 말해 한국인의 집단 무의식의 바탕으로 침잠시킨다. 그럼으로써 그것은 반복되는 일회적 사건을 뿌리 깊은 내력으로 바꾸며, 사람들 모두가 동참하여 발전시킬 집단적 가능성의 역사에 연결시킨다. 그렇다면 '송이버섯'은 무슨 역할을 하는 것일까? 우선, '송이버섯'이라는 이미지를 의미론적으로 해석할 필요가 있을 것이다. 그것의 '버섯'은 부패 속에서 솟아나는 생명을, 그 버섯이 '송이버섯'이라는 것은 그 생명이 유익한 생명이라는 것을 명쾌하게 환기한다. 그러니까 "내 記憶 속에/송이버섯 돋는 날이 있다"는 '나는 나를 썩고 곪게 하는 끔찍한 기억 속에서, 그러나 그것을 양분으로 새로운 존재의 증진을 이룩할 가능성을 획득한다'는 말의 물질적 번역이다. 다음, 그러나 그것 또한 해석학적 차원을 넘어선다. 그것은 우리의 문화적 체험 속에서 전혀 새로운 이미지로 나타난 것이다. 그것은 하나의 발명이며, 따라서 할미꽃 이미지의 전통성과 대비되어 시를 역동적인 긴장 관계 속에 넣는다. 이 짧은 시 안에 가장 오래된 것과 전혀 새로운 것이, 가장 집단적인 힘과 가장 개인적인 운동이 동시에 함께 살아 움직이는 것이다. 그것은 깊게 넓게 가라앉으며, 신선하게 돋아난다. 전자의 밑받침은 후자가 허망한 일탈로 떨어져 나가는 것을 제어하며, 후자의 도약은 전자가 푸석한 화석으로 변질되는 것을 막는다.

4행에서 끝까지에 걸친 나머지 뒷부분은 앞에서 마련된 예감과 인식의 실천이다. 통사론적으로 보자면, 이 세 개의 시퀀스, 예감/이해/실천의 단계적 증진을 나누는 시간적 표지는 2행 첫머리의 "그런 날에는"과 4행 중간의 "그런 날이면"이다. 그 두 개의 '그런 날'은 각각 3행의 "나는 느낀다 그렇다"와 6행의 "그러면 나도 나직이 중얼거린다"를 결과로 가지고 있다. '그런' '그렇다' '그러면'은 모두 대리 형용사, 대리 부사들이다. 그것들은 일반성을 함축한다. 우선, '그렇다'와 '그러면': "나는 느낀다 그렇다"는 구체성으로부터 일반성으로의 이행을 보여주며, "그러면 나도 나직이 중얼거린다"는 일반성으로부터 구체성으로의 이행을 보여준다. 그 두 연결 고리를 통해 이 짧은 시가 독특한 반전들로 가득 차 있다는 것을 우리는 알 수 있다. 크게 보자면, 이 시는 "무덤 위에 할미꽃 피듯이 내 記憶 속에/송이버섯 돋는 날이 있다"를 돌쩌귀로 예감의 방으로부터 실천의 장으로 나아감을 보여준다(덧붙이자면 이 세 개의 시퀀스 길이의 비율, 그리고 두번째 시퀀스가 첫번째 시퀀스가 끝나는 행의 중간에서 시작되어 세번째 시퀀스가 시작되는 행 중간에서 끝난다는 것도 두번째 시퀀스가 두 반전 대칭의 돌쩌귀라는 것을 알려준다). 작게 보자면 "그렇다"가 죽음·삶의 반전의 축이 되고 있다면, "그러면" 역시 실천의 반전의 계기가 되고 있다. '순지'가 죽었다는 소식은 나의 군대 기억처럼 끔찍하고, 페루를 향해 굳이 아프게 날갯짓하는 새들을 알았을 때처럼 놀라운 소식이지만, 그러나 나는 그 충격을 외면하지도, 주체하지 못하지도 않는다. 나는 그것을 천천히, 나직이 한 음절 한 음절 떼어 발음한다. 나는 죽음 속에서 새 삶을 피워낼 수 있다는 깨달음을 얻었으며, 따라서 그 충격적인 소식은 찬찬히 의미 부여가 되어야 하기 때문이다. 이 반전들이 이 짧은 시를 자동적으로 읽는 것을 방해하고 보다 생기있게 교차적으로 읽도록 유도한다. 바로 그것 때문에 그것은 문학 자체의 반전성을 또한 포함하고 있다. 문학이 줄글로 이루어진다는 것, 즉 선조적으로 읽히지 않을 수 없다는 숙명을 그것은 뒤집는다. 다음, "그런 날에는" "그런 날이면"의 '그런': 그것의 일반성은 그 두 개의 시간대가 같을 수도, 다를 수도 있다는 것을 우리에게 감지케 한다. 그 시간은 오래도록 달라져 온 지속적 시간이며, 동시에 한순간의 직관의 시간이다. 시간만이 그러한가? 4행에서부터의 마지막 부분은 첫 부분에서 마련된 시간적·공간적 넓이 안에 실제로 복수의 존재들을 살게 한다. 1~3행의 앞부분의 주어는 '나'이며, 그것은 새들이라는 외적 대상의 도움을 받아 객관화된다. 반대로 4~6행의 주어는 여럿이다: 순지가 죽었대, 순지가!를 발음하는 친구, 중얼거리는 나. 그 복수의 주어들이 이번에는 주체화한다. 그 복수의 동시적 주체성을 문법적으로 가리키는 것이 "나도"의 '도'이다. 그것의 문자적인 의미는 '순지의 죽음에 친구가 놀랍게 반응하듯이, 나도 반응한다'는 것이지만, 그것의 문학적인 의미는 나의 반응은 너의 반응일 수도 있다는 것이다. 그것은 하나의 공통 공간 안에서 여럿이 반응을 나눈다는 것을 의미한다(그 "도"를 "는"으로 바꾸어 읽어보면, 쉽게 이해할 수 있을 것이다).

따라서 형태적으로 이 시는 확산의 형식을 가지고 있다. 한 주어로부터 복수 주어로의 확산: 개별 시간대로부터 일반 시간대로

의 확산…… 하지만 그 확산은 일의적인 방류의 형태를 갖고 있지
않다. 그것은 서로 다른 것들의 교차를 통해 이루어진다. 이질적인
것들의 복합적 생성이 이루어지는 것이다.

3

삶의 범주의 차원에서 이 시가 암시하고 있는 것은, 모든 것은
상관적으로 존재하며, 유일의 핵심이란 없다는 것이다. 집단적인
것과 개인적인 것, 사회적인 것과 존재론적인 것, 인간적인 것과
생명적인 것, 현실적인 것과 설화적인 것, 시간적인 것과 공간적인
것 등등의 모든 범주의 이항은 동시에 함께 있다. 그러나 그렇다고
해서 이 시가 그 구별을 무의미하다고 말하는 것은 아니다. 오히려
그 구별을 통해 이 시는 역동적으로 읽히며, 그 서로 다른 것들의
의미의 교류에 힘입어 삶의 아픔이 극복된다는 것을 이 시는 보여
준다. 문제는 어느 하나만의 것에 대한 집착이지, 서로 다른 것들
이 있다는 것의 인식이 아니다. 이념적인 차원에서 이 시가 강조하
고 있는 것은 새 삶은 죽음 속에서, 부패 속에서 꽃피지, 난데없이
주어지지 않는다는 것이다. 김현의 말을 다시 빌리자면, 가난한 자
는 구원의 주체가 아니라, 차라리 구원이 솟아나는 자리이다. 그런
의미에서 이성복의 시는 모든 것의 교류의 공간, 반성과 실천의 다
양한 토론과 개진의 광장이다.

[1991]

망가진 이중 나선

— 김혜순의 『불쌍한 사랑 기계』

사막이란 무엇인가
이제 텅 빈 시인의 몸이
전대륙에 걸쳐 죽음을 공급하는 곳
거기 한 채의 누더기 집이 있고
걸레 커튼이 휘날리고
죽음의 모래들이 부서져 날리는 곳

부디, 이 모래들마저 들이마셔주기를[1]

태초에 비명이 있었다. 어머니의 산도를 빠져나오는 갓난아이의 그것 같은 공포가 시의 새벽에 들이닥친다. "환한 아침 속으로 들어서면 언제나 들리는 것 같은 비명." 그것은 "너무 커서 우리 귀에는 들리지 않는"(「쥐」)다. 너무 커서! 그러니까 시는 귀머거리의 발성법이다. 세상의 굉음에 고막이 터져버린 순간, 그는 비명의 내부로 들어와버렸다. 비명의 내부엔 침묵만이 있다. "한없이 질량이 나가는 어둠"과 등가인 침묵. 그러나 그는 누구인가? 이 막막한 적요 속에서 비명을 듣고 있는 그는? 분명 그는 '우리' 귀에는 들

1) 김혜순, 「너희들은 나의 블루스를 훔쳐 달아났지」, 『불쌍한 사랑 기계』, 문학과지성사, 1997. 이하 인용된 시는 모두 이 시집에 속한다.

리지 않는 그 비명을 여전히 듣고 있는 괴이한 자이다. 그러지 않으면 이 비명의 시는 씌어지지 못할 것이다. 물론 그도 우리 중의 하나이기 때문에 정말 듣지는 못한다. 비명은 환한 아침에 "아 아 아 아 흩뿌려지다가 거두어졌다." 그러나, 그럼에도 불구하고 그는 그 비명이 "언제나 들리는 것 같"다고 느낀다. 그는 우리 귀에는 들리지 않는 비명을 환청으로 듣는 자이다.

그러니까 그는 우리가 두뇌의 주름 깊은 곳에 묻어버린 태생의 근원을 기억하고 있는 자이다. 그 기억(비명)과 현재(적요) 사이에 엄청난 차이가 있기 때문에 그는 되풀이해 묻는다. 어째서 이런 '우리'가 태어나게 되었을까? 그가 끊임없이 근원을 향해 역류해가는 까닭이 여기에 있다. 그는 "단숨에 〔……〕 파충류를 거쳐 빛에 맞아 뒤집어진 풍뎅이로 역진화해 나"간다. 그는 "아직도 태어나지 않은 아이" "아직도 '내'가 아닌 아이" "그 아이에게 들어간다"(「내가 모든 등장인물인 그런 소설 3」). 그는 "베틀에 앉은 외할머니가/베틀북을 높이 들 때처럼/길〔을〕 당겨 올"(「나의 너에 대하여」)린다. 길은 워낙 연장되는 선이지만, 그는 우선 당겨 올리고 본다. 그는 선의 잠재적 무한으로부터 탈출해 그것의 수직적 근원으로 향한다. 그는 시간 여행자이며, 또한 같은 의미에서 시간 파괴자이다. 하나의 시간, 시청의 이마에서 대문자로 깜박이는 한결같은 시간의 진행을 쪼개 한 자리에서 동시다발로 돌아가게 하는 자가, 혹은 그런 광경 속의 한 단위로 끼어든 자가 시간 여행자이기 때문이다.

어찌 됐든 이 시간 여행자는, 그러나 그의 회귀를 성공적으로 수행할 수가 없다. 그의 역진화는 소망의 차원에서는 "**뼛속의 바다를**

건너/장밋빛 시대의 암술 속으로 들어"(「靑色時代」)가는 것이겠지만, 실제의 차원에서는 "마치 압핀에 꽂힌 풍뎅이처럼, 주둥이에 검은 줄을 물고 붕 붕 붕 붕 고개를 내흔"(「쥐」)드는 꼴에 처해질 뿐이기 때문이다. 서시를 계속 읽어보기로 하자.

나의 존엄성은 검은 내부, 바로 이 어둠 속에 숨어 있었나? 불을 탁 켜자 나의 지하 감옥, 그 속의 내 사랑하는 흑인이 벌벌 떨었다.
　　　　　　　　　　　　　　　　　　　　　　—「쥐」 부분

그가 회귀를 시도하자마자, 그 순간 돌발적인 차원 변동이 일어난다. 시간의 아득한 저편에 있던, 다시 말해 시간의 잠재적 길이로부터 단절되어 있던, 근원은 회귀의 작은 몸짓 하나로 곧바로 현재화되고, 그리하여 시간적 기원은 공간적 내부로 돌변해버린다. 이제 시간은 없다. 다만 영원한 현재로서의 끔찍한 나의 심연이 있을 뿐이다. 그리고 그러자 나의 심연은 내가 추적해 돌아갈 자리가 아니라, 외부의 불빛에 의해 적나라하게 발각되는 상처의 자리가 된다. 그의 "어둠 속에 불이 켜"지면, 그 안의 "내 사랑하는 흑인이 벌벌 떨"고 "창밖에서 들어오는 헤드라이트 불빛에 내 방의 상한 벽들이 부르르 떨고, 수만 개의 아픈 빛살이 웅크린 검은 얼굴의 나를 들쑤"신다. 공간적 내부는 곧바로 나의 '내적 공간'으로 다시 변한다. 나의 지하 감옥에 있던 "내 사랑하는 흑인"은 어느새 "웅크린 검은 얼굴의 나"로, 다시 말해 더 이상 내가 심리적으로 격리시켰던 또 다른 나가 아니라 나 그 자체인 존재로 변해버린다. 공포는 나의 옛 기원에 있는 것도, 나의 내면의 어느 한 구석에 있는 것이 아니다. 그것은 나의 실존이다.

김혜순 시의 첫번째 무대는 바로 이와 같은 차원 이동이 실연되는 기계극의 무대이다. 이 차원 이동을 통해 시인은 삶의 내력을 단숨에 광경으로 만들어버리고, 그리하여 의문은 졸지에 공포로 뒤바뀐다. 이 공포는 김혜순 시 우주의 도처에 편재해 있는 기저 심상이다. 그것은 "까마귀떼 달려들어 떠오른 시체를 둘러싼다/너는 위장을 가졌구나/난 뇌를 가지겠다/너 손목을 가졌지/나 발목을 묶겠다/갈가리 찢어지는 시체/품고 있으려 해도/막무가내 들춰지는 이불처럼/시체의 잠이 한 바가지 두 바가지/시체의 악몽이 낱낱이/시체의 속살이 켜켜이"[2]와 같은 도저한 잔혹성의 세계를 보여준 바 있는 이전 시집들에서 이미 깊이 각인된 것이며, 다음의 예들이 지시하듯이 사방에서 화자의 현재(①, ③, ④), 예감(②), 과거(⑤), 그리고 화자의 내면(⑥)과 외부(⑦)마저도 두루 휘몰고 있는 지배 감정이다.

① 내가 불러낸 그가 나를 마구 휘젓는다.

—「눈물 한 방울」 부분

② 갑자기 내 방안에 희디흰 말 한 마리 들어오면 어쩌나 말이 방안을 꽉 채워 들어앉으면 어쩌나 말이 그 큰 눈동자 안에 나를 집어넣고 꺼내놓지 않으면 어쩌나

—「백마」 부분

---

2) 김혜순, 「떠오른 시체」, 『우리들의 陰畵』(재판본), 문학과지성사, 1995.

③ 이미 죽은 나를 내가 오래 지켜본다.//네가 한장 한장 보도 블록을 깔았던/몸 속 길들이 터진다

―「傷寒」 부분

④ 눈뜨자

　　내 귓속에서 뛰쳐나오는 까마귀떼

　　눈알 속으로 부리를 들이미네

―「일사병」 부분

⑤ 아침에 일어나면 당신이 내 가슴의 창문을 드르륵 열고 뜨거운 모래를 마구 뿌렸었지요. 입을 열면 메마른 안개꽃이 쏟아지곤 했었잖아요?

―「너와 함께 쓴 시 2」 부분

⑥ 내 몸 속으로 또 내가 달려와서

　　마구 문을 들이받고 있나봐

　　가슴속이 폐차장이 된 거 같애

　　몸 속이 과속으로 늙는 것 같애

―「길을 주제로 한 식사 3」 부분

⑦ 손이 없는 누우는 죽은 새끼를 반은 자궁 속에, 반은 몸 밖에 매단 채 온 들판을 헤매다닌다 이 죽은 새끼를 꺼내주세요 가다간 쓰러지고 다시 쓰러진다 땡볕의 들판은 죽은 새끼를 금방 썩게 한다

―「참혹」 부분

그러나 이 감정은 자연발생적이고 수동적인 감정, 상황의 주관화된 풍경이 아니다. 이것은 의식적으로 의도된 것이며, 그런 의미에서 도도한 시적 전략이다. 나는 앞에서 이 마음의 잔혹한 풍경을 무대라고 불렀다. 그 말은 아주 맞춤한데, 왜냐하면 이 자리야말로 시인이 자신의 분신인 화자를 불러 연기케 하는 자리이기 때문이다. 보라, "나를 마구 휘젓는" 그는 "내가 불러낸 그"이며(①), 터지는 내 몸 속 길들은 "이미 죽은 나를 내가 오래 지켜본" 응시의 압력으로 터지는 것이다(③). "내 [……] 눈알 속으로 부리를 들이미"는 까마귀떼는 내가 "눈뜨자" 날아든 것들이고(④). "뜨거운 모래를 뿌"려대는 당신은 "아침에" 눈을 뜨자마자 내가 떠올리고 마는 떠나간 당신이다(⑤). 눈을 뜨지 않았다면 까마귀떼는 흔적조차 없었을 것이며, 깨어 있는 한 나는 당신을 잊을 수가 없다. 이 모든 마음의 풍경들은 그것의 발생기에게 필연적으로 조건 지어진 것이며, 그 발생기 혹은 연출자는 바로 다름 아닌 '나'다. 그러니 "내 방안에 희디힌 말 한 마리가 들어오면 어쩌나" 하는 숨 막히는 불안은 이미 나에 의해서 이미 기정사실화된다(②). 내가 불안에 떨자마자 벌써 "백마 안으로 환한 기차가 한 대 들어오고 기차에서 어두운 사람들이 내린다"(「백마」). 단순히 TV 속의 장면을 그대로 묘사한 듯이 보이고, 따라서 '나'와 전혀 무관한 듯이 보이는 ⑦마저, '시는 1인칭 진술'이라는 상식적인 정의에서가 아니라, 우리가 앞으로 보게 될 조작적 절차(외부의 내면화)에 의해 바로 나에 의해 연출된 것으로 읽히게끔 구조화되어 있다.

나는 잔혹의 풍경을 연출하는 자이며 동시에 연기자다. 이 교묘한 1인 2역은 그의 두번째 무대에 가면, "나는 내가 모든 학생인 그런 학교를 세울 수 있지. 쉰 살의 나와 예순 살의 내가 고무줄 양 끝을 잡고, 열 살의 내가 고무줄 뛰기 하는 그런 학교. 이를테면 말이야. 지금의 내가 기저귀 찬 나에게 엄마 엄마 이리 와 요것 보세요 말을 가르칠 수도 있고, 여중생인 나에게 생리대를 바르게 착용하는 법도 가르칠 수 있을 거야"(「내가 모든 등장인물인 그런 소설 1」) 하는 식의, "수많은 나와 가출해 추위에 떠는"(같은 시) 나의 수많은 분열·조합으로까지 발전한다. 아무튼 최초의 무대에서 연출자-나는 온 세상의 잔혹을 몽땅 불러 모아 그것들의 집약적 장면들을 편집해 보내며, 연기자-나는 잔혹의 풍경들을 실연한다. 이 연출자-나와 연기자-나가 하나로 뒤섞일 때, "이놈들아 깨부술 테면 빨리 빵꾸내줘라"(「타락천사」)라는 강렬한 외침이 터져 나온다. 이 시구의 흡인력은 단순히 그 어조의 강도에서 나오는 것이 아니다. 화자의 복합성이 독자를 시 읽기-쓰기의 복합 주체로 몰고 가는 전이 작용을 일으키기 때문이라고 풀이해야만 한다.

당연히 독자는 묻는다. 왜 그러는가? 시가 1인칭 진술이라면 시의 구문은 이렇게 모델화될 수 있다. '나는 무엇이다.' 지금까지 본 광경에 의하건대, 그 무엇은 잔혹 속에 처해짐이다. 이것을 좀더 단순화해 '나는 고통받고 있다'는 일반화된 서식으로 옮길 수 있다. 그런데 김혜순의 문법은 그렇게 이루어지지 않는다. 그의 구문은 '나는 고통이다'도 아니다. 왜냐하면 그 나는 실존적 나가 아니라 고통이라는 실존을 연기하는 나이기 때문이다. 그렇다고 '고통이 나에 의해서 펼쳐진다'도 아니다. 왜냐하면 나는 스스로 연기자임을 공표하지 않기 때문이다. 그의 구문은 차라리 '나로 하여금 고통이게 만든다'이다. 이 구문은 주어가 생략되어 있다. 무엇이 나를 고통이게 만드는가? 우리는 그 무엇이라는 공백에 쉽게 나를 집어넣을 수 있다. 내가 나를 고통이게 만든다. 그러나 그것은 상황의 재현 이후에 가능한 기입이며, 그 자체로서는 모호하기 짝이 없는 말이다. 진술 주어 나와 상황 주어 나는 같은 존재가 아니다. 어떤 게 진짜 나인가? 진술 주어가 진짜 나인가? 그렇다면 왜 진짜의 나는 또 하나의 나를 분리시켜야만 했을까? 상황 주어는 나의 고통스러운 세상 인식을 대리해 보여주는 존재이거나 아니면 세상은 고통스럽다는 거짓 선전을 나의 명령으로 퍼뜨리는 꼭두각시이다. 그러나 둘 다 김혜순의 시에는 맞지 않다. 전자라면, 두 주체의 분리가 불필요했을 것이고, 후자라면, 그것은 독자에 대한 희롱, 의도적인 제스처 혹은 능청스런 기만이 동반되어야 한다. 그러나 김혜순의 시에서는 그런 음모의 흔적이 없다. 연기자-나가 "가슴속이 폐차장이 된 것 같애/몸 속이 과속으로 늙는 것 같애"(⑥)라고 말할 때, 독자는 그 말을 행위자-나도 넘고 화자-나도 넘어서 시인 자신의 지극히 솔직한 고백으로 읽을 수 있을 정도이다. '나'는 구조적으로는 연기자인데, 연기로서의 고통과 실존적 고통의 경계를 거의 찾을 수 없기 때문에, 기능적으로는 실존 인물이다.

그러니까 진짜 나는 둘 다이거나 혹은 둘 다 아니다. 아니, 그렇다면 차라리 누가 진짜 나인가, 라는 물음은 무의미하다. 중요한 것은 실존적 감정을 연극화하는 필연성이다. 그 필연성은 결국 '나'가 혼자 북 치고 장구 치는 이 연극 무대의 실질적인 주체는 '나'가 아닌 다른 무엇일 수밖에 없다는 결론으로 향하게 한다. 나를 무대에 올려야 할 필요를 느끼는 것은 나일 수 있지만, 그런 나를 결정짓는 것은 나가 아니다. 그 무엇이 도대체 무엇인가?

내가 아닌 그 무엇이 무엇인지 알 수 없지만, 그것을 인정할 때 독자는 스스로 김혜순 시의 제일 밑바닥에 놓여 있다고 조금 전에 파악한 그 잔혹한 풍경의 세계의 아래에 놓여 있는 또 다른 세계를 발견할 수 있다. 시들이 가리키는 바에 따르면, 그 세계는 첫 무대의 적나라하고 폭발적인 세계와 정반대의 꼴을 하고 있다. 가령 그 세계는 "눈을 감아도 떠도 여전히 암흑"(「연옥」)인 세상이다. 그 세상은 또한

여기가 어딘가
[……]
나는 손을 뻗어 벽을 만져본다
벽은 검은 뼈 조롱 속에
물컹거리는 내장을 담아들고
옆으로 비스듬히 누워 있다
이 벽은 수만 가지 동작을 삼킨
시간 주머니처럼 비밀이 많다

—「연옥」 부분

에서처럼 벽에 의해 완강히 봉인된 "물컹거리는 내장"을 담고 있는 세상이고, 그 벽이 뚫리면, "진물이 쏟아져 흐"(「傷寒」)르는 세상이다. 이쯤 되면, 첫번째 무대의 잔혹 풍경의 의도성의 양태가 분명한 윤곽을 그린다. 그 잔혹성의 폭발은 이 물컹거리는 비밀을

터져 흐르게 하는 것이다. "이 몸의 스크린만 찢고 나면/내 몸에서 홀로그램이 터져나온다"(「타락천사」)고 화자가 외치는 것도 같은 의지에 속한다. 그래서 이 벽 안의 세상, 장판 밑의 세상 앞에 막히면, 화자는 첫 무대의 몸짓과는 정반대로 "안간힘 다해 스위치를 올린다"(「연옥」). 이 세상은 그 첫 무대의 풍경의 "거울 속 세계", 다시 말해 반-대칭의 세계이다. 그러나 이 인과율의 사슬은 함정이자 동시에 암시이다. 그것의 반-대칭적 특성에 의해 거울 속 세상은 바깥세상이 감추고 있는 감정의 속살로 읽힐 공산이 크다. 그러나 공산(公算)은 공산(空算)이 될 공산이 크다. 거울 속 세계를 자세히 보라. 단지 화자의 태도만 거꾸로 되어 있을 뿐, 실제의 내용은 거울 밖 세상의 잔혹한 풍경과 하나도 다를 바 없다. 화자는 그것을 비밀로 여기기는커녕 오히려 그 안이 물컹물컹해서 터지면 홀로그램이 터져 나오고 진물이 질질 흐르리라는 것을 뻔히 알고 있다. 그렇다면 "여전히 암흑"인 것은 거울 속 세계가 아니라 다른 것이리라. 과연 "비밀이 많다"의 정확한 주어는 거울 속 세계가 아니라, "벽"이 아닌가. 문제가 되는 것은 벽이며, 바로 그 벽이 완벽한 거울이 되어 거울 밖 풍경을 되비추기만 할 뿐이라는 것이다. 이 벽-거울이 바로 김혜순 시의 최초의 무대 뒤에 숨어 있는 뒷무대, 배후이다.

삶을 되비추면서 완벽한 암흑만 보여주는 이 배후에 대한 인식이 그의 세상 인식이라는 것은 지금 그의 시를 다시 읽어보면 쉽게 알 수 있다. 이 배후는 "수천 개의 수상기들이 철썩거리는 소리/내 애인에게 푸른 옷 입히는 소리"(「靑色時代」)에서처럼 모든 신호들을 푸른색으로 획일화하는 세상이며, "비 세차게 쏟아지는 날 저녁" "이 산맥은 왜 이리 넘어도 넘어도 끝이 없나"(「소나기 속의 운전」)의 숨 막히는 자동차 속에서 본 산맥이고, "잘 다려진 主語들이/비닐을 쓰고 걸려 있다/먹어치운 물처럼 기억은 사라져도/노래는 남는 법!"(「내가 모든 등장인물인 그런 소설 2」)에서의 망각의 기쁨을 즐기는 잘 다려진 주어들이며, "너의 얼굴 속 산맥과 바다/높이도 없고, 깊이도 없는/납작한 네 얼굴/어쩌란 말이냐"(「나의 너에 대하여」)의 납작한 네 얼굴이고, 그리고 결정적으로 "이 몸의 스크린"(「타락천사」)이다. 이 배후는 바깥세상 그 자체이고, 집합체 속의 삶이기도 하며, 주체로서 끊임없이 호명당하는 민주 시민들이기도 하고, 그리고 실존적 대화 상대자로서의 '너'이자 또한 바로 '나'이다.

드디어 두 겹의 문이 한꺼번에 열린다. 독자는 앞에서 왜 그러한가?라고 물었다. 그 질문은 두 가지로 나뉜다. 왜 나는 연출자이며 동시에 연기자인가? 그가 인식한 세상의 풍경 속에 나 또한 가담해 있기 때문이다. 그러니, 세상에 대항해 시를 조형해내는 연출자 나는 세상 밖의 "어떤 구속도 없는sans attaches"(카를 만하임 Karl Mannheim) 존재일 수가 없다. 그 자기인식이 '나'의 분열이라는 방법적 절차를 낳는다. 다음, 왜 이렇게 잔혹한 풍경을 보여주는가? 흔히 사람들이 말하는 것처럼 세상은 고통스럽지 않기 때문이다. 오히려 세상에서 문제가 되는 것은 기억의 망각이고 태초의 비명의 은폐이다. "기억은 사라져도/노래는 남는 법"(「내가 모든 등장인물인 그런 소설 2」)의 그 기억과 "환한 아침 속으로 들어서면 언제나 들리는 것 같은 비명"(「쥐」)의 그 비명을 세상의 벽-거울은 감쪽같이 감추는 것이다. 그래서 그 거울도 무언가를 비추이긴 하지만, 그것의 "탐조등은 한번씩 우리 머리를 쓰다듬"을 뿐이고(「비에 갇힌 불쌍한 사랑 기계들」), 세상의 흐름은 "비 오듯 시간은 떨어져 전동차 밑으로 사라져"(「서울 2000년」)가는 무의미한 소실, 속도 속에서 삶의 뜻을 끊임없이 갉아먹히는 그런 흐름일 뿐이다. 세상은 고통스럽지 않다. 오히려 세상은 한결같고 권태롭다. 이런 세상의 "사람들은 죽음으로 인생을 시작하고/태어남으로 인생을 마감한다"(「연옥」). 왜냐하면 세상이 한결같다면, 태어나자마자 인생을 이미 다 살아본 것이 되기 때문이다. "그의 얼굴 속에서 이미 지구는/지구의 시간을 다 살아내었다"(「내가 모든 등장인물인 그런 소설 3」). 그래서 세상의 삶이란 "피류이 길어진다/나를 언제 놓아줄 텐가/네 얼굴 위로 트렁크를 질질 끌고 나는 간다"(「나의 너에 대하여」)에서처럼 끝없이 길어지기만 하는 피류이고, 모든 세상의 기호들은 "붉은 낙태아처럼 말이 없"는 "전화기"(「비에 갇힌 불쌍한 기계들」)이다. 그러니 "만약 한 사람의 일생을 지구 한바퀴 도는 것에 비유할 수 있다면/나는 지금 사하라에 있다"(「미라」). 또는, 나는 "피어보지도 않고 시든 늙은 아이"(「고리타분한 시인과 발랑까진 애인」)일 수밖에 없다. 나는 생의 비명에 대한 기억을 완벽히 잃어버렸고, "내 입술 모양을 기억하는 건/저 설거지통 속의 은수저뿐"(「傷寒」)인 것이다. 결국 그는 잘못 태어난 것이다. 태어나는 순간, 그의 유전자에서 누군가가 기억의 염기를 지져 폐색시킨 것이다.

그러나 그 봉쇄가 때로는 사소한 실패를 남기기도 하는 모양이다. 완전히 기억하진 못해도 기억의 흔적을 가진 자가 있으니 말이다. 아니, 그 봉쇄가 완벽했을 수도 있으리라. 그러나 "우리는 함께 벌거벗은 채/파도를 탄다 달빛이 우리의/벗은 몸을 씻는다 우리의 두 꼬리가/황금빛 바다를 탕탕 친다"(「수족관 밖의 바다」)와 같은 광경이 보여주는 바와 같은 세상의 장식적 기호들이, 그 자체의 힘의 범람으로 인하여, 필경 "가도가도 메마른 바다 삶은 언제나 죽음의 나선형 주머니"(같은 시)라는 세상의 불길한 징후적 표지로 둔갑할 수도 있으리라. 어느 쪽으로부터 유래하든 이 거리, 극단적 불일치를 절실히 느낀 자는 스스로 잔혹의 연출자-연기자가 되지 않을 수가 없었던 것이다. 그는 "폐경의 바다가 다 마르고/조개들이 타오른다"(「미라」). 그는 "그의 눈이 터진다. 나를 바라보던 날마다의 눈동자들이 터져 흐른다"(「블루의 소름 끼치는 역류」)에서처럼 '날마다'의 천편일률적인 일상성을 폭파시키는 가상 테러를 감행할 수밖에 없는 것이다. 또 다른 의미에서도 그는 망가진 유전자이다.

변질된 유전자의 구문-모델을 독자는 "무엇이 나로 하여금 고통이게 한다"로 요약했다. "나는 고통한다"는 일반적인 반-세계적 담론에 속하며, 그것은 많은 문학의 출발점에 놓여 있다. "나는 고통이다"는 "나는 고통한다"의 상징화이며, 그것은 몇몇 예외적인 문학의 귀결점에 놓인다. "고통이 나에 의해서 펼쳐진다"는 특성 있는 반-세계적 담론에 속하며, 그것은 꾀바른 문학적 절차 중의 하나로 자주 쓰인다. 그에 비해 "무엇이 나를 고통이게 한다"는 일반적인 문학의 장 안에서 거의 볼 수 없는 특이한 담론을 이루며, 따라서 그것은 반-세계적이며 동시에 반-문학적인 기능을 갖는다. 반-세계적인 문학적 절차를 이룬다는 것은 그것이 스스로 연루된 세계에 대한 비판적 성찰을 연루자로 하여금 수행케 하는 효과적인 시적 장치라는 것을 뜻하며, 그런 점에서 개념적인 차원에서는 번다하지만 실천적인 차원에서는 희귀한 방법론 중의 하나를 시인이 개발해냈다는 것을 뜻한다. 그것이 반-문학적인 기능을 또한 갖는다는 것은 '감각'으로부터 '의식'에 이른다는 고전적 정신분석의 심리 이행 도식을 따르지도 않으며, 특히 교양소설적인 의미에서의 '세계 인정과 수락'이라든가 『시학』의 카타르시스와 같은 고전적 문학이론의 도식을 거부한다는 것을 뜻한다. 거부의 이유는 명백하다. 그러한 방법적 도식들이 공통적으로 주체의 항상성과 궁극적 안정성에 기초를 두고 있고(왜냐하면 세계 인식의 출발점으로부터 모험을 거쳐 세계 이해의 도달점에 이르기까지의 모든 행위의 권리를 '나'에게로 귀속시키기 때문이다), 따라서 알게 모르게 세상 운용의 전략 속에 동화되고 말기 때문이다. 다음의 시구는 이 차이를 직관적으로 보여준다.

> 지구의 밤, 이 밤의 망상을
> 오래오래 끓이면
> (나는 뚜껑을 열어 끓고 있는
> 내 골을 들여다본다)
> [⋯⋯]
> 직원은 마치 별 얘기를 하고 있는 것 같아
> 이 망상을 오래오래 끓이면
> 밤하늘 신생의 별들이 터져나오죠
> (봉투를 잘못 뜯었나

끓여서 냉동 건조시켜 넣어둔

바짝 마른 별들이 싱크대 위에 쏟아진다)

———「궁창의 라면」부분

"이 밤의 망상을 오래오래 끓이면/밤하늘 신생의 별들이 터져나오죠"는 시구만 떼어서 읽을 경우 그것은 마치 김혜순 시의 첫 무대를 그대로 보여주는 듯하다. 그러나 형태의 유사성은 종종 정반대의 세상을 강조하기 위해 동원된다. 실로, 그것은 '직원'의 말이지 시의 말이 아니다. 그 직원이야말로 '나는 고통한다'라는 상투화된 문장의 대리인이다. 이 세상의 고용인은 허기의 고통으로부터 즐거운(맛있는) 모험을 거쳐 포만의 행복에 이르는 길을 제시하고 있다. 이 모형 구문이 펼쳐 보일 고통 → 행복의 이행로를 시는, 그러나 그의 지도에 표시해놓고 붉은 가새표를 친다. 그리고 바로 직전에 허망의 단애를 설치한다. 망상을 오래 끓이면 탈진한 망상의 우수마발들이 쏟아질 뿐이다. 그 망상이 어디에서 오는가? 그것이 희망이라는 이름으로 실천되는 것은 바로 '나'를 통해서이다. 그 희망, 그러나 곧 망상의 소모로 귀착할 뿐인 그것이 바로 내 골속에서 끓고 있다. 나는 나-주체에 대한 주체의 환상을 통해 비쩍 마른 객체로 전락해간다. 시의 화자는 그 과정의 전체를, 드러난 본문과 괄호 속에 닫힌 본문을, 환상과 실제의 양 극단을 스스로에게 연기케 한다. 이 공연 속에서 '나는 고통한다'는 구문은 "……이 나를 고통이게 한다"로 이행하고, 주관성의 환상은 괴로운 성찰의 벽에 걸린다.

　물론 이 모형-문장이 그대로 시의 본문들에 직역되는 것은 아니다. 모형-구문이 의미를 띠는 것은 그로부터 아주 다양한 실천과 모험이 솟아나기 때문이다. 첫번째 무대의 회랑을 가로질러 나아가면, 그 무대의 배경 복사가 말의 성운들과 만나 휘는 장소들에서 새로운 가설무대가 열리는 것을 볼 수 있다.

두번째 무대는 김혜순 시의 최초의 시적 전략이 확산되는 장소이다. 그 시적 전략의 배경에 차원 이동이 있고 그 활동은 연기-연출의 동시성이다. 두번째 무대에서 활동은 지속되고 배경은 팽창한다. 최초의 무대에서 차원 이동은 기원의 현재화, 의혹의 공포화, 공포와 주체의 등가성 등을 보여주었다. 두번째 무대에서 공포-주체는 확산되며, 그것은 두 가지 방향으로 나타난다. 하나는 나의 계속되는 분열생식이다. 첫번째 무대에서 공포가 주체의 전실존으로 나타난 것은 "모든 외부를 몸 속에 품"(「연옥」)어 "연옥이 몸 속으로 오그라붙"었기 때문이다. 이 공포의 가상 상황이 현실의 권태를 폭파시키기 위한 것임은 이미 말했다. 좀더 정확하게 말하면, 무의미를 반사하기만 하는 현실이라는 벽-거울을 깨뜨리기 위해서이다. 만일 깨뜨릴 수 있었다면, 그는 당연히 기억의 시원을 향해 날아갔을 것이다. 이 공포를 본래의 의혹으로 되돌리기 위해서. 그 의혹으로부터 대답을 얻기 위해서. 그러나 깨지는 것은 세상이 아니라 바로 연옥인 나이다.

그것은 우선 전략의 연속으로서 그러하다. 외부의 내면화는 당연히 외면화될 것들의 증식을 야기한다. 모든 외부가 몸속에 들어올수록 내부의 밀도가 높아가고, 들어찬 바깥 것들은 "삽시에 나 먹어치울"(「나는 고것들을 고양이라 부르련다」) 기회만을 노린다. 몸속으로 오그라든 연옥은 곧 시한폭탄의 시침 소리를 재깍거린다. 위험에 처한 내가 할 수 있는 일은 서둘러 이 바깥 존재들을 다시 내보내는 것이다. 그러나 바깥 존재들은 내부로 들어온 순간 나와 하나로 융합되어버린다. 그 딜레마를 그로테스크한 풍경으로 보여주는 대표적인 예가 「백마」이다. '나'는 갑자기 희디힌 말 한 마리가 방 안을 점령하면 어쩌나 하는 공포에 사로잡힌다. 그러나 앞에서 보았듯이 그 끔찍한 예감에 사로잡혔을 때 이미 백마는 안에 들어와 있다. 백마와 함께 어두운 사람들도 들어와 있다. 그 어두운 사람들 중 가장 어두운 사람이 "빈집에 들어가 농약을 마시고 뛰어나온 그녀"이다. '나'의 안에는 큰 눈동자 안에 나를 가두는, 즉 나의 전 존재를 삼켜버리는 백마와, 그 백마에게 벌써 사로잡힌 인물들이 동시에 들어와 있다. 나의 내부에는 백마와 나의 대리 표상들이, 즉 궁극적으로는 바로 나 자신이 한데 엉켜 있는 것이다. 나는 여기에서 나의 대리 표상을 억지로 분리해낸다. 그렇게 분리된 존재가 바로 그녀이다. 나는 그녀를 지시함으로써 '백마가 들어찬 존재는 그녀이고 나에게는 아직 백마가 들어오지 않았다'는 각본을 쓴다. 그리고 공포의 실존을 그녀와 함께 밖으로 몰아낸다. 그러나 물론 공포의 예감은 여전히 나를 얼어붙게 한다. 왜냐하면 공포는 '나'의 목표이기 때문이다. 그래서 전개된 시구가 "그 희디흰 말이 몸 속에 새긴 길들을 움켜쥐고 밤새도록 기차 한 대 못 들어오게 하면 어쩌나"이다. 초두에서 그 기차는 '나'의 내부로 들어올 백마 안에 들어 있던 것이다. 그러던 것이 그녀의 내부로 옮아간다. 이 과정은 다음과 같은 도해로 나타낼 수 있다. 우선, 진술의 순서에 따라 포함 관계항들을 차례로 늘어놓으면 다음과 같다.

나 ⊃ 백마 ⊃ 기차 ⊃ 그녀 ⊃ 백마

이 그림은 상식적으로는 해명될 수 없는 그림이다. 백마 안에 들었던 그녀 안에 백마가 들었기 때문이다. 위의 풀이에 따라 이 그림을 이렇게 바꾸면, 이해 가능한 그림으로 바뀐다.

나 ⊃ 백마 ⊃ 기차 ⊃ 그녀
그녀 ⊃ 백마 ⋯⋯⋯⋯⋯   / (나 ⊃ 기차)

그녀는 나의 내부로부터 어느새 외부로 나가 나와 똑같이 한 마리 백마를 품게 된다. 실제로 시의 본문은 먼저 그린 그림이 과장되었음을 보여주고 있다. 문제가 되는 구절을 보자.

백마 안으로 환한 기차가 한 대 들어오고 기차에서 어두운 사람들이 내린다/해가 지고 어스름 폐가의 문이 열리면서 찢어진 블라우스를 움켜쥐고 시커먼 그녀가 뛰어나오고 별이 마구 그녀의 발목에 걸린다 (단절 표시 금은 인용자의 자의에 의함)

시를 읽으며 독자는 직관적으로 '그녀'가 "기차에서 〔내린〕 어두운 사람들" 중의 하나라고 판단했다. 그러나 이 구절을 문자 그대로 읽으면 독자의 판단은 잘못된 것이다. 어두운 사람들은 기차에서 내리고, 그녀는 폐가에서 뛰어나왔기 때문이다. 독자의 오독을 유발한 것은 이 두 구절의 의미론적 인접성 때문이다. 중개항이 두 개별항을 감싸고 있을 때 환유가 이루어진다는 일반수사학파의 정의를 (그 기본적인 사항에 국한하여)[3] 동의한다면, 빗금을 사이에 둔 두 문장과 그 주어들은 완전히 상이한 세계를 그리고 있는데도 불구하고 어둠 속에 포괄됨으로써 환유 효과를 일으킨다는 것을 알 수 있다. 이 효과의 기본 도식은 이렇게 표현될 수 있을 것이다.

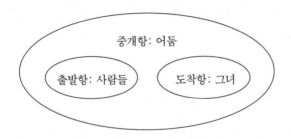

한데 시인이 그의 기교를 여기에서 그쳤더라면, 독자의 오독률은 줄어들었을지도 모른다. 오독의 가능성을 높인 것은 이 기본 절차에 덧붙여진 후속 절차들이다. 크게 두 가지. 우선, 중개항의 어둠은 출발항과 도착항을 모두 수식하지만 그 의미는 아주 다르다. "어두운 사람들"의 '어두운'은 그것 자체가 '불행한' '불운한' 등의 비유어이다. 그에 비해 "해가 지고 어스름 폐가의 문이 열리면서 [……] 그녀가"에서의 '해가 지고' '어스름' '폐가' 등은 '그녀'라는 인물의 물리적 배경이다. 따라서 이 중개항 어둠 자체가 환유적

---

3) 주석이 필요할 것 같아 부기한다. "기본적인 사항에 국한"한다는 말은 두 제유의 겹침으로 은유를 정의하고, 두 제유의 병합을 환유로 이해하는 '일반수사학파'의 기본 관점에 동의하지만, 그 세부 풀이에 대해서는 동의하지 않는다는 뜻이다. 오히려 나는 이 기본 관점을 야콥슨-라캉(일반수사학파가 반대하는)의 유사성(선택)/인접성(이동)의 방향으로 풀어나가는 것이 낫다고 생각한다.

인 연결의 결과로 태어난 것이다. 그림을 그려보자.

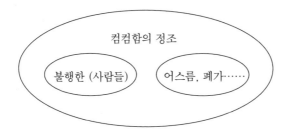

이 숨어 있는 제2의 환유만이 있는 것이 아니다(꼼꼼히 보면, 이 밑층에 '어스름'과 '폐가' 사이에도 환유 관계가 작동한다는 것을 알 수 있다). 통사론적 차원에서 "어두운 사람들"과 "시커먼 그녀"는 은유 관계를 이룬다.

이 환유의 중첩과 통사론적 은유는 두루 가속 장치로서 기능한다. 다시 말해 그것들은 "어두운 사람들"과 "그녀" 사이에 벌어지는 틈새들을 연속적으로 봉합하면서 사람들과 그녀를 한 부류로 인식케 하는 분위기를 물샐틈없이 몰아가는 역할을 한다. 이 시의 난해함이자 매력은 바로 이러한 전반적인 동일화의 흐름과 사실적 인접성 사이의 미묘한 길항에 있다. 독자가 그 길항을 제대로 읽을 때, 그는 공포의 예감자로서 화자를 떼어놓는 한편으로 공포의 수탁자로서의 외적 존재들을 무한히 증식해 내보내려는 시인의 무의

식적인 전략을 이해할 수 있다. 이 전략을 통해 '나'는 한편으로 영구 동력의 형상발생기로서 설치되고, 다른 한편으로 무수히 분화되어 바깥으로 튀어나가 온 세상을 뒤덮는다. 마치, 모든 외부를 '나'의 안으로 오그라 붙게 한 세상의 폭력에 맞대응하기라도 하듯. "우리들 그림자를 뭉친 다음 입김 불어 눈뜨게 한 쥐가""잠에 빠진 흰 토끼를 갉아먹"고, "요람에 든 새 아가를 갉아먹"고, "이제 땅속에 갓 묻힌/싱싱한 시체의 몸 속을 드나든다"(「이 밤에」).

"내가 모두 등장인물인 그런 소설"(「내가 모든 등장인물인 그런 소설 1」)은 그렇게 해서 씌어진다. 사하라 사막에서 "감싸안은 누더기들이 부서져 날"(「미라」)리는 것도 그 때문이다. "바람도 안 부는데/굽은 길들이 툭툭/몸 안에서/몸 밖으로/부러져나"(「겨울 나무」)가는 것도 까닭이 있는 것이고, "서울을 한바퀴 도는 데 두 시간도 안 걸"(「서울 2000년」)리는 지하철을 뱅뱅 맴도는 이유도 거기에 있다.

그러나 '나'의 운동의 안전장치로 기능하는 이 분화와 확산은 그러나 동시에 실패의 실마리가 된다. 나의 근본적인 희원은 두께도 무게도 없이 완강한 세상의 벽-거울을 폭파시키는 것이었다. 그것을 뚫고, 최초의 비명, 말이 생성되었던 시원의 자리로 거슬러 올라가기 위해서였다. 하지만 나의 분화는 벽-거울에 되튕겨 바깥으로 퍼져나가는 것이지, 안으로 열려나가는 것이 아니다. 그가 아무리 밖으로 퍼져나가더라도 안에 갇힌 비밀은, "황인종도 아니고 맏딸도 아니고 더구나 김혜순도 아닌 아이"(「내가 모든 등장인물인 그런 소설 3」)는 항구히 갇혀 있다. 바깥의 표상들은 허무한 대리물들에 지나지 않는 것이다. "다리가 아프도록 돌아보는 초상화 관람

끝이 없"(「박물관 온데간데없고」)는 것이다.

대리물의 무한 순환을 황당한 희극, 혹은 비희극으로 보여주는 시가 「서울 2000년」 「현기증」이라면, 그것을 그로테스크한 재앙적 이미지로 보여주는 것은 「다시, 나는 너희들을 뮤즈라 부르련다」이다.

이게 도대체 누구의 어항 속이냐?
거울 미로에 빠진 사람처럼 오늘 난 눈을 뜰 수가 없다
눈길 가는 데마다 전부 나다

로 끝나는 「현기증」은 삶의 다양성이란 "그 누군가의 동공"인 태양의 빛에 사로잡혀 있고, 하늘이라는 어항 속에 갇혀 있는 것에 불과하다는 자조적 인식을 드러내고, 「서울 2000년」의 마지막 구절

왕십리에서 떠난 사람은 아무도 없다 나는 승차표의
마그네틱 선에 새겨진 시간을 넘겼다 아마 나는
개찰구에서 순환선 역무원에게 손목을 잡히리라

는 꿈과 현실의 터무니없는 거리가 야기하는 한 판의 코미디를 보여준다. "손목을 잡히리라"가 풍기고 있는 은근한 관능성은 시간을 넘긴 탓으로 요금을 더 물어야 한다는 사실적 배경에 의해 무참하게 사그러드는 것이다. 이 쓸쓸함, 코미디가 단순히 우스꽝스러울 뿐이겠는가?

나 죽으면 모두 야생이 될 뮤즈들이, 아니 죽어서 더 맹렬하게 번식할 뮤즈들이 우리집 하나 가득, 그런데도 오늘 낮 나는 외눈박이 컴퓨터 뮤즈의 등에 이 글들을 새겨넣었다

　　—이사 올 때 나는 눈이 파란
　　흑고양이 뮤즈를 버리고 왔다
　　[……]
　　새집 창문에 올라붙는
　　밤새도록 울부짖는
　　흑고양이 뮤즈를 보고야 말았다

—「다시, 나는 너희들을 뮤즈라 부르련다」 부분

그 흑고양이 뮤즈 때문에 모든 뮤즈는, "새로 산 냉장고 뮤즈"마저(그러니까 가장 냉랭한 자마저) "밤새도록 무서워 떨었다."

이 재앙적 이미지에서나, 희비극적 풍경에서나, 기본 구도는 똑같다. 「현기증」의 '태양'(누군가의 동공)—'거울 미로 속에 빠진 나들'—'눈 못 뜨는 나'의 관계망은 이 시에서의 '외눈박이 컴퓨터 뮤즈'—'번식하는 뮤즈'—'버림받은 흑고양이 뮤즈'의 관계망과 동일하다. 「서울 2000년」의 '역무원'—'지하철의 사람들'/'삼국사기 속의 인물들'—'의미가 죽은 「삼국사기」(史記 → 死記)'의 관계망도 마찬가지이다. 왜 이 기본 구도가 되풀이되는가? 제1항과 제2항 사이의 무의미한 이음과 제2항과 제3항 사이의 치명적인 단절 때문이다. 정신분석학적 관점에서 보면, 모든 분열의 근원은 원-분열이라고 이름 붙일 수 있는 심층 차원의 단절에 있다. 결코 돌아갈

수 없는 그 자리 때문에 이렇게 "누가/만 원에 산 어항처럼"(「토요일 밤에 서울에 도착한다는 것」) 무턱대고 흔들리며 갖가지 꾀를 부리는 것이다. 치명적인 단수성의 부재가 무수한 복수성의 장난을 낳는 것이다. 왜냐하면 그 복수성이란 결국 결여된 홀수, 혹은 홀수 결여의 되풀이된 강박적 놀이에 불과하기 때문이다. 그것들은 "내가 입김 불어넣어 만든 허방"(「달」)에 지나지 않는다.

두번째 무대의 이면을 드러내는 이 세번째 무대에서 독자는 '나'의 전략적 확산이 필경 자가당착에 이르는 것을 본다. 내가 나를 분열·확산시킬수록 "기억의 집 유리창들이 아픈 풍경화를 담은 채/한장 한장 덜컹거리며 깨어졌"(「한라산 장마, 입산 금지」)고, "쇠줄에 묶인 개처럼/저 불쌍한 사랑 기계들/아직도 짖고 있"(「비에 갇힌 불쌍한 사랑 기계들」)는 꼴을 벗어날 수 없다. 물론 독자가 보는 그만큼, 시인도 그것으로 인해 고통한다. 정말 시인은 여기 와서 '나는 고통한다'의 주어가 된다. 그러나 이 모델-구문은 상투적 모델-구문의 대척지에 위치해 있다. 왜냐하면 그 구문은 '나는 세상 때문에 고통한다'가 아니고, '나는 나를 고통한다'이기 때문이다.

나의 문제 틀은 나이며, 따라서 나는 나의 안으로 열고 나가야 한다. 그 안, "검은 거울 속 그 나라에 사로잡"(「빙의」)힌 내가 해야 할 것은 시원으로의 역류이다.

> 나는 너의 시계를 한번도
> 울려보지 못했다 그리고 그 누구도
> 내 핏덩어리 시계를 건드리지 않았다
>
> ──「핏덩어리 시계」 부분

모든 타자의 문제 틀도 타자의 시원이다. 저마다 그 시원으로의 역류를 감행하지 않는다면, 나와 너의 만남은 결코 의미를 띠지 못한다.

이 "핏덩어리 시계"로부터 나는 벗어날 수 없다. 핏덩어리 시계는 나의 검은 거울이며, 나는 시간성의 숙명에 사로잡힌다. 나의 분열 생식이 일반적으로 나이의 분해로 나타나는 것은 그 때문이며, 그가 지하철을 타고 서울을 맴도는 동안 『삼국사기』를 읽는 것도 그 때문이다. '나'는 이제 시간의 엄혹한 선을 따라가야만 한다. "발랑 까진 애인"은 "11a부터 25a까지를 먼저 본 다음 7의 b로" 자유롭게 들락거릴 수 있겠지만, "고리타분한 시인"은 "이 방들을 차례대로 다 지나야 밖으로 나갈 수 있"(「고리타분한 시인과 발랑 까진 애인」)다. 고리타분한 시인은 고릿적 세상으로 돌아가야 하기 때문에 고리타분하다.

그러나 그렇게 거슬러 올라간다고 해서, 시간 줄기와 근본적인 단절을 겪고 있는 태초의 '나'를 만날 수 있을 것인가? 시간은 결코 시간을 해결해주지 못한다. 당골은 말한다. "저 비 위에 먹구름 있고, 저 먹구름 위에 보름달 있제?"(「한라산 장마, 입산 금지」) 당골은 보름달의 이름으로 나를 저 시원으로 끌어당기지만, "당골이 불러낸 일곱 살 먹어서 죽은 그녀의 동생과 떨어져버린 내 아기가 밤새 빗줄기 타고 하늘로 오르다 떨어져 보채곤 했"을 뿐이다. 왜? 거슬러 올라가면 올라갈수록 그는 의미의 회박함에 질식하기 때문이다.

순간 우리들 발이 지상으로부터 몇 센티씩 들려 올라가고, 발 아래로 수억만 개의 푸르게 짓뭉개진 하늘이 만발한다. 그 순간, 나에겐 몸 속에 난 어둠의 길들은 증발하고 없다. 높은 곳의 희박함이 깊은 곳의 질척거림을 버리게 했나? 모두 입을 벌린 채 얼이 빠진 듯.

─「쿠스코에서의 사진 한 장」 부분

얼이 빠지는 순간은 동시에 생의 공기가 제로치를 기록하는 순간이다. "사진 속 라마가 그 긴 속눈썹을 하나씩 일일이 열자" 이 희박성의 자리에 세상의 질척거림이, 물리법칙대로 들어차기 시작한다. "그 발 아래 펼쳐졌던 실오라기 산길이 라마의 깊은 눈 속으로 빠져든다. 슬며시 우리들이 다시 반쯤 눈을 감는다. 하늘과 땅이 일제히 경첩을 닫는 소리. 옷매무새를 고친 각자의 얼굴에 몸 속으로 난 어두운 길이 한없이 새겨지고. 계면쩍은 듯 모두 카메라 앞을 떠난다"(같은 시).

순간적으로 시원의 경계에 다다르는 순간, 삶은 하얗게 지워진다.

집을 울리는 높은 소리는 여전히 거기 있었고
해는 마당을 하얗게 납땜하고 있었다

─「지워지지 않는 풍경 한 장」 부분

네번째 무대는 단절된 수직성의 빗금이 비처럼 음악처럼 내리는 무대이다. 당겨 올라가지만, 끊임없이 우수수 떨어지고야 마는, 그래서 그 떨어짐 자체가 비애의 선율을 만들어내는 무대이다.

> 멀리서 보면, 밤에도 환한
> 꽃핀 것 같은
> 그 속에 장대비 옮겨다니는.
> 하늘 높이 오르다가 떨어져
> 터져버리는
>
> ——「버스 기다리며 듣는 잠실야구장 관중석의 12가지 함성」 부분

　네번째 무대는 따라서 세번째 무대를 90도 회전시킨 것이며, 이 회전을 통해서 '나'의 전략과 그 전략의 숙명적인 비애를 전방위로 완결한다.

　여기에서 끝나는 것일까? 이 끝없는 도로의 시·공간적 되풀이. 재앙을 불러오고 재앙 속에 몰락해가는 끝없는 동일성의 순환에 머무르는 것일까?

　"언제나처럼 아비와 어미만 남는다 또 어미는 새끼를 밴 모양이다"(「서울 쥐의 보수주의」)와 같은 구절을 보면, '나'의 비애는 거의 숙명적인 듯하다. 이 숙명성 위에서, 끊임없이 되풀이되는 도로의 실천이 그대로 읽는 이들에게 충격과 각성의 계기로 썩어지기를 시인은 기원하는 듯하다. 그렇게 시인은 "텅 빈 시인의 몸이/전 대륙에 걸쳐 죽음을 공급하는"(「너희들은 나의 블루스를 훔쳐 달아났지」) 장소로 제 삶의 터를 정하는 듯하다. 그래서 "꺼져가는 가슴속 절터에 자꾸만 불을 붙여보"고 때로 "뜨거운 기왓장이 난데없이 발등을 치"(「불타는 절집 한 채」)면서 독자를 생의 의지와 죽

음의 현실 사이에서 끊임없이 진동케 하려는 듯이 보인다.

그렇다면 김혜순 시의 구문은 마침내 '나는 재앙이다'로 귀결하는 것일까? 독자가 앞에서 나누어보았던 구문-모델들 중 두번째에 해당하는 것. 다시 말해 '나는 고통한다'의 상징화의 결과로서 고통 그 자체가 되는 것.

그러나 재앙은 고통이 아니다. 무슨 말인가 하면, 고통은 광경이지만 재앙은 위협이라는 말이다. 시장에 화재가 나면 왜 열심히 달려가 구경하는가? 그것은 고통이 곧 광경이며, 광경의 축제를 제공하기 때문이다. 그러나 재앙은 독자마저 고통 속으로 들어오기를 요구한다. 보라, "이 모래들마저 들이마셔주기를"(「너희들은 나의 블루스를 훔쳐 달아났지」) 하며 화자는 요청하고 있지 않은가? 그러니까 '나'는 재앙이 아니다. 정확히 말하면, 나는 재앙의 터전이다. 이 점에서 제2부의 '서시' 「환한 걸레」는 주목할 만하다.

物동이 인 여자들의 가랑이 아래 눕고 싶다
저 아래 우물에서 동이 가득 물을 이고
언덕을 오르는 여자들의 가랑이 아래 눕고 싶다

땅속에서 싱싱한 영양을 퍼올려
굵은 가지들 작은 줄기들 속으로 젖물을 퍼붓는
여자들 가득 품고 서 있는 저 나무
아래 누워 그 여자들 가랑이 만지고 싶다
짓이겨진 초록 비린내 후욱 풍긴다

가파른 계단을 다 올라
더 이상 올라갈 곳 없는
물동이들이 줄기 끝
위태로운 가지에 쏟아 부어진다
허공중에 분홍색 꽃이 한꺼번에 핀다

분홍색 꽃나무 한 그루 허공을 닦는다
겨우내 텅 비었던 그곳이 몇 나절 찬찬히 닦인다
물동이 인 여자들이 치켜든
분홍색 대걸레가 환하다

　이 시는 얼핏 보기와는 달리 초현실주의적인 풍경을 펼쳐 보인
다. 화자는 언덕을 오르는 여자들에게 감동하지도, 그녀들과 동참
하지도 않는다. 그는 그 "여자들의 가랑이 아래 눕고 싶다"고 말한
다. 그 생각이 들자 "짓이겨진 초록 비린내 후욱 풍긴다." 이 비린
내가 태초의 자리에 접근할 때마다 풍겼다는 것을 독자는 알고 있
다. "밤의 샅이 찢어지고 비릿한 피가 새어나왔다"(「月出」)에서의
그 비린내가 그렇고, "저 하늘이 미끌미끌하다/입술을 대니 비릿
하다"(「현기증」)의 비린내도 본질적으로는 동일하다. "빠알간 핏
길 위로/달이 발등을/밀며 치솟아오른다/달이 가는/그 길이 비릿
하다"(「길을 주제로 한 식사 4」)는 직접적으로 비린내의 발생지를
지시한다. 비린내는 발등을 밀며 치솟아오를 때 풍겨나는 것이다.
　그러나 위 시의 모양은 그것과 비슷한 듯하면서도 다르며, 아주
그로테스크하다. 한편으로 계속되는 상승이 있다(이 시가 달동네의

아낙네들을 묘사한 것이라는 현실적 참조 사항은 그냥 접어두기로 하자). 여자들은 물을 언덕 위로 끌어올린다. 언덕 위의 나무는 그 물을 받아 높은 줄기들까지 물을 끌어올린다. 그러나 비린내는 그 물이 가장 높이 끌어올려진 지점에서 풍기지 않는다. 그것은 "여자들의 가랑이 아래"에서 풍긴다. 화자, '나'는 상상 속에서 그 아래에 눕는다. 왜? 문면에 따르면 "만지고 싶"어서다. 형태상으로는 가랑이 아래 누우면 상승하는 의지의 밑자리가 보이기 때문이다. 그 밑자리는 물론 뚫린 구멍인데, 그 움푹한 구멍이 실은 길게 이어지는 물관이 되는 것이다. 암컷이자 동시에 수컷이 되는 것, 어떤 남녀 양성의 생물에서도, 가장 외설스런 포르노그래피에서도 이런 그림은, 다시 말해 암컷의 기능을 하는 것이 그대로 수컷의 기능을 맡는 그림은 가능하지 않다. 문면 그대로도 이런 그림은 가능하지 않다. 어떻게 물동이를 오르는 여자의 가랑이 아래에 누워서 가랑이를 만질 수 있단 말인가? 손을 내미는 순간, 여자들은 저만치 높이 올라가 있을 것이다.

이 시의 초현실주의는 여기에서 나온다. 그 초현실주의는 만남이 불가능한 두 개의 극단으로 하나의 판을 짠다. 땅위에 남는 그 자세로, 수직적 의지의 끝간 데를 가리키는 것. 그 지시의 거리는 결코 채워지지 않는다. 그러나 채워지지 않기 때문에 그 자리는 누군가가 뛰어들 터전이 된다. 이 터전이 그냥 텅 빈 터전일까? 보라, 내가 "만지고 싶다"고 생각한 저편에, 정말로 만지는 장면이 나온다. 물이 끝까지 올라간 곳에 "허공중에 분홍색 꽃이 한꺼번에 핀다." 지금까지의 독서를 통해 독자는 그 분홍색 꽃들이 결국 다시 시들어 떨어지고 말 것임을 잘 안다. 그런데 화자는 그 예감에 짐짓 무심한 척한다. 그 대신 화자는 그렇게 핀 "분홍색 꽃나무 한 그루 허공을 닦는다"고 쓴다. 분홍색 꽃나무는 더 솟아오르지도, 떨어지지도 않고 "분홍색 대걸레"로 변용되어 허공을 만지고 닦는다. "겨우내 텅 비었던 그곳이 몇 나절 찬찬히 닦인다." 텅 비었던 그 자리에 환함의 자기력이 가득 들어찬다. 그 자기력이 견인하는 것은, 물론 불법주차한 자동차가 아니라, 시의 독자이다.

왜 이 시가 제2부의 서시를 이루는가? 독자는 이 시를 통해 『불쌍한 사랑 기계』가 서시에서 서시로의 이행임을 알게 된다. 두번째 서시는, 그러나 원-서시의 되풀이가 아니라, 서시의 해체·구축이다. 그 서시가 해체되고 다시 구축된 자리에 연출-연기의 복합적 존재로서의 화자가 물러나고, 자원 배우로서의 독자가 들어선다. 그 자리는 또한 까만 어둠이 물러가고, 환해지는 더러움이 들어선다.

김혜순 시의 다섯번째 무대는 독자가 연기해야 할 무대다. 그 무대는 결코 먹구름 위에 있지도 않고, 내부의 쥐가 옹크린 곳에서 열리지도 않는다. 그것은 바로 그가 그토록 현시하면서 동시에 절망하고 또 초월하고자 했던 '질척거리는 길'에서 열린다. 시인은 자신의 최종 임무를 그 질척거리는 길을 닦는 것으로 설정한다. 그 길에 발을 들여놓을 자는 그가 아니라, 독자이다. 그렇게 닦인 터전에 유혹된 독자를 시인은 잘 먹어치울 것이다. 그러니, 시집을 덮으며 되돌아볼 때 김혜순의 시들은 두루 "길을 주제로 한 식사"이다. 「길을 주제로 한 식사」 연작의 특이한 시집 내 존재 형태는 그것과 연관이 있다. 이 연작은 우선 순서가 흐트러져 배열되어 있다. 그리고 1에서 5까지의 번호에서 제2번의 시가 빠져 있다. 그것은 어디에 있는가? 그것은 물론 착오가 아니다. 독자는 「너와 함께

220

쓴 시」가 연작이 아닌데도 번호 2를 달고 있다는 것을 보고서야 비로소 알게 된다. 길을 주제로 한 식사에 빈자리가 있고, 그 빈자리는 독자인 '너'가 들어와야만 채워지며, 재배열될 수 있다.

내 안에 있고, 내 바깥을 스치는 독자여, 시인의 저주는, 혹은, 호소는 완결되었다. 그의 망가진 이중 나선을 창조적으로 수리할 권리는 당신의 것이다. 당신의 관음증이 포만할수록 재앙은 바로 당신에게로 이월된다. 떨어지는 장대비를 맞는 것은 바로 당신이다. "무언가 썩은 냄새 한 뭉치"(「너와 함께 쓴 시 2」)가 재앙을 뒤집어쓴 당신을 유심히 들여다볼 것이다. 결코 끝나지 않을 저주처럼.

〔1997〕

순환하는 사막의 책

—— 김혜순의 『당신의 첫』[1]

　김혜순의 『당신의 첫』은 미종결성 제목이 강렬하게 암시하듯 모든 가능성을 향해 열리려 한다. '열리려 한다'는 의도에 의해 이 시집은 모든 가능성의 부화의 이미지이면서도 동시에 모든 가능성의 유산의 징후로서 생생히 닥친다. 우선 그 징후에 의해, 이 시집은 사막의 책이다. 형용사 '첫'으로서의 이 책세상은 "하늘과 땅이 갈라진 흔적"(「지평선」) 외에는 아무것도 없는 세상이다. 거기에서 공간은 열렸으되 어떤 것도 세워지지 않아 오로지 무너짐으로써만, 공허로만 있다. 모든 가능성의 희미한 부스러기들, 즉 모래들만 거기에서 쓸리고 있는 것이다. 가능성은 가능성대로 팽창하고 공허는 공허대로 자욱하다.

　그러니 그곳은 "두 눈을 뜨자 닥쳐오는" 모래가 피눈물을 흘리게 하는 그런 곳이다. 그러나 시인은 이 사막에 대고 이렇게 묻는

---

1) 김혜순, 『당신의 첫』, 문학과지성사, 2008.

다. "상처만이 상처와 서로 스밀 수 있는가"? 왜냐하면 "두 눈을 뜨자 닥쳐오는 저 노을/상처와 상처가 맞닿아/하염없이 붉은 물이 흐르고" 있기 때문이다. 닥쳐오는 것은 모래라기보다 이미 피눈물이다. 그리고 그것들은 그냥 다가오지 않는 듯하다. 온통 모래 천지인 이 사막 세상에선 상처를 감싸는 거즈란 없기 때문이다. 모래는 끝없이 불어오고 피눈물은 하염없이 불어나고 상처는 거듭 덧난다. 하지만 시인의 응시가 삶을 향해 날 수밖에 없다면, 그것이 때로 죽음을 경유할 때조차 실은 살고자 하는 충동의 연장이라고 한다면, 그 증폭의 사태를 두고 시인은 거기에서 피눈물들의 스밈과 엉킴을 희망할 수밖에 없다. 그래서 시인은 이 상처들의 삼투에서 '맞닿음'과 '지평선'을 보려고 하는 것이다. 이 악착같은 희망에 의해, 이 시집은 혼혈의 책으로 변신한다. 모든 의미 없는 것들이 뒤섞이는 현장, 의미 없어서 의미 있고자 몸부림치는 것들이 마구잡이로 교통하는 현장을 불러일으키고자 하는 것이다. 이 무차별인 혼혈의 사태를 무어라고 이름 할 수 있을 것인가? 유일무이한 가능성은 아예 없다. 이곳에서 "당신이라는 이름의 비상구도 깜깜하게 닫히"는 것은 그 때문이다. 이것은 교통의 가능성이 깜깜히 붕괴되는 사태를 가리키는 것이 아니다. 이 시집이 부정하는 것은 '당신'이라는 유일무이하고도, 유일무이하기 때문에 편재적인, 다시 말해 상투적인, 만남의 가능성이다. 사막과 혼혈의 책 속에서의 교통은 결코 명명되지 않는다. 다시 말해 어느 하나로 고정되지 않는다. 확정은 없고 오직 행위만이 남는다. 그렇게 해서 이 시집은 모든 유산의 징후에서 모든 부화의 이미지로 표변한다. 사막과 혼혈의 책은 동시에 생명과 둔갑의 서다.

하지만 이 명명되지 못하는 것들, 이 무차별적인 행위들은 오직 격렬하기만 하다. 다시 말해 폭력적이다. 왜냐하면 어떠한 안정도 그것은 거부하기 때문이다. 그가 '당신'일 때 그녀는 "매가 되고", 그녀가 '나'일 때 "그가 늑대가 되"고 마는 것이다. 다만 무엇이 되고자 하는 움직임이 임계점에 다다르는 순간, 그렇게 해서 찰나의 정지가 이루어지는 순간, 그때 무차별적인 움직임들 사이에서 '우리'의 만남이 성사될 수 있을 뿐이다. 그때는 "칼날처럼 스쳐 지나는/우리 만남의 저녁", 오직 그때이다. 이 시집은 실은 바로 그 순간을 찾아가는 시집이기도 하다. 모든 무의미의 황사를 뒤집어쓰며, 그것들을 고열로 달구어진 의미 탐색의 운동 에너지로 변환시켜가는 도중에서 그 운동을 다스릴 수 없는 욕망의 분출로 끌고 가는 대신, 최고도의 균형을 갖춘 형태로 결정화하고자 하는 것이다. 비록 찰나로서나마 그 순간의 완성이 없다면, 우리 생의 온갖 절망과 온갖 희열은 무슨 뜻이 있겠는가? 무엇하러 그리도 몸부림하고 발버둥 치겠는가? 한순간의 충만한 평화가 우리의 경험 속에 없었더라면? 그러니 이 시집은 사이의 책이기도 하다. 그 찰나는 오직 사이로서만 현시되기 때문이다. 오직 그 사이가, 잠깐 열렸다 닫히는 그 "눈꺼풀 속이 사막의 밤하늘보다 깊고 넓었"(「모래 여자」)던 것이다. 이 사이의 책은 순환한다. 사막에서 사막으로. 모래바람의 사막에서 청명한 밤하늘의 사막으로. 그 사막에서 저 사막으로. 저 사막에서 이 사막으로. 이 시집은 그러니까 다시 사막의 책이다.

〔2008〕

모독의 사랑 방정식

—다시 쓰는 최승자

개성이 뚜렷한 시인들이 대개 그렇지만, 최승자에게도 자신만의 독특한 생각, 이미지, 어법이 있다. 그 생각 중 하나는 삶이란 요람에서 무덤까지 모든 게 헛되다는 것이며, 그 이미지 중 하나는 허무의 폐허 위에 홀로 선 처절하게 외로운 자의 영상이고, 그 어법 중의 하나는 과격함이다. 이를테면 그는

> 모든 종류의 세계, 모든 종류의 역사가
> 헛돌고, 헛돌고 있을 뿐
>
> —「좌우지간」 부분[1]

이라는 인식을 되풀이해 밝히고 있으며,

---

1) 최승자, 『연인들』, 문학동네, 1999.

한 사람이
죽어 가고 있다,
어두운 화면
흐린 일생 위에서.

이 패주의 길
오냐 다시 오마
이빨을 갈며

그러나 한 사람이
죽어 가고 있다.

—「슬로우 비디오」부분[2]

에서 보이듯, 이 헛된 인생 위에서 이 악물고 죽어가는 한 사람의
모습을 "필생의 악몽"처럼 선명히 부각시키면서, 그 악문 이빨 사
이로,

(꿈이여 꿈이여
늙으신 아버님의 밑썻개여)

—「이제 전수할」부분[3]

---

2) 최승자, 『즐거운 日記』, 문학과지성사, 1984.
3) 최승자, 『기억의 집』, 문학과지성사, 1989.

라든가,

> 똥이 곧 예술이 될 수 있고, 상품이 될 수 있는 이 시대에
> 쓰자, 그까짓 거, 까아아아아아아아아아아아짓거.
> 영혼이란 동화책에 나오는 천사지.
>
> 돈 엄마가 돈 새끼를,
> 자본 엄마가 자본 새끼를 낳는,
> (오 지상을 뒤덮는 자본 종족)이 세상에서
> 자본의 새끼의 새끼의 새끼의 새끼가 시일 수 있다면
> (모든 시인은 부복하라)
> 오 나는 그 새끼를 키워 어미로 만들리라.
>
> ──「자본족」 부분[4]

는 날카로운 송곳 같은, 혹은 난데없는 망치 같은 신음인지 욕설인지 저주인지를 독자의 면전에 발사한다.

"애인아 사천 년 하늘 빛이 무거워/〈이 강산 낙화유수 흐르는 물에〉/우리는 발이 묶인 구름이다"(「이 시대의 사랑」[5])라는 절망적인 선언으로 시작한 이래 그의 시는 언제나 저 독특한 생각, 이미지, 어법을 한결같이 되풀이해왔다. 그러나 그것들이 한결같기만 했다면, 최승자의 시의 길은 어느 곳에서 막다른 골에 빠졌으리라. 그

───────

4) 최승자, 『내 무덤, 푸르고』, 문학과지성사, 1993.
5) 최승자, 『이 時代의 사랑』, 문학과지성사, 1981.

가 여직 줄기차게 시를 쓰고 있다면, 아니 그냥 쓰는 게 아니라, 여전히

　月下, 이 빵빵한,

　수억 년 전 빅뱅 때에 찍혀졌다
　수억 광년을 달려와 이제
　내 자궁 속에서 부풀어오르며
　삼차원의 형상, 아니 영상이
　되어가고 있는 이것.
　月下, 이 빵빵한

　이 빵덩어리는 도대체 누구의 오븐에서 구워졌던 것일까.

　　　　　　　　　　　　　　　　　　　─「月下, 이 빵빵한」 부분[6]

와 같은 눈부신 이미지와 돌발적인 전환으로 독자의 눈을 때리고 독자의 어안을 어리빵빵하게 한다면, 그의 시의 저 불변소들 사이에 무언가 은밀한 작업이 "깊게, 절망보다 깊게"(「봄밤」, 『이 時代의 사랑』) 끊임없이 일어났기 때문이라고 말하지 않을 수 없다. 실로, 헛됨, 나, 과격함이라는 최승자의 원형소들은 한결같되, 움직인다. 다시 말해 그것들은 서로 섞여 다른 생각, 다른 이미지, 다른 어법을 만들어낸다. 생각해보면 "목숨은 처음부터 오물이었

6) 최승자, 「月下, 이 빵빵한」, 『문학과사회』 제40호, 1997년 겨울: 『연인들』.

다"(「未忘, 혹은 備忘 2」, 『내 무덤, 푸르고』)는 시인의 생각은 그의 선명한 주체 영상과 얼핏 어울리지 않는 듯이 보인다. 만일 목숨이 처음부터 오물이라면, 그 목숨의 외관인 '나'도 오물일 것이고, 갈 아댈 이빨도 벌써 흐물거릴 것이기 때문이다. 그러니, 독자는 이 주체를 흔히 말하는 주체와 달리 생각해야만 한다. 그 주체는 목숨 과 동일자도 아니며, 목숨을 좌지우지하는 주체도 아니라, 오물인 목숨과 헛된 역사로부터 좌우지간 삐져나옴으로써, 오물도 헛됨도 아닌 게 되어버린 어떤 주체이다. 왜냐하면 오물인 목숨은 결코 목 숨이 오물이라고 말할 수 없기 때문이다. 가령 똥물을 뒤집어쓴 한 아이가 있다고 하자. 그 아이가 똥물을 몸에 뒤집어쓴 채로 주위를 둘러보며 "이게 뭐야!"라고 외쳤을 때, 그 아이의 몸은 똥물이지 만, 아이의 마음은 똥물에 저항하며, 그 아이의 눈과 입은 똥물을 뚫고 바깥세상을 바라보고 메시지를 던진다. 온몸에 똥물을 뒤집 어썼지만, 그러나 적어도 마음과 눈과 입은 똥물 바깥에 있다. 그 렇게 바깥에 위치할 때만 자신이 똥물을 뒤집어썼음을 알고 그것 에 대해 말할 수 있다. 그 점에서 똥물을 뒤집어쓴 아이는 똥물과 반-똥물([-] 똥물)의 복합체이다. 최승자의 주체도 그와 같다. 목숨 을 오물이라고 말하고 삶을 헛되다고 말하는 그 주체는 오물·헛됨 이 아니라, 탈-오물, 탈-헛됨이다. 그러나 그 주체는 삶 혹은 목숨 과 무관한 낯선 존재가 아니다. 그것은 오물과 헛됨으로부터 태어 난 탈-오물, 탈-헛됨이다. 주체는 따라서 성격, 신분, 재산, 신체, 지식을 갖추고 세상에 대한 내재 관념idée innée을 담지하고 있는 시민사회적 개인으로서의 주체가 아니라, 오히려 정반대다. 그는 몸의 결여로서의 생각·느낌·열망이다. 그래서 이런 시구가 나온다.

　최초에 한 생각이 있었다.
　한 생각이 열심히 기원하여 한 개념이 되었다.
　한 개념이 열심히 기원하여 한 이름이 되었다.
　한 이름이 열심히 기원하여 한 이미지가 되었다.
　한 이미지가 거울 앞에서 열심히 기원하여 한 형태, 한 몸을 이루
었다.

—「한 생각으로서의 인류사」 부분⁷⁾

　이 최초의 한 생각이 몸으로 변이해간 존재, 그것이 '나', 곧 인
간이다. 그러나 여기에서 그치면 안 된다. 최승자 시의 주체는 인
류가 아니다. 그가 인류의 종족과 다른 점은 결코 "한 형태, 한 몸"
을 가질 수 없다는 데에 있다. 인간의 종족이 생각과 몸의 일치에
대한 환상을 품고 있다면, 최승자의 주체에게는 그 환상이 없다.
그에게 몸은 헛것이거나 오물 덩어리이기 때문이다. 이 차이는 더
큰 차이를 벌린다. 인류는 생각 → 몸의 환상 속에서 "너라는 개
념, 너라는 이름, 너라는 이미지, 너라는 몸을 만들어냈고,/나는 너
를 통해 나를 확인하고 보강하며,/너는 나를 통해 너를 확인하고
보강하면서", 그렇게 '너, 나, 그'는 증폭되어 "인류사를 낳고, 세
계사를 낳"았으니, 그것이 곧 "나라는 한 생각, 한 개념의 무한 복
제, 그리고 그 무한 복제품들끼리의/무한한 싸움", 곧 세상이 되었

7) 최승자, 『연인들』.

던 데 비해, 최승자의 주체는 복제를, 증폭을, 증식을 멈춘 원관념으로서의 '나'다.

같은 곳에서 솟아났으나, 큰 하나는 무한히 증식되었고 조그만 하나는 그 자리에서 멈추었다. 최승자의 주체는 마치, 소행성의 충돌로 튕겨나가 녹색 지구 저편에서 영원한 적요의 백랍빛 속에 잠긴 달과도 같다.

여기까지 오니, 나는 옛날의 해석을 수정할 필요를 느낀다. 나는 그의 두번째 시집 『즐거운 日記』에 해설을 부치면서 최승자의 시가 "자아의 적나라한 비극을 자아 그 자체의 고통으로 보여주기보다는 자아의 구성물들을 통해 보여준다"는 점에 착목하여, 모든 것이 파괴되어도 끝끝내 남아 그것을 견뎌내는 "관념화된 자아"의 확보가 그의 시에 있다고 분석한 바가 있다(「방법적 비극, 그리고」). 지금 다시 생각해보니, 그 분석은, 용어를 제외한다면, 그리 무리가 아니었던 것 같다. 그러나 "자아의 견지는 동시에 자아에의 집착이 아닐까?"라는 우려를 나는 덧붙여 던졌는데, 그 해석은 수정되어야 한다. 왜냐하면 자아에 대한 집착은 자아와 타자와 바깥세상들의 무한 증폭을 달성한 인류의 것이지, 그 모든 것을 빼앗긴 그에게 있지 않기 때문이다. 오히려 최승자의 '나'는 자아가 아니라 단지 주체일 뿐이며, 그 주체는 자아 결여로서의 주체이다. 만일 집착이 있다면, 그 집착은 결여에 대한 집착일 수만 있다. 그리고 결여에 대한 집착이 가능하려면, "본래 가지고 있었다"는 생각이 선행되어야 한다.

최승자의 주체가 선명한 주체 영상을 가지고 있다는 것은 이로부터 비롯된다. 그의 주체는 자아의 궤도만큼의 지름과 회전주기를 가지고 있다. 왜 그런가? 그것은 무엇보다도 세상과 주체가 한 뿌리에서 태어났기 때문이다. 다시 말해 최승자의 주체는 어디에서든 다른 근원도 다른 지주도 찾을 수가 없다. 그는 여기에서 태어났고 필경 여기에서 살아야 한다. 그러나 그에게는 당연히 있어야 할 어머니도 아버지도 없으며 자식도 타자도 이미지도 이념도 우상도 역사도 없다. 그는 박탈된 존재이다. 그가 박탈당한 것은 당연히 '있어야 했을' 것이기 때문에 그 주체는 상상적으로 충족된다. 다시 말해 말의 바른 의미에서의 영상, 즉 헛것인 실한 몸체가 떠오르는 것이다.

동일자 생식의 이 불가피한 악착같음, 그것이 주체의 영상이다. 그렇게 해서 주체는 세상과 동렬에 놓인다. 그러나 이 열은 출발선이지 결승선이 아니다. 다시 말해 그 열은 싸움이 시작되는 열이다. 그 싸움은 그러나 뺏고 뺏기는 싸움으로 드러나지 않고, 빼앗은 자의 헐벗음을 폭로하는 일종의 반성적 싸움으로 나타난다. 그 둘이 동일자이기 때문이고, 동일자라면, 주체가 "창조 이래, 좌우지간 불행"(「좌우지간」)한 것과 마찬가지로 세상의 무한 풍요도 실은 허상에 불과할 것이기 때문이다. 내가 그렇다면, 그도 역시 창조 이래 불행한 것이고, 내가 시원의 지점에서 정지한 존재라면, 세상도 "창조 이후/한순간도 지나지 않"은 것이다. 그것은 "태양처럼 빛나는 비밀"이다. 다시 말해 그것은 명명백백하지만 박탈을 심리적으로 경험한 자만이 알 수 있는 외면된 진실이다.

최승자 문체의 과격성은 이로부터 태어난다. 그것은 무엇보다도 그가 동일자들의 세계 속에 있기 때문이다. 삶의 여유는 인정할 타자가 있을 때 온다. 인정할 타자가 있을 때 내가 인정받을 수 있기 때문이다. 헤겔은 "생사를 건 인정 투쟁"이라고 말했으나, 그러나 타자의 부재는 오히려 더 가혹하다. 그것은 생사를 걸 수조차 없게 만든다.

> 이 세계는 영원한 고쳐 쓰기의 과정, 구제불능의 패러디이다.
> 그 세계에서 어떤 이들은 작자가 되길 원하고,
> 어떤 이들은 독자가 되길 원하지만, 그러나 그 둘은 하나이고
> 둘 다 그 주인 없는 테이프의 각본의 원작자가 되길 원한다.
>
> ―「눈이란 무엇인가」 부분[8]

그러나 어디에도 주인은 없다. 다시, 그러나 그렇게 되면 살 수가 없다. 살기 위해 싸울 가능성이 아예 사라져버리기 때문이다. 그래서 주인을 만든다. 그 주인은 "어떤 이들" 중의 하나가 될 수 없다. 그것은 타자여야 하고, 이 안엔 온통 동일자들만 있으니, 그 타자는 오직 바깥에 있을 수 있을 뿐이다. 이어지는 시구는 이렇다.

> 우리는 내면에서 먼저 쓰고 그것을 바깥에서 읽을 뿐이다.
> 그리고 눈이란 안을 보지 않기 위해,
> 오직 바깥만을 증거하기 위해 만들어진 것이다.

그러나 되풀이 말하지만, 실은 어디에도 주인은 없다. 안에 없을 뿐만 아니라 바깥에도 없다. "눈은 오직 허상들만을 보기 위해 찍

---

8) 최승자, 『연인들』.

어 만들어놓은 필름"에 지나지 않는다. 그러니까, 그 주인은 도저
한 세상 부정의 대리물이다.

　　명실공히, 이 집은 파괴의 집입니다.

——「파괴의 집」 부분[9]

라고 말하듯, 그의 시는 명실공히 파괴의 시다. 하지만, 그럼에도
불구하고 그 파괴는 형태를 가지고 있다. 다시 말해 그의 형태 파
괴는 형태 구축이다. 그가 세상 부정의 대상물로 하나의 주인을 빚
어내는 순간, 그 주인은 이 세상 자체이자, 동시에 이 세상 바깥에
있는 존재다. 그 존재가 누구인가? 조물주가 아니면, 누구도 그럴
수가 없다. 그래서 그는 "세상을 이렇게 창조해놓은 신은/죽여버
려야 한다는 시를 썼"(「구토」)던 적이 있다.

　　죽여버려야지, 나는 그 안의 한 고통스런
　　배역으로 존재하긴 싫으니까, 그리고
　　내 모든 형제들도 탈출시켜야 하니까,
　　이 작자를 죽여버려야지, 두리번거리면서,
　　찔끔찔끔 구토하면서.

——「구토」 부분[10]

---

9) 최승자, 『기억의 집』.
10) 최승자, 『연인들』.

최승자 문체의 두 가지 비밀이 이로부터 나온다. 과격성의 방법론이 그 하나라면, 과격성의 전개가 그 둘이다. 그의 과격성의 방법론은 세상 전체에 대한 부정으로만 이루어진 것이 아니다. 그것은 세상 전체를 하나의 개별적 존재태(신)로 바꾸어 드러냄으로써 부정을 완성한다. 그럼으로써 시인은 그의 문체를 테러로 만든다. 오래된 전승이 말하기를, 신은 저의 모습을 본떠 인간을 만들었다. 인간은 신을 닮았다. 그 신이 세상 부정의 대리물이라면, 시인의 부정은 바로 그를 닮은 인간들 자신에 대한 부정으로 즉각적으로 확산된다. '나'가 탈출시켜야 한다고 생각하는 그 "모든 형제들"에게로 말이다. "두리번거리면서"는 바로 죽여버려야 할 대상을 주변에서 찾는 행위이고, "찔끔찔끔 구토하면서"는 바로 그 동족 살해가 바로 나 자신의 살해로 이어질 수 있다는 식인주의적 공포의 표현이다. 그러나 여기에서 그치는 것이 아니다. 신의 인간으로의 확산을 통해서 구체성과 실감이 부여되자, 그것은 다시 신 쪽으로 선회하여, 그 구체성과 실감을 보편성으로 확대시킨다. 신에 대한 모독은 인류 전체에 대한 모독의 선명한 상징이다. 본래, 실감(리얼리티)이 디테일의 구체성에서 확보되는 것이라면, 최승자의 문체는 대상의 나선형적 순환을 통해 실감의 전체성에 다다르게 된다. 가장 구체적이어서 살갗의 털을 일어나게 하고, 완벽히 전면적이어서 세상 전체를 암흑으로 뒤덮는 그런 모독이 이 짧은 시행들 속에서 구현된 것이다.

최승자 문체의 두번째 비밀은, 그러나 그의 과격성이 단순히 모독의 차원에 머무르지 않는다는 것을 보여준다. 그것은 그의 형태 파괴는 동시에 형태 구축이라는 비밀을 바로 지시한다. 생각해보면, 세상에 대한 전면적인 부정이 항상 과격함으로 나타나는 것은 아니다. 그것은 굴원에게서처럼 연민을 낳기도 하고, 장세니스트들에게서처럼 비타협을 낳기도 하며, 백이·숙제에게서처럼 비애를 낳기도 한다. 부정이 과격성으로 나타나려면, 똑같은 정도의 개입이 동시에 있어야 한다. 그래야 충돌이 있고, 그래야 과격함이 표현될 것이기 때문이다.

그것은 그의 세상 부정이 희한하게도 모종의 참여의 방정식을 생성하고 있음을 뜻한다. 그는 "괴로움/외로움/그리움"이라는 삶의 속성을 두고, "내 청춘의 영원한 트라이앵글"(「내 청춘의 영원한」, 『이 時代의 사랑』)이라고 말한다. 그 부정과 절망과 비애의 원소들이 실은 한데 모여 아름다운 음률을 창조하는 것이다. 그는 도저한 세상 부정 속에서도 끊임없이 세상으로 돌아오며, 그때

내가 몸 눕히는 곳 어디서나
슬픔은 반짝인다
하늘의 별처럼
地上의 똥처럼.

—「돌아와 나는 詩를 쓰고」 부분[11]

그 슬픔은 하늘의 별과 지상의 똥처럼 반짝인다. 그리고 그렇게, 하늘의 별과 한 자리에 놓이게 되자 지상의 똥은 얼마나 아름다운가? 얼마나 구수한가? 또한 지상의 똥과 한 자리에 놓이자, 하늘의

---

11) 최승자, 『기억의 집』.

별은 얼마나 애잔한가? 슬픔은 별과 똥의 비유를 통해 비애와 생기의 복합체로 재탄생하고 하늘의 별과 지상의 똥은 슬픔을 매개로 해 흥겨운 교향악에 참여한다. 더 이상, 비유와 원어들 사이의 가치도의 차이는 존재하지 않는다. 그것들은 각자 비유이고 원어이되, 저마다의 질량과 저마다의 비례로 함께 어울린다.

　그의 과격성은, 그러니, 더 이상 파괴와 모독의 힘만인 것이 아니다. 그것은 어느새 사랑의 방법론이기도 하다.

　　내 텃밭에 심을 푸른 씨앗이 되어 주시겠어요?
　　그러면 난 당신 창가로 기어올라 빨간 깨꽃으로
　　까꿍! 피어날께요.
　　　　　　　　　　　　　　　──「내게 새를 가르쳐 주시겠어요?」 부분[12]

에서의 난데없는 의성어 저 "까꿍!"을 소리 내어 읽어보시라. 돌연, 우리는 빨간 깨꽃의 열심인 개화를 피부로 느끼고 있지 않은가? 이렇게 노골적으로 사랑을 표현하지 않은 시구들은 또한 어떠한가? 가령, 앞에서 인용한 바 있는,

　　이 빵덩어리는 도대체 누구의 오븐에서 구워졌던 것일까.
　　　　　　　　　　　　　　　──「月下, 이 빵빵한」 부분

를 들어보시라. 이 돌발적인 물음은 형태적으로는 폭력이고 단절

_____

12) 최승자, 『즐거운 日記』.

이지만, 내용적으로는 거꾸로 부정의 정지이고 연속에 대한 성찰이다. 빅뱅 이래 지금까지 달빛 아래 빵빵히 부풀어간 인류사의 한없는 악순환이 이 순간 돌연 정지하고 우리에게 이중의 참여를 요구하고 있는 것이다. 왜 이중인가? 한편으로는 시구가 문자 그대로 가리키듯이, 이 세계에 대한 질문을 독자에게 던지기 때문이다. 다른 한편으로 시구의 내용이 암시하듯이, 그 빵덩어리를 구운 오븐은 "한없는 뒤범벅이 되어 흘러간" 밀반죽, 즉 우리 자신이기 때문이다.

모독 속에 감추어진 이 사랑의 방정식이 최승자 시의 최근에 나타나기 시작했다고 말할 수는 없다. 인용된 시구들의 출전이 가리켜 보여주듯이 그것은 차라리 도저한 세상 부정의 언어들에 이미 내재하고 있었다. 다만 최근의 작품들이 과격성의 어조를 꽤 순치시키면서, '소멸'에 대한 페이소스를 두드러지게 드러내고(「왕국」「일점 일순」[13]), 그리고 그것이 죽음은 동시에 안식이라는 데 대한 어떤 깨달음(「돈벌레 혹은 hanged man」, 『문학과사회』 제40호)과 연관되어 있는 것은 사실이다. 하지만 이것이 최승자 시의 변화를 예시하는 것인지 아닌지는 아직 분명치 않다.

〔1998〕

---

13) 최승자, 『연인들』.

날개 깁는 여인의 노래
— 김정란의 여성주의적 내기

    김정란은 '그녀'라고 분명하게 지칭할 수 있는 시인 중의 하나이다. 모든 여성 시인을 '그녀'라고 부를 수는 없다. 왜냐하면 시인의 지칭은 그의 신체적 성에 따르지 않고 문학적 성에 따르기 때문이다. 한데, 문학에는 본래 성도 나이도 신분도 없다. 적어도 그것이 문학의 이상이며, 문학의 현재는 언제나 이상의 부분집합에 불과한 것이다. 그러니 모든 문학인은 그저 일반 지시대명사 '그'로 불리는 것으로 충분하다. 그런데 그녀만은 정확히 '그녀'라고 불러주어야 한다. 그녀가 스스로를 그렇게 부르고 있으니까 말이다.

> 지금 내 어깨 위에 당신이 있어요
> 당신은 나를 어머니라고 부르기도 하고
> 아내라고 부르기도 하고 연인이라고 부르기도 하고
> 그리고 내 사랑스러운 영혼이라고 부르기도 해요

이 호칭들의 나열은 분명한 경계를 긋고 있다. 이것들은 어떤 호칭들을 저 너머로 내몬다. 남편, 아들, 그가 경계 저편에 있는 존재들이다. 그러나 시구 그 자체만으로 보자면, 경계 이편과 저편 사이에는 뜨거운 교류가 있다. 당신, 어머니, 아내, 연인, "내 사랑스러운 영혼" 등은 모두 상호적 존재들의 호칭들이다. 그 상호성에 힘입어 그녀-'나'는 "예쁜 사내아이 하나"(「單性 생식」) 낳을 것이다. 그러니, 김정란의 '그녀'는 전통적 서정시의 '그녀' 혹은 소월의 '나'와 다르지 않다. 시인이 스스로 '그녀'임을 밝히는 것은 '그'의 배제를 위해서가 아니라, 그와의 만남, 합일을 위해서이다.

여기까지만 보면, 시인을 '그녀'라고 불러줄 까닭은 시의 화자가 남성의 짝으로서의 여성임을 두드러지게 강조하기 때문이라고 생각할 법하다. 그러나 투쟁하는 여성주의자로서의 시인의 면모를 익히 보아온 독자라면 이 진술에 금세 의문을 가질 것이다. 그것을 모르는 독자라도, 어느 시의 제목이 「單性 생식」인 데 의아해하고, 곧 다시 시를 되풀이해 읽을 것이다. 실로 가만히 보면, 그 당신은 "아직 없는 당신"이고, 내가 낳을 "당신 닮은 예쁜 사내 아이"는 "당신 없이 내가 낳을" "예쁜 다른 당신"이다. 그러니까 당신은 나의 아들이고(「천사」에서도 그녀는 말한다: "내 아기, 내 남편인 당신 기를 수 있어요"), 그렇다는 것은 당신이 이 출산의 사건의 참여자

---

1) 김정란,『사랑으로 나는』(제14회 소월시문학상 작품집), 문학사상사, 1999. 이하 출전이 따로 명기되지 않은 시는 모두 동일한 책에 수록된 것이다.

가 아니라 생산물이라는 것을 뜻한다. "아버지 없어도 하나도 불행하지 않은" "모자원"을 "하나 지어야겠"(「크리스탈 母子完」)다고 그녀가 말할 때도 남성은 그녀 옆에 있지 않고 그녀 밑에 있다. 잉태의 참여자는 그렇다면 누구인가? 그것에 참여하는 자는 놀랍게도 오직 '그녀'-'나'일 뿐이다. "내가 내 몸을 다리로 놓고 이제 잘 건너다녀"라고 그녀는 확신에 차 말하고 있지 아니한가? 그 '다리'가 은근히 여성의 자궁의 환유로서 기능하는 데 비해, 그것과 짝 맞출 남성의 그것을 바로 그녀의 '몸'이 대신하고 있다. 희한한 일이다. 왜 희한하냐 하면, 몸과 다리는 실은 하나이기 때문이다. 몸-다리는 씨뿌리개의 은유이며, 다리-몸은 씨받이의 환유이다.

참으로 도발적인 기획이다. 어떻게 인간이 홑성붙이를 감행할 수 있는가? 본래 그 '짓'은 저속하고 흉측한데, 왜냐하면 하등식물이나 무척추동물의 일이거나 아니면, 에일리언의 출현을 알리기 때문이다. 그러나 그것을 저속하고 흉측하다고 보는 것은 인간의 눈일 뿐이다. 그리고 그렇다는 것은 시인의 '그녀'가 인간의 관점을 거부한다는 것을 뜻하고, 더 나아가 인간으로서의 삶을 거부한다는 것을 뜻한다. 과연, 시인은,

> 아무리 사랑해도 사람의 힘으론 안 돼요
> 이곳에선 안 돼요
>
> ―「호수, 한밤중」 부분[2]

---

2) 김정란, 『그 여자, 입구에서 가만히 뒤돌아보네』, 세계사, 1997.

라고 단정하며,

> 난—이제—인간의—일에—따로—목매지—않을—것—같
> 네—
> ——「—낡은—푸댓자루를—끌고가다—만난—보름달—과—초록—실—과」 부분

라고 말함으로써 인간됨을 벗어난다고 분명히 선언한다. 그녀가
꿈꾸는 것은, 그러니까 새로운 종족 혹은 "완전히 새로운 개념의
생"(「고요 연습」)이다.

이 새로운 종족 혹은 새로운 생을 만드는 것은 '그녀'이다. '그
녀'에 의해 '그'는 배제된다. 신생의 생산자는 오직 그녀이기 때문
이다. 그러나 동시에 그녀에 의해 그는 재통합된다. 신생의 공간
속에 그녀는 제가 낳은 그와 함께 있을 것이기 때문이다. 이 '그 없
이도'—'그를 낳는'—'그녀'도 분명 새로운 종족이다. 지금, 이곳
에서의 그의 '짝'으로서의 그녀가 아니기 때문이다. 시인은 현실의
그녀인 체하면서 완전히 다른 그녀로서 활동한다. 그것은 시인의
시가 전통적 서정시를 따르는 체하면서 아주 다른 시를 생산한다
는 것과 동형 관계에 있다. 순전히 형태적인 차원에서 보면, 시인
은 소월에 그 뿌리를 대고 있는 한국시의 여성주의적 전통을 따르
는 체하면서 그것을 뒤집는다.

그렇다는 것은 '그녀' 그리고 그녀가 화자이자 행동자인 김정란
의 시를 새로운 방식으로 접근할 것을 요구한다. 그녀에 관한 이해
의 중심 항목들은 정체, 존재론, 전망이다. 현실상의 그녀가 아닌
그녀란 도대체 무엇인가가 정체의 문제이며, 그녀는 무엇으로 사

는가가 존재론의 문제이며, 그녀는 무엇을 꿈꾸는가가 전망의 문제를 이룬다.

　우선, 정체: 우선 우리는 역사의 기억으로부터 도움을 구할 수 있다. 인간의 눈으로 볼 때 홑성붙이는 저급하고 흉측하다 했지만, 언젠가 인간의 역사에서 그런 일이 있었다. 바로 무염수태의 사건, 동정녀 마리아의 잉태 말이다. 그것이 인간에게 일어날 때 그것은 해괴한 일이 아니라 "성령으로 말미암은"(「마태오」 1:12) 것이다. 다만 해괴하든 성스럽든 한 가지 공통점이 있으니 인간의 경계를 넘어선다는 것이 그것이다. 김정란 시의 '그녀'는 동정녀 마리아를 대역하는 것인가? 드러난 시구들만으로 보자면 그것은 확실치 않다. 오히려 그녀의 이미지는 성모의 아들, 즉 수난자 예수에 더 가깝다. 「사랑으로 나는」에서의 '나'의 말을 찬찬히 읽어보라. 내용도 사랑이거니와 그 어법은, 즉 언제나 외부의 무엇(사랑)으로부터 '나'를 끌어내고는 그 '나'로부터 만물로 방사되는 말의 운동은, 「요한복음」에 상세히 제시된 예수의 어법을 빼닮았다. 진리가 통째로 내 몸을 관통하여(내 몸을 도관으로 하여) 온 누리에 퍼져나가는 운동, 그 운동은 근본적으로 숭고성을 생산하는 운동이다.

　그러나 그 '나'는 하나가 아니라 여럿이다. "여자들의 바다가 출렁이며 통곡했어"(「單性 생식」)의 '여자들'이다. 그것은 그 '나'가 사건으로서의 존재가 아니라, 역사(내력)로서의 존재임을 가리킨다. 시인은 여성의 일반사 전체 혹은 역사의 총체성 속에서의 모든 여성을 끌어온다(지나가는 길에 덧붙이자면, 이 점은 정화진과 시인이 공유하는 부분이다). 또한 그 여자들은

난 들었네
그 여자들 모여서서
나지막이 부르는 노랫소리

—「여자들, 고요히, 나뭇잎처럼」 부분

에서 보이듯, 공동체의 양태로 나타난다. 그러니까 그녀-나는 여자들의 복합체이다. 그녀-나는 통시적 복합체이며 동시에 공간적 복합체이다. 그 점에서 그녀-나는 우주의 크기에 맞먹는 그녀-시공체chronotope이다.

다음, 존재론: 당연히 독자는 물을 수 있다. 어떻게 그런 복수태로서의 존재가 가능한가? 이 복수적 존재들 각각을 이어주는 신경망은 무엇인가? "내 몸의 어느 멀고 먼 뉴런까지/총체적으로 고려해야 한다"(「고요 연습」)고 시인은 말하고 있는데, 이 당위형("해야 한다")을 현실태로 바꿔주는 것은 무엇인가?

그 처음에 여자들의 상처가 있다. 그 상처는 "천 년 동안"의 상처이다. 그것은 여자들의 상처가 거듭 이어지고 누적되었다는 것을 뜻하는데, 그러나 각각의 여자들의 측면에서 보면,

그녀들이 한 생 동안 부시시한 깃털 한 개씩

—「單性 생식」 부분

만드는 데서 알 수 있든, "한 생", 즉 전체로서의 생이다. 그녀-나

의 총체적 존재태는 각 시대, 각 장소의 여자들의 부분들의 합이 아니다. 그녀―나는 총체들로서 총체를 이룬다. 그것은 이 상처들의 이어짐의 양식이 누적이 아니라 다른 것임을 암시한다. 누적이 그대로 쌓인다는 점에서 자연성에 속한다면, 누적이 아닌 다른 것은 필경 의도와 노동을 필요로 한다. 과연 "다만 믿음에 걸고"(「천사」)나 "아무렴 어때 난 한 생 걸기로 한 거고"(「單性 생식」) 같은 시구가 가리키듯이 그것은 비장한 내기를 전제로 하며, 그 방법은,

여자들은 자꾸 가슴을 누르고 눌렀다네

―「여자들, 고요히, 나뭇잎처럼」 부분

를 보면, 누적이 아니라 여밈인데, 그 여밈은 이어지는 시구,

땅에 붙박힌 그녀들의 몸
이윽고 투명해질 때까지
실금 상처 안으로부터 떠올라
선연한 무늬를 만들었다네

에서 보이듯, 모든 체험의 두께, 그러니까 상처의 두께가 안으로 형성되는 한편, 그만큼 몸의 체적은 사라져서 마침내 투명해져가는 대신 "선연한 무늬"가 안으로부터 떠오르는 과정을 포함하고 있다.

상처가 몸의 투명화라는 것은 그것이 "이상한 말의 통로"(「눈 내리는 마을」)가 될 수 있도록 해주며, 바로 거기에 그녀―나의 복수

적 존재 방식의 근본적인 원천이 있다. 몸의 투명화를 가능케 하는 것은 그 상처로부터 눈물이 흐르기 때문인데, 눈물의 양은 생의 몸이 줄어든 양에 정확히 일치한다. 그 눈물은 여자들의 억압된 생을 지워낼 뿐만 아니라, 여자의 생 속에 침범해 있는 억압의 주체들, 도구들도 함께 녹인다. "내가 마지막 뼈까지, 전생에 목에 걸린 생선가시까지/눈물의 힘으로 안으로부터 다 녹여 없앴던 것"이라는 시구는 저 그녀-나의 비장한 내기가 수난자와 탄압자의 동시적 내부 소멸을 겨냥한다는 것을 분명하게 가리킨다. 그리하여 여자의 생은 "맑은 생"(「멀리서 온 발자국」)으로 거듭나고, 그 맑은 생이란 바로 통로로서의 생임을 뜻한다.

그러나 통로의 개설만으로 사업이 완결되는 것은 아니다. 거기에는 에너지가 흘러야만 하는데, 즉 "이상한 말들"이 흘러야만 하는데, 그러려면 그 통로의 각각의 단면, 즉 여자들 각각의 생이 통로일 뿐만 아니라 동시에 "힘의 팔찌"여야 한다. 그 힘은 놀랍게도 상처=몸의 투명화라는 등식 그 자체로부터 나온다. 왜냐하면 몸의 투명화는 몸의 독소를 제거하는 일일 뿐 아니라, 몸을 가볍게 해서 새처럼 날아오르게 해주기 때문이다. 그러니까 그것은 역사적이면서 수직적인 이중의 운동을 동시에 나타낸다. 여자들의 생이 이상한 말의 통로가 되는 과정이 역사적 운동이라면,

가슴의 깊고 끈적거리는 물이
희고 가벼운 날개로 바뀌어

—「눈 내리는 마을」 부분

날아오르고, 혹은

> 모든 어미들이 내 어깨에 달아주었어
> 그녀들이 한 생 동안 부시시한 깃털 한 개씩

—「單性 생식」 부분

에서처럼 여인의 생을 "부시시한 깃털 한 개"로 다시 태어나게 하는 운동이 수직의 운동, 존재 상승의 운동이다.

여기에서 김정란의 시 혹은 '그녀'-'나'의 운동은 전설에 육박한다. 바로, 가시 옷을 짜는 공주와 백조로 변한 왕자들을 둘러싼 다양한 전설 말이다. 끊임없이 변이되어 다시 나타나는 그 전설의 심연에는 베 짜는 여인들의 고난 혹은 노래가 놓여 있다. 그 노래, 전설들은 억압된 노동을 그 자체로서 해방의 노동으로 바꾸려는 열망, 혹은 (억압된) 노동은 해방의 필수적인 계기라는 통찰 위에서 전개되는 것이며, 가시 옷과 날개의 변증법적인 변전은 그 노동 과정의 가장 선명한 이미지를 제공한다.

"그리움의 거리를 몸의 체적으로 채우"(「그 잎사귀 바람 만지며 돌아누울 때」)겠다고 선언하는 김정란의 시도 그와 같다. 「—낡은—푸댓자루를 — 끌고가다 — 만난 — 보름달 — 과 — 초록 — 실 — 과」라는 너덜너덜한 제목의 시는 그 제목만큼 너덜너덜한 "낡은 말의 푸댓자루"를 주제로 하고 있으며, 마찬가지로 너덜너덜한 형태로 이루어져 있다. 그 주제와 형태는 "찢어질 때마다 덧대어 꿰매고 꿰"맨 탓에 그렇게 너덜너덜해진 것인데, "땅꼬마들이" "아이구—아줌마—정신차려요—/그—낡은—푸댓자루는—왜—끌고다녀요—/버려요—버리라구요—새걸—만들어요—"라고 놀리는데도 그녀-나는 그 너덜너덜함을 기어이 메고 가는 것이다. 왜냐하면 "달의 무늬""내—몸에서—줄줄—흘러나"오는 "초록실", 그리고 땅꼬마들과 대숲들과 달빛들이

> 내—몸—깊은—곳에서—이렇게—차고—맑게—다른—천년의—동굴에서—다른—천년의—하늘까지—이렇게—길고길고—유유히

흘러가기 때문이다. 그 너덜너덜함 사이로, 아니, 단정하고 깨끗한 것으로는 결코 안 되고, 오직 너덜너덜함의 사이로만.

그러니까 분명 여기에는 주제의 운동뿐만 아니라 형태의 운동이 동시에 전개되고 있다. 그 형태의 운동은 제시된 말들의 서정성과 그 말들을 끊고 잇는 부호들 사이의 갈등이 보여주듯이, 전통적 서정시의 형태를 더럽히는, 더럽힘으로써 새로운 형식들의 맑은, 빛나는 기미가 깃들고 스며날 틈새를 틔우는 운동이다. 가만히 보면, 그의 다른 시들에서도 '예쁘게 시작해서 거칠게 튀고 예쁘게 거둔다'는 명제로 요약할 수 있을 그런 파괴-재구성의 운동이 쉼 없이 나타나고 있다. 가령 「눈물의 방」에서의 중앙 연인 5연의

> 아프니? 많이 아프니?
> 나도 아파 하지만
> 상처가 얼굴인 걸 모르겠니?

가 나타내는 바와 같은 "나지막한 속삭임 소리"의 흐름을 문득 끊으며 독자를, 세상을 놀라게 하는 날카로운 고성이라든가 "신께서, 에라, 이 꼴통아, 니 멋대로 해라"(「천사」)와 같은 과격한 언사, 또는 "올봄에 내 마음 마당은 좁아터졌다"(「크리스탈 母子院」)의 '터졌다', "여자는 진작 썩고 없다"(「호수, 한밤중」)의 '진작', "벌써 조글조글 즐거운 파파 할머니 내 살에 비쳐 보이네"(「사랑하며 늙어가는 여자」)의 '조글조글', "랄랄랄 이 세상 어디엔가 숨겨진 섬 하나 찾아내서"(「천사」)의 '랄랄랄', "멀리서 멀리서 웅웅대는/분노낮게낮게"(「잘린 혀, 낮은 분노」)의 '낮게낮게'와 같이 읽는 이의 호흡을 문득 급박하게 만드는 이 돌발적인, 혹은 말의 내용과 말의 어투가 급격히 어긋나는(가령 "낮게낮게"를 보라) 제움직씨, 어찌씨 등, 그리고 또한 "길 끝이 벌써 보이는걸"(「單性 생식」) "난 그앨 봤어"(「單性 생식」) 같은 시구들처럼, 한없이 느린 그리움의 과정 속에 느닷없이 틈입하는 즉각적 현존의 말들이 그 파괴-재구성의 운동을 열고 이끄는 것이다.

독자는 김정란 시의 이러한 운동을 날개 깁는 여인의 운동이란 말로 요약할 수 있다. 그 운동이 역사적이고(통로를 내고), 수직적인(존재의 상승을 유도하는) 포괄적 운동이라면, 날개야말로 그 운동의 가장 선명한 이미지를 제공한다. 새에게 날개란 비상 기관일 뿐만 아니라, 동시에 '품는' 자락이기도 하다. 어미새는 오직 날개로만 새끼를 감싸기 때문이다. 동시에, 우리의 집단 무의식 저 깊은 곳에 숨어 있는 '옷 깁는 여인'의 이미지에 기대어(「나뭇꾼과 선녀」를 상기하는 것으로 족할 것이다) 날개는 고난과 해방이 응축된 장소로 나타나기 때문이다.

마지막으로 전망: 시인의 꿈은 이미 말한 바와 같다. '그 없이'— '그를 낳는'—'그녀'가 낳을 "내 아기, 내 남편인 당신"과 그 희한한 홀성붙이자로서의 그녀 자신이라는 신 종족에 대한 꿈 말이다. 그러나 이 꿈은 운동의 형태로서는 존재하나 목표의 형태로서는 존재하지 못한다. 무슨 말인가 하면, 그렇게 해서 당신과 내가 무엇을 하겠다는 것인지에 대한 이야기가 전혀 없다는 것이다. 이른바 후일담, 그게 없는 것이다. 실로, 시의 존재들이 가 닿을 그곳에서는 오직 그곳에 이르기까지의 과정만이 되풀이되고 있을 뿐이다.

> 그 마을에 살러 가시지 않을래요?
> 흰 눈 종일 조용조용 내리고
> 상처들이 비밀스럽게 편지를 주고받는 곳
> 당신도 나도 다른 사람들과 함께
> 이상한 빛을 생산하는 기이한 발전기가 되는 곳
>
> —「눈 내리는 마을」 부분

그 마을에서도 상처들은 여전히 '비밀히' 교통하고, 그 마을에서는 모든 존재자가 "이상한 빛을 생산"하면서 소멸되어간다. 그것은 꿈의 끝은 없다는 것을 뜻한다. 또는 꿈의 끝은 꿈의 작업과 같다는 것을 뜻한다. 현세주의자들의 수단과 목표의 분리, 과정과 궁극의 분리가 시에는 없는 것이다. 현세주의자의 입장에서는 그것은 결국 행동의 실패, 좌절을 뜻하겠지만, 그러나 행동의 좌절은 말의 승리를 낳는다(이 말은 뒤비뇨Jean Duvignaud가 베케트Samuel

Beckett에 대해서, 그리고 쥠토르Paul Zumptor가 뤼트뵈프Rutebeuf에 대해서 한 말이다. 왜 그들뿐이랴? 누군가가 시방도 그 말을 어느 곳에선가 하고 있을 것이다). 그 말의 승리란 단순히 행동을 말로 보상한다는 뜻이 아니라, 행동을 한없이 활성적(자기변혁적) 상태로 놓는 것이 말의 내기임을 뜻한다. 바로 여기에 문학만의 고유한 삶의 방식이 있다. 스스로의 소멸을 통해서 세상을 무한히 변형시키는 삶, 롤랑 바르트가 '텍스트의 즐거움'이자 '상실perte'(이 용어를 바르트는 동굴학에서 가져오는데, 그 학문에서 그것은 물줄기의 사라짐을 뜻한다)이라고 명명한 그 삶 말이다. 김정란의 여성주의적 내기는 모든 문학의 세상 바꿈의 내기와 다르지 않다.

〔1999〕

동혈(動血)함의 존재론
─ 김영승의 『무소유보다 더 찬란한 극빈』

모든 것으로부터 모든 곳에서 모든 것이 발각당한 자가 있다. 시시각각으로. 세세연년. 발각당함은 급격하고 항구적이다. 발각은 영구 동력의 운동이다. 바깥의 사물들, 풍경들, 햇빛, 사람들, 시선은 모두 '강풍'으로 돌변하여 몰아친다. 그 강풍에 노출된 자는 "헥헥/연 날리기를 당하고/찢어 발겨진 채/여자같이/알몸으로─"(「나무 세 그루」) 난행당한다. 그 세상에서는 "그저 곁에 함께 있는" 것조차 "그 자체가 가공할만한 불안,//긴장, 초조, 폭력"(「'있음'에 대한 참회」)이다.

우리는 김영승 시의 도처에서 세상에 완전히 발각당한 자의 모습을 발견할 수 있다. 발각당했을 때 이 힘없는 자는 완벽히 망가진다.

> 그 말이 옳다 소위 '가난'
> 하지 않았다면 우리 사이에
> 무슨 싸울 일이 있겠느냐 치욕에 치욕에

또 치욕

나도 치욕을 느낄 줄 아는

사람이다 그 스트레스는

나를 쭈글쭈글 오그려뜨렸다

난롯불에 오그라진

플라스틱 그릇처럼

—「인생」 부분[1]

　'나'는 가난해서 망가지고 그 가난으로 인한 자해(부부 싸움) 때문에 더 망가지고 그것을 치욕으로 느끼는 자의식 때문에 스트레스가 쌓여 더 망가진다. 난롯불에 오그라든 플라스틱 그릇처럼. 이 '나'의 삶은 완벽한 당함의 삶, 문자 그대로의 뜻으로서의 '수동성 (受動性)'의 삶이다. 이 완벽한 수동성은 모든 지점에서 모든 때에 모든 면에서 그대로 기술된다. 왜냐하면 시인의 언어 역시 그것을 '가릴 수 있는' 언어가 될 수 없기 때문이다. 그의 언어 또한 세상에 완전히 발각되어 있기 때문이다.

　바로 이 때문에 김영승의 시는 오늘날까지의 한국시에 존재한 가장 동혈(動血)한 시로서 평가될 만하다. 모든 것을, 그러니까 생활을, 생활고를, 가정사를, 베갯머리송사는 없을지라도 이불 속 이야기를, 희로애락의 감정을 가장 솔직하게, 있는 그대로, 바로 그 순간에, 그 장소에서 표출하는 시가 그의 시인 것이다. 좀더 현학

1) 김영승, 『무소유보다 더 찬란한 극빈』, 나남, 2001. 이하 인용된 시는 동일 시집에 속한다.

적으로 말해, 이러한 순수한 정서의 '토로'로서의 언어는 플라톤이 '디에제시스diègèsis'라고 명명한 것에 속한다고 할 수 있다. 플라톤은 『일리아드』의 초두에서 크리세스Chrysès가 아가멤논Agamemnon에게 한 청원을 예로 들면서, "매 순간 표출되는 말들을 말할 때, 그리고 그 말들이 발성된 순간들 사이에 일어난 일을 말할 때, 그것을 '토로diègèsis; exposition'"[2]라고 지칭하고, 사건들의 재현으로서의 모방mimèsis[3]과 구별했다. 이것은 이후 서양의 장르사에서 실종되었는데, 무엇보다도 미메시스에 중점을 둔 아리스토텔레스의 『시학』이 '토로'를 시학의 영역에서 제외했기 때문이다. 그러나 장르 이론에서 제외되었으나 19세기의 낭만주의자들은 서정시를 중심으로 순수한 감정의 분출을 하나의 언어 미학으로 정립하려고 애를 썼으며, 그 이후 문학의 영역에서 슬그머니 제외된 순수 서술 혹은 순수 표출로서의 '시'와 (재현으로서의) 문학 사이의 항구적인 갈등은 문학사의 은폐된 비밀에 속하게 되었다.[4]

---

2) 『공화국』 제3장, 393. 이 장르는 플라톤의 시대에 '디트람부스'에 할당되었다.

3) 극이 여기에 할당되었다. 덧붙이자면, 서사시는 미메시스와 디에제시스가 혼합된 장르라고 했다. 역시 지나는 길에 덧붙이자면, '미메시스'는 베끼기imitation라는 뜻만을 가진 게 아니다. 그것은 동시에 지어낸 것 혹은 꾸며낸 것poièsis의 뜻을 포함하고 있다. 플라톤이 시인을 추방하고자 했던 것은 미메시스가 잘못된 베끼기, 즉 꾸며진 베끼기라고 그가 판단했기 때문이다. 물론 잘 아시다시피, 아리스토텔레스는 이 꾸며내기에서 인식의 즐거움을 보았다.

4) 이 문제에 깊은 관심을 보여주고 있는 한국의 평론가는 이상섭이다. 그는 디에제시스/미메시스의 대립을 표현/모방의 대립으로 치환하고, 문학적 논의에서 실종된 전자의 복권을 주장하고 있다. 그의 「미메시스와 문학과 시, 하나의 비평사적 반성」(『역사에 대한 불만과 문학』, 문학동네, 2002)과 「테크네와 미메시스」(이상섭 편, 『문학·역사·사회』, 한국문화사, 2002)를 참조할 것.

텍스트 생산의 차원, 즉 시 창작의 차원에서 디에제시스는 실은 광범위하게 생산되고 있다고 할 수 있다. 물론 엄밀하게 보자면 모든 텍스트는, 시를 포함하여, 토로와 재현이 혼합된 양태로 나타난다. 그러나 비록 극적 재현일지라도 화자(話者)가 그것을 진실의 이름으로 '진술'한다면 디에제시스의 집합에 넣는 것이 타당할 것이다. 대부분의 시는, 특히 한국시는, 즉각적 정서의 표출이자 그것을 통한 진실의 가리킴을 꾀한다. 거의 무의식적으로. 1980년대에 시가 폭발한 것은 그 때문이다. 1980년대의 시는 무엇보다도 '부당하게 연장된 군사독재'라는 허위의 현실에 맞서 곧바로 진실의 핵심을 가리키는 손가락으로 존재했던 것이다.

김영승의 시는 그런데 이러한 '토로'로서의 시 중에서도 가장 '순수한' 형태를 보여준다. 플라톤은 크리세스의 청원을 예로 들면서, 그 순간 "시인(호메로스)은 마치 크리세스인 듯이 말한다"고 말했다. 그런데 김영승의 시에서는 이 '마치'가 불필요하다. 시인은 그 스스로에 대해 스스로의 입으로 말하고 있기 때문이다. 시인은 화자이자 동시에 인물이다. 그리고 화자와 인물은 완벽히 일치한다. 좀더 엄격하게 말하자면, 인물(대상)은 없고 화자만 있다고 할 수 있다.

그러나 이것은 시의 존재 이유를 위기로 몰아넣는다. 왜냐하면 시인 자신의 순수한 감정의 분출로서의 시는 결국 사적인 것의 공적 드러냄을 뜻하기 때문이다. 이 사사로운 이야기가 무슨 의미가 있는가? 크리세스의 청원이 의미를 띠는 것은 트로이 전쟁이라는 이야기 속에 삽입됨으로써이다. 그런데 김영승의 시에는 삽입되는 공적 이야기 공간이 없다. 김영승의 시는 오직 김영승만의 시일 뿐인가? 그것을 독자가 읽어야 할 이유가 있는가?

그러나 시는 발표되는 순간, 이미 공공의 장에 위치한다. 그 점만으로도 김영승의 시는 공적 공간, 즉 사회적 담론의 장을 전제한다. 우리는 영화에서의 '외-영상hors-cadre'과 같은 의미에서 '바깥-이야기'를 상정해야 할 것이다. 중요한 것은 저 바깥 이야기, 즉 김영승의 시 안에는 부재하는 사회적 담론이 어떻게 김영승의 시에 작용하는가이다.

하나의 의문이 제기될 수 있다. 사회적 담론은 이미 김영승의 사적 공간을 '강타'하고 있지 않은가? 이미 그것은 그의 시에 현전하고 있지 않은가? 화자를 극빈하게 하고, 치욕스럽게 하는 침탈자의 위세로서. 그러나 이것은 잘못 제기된 질문이다. 물론 그런 사회성은 김영승 시의 화자를 이미 장악하고 있다. 그것은 화자의 존재적 지위를 완벽한 수동성으로 만드는 원인이다. 즉, 그럼으로써 그것은 시의 화자를 사회 속에 짓눌린 나약한 개인으로 꽁꽁 붙박아놓는다. 시의 화자는 공공의 힘에 의해 사적인 삶을 강요당한 채로 공적 영역 속에 완전히 노출되어 있는 존재다. 화자는 그 사회의 힘에 저항할 어떤 사회적 힘도 가지고 있질 못하다. 그것은 김영승의 시를 항구히 '사적으로' 만드는 힘이다. 그의 시가 사회적 담론의 장으로 진입하는 것을 차단하는 힘이다.

여기까지 와서야 독자는 김영승 시의 저 '토로'가 정말 순수한 토로가 아닐지 모른다는 의혹을 품는다. 사회적 담론이 자신의 사적 공간에 개입하는 방식을 만드는 작업은 시인의 시적 실천에 속한다. 김영승의 시가 순수하게 사적인 이야기를 하는 체하면서 실은 그를 사적인 존재로 꽁꽁 묶어놓고 있는 사회의 힘에 어떤 저항의 전략을 실천하고 있지 않은가? 다시 말해 그는 사사로운 얘기를 하는 그 양태로 공적 진술을 하고 있는 것은 아닌가?

과연, 다음 구절을 보자.

> 强風에 비 내리던
> 어제는 그 中의 一人이 한 턱을 낸다고 해서 다 함께
> '영월보쌈'에 갔다 故鄕 '進永'에서 딴 것이라고
> 감(柿)도 한 봉지 싸 주었다
> 돼지고기 보쌈에
> 고기 버섯 오징어 등 잔뜩 들어간 해물파전에
> 역시 고기 버섯 등 잔뜩 들어간 빈대떡에
> 함지박만한 그릇에 담아 떠서 먹는
> 통조개 새우 등 잔뜩 들어간 해물칼국수에
> 이 仁川 그 海邊의 墓地에 사는 내가
> 완전 海物이 되는 줄 알았다 들기름과
> 고추장을 넣고 썩썩 비벼먹는 보리밥에 호박죽에 새우젓에
> 막장에 찍어 먹는 고추 마늘 등등
> 정말 눈이 휘둥그레질 만큼
> 이루 말할 수 없는 음식을
> 앞에 놓고
> 나는 그저 소주만 몇 盞 마셨다
>
> ──「强風에 비…」부분

여기에서 강풍은 시의 풍경 속으로 난입하지 않는다. 못한다.

'나'와 문예반 주부들은 지금 '영월보쌈'집에 보쌈되어 강풍과는 무관히 즐겁게 놀고 있는 중이다. 그렇다면 '나'는 강풍 속에서도 나의 삶의 에너지가 남아 있음을 증거하고 있는 것인가? 분명 그렇다. 그러나 그 이상이다. 강풍은 바깥에서 불고 있을 뿐 아니라 보쌈집 내부에 특이한 방식으로 투영되어 있다. '나' 앞에 마구 쏟아지는 음식물들이 바로 강풍과 같지 아니한가? 그것들은 "仁川 그 海邊의 墓地에 사는 〔나를〕/완전 海物"로 만들어버릴 듯한 기세로 닥치고 있는 것이다. 그러나 나를 삼킬 듯이 달려드는 그것들은 실은 나의 먹이들이다. 바깥 세계의 표상이었던 강풍은 음식물의 양태로 치환되자마자 그 존재의 지위를 전도당한다. 먹는 것으로부터 먹힐 것의 과잉됨으로. 그러니까 시인은 지금 강풍을 농(弄)하고 있는 것이다. 그것을 가리킴으로써 그것에 대한 공포로 떠는 자신을 진술하는 게 아니라, 그것을 과잉시켜서 그것을 순식간에 바닥으로 추락시키고 난도질하여(요리하여) 나의 먹잇감으로 만드는 희롱을 벌이고 있는 것이다.

　그 희롱은 그러나 적나라하게 폭력적으로 자행되는 것이 아니라 은밀하게 아이러니한 방식으로 '작업'된다. 왜냐하면 겉으로 '나'는 "〔내가〕완전 海物이 되는 줄 알았다"고 능청을 떨고 있기 때문이다. 화자는 자신을 추락시키는 체하면서 실은 강풍을 추락시키고 있는 것이다. 옛날의 수사학에서 '거꾸로 말하기(prétérition, 逆言法)'라고 명명한 기교가 절묘하다. 그뿐만이 아니다. 그렇게 '농'하고는 화자는 "그저 소주만 몇 盞 마셨다"고 쓴다. 이것은 단순한 부정적 멸시도 아니며, 나의 먹잇감으로 전락한 그 강풍에 대한 두려움 때문도 아니다. 이어지는 시행들을 보면, 그가 소주만 몇 잔

마신 시간은 깊은 숙고가 진행된 시간이다. 왜냐하면 그는 집에 돌아와 "如前히/强風에 비 내리는 〔……〕 새벽〔에 일어나〕/배가 고파 밥을 차려 먹"었기 때문이다. 음식의 종류는 달라졌으나, 그는 보쌈집에서의 푸짐한 상차림의 음식들을 그렇게 먹어야 했듯이 푸짐하게 "잔뜩 먹었다." 그는 '영월보쌈'집에서도 먹고 싶었을 것이다. 기꺼이 먹어주고 싶었을 것이다. 그런데 안 먹었다. 왜 안 먹었을까? 다시 말해 사회성을 슬그머니 자신의 공간 속으로 포획하고는 그것을 처치하지 않았다. 왜? 단서가 여기에 있다.

둘러싸여 구경하던
그 '영월보쌈' 음식들

나에게 있어서
좋은 음식은
그저 하나의 이미지고
'관념'이다

ponytail, pigtail의
少女같은
그 주부들

―「强風에 비…」 부분

인용된 부분 중 첫번째 연은 약간 모호하다. "둘러싸여 구경하던"의 시선의 주체는 누구일까? '나'와 "그 주부들"일까? 그렇다면 '둘러싸고 구경하던'이라고 말했어야 하리라. 그렇다고 "음식들"에 눈이 달렸다고 할 수도 없는 법이다. 분명 둘러싼 것은 '주부들 그리고 나'이고 구경한 것도 '그들과 나'이다. 그런데 왜 "둘러싸여"라고 말한 것인가? 그것은 실은 주부들과 나 사이에 어떤 분리가 있었기 때문이 아닌가? 즉, 둘러싼 것은 주부들이고 '나'는 그 주부들에 둘러싸여 '어떻게 먹는가'를 구경당하고 있던 것은 아닌가? 저 '구경'은 그러니까 '영월보쌈 음식들'이 대상이 아니라, 바로 '나'가 아닌가? 그래서 음식을 초점으로 볼 때 둘러싸고 구경한 것은 '주부들과 나'이지만, 주부들의 입장에서 보자면, 둘러싸여 구경당한 것은 '나와 음식들'이 아닌가? '나'의 이 미묘한 이중적 위치가 '둘러싸여 구경하던'이라는 특이한 표현을 낳은 것이 아니겠는가? 아마 그럴 것이다. 주부들은 그녀들의 가난한 시인 선생님에게 음식을 잔뜩 사주고 어떻게 잘 먹는가를 호기심을 세우며 지켜보았을 것이다. 그때 저 쏟아진 음식들은 '나'를 비추어보는 거울이 되었을 것이다. 강풍은 정말 강력하게도 불고 있는 것이다. 시인의 희롱어법에 의해 추락한 그 순간에도 강풍은 여전히 '나'에게 세차게 불어닥치는 것이다.

그러나, 그럼에도 불구하고 '나'의 생각 속에는 주부들에 대한 증오도 멸시도 보이지 않는다. 나는 그들에게 "정도 들었고/또 그들 一身上에 있어/걱정도 한다." 그것이 '소주만 몇 잔 마시는' 숙고를 야기한 원인이자 동시에 숙고의 내용일 것이다. "좋은 음식은/그저 하나의 이미지고/'관념'이다"라고 말할 때의 그 '이미지' '관념'은 바로 이 음식 장면이 숙고의 대상이었음을 정확히 가리킨다. 그 숙고의 결과는?

그 주부들에게 내재한 소녀 같은 천진성의 발견이다. 달리 말해 그는 사회의 이 세찬 시선들에 천진성의 이름을 부여한다. 철없는 강풍, 어린애 같은 강풍. 그럼으로써 '나'는 사회를 미워하지 않으면서도 '나'의 위엄을 회복한다. 독자는 이 회복된 위엄의 시선을 통해 "둘러싸여 구경하던/그 '영월보쌈' 음식들"을 '나의 시선에 둘러싸여 구경하던[동시에 구경당하던] 그 영월보쌈집 주부들'이라고 바꿔 읽을 수도 있다. 물론 시의 화자는 그렇게 말하지 않는다. 그렇게 하는 것은 저 주부들에서 포니테일, 피그테일을 빼앗아버리는 일이고, 그래서 그녀들에게서 천진성을 박탈하는 일이기 때문이다. 내가 위엄을 회복하려면 내가 부여한 사회의 천진성을 최대한도로 존중해주어야 한다. 다시 말해 나를 이렇게 발가벗긴 세상을 나와 같은 수준으로 낮추면서 동시에 나와 함께 북돋아야 한다. 그것이 '시의 정의'이며 또한 내가 이 세상 속에서 열심히 생활하는 근본적인 까닭이기도 하다.

'영월보쌈'집에서의 이 은밀한 사건은 김영승 시 일반을 해독하는 세 가지 열쇠를 감추고 있다. 첫째, 강풍은 '과잉'된다는 것이다. 다시 말해 화자를 완벽한 수동성으로 만드는 저 사회적 세계는 그의 시에서 과장적으로 표현된다는 것이다. 그럼으로써 사회는 재현되거나 표상되지 않고 농할, 즉 조롱이든 희롱이든 번롱이든, 악착같이 즐겁게 변용할 무엇이 된다. 가령,

이곳 임대아파트로 이사온 지 내일이면 꼭 1년
월 175,300원 그 임대료가 벌써

두 달째 밀렸네

말렸네 나를 말렸네 피를

말렸네, 극빈

극빈

무소유보다도 찬란한 극빈

'쪽'도 많이 팔렸구나

그래서

쪽빛(顔色)이 쪽빛(藍色)이구나.

—「극빈」 부분

같은 시구에서, 민망할 정도로 적나라하게 기술된 '나'의 가난과
그로 인한 치욕은, 그 기술 과정 속에서 '나'의 찬란한 표장으로
뒤바뀐다. 피를 말리는 가난은 내가 '무소유'로 전락할 것을 '말
린다.' 나는 가난을 해결하기 위해 "이것저것 청탁받은 원고 쓰
고/여기저기서 또 꾸기도 하며/[……]/원고 쓴 돈으로 꾼 돈 갚으
며"(「氷上, 木炭畵」) 살게끔 한다. 그 살려고 바둥댄 몸짓이, "그 초
원의/body language"가 바로 시가 된다. 그러니, 극빈은 참으로
"무소유보다도 찬란한 극빈"이며, 나를 파느라고 내가 당한 나의
치욕은 나의 쪽빛(안색)에 어느새 쪽빛(하늘빛)이 감돌게 한다. 사
회의 무자비함에 짓눌린 나는 사회로부터 도망가는 방식('무소유'
를 화두로 한 그 온갖 허황된 말씀들)을 통해서가 아니라 사회에 악
착같이 남아 있으려는 안간힘을 통해 자신의 위엄을 지킨다. 그래
서 시인은 "이것은 pun이 아니라/정당한 진술이다 '언표'다"라고

힘주어 말하는 것이다.

> 나는 그렇게
> 合掌을 하고 拍手를 치며
>
> 成佛했다
> 破戒했다
>
> 따귀는 결국
> 孤掌難鳴
>
> ──「나도 그렇고 그렇다」부분

이라는 눈물겨운 표현도 읽어볼 만하다. 모기를 손바닥으로 때려 잡는 광경을 묘사하는 이 시구의 배경에 놓인 것도 화자의 가난 이다. 모기는 가난한 집에만 들끓기 때문이다(문이 열려 있고 집 이 낮으니까 그렇다는 것을 굳이 설명해야 할까?). '나'는 이 모기들 을 "열 마리도 더 잡"는다. 이 잡는 광경은 그러나 어느새 합장하 는 포즈를 연상시키고(모기를 잡으려고 두 손을 적당히 모으고 살금 살금 다가가는 광경을 생각해보라) 그것의 반복은 그를 성불의 차원 으로 올려놓는데(모기 한 마리를 잡기란 얼마나 지난한 일인가), 그 성불의 순간은 동시에 파계의 순간이다(모기 잡는 것은 살생이다). 성불이 곧 파계가 된다는 이 모순은 곧바로 화자─주체의 대상화로 이어진다. 모기를 잡기 위해서 우리는 대개 자신의 몸을 때리는 것 이다. 그러니 모기를 때려잡는 행위는 제 얼굴을 따귀 때리는 행위이다. 그것을 두고 화자는 짐짓 '고장난명(孤掌難鳴)'이라는 한자어에 대입한다. 고장난명의 뜻은 "외손뼉이 울지 못한다"이다. 이것은 모기와 '나'의 동위성, 다시 말해 대상과 주체의 동위성을 가리키면서, 함께 존재함의 의미를 일깨우는 동시에 그 함께 존재함의 비애(고장난명을 풀어 읽으면 '고장 난 소리'가 될 수도 있다)를 생각하게 한다. 궁극적으로 세상은 시 속에서 '재현'되거나 '표상'되지 않고 과장스럽게 변용됨으로써 성찰의 볼록거울이 된다.

다음, 성찰의 볼록거울의 기능은 무엇인가? 간단히 말하면, 그것은 두 가지 기능의 합으로 이루어져 있다. 첫째, 그 성찰은 자신을 낮추는 체하면서 세상을 낮추고, 그 낮춤을 통해 세상의 현실적 에너지를 최소화한 덕분으로 그것의 잠재적 에너지를 최대화한다는 것이다. 마음이 가난한 자에게만 천국이 열리는 게 아닌가? 다음의 시구는 그 사정을 개념적으로 요약하고 있다.

아플 때는 다들
순하고 선한
퀭한 짐승의 눈

아픈 짐승을 약올리는 짐승은
인간이라는 짐승뿐

—「아플 때…」 부분

아픈 자, 짐승된 자만이 순하고 선할 수 있다. 인간만이 아픈 자들을 '약 올린다.' 다시 말해 잔인과 폭력과 경멸을 행한다. 그러지 않으려면 인간보다 더 낮은 인간이 되어야 한다. 두번째 기능은 세상을 낮추는 변용은 이어서, 앞에서 본 "少女같은 그 주부들"처럼 세상의 잔인함을 천진성으로, 순수 운동으로 바꾼다는 것이다. "산에는 나무 새끼들이 온통 차지하고 있으니/나무에게 略歷을 말해서/무엇 하냐 나쁜/나무 새끼들"(「언 江에 쌓인 눈」)에서 욕으로서의 나무 새끼를 새끼 나무로 읽히게 하는 것은 그러한 천진화의 가장 간단한 기교이다.

마지막으로 이 변용의 효과. 그것은 세상의 어린애 같음을 자기 암시함으로써 주관적 위안 속에 잠기는 것이 아니라, '세상 안에서 살아간다는 것의 비애와 위엄'을 동시에 궁리하는 사유 틀의 생산이다. 그가 "암각화처럼 손톱 끝으로 북북/긁어", 세상과 나의 손톱을 동시에 망가뜨리는 것은, 이미 망가진 몸을 더욱 망가뜨림으로써 "쩌렁쩌렁/水晶처럼 눈부시게,//이 酷寒을 더 견디"(「이 酷寒을 견디면」)기 위해서이다. 물론 순수한 '토로'의 시에서 그것은 '형상화'된 방식으로 제출되지 않는다. 보석 같은 하나의 형상을 창조하는 대신 그는 온갖 형상의 가능성들을 자신의 몸 안으로 불러들인다.

　　이 얼어붙은 겨울밤 달빛을
　　뒤로 하고 걷는 내 등이
　　화끈거린다 아니면
　　그 어느 이끼 낀 바위에
　　등을 대고 문질러버리리라
　　등에는 나의 임시

정부가 있다 등에는
敵들의 소굴이 있다
本部가 있다
쇠파리여 등에여 내 등을
빨아먹어라 변태성욕자
여인이여 내 등의 혹을
잘근잘근 물어 뜯어 씹어먹어
보아라 비지 같은
粥에 썩은 피에 그 맑은 피에
음부를 대고 음핵을 대고
문질러 보아라 짓이겨 보아라

—「등, 考察」 부분

　등에는 종기가 나 있다. 그 화끈거리는 등을 그는 손이 닿지 않
아 긁을 수도 없다. 그 종기는 '나'의 등에 난 종기이지만 그것은
타자들만이 건드릴 수 있는 것이다. 그것은 한편으로 세상에 의해
완벽한 수동성으로 전락해버린 '나'를 반영한다. 그러나 동시에 그
반영을 통해서 '나'의 진술은 그 종기에 달라붙는 모든 세상의 타
자들을 벌레·짐승·변태의 수준으로 낮추면서 있을 수 있는 그 짐
승들의 공격을 통해서 자신의 응어리진 고통(종기)이 "내 육체의
지진"으로 폭발하여 염결한 몸으로 다시 태어나기를 꿈꾼다. 그
꿈을 위해서 그는 세상의 온갖 짐승들·벌레들·변태들을 불러 모으
지 않을 수 없다. 적어도 그것이 활화산처럼 폭발하려면. 삶의 고
통을 몽땅 겪을 때에만 사는 자의 위엄이 서는 것이다.

김영승의 솔직하기 짝이 없는 자기노출의 시, 독자가 좀 어려운 한자어를 빌려와, 동혈한 시라고 명명한 그 시학은 단순한 고백이나 엄살이 아니다. 그것은 광포한 세상에 맞서는 눈물겨운 사투의 시이기도 하면서, 동시에 세상의 광포성에 같은 방식으로 보복하지 않고 함께 북돋워지기 위해 시인이 최종적으로 골라낸 자기고백을 통한 세상 벗김의 시이기도 하며, 궁극적으로 바로 그 노출과 벗김을 통해서 삶의 비애와 위엄의 동시적 공존을, 가능성으로 무한케 하는 시이다.

〔2002〕

타인의 운명에 보태기
─송재학의 「얼음시집」

> 죽음은 전쟁과 일식으로도 오지만
> 누란에서 죽음은 노래가 되는 것.
> 혹은 독풀을 머금고 사치한 비단을 두를 때
> 자신은 누란의 운명에 보태어진다는 가열함이 있다[1]

두 가지 점이 눈길을 끈다. 타인을 향해 있다는 것; 정서를 자연 묘사로 치환시키고 있다는 것.

1

송재학의 시들은 타인에 대한 기록과 회상. 타인에게 띄우는 서신 등으로 넘쳐흐른다. 그 타인은 2인칭 혹은 3인칭 단수이다. 시집의 앞에서 뒤로 가는 동안, 그 타인은 세 가지 유형으로 나뉘어 바뀐다. 생활이나 역사에서 만나고 읽는 사람들('김형모 씨' '다산' '사마천' 등)에서, 지기(知己)나 친족('김 형', 아버지 어머니 , 아우,

---

1) 송재학, 『얼음시집』, 문학과지성사, 1988. p. 78. 이하 인용된 시는 모두 이 시집에 속한다.

종형)으로, 다시 설화나 예술 작품 속의 인물들(자코메티 조각의 남자나 동물들, '지귀' '징읍의 여자' '월명누이')로. 이 세 유형 중 가장 넓은 자리를 차지하고 있는 것은 가운데 묶음, 즉 지기나 친족들을 향한 시편들이다. 이 타인을 향한 시편들 사이로 '나'를 드러내는 시편들이 물살처럼 흐른다.

그 타인이 단수라는 것은 그가 세상에서 아주 외로운 존재라는 것을 암시한다. 두번째 묶음의 시편들이 가장 양이 많다는 것은 타인들의 경험이 '나'에게 거의 동질적인 감정을 전해주는 경험이라는 것을 가리킨다. 그 시편들이 사실과 설화의 중앙에 나온다는 것은, 그것이 사실의 사회적 일반성 그리고 설화의 정서적 일반성 각각과 어느 정도 다르고 어느 정도 같으며, 동시에 그 양쪽의 일반성을 매개해주는 역할을 하고 있다는 것을 암시한다. 단수인 타인을 회상하거나 그에게 서신 띄우는 '나'가 또 하나의 단수라는 것은 '나'와 '그' 사이에 세상의 일반적인 관계와는 다른 특별한 관계의 자장이 형성되어 있다는 것을 가리킨다.

송재학 시의 타인들은 세계 외적 성격을 강하게 가지고 있다. 그들은 죽었거나 떠난 자들이다. 한국어 특유의 관용어법으로 말하자면, 그들은 세상을 등진 자들이다. 그 세상 버림은 타의적이며, 동시에 자의적이다. "잡일을 하면서 모은 돈으로 대학엘 가려고 발버둥쳤으나 솜공장에서 얻은 폐결핵으로 귀향하고"(「얼음시 1」)만 김형모 씨, "유배지"의 "다산"(「얼음시 3」), 무슨 이유인지 모르나 법(律里)의 불빛을 남기고 "물 건너"(「먼 길 3」)간, 혹은 산으로 떠나간(「먼 길 5」) '아버지', "떠나온 것이 단순히 그림만 그리고 싶은 것은 아니었지"(「적막한 사람」)라고 말하는 "김형" 등등은 모두 세상을 등질 수밖에 없었던 피치 못할 사정을 가지고 있다. 그들이 세상과 단절하여 자리한 곳이 외로움의 고도라면, 그 "섬에서 바다는 쓰라림이고 추억의 트인 벌판"(같은 시)이다.

타의에 의해 세상을 떠날 수밖에 없다는 것이 우선적으로 야기하는 감정은 울분이다. 그 울분은,

> 사마천은 울분이 뜻을 일으켜 글을 이룬다고 적는데
> 내가 읽는 부분은 울분이다
>
> ─「어두운 날짜를 스쳐서」 부분

에서의 '울분' 혹은

> 갈치 반찬이 올라간 점심마저 밀어내시고 아버지는 낫을 갈았다
>
> ─「먼 길 5」 부분

에서의 낫 가는 심정을 말하며, 그것은

> 스스로의 꿈조차 꾸어보지 못했던 한 남자의 필생이 저 첩첩적막
> 보현산 어딘가 바위덩이로 박혀 있습니다
>
> ─「입암 땅 긴 세월」 부분

에서의 '바윗덩이'로 가슴 깊이 얹힌다. 그러나 바로 이 울분이 타의적 세상 버림을 자의적 세상 떠남으로 만든다. 울분은 뜻을 일으켜 글을 이루게 하고, 낫을 간 아버지는 "한낮인데도 세상은 어두

워지고, 온몸 젖으며 아버지 떠"난다. 가슴속의 바윗덩이는 벌써
이 세상에 있지 않고. '저' 첩첩적막 보현산 어딘가에 박혀 있다.
그들은 어디로 떠나는 것일까.

박기철은 대학에 들어와서 사상 서클에 일 년간 몸담았으나 레닌
의 전기를 되풀이 읽었을 뿐 자신을 아나키스트로 키워나갔다 샬롬
에 적힌 예수의 말이 그의 비애를 지배했다 베드로야 베드로야 너는
얕은 곳에서 많은 고기를 잡을 수 있겠는가 큰 물로 나아가거라 박
기철은 자신이 얕은 허무의 물에서 허위적거린다는 사실이 쓸쓸했
지만

— 「얼음시 1」 부분

이나, "스스로 고독한 짜르라 칭한 아우의 비망록"(「섬 1」), "지난
시절 그의 허무를 거쳐 나오던 이념의 밤"(「섬 2」), "불타는 눈매
의 김형은 푸른 선인장이었는데"(「이월을 향하여」), 사마천의 글을
이루게 하는 뜻, 다산의 "飢民詩"(「얼음시 3」), "아비가 남긴 律里
의 불빛"(「먼 길 3」) 등등은 그 떠남의 길이 외로운 이념적 실천의
길임을 가르쳐준다.

세상 등짐/세상의 대립은, 그렇다면 이념/생활의 대립의 변용이
다. 그 변용은 이념이 이 세상에서 좌절하고 실패했다는 것을 말해
준다. "어떤 동경"(「얼음시 1」)이 세상에 그것을 내보냈지만, 그것
은 "사람들 산산이 부서져간 어둠의 켜켜"(「서시」)를 낳았을 뿐이
며, "돌아보면 그의 땅에는 버린 노래들만 가득"(「얼음시 3」)하다.
좌절된 이념은 허무로서만 존재하고, 허무는 운명이어서, 그것은

썩는 비애를 낳는다("꽃잎은 비애처럼 썩어가요", 「어둠」). 시인이 자주 "율리천 물은 곧 말라 갈라진 강바닥과 죽은 고기를 드러낼 것이다"(「먼 길 5」), "아우는 이윽고 한줌 뼛가루로 뜨거워질 것이다"(「섬 3」)에서처럼 도래할 불길한 결과를 예정어법으로 진술하는 것은 그 때문일 것이다.

2

그 타인들에 비해 '나'는 현실에 남는다. 그러나 '나'는 그 타인들이 현실을 등지게 된 사연을 잊지 못한다. '나'는 자신의 일상의 삶에서 결국 "나의 행방불명"(「풀베기」)을 확인한다. '나'는 그들의 삶을 읽으면서, "울부짖는"(「적막한 사람」) 소리를 들으며, 떠나고 싶어 하면서도 떠나지 못하는 자신이 "얕은 허무의 물에서 허위적거린다는 사실"에 "쓸쓸"(「얼음시 1」)해 하고, "병동의 회랑을 뚜벅 걷거나 찬물을 마시는 도중 자신이 의사로 남을 것인가 허무주의자로 남을 것인가"(같은 시)를 주저하다가 "일과 후 술을 찾게" 된다. 그 얕은 허무의 물을, 그러나, '나'는 마냥 허위적이지만은 않는다. 그는 그것을 건너가려 한다. 왜냐하면 얕은 허무의 물에 여전히 머무는 것이 '나'를 끝내 견딜 수 없게 만들기 때문이다. 우선, '나'의 환자들에게서 그들의 비극을 들으면, 나는 그들의 비극으로부터 '나'의 비극을 예감한다. 가령, 김형모 씨에게서: 김형모 씨는 "알 수 없던 집착을 포기하고 평생 몸담을 직장을 찾았다"니다가, "연산석물공장에 몸을 담고부터" "돌을 통해 감정을 표출할 수 있"다는 것 때문에 "안정되었"는데, 그러나 "입사한 지 3년 만에 〔……〕 심한 호흡곤란으로 입원한다"(같은 시). 김형모 씨의 경우는 현실에서 소외당하는 사람이 자신의 소외를 대리 충족시켜줄 수 있는 대상을 찾음으로써 현실에 몸담을 수 있는 근거를 마련하게 된다는 것을 보여주는데, 그 근거가 바로 그의 목숨을 위협하게 된다. 김형모 씨의 삶은, 주저하다가 "술을 찾게 된" "나"(시에서는 '박기철 씨')의 삶과 동형 관계를 이루면서 '나'의 운명을 위기 속에 몰아넣는다. 혹은 다른 환자들에게서: '나'는 학자들의 "심전도를 찍고 객담을 뽑아주"다가 "먼 산이 내 골격처럼 우뚝하다고 문득 소스라"친다. '먼 산'이 '나'의 무의식 속에서 세상 밖으로 나간 사람들의 행동과 죽음의 자리라면, '나'는 환자들을 통해 현실의 삶에 그 '먼 산'의 참혹함이 여전히 지워지지 않고 현전해 있다는 것을, 우리의 일상적 삶을 여전히 틀어쥐고 있다는 것을 느끼고 소스라친다. 그리고 그때, '나'는

거울을 닦아 얼굴을 본다…… 식물채집 같은 수십 장의 내 흉곽 사진은 얼음 사이로 뿌리를 뻗고…… 살얼음 어는 소리를 듣는다
—「얼음시 2」 부분

그리고 '나는 숨이 차다.' 질식을 느낀다. 다음, 책 읽기가 타인들의 삶을 전달하고, '나'의 현재의 삶을 비춘다. '다산'을 추억하는 '나'는, 자신의 몸이 다산과 마찬가지로

새벽 추위에 있고

다산의 예언처럼

　撰의 말들은 이 땅의 역참마다 아침이슬이나 풀씨로 머물러 있음을

보며, 그의 삶 역시

　먼바다 이월 해일은 그믐이면 해변 다복솔을 덮칠 것이고 흰 파도
검은 바위는 뒤엉켜 있으리라

—「얼음시 3」 부분

는 것을 예감한다.

　내 마음의 주저와 방황, 현실에서 소외된 타인들의 운명, 책 읽
기는 '나'를 현실에서 견딜 수 없게 하는 다원적 결정 요인들이다.
아니, 단지 견딜 수 없게 한다고 말해서는 안 된다. 그것들은 동시
에 '나'의 일상을 넘어서려는 노력을 낳는 다원적 결정 요인들이기
도 하다. 그 갈등이 노력을 낳을 수 있는 것은 그것들이 말의 바른
의미에서의 다원적 결정 요인, 즉 서로 상호 작용하여 서로의 의미
를 증폭시키고, 새로운 차원으로의 도약을 가능하게 하는 것이기
때문이다. 내 마음의 주저와 방황은,

　박기철은 직업성 질환의 폐에 대한 각 영향을 학위논문으로 정하
고 병실의 차트를 정리했다 그는 의학논문의 지루한 행간에 김형모
씨를 삽입하고 싶었다

에서처럼, 타인(김형모 씨)을 만남으로써, 성찰과 정리의 과정(책 읽기)을 통해 극복할 것을 자극받는다. 그리고 그 성찰과 정리는 타인의 삶을 자신 속에 새기도록 유도한다. 이러한 다원적 결정 요 인들의 상호작용은 다음과 같이 논리화될 수 있다.

1) 나의 방황은 타인의 불행을 나의 체험으로 동질화시킨다.

2) 타인의 불행은 나의 심리적 (주관적) 방황을 객관화시켜, 정리 와 성찰의 행위를 낳는다.

3) 성찰과 정리의 행위는 나의 심리적 방황과 타인의 현실적 불행 에 의미를 부여한다.

이때 '나'는 "눈이 내리는, 한국 상고사와 지리학교실 회의주 의 낮은 산의 깜깜함으로, 얼음이 '깨어지고 얼음의 잇날이 맞물리 는'"(「밤길」) 것을 느낀다. 아니다. '나'는 얼음이 깨어지고 얼음의 잇날이 맞물리는 "쓸쓸함의 內外로 걸어"간다. 그 걸어감은 '한국 상고사와 지리학교실 회의주의 낮은 산의 깜깜함으로'의 걸어감이 다. 즉, '나'의 해빙은 타인의 삶을 되살려놓는 행위이다. 그때 '나' 는 타인이 "빚은 여원 얼굴들의 기억을 더듬어"가서, 그들의 떠난 행위로부터, "당신이 삭인 괴로움, 당신의 그리움"의 "일그러지고 탄식하고 즐거워하"(「나는 그 사람의 흔적으로 떠돌았다」)는 온갖 생생한 삶의 형체들을 복원해낸다. 당신에 대한 나의 그리움은 성 찰과 정리를 거쳐("부드러운 흙의 슬픔을 달래면서"), 당신의 울분의 행위가 곧 동시에 그리움의 몸짓이라는 것을, 그리고 그리움의 구체적 모양들을 밝혀내는 것이다. 현실을 떠나간 아버지는 이때, "땅울림으로 오시"(「먼 길 4」)는 아버지로 변모하며, 세상으로부터 등 돌린 타인의 '등'은 이때, 힘겹게 현실을 지고 나가는 등짐 지는 행위의 '등'으로 바뀐다.

3

송재학의 시들에서 자주 '척추' '등뼈' '어깨' '등판' 등의 어휘들이 나오는 것은 그 때문일 것이다. 또한 그의 시들에서 '눕는다'는 동사가 빈번한 것도 그 때문일 것이다. 그 동사는, 휴식을 뜻하지 않고, "그 그리움을 향하여 온몸을 눕힙니다"(「詩論」) 같은 구절, 혹은

어찌 먼 길 떠나지 않으랴
물소리 따라 누우면
한줌 기쁨이고 슬픔이고 죄다
살여울로 흘러버리니
몇 십 년의 땅에서도 갈 길 더욱 멀고나

—「먼 길 2」 부분

에서 보이듯, 타인에 대한 그리움을 표출하고 타인의 떠남의 행위에 동참하는 적극적인 동작이며,

머리맡은 폭풍 속
어린 나뭇잎 흩어져 있습니다

—「여름산의 一泊」 부분

여인은 죽어도 지아비의 머리칼에 드러눕는다

—「樓蘭에의 기억」 부분

같은 구절들의 '머리맡' '머리칼'이 암시하듯, 의식적 실천의 행위
이다. 그런데 어떻게 해서 그럴까? 눕는다는 것은 본래 운동을 정
지시키는 것이 아닌가.

구비구비 붉은 땅 늙은 소나무.
잠들 곳 있으리
물길 따라 누우면

—「먼 길 2」 부분

의 누움은 곧, 잠들 곳을 찾아 눕는 것이며,

하나하나 살아 아픈 말, 아픈
노래만 길게 누워 있지
노래로
반딧불에서 별빛까지 꿈꾸고 있을 뿐

—「志鬼의 노래 2」 부분

의 누움은 결국 '꿈'이나 가능케 하는 게 아닌가. 그렇다면 송재학 시에서 눕는다는 것은 모순을 내포하고 있는 행위이다. 그 모순은 무엇을 말하는가.

우리는 시인이 정서를 자연 묘사로 치환시키는 이유와 그 자연 묘사의 힘에 점점 가까이 간다. 누움이 삶의 나아감이자 동시에 정지라는 것은, 시인의 자연이 단절된 현실의 이음이자 동시에 현실의 멈춤이라는 것과 동궤에 있다.

송재학 시의 그리움의 대상인 타인들은 떠나거나 죽은 자들이다. 떠남이나 죽음은 현실적 시간과의 단절을 의미한다. "길막혀 맘맺혀 깜깜하구나"(「먼 길 1」) 같은 구절이 말하듯, 그 단절은 삶의 이어짐을 끊는 단절이며, 덩달아 마음의 무너짐을 의미하는 단절이다. 마음의 무너짐을 의미하는 단절이라면, 이 현실 내에서의 시간도 실상 의미 없는 시간, 다시 말해 "길막혀 맘맺혀 깜깜"한 끊어진 시간에 다름 아니다. 떠나간 타인을 그리는 사람에게는, 타인의 이 세상과의 단절은, 차라리 나의 이 세상과의 단절이다. "죽음은 아우의 얼굴에는 없고 시간을 지키는 내 슬픔에 있을 뿐"(「섬 2」) 같은 구절은 그래서 나온다. '그'에게나 '나'에게나 시간은 고인다. "자정의 물결 지나 뇌리의 수초는 일렁이고 아픈 흥과 그늘 아래 시간은 고여 있"(얼음시 4」)고, "풀의 힘 죽이고 대낮 죽여 고요한 시간"(「풀 뽑기」)이다. 시간이 형식상으로나마 있기는 있다면, "사람들은 점심시간을 죽이기 위해 모여든다"(「숲 속은 점점 밝아온다」). 시간을 죽이기 위해 그들이 모여드는 곳이 바로 '자연'이다. 그 자연은 시간이 멈춘 곳에서 확장되는 공간으로서의 자연이며, 시간의 고요, 시간의 정적의 다른 이름인 그 자연은 "날짜

마다 고요 어둠으로 타오르는 불꽃"(「어두운 날짜를 스쳐서」)이고,
"불 붙은 고요 길 위로"(「서시」) 타오른다.

그러니까 그 자연은 '길'이다. 다시 말해 움직이는 자연이다. 그
게 길이라면, 그 확장되는 공간으로서의 자연은 또한 시간이다. 길
은 변화의 궤적에 다름 아니며, 변화하는 공간은 곧 시간이기 때문
이다. 단, 그 시간은 현실의 시간과는 다른 시간이다. 그 시간은 시
간의 고요를 열고 나간 또 하나의 시간이다.

> 네 울음은 두 박 세 박 리듬의
> 젖은 목소리로 천 년 만 년을 짚어가고 있었어
>
> ―「志鬼의 노래 2」 부분

의 그 시간은, 나아가는 시간이 아니라, 짚어가는 시간이며,

> 어린 날 우리 마을의 뒷쪽에는 낮은 산 둘 마주 서서 엉터리 같은
> 뻐꾸기와 엉터리 같은 사람들 몇몇 춘향전을 읊고 엉터리같이
>
> ―「鄙村背景」 부분

산, 천년의 시간이다.

의식이 깨인 나아감이자 동시에 잠인 '눕는다'와 공간의 확장이
자 동시에 어떤 다른 시간의 발생인 '자연'은 동형이고 상관적이
다. '자연'은 '눕는다'의 명사적 치환이며, '눕는다'는 '자연'의 동
사적 치환이다. '나'의 눕는 행위는, 공간의 확장이며 '짚어가는'
시간인 그 자연이 침잠의 자연임을 알려준다. '나'가 열고 들어가

는 자연은, '나'의 눕는 행위가 정지나 휴식이 아니라, '나'가 그리는 대상과의 한 몸이 되는 행위임을 환기한다. 떠나거나 죽은 타인들을 되살리는 것이 시인의 시적 행위의 목적이라면, 자연은 그 행위에 육체를 부여하며, '눕는다'는 그 행위의 실제적 동작이다.

4

타인의 죽음과 떠남을 되살리는 행위, 그것을 '나'는 타인의 운명에 '보태는' 행위라고 말한다. 그 타인의 운명에 보태기는, 그러나 타인의 죽음과 떠남을 되풀이하고 누가(累加)시키는 일인 것만은 아니다. '나'는 말한다.

> 김형이 편지를 받을 즈음 나는 죽어서 뜨거운 뼈 한줌 또는 한숨으로 강이나 들로 날리겠지요 그렇습니다 내 말의 은유는 삶을 위한 표현, 그 표현의 뜻을 날카롭게 갈아보고픈 막막한 그리움뿐입니다
> ─「詩論」 부분

죽음, 즉 자연으로 되돌아가는 행위는 실상, "삶을 위한 표현"으로서의 은유이지, 현실의 삶과 무관한, 혹은 그것으로부터 일탈한 초월적 세계가 아니다. 그 자연을 향한 움직임은 삶을 위한 표현의 뜻을 날카롭게 갈아보고픈 막막한 그리움에 다름 아니다. 그렇다면 죽고 떠난 타인을 되살리는 행위는, 현실로 그를 되돌아오게 하는 행위이다. 서시는 벌써 '그'의 돌아옴을 말하고 있으며, 시집 뒷

부분의 시들은 자주 다음과 같이 말한다.

　세상 가운데로 흐른다
　꽃은 비름풀 따위에도 촘촘히 피어
　물소리 내고
　마음은 들끓고 있다

—「강」 부분

　불은 두근거리며 쓸쓸함의 비밀로 세계의 가운데로 흐르며 불 켜
고……

—「睡蓮의 날짜 1」 부분

　자연이 되어 흐르는 것은, 세계 밖으로 흐르는 것이 아니라 "세
상 가운데로" 흐르는 것이라는 게다. 결국, 세상 밖으로 떠나거나
죽은 사람의 운명에 보태는 일이 세상 안으로 돌아오는 일이라는
것이다. 출분이 곧 회귀이고, 진전은 반전이다. 이 과정은, 그러나
단번에 이루어질 수 없다. 송재학의 시들은 그것이 그렇게 되는 과
정을 단계적으로 보여준다. 그 단계는 크게 세 단계로 나눌 수 있는
데, 앞에서 말했던, 타인의 세 가지 유형 변화의 단계에 상응한다.

　1) 타인이 생활·역사 속의 타인으로 드러나는 때: 그때 타인의
삶은 밖의 사물이라는 의미에서의 객관성이고, 인간의 삶을 은유
하는 자연은 문자 그대로의 의미에서의 비유, 즉 원관념을 실어 나
르는 수단으로서의 수레에 불과하다. '얼음 시'편들의 '얼음' '허연

나무뿌리'는 '나'의 현실 속에서의 마비와 질식 그리고 피폐성을
대리하는 '표현물'들이다.

2) 타인이 친족일 때: 타인의 객관성은 '나'의 의식 속에 동질화
된다. 그 둘은 가장 가까운 거리에서 마주한다. 죽은 자(아우)의
"번뇌 또한 깊어져서 살아 있는 자의 미간에 떠오르고/咫尺之間 죽
은 그가 서 있"(「섬 3」)게 된다. 인간의 삶을 은유하는 자연은 이
때, 인간의 삶과 등치되면서 까닭 없이 뒤섞이는 한편, 그 자체로
서는 이원화된다.

> 풀쐐기 스치고 풀섶 들끓는데
> 손아귀에 잡히는 건 풀이나 햇빛,
> 타는 정적만이 아니다
> 풀죽은 몇 무더기 삶
>
> ─「풀 뽑기」 부분

에서 '풀'의 다의미에 근거한 삶과 풀의 동질화나,

> 내 생각 흔적은
> 저 따위 길들에 다름아닌 것을
>
> ─「어두운 날짜를 스쳐서」 부분

같은 진술은, 인간과 그 비유인 자연이 의식적 성찰을 경유하면서
하나로 뒤섞이는 것을 보여준다. 그, 인간의 삶과 뒤섞인 '자연'은
이때 이원화된다. 하나는 타인의 삶이 전해주는 상처, 혹은 '나'의

막막함을 비유하는 "무성하고, 억세지는" 풀숲, "황토 청산 먼 땅"
"와라락 우는 억새숲" 등이며, 다른 하나는 그 상처와 막막함을 견
뎌내고, 극복하도록 일깨우는 '장대비' '빗줄기' '찬 샘물' 등이다.
그것들은 "어두운 날짜 저 깊은 곳에서/나는 오랫동안 불을 피운
듯하다"라는 진술에서의 '어둠'과 '불'에 다름 아니다. 두 개의 자
연은 '나'와 '타인'의 아주 밀접한 대면(즉, 가까이 있으면서 떨어져
있음)과 동형 관계에 있다.

　그런데 이 대면 자체가 차츰 융화되기 시작한다. 그 융화는, 그
막막한, 상처의 자연이 또한 나름의 삶을 이루어내고 있다는 깨달
음과 더불어 일어난다.

　　생채기 나는 것은
　　쑥부쟁이 가막사리……
　　만은 아닌데
　　풀을 뽑으면
　　생채기 위에 생채기 덧나고

　　　　　　　　　　　　　　　　　　—「풀 뽑기」 부분

에서 상처는 보태어지고 누적되는 것이며, 그때 '나'는 "썩지 않
는 눈부심이란 없다"(「어두운 날짜를 스쳐서」)는 깨달음에 이른다.
썩는 것과 눈부신 것은 따로 떨어진 것이 아니라, 같은 몸의 양면
일 뿐이다. "길이 없는 숲 속은 한낮 전체가 길이다." 붉은 단애는
"어둔 산 구석구석 깊이 베어져 〔……〕 자욱한 안개로부터 치솟
는"(「斷崖」)다. 비로소 "산의 정적과 짐승들"은 이 세상 중심으로

모인다. '나'의 "세상 가운데로[의] 흐"름은 동시에 "무성하고 고요한 강물 안으로"(「강」)의 흘러감이다.

3) 설화나 그림 속의 타인이 나타날 때: 자연과 인간의 삶은 하나로 융합하고, 그때 자연은 현실로의 회귀이자, 동시에 자신을 "조금조금 열"(「睡蓮의 날짜 1」)어놓는 자리가 된다. 자연은 세상과 하나되며, 하나된 자연-세상은 열려나가는 자연-세상이다. 그 하나됨은 새로운 보편성의 세계를 이루어낸다. 그 보편성은 미학적 혹은 정서적 보편성이라 이름 붙일 수 있는 것, 즉 인간의 집단 무의식 속에 함께 자리하고 있는 설화적 세계이다.

밖의 사물이라는 의미에서의 객관적인 타인의 삶은 주관화를 거쳐, 함께 공유함이라는 의미에서의 객관성으로 변모한다. 그 객관성은 설화 속의 객관성이지만(현실은 죽음이고 떠남이므로), 그것은 현실에 겹으로 놓여, 현실을 살아가는 사람들의 등을 비추어주는 환한 빛이 된다. 이렇게:

　바람 첩첩 너울 속에, 큰 소리 웃음 속에
　월명사 선방을 두드리며 한 사내와
　금방 헤어진 누이 누이로
　천지 환해지네

　　　　　　　　　　　　　　—「月明 누이」 부분

현실을 등진 삶은, 현실을 등에 지고 나가는 행위로 바뀌며, 그것은 다시, 현실의 등에 쬐어지는 빛을 받아 환해진다. 든든해진다.

[1988]

엉뚱한 이야기로서의 시적 진술의 미학적 효과
─ 원구식의 「물길」

물의 경로가 길이다.

이 길을 따라 흘러가는 것은

모두 시간이다.

나는 말한다, 시간은

물처럼, 졸졸졸 흐른다고.

달콤하지 않느냐?

시간을 정의하는

내 사상은 능히 물의 불순물 같은 것.

나는 말을 잘 듣지 않은 애인을 달래기 위해

조금 소란스러운 호텔에서

훈제 연어를 먹고 있다.

연어는 바다에서 온 시간이다.

나는 포크로 연어의 살을 돌돌 만다.

시간이 멈추지 않고 흐르는 것은 이런 놈들이

물의 경로를 통해 산과 들과 바다를
함부로 쏘다니기 때문이다.
나는 포크에 돌돌 말린 바다의 시간을 보며
바다는 시간의 저장창고라고 생각한다.
지금 창밖에 내리는 비도
이런 시간의 저장창고에서 물들이 하늘로 올라가
아무 생각없이 땅으로 떨어지는 것이라고 생각한다.
비는 하늘에서 온 시간이다.
나는 애인에게 이렇게 말하려다 그만둔다.
엉뚱한 이야기로 그녀의 기분을 망친다면
오늘 밤 그녀에게 물길을 낼 수 없다.
애인이 컵에서 얼음을 깨문다.
얼음은 멈춘 시간이다.
최초의 시간은 아마 얼음처럼,
어디에서 온 바도 없고 어디로 갈 바도 없는
멈춘 시간들의 집적 속에 있을 것이다.
나는 애인과 함께
룸으로 가기 위해 엘리베이터를 탄다.
지금 어디선가 연어들이 알을 슬고
하늘에서 내려온 물들이
나무들의 뿌리를 해탈시키고 있을 것이다.
오늘 밤도 나는 물길을 따라 흘러간다.
나는 시간이다.

　시 안에서 벌어진 사건으로 읽으면 「물길」은 '나'와 '애인'의 관계의 변화를 다루고 있는 시다. 나는 "말을 잘 듣지 않는 애인을 달래기 위해" 모종의 시도를 하고 있다. 시를 읽은 시간은 그 시도가 작용하는 시간을 감추고 있으며 시의 결말부는 그 시도가 성공하여 '나'와 '애인'이 육체적 관계를 맺게 될 것임을 알리고 있다.

　지극히 속된 이러한 욕망의 전개는, 그런데 이 사건에 대한 나의 '정의' 때문에, 낯선 표정을 띠며 독자를 어리둥절하게 한다. 따라서 사건의 차원에서 일어난 욕망의 달성은 의미론적 차원에서 방해를 받게 되어 그 욕망이 정말 달성되었는지 아닌지, 설혹 달성되었다 하더라도 그것이 정녕 '나'를 행복하게 하는 것인지 아닌지 알쏭달쏭하게 만든다.

　독자가 일차적으로 파악할 수 있는 것은 이러한 모호한 정황이 시인에 의해 의도되었다는 것이다. 즉 시 속의 한 인물로서의 '나'의 의도는 '애인'과 육체적 관계를 맺는 것인데, 시의 화자의 의도는 그러한 '나'의 의도를 방해하고자 한다는 것이다. 그것이 분명 화자에 의한 의도의 산물임은

　　시간을 정의하는
　　내 사상은 능히 물의 불순물 같은 것

---

1) 원구식, 『현대시』, 2008년 12월.

의 구절에 명시되어 있다. 단 이 구절을 이해하려면 이 시구에서 지칭된 '시간'이 '나'가 '애인'을 달래는 '시간'과 같은 것임을 독자가 알아차려야 한다. 이 전제하에 읽으면 단박에 두 개의 대립되는 문장이 성립한다.

(1) 시간을 소비하는 내 작업은 "오늘 밤 그녀에게 물길을 내"는 것이다.
(2) 시간을 정의하는 내 사상은 "물의 불순물 같은 것"이다.

왜 나의 '사상'은 내 '작업'을 '불순'하게 만들려는 걸까? 이 시의 제3의 흥미는 바로 이 질문에 대해 대답을 찾는 데서 나온다. 이 시의 일차적 흥미가 행동하는 '나'와 진술하는 '나'의 분리를 발견하는 데서 온다면, 이차적 흥미는 그 분리가 작업(소비)과 사상(정의)이라는 양식으로 대립하고 있음을 발견하는 데서 온다. 그리고 제3의 흥미가, 제3의 인물인 독자를 자극하는 것이다.

여하튼 첫번째 흥미가 준 지혜를 통해서, 독자는 이 의도의 표면적 형식이, "화자의 진술은 '나'의 행동을 '불순'하게 만드는 것이다"라는 언표로 이루어져 있음을 짐작할 수 있다. '화자'라는 용어가 지칭하는 실제 존재는 '나'이니, 위 언표를 그에 맞추면

'나'의 '진술'은 '나'의 '행동'을 '불순'하게 한다.

가 될 것이고, 이 진술을 다시 그 '행위'의 결과로 치환해 명제화하면,

288

'나'의 '시'는 '나'의 '사건'을 '불순'하게 한다

가 될 것이다. 여기까지 오면 원구식에게 시 쓰기의 의미가 무엇인지 알 수 있다. 그의 시는 삶을 불순케 하는 것이다. 그런데 왜 그렇게 하는가? 일종의 반복 강박처럼 되풀이된 이 명제는 그 자체로서는 시원한 대답을 주지 않는다. 그에 대한 대답을 찾으려면 시의 본문으로 돌아가야만 한다.

우선 우리는 우리의 '삶'에 모종의 문제가 있기 때문이라고 짐작할 수 있을 것이다. 그 문제에 대한 단서를 제일 먼저 제공하는 것은

　나는 말한다, 시간은
　물처럼, 졸졸졸 흐른다고.
　달콤하지 않느냐?

이다. 이 구절은 "나는 말한다"라는 진술을 통해서, 그다음에 이어지는 진술이 주관적인 판단을 담고 있는 규정임을 지시하고 있다. 그 규정의 구체적인 내용은

　시간은 물처럼 흐른다

이다. 그런데 이 규정을 하는 과정에서 시인은 언뜻 객관적인 것처럼 보이는 현상 하나를 슬그머니 개입시키고 있는데, 바로 이 현상 역시 주관적으로 규정된 것임을 간파하는 게 중요하다. 그 '객관적

인 것처럼 보이는 현상'은 바로

　　물은 졸졸졸 흐른다

이다. 물론 물은 졸졸졸 흐를 수 있다. 그러나 모든 물이 졸졸졸 흐
르는 것은 아니다. 어떤 물은 콸콸 흐르고 어떤 물은 소리 없이 흐
른다. 물이 졸졸졸 흐른다는 것은 특정한 물에 대한 주관적 판단이
며, 이 판단은 이어지는 행, "달콤하지 않느냐?"라는 질문형 단정
과 연관을 맺고 있다. 그 단정을 늘여 쓰면, "시간이, 물이 졸졸졸
흐르듯, 졸졸졸 흐르니 달콤하지?"라는 문장이 된다. 이 문장이 하
나의 가치 판단임을 이해할 수 있다면 비슷한 판단을 담고 있는 진
술들을 독자는 더 찾아낼 수 있다. 그것들은,

　　조금 소란스러운 호텔에서/훈제 연어를 먹고 있다.

　　시간이 멈추지 않고 흐르는 것은 이런 놈들이/물의 경로를 통해
　　산과 들과 바다를/함부로 쏘다니기 때문이다.

　　지금 창밖에 내리는 비도/이런 시간의 저장창고에서 물들이 하늘
　　로 올라가/아무 생각없이 땅으로 떨어지는 것이라고 생각한다.

로서, 이 각각의 시구에서 "조금 소란스러운 호텔" "이런 놈들이/
[……] 함부로 쏘다"닌다, "아무 생각없이" 같은 표현이 가치 판
단의 의미를 제공한다. "조금 소란스러운"이란 표현은, 이 호텔이

'나'의 작업이 이루어지는 장소임을 생각하면, 이 장소의 성격에 대한 규정임을 알 수 있다. 그리고 그것이 앞에서 말한 "졸졸졸"에 조응한다는 걸 염두에 두면, 시간이 졸졸졸 흐르는 건 "조금은 소란스러운" 짓, 즉 잡음이 섞여 있는 사건이라는 사실을 이 표현은 암시한다. 그러니까 여기에 의미의 역전이 감추어져 있는 것이다. 지금까지 나의 '작업'은 순수한 것이고 나의 '진술'이 불순과 연관된 것이라고 생각해왔다. 그런데 나의 진술이 행할 불순화의 앞마당에 나의 작업 자체가 '불순'하다는 사태가 놓여 있는 것이다. 그렇다면 나의 진술의 불순화 행위는 저 작업의 감추어진 불순성을 폭로하는 것일까? 아니면 내 작업의 불순성과 그것은 다른 성질, 다른 효과를 가진 것인가?

나머지 진술들은 그러한 내 작업의 불순성의 원인으로 읽힐 수 있다. 그 진술들은 시간의 흘러감, 즉 나의 작업은 "이런 놈들이" "생각없이" 세상 방방곡곡("산과 들과 바다")을 "쏘다니"면서 저지르는 일들과 같은 것이다. 결국 '나'의 작업은 욕구의 충동적 배출의 성질을 갖는 것이고, 진술자로서의 '나'는 인물 '나'의 충동성, 즉 일차원성(마르쿠제가 '일차원적 인간'이라고 말한 것과 비슷한 의미에서)을 비판하고 있는 것이다.

여기까지 오면 이 시가 현대사회의 방종한 소비문화에 대한 강력한 비판이라는 주제를 담고 있다는 것이 명확해진다. 이 주제는 그렇게 새로운 것이 아니다. 원구식의 시를 미묘하게 하는 것은 그 주제 자체가 아니라 주제를 다루는 방식이다. 그 방식의 핵심적 특징은,

첫째, 그 소비문화의 주체를 '나'로 설정함으로써 비판 대상과 비판 주체를 하나로 혼동시키고 있다는 것이고;

둘째, 그 방종한 소비문화에 매몰된 인간의 구체적인 행위들을 시간의 흐름이라는 매우 추상적 운동의 변이적 양태들(물, 연어, 비, 그리고 얼음)을 통해서 비유하고 있다는 것이다.

시인이 그렇게 하는 데는 그만한 까닭이 있는데, 그 까닭은 각각 중층결정을 유도하는 다양한 원인으로 구성되어 있다. 이 원인들을 가지고 하나의 이야기를 엮으면 대충 이렇게 될 것이다.

우선, 비유가 사용된 일차적인 까닭은, 그것의 기능, 즉 비판의 강도를 강화할 수 있다는 능력에 있다. 나의 방종한 행위가 시간으로 추상화되고, 다시 그 시간이 연어로 은유되는 절차를 통해 "나는 포크로 연어의 살을 돌돌 말"아, 그것을 화자-'나'의 손아귀 안에서 손보려고 한다. 나의 타락이 연어로 치환됨으로써 그에 대한 나의 공격이 활기를 띠게 되는 것이다. 그러나 비유의 또 다른 기능은 완전히 정반대이다. 그리고 그 정반대의 기능은 비유가 실체를 대신할 수 없다는 데서 온다. '나'가 아무리 연어를 돌돌 말아 휘두른다 해도, 그것이 나의 방종의 욕구를 잠재울 수는 없는 것이다. 내 욕구의 끈덕진 지속을 인물-'나'는 억누를 수 없다. 그 때문에 '나'는 현대의 타락상("비는 하늘에서 온 시간이다")을 "애인에게 [……] 말하려다 그만둔다."

엉뚱한 이야기로 그녀의 기분을 망친다면
오늘 밤 그녀에게 물길을 낼 수 없다.

그냥 그만두는 게 아니다. 비유가 실체를 대신하지 못하는 데서 미묘한 말의 모험이 발생한다. 이 시구에서 특별히 주목할 어사는 "엉뚱한 이야기로"의 '엉뚱한'이다. 이 어휘는 의미론적으로 정확한 단어가 아니다. 그녀의 기분을 망칠 것은 '엉뚱한' 이야기가 아니라, 진짜 이야기(현대의 타락상)일 것이고 그 진짜 이야기를 쓸데없이 하면(왜 쓸데없냐 하면, 그런 진실을 알려준다고 해서, 그녀가 개과천선할 리 없기 때문이다) 그녀의 기분은 정말 망가질 터이다. 따라서 저 시구의 심층 문장은 다음과 같다.

  공연한 이야기를 해서 그녀의 기분을 망친다면
  오늘 밤 그녀에게 물길을 낼 수 없다.

그런데 이렇게 쓰면, 이 말을 듣는 이들에게, 진실을 넌지시 암시하는 꼴이 되고 만다. 물론 그 진실을 들을 자는 '그녀'가 아니라 독자이고 동시에 바로 '나'이다. 인물로서의 '나' 말이다. 인물로서의 '나'가 화자 '나'와 다르지 않으니, '나'는 '나'가 무슨 말을 해도 다 듣는다. 그리고 이렇게 진실을 쉽게 암시하면 독자와 '나' 각각에게 부정적인 효과가 야기된다. 즉, 독자에게는 너무나 쉽게 시의 비밀을 알려주는 셈이 되어 독자의 흥미를 감소시킨다. 독자는 "아니 이건 빤한 주제잖아?" 하며 시의 페이지를 넘길 것이다. '나'에 대한 효과는 더욱 심각하다. 왜냐하면 '나'(인물로서의)는 진실을 들음으로써 기분이 망쳐질 것이기 때문이다. 양쪽 다 효과가 좋지 않다. 그러니 저 시구 자체를 적지 않는 게 좋다. 그러나 적지 않는 게 정말 좋은 일인가? 사실은 그쪽도 효과가 좋지 않다. 독자와 '나' 양쪽 모두에게. 우선 독자는 애초에 호기심 자체를 가질 일이 없게 될 것이다. 따라서 시는 처음부터 외면될 것이다. 다음 '나'는 인물이자 동시에 화자다. 인물 '나'는 진실을 안 듣는 게 좋지만 화자 '나'는 그 진실을 알리고 싶어 한다. 따라서 무언가 얘기를 해야 한다.

엉뚱한 이야기는 이러한 진퇴양난의 궁지로부터 태어난 것이다. 화자 '나'는 진실을 말할 수도 없고 아예 말하지 않을 수도 없는 상황에서 엉뚱한 이야기를 창안해낸 것이다. 그 엉뚱한 이야기가 바로 인간의 구체적인 행위를 시간의 사건으로 추상화시킨 다음 다시 그에 상응하는 변이 형상들인 다양한 비유를 창출해내는 과정 및 사연을 이룬다. 이 시는 바로 그런 엉뚱한 이야기이다. 그런데 이 엉뚱한 이야기는 "엉뚱한 이야기"라고 '명시'될 필요가 있다. 그 '명시'가 엉뚱한 이야기가 감추고 있는 진실된 이야기를 '암시'할 것이기 때문이다. 즉, "엉뚱한 이야기로 그녀의 기분을 망친다면"의 "엉뚱한 이야기"는 엉뚱한 이야기로서의 시 전체의 암시이다. 그 암시가 없다면 독자는 정말 어리둥절한 표정으로 시를 덮을지도 모른다.

따라서 "엉뚱한 이야기로 그녀의 기분을 망친다면"의 "엉뚱한 이야기"라는 진술은 '은폐로서 암시'의 응결체이다. 프로이트가 '기억'의 본질적인 존재태로 본 것이 바로 이 양태이다. 이 '은폐로서의 암시'를 통해, 시인은 진실의 위험도 피하고 망각의 허무도 피할 수 있게 된 것이다. 즉 진실이 밝혀질 가능성을 '구제'한 것이다. 그리고 그 효과는 '구제'에 그치지 않는다. 이 엉뚱한 이야기의 시원에 화자 '나'와 인물 '나'의 혼효가 있다고 앞에서 말했다. 이 뒤섞음을 통해서 '진실을 말할 가능성의 구제'는 '진실을 찾아낼 가능성의 탐험'으로 바뀐다. 궁극적으로 저 진실의 효과는 '나'에게 작용할 것이기 때문이다.

즉 저 혼효를 통해 현대인의 타락의 이야기는 나의 방종의 이야기로 바뀌고 그럼으로써 비판의 담론이 반성의 담론으로 바뀌게 된다. 그런데 저 반성은 무릎 꿇고 반성문을 쓰는 반성이 아니라, 현대인을 대리하는 자의 반성이다. 따라서 반성의 담론이 사건의 시공간을 확보하게 되고, 그러자 비판 대상자가 이 엉뚱한 이야기를 해독할 호기심의 주체로 격상된다. 그렇게 사건 해결의 주체가 됨으로써 인물 '나'는 마침내 타락의 시간을 정지시키고, 더 나아가 타락의 근원까지도 헤아리게 된다.

얼음은 멈춘 시간이다.
최초의 시간은 아마 얼음처럼,
어디에서 온 바도 없고 어디로 갈 바도 없는
멈춘 시간들의 집적 속에 있을 것이다.

의 시구가 출현시키는 게 바로 그 모험이다. 왜 시간의 '생각 없는' 흐름이 시작되었는가? 멈춤은 "어디에서 온 바도 없고 어디로 갈 바도 없는" 무의미의 누적이기 때문이다. 그래서 움직인다. 그런데 그 움직임은 세상의 변화를, 즉 의미의 발생을 출현시켰지만, 거기에는 방향이 문제였던 것이다. 여기까지 오면, 현대인의 방종한 소비문화가 시간으로 추상화된 이 엉뚱한 사건이 나름의 정당성을 얻는다. 어쨌든 움직이지 않을 수 없는 것이다. 그러니 "나는 시간이다"라는 마지막 시구는 어김없는 진실이다. 이 진실은 폭로되어야 할 진실이 아니라 운명으로서의 진실이다. 진실이 운명이라면, 진실은 이제 폭로되어야 할 것으로부터 아낌 받고 가꾸어져야 할 것으로 바뀌어야 한다. 화자 '나'와 인물 '나'는 비로소 하나로 합쳐진다. 미학의 궁극적인 가정된 효과가 존재의 상승이라면, 진정한 시는 비판도 반성도 아니며, 역으로 일방적인 장식과 성화도 아니다. 그것은 반성을 지렛대로 존재의 상승을 실연(實演)하는 시일 것이다.

원구식 시인이 등단한 지 30년이 되었다. 한데 시인 사회에서의 그의 독특한 위치 때문인지 그는 자신의 시인됨을 드러내는 데 조심스러웠고 또한 시작 역시 과작이었다. 그러나 「물길」의 분석은 그의 시적 내공이 대단히 두껍다는 것을 실감시킨다. 지면 때문에 다른 시들에 대한 분석은 생략하거니와 지금까지의 분석과 비슷한 방향으로 그들 역시 충분히 풍요롭게 읽을 수 있을 것이다.

〔2009〕

패인, 매인, 시인
― 황인숙의 『우리는 철새처럼 만났다』[1]

> 아, 다시 봄이라는데
> 갈라진 마음은 언청이라서
> 휘파람을 불 수 없다
> ――「사랑의 구개」

> 이제 나는 흉하고 휑한 그대의 상처로 돌아갑니다
> ――에메 세제르, 『귀향 수첩』

　생각이 곧 시가 되는 시인들이 있다. 그 시인들에겐 뇌와 입술 사이의 거리가 무척이나 짧아 관념은 이미 소리의 날개를 달고 태어난다. 그러곤 쏜살같이 입술로 내달아 문자를 낚아채고 솟구치는 것이다. 이 부류의 시인에게는 비유와 상징이 곁들 여지가 없다. 아니 차라리 불필요한 것이다. 관념이 이미 시이니 어떤 수사학도 무익한 연장이리라. 황인숙은 그런 새호리기나 황조롱이와 같은 맷과에 속하는 시인이다. 그는 그의 첫 시집에서,

　　오 집어치우자, 갈참나무를.

---

1) 황인숙, 『우리는 철새처럼 만났다』, 문학과지성사, 1994.

단풍나무를, 오동나무를.

우리가 어느 나무의 몸을 통해 나온 욕망인가를.

욕망이면 욕망이었지, 집어치우자.

십대의 나무를, 이십대의 나무를.

무엇보다도 불혹의 나무를.

복 받을진저, 진정한 나무!

—「복 받을진저, 진정한 나무의」부분[2]

를 외쳤던 바가 있다. 그에게는 욕망의 양태(갈참나무, 단풍나무,
오동나무……), 기원(어느 나무의 몸을 통해 나온 욕망인가), 목표
(십대의 나무…… 불혹의 나무)가 도시 쓸 데가 없는 것이다. 어떤
이들에게는 그것들이야말로 욕망의 성분이거나 혹은 욕망 그 자체
가 되겠지만, 황인숙에게는 욕망이면 그저 욕망일 뿐이고, 욕망에
딸린 부속물들은 욕망의 방출을 더디게 만드는 방해물에 불과한
것이다. 이 방해물들을 제거하기 위해 아마도 시인은 뇌와 입술 사
이의 거리가 그렇게 짧은 존재로 진화해온 것일 게다. 그러니, 그
거리는 공간적인 개념이 아니라 시간적인 것이다. 다시 말하면, 욕
망의 수로를 단축하려는 그의 욕망은 하나의 역사 속에 들어 있다.
그 거리를 난만한 비유들로 장식하려는 시적 상투성과의 싸움의
역사 말이다. 그것은 특히, 한국시 특유의 정서주의와의 싸움을 뜻
한다. 그 정서주의는 형용사의 안개로 자욱하고 부사의 돌멩이들
로 강팔라서, 한, 그리움, 님, 누이 등을 휩싸고 도는 한국인의 영

2) 황인숙, 『새는 하늘을 자유롭게 풀어 놓고』, 문학과지성사, 1988.

원한 결핍감과 그대로 상응하면서, 그것을 더욱 조갈 나게 하는 것인데, 황인숙의 시는 시인이 그것을 의도했든 그러지 않았든 그러한 갈증의 탐닉에 정면으로 도전하는 것이다.

바로 그 점에서 황인숙의 시는 주어와 동사로만 이루어져 있다. 속사와 상황보어를 가지지 않는다는 뜻이다. 그 주어는 대체로 '나'이지만, 그것은 1인칭이라기보다, 차라리 무인칭이다. 그는 새처럼 가벼웁기를 의지하기 때문이다. 그를 유명하게 만든 시 「새는 하늘을 자유롭게 풀어놓고」를 보라.

보라, 하늘을.
아무에게도 엿보이지 않고
아무도 엿보지 않는다.
새는 코를 막고 솟아오른다.

아무에게도 엿보이지 않고 아무도 엿보지 않는 곳으로(그리고 또한, 자세로/몸짓으로) 솟아오르는 그 새가 그 '나'다. 본래 으뜸 인칭으로서의 '나'는 '너' '그' '우리' '그들' '당신'의 다른 인칭들과 '상관'해서만 성립한다. 그런데 시인은 그 '아무'가 도대체 귀찮은 것이며, '나'로부터 그 '아무'와의 상관성을 덜어내지 못해 몸살한다. 그래서 그는 "코를 막고" 솟아오르는 것이다. "코를 막고"는 물론 '숨을 멈추고'라는 뜻이지만, 그렇다고 해서 그것이 목숨을 버리겠다는 뜻을 직접 포함하는 것은 아니다. 그것은 집중을 훼방 놓는 주변의 냄새를 맡지 않겠다는 것으로 읽혀야 한다. 즉각적인 비상, 즉각적인 점화, 즉각적인 진입을 위해서는 바깥으로부터의 전파를 받아들이는 모든 통로를 폐쇄하고 오직 코를 뾰쪽하게 세우고, 다시 말해 화살이 되어 날아가야 하는 것이다.

　이번의 시집에서도 그러한 속성 배제를 방법론으로 가진 비상의 의지가 그의 시의 여전한 진앙이 되고 있음을 몇 편의 시는 드물기는 하지만(실로, 시인은 "내 生의 드문 아침"이라고 실토하고 있다) 선명하게 보여주고 있다. 가령, 오직 가쁜 숨소리만이 문면을 가득 채우고 있는(야콥슨의 기능 분류에 의거해 우리는 이 숨소리를 '감정 표시' 기능에 할당할 수 있다. 감정 표시 기능이란 곧 요소 분류의 '발신자'와 상응한다. 숨소리가 문면을 가득 채우고 있다는 것은 주어가 다른 구문적 요소들을 압도하고 있다는 것을 뜻한다)

　　하, 후! 하, 후! 하후! 하후! 하후! 하후!
　　뒤꿈치가 들린 것들아!
　　밤새 새로 반죽된
　　공기가 뛴다.
　　내 生의 드문
　　아침이 뛴다.

　　독수리 한 마리를 삼킨 것 같다.
　　　　　　　　　　　　　　　　　　　　　—「조깅」 부분

에서 내 호흡 가쁜 눈 위를 휙휙 뛰어가는 땅바닥·나무·햇빛·버스·바람·창문·비둘기 등등이 뒤꿈치가 들렸다는 것은 그것들이 자신의 몸무게를 덜어내는 놀이에 열중하고 있다는 뜻이 아니겠는가? 그렇지 않다면 어떻게 그 무거운 것들이 "밤새 새로 반죽된 공기"가 될 수 있겠는가? 뒤꿈치를 열심히 드는 만큼 그것들은 어느새 질량과 형상을 흩어버리면서 무형의 자유로운 공기들로 새로 반죽되는 것이다. 그 뒤꿈치 들기는, 곧바로 이어지는 시,

아, 이 어이없는, 지긋지긋한
머리를 세게 하는, 숨이 막히는
가슴이 쩍쩍 갈라지게 하는
이 추위만 끝나면
퍼머 골마다 지끈거리는
뒤엉킨 머리칼을 쳐내야지
나는 무거운 구두를 벗고
꽃나무 아래를 온종일 걸을 테다
먹다 남긴 사과의 시든 향기를 맡으러
방안에 봄바람이 들거나 말거나.

——「추운 봄날」 부분

에서의 "머리칼을 쳐내"기, "무거운 구두를 벗"기와 같은 운동 이미지의 동위원소들이다. 두루, 제 물질성을 버리는, 그래서 더욱 가볍게 솟구쳐 오르는 행위들인 것이다.

그러니, 황인숙 시의 동사는 언제나 주어를 삼킨다. 위 시구에서도 주어는 생략되어도 좋다. "나는 무거운 구두를 벗고"에서 '나는'은 언어학적으로 불필요할 뿐만 아니라, 의미론적 차원에서의 속성 제거의 의지를 고려한다면 없애는 게 더 낫다. 그런데 그것은

일종의 역설이다. 자신의 속성을 포함하여 모든 '종속소'를 제거하고 '핵'(기본 주어와 동사)만에 밀도를 부여하려고 하는 그 의지가 모든 주체를 동작의, 다 쓰고 나면 버릴 분사통으로 만들기 때문이다. "답답할수록/〔……〕/〔……〕더/새파란 공기통"(「귓속에 충만한」[3])인 시는 열수록 더 날아가버릴 터이다. 그렇다면 황인숙 시의 구문 형식은 오로지 동사로만 이루어져 있다고 말할 수 있을 것인가? 또한 그렇다면 "나는 무거운 구두를 벗고"에서 '나는'은 왜 끼어 있단 말인가? 그 의미와 형태의 그 어긋남은 실제 '나'가 그렇게 제거될 수 없다는 자각과 관련이 있다. 그 동작이 '나'의 이름으로, 다시 말해 '나'가 근거이자 동시에 목표이고, 욕망의 뿌리이자 동시에 욕망의 운동인 그것으로서만 이루어지는 한, '나'는 결코 소멸하지 않는다. 가령 불나방처럼 그게 소멸한다면, 그때 '나'도 없을 것이고, 또한 '황인숙의 시'도 없을 것이며, 오로지 모든 것을 삼키는 불꽃처럼 어떤 잡념도 없이 타오르기만 하는 거대한 시의 화염만이 남을 것이다. 아니, 그 화염만이 남는다면, 그래도 볼만하리라. 하지만 그 화염이 내팽개친, 혹은 그 화염이 앗 뜨거워서 후다닥 떨어져 나간 나의 죽음들이 "아무튼 흔하고, 천하고, 썩어나고/날씨는 추워서 푸르퉁퉁/썩어 문드러지지도 않"는 채로 널리고 마는 것이다. "그래서 〔……〕 죽음에/정나미가 떨어"(「生의 찬미」)진 시인은 결코 '나'를 버리지 못한다. 나를 버리면 운동하지 못하는 추한, 흔한, 썩은 나가 남기 때문이다.

---

3) 황인숙, 『슬픔이 나를 깨운다』, 문학과지성사, 1990.

황인숙 시의 진앙은 그 아슬아슬한 접면에 존재한다. 나의 물질성 그 자체의 운동으로 나를 초월하는 것(여기에서 '어디로?'라는 질문은 쓸 데가 없다. 그 질문을 던지는 사람은 당장 "집어치우"라는 시인의 고함에 귀청 떨어질 것이다). 따라서 언제나 나에 의해서만 나 아닌 것으로 흩뿌려지는 것. 나 아닌 것의 검은 구멍 속에 빨려들어가기 직전의 내 사건의 지평면 둘레를 빠르게 도는 것. 「새는 하늘을 자유롭게 풀어놓고」에서의 "자유의 섬뜩한 덫"은 바로 그것을 이르는 말에 다름 아니다. 주체 없는 자유란 당장 관여성을 상실하고 마는 것인데, 또한 그 주체는 자유의 최후의 구속물로 남아 있는 것이다. 그러니, 그 자유가 어찌 섬뜩한 덫이 아닐 수 있겠으며, 또한 어쨌든 시인은 그 섬뜩한 덫을 끌고 "얏호" 솟아오르지 않을 수 있겠는가?

그랬던 시인이…… 하지만 이제는 서글프고 피로한 기색을 감추지 못하고 있다.

나이는 서른다섯 살
가을도 저물어 시린 바람이 안팎으로 몰아친다.
이제는 더 이상 청춘도 없다. 사랑도.
밤은 막막, 낮은 휑휑.
　　　　　　　　　　　　　　　——「삶의 시간을 길게 하는 슬픔」 부분

센티멘털리즘이여, 다시 한번만!
십대도 가고 이십대도 가고

詩 또한 메말라 버석거리네.

—「가랑잎의 거리」 부분

　같은 시구들에 잘 나타나 있지만, 그 피로와 우울은 무엇보다도 늙음 때문이다. 늙었다는 것은 단순히 나이를 먹었다는 것을 뜻하지 않는다. 늙었다는 것은 젊지 못하다는 뜻이고, 젊지 못하다는 것은 아예 시간을 통째로 잃어버렸다는 것을 뜻한다. 보라, 그녀에게는 바람이 '안팎'으로 몰아치는 것이며, '청춘도/사랑도' 없는 것이고, "밤은 막막, 낮은 휑휑"하지 않는가? 막막·휑휑이 온 하루를 꽉 메우고 온통 휘몰아치고 있다. 청춘의 상실은 삶의 전면적 상실에 이어지는 것이다. 그녀는 벌써 자신을 사망자로 느낀다.

　　뿌옇게 버캐진 거울 속에서
　　나는 영정처럼 내 방을 내다본다

—「더 이상 세계가 없는」 부분

　그런데 좀 이상하지 않은가? 시인은 이제 겨우 30대 후반일 뿐이다. 그 나이에 벌써 늙었다고 한다면, 한국인의 절반 이상이 억울해하리라. 그런데도 시인에게는 20대만 지나면 벌써 늙은이다. 그것은 적어도 두 가지 이유가 있는 것으로 보인다. 그 하나는 시인의 시 운동 그 자체의 본성으로부터 온다. 그리고 그 본성은 '늙은' 시인의 괴로움의 영원한 원천이 될 것이다. 바로, 핵 단위들만을 달구고 종속소들을 쳐내는 그의 시학이 그것이다. 10대 20대의 팔팔한 청춘, 그의 시를 빌리자면 "혈기방장한 이파리들"(「복 받

을진저, 진정한 나무의」⁴⁾)은, 앞만 보고 달리는 것만으로도 삶을 느
낀다. 그때, 외부 세계는 두렵고 불안하지만, 그러나 나는 "불안해
하고 믿으며/믿으며 두려워하며/믿음으로 숨어 있는 힘에 이끌려/
〔……〕 비약을 삼"(「병든 달」⁵⁾)키듯 그곳을 질주한다. 그 질주가
핵 단위만을 더욱 집약시키는 소진성 질주이기 때문에 그것은 그
만큼 자유로움의 넓이를 키우며, 또한 따라서 세계를 유한한 모
양·크기·색채로 규정하고 있는 모든 일상적·문화적 체계들에 대
한 반란성을 띤다. 그에 대한 기왕의 평문들이 공통적으로 지적하
고 있는 별짓, 시각의 전도, 변형은 바로 그러한 반란성을 가리키
는 것에 다름 아니다. 그의 전도는 일상적 시각에 대해서는 전도가
되겠지만, 시에 대해서는 시의 원형으로, 아니 차라리 그 원형의
문제학으로(왜냐하면 앞에서 말한 것처럼, 자유는 곧 섬뜩한 덫이기
때문이고, 나는 나인 것과 나 아닌 것 사이에 아슬아슬하게 위치하기
때문에. 실로, 모든 시인에게서도 그의 시의 심원은 동시에 문제의 장
소이다. 그 심원에 최초의 상처가 있었다는 얘기가 아니라, 심원 그 자
체에 대한 의심이 심원 속에 함께 있다는 뜻이다) 시의 실제들에 대
해 반란을 꾀하는 것이며, 그의 변형은 목적이 제거된 변형이기 때
문에 차라리 변하는 것들의 난무라 할 만하다.

하지만 문득 "믿음으로 숨어 있는 힘"이 빠져나간 것을 발견하
는 때가 온다. 그게 언제일까? 나는 모르며, 시인도 아마 모를 것
이다. 다만, 시인은 그것을 깨닫는 계기를 만난다. 두번째 이유가

---

4) 황인숙, 『새는 하늘을 자유롭게 풀어놓고』.
5) 같은 책.

될 그 계기는, 시인이 문득 그가 그 안을 질주하고 그것을 반동으로 솟아올랐던 외부 세계가 더 이상 그러한 열림과 탄성을 제공해주지 않고 무수한 울타리를 가로세우고 떼려야 떨어지지 않는 끈끈이로 "나의 詩, 나의 구두"(「거리에서」[6])를 묶어놓을 때, 따라서 외부 세계가 단순히 두렵고 불안할 뿐만 아니라 실제로 무서운 '비약'임을 느낄 때이다. 문득 외부의 물상들을 구체적으로 느끼기 시작하는 때, 그런데 그것들이 저마다 흉포하고도 음험한 표정으로 '나'를 엄습하는 때가 오는 것이다. 그때 세상은 더 이상 돌발적 비상과 치명적 음식이라는 뜻을 동시에 품은 내부 모순어로서의 '비약'이 아니라, 오직 후자의 뜻만으로 시커멓게 뭉쳐진 비약이 된다. 실로, 성민엽이 "전반적으로 위기에 봉착해 있"[7]다고 파악한 두번째 시집에서부터 그 징후는 사방에 깔려 있으며, 그 징후를 전달하는 것은 외부로부터의 온갖 송신파이다.

나는 것을 생리로 가진 자가 날지 못한다는 것은 그가 지상에 묶였다는 것을 뜻한다. 전화벨 소리, 친구의 사망 소식, "아침 햇발 아래서/웃음의 화살 겨"(「미필적 고의」)누는 사내의 표정, "풍문의 화염병"…… 이런 것들이 그를 지상에 묶는 것들이다. '미필적 고의'라는 제목이 그대로 보여주듯이 그것들은 그들의 의사에 상관없이 시인을 상처 입힌다: "변덕스런 봄밤,/그집 이층 난간에서 고무나무/시퍼런 바람 맞"고, 전화벨 소리 "닝닝닝 닝닝닝 〔……〕/내 다섯 모가지를 친친 감"(「봄날」)으며, "매미떼가 내 뇌를 지글

6) 황인숙, 『슬픔이 나를 깨운다』.
7) 성민엽, 「변형 의식의 위기와 우울한 성찰」, 황인숙 시집 『슬픔이 나를 깨운다』 해설.

지글 지글지글 파먹어 들어간다"(「미친 여름의 노래」).

그 상처는 시인에게는 거의 불가피한 일이다. 오직 '나'의 운동만으로 세상 전체를 주파하려고 한 시인은 이제 그 바깥세상에게 복수당하는 것이다. 그는 그 바깥세상의 생리와 수량과 명석성을 애당초 무시했으니, 그가 받는 것은 오로지 상처일 수밖에 없는 것이다. 그 상처가 아직 예감으로 남은 채로 극단적으로 끔찍해졌을 때, 시인은 「몽환극」[8]이라는 그로테스크한 시로 그것에 대한 "가히 주술적인" 저항을 보여준 바가 있다. 실로 태양보다도 더한 뜨거움을 나는 그 시를 읽으며 느꼈던 것인데, 주인공인 노파가 "뙤약볕의 개구리처럼/끔찍하게 마른 사지, 오그라든 젖퉁이/눈꺼풀은 돌비늘, 눈알을 덮고/나무 옹이 같은 입"을 가지고 있었기 때문이다. 그러나 그 시가 실로 태양보다 더 뜨거운 것은 그 노파가 그런 말라비틀어지고 사방이 파이고 딱지 붙은 육체를 갖고 있기 때문이 아니라, 그 육체를 "바라보는 것만으로도,/네 젊음을 나에게/쬐끔만 다오, 라는 말을 듣는 듯./돌비늘 틈의 섬광, 나뭇골에 새는 바람"을 번쩍이고 쉬쉬 뿜어내면서 "찔꺽찔꺽 물을 끼얹"고 있기 때문이다. 작열하는 뜨거움으로 데워졌으며, 몸에 뿌려지자마자 욕조의 뜨거움에 곧바로 말라버릴 듯한 그 물을 되풀이해서 찔꺽거리는 노파를 상상해보라. 뜨거움으로 뜨거운 물을 만들어 뜨거움을 식히려 하는 그 기괴한, 기괴한 만큼 필사적인 그 행위를. 더 나아가, 그 말라비틀어진 육체로부터, 도대체 그 몸에 무엇이 남을 게 있었다고, 벅벅 밀려나갈 살 찌꺼기들을.

---

8) 황인숙, 『슬픔이 나를 깨운다』.

아마도 그것이 '나'의 운동만으로 세상을 관통하려고 한 주체가 문득 적으로 변한 세상에 대해 벌일 수 있는 최대의 저항일지도 모른다. 그것이 최대인 만큼 그것은 단 한 번으로 모든 것을 완성한 것인지도 모른다. 이번 시집에서는 정말 그와는 전혀 다른, 아니 다르다기보다는 그 필사적인 그로테스크를 상실한 모습을 보여주고 있다. 시인은 이제 절정으로부터 서서히 추락하는 것인가?

> 도시의 불룩한 유방인
> 빌딩과 빌딩 사이로
> 개울이 흐른다.
> 밤인 도시가
> 나체인 온 가슴을 벌리고
> 비를 맞는다.

> 쭉 뻗은
> 시체처럼
> 아무 사념없이.

> 쌔앵쌩 부는 바람에
> 부는 대로 패이고
> 씻긴다.

> ―「!비!!!」 전문

온몸을 내버린 자의 모습이 이제 시인이 보여주는 제 모습이다.

나체인 온 가슴을 벌리고 쭉 뻗은 시체처럼 부는 바람에 부는 대로 패이고 씻기는 그 자기버림의 모습. 예전의 자기버림이 솟구치기 위해 제 몸을 가볍게 하는 능동적 버림이었다면, 오늘의 버림은 비상을 포기하고 세상에 제 몸을 먹이처럼 내던져버리는 체념적 방기이다. 그 버려진 몸 위를 "졸립고/아파요./아스팔트와/육중한 건물들과/희끗희끗 달빛이 비어져나오는/검은 구름의 하늘이/〔……〕 지나"(「똑같은 꿈」)간다.

그러나 졸립고 아프다고 말하는 존재는 누구인가? 그것들이 "내 누운 몸 위를 지나가는군요"라고 시는 적고 있지 않은가? 그 존재가 '나'가 아니고 누구일 수 있겠는가? 여전히 나는 나를 놓지 않는다. 우리는 그것을 '마지막 나'라고 부를 수 있다. 그 마지막 나는 예전에도 결국 타버리지 않았다. 마찬가지로 지금도 마지막 나는 결코 버려지지 않는다. 그것이 버려진다면, 폐허만이 남을 것이고, 그 잔해들도 쌔앵쌩 부는 바람에 흩어져 사라질 것이다. 시도 제 물질성을 흉하게 펄럭이며 날아갈 것이다. 여전히 사각의 틀 안에 시를 조립해 끼워 넣는 존재가 있다면, 그것은 '나'일 수밖에 없다. 황인숙의 시에서는 지금까지 오직 '나'만이 시를 써왔으니 말이다.

나의 내버림은, 그러니까 실은, 그 마지막 나로 시인이, 의도하든 그러지 않았든, 돌아간다는 것을 가리키는 것이 아닐까? 과연 시인은 그것을 뚜렷이 자각하고 있는 것으로 보인다.

　　모두가 허망이니
　　아무것도 남기려 하지 말자꾸나.

라고 말하는 시의 제목은 「그러면 무엇이 허망을 전해줄까?」이다. 허망의 극단에서 시인은 발뒤꿈치를 돌린다. 허망을 전할 자를 남겨야 한다는 것을 안 것이다. 물론 그가 발뒤꿈치를 돌린다고 해서 다시 앞으로 나갈 수는 없다. 더 이상 바깥은 열린 공간이 아니며, 더 이상 그의 새파란 공기통에는 공기가 남아 있지 않기 때문이다. 그 자리에, 그렇게 붙박일 수밖에 없다.

그리고 무엇을 할 것인가? 아직도 몸은 옛 운동을 기억한다. 기억하지 못해도 그것에 대한 설움은 남는다.

> 하지만 평생의 기억은 사라졌지만
> 설움은 남으셨을 할머니
> 생각도 없이 눈물이 흐르고
> 그러면 멈추지 않으실 할머니
>
> —「비」 부분

그러니, 무슨 일이든 할밖에 없다. 그것은 우선 두 가지 직접적인 반응으로 나타난다. 하나는 옛날과 같이 혈기방장하게 뛰어보는 것:

> 억울함을 딛고 비참을 딛고
> 생이 몰아치는 공포를 딛고
> 딛고, 딛고!
>
> 오, 추락하는 꿈으로도

오, 따분한 꿈으로도
오, 처량한 꿈으로도
비비틀리는, 푸드덕거리는
몸은 작열한다!"

—「삶의 시간을 길게 하는 슬픔」 부분

몸은 추락하고 따분하고 처량하지만 그 의지는 가히 청춘을 방불케 한다. 그 의지가 몸을 비비 틀고 푸드덕거리게 한다. 작열케 한다. 그러나 시인은 이미 그게 절망적임을 깨닫는다.

그 누가 알리
태양이 굶주린 거머리처럼
내 전신을 빨고
이 많은 행인들 속에서
나, 감쪽같이 환락에 떪을

—「태양의 유혹」 부분

예전의 비약이 자유로웠던 것은 그 양태와 방향과 대상이 부재했던 때문이다. 새는 하늘을 자유롭게 풀어놓았던 것이다. 하늘은 비상하는 새를 타고 제멋대로 변할 수 있었다. 그러나 지금은 내가 하늘을 풀어놓기는커녕, 태양이 나를 빨아들인다. 내가 태양에 이끌려 "꺼져라, 소멸의 시간이여" 외치면, "이제 다시 지구는/나를 중심으로 돌고/태양이 덩굴손을 뻗어/내 피 속에 담그고/미친 듯 장미꽃을 토하게 한다." 그러나 보라, 그것은 더 이상 "나만의"

그 환락이 아니다. 그 절정에서 문득 "이 무슨 야릇한 냄새람/나, 기진한 흰 동공을 돌려/향내나는 혼음의 거리를 본다." 모두가, 그 환락의 환각 속에 사로잡혀 있는 것이다. 옛날의 개성은 현대의 상투성으로, 어제의 열림은 오늘의 감옥으로 돌변했던 것이다. 이 어찌할 길 없는 갇힌 자의 의식, 아니 자유를 향한 투기조차 조작되고 있음을 느끼니 갇힐 수밖에 없는 자의 의식, "비틀어진 탯줄인 전화선"(「어느 개인 가을날」)을 쥐어뜯는 자의 의식은 참담할 수밖에 없다. 다른 길은 없는가? 있다면, 갇힌 자의 공간을 갇힌 그대로 삶의 장소로 만드는 것이다.

> 용접 불꽃처럼 산성비, 뺨을 뚫는 길바닥도
> 잠시 머물면 체온이 고인다고
> 마음 한끝이 중얼거린다.
>
> ―「하, 추억치고는!」 부분

> 희미한 옛사랑의 노래
> 기운을 북돋는 노래
> 돌아가며 부르고 입을 모아 부르고
> 여름밤이었다.
>
> ―「서글프고 피로한」 부분

그게 축적의 장소이든, 위안의 장소이든, 도피의 장소이든, 바깥 세상의 침범으로부터 보호되는 장소로 만드는 것. 감옥은 그때 은신처가 될 것이다. 그러나 그 또한 불가능한 일임을 시인은 안다.

"하지만 여름밤이었다/밤은 금방 조그매졌"(「서글프고 피로한」)던 것이다. 또는

> 우리 중 한 사람은 갈 곳이 없고
> 우리의 스커트는 너무 좁았다"

—「서글프고 피로한」 부분

시인이 '우리'를 인식하게 된 것은 이 시집이 처음이리라. 그것은 중요한 계기를 이룬다. 시인은 '나'의 감옥 속에 갇힘으로써 처음으로 관찰이라는 이름의 운동을 할 수 있었던 것이다. 그는 주위를 둘러보고 그것을 측정하게 된다. 분별과 가름이 시작된다. 그러나 그렇게 해서 찾은 우리를 받아들이기에 '나'의 감옥은 너무 좁을 수밖에 없다. 우리의 자리는 우리 사이에 있지, 내 치마 품에 있지 않기 때문이다. 그 때문에 내 마음의 작은 공간에 만족하려는 마음은 곧바로 격발하고야 만다. "나는 그 뾰족한 끝으로 차라리 심장을 후벼파고/뻗어버리고 싶"(「사랑의 구개」)어지는 것이다.

시인이 회귀한 마지막 나의 자리는, 그러니까 치명적인 자기부정의 자리이다. 그 자기부정은, 마지막 나마저도 바깥세상에 훼손되어 있다는 의미에서의 그것이 아니라, 그것이 그 자체로서 두 갈래로 갈라졌다는 의미에서의 자기부정을 말한다. '나'의 뻗침은 바깥의 태양에 빨아 먹히고, 나의 거둠은 어떤 의미 공간도 만들어내지 못한다. 그의 시의 핵 단위가 주어와 동사로만 이루어져 있다면, 이제는 그 주어와 동사마저 각자 찢겨버린 것이다. 정말, 시인은 이제 "휘파람을 불 수 없"게 되었다. 그 어느 것도, 나의 존재든, 나의 활

동이든, 더 이상 나의 생산 기제가 될 수가 없다.

그러나 마지막 나로서 마지막 나의 상처를 인식한다는 것은 무엇인가? 그것은 이제 내가 나의 내면을 응시할 수 있게 되었다는 것을 뜻하지 않는가? 바로 앞에서 보았듯, 외부의 세계를 관찰할 수 있게 되었던 것처럼, 이제는 내면을 응시하게 된 것이다. 내면을 응시하자, 예전엔 오직 활동을 위한 실체, "창문을 갖지 않는 단자"(라이프니츠)였던 그것이 복잡하고 섬세한 무대들의 복합체로 다시 나타난다.

그런데 왜 나는 구조 혹은 성분이라고 하지 않고 '무대들'이라고 적고 말았을까? 찢겨버린 '나'가 응시하는 '나'는 결코 나의 기하학도, 나의 디테일도 아니기 때문이다. 찢긴 존재는 그런 능력을 가질 수가 없다. 그게 할 수 있는 일이 있다면, 그 찢김의 사실들을 체현하는 것이다. 그가 응시를 한다면, 그 응시는 객관적이고 명철한 의식의 응시가 아니라, 응시 속에 응시가 비추어져서 복제와 분열을 되풀이하는 그런 응시, 그러니까 응시하는 응시됨이고 응시되는 응시함일 수밖에 없다. 우리가 흔히 꿈이라 부르는 혼돈 속의 명상이 그 자리에서 시작하는 것이며, 그 혼돈 속의 명상은 무수히 이질적인 무대들을 펼쳐 보이는 것이다. 그 점에서 '서시'는 무척 의미심장하다. 시인은 이제부터 꿈 이야기를 하겠다고 공시하고 있는 것이다. "이지러진/잠결의 낙서/모든 것의 바로 그것인/그림자"(「서쪽 창에 의자를 놓고」)에 대해서 말하겠다고 하는 것이다. 그 서시의 약속에 호응할 줄 아는 독자는 이번 시집의 모든 시편을 꿈 이야기로 읽을 채비를 해야만 하는 것이다.

꿈 이야기란 무엇인가? 서시의 그 약속과 내 "꿈을 그대로 옮기려고 했"(「심연이 있는 눈」)다는 시인의 자술을 우리가 문자 그대로 받아들인다 해도, 우리가 꿈에서 전혀 새로운 세상을 기대할 수는 없다. 꿈은 억압된 욕망이 자유롭게 제 모습을 드러내는 자리가 아니라, 교묘한 왜곡과 변주를 오래도록 펼치는 자리이다. 흔히 오해되고 있는 프로이트의 말을 실제로 빌리자면, 꿈은 '드러나는' 것이 아니라 '작업하는' 것이다. 꿈은 현실과 욕망의 지칠 줄 모르는 상호 침투의 무대라서,

> 나비는 날개에 내 지문을 묻히고
> 화들짝 날아간다
> 내 손끝에는
> 반짝거리는 하얀 가루가 묻어 있다
>
> ──「나비」부분

는 시구를 번안하자면, 꿈속에서 욕망은 현실의 지문을 묻히고 있고, 현실에는 욕망의 필로폰이 묻어 있다. 그러니,

> 너의 그림자가 어룽댄다
> 세상이 너의 어룽 너머로 보
>
> ──「봄이 쐬다」부분

이는 것이다. 세상은, 그게 이 세상이든 꿈 세상이든, 결코 선명하게 드러나지 않고, 그림자의 어룽댐, 다시 말해 상대 세상의 불투명한 판을 투과한다. 그 투과가 실현되는 자리는 대책 없는 현실과

불가해한 욕망 사이의 교접과 싸움의 무대이며, 그 싸움은 욕망과 현실이 뒤섞여서 기이하게 일그러진 풍경을 전개한다. 보라,

> 도시의 불룩한 유방인
> 빌딩과 빌딩 사이로
> 개울이 흐른다.
>
> ─「!비!!!」 부분

의 희한한 이미지의 비틀림을. 빌딩의 첨예성과 유방의 불룩함이 하나로 포개지는 데서 오는 그 착란을. 그 착란이 눈병을 일으켜 눈물이 추저분한 개울을 이루는 것을. 인간/도시가 더 이상 대립적이지 않고, 인간처럼 상처 입은 채로 버려진 도시와 도시에 빨려들어 더 이상, 둥그런(포근한, 베푸는) 젖이 아니라, 불룩한(선정적인, 빨릴) 유방을 드러내는 인간이 서로 닮아가는 그 광경을. 또한, 보라, 시인의 꿈속에서 좌절된 욕망과 세상의 공포가 어떻게 동시에 살아나고 있는가를.

> 길바닥에 떨어진
> 나무의 오므린 손바닥에
> 가을비 내린다.
> 손바닥 가득
> 이지러진 눈, 동자처럼
> 풍경이 떠다닌다.
>
> ─「가을비 내린다」 부분

"나무의 오므린 손바닥"이 나뭇잎의 비유임은 "길바닥에 떨어진"이라는 시구로 금세 알 수 있다. 나뭇잎을 나무의 손바닥으로 치환하는 그 제유의 작업은, 그러나 단순한 재치의 소산이 아니다. 그 치환 속에는 앞에서 분석한 시인의 '나 거둠'의 소망이 투영되고 있으며, 동시에 그것이 길바닥에 추락해 좌절된 내력이 투사되고 있다. 그리고 가을비 내린다. 그 가을비는 일차적으로 소망의 좌절이 마음 안으로 이동하면서 내리는 우울이다. 그러나 그 우울이 나뭇잎에 가득 고이자, 기이한 광경이 펼쳐진다. 우선, "손바닥 가득" 가을비가 고인다는 것은 그 나뭇잎의 가운데가 우묵하게 들어가 빗물 받을 자리를 가지고 있다는 것을 뜻한다. 그 소망은 좌절했지만, 여전히 '나 거둠'에 대한 소망의 흔적은 사라지지 않았던 것이다. 그 흔적 위로 빗물이 고이니까, 흔적은 문득 저의 퇴색함을 벗고 이지러진 눈을 치뜬다. '나'를 빨아먹는 세상의 공포에 짓눌린 채로 뚫어지게 바라보는 그 눈을. 그리고 세상의 공포에 짓눌려 허옇게 뒤집어진 동자를. 그 "눈, 동자" 속에서 세상은 더욱 기승하고, 내 소망은 더욱 몸을 비튼다.

시인이 운명적으로 찢긴 나의 자리에서 펼쳐 보이는 꿈이란, 따라서 바지를 걷고 상처를 내보이면서 우는 꿈이 아니라, 나의 상처가 영원히 끝나지 않을 싸움을 바깥세상과/상처 그 자신과 싸우는 꿈이다. 그러니 그 꿈 이야기가 어떤 객관적인 묘사나 주관적인 진술보다도 더 독한 드라마를 독자에게 제공한다고 말하지 않을 수 있을까?

그 드라마가 가장 독해진 지점에 「모든 꿈은 성적이다」에서 기술된 이 빠진 고목 밑동—한쪽 눈이 옹이 박힌 사슴—푸드덕거리는 날아가는 올빼미—다시, 달아나는 사슴으로 이어지는 기괴한 변신의 꿈이 있다. 나는 그것을 당장 분석해보고 싶지만, 시간의 빗장에 걸려 그만 넘어지고야 만다. 언젠가 고요히 들뜬 음미의 시간이 열릴 때가 다시 오리니, 그날이 오면, 나는 바깥세상에 대한 분별이 시작되었음을 알리는 의미심장한 시구.

> 땅 가까이는 말하자면
> 바다의 수면이다.
> 세간살이의 잔해가 파도에 휩쓸린다.
> 그보다 높이, 새의 높이쯤에서
> 바람은 저희들끼리 불어가며
> 저의 순수함을 즐기고 있다.
> 그리고 구름 너머 까마득한 높이에
> 깊은 바람이 고여 있는 것이다.
> 그곳에는 지느러미도 눈도 없이
> 해와 달과 별들이 떠다닌다
>
> —「부푼 돛」 부분

를 포함하고 있는 「부푼 돛」과 교차시켜 재미난 분석의 직물을 짜보고 싶다. 그때가 오기 전에 독자여, 당신이 서둘러 나의 이 유혹을 앞지르시는 게 어떤가?

나중은 어찌됐든, 더딘 내 손을 채근하는 내 마음의 초조에 떠밀려 시 밖으로 튕겨나가면서, 나는 그래도 손을 뻗쳐 한마디 내지르

며 세상 저 속으로 멀어져간다. 여기까지 오는데, 그 무슨 마음고
생이 있었으랴. 그러나 시인이여, 그게 억울해서라도 오래 그 자리
에 머무시라. 기필코 그 처참한 곳에서 투쟁하시라. 그대의 생기와
세상의 공포로 세상의 유혹과 그대의 우울을 찢으시라, 피 칠을 하
고 범벅을 이기시라. 그 꿈속이 현실보다 더 현실다울 것이니.

〔1994〕

제3부

의지의 충일에서 무의미의 역동성으로

― 김정환론

우리가 말의 힘을 말한다면 김정환의 시만큼 그에 맞춤한 것은 없을 것이다. 적어도 그의 시가 진화해온 역사를 보면 그렇다. 가령

> 나는
> 네가 이렇게 말짱히 살아서
> 내 앞에서 눈이 부시게
> 나타나 서 있는 것만 해도
> 그저
> 말문이 떨리고 목이 메고
> 꿈만 같구나.
>
> ―「지하철 정거장에서·둘」부분[1]

---

1) 김정환, 『지울 수 없는 노래』, 창작과비평사, 1982.

라고 그가 말했을 때, 말은 발성되자마자 사건을 낳는다. "말문이 떨리고 목이 메"일 뿐만 아니라, "꿈"의 세계로 진입한다. 그런데 꿈이야말로 말과 행동이 분리되지 않은 세계, 무의식의 언어로 무언가를 쓰자마자 그대로 그것이 현실로 나타나는 세계인 것이다. 물론 위 시구만 보고서 어떤 이는 꿈의 세계로 유도한 것은 '말'이 아니라 '시선'이라고 편잔할 것이다. 말문의 떨림 등을 유발한 것은 "네가" "내 앞에서 눈이 부시게/나타나 서 있는", 눈의 사건이 었기 때문이다. 그러나 시구만 보지 않고 시를 본다면, 이것은 눈의 사건이 아니라 분명 말의 사건이다. 이 시의 '너'는 지하철 정거장에서 '나'가 겪은 환각 속에서 상봉한 친구이다. '나'는 지하철 정거장에서 "열차"를 보고 '열차의 기적 소리"를 듣는다. "친구여 나는 네가 이렇게/사지가 둘로 동강나는 아픔을 치르어내고"를 문자 그대로 받아들이면, 친구는 개인이 아니라 한국 현대사의 표상이다. "네 수척한 수천 수만 개의 표정"이라는 묘사에 의한다면, 그 친구는 단수가 아니라 집합체이다. 이런 '친구'는 환각 속에서만 나타날 수 있는 것이다. 공간과 부피와 무게와 시간 등 모든 존재의 경계들이 무너져 있기 때문이다. 그런데 이 환각 속에서 '내'가 보는 것은 "몹쓸 병" "곪고 썩어 역겨운 냄새가 코를 찌"르는 "희망" "안쓰러워 행여 슬퍼 보이"는 표정들이다. 이 참상을 "치르어내고/[너는] 생생한, 살아 꿈틀거리는 몸짓으로 서 있"다고 '나'는 말한다. 어떻게? '차마 눈뜨고 볼 수 없는' 사건으로부터 '눈부신' 사건으로의 이행을 가능케 하는 매개물은 이 시 안에서는 하나도 없다. 게다가 이 두 개의 광경에서 시선은 태어나자마자 유폐당한다. 이 광경들은 시선의 결과이지만 동시에 폐-시선의 원인이다. '눈 뜨고 볼 수 없고' '눈부시기' 때문이다. 이 폐-시선 사이의 이행을 주도하는 유일한 중개자는 그것을 그렇다고 진술하는 '나'의 말뿐이다.

말과 사건의 이 초고속 전이(轉移), 두 눈시울의 급속한 점멸을 가능케 하는 이 시의 '말'은 말이 아니라 의지 혹은 갈망의 권화이다. 아니, 말의 바른 의미에서 가장 본질적인 말이다. 말이란 그것이 태어났을 때 진실의 지시자이자 견인자로서 우뚝 섰기 때문이며, 그런 말들만 인류의 기억 속에 전승되었기 때문이다. 말의 원형은 『성서』와 『사서삼경』이다. 김정환의 초기시가 경전을 지향한 것은 그 때문이다. 『황색예수전』[2]은 의지와 갈망의 총체이다. 폐허를 성전으로, 치욕을 위엄으로 단번에, 그러니까 오직 글자의 운동만으로 치환하는 기계이다. 이 시절의 시가 온통 모순어법들로 뒤덮여 있는 것은 그 때문이다. "자유여 참상이여"(「하기식」, 『황색예수전 2』), "패이면 패일수록 불꽃이 튀는/아아 저 피비린 얼음의 살을 보아라"(「두 사람」[3])……

그러나 김정환의 시는 잠언이 아니다. 잠언과 시를 가르는 결정적인 기준은 말의 위치이다. 잠언에서 말은 항상 사건의 위에 혹은 앞에 있다. 벌어진 사건에 대해 발설된 말이라도 그렇다. 왜냐하면 잠언은 항상 궁극에 기댄 말, 종말론적 담화이기 때문이다. 그에

---

2) 실천문학사에서 발간된 『황색예수전』은 총 3편으로 구성되어 있으며, 제1편은 『황색예수전』(1983), 제2편은 『황색예수전 2— 공동체, 그리고 노래』(1984), 제3편은 『황색예수 3— 예언, 그리고 아름다움을 위하여』(1986)라는 제목을 달았다. 제3편은 상·하권으로 분권되었다. 『황색예수전』과 『황색예수전 2』는 단시들의 모음인 데 비해, 『황색예수 3』은 총 14부로 구성된 장시이다.

3) 김정환, 『회복기』, 청사, 1985.

비해 김정환의 시는 사건 속에 있다. 아무렇게나 시구를 뽑아보자.

사울은 땅에서 일어나 눈을 떴으나 앞이 보이지 않았다. 그래서 사람들이 그의 손을 끌고 다마스커스로 데리고 갔다.

—9장 8~9절

아직은 내 곁에 둘 수도 없고
버릴 수 없네, 꽃은 새가슴 새근대는 향기를 지니고
연약한 허리, 하얀 허벅지를 지니고
흔들려, 속이파리째 파르르 떨리는 동안
흔들려 흔들려 참을 수 없이
그러나 내게는 때국젖은 입술이 있어
갈라져 두터운 손바닥이 있어, 사내의 털난 가슴
거칠은 호흡, 열매를 바라는
숨가쁜 욕망 피비린 혁명이 있어
꽃에게 줄 것은, 순식간에, 짓눌러 부숨.
그러나 꽃과 나 사이엔 빼앗긴 식민지가 있어
분내 나는 프랑스가 아메리카 성병이 있어
칼날 숨긴 유혹과, 도취와, 타락과, 메스꺼움과, 아름다움과, 지
배, 피지배
아아 왈칵 쏟아질

—「다시, 꽃」 부분[4]

---

4) 김정환, 『황색예수전 2』, 실천문학사, 1984.

시 머리에 인용한 구절은 성경에서 옮겨온 것이다. 시인은 이 성경의 말씀과 자신의 시구를 이어서 배치함으로써, 자신의 시가 진리의 개진임을 가리킨다. 그러나 둘의 말법은 그저 동일하거나 연속적이지 않다. 머리 인용은 한 사건을 있는 그대로 기록한 것이다. 사울의 행적을 성경을 통해 미리 알지 않은 상태의 독자라면 더더욱 그렇게 읽을 수밖에 없다. 그러나 이 기록은 아래의 시구와 대조되어 서서히 사건의 배후로 물러난다. 그 첫번째 표지는 동사의 시제이다. 성경의 과거형은 독자에게 곧바로 그 지나간 사건의 결과를 궁금케 한다. 그리고 그 결과가 아래에 씌어진 시의 내용을 이룰 것이라고 기대한다. 그런데 시는 결과를 보여주지 않는다. 그것은 어떤 현재적 상태, 결코 결정되지 않았고 안타까움과 갈등으로 몸부림치는 상태를 적는다. 물론 그럼에도 불구하고 시에서도 결론이 없는 것은 아니다. "내게는 때국젖은 입술이 있어///〔……〕피비린 혁명이 있어"로 숨 가쁘게 나열된 확신의 항목들은 시 또한 미정의 상태로부터 곧바로 단호한 결론으로 직행한다는 것을 보여준다. 그러나 그 확신은 대번에 "그러나 꽃과 나 사이엔 빼앗긴 식민지가 있어/〔……〕아메리카 성병이 있어"의 확언에 의해서 뒤집어진다. 갈등의 상황은 확언에 의해 무마되지만 확언은 다시 확언에 의해 뒤집어져, "도취와, 타락과, 메스꺼움과, 아름다움과, 지배, 피지배"라는 결코 해소되지 않을 모순의 상황, 즉 현재진행형의 상황으로 욱신거린다.

그러나 경전은 시의 끈덕진 배후로 작용한다. 그 때문에 시는 현상들의 세계를 관통하는 대신에 끊임없이 진리와 말씀을 향하여 치받는다(이 시가 확언들의 순환으로 귀결하는 것은 그 때문이다). "그대/앙칼진 사랑의 무기"(「사랑노래·셋」, 『지울 수 없는 노래』)라고 말하는 표현을 읽었을 때, 혹은 "기름 묻은 근육에 핏줄 불끈불끈 솟는 것"(「타는 봄날에」, 『지울 수 없는 노래』)을 볼 때, 독자는 그 치받음의 생생한 모습을 그대로 느낄 수 있을 것이다. 이 치받음이 잠언의 내리침과 결정적으로 대립되는 면이다. 치받음이 내리침과 어떻게 다른가? 사건의 내부에 머물면서 사건 너머로 초월하려는 의지가 압도할 때 사건의 현장은 단박에 무의미의 파편들로 산산이 조각난다. 시인이 시의 기본 정황을 "저질러진 역사"라고 지칭하고, 그의 시에 "희망은 곪고 썩어 역겨운 냄새가 코를 찔러도"(「지하철 정거장에서·둘」, 『지울 수 없는 노래』)에서처럼, 피, 똥, 오줌, 눈물 등, 질펀한 액체성의 이미지들로 넘실대는 것은 그 때문이다. 이 액체성이야말로, 이미 썩고 있는 무너짐, 그리고 대책 없는 쏟아짐이다. 그것은 의미의 붕괴를 넘어 무의미의 만연, 아니 격렬한 무의미화를, 그가 자주 쓰는 용어를 빌리자면 "적나라"하게 재현한다.

아마도 김정환을 '물의 시인'이라고 명명해도 괜찮으리라. 그에게서는 어떤 감각들도 물의 이미지를 경유한다. "흩뿌리고 지나간 남은 불빛"(「순천역」, 『황색예수전 2』), "이 밤 또다시 별빛은 이슬로 쏟아져내리고"(『황색예수 3』 1부), "배추껍질 진흙창에 나딩구는 시장바닥"(『황색예수 3』 2부) 같은 시구들은 그의 시에 편재한다. 이 물들은 죽음의 물이다. 김정환의 물은 넘쳐남, 썩음, 더러움의 속성을 가지고 있다. 그것은 삶에 가해진 폭력으로 인해 탈의미의 나락으로 굴러떨어진 존재들의 붕괴의 광경, 끝없는 무의미의 복제이고 그것들의 디아스포라diaspora이다.

　김정환의 물은 '오물'이다. 모든 단단한 것이 곪아 터져 질질 흘러내린 것, 그것이 김정환의 액체성이다. 그러나 실은, 그렇기 때문에 그의 오물은 역설적으로 생명수이다. 그가 왜 이 오물들이 증가하는 사태를, 오물들이 넘쳐나는 광경을 되풀이해 보여주는가? 그것은 죽음의 순간을 최대한도로 늘이는 행위이다. 본래 죽음은 시간의 정지이다. 그런데 시인에 의해서 그 정지는 영원한 운동으로 바뀐다. 다시 말해 죽음 안에 가장 밀도 짙은 생이 개입한다. 이것이 시인이 경전을 도입한 실상이다. 굴러떨어지는 것들의 되풀이되는 치받음이 그것의 의미이다. 생의 가속적인 무의미화에 죽음의 반복적인 의미화가 포개지는 것이다. 그럼으로써 해체와 분산의 액체성의 이미지들은 끈적거리는 점액질을 통해서 실물감을 획득한다. 가령 "그대는 내 눈물 거치른 시야 속에서/출렁거리나니, 대책없는 물기로/목젖에 미치는 불덩이로/뜨거워 뜨거워 못 참고 흘러서 적실 때"(『황색예수 3』 3부)라고 시인이 말할 때 저 눈물의 출렁거림은 "거치른 시야"의 '거칠음'을 더욱 부각시키며, 동시에 그 '거침'에 습기를 스미게 해 "못 참고 흘러서 적시"게 한다. 생의 파열은 그대로 죽어가는── 생명체들의 ── 꿈틀거림이 된다. 물〔水〕로부터 오물(汚物)로의 전화는 그러니까 박탈당하는 의미의 공백에 존재의 구체성을 채운다. 그것은 진리의 절실성에 못지않은 생의 절실성을 확보하는 절차이다. 그뿐만이 아니다. 이로부터 김정환적 액체는 부정적 현상이기를 그치고 적극적 역할을 부여받는다. 왜냐하면 액체는 그의 늘어나는 성질로 말미암아, "우리들 사랑에 섞인/액체"(「사랑노래·하나」, 『지울 수 없는 노래』)에 표현되어 있듯이, 보편적 연대를 가능케 하는 매질이기 때문이다. 그 액체는 "그 어쩔 수 없음의 어마어마한 액체"이다. 애초에 죽어가는 것의 어쩔 수 없는 터짐은 이제 그 어쩔 수 없음의 불가피성을 그대로 간직하고서 생의 필연성을 선취한다. 이때가 되면, 메마른 것, 깨끗한 것, 확실한 것이 오히려 무의미이다. "30킬로그램도안된다는결벽심한몸매그결벽의한계에대해서 나 는 절 규 했 다!"(「광복절 일기」, 『회복기』); "헤어지고 또 헤어지는 이 공복이 갈증으로/세상은 의미없는 아우성만 남고"(「이별노래—바울의 말·다섯」, 『황색예수전 2』). 그리고 넘치는 액체성은 해방과 희열의 표상으로 확대된다. "내 잠자리는 밤마다 밤마다 젖어도 좋다"(「한강·둘」, 『지울 수 없는 노래』); "꿈에도 그리던 해방 되고 바닷물 굽이쳐 춤췄어"(『황색예수 3』 2부).

김정환이 채광석과 더불어, 사회변혁의 담지자로서 노동자를 지목하고 그 노동자의 존재적 특성을 "헐벗었기 때문에, 헐벗을수록, 더욱 차오르는 새 삶의 가능성"으로서 규정했던 것은 주지의 사실이다. 이러한 정치적 태도가 그의 시적 마술과 맞물려 있음은 두말할 나위가 없다. 하지만 그렇다는 사실로부터 독자는 중요한 한 가지 발견을 하게 되는데, 그것은 그의 정치적 논리가 소박한 민중주의와 다르다는 것이다. 후자에게서 민중의 변혁 가능성은 그의 '순수성', 즉 부르주아 사회의 더러움에 물들지 않았다는 사실(추정)로부터 온다. 이 순수성이 그러나 일종의 허구임을 우리는 1980~90년대의 실제적 경험을 통해 확인하게 된다(이것은 또한 20세기 중반기에 서양의 몇몇 지식인이 깨달은 것이기도 하다). 그런데 시에 비추어볼 때 김정환의 정치적 논리에는 '순수성'이 매개항으로 놓이는 것이 아니라 오히려 불순함, 더러움이 매개항으로 놓인다. 그것은 그가 폐허의 정황 속에서 파괴된 것을 보지 않고 파괴되어가는 모습을 보았기 때문이다. 이 파괴되어감의 운동성이 그에게는 곧바로 건설의 운동성으로 전환되었던 것이다. "부디 살아 있는 자만이라도 아픔의 생생한 상처를 찾게 해달라"(「사랑으로서의 지진에 대하여」, 『황색예수전』)고 그는 말했거니와, 그 생생한 상처야말로 그 전환의 심원, 좀더 정확하게 말해 편재적 심원이다. 왜 편재적이냐 하면, 그것은 상처 입고 피 흘리는 장소라면 어디에서든 형성되는 곳이기 때문이다. (그러나 다시 이야기되겠지만, '순수성'은 시인의 항상적 강박관념으로서 작용한다. 그것이 『기차에 대하여』[5]에서 추진된 배제의 변증법의 근거가 된다. 순수성은 김정환 시의 매개항은 아니지만 끈질긴 간섭항이다.)

　김정환의 물의 시학은 넘치는 주관성의 세계, 비린 육체의 세계이다. 아마 그래서였을 것이다. 한 사람의 독자로서 내가 그의 『기차에 대하여』를 전율과 함께 읽고서 그 이후 다시 들춰보지 않았던 것은. 『기차에 대하여』는 절정이자 동시에 정지였다. 그것은 헐벗음=충만함의 김정환식 정치학을 가장 높이 끌어올리는 동시에 헐벗음의 폐기를 집행한다. 물론 그곳에서도 헐벗음, 굶주림, 약함은 빠짐없이 등장한다. 그것들은 여전히 생의 조건, 아니 '살아냄'의 조건이다. 그러나 그 헐벗음, 굶주림, 약함은 곧바로 과거로 물러나버린다. 가령 『기차에 대하여』의 화자는 말한다. "물론 그렇다 끝내 완강하게 버팅긴/슬픔의 변혁의지가/배부른 자 최고의 지평

<hr />

5) 김정환, 『기차에 대하여』, 창작과비평사, 1990.

을 적실뿐만 아니라/또한 아프게 넓힌다"(「약한 고리는 강하기 위해」)고. 그러나 그는 서둘러 잇는다. "그러나 바로 그렇게 약한 고리는/강하기 위해 있다"라고.

그 전의 시에서 헐벗음과 충만함은 동시에 있었다. 그러나 이제 거기에 시간이 개입한다. 시간이 개입하여 어떤 일이 벌어지는가? 그것을 가장 명료하게 보여주는 것은 다음의 구절이다.

> 사람이 사람을 착취하는,
> 기차를 뺀다면 80년대는
> 그렇게 환장할 백치미의 양갈보와
> 식민지 半封建의 어머니
> 그리고 고층빌딩의 바퀴벌레 같은
> 매판 세일즈맨과
> 눈물과 색정을 섞은
> 음란영화 포스터 말고 뭐가 남겠나
>
> —「우리가 누추하다는 말은」 부분

이 구절에서도 저질러진 역사의 세목들은 빠짐없이 재등장한다. 그러나 이 세목들은 여기에 와서 집중된다. 기차로. 그렇게 집중되는 대신, 다른 것들, "양갈보" "어머니" "세일즈맨" "음란영화 포스터"는 모두 배척된다. 그것들은 기차에 비한다면, 그저 부정적 생의 부정적 양태들일 뿐이다. 오직 기차만이 부정적 생을 부정하는 힘이다. 기차의 부정성은 이제 선택적 부정성이 된다. 그러니까 우리는 이렇게 말할 수 있다. 시간의 개입은 배제의 변증법을 발동시켰다.

이와 더불어 물은 빛과 결합한다. 선택된 부정성(기차)은 이미 성화된 것이다. 김정환의 근본 이미지가 물이라면, 저 피비린내 나는 썩는 물은 어느새 빛을 머금는다. 그리고 빛을 머금은 물은 곧바로 쇳물로 딴딴해진다.

음침한 시대가, 끝났다는 듯이
기름묻은 이슬이 검게, 선로 위에서 반짝인다
　　　　　　　　　　　　　　　—「검붉은 눈동자」 부분

검게 젖은 나뭇가지 사이 촉촉한
　　　　　　　　　　　　　　　—「나비」 부분

함성 위에 굵은 눈물로
더욱 강인한
철길 위에
　　　　　　　　　　　　—「철길 위에 쓴다」 부분

눈물의 빛
강인한 눈물의 토대로 생산과
찬란한 눈물의 근육과 투쟁과
영롱한 눈물의 얼굴과 젖가슴과
　　　　　　　　　　　　—「서시·美人」 부분

이슬은 이미 기름 묻어 반짝이고, 나뭇가지는 젖어도 검게 젖어 딴딴하게 빛난다. 눈물의 물길은 강인한 "근육으로 역동한다." 그리하여 "눈물에도 화살이 들어 있"(「전선은 눈물을 향해」)어 그것은 다음의 구절:

> 혼자이지만, 하나가 아닌 울음 속에서
> 탄생한 빛을
> 무쇠로 부딪쳐왔던
> 방패와 어깨의 충돌 속에서 탄생한
> 강철보다 견고한 눈물의 조직
>
> ──「울음, 그리고 빛」 부분

은, 이 눈물+빛=근육 → 무쇠의 연산식을 집약적으로 지시한다. 그렇게 해서 탄생한 무쇠의 구조물이 바로 기차이다. 그 "기차는 역사이므로 아름답다"(「아름답지 않은 것은」). 그리고 이 기차에까지 와서 눈물은 이제 없다. 오직 번쩍이는 빛만이 있을 뿐이다. 『기차에 대하여』의 마지막 시구는 이렇다.

> 그날, 낮과 밤은 노동자 계급으로 찬란하고
> 마지막 남은 어둠 속에서
> 명멸하는 것은 의로운 죽음이나니
>
> ──「찬가, 그날」 부분

그러나 "그날"은 오지 않았다. "내가 달려간 곳에 너는 없었다"(「우리가 없다면」[6]); "봄이 왔지만 혁명은 오지 않았다"(「메이데이의 노래」, 『사랑, 피티』). 아직도 관성처럼 치솟음의 운동을 계속하고 있는 그 찬란한 절정에서 배제의 변증법은 몰락한다. 그것이 시의 내적 결과인지 아니면 오직 현실사회주의의 붕괴를 지칭하는 것인지는 분명하게 말할 수 없다. 어쨌든 현실사회주의의 몰락이 시인으로 하여금 자신의 시를 근본적으로 재검토하게끔 했다는 것은 분명하다. 왜냐하면 그는 그의 시적 질료를 잃어버렸기 때문이다. "더 이상 너를 빛낼 어둠이 없다/더 이상 너의 눈물을 빛낼 꽃이 없다"(「사랑노래 1」, 『희망의 나이』[7]).

희한하게도, 혹은 당연하게도 시인은 그의 시적 정황의 모태로 회귀한다. 어떤 의미도 갖지 않은 현실, 오직 무의미를 향한 찢김과 붕괴와 피 흘림의 현상학적 현실로. "오 나는/붙들 것이 현실밖에 없다"(「첫눈」, 『희망의 나이』)고 시인은 쓴다. 이 말을 김정환만이 한 것은 아니다. 그러나 김정환의 이 진술은 다른 누구의 어떤 말보다도 절실하다. 왜냐하면 그는 그 현실에 역사와 기억의 힘을 가지고 오지 못하기 때문이다.

역사를 강물로 비유한 것은 옳지 않았다 세월도
보라 옳은 것은, 사실 옳았던 것이다
남은 것은 역사 속에
남은 자의 몫일 뿐이다

---

6) 김정환, 『사랑, 피티』, 민맥, 1991.
7) 김정환, 『희망의 나이』, 창작과비평사, 1992.

남은 자의 기억은 옳지 않았다
피비린 기억보다 더 많은 것이 이룩되었다

—「스텐카라친」 부분[8]

　실은, 역사를 강물에 비유한 것은 스텐카라친이 아니라 시인이
었다. 그 비유가 옳지 못했다고 시인은 쓴다. 그것은 그가 물 → 무
쇠의 변증법을 지탱할 수 없다는 것을 가리킨다. 그런데 기억은 무
엇인가? 본래 김정환에게 기억은 주요 의미소가 아니었다. 기억은
그것이 되풀이의 가능성으로 존재할 때만, 다시 말해 순환의 형식
을 가질 때만 의미 있다. 그 순환이 다람쥐의 순환이든, 나선형이
든, 소용돌이든, 영원한 파문이든. 그런데 그는 순환을 거부했었
다. 시인은 "모두 휩쓸려간 황량한 벌판의 끝에 서더라도/마침내
겨울이 오고 계절이 뒤바뀌는/역사의 순환논리에 너는 귀기울이지
말거라"(「아들 노래」, 『황색예수전 2』)고 당부했었다. 그가 보기에
"역사는 앞으로 앞으로 진보할 뿐"이기 때문이다. 그때 그에게는
기억이란 하찮은 것에 지나지 않았다. 그런데 그는 이제 "우리들
의 기억이/피비린 동안 그 모든 기억의 육체는 갔다"(「프롤로그」,
『하나의 2人舞와 세 개의 1人舞』)고 말한다. 이 '기억'이 그의 역사
를, 그런데 이제 '지나가버린'—'역사'를 뜻한다는 것은 금세 알 수
있는 일이다. 그렇다면 그가 역사와 기억에서 어떤 힘도 얻지 못한
다는 것은 결국 그의 물 → 무쇠의 변증법을 원리로서도, 체험으로
서도 가지지 못한다는 것을 뜻한다.

---

8) 김정환, 『하나의 2人舞와 세 개의 1人舞』, 푸른숲, 1993.

그것을 그는 "거대한 탕진"이었다고 적는다.

다만 거대하게

탕진되는 무엇이 거대하게 무너지고

—「스텐카라친」 부분

일찍이 그는 거대한 탕진을 예찬한 바가 있다. "잠든 자를 깨우는 경건함으로/이 밤 너의 맘 모든 것을 탕진하라"(「단식노래」, 『황색예수전 2』). 이 거대한 탕진이 왜 필요했던가? "헐벗음과 찬서리와 노동과 순결〔을〕 만나"기 위해서이다. 다시 말해 세상을 "뒤덮"고 있는 "온통 화려함"을 비워내고 "말라비튼 몸으로 현기증으로" 다시 태어나기 위해서이다. 이 대목에서 순결성은 목표가 된다. 그는 더러움과 피비린내를 생의 동력으로 삼긴 했으나, 그 동력은 라블레적인 거인의 파노라마로 나아가지 않았다. 그 더러움의 목표는 순결이었고, 마찬가지의 논리로 역사의 목표는 역사의 소멸이었다.

이 순결의 강박관념, 소멸의 꿈은 그의 시에서 은밀히 감추어져 있었다. 그것은 그의 시의 미덕이기도 했다. 감추어진 것은 그만큼 목표로서의 힘을 상실하는 법이기 때문이다. 그래서 그의 시에서는 탕진의 분출력이 거대하게 용솟음쳤다. 그러나 숨어 있는 것은 기회를 만나면 거침없이 부상한다. '순수성'이 그의 시의 매개항은 아니지만 간섭항이라고 말한 소이이다. 그리고 그는 그 목표가, 혹은 강박관념이 탕진의 절정에서 단단한 형상으로 빚어졌다가 곧바로 무너지고 마는 것을 목격한다.

독자는 이렇게 물을 수도 있을 것이다. 그의 탕진과 순결 사이에 연속성이 없었더라면 어떠했을까? 다시 말해 그 둘이 갈등을 일으켰다면? 아마도 시인은 성찰의 시학을 향해 갔을지도 모른다. 그러나 그것은 시인의 개인적 체질과 관련되어 있는 것이며, 그것을 모든 시인에게 요구할 수는 없는 법이다. 김정환에게는 김정환의 길이 있을 뿐이다.

이제 시인은 다시 그 거대한 탕진을 말한다. 표면적으로 문제는 그 탕진이 아니라, 그 탕진이 무너졌다는 데에 있다. 그러나 이미 어조는 완연 달라졌다. 예전의 능동성은 수동성으로 바뀌었다. 그리고 탕진은 에너지의 이동이 아니라 그것의 붕괴로 지칭된다.

그러나 여기가 핵심의 지점이다. 그는 여기에서 그의 시의 출발점으로 회귀했다. 오직 현실만이 존재하는 곳으로. 현실만이 존재하는 곳은 무의미가 만연한 곳이다. 그러나 그때 의미의 편재적 치솟음의 자리가 무의미가 낭자한 곳이었음을 회상할 수 있으리라. 시인은 에너지 보존의 법칙을 정확히 측정하고 있었다. 그에게 역사는 이제 힘이 되지 못하지만 그러나 그럼에도 불구하고, 아니, 그 덕분에 에너지가 다른 데로 빠져나가지 않고 바로 '지금' '여기'에서 무겁게 가라앉아 있다는 것을 그는 뚜렷이 본다.

> 역사상 쓰라렸던 모든 패배들이 현실에서 중첩되고
> 스스로 무거워하고 있다
>
> ──「戰士」 부분[9]

---

9) 김정환, 『희망의 나이』.

는 그 인식의 표현이다. 그 인식은 무의미의 무거움을 의미의 불투
명성과 동의어로 파악하게 한다.

> 그러나 지금
> 육체는 불투명하고
> 당분간 역사는
> 불투명한 채로 아름다울 뿐이다
>
> ──「육체의 언어」 부분[10]

혹은,

> 그곳은 더 멀어졌다 괴로운 사람들은
> 앞으로 얼마든지 있을 것이다 우리도
> 距離 때문이 아니라 距離 속에서 아니
> 距離 속으로 괴로워야 한다 누가
> 분명하게 짓밟는다
>
> ──「별」 전문[11]

삶은 필연성이다. 때문에 괴로움도 당연하고 짓밟힘도 분명하다.
중요한 것은 그러한 사실이 삶의 현전을 증거한다는 것이다. "그

---

10) 김정환, 『하나의 2人舞와 세 개의 1人舞』.
11) 김정환, 『텅 빈 극장』, 세계사, 1995.

우울이 백성들을 이끌어온 내용이다"(「삼중주」[12]).

『순금의 기억』은 이렇게 메지 난다.

> 그러나, 그러니
> 부디 견딜 수 없는 죽음만 轉化, 電話하기를.
> 눈에 펼쳐지는 마지막 장면의 장관.
> 그러나 나는 그냥 반짝이는 우물을 보았을 뿐이다.
> 평양 기생의 눈동자처럼 엄정하게
> 검게 반짝이는 우물을.
>
> ―「죽음의 전화」 부분

이 검게 반짝이는 우물은 더 이상 저 검게 번쩍이는 무쇠가 아니다. 화자는 "그냥 반짝이는 우물을 보았을 뿐"이다. 우물은 쇠가 아니라는 뜻이 아니다. 무쇠는 더 이상 그의 육체, 그의 눈물의 권화가 아니라는 뜻이다. 무쇠는 물로 환원된다. 그 환원된 물의 고임, 그것이 우물이다. 그 환원과 함께, 그것의 어느 한 부분이 삶의 경계 저 너머로 탈락한다. 그것이 그 자체로서, 그 자체의 꿈틀거림으로 증거하던 생의 원기가. 그것은 단지 저 너머에서 반짝일 뿐이다. 여기에 남은 것은 거대하게 탕진된 죽음의 덩어리들이다.

『순금의 기억』의 마지막 시편은 이제 우리가 펼쳐든 시집 『해가 뜨다』의 집약적 암시로 기능한다. 여전히 이 생에 남는 것이 있다. 그것은 죽음의 덩어리이다. 좀더 정확하게 말하면 생의 공간에 버

---

12) 김정환, 『순금의 기억』, 창작과비평사, 1996.

려진 죽음의 덩어리이다. 그 덩어리의 빛은, 즉 뜻은 생의 경계 너머로 건너가버렸다. 그 덩어리와 빛이 만나려면, '전화'가 있어야 한다. 그 전화(電話)는 전화(轉化)를 짝으로 한다.

영원은 아름다움의 주소가 아니라 무게다
아버지가 아버지의 죽음으로 반짝인다

— 「금딱지 롤렉스」 부분[13]

영원은 이곳에 무게로 남고, 저곳에서 반짝인다. 이것이 『해가 뜨다』의 기본 구도이다. 이 기본 구도는 시인에게 무엇이 남았고 무엇이 달라졌는가를 잘 보여준다. 우선, 시인은 전망을 버렸다. 그와 더불어 전망에 도달하기 위한 방법론적 기제도 버렸다. 바로 물 → 무쇠의 변증법 말이다. 그러나 시인은 그 전망을 도출하게끔 했던 삶이라는 재료는 버리지 않았다. 아니, 더 나아가 전망과 전망의 방법론까지도 삶의 재료로 환원시켜버렸다. 그럼으로써 오히려 삶의 재료는 더욱 두꺼워졌다. 그 환원의 결과, 전망은 이곳에서 붕괴하지만, 저곳에서는 "미래의 홍조"로 빛난다. 그것은 시인이 전망은 상실했으나, 옛날의 희망은 포기하지 않았음을 보여준다. 그런데 그 희망은 방법론이 없는 희망이다. 뿐만 아니라 치명적인 분열에 발목 잡힌 희망이다. 희망의 근거와 장소가 분리되었기 때문이다. 방법론이 없이, 이 치명적 분열을 안고 희망이 어떻게 달성될 수 있는가?

---

13) 김정환, 『해가 뜨다』, 문학과지성사, 2000. 이하 인용된 시는 이 시집에 속한다.

「죽음의 전화」는 '轉化'가 필요하다고 말했다. 그 전화의 구체적인 내용은 이렇다. "부디 견딜 수 없는 죽음만 轉化, 電話하기를." 이것은 또한 배제의 변증법인가? 아니다. "이것은 견딜 수 없는 죽음만 전화가 가능하다"는 뜻이 아니기 때문이다. 오히려 이것은 죽음에 대한 요청이다. 그 속뜻은 "전화하려면, 견딜 수 없는 죽음이 되어다오"일 테니까 말이다. 또한 시는 분열을 명료하게 인식하고 있다. 그 전화(轉化)는 전화(電話)와 함께 이루어질 수밖에 없다. 다시 말해 어떤 중개를 거쳐야 한다. 그 중개를 거치지 않으면 지난날의 탕진을 되풀이할 것이다. 그 탕진에 대한 두려움이 그를 "설사의 공포 속으로 격리시킨다"(「길을 돌아가다」).

『해가 뜨다』의 시적 전환점은 이 물음에 놓인다. 중개의 통로를 어디에서 찾을 것인가? 시인에게 문제는, 그 통로가 발견될 수 없다는 데에 있다. 왜냐하면 그는 전망과 방법론의 폐기를 거쳐 삶의 재료들로 귀환했으므로. 하지만 발견할 수 없다면, 만들어야 한다. 그 스스로.

한데 제작자로서의 주체는 삶의 재료에 머물 수가 없다. 그것은 불가피하게 시의 주체를 시의 현장으로부터 분리시킨다. 그럼으로써 시인은 태어나서 처음으로 개•인으로서 독립한다. "태어나서 처음으로"라는 진술은 그 이전의 시에서 김정환적 주체는 결코 '개인'이 아니었다는 뜻이다. 그 주체는 언제나 집단의 권화 혹은 계기였다. 그렇게 된 것은 그 집단이 인식의 주체이자 동시에 행동의 주체였기 때문이다. 좀더 정확하게 말해, 그렇게 시인이 보았기 때문이다. 그런데 이제 인식 주체와 행동 주체는 분리되었다. 행동 주체는 불활성의 덩어리로 굳었고 인식 주체는 그 덩어리로부터 떨어져 나온다. 떨어져 나오며 심한 외로움과 무기력에 시달린다. 그래서 묻는다. "빛이던 눈과 지도였던 두뇌와…… 그 모든 것이/ 사실인가"(「and/between」)?

이 질문과 더불어 그에게 세상은 낯설음과 당혹감으로 가득 찬다.

> 88고속도로에 차가 밀리면서
> 내 뚱뚱한 뱃속에도 길이 난다 꾸룩꾸룩 소리를 내는 설삿길
> ──「길을 돌아가다」 부분

차가 가득 밀린 88고속도로는 죽은-삶의 덩어리, 무의미의 덩어리이다. 이 덩어리가 화자에게 어떻게 작용하는가 보라. 그것은 그 자체로서는 불변한다. 대신 두 개의 길이 난다. 하나의 길은 택시 운전사가 낼 '돌아가는' 길이다. 그 길은 덩어리를, 즉 세상을 인식하고 그것으로부터 회피하는 길이다. 그러나 '나'는 그 길에 동조하지 못한다. "마음의 고개를 끄덕였지만 기사처럼 씨팔 소리를 덧붙이지 못했다/마음으로도." 왜냐하면 "설사 때문에." 설사는 물론 생리적 현상이지만 이 시 안에서는 88고속도로의 내부로의 전이이다. 바깥에서 뚫리지 않은 길을 대리한다는 것이다. 그 대치는, 그러나 비정상적 대치, 즉 바깥의 막힘을 보상하지 못하는 대치이다. 그것은 한편으로 바깥(무의미)을 재생산하면서(설사되는 음식물들), 다른 한편으로 몸의 고립(설사의 고통으로 인한 바깥으로부터의 격리)을 야기한다. 이 구조는 시인이 직면한 문제 틀을 정확하게 되풀이한다. 이 문제 틀에 의해서 과거는 되풀이되면서 동시에 파괴된다. 아니 실은 과거는 복구된다. 그런데 복구는 훼손된

것의 수선이 아니라, 은폐된 것의 드러냄이다.

　　한번은 너무 급해서 저 소음벽 사이를 꿰뚫은 적이 있다. 아파트

　　뒷동산 야트막한 숲, 그 속에서 엉덩이를 허겁지겁 까내리고 똥을

　　누다가

　　산책로를 심심하게 달리는 웬 평화로운 주부와 빤히 눈을 마주쳤

　　었다

　　더 평화로운 무념무상의 표정으로. 숲은 야트막해서 내 백주 대낮

　　의 배설을

　　발각시키지만 주부와 나 사이 수치심을 어느 정도 무마시켜준다.

　　그때는 괜찮았다. "주부와 나 사이 수치심"을 '숲'은 무마시킨
다. 주부·자연·나 사이엔 자연스런 이어짐이 있다. "자연은 향그
러운 내음과 분뇨 냄새 사이에 존재한다는 듯이." 그러나 그때는
"모르고 들어가서 별천지였"다. 지금은 아니다. 알아버렸기 때문
이다. 그때의 자연스런 이어짐은 실은 의지를 자연화한 힘이었다
는 것을(그는 자연의 순환성을 부인한 바가 있다. 그럼으로써 자연의
순환성을 수직성으로 대치시킨 것, 그것이 자연이 되었다) 나는 자연
으로부터, 아니, 세상으로부터 분리되어 떨어지며, "구슬 같은 현
기증"(「바닷속sea-depth」)을 느낀다.
　　19세기의 철학자 요아힘 리터Joachim Ritter는 풍경의 탄생을
인간과 자연의 '반목Entzweiung'[14]으로 정의한 바 있다. 김정환의

14) Joachim Ritter, 『풍경, 근대 사회에서의 미학의 기능Paysage, Fonction de l'esthétique

'개인'은 '인간'과 '인간들'의 분리에서 비롯한다. 그 인간들의 세계는 그에게 괴이한 풍경으로 변한다. 그가 '파경'이라는 이름으로 지칭하는 세계, 그 세계이다.

이 최초의 개인은, 그러나 제작자의 운명을 지고 태어난다. 그는 로빈슨 크루소 식의 개척자와도 다르고 돈키호테 식의 광인과도 다르다. 로빈슨 크루소와 달리 그는 삶의 재료를 이미 인간세계에서 가지고 있으며(적어도 재료화된 형태로), 돈키호테처럼 생을 무차별적으로 욕망하기에는 그의 인식은 너무 명료해졌다. 이 '최초의 개인'은 인간의 생을 풍경으로 인식한다. 즉, 그는 그것을 객관성으로 받아들인다. 그리고 그에게는 이 객관성을 변형시키는 과제가 남는다.

이 제작자의 조건은 재료는 넘치는데 방법은 없다, 라는 것이다. 그 방법을 그는 재료에서 구할 수 없다. 왜냐하면 그의 재료는 이미 방법조차 재료로 환원된 탕진된 생이기 때문이다. 그가 그 방법을 찾을 수 있는 곳은 그 자신밖에는 없다. "오 나는 붙들 것이 현실밖에 없다"는 그의 탄식은 그 스스로에 대해서는 "오 나는 믿을 것이 나밖에 없다"라는 진술로 나타날 수밖에 없다. 그 진술이 효과를 생산하는가?

그렇다. 그는 풍경(세상)을 보는 것, 그것 자체를 풍경을 재구성할 칼날로 변형시킨다.

---

dans la société moderne』, Besançon: Éditions de l'imprimeur, 1997, p. 77 및 여러 곳.

눈이 내린다 무너질 듯, 내 몸을 파묻지 않고 그 눈, 그 바깥에 네가 있다.

눈이 내린다 말살하듯, 네 육체가 화려하다 그 눈 그 바깥에 네가 있다.

—「사랑노래 2」 부분

내리는 눈, 스스로 무너지고 내 몸을 말살할 듯이 내리는 눈 바깥에 '너'가 있음을 본다. '너'를 보는 것은, 그러니까 '눈〔雪〕'을 뚫어보는 '눈〔眼〕'이다. 이 무형의 '눈'이 드러나 쌓인 '눈'과 긴장한다. 그 긴장을 통해 그는 그 눈 너머(이 눈 너머가 세상 바깥으로 이탈한 빛, 홍조, 의미이다)의 존재와 신호한다. 이 눈의 이름은 '응시'이다. 그것이 개별자로 독립한 시인이 세상을 구성하는 방법의 첫 항이다.

그러나 이 응시는 그렇게 일방적으로 객관적인 응시가 아니다. 눈의 동음이의성을 시인이 왜 '이용'했겠는가? 세상으로부터 독립한 이 개별자의 원천은 바로 세상이다. 그는 애초에 세상 바깥에 있었던 것이 아니다. 그는 그곳으로부터 돋아났다. 그 눈은 그러니까, 죽은 나무 등걸 위에 돋아난 '새 눈'이다. 눈〔眼〕은 객관적 시선이고, 눈〔雪〕은 바깥의 상관물이고, 눈〔筍〕은 주관적 육체이다. 주체와 대상과 그리고 그 '사이'를 하나의 자기장이 관통하며 흐른다. 그때 바깥의 상관물은 주관적 육체 속으로 스며들며,

그렇게 아버지는 내가 되셨다

—「금딱지 롤렉스」 부분

아버지가 돌아가신

이야기는 생각보다 많은 이야기다.

—「2000-1」 부분

주관적 육체는 바깥으로 향하는 만큼 안으로 하강하고 침전하여 팽팽한 표면장력을 이루고,

흩어짐의 線

울음의 흔들림

웃음의 깊이

눈물의 표면장력

이것이 나의 사랑노래다

—「2000-5」 부분

객관적 시선은 마침내 안과 밖을 잇는 내부 서사를 지향한다. 그 내부 서사의 수일한 광경이 여기에 있다.

내 몸은 세상 속으로 끝없이 펼쳐지고

무엇을 짓고 무엇을 허무느냐고

바람은 폐허 그 후에 잉잉거린다

그렇게 내 안의 자연이 또 완성된다

내 등뼈를 파고들던

각목이 그렇게 이야기로 전화한다. 그래.

우리는 모종의

절벽을 품고 강을 건넜다.

—「2000-3」 부분

이 자발성의 서사, 단성생식으로 시작하여 다종으로 분화되는 이야기가 『해가 뜨다』가 마침내 도달한 언어의 새벽이다. 그는 말한다. "그러나 수평선 위로 해는 언제나 뜬다"(「해가 뜨다」). 김정환의 문맥 내에서 이 말은 미학적 전범으로서의 자연 현상을 가리키는 것이 아니다(시인이 애초에 거부했던 자연의 순환 논리를 받아들이게 되었다는 것으로 이해하면 안 된다는 말이다). 그것은 삶의 무의미가 그 자체로서 현현하는 역동성을 가리킨다. 무의미의 역동성은 개인화된 나의 응시를 구멍으로 해서 나의 내부에서 펼쳐진다. 그 무의미의 역동성, 즉, "상처는 기억보다 거대하다"(「바닷속sea-depth」). 이 상처를 장관으로 펼쳐낸 것은 바로 개인으로 돋아난 '나'의 응시의 노동이다. 그 개인은 따라서 집단의 은유(압축하면서 달라지는 것)이며, 그 응시는 따라서 응집이다. 그 응집은 "폭풍의 고요한 중심보다 고요하고/폭풍의 강력한 외곽보다 강력한/눈물 방울의/떨림"(「역사와 미래」, 『하나의 2人舞와 세 개의 1人舞』)이다. 그 응집 혹은 떨림이 이야기를 낳은 것이다.

보이지. 凝集이 문체를 낳았다

—「바닷속sea-depth」 부분

라고 시인은 말하지 않는가? 덧붙이자면, 미학적으로 이 응집은 또한 언어의 정제를 가리킨다. 김정환의 시가 이렇게 명징한 적이 없었다. 의지가 언제나 언어의 가두리를 넘쳐흘렀기 때문이다. 그 과잉을 지금 그는 통제하고 있다. 그러나 그렇다고 해서 과잉된 것이 제거된 것은 아니다. (다시 말하지만, 그는 에너지 보존의 법칙을 정확히 알고 있는 시인이다.) 그 과잉은 억제되는 게 아니라 분화되고 병렬된다. 김정환의 이미지들이 정제된 형상으로 계속적인 연상을 통하여 이동하고 있는 것은 그 때문이다. 이 병렬 이동이 어디까지 계속되는지 나는 알 수 없다. 내가 알 수 있는 것은 그것들이 저마다 충분히 아름답고 서로에 대해서 긴장하고 있다는 것이다. 그 긴장 다음은, 그들의 원격 통신 그 이후는 무엇이 있을지, 그것은 시인도 모를 일일 것이다. 다만 시의 손톱만이 그 이후를 조금씩 파며 나갈 것이다.

〔2000〕

신부(神父)에서 신부(新婦)로 가는 길
─ 황지우의 「오월의 신부」[1]

1980년 광주는 역사의 울돌목이다. 느릿느릿 산만하게 퍼져 흘러가던 일상의 흐름이 문득 응축되면서 격발을 일으킨 장소이다. 그 장소에 다다르기까지 일상이 마냥 따분하게 흘러왔던 것은 아니다. 그것 또한 속으로 비등하면서 역사의 불길을 지피고 있었다. 그 내연(內燃)은 짧아도 10년 동안 계속된 것이었다. 그러니까 10월 유신(1972)이 있었고 민청학련(1974)이 있었다. 긴급조치 9호(1975)의 질곡하에서 수많은 학생이 감옥으로 끌려갔고 Y·H노조 투쟁, 부·마 항쟁(1979)이 일어났다. 그리고 같은 해 10월 26일 대통령이 저격당했고 민주의 봄이 도래하는 듯싶더니 12·12 쿠데타를 통해 민주화의 불길과 압제의 탱크가 팽팽히 대치했다. 그리고 1980년 5월 초순에 서울역 광장을 중심으로 전국을 뒤흔든 민주화 시위가

---

1) 시극 「오월의 신부」는 『실천문학』 1999년 가을호에 처음 발표되었고, 그 후 개작을 거쳐, 김광림의 연출로 2000년 5월 18~27일 예술의 전당에서 공연되었다. 공연본은 같은 해 문학과지성사에서 출판되었다.

있었고 5월 18일 자정을 기해 군부의 물리력에 의한 민주화의 열망에 대한 잔혹한 진압이 일어난다. 1980년 광주는 이 잔인한 진압에 의해 터져버린 물기둥이다.

물과 불의 비유는 그냥 쓰인 것이 아니다. 물이 불로 전화하고 불이 물로 뒤바뀌는 이 광포한 연금술이 역사 그 자체이다. 그 역사는 파열한 역사이며, 봉합된 역사이고, 화농한 역사이다. 파열을 통해서 불완전 연소된 불이 시커먼 숯덩이들을 남겼고, 지배 권력이 그것을 서둘러 말의 모래로 덮어버렸으며, 그렇게 파묻힌 곳에서 상처의 부위들이 고름을 질질 흘린 역사이다. 1970년대의 지층 아래를 휘몰아치던 잠재성의 물길은 한순간 불길로 타올랐다가 이렇게 다시 오열의 늪으로 돌아갔다. 어느 젊은 시인의 표현을 빌리자면 "미친 물소"의 늪, 혹은 어느 소설가의 말처럼 "사산하는 여름"의 늪, 또는 우리의 집단 무의식이 지시하는 것처럼, 로터스의 늪. 늪을 규정하는 이 세 가지 형용사는, 바로 파열과 봉합과 화농이라는 반-역사의 움직임에 대한 저항을 지시한다. 그러니까 그것은 역사의 맥락을 놓치지 않으려는 안간힘이자 응전이고, 도전이다. 그러나 동시에 이것이 늪인 것은 그 응전과 도전이 모두 잠재성 속에 잠겨 있기 때문이다. 광주는 그런 의미에서 선사(先史)이다. 전혀 다른 삶을 열 가능성으로 충만하지만 아직 망울을 오므리고 있는 꽃봉오리다. 아직 첫날밤을 치르지 않은 "창가에 선 나의 신부"다.

이 역사의 의미를 추본(推本)하지 않는다면, 광주는 자칫 우연한 들불에 지나지 않게 된다. 「오월의 신부」는 이 역사성의 의미에 대한 뚜렷한 인식과 물음으로부터 솟아오른 또 하나의 물기둥이다.

제1부 1막의 무대가 서울역인 까닭은 그래서이다. 1980년 광주를 다루되 그것을, 당시의 언론이 지칭한 것처럼 일회적인 "사태"로 다루지 않겠다는 것, 그것이 첫 무대를 광주로부터 서울역으로 이동시킨다. 그러나 동시에 이 사건에, 우리가 흔히 말하고 있듯이, '민중 항쟁'의 성수를 뿌리기도 어렵다는 것을 작가는 강하게 의식하고 있었다. 무엇보다도 이 항쟁을 규정하는 데에 있어서 어떤 개념들도 섣부를 수밖에 없기 때문이다. 이 항쟁의 주체는 누구인가? 이 항쟁의 성격은 무엇인가? 이 질문들은, 지나치게 거칠고 규정적인 명명들을 제외한다면, 아직 충분히 제기되지 않았다.

'프롤로그'는 바로 이 점에 대한 작가의 고민에서 나왔다. 광주 항쟁의 한복판에 있던 두 사람이 살아남았다. 프롤로그는 살아남은 사람들에 의해서 발언된다. '살아남은 사람'이 있다는 것은 죽은 사람들이 있었고 사건은 종결되었으며 살아남은 사람은 그 사건으로부터 벗어났다는 것을 뜻한다. 그렇다면 프롤로그는 에필로그가 아닌가? 미련과 회한으로 질척대는 후일담이 아닌가? 광주는 지금 지속되지도 않으며 다시 똑같게 되풀이되지도 않을 것이다. 살아남은 자들이 할 수 있는 일은 추억하고 반추하고 기념하는 것일 뿐이다. 그러나 작가는 이 에필로그를 감히 프롤로그로 세웠다. 왜냐하면 이 압살된 항쟁의 역사에 에필로그는 아직 씌어질 수 없기 때문이다. 지금 사람들이 후일담처럼 말하는 것은 모두 가짜다. 아니, 이 가짜 에필로그들이 그대로 프롤로그가 되어야 한다. 이 에필로그는 불구의 프롤로그다. 살아남은 자가 모두 망가진 자들이듯이. 그렇다. 두 사람이 살아남았다. 한 사람은 신념을 잃어버렸고 다른 한 사람은 미쳐버렸다. 무엇을 잃었고, 어떻게 돌았나,

그것이 이 시극의 첫 물음이다.

4·19가 그러하듯이 광주도 총체적 사건이다. 정치학이나 경제학의 돋보기를 들이대도 결코 해명되지 않는 무엇이 있다. 4·19를 정치학과 경제학만으로 조명하면 5·16 이후의 집단 무의식적인 문화적 흐름을 이해할 수가 없다. 야경국가의 경제제일주의와 경쟁하며 전개된 한국인의 주체성을 회복하려는 문화적 움직임이 어떻게 한국 문화의 자산을 풍부히 개발함과 동시에 독재 비판과 민주화의 험로를 개척하게 되었는가를 이해하려면 그 사건의 덩어리를 통째로 감당해야만 한다. 그것을 감당하지 못할 때 4·19와 5·16을 동일선상에서 파악하는 사회과학의 폭력이 야기된다(나 자신도 그렇게 생각한 적이 있었다).

광주도 그러한가? 아직 우리는 확실한 대답을 할 수가 없다. 그것을 두고 수없이 많은 글이 씌어졌다. 그러나 대부분의 글은 폭력의 직접성과 역사 해석의 도식성 사이를 숨 가쁘게 왕복하면서 연소(燃燒)했다. '광주 학살 사진전' 같은 예가 극명하게 보여주는 폭력의 직접성은 가차 없는 고발의 게릴라전으로 나타났다. 그리고 노선 투쟁의 격렬한 경련으로 나타난 도식적 역사 해석들이 그 직접성의 밑에 밑줄 그어져 표시된다. 여기에는 현장과 이데올로기가 있다. 이 죽음의 현장 속에서 삶의 더운 숨결이 피어나려면 이 현장을 반추와 성찰의 장으로 만드는 문화적 작업이 끼어들어야 한다. 초기 임철우의 정신병리학, 최윤의 집단 죄의식의 무대화, 최두석의 '이야기 시론', 김현의 폭력 연구 등이 광주 체험이 자극한 문화적 작업들인데 이것들은 1980년대의 정치적 투쟁을 휘감고 있었던 이념 투쟁 혹은 논쟁과 동떨어진 곳에서 별도로 진행되었으며, 그래서 그것들은 한편으로는 광주의 '실상'을 왜곡한다는 비난의 대상이 되기도 했고 다른 한편으로는 그 작업의 의미를 아무도 눈치채지 못했다. 정치적 투쟁은 생의 구체성을 외면했고 생의 구체성은 제 이름을 얻지 못한 채 말소되고 있었다.

황지우는 처음으로 영역들의 교향악을 완성하려고 한다. 정치적 이념 투쟁의 개념들과 구체적 개별자의 삶의 의미를 어우르려 한다. 그 의도를 명료하게 지시하는 하나의 구절이 있는데,

아, 오월의 흰 꽃들 다 지는데/비듬처럼 쌓인 내 어깨, 누가 털어주나? (p. 53)

가 그것이다. 5월의 흰 꽃들은 낙화하자마자 바로 역사의 상징으로 솟아올라 은하계의 빛점으로 박히지 않는다. 그것들은 오히려 여전히 이 땅에 머물러 있다. 머물러 비듬처럼 내 어깨 위에 쌓인다. 비듬처럼 쌓여 그것은 나를 고뇌 속으로 몰아넣는다. "비듬처럼 쌓인 내 어깨"의 야릇한 오문은 그래서 나온다. 바로 쓰자면, "내 어깨 위에 비듬처럼 쌓인 흰 꽃들"이어야 할 것이다. 그러나 작가는 무의식적으로 주어와 상황보어를 뒤바꿔버린다. 그 뒤바꿈을 통해 자수(字數)를 줄였을 뿐 아니라 내 어깨를 강조하면서 내 어깨를 비듬 그 자체로 만든다. 내 어깨는 비듬처럼 곧 무너질 것같이 한없이 무거운, 고뇌로 가득 찬 어깨가 된다. 문법적 도치가 곧바로 은유(압축)의 효과를 낸 예다. 이 비유를 왜 썼는가? 광주 5월을 바로 역사의 상징으로 쓰려고[用] 한 움직임은 무수히 있었다. 그것은 이미 5월의 사건을 휘몰아가는 그 자체의 에너지이기

도 했다. 보라, '코러스'의 이 함성을:

여기는 광주! 솟아라, 불의 분수여!
하늘을 용접(鎔接)하는 불꽃이여, 순수한 피여!
어둠을 찌르는 빛의 가시여, 꽃피어나라! (p. 29)

또한 보라, 이 말을 받아 외치는 '강혁'의 음성을: "여기 우리 심
장 갈라/불의 용광로에 붓나니/우리는 피끓는 청춘!/솟아라, 불의
분수여!/우리의 피를 먹은 나무여!"(p. 29) 그러나 가장 순수한 피
가 무엇인가를 우리가 묻기도 전에 이 피의 분수는 가장 더러운 총
알들에 의해 하나하나 저격당했다. 그것은 더럽혀져 비듬이 되어
살아남은 자의 어깨 위에 우수수 쌓인다. 그러니, 광주는 역사의
상징이 아니다. 상징이 되기에는 그것은 아직 역사가 아니다. 무엇
인가가 미결되었다. 5월의 흰 꽃은 여기에 머물러야만 한다. 머물
러 더럽고 지지한 생을 끌고 가야만 한다.

총체적 사건의 의미가 여기에 있다. 완결의 형식으로서가 아니
라 미결의 양태로 역사를 제시하는 것. 그러기 위해서는 하나의 자
로 그것을 잘라내면 안 된다. 몇 개의 자를 추가로 동원해도 끝까
지 남는 살점이 있다. 이 살점은 모든 해석학의 맹점이다. 그러나
동시에 그 숱한 해석학의 조명에 의해서만 어둠으로 남는 부분이
다. 그렇게 해서 어둠 자체로 밝게 드러나는 지대이다.

무수한 음역이 있다. 우리는 적어도 세 개의 음역을 고려할 때만
5월 광주의 장송곡을 연주할 수가 있다. 우선, 맨 위에 성스러움의
차원 혹은 의미화의 고지가 있다. 학자들이 서둘러 깃발 꽂고 하산

하는 지점이다. 맨 아래에는 생활의 지평선이 놓여 있다. 거기는 무의미의 지대이다. 아니 의미의 버려짐에 의해서 의미화를 강하게 충동하는 무의미화의 영역이다. 그리고 가운데에 이른바 광주의 '사건'이 있다. 이 사건은 삶의 의미와 무의미가, 정치와 생활이 접맥되는 연결부이다. 사건이 없으면 성(聖)과 속(俗)은 만나지 못한다. 그러니 만나야 한다. 그러나 제대로 만나지 못하면 속은 성의 속스런 대리물에 지나지 않는다. 혹은 성은 속의 화려한 포장지로만 기능한다. 성과 속은, 의미와 무의미는 각각 자율적인 성격을 갖고 있어야 한다.

『오월의 신부』의 일차적 판은 이 세 층위의 직접적인 연결선들로 직조된다. 때문에 이 판의 선의 방향은 수직적이다. 속으로부터 성으로의 계단, 혹은 사다리, 그것이 광주의 사건이다. 그러나 이 사다리는 위태롭다. 바깥의 물리적 세력 때문만이 아니라 스스로 위태롭다. 성의 고지에 날리는 깃발들은 크게 도덕주의와 원리주의로 대별된다. 도덕주의의 뒤에 도사린 것은 "성자의 반열에 오르는 계단에서 목숨쯤이야/입장료라고 생각"(p. 16)하는 순교자의 욕망이다. 원리주의의 이마에 돋은 심줄은 "이 불은 조합주의자의 불쏘시개가 아냐! 빈민을 믿지 마!/이 불은 노동 해방의 불! 요원의 들불로 저 공단으로 가야 할 불!"(p. 31)이라고 말하는 개념의 횡포이다. 하나는 개인의 욕망이며 다른 하나는 지식의 욕망이다. 그 지식은 저 개인의 욕망이 저에게서 인간의 나약한 육체를 벗어던진 결과로 태어난 것이다. 이 욕망은 자기기만을 낳는다.

속의 지대에 미만히 퍼져 흐르는 것은 자기모멸의 감정들이다. "가난한 사람들은 자신을 좋아하지 못"(p. 38)하고, "누구보다도 자기가 자기를 무시"(p. 38)한다. "우리는 똥을 암데나 갈겨"(p. 38)버린다. 이 지대의 종족들은 '인간'의 울타리 바깥으로 철거되었다. 그들은 꼽추·난쟁이·찐따와 동격이다. 이들 속에서 태어난 지식인인 허인호가 절름발이인 것은 이중의 상징을 갖는다. 이 빈민들의 자기모멸, 즉 자기부정을 가리키는 게 그 하나이고, 허인호의 이중성, 혹은 분열을 가리키는 게 그 둘이다. 이 이중적 불구성을 극복하려면 '자존'이 이 땅에 심어져야 한다. "처음으로 욕이 아닌 내 이름"(p. 38)을 누군가가 불러주어야 한다. 그것을 세우려고 성-고지의 사람들이 이곳으로 내려왔다. 그러나 그 길은 자칫 도덕주의와 원리주의의 도구가 되는 길, 다시 자학으로 빠져드는 길일 수도 있다. 정말 "저들은 세상 가장 낮은 곳에서/저들 스스로 낙원을 만들었습니다"(p. 41)고 장 신부는 "감탄의 눈"으로 바라보지만, 그 낙원에는 겨우 골조가 심어졌을 뿐이다. 다른 방향도 있다. 이들이라고 왜 스스로를 존대하고 싶지 않겠는가? 그들 스스로의 행위가 있다. 그러나 그것들은 부정의 형태로만(한 씨의 경우) 나타나서 스스로의 이름을 얻지 못하거나, 거짓 대리물에 자기의 존재를 의탁한다["박찬희 따블유비씨 프라이급 세계 참피온 2차 방어전, 봐야 한단 말이요./어, 씨발, 이게 전국민적 관심산다······"(p. 43)라고 말하는 광남의 경우]. 이 속의 지대를 지배하고 있는 것은 자조와 거짓 의식이다(지나가는 길에 덧붙이자면, 이 거짓 의식은 동시에 자기 의식[각성]의 모태이다. 광남이 죽음을 앞둔 도청에서 다시 "박찬희, 따블유비씨 프라이급 세계 참피온"을 말하는 것은 그것을 보여준다. 그러나 물론, 그는 곧이어 "나는야 광주 도청 시민군의 기동타격대장"(p. 197)이라고 말해 박찬희와 자신을 동렬에 세운다. 그리고 의도적인 사투리도 사라졌다. 물론 그렇다고 거짓 의식이 자기 의식과 등가라는 것은 아니다. 여기서 자세히 설명할 수는 없지만, 그러나 그 둘의 상관성은 무의식의 전개상 필연적이다. 그 둘은 오래도록 상보하며 동시에 길항한다).

이 속과 성의 만남은 어떻게 가능하단 말인가? 방금 본 대로 하자면, 성은 자기욕망을 순환한다. 속은 자기모멸의 지표들을 끝없이 이동한다. 수직적인 것에 대한 지향은 끝없는 평행선, 즉 수평성의 종착지 없는 열차를 타고 있다. 원래 성은 빛이다. 가장 밝은 것이다. 그러나 성과 속이 만나는 현장에서 이 밝음은 가장 어둡다. 최루탄과 연기에 의해서만 어두운 것이 아니다. 분절되지 못하는 소리들의 혼잡으로도 어둡다. 성이 지상의 언어를 갖지 못했기 때문이다.

이 모순이 극복되려면, 저마다 자율적 세계인 그것들이 자신의 자율성 또는 자신의 완강한 껍질이 붕괴되어야 한다. 그것이 상대방의 압력에 의해서 내부의 해체·재구축 과정을 맞아야 한다.

성의 수직성 뒤에 도사리고 있는 것이 개인의 욕망 혹은 지식의 욕망이라고 방금 말했다. 그 때문에 불가피하게 성의 수직성은 다른 차원을 향해 열린다. 바로 남녀 간의 사랑의 영역으로. 남녀 간의 사랑은 공동체적 이상의 가장 개인화된 형식이다. 이 차원이 열리는 것은 성의 고지가 본래 개인의 욕망으로 축조되었던 때문이다. 그러나 드러난 개념과 감추어진 욕망은 서로를 용납하지 못하기 때문에 그 둘은 서로를 훼손하거나 해체한다. 가령 혁이 민정을 범한 것은 전자에 해당한다. 해체는 어떻게 나타나는가? 수직성의 사다리를 수평 방향으로 비스듬히 놓을 때. 첫 무대에서의 현식과 민정의 위치는 그 점에서 시사적이다. 현식은 "무대 중앙 돌출부 상단"(p. 25)에 서 있고, 민정은 "왼쪽 돌출부 중간쯤"(p. 26)에 서 있다. 그리고 '군중들'은 '코러스'와 함께 "무대 뒤편"에서 "제자리걸음으로 [……] 구호와 함성을 되풀이하고 있다"(p. 27). "지금 내 발 아래 교각에서 물결치는 강물이/그 흐름을 바꾸고 있는데, 나는 왜 아직도 혼자인가!"(p. 26)를 고뇌하는 현식, 즉 이념과 갈등하며 최종적으로 그 이념의 실천가로 남는 현식은 무대 중앙의 전면으로 나아가는 형국이며, "아름다운 것들을 보면 늘/오빠, 보고 싶어요"(p. 27)라고 말하는 민정, 즉 세상에 대한 사랑을 개인에 대한 사랑으로 수렴시키는 민정은 왼쪽 중간으로 비켜서는 모양이다. 현식과 민정 사이의 공간, 즉 무대 가운데로부터 뒤편까지의 전체를 '군중과 코러스'가 위치해 있다고 본다면, '현식' '민정' '군중' 이 세 존재가 이루는 삼각형은 성의 수직성이 경사면을 가질 때 비로소 지상에 발을 디딜 수가 있다는 것을 암시한다. 더 나아가, 이 삼각형, 즉 수직성의 수평적인 것으로의 이동은 결코 완결되지 않는 방식으로 계속된다는 것을 그것은 암시한다. 왜냐하면 이 삼각형은 동시에 현식―민정―혁, 민정―현식―혜숙, 현식―혜숙―영진으로 변주되는 삼각관계를 비추고 있기 때문이다(이 삼각 관계의 변이체들을 최종적으로 현식―민정의 관계로 수렴시키고 만것은 아쉬운 일이다. 그러나 작가는 광주를 하나의 상징으로 만들고 싶은 내적 욕구에 내내 시달렸을 것이다).

이 삼각형의 드러남은 이 성스런 공간의 밑자리를 속이 이루고 있다는 것에 대한 고백에 다름 아니다. 그 고백을 통해서 성은, 즉 지식과 도덕은 서서히 하강한다. 지식은 원리에서 실학으로 바뀌고, 도덕은 막상 현장에는 아무도 없는 텅 빈 도덕이 아니라 "누군가는,/지금 우리가 서 있는 이 자리에 있어줘야 한다는"(p. 142) 양심의 문제, 도덕가 스스로의 가슴을 향해 화살을 돌리는 자기성찰의 도덕으로 바뀐다.

속은 어떻게 성과 만나는가? 처음에 광주의 주민들은 아주 우발적으로, 가령 시위를 구경하다가 곤봉에 맞아서, 혹은 "우리 아가씨들이 적십자병원에 피 주러 간당께, 따라갔다가 어떻게 여기까지"(p. 168) 왔을 뿐이다. 그런데 마침내 그들은 스스로의 이름을 갖는다. 제3부 16장에서 도청에 남은 시민군들이 서로 제 이름을 밝히고 자기 이야기를 하는 장면은 그들이 분절된 언어를 가진 존재, 즉 의식인이 되었다는 것을 보여준다. 그것을 가능케 한 것은 "'열흘간의 광주'를 결속시켜주었던 '밥과 피의 공동체'"(p. 89)이다. 밥과 피의 공동체는, 그런데 무엇인가? 그것은 태생의 공동체, 계급의 공동체가 아니다. 열흘간의 광주에서 밥은 바로 그들이 스스로 치른 고난, 즉 노동을 가리키며, 피는 그들이 흘린 피, 즉 상처를 가리킨다. 밥과 피의 공동체는 함(행위)과 상처의 공동체이다.

성은 속으로 가라앉고 속에는 성이 가득 찬다. 그래서 성과 속은 만난다. 아마도 현식과 민정의 결혼은 이 성과 속의 만남을 상징화시키는 절차일 것이다(민정은 대학생이면서도 특이하게도 속의 성화됨을 상징하는 존재로서 기능한다. 여기에는 꽤 복잡한 레퍼런스가 개입해 있는 듯하다). 그것은 동시에 "쇠파이프에 터져 피 흐르는 저 이마"(p. 26)와 절름발이인 허인호의 다리를 입술(현식과 민정의 입술은 물론 첫 키스의 입술, 즉 만남의 탄생을 가리키는 것이다)로 지양하는 절차이다. 그러나 이것으로 그 의미가 완결되는 것은 아님을 작가는 잘 알고 있었다. 성화된 속은 성이 본래 가지고 있는 폭력성(권력성)을 스스로 해체하지 않을 수 없기 때문이다. 허인호 가 TNT의 뇌관을 뽑은 것은 바로 그것을 가리킨다.

그러니 이 성과 속의 만남은 한순간으로 끝난다. 그리고 시민 군은 진압되었고 세상은 다시 무사한 표정을 띠게 되었다. 그래서 "광천동 낙원은/저 사람 빨갱이다, 저 사람 미쳤다는 주민들 항의 로 깨져버렸"(p. 212)을 정도이다. 성의 대리인은 냉담자가 된다. 그러나 저 순간은 "TNT 뇌관에서 뽑은 못을 [우리의] 이마에 박아 버린"(p. 16) 순간이다. 우리는 그 순간을, 그 순간의 영원한 유예 를 잊지 못할 것이다. 허인호가 미친 성자로 살아남았듯이, 저 순 간은 영원히 살아남아 있을 것이다. 저것은 언제나 첫날밤을 기다 리는 모습으로 우리에게 축의금을 요구할 것이다(제목이 『오월의 신부』인 것은 그 때문일 것이다). 바로 그것이 아마 광주의 역사적 의미이리라.

『오월의 신부』가 염원의 형식으로 짜놓은 광주의 운명 뒤에 있 는 것은 1980년 5월 광주의 죽음의 명단에 "소위, 양심이 직업인 사람이 단 한 사람도 없었"(p. 210)다는 부끄러운 사실이다. 성 (聖)의 성채에 이미 진입한 사람들, 아래로 다시 내려갈 일 없는 사람들은 아무도 그 자리에 없었다! 그런데 나는 어디에 있었던 가? 너는 서울역에서 돌아와 고교 야구를 보고 있지 않았던가? 너 는 석사 논문을 써야 한다는 핑계로 하숙방에 처박혀 있지 않았던 가? 그 물음이 계속 나를 찌른다.

[2004]

육체의 내부에 우주, 아득하여라

─ 고형렬의 「유리체를 통과하다」를 통해 살핀
초대칭성 병렬의 문체와 '나'의 주어성의 의미[1]

　고형렬의 시는 한국시의 분포도에서 아주 희박한 시종(詩種)
을 이루어왔다. 자연과의 동화가 주종을 이루고 있는 세상에서 그
는 언제나 '반발'의 동작으로 시를 짓는 데 시종(始終)했기 때문이
다. 어떤 반발을 말하는가? 물론 그것은 기성 질서에 대한 반발,
지배 권력에 대한 반발을 가리킨다. 그의 시가 근거하고 있는 사회
적 공간은, "더러운 물에 사는 각종 물고기들이 살고 있다/물고기
들은 더러운 옷을 걸쳤다/더러운 옷 속에 더러운 피부가 드러났다/
[……]/더러운 물고기들은 옷을 벗을 수가 없다"(「더러운 물고기
들의 옷」)에서의 더러운 옷을 입은 물고기들, "누가 너의 턱을 굵
은 실로 꿰맸을까,/웃음이 터져 나오는 비통과 분노와 절망과 생
존"(「악어에 대한 상상」)에서의 턱을 굵은 실로 꿰맨 듯한 꼴이 비
통과 분노와 절망과 생존의 안간힘을 가리키는 악어, 계단을 밟고

---

1) 고형렬, 『유리체를 통과하다』, 실천문학사, 2012.

올라오자마자 "인간의 탈을 즉시 바꿔 쓴 직립의 새들"이 되는 지하생활자, 그리고 "늑대가 다가와 젖을 물리는 척"하면 "살이 허물없이 찢겨나가"(「늑대와 함께한 순간의 기억」)는 희생자의 삶이다. 이 점에서 고형렬은 20세기 내내 한국인의 의식을 지배했던 '고통의 역사'를 공유하고 있다. 고통의 역사를 살았다고 생각하는 입장에서 현재의 상황에 반발하는 것은 너무나 당연한 태도로 보일 수도 있다. 그러나 꼭 그렇지 않다.

가령 신동엽의 「껍데기는 가라」는 분단된 한국적 상황에 대한 최고도의 반발의 시라고 읽힐 수도 있을 것이다. 그러나 그것은 실상 반발하지 않는다. 껍데기에 불과한 것에 반발해봐야 효과가 없기 때문이다. 그의 시는 그가 껍데기라고 비판한 것이 실제로 알맹이로 존재하고 있다는 사실로부터 더러운 것을 본 사람처럼 고개 돌리고, 그것을 그 외면이 창출한 환각의 공간 안으로 집어넣어 무화시켜버린다. "중립의 초례청 앞에서 맞절할지니"의 '중립의 초례청'이 바로 그 블랙홀이다.

이런 블랙홀은 투쟁적인 민중문학에만 있는 것이 아니다. 그것은 한국인의 집단 무의식 안에 항존하는 '말로서 존재함으로써 현실로 부재해도 되는' 환상 같은 것이다. 황금을 주은 두 형제의 이야기는 그것을 대표적으로 보여주는 민담이다. 형제애를 해칠까봐 황금을 버린다는 것은 실제로는 일어날 수 없는 일이다. 한국인들은 그 환각에 기대어 각박한 현실에서 조바심치는 나날의 욕망들을 달랜다.

고형렬의 '반동'의 시는 이 블랙홀들을 거부한다. 그렇다고 해서 그가 현실의 부정성 너머 모종의 유토피아를 가정하지 않는 것은 아니다. 그러나 그는 그것을 '환각'으로서 제시할 줄을 안다. 그의 첫 시집의 표제작인 「大靑峰 수박밭」[2]은 그러한 시각이 낳은 절창 중의 하나이다. 그 시는 대청봉에 수박밭을 심을 수 있다는 환상을 두고, "원시 말이야, 그 싱싱한 생명 말이야"라는 도취와 "설악산 대청봉 수박밭!/생각이 떠오르지 않다니"라는 소격감 사이를 리듬을 잃어버린 진자처럼 왕복한다. 그 왕복은 "상상이다 아니다"의 대립으로 간소화되면서 리듬을 찾게 되는데, 그러나 바로 그 순간 왕복운동의 한복판에서 "할 수 있을까"라는 의지적 소망을 방출한다. 현실과 환각 사이의 운동이 미래를 낳은 것이다. 그 미래는 시인과 독자에게 의혹이자 과제처럼 주어지는 미래이다. 이것이 상상적 공간을 기정사실화하지 않고 환각으로서 제시하고자 한 정직한 시적 태도가 낳은 성과이다.

그러니까 환각은 여기에서 현실의 문제들을 빨아들이는 블랙홀이 아니라 현실을 충격하면서 현실로부터 튕겨져 달아나기 위한 고강도의 탄성판으로서 기능한다. 첫 시집의 또 하나의 명편인 「백두산 안 간다」가 오랫동안 독자의 뇌리를 떠나지 않는 것은 그 반발의 놀라운 성찰·모색적 기능 때문이다. 시인은 그러한 시적 태도를 "상상과 심줄로 후려 올리"는 일이라고 명명하고, 그 일이 내놓는 결과를 "상상과 심줄로 후려 올릴 때/함께 잠겨 있던 빛만이/무거운 물 속에서 건져진다"(「投網하면서」)에서의 빛, 즉 부산물 없이 홀로 정련된 '빛'으로 규정했었다.

『대청봉 수박밭』을 상재한 이후 거의 30년이 되어가는 지금, 그

---

2) 고형렬, 『대청봉 수박밭』, 청사, 1985.

가 보내온 최근 시집 『유리체를 통과하다』를 읽으면서, 그의 시적 방향이 180도로 선회했음을 느낀다. 그의 반발력이 사라졌다는 얘기가 아니다. 그 힘은 세월의 때를 전혀 타지 않았다. 그런데 뭔가 달라진 게 있다. 예전에 '대청봉'으로 상징되는 장소가 "우주의 망각의 눈물바다"(「별」)가 상징하는 장소로 바뀌었다는 것이다. 이 변화가 무엇을 의미하는가? 우선 지상의 꼭대기에서 천상의 저편으로 지향점의 거리가 늘어났다. 그렇다면 그의 시의 탄성은 쇠퇴하기는커녕 오히려 더 강화되었다. 그 원천은 무엇인가? 이 질문을 잠시 접고 독자는 또 하나의 표지를 마저 챙겨야 한다. 바로 우주가 바다로 은유되었다는 것이다. 이 은유는 새로운 것은 아니다. 아마도 우주 공간의 막막함의 이미지와 바다의 '망망대해'의 이미지가 상통하는 데가 있기 때문일 것이다. 우리는 통상적으로 우주로 떠나는 비행 물체를 우주선이라 명명하고, 우주를 '항해'한다고 하며, 우주선의 책임자를 '함장'이라고 명명하며, 그 함장이 우주선의 출발을 명령하기 위해 선장의 용어를 그대로 빌려와 '출범 engage'이라고 말하는 데에 어떤 어색함을 느끼지 않는다. 그러나 새 시집에서의 이 '바다' 은유는 어딘가 특별한 데가 있어 보인다. 무엇보다도 이 바다는 "눈물바다"이다. 눈물바다는 물이 가득한 바다라는 뜻이다. 여기에는 비유의 역전이 있다. 방금 독자는 바다를 우주의 은유로 보았다. 그러나 "눈물바다"라고 말할 때, 그 어휘는 "눈물이 바다를 이루었다"라는 관용어의 뜻을 함축한다. 이때 바다는 우주의 은유가 아니라 물과 제유 관계를 이룬다. 바다는 천상 저 너머에 위치하다가 돌연 지상의 맨 밑바닥으로 이동한 것이다. 이 이동은 바다를 우주의 은유로서뿐만 아니라 실제의 물로서 인지하게끔 한다. 특히 은유는 '아닌 것'에 대한 은유, 즉 타자를 동일자로 만드는 행위라면, 제유는 동일자의 부분(/확장)으로 동일자를 가리킨다는 점을 떠올릴 수 있는 사람이라면, 물의 실체성을 더욱 분명히 감지할 것이다.

그런데 왜 물인가? 다음 시에 실마리가 있다.

> 하루해를 보내고 돌아와서
> 투명하고 첨언 없는 물 한 컵을 그로부터 받는다
> 그는 손도 없이 내 앞에 서 있다
> 내가 밟고 하루를 다니는 그 땅에 올라온 물
> 설계도 도모도 없다. 선도 긋지 않았지만 다만
> 하루해를 보냈다는 대가로 받는
> 나의 물이다.
> 몫은 너무나 작은 것.
> 다만 고갈되어가는 영혼의 목만 잠시 축이는 것
> 하지만 모든 인간이 한순간에 마시는 신성한 물
> 두려움에 떨면서 나는 컵을 든다, 물이 컵을 깰까,
> 고개 숙여 나는 천천히 마신다
> 순간 아득한 곳까지 가는 것이 불가함을 깨닫는다
> 그래서 문득 한 컵의 물을 들고
> 나는 물의 나가 된다
> 너무 먼 도시를 돌아서 온 이 한 컵의 물은
> 절망의 맨 끝, 앞에 서서 간다.
>
> ─「지구, 한 컵의 물」 전문

이 시에는 고된 노동의 대가로 겨우 '한 컵의 물'을 받는 인간의 모습이 엄숙하게 그려져 있다. 엄숙하다는 것은 돌이킬 수 없는 운명처럼 주어지는 상황을 최선의 노력을 기울여 끌고 가야 할 삶의 갱신을 위한 최후의 기회로 받아들이는 태도를 바로 가리킨다. 운명으로서의 물을 주는 자는 "손도 없이" 군림하는 자인 데 비해, 물을 받는 나에게 '손'은 몸과 정신의 모든 에너지가 집중된 장소이다. 그 집중을 표지하기 위해 시인은 그가 받는 물 한 컵에 "투명하고 첨언 없"다는 술부를 단다. 독자는 방금 읽은 초기시의 "함께 잠겨 있던 빛만이"에서의 대상의 단독성에 대한 예민한 느낌이 나이 먹은 시인의 감각 속에서도 여전하다는 것을 느낄 수 있으려니와, 하지만 그때의 단독성이 지상의 모든 찌꺼기를 덜어낸 정련의 의미를 지니는 데 비해, 여기에서의 단독성은 행동의 장소를 오로지 손에게만 할당하는 집중의 의미를 가진다는 것 역시 알아볼 수 있다. 이때 손 없는 정면의 큰 타자와 한 컵을 겨우 쥐는 손의 대비는 정체를 알 수 없는 존재의 거대한 관념성과 집중된 삶의 생생한 물질성의 길항 관계를 여실히 전달한다. 그리고 이 대립은 그대로 주고받는 내용물에 투사된다. 즉 건네는 자의 '한 컵의 물'은 세계의 가뭄 속에 겨우 건져낸 지극히 희박한 물이지만, 그것을 받는 손 안의 '한 컵의 물'은 세상에 넘쳐흐를 가능한 물의 압축적 시원이 된다. 고갈의 상징은 충만을 위한 암시로 바뀐다.

그러나 이 시의 진의는 이 전복 자체에 있지 않다. 오히려 엄숙한 태도는 양편을 대립으로 간주하기보다는 동일한 것의 양면으로 이해하는 태도이다. 그래서 생의 에너지의 물 한 컵으로의 집중

속에는 대가뭄의 갈증이 투영된다. "고갈되어가는 영혼의 목만 잠시 축이는 것/하지만 모든 인간이 한순간에 마시는 신성한 물" 사이의 '겨우 한 모금의 물'과 '한순간의 신성한 물'은 대체 관계를 이루지 않고 공존의 형국을 이룬다. 그렇기 때문에 이어지는 행에서 '나'는 "두려움에 떨면서" "컵을 드"는 것이여, "컵을 깰까, 고개 숙여" "천천히 마시"는 것이다. 저 집중된 물이 동시에 고갈의 물이 아니라면, 두려움에 떨 이유가 없고 천천히 마실 까닭이 없는 것이다. 이 행위는 그러니까 도도하고 당당한 것이 아니라 화석으로 새겨질 최후의 발심 같은 것이다. 이러한 최후성은 바로 앞에 놓인 시 「악어에 대한 상상」에서의

> 누가 너의 턱을 굵은 실로 꿰맸을까,
> 웃음이 터져 나오는 비통과 분노와 절망과 생존
> 턱이 악어의 주어로서, 턱은 슬픈 감각의 영구치
> 악어의 발바닥으로 얼굴을 만진다
> 고갈되는 늪, 악어의 가뭄은 도대체 누구의 나인가.

같은 시구가 애절히 전달하는 '악어 턱'의 선명한 이미지에서도 나타난다. 절멸의 재앙에 직면한 자가 새 삶의 시작을 열기 위한 최후의 몸짓으로 그 재앙을 온몸으로 받아들이는 도중에 정지된 동작의 이미지. 왜 정지되어야 하는가 하면, 잠시 후의 미래의 99퍼센트의 확률은 절멸이라서, 1퍼센트 확률의 신생에 필요한 에너지가 그 정지 속에 투여되어야 하기 때문이다.

또한 독자는 앞에서 미루었던 질문의 대답을 이제 발견한다. 그

의 반발력이 '쇠퇴하기는커녕 더욱 강화된' 사태의 까닭을. 간단히 말해 그것은 상황의 부정성이 더욱 심화되었기에 그로부터 빠져나오려면 더 큰 탄성을 갖추지 않을 수 없기 때문이다. 반발력은 상태의 문제가 아니라 의지의 문제였던 것이다. 이 고갈된 상황 속에서는 "가혹하게 우주를 내다보"(「형광안저촬영실에서」)는 짓을 오래 하지 않을 수 없다.

이보다 더 중요한 문제의 얼개를 독자는 또한 짐작한다. 그의 반발력의 방향이 180도 선회한 것처럼 느껴진 까닭을. 「지구, 한 컵의 물」로 돌아가 보자. 시의 화자가 "두려움에 떨"고 "천천히 마시"는 모습을 제시하고 독자가 그 까닭을 짐작했을 즈음에, 이어지는 시행에서 시는 말한다.

> 순간 아득한 곳까지 가는 것이 불가함을 깨닫는다
> 그래서 문득 한 컵의 물을 들고
> 나는 물의 나가 된다

인용구의 첫 행을 절망의 토로로 읽을 것인가? 그럴 수도 있다. 아무리 현실로부터 달아나려고 한들 벗어날 수가 없다는 깨달음. 그런데 그의 반발력이 의지의 문제이듯, 여기에는 상황 인식이 아니라 윤리가 개입되어 있다. 왜냐하면 두려움에 떨면서 천천히 마신 후에 얻은 깨달음이기 때문이다. 현실에서 벗어나려고 발버둥치다가 지쳐버린 끝에 감정의 부산물로 남은 탄식이 아니다. 그렇다면 첫 행의 진술은 절망의 토로가 아니라 현실에 잔류하여 현실과 정직하게 대결해야 한다는 의지의 다짐으로 읽혀야 할 것이다.

추론이 여기에 이른 자리에서, 독자는 문득, 저 시의 인물이 "문득 한 컵의 물을 들" 듯이, 이 생각에 앞서 자신이 이미 똑같은 자료를 두고 상황 인식의 결과로 읽었음을 깨닫는다. 즉, '겨우 한 모금의 물'과 '한순간의 신성한 물'이 대립하기보다는 공존의 형국을 이룬다는 것. 생의 충만의 암시 배면에는 세계의 가뭄이 깔려 있다는 인식이 그것이었다. 그 인식의 결과로 '두려움'과 '천천히'가 나왔고, 그 두려운 마음으로 천천히 물을 마신 결과가 현실을 떠나서는 안 된다는 윤리적 태도의 확립이었다. 그렇다면 이 마지막 윤리는 상황 인식과 동형을 이루면서 방향만 바뀐 것이라고 할 수 있다. 그리고 또한 그렇다면, 이 최후의 윤리는 현실에 잔류해야 한다는 단수 차원의 당위성이 아니라 현실에 잔류함으로써 현실을 통째로 업고 날아가야 한다는 복수 차원의 당위성을 품고 있다고 짐작해야 할 것이다. 그것이 윤리인 한, 현실에 남는 것은 현실과 싸우기 위해서이고, 현실과 싸우는 것은 현실을 바꾸기 위해서이며, 이 시인의 근본적인 태도에서 현실을 바꾸는 것이 환각을 환각으로서 도입하는 것이었다면, 그 현실을 바꾸는 작업은 현실로부터 환상 쪽으로 뛰쳐나가는 방식을 거치리라고 추론하는 것이 합리적이기 때문이다. 과연, 시인이 꿈꾼 것은 '대청봉'도 넘어서 '우주'로 날아가버리는 것이었다. 대신 이 우주는 더 이상 현실 바깥에 있는 게 아니라 현실 안쪽에 있는 것이 된다. 즉 시인의 우주는 현실을 뚫고 들어감으로써 열어야 할 공간이 된다.

과연, 시인은 말한다. 저 우주는 "육체의 일부 속 박리된 우주, 빛 없는 그늘"(「형광안저촬영실에서」)이라고. 우주는 육체의 속에 있는 것이다. 이 우주가 "박리된 우주, 빛 없는 그늘"인 것은 당연하다. 그것은 우주를 창출할 현실. 대가뭄, 폐허 그 자체로서의 현실이기 때문이다. 그리고 또 하나의 이해가 있다. 이 현실 '바깥'으로부터 '안'으로의 전환은 그 형상이 암시하듯 반발로부터 수락혹은 포용으로의 이행이 아니라는 것. 그의 반발력은 쇠퇴하지 않았을 뿐만 아니라 오히려 더 강화되었다. 단 초기의 반발이 상황에 대한 것이라면, 최근 시집의 반발은 태도에 대한 반발이다. 상황인식에 대한 윤리적 되먹임이라는 것이다. 또한 초기의 반발이 '대립'을 이룬다면 후기의 반발은 일종의 짝을 이룬다. 윤리적 태도는인식에 반대하는 형상을 보이는 게 아니라, 인식을 확장하는 운동을 실행한다.

이 태도의 반발이 말처럼 간단할 수는 없다. 그것은 무엇보다도현실 안을 뚫어 우주로 열리는 게 무엇인가에 대한 대답을 보여주어야 하기 때문이다. 독자는 이 질문에 대한 대답을 구하기 전에, 혹은 구하기 위해, 지금까지 살펴본 고형렬의 후반기 시적 태도의문체적 효과를 잠시 일별한다. 고형렬의 후기시에서만 볼 수 있는특수한 문채(文彩)가 선명하기 때문이다. 앞에서 이미 본 "우주의〔……〕 눈물바다"를 그 보기로 들 수 있다. 이 시구는 상징으로서의 우주와 실체로서의 물을 연접적으로 제시한다. 연접적으로 제시한다는 것은 논리적인 연속처럼 보이는데 실제로는 이질적인 것의 병첩으로 나타나게 한다는 것을 뜻한다. 지속인데 병렬인 것이다. 이 문체의 또 하나의 특성은, 연접적으로 배치된 두 항목이 실은 동형을 이루고 있다는 것이다. 우주와 바다는 서로에 대해 은유관계에 놓인 것이다. 단 동형이되 지향과 운동 역학이 바뀌어 있다. 우리는 현대과학의 용어를 빌려, 이 둘 사이의 관계를 초대칭성 관계supersymmetric correlation라고 명명할 수 있을 것이다. 힘의 통일을 위해 이론적으로 가정된 초대칭성 입자들이 그의 상관물인 표준 모델의 소립자들에 비교해, 스핀spin만 다르다는 의미에서.

그렇게 해서 출현한 초대칭성 병렬의 수일한 이미지들이 이 시집 안에는 도처에 심어져 있다. 이를테면

도시가 쫓아내고 시인의 망막이 뚫린
영겁의 시간을 파동 치는 언어의 광속 속에

—「별」 부분

에서 "영겁의 시간"은 "도시가 쫓아"낸 것인 한편(혹은 이지만), "시인의 망막[을] 뚫"고, "시인의 망막이 뚫[려]" 열린다. 도시가 쫓아냄으로써 시인의 망막 안쪽으로 열렸다는 점에서 두 사태는 논리적으로 이어지면서 동시에 실상 아주 이질적인 사태들로서 멀어진다(혹은 늘어진다). 또한 우리는 이 시구 안에서 또 다른 초대칭성 병렬도 확인한다. "시인의 망막이 뚫린 영겁의 시간"은 온전하게 풀이하면 '시인의 망막을 뚫고, 시인의 망막이 뚫려 열린 영겁의 시간'이라고 할 수 있기 때문이다. 다음 경우는 두 문장의 초대칭성 병렬 관계가 한 어휘 안으로 집중되는 광경을 연출한 경우이다.

그의 미래는 수직으로 정지한 채
오도가도 못하고 실오라기까지 발가벗긴 채 떨고 있다

도시의 입구에서 헐벗은 창상의 한 철을
또 온몸은 통과하고 있다

　　　　　　　　　　　　　　—「나목(裸木)을 보는 순간」 부분

　인용문의 첫 두 행과 나머지 두 행 사이에는 어떤 접속사도 없이
병렬되어 있다. 독자에게 같은 사태의 반복적 묘사인 것처럼 천연
덕스럽게 제시된다. 그러나 묘사된 두 사태는 완전히 정반대이다.
앞에서는 정지해 떨고 있는데, 뒤에서는 온몸이 통과하고 있다. 지
금까지 고형렬 시의 특성을 읽어온 독자라면 자연스럽게 이 두 사
태가 같은 것의 양면임을 알아차릴 수 있을 것이다. 그리고 그 선
행적 인지에 힘입어, 이 두 사태의 대비 관계를 흥미롭게 음미할
수 있을 것이다. 그 관계는 저 앞의 '정지'가 "수직으로 정지"라는
데서부터 시작해 "발가벗긴 채"의 '단독성'을 거쳐, "떨고 있다"를
'통과하는 진동음'으로 바꿔 읽는 데로 이어질 것이다. 이 관계의
기묘한 놀음의 음미의 끝에서 독자는 지금까지의 과정이 은밀하
게 하나의 어휘로 농축되는 걸 발견하고 기뻐한다. 바로 '창상' 속
으로. 창상은 표면적으로는 '찢긴 상처'로서의 창상(創傷)을 가리
키는 것이겠지만, 저 정지가 곧바로 통과의 이면이라면, 즉 부동이
변화라면, 창상은 동시에 창상(滄桑)으로 읽히기에 충분하다. 이
동일한 음운들의 집합 속에 문득 열린 아득한 별자리를 보라. 초대
칭성 병렬의 문채가 주는 효과가 이러하다.
　그러나 이 효과는 실상 환각적 효과이다. 고갈로서 풍요를, 육체
의 어두운 구멍으로 우주를 만드는 것은 언제나 행동의 시원에 위
치할 때만 생생히 살아 있을 뿐, 그 결과를 선취해서는 자기기만에

빠져들 것이다. 초대칭성 병렬의 윤리적 기능도 거기에 있다. 독자는 앞에서 고형렬 초기시가 환각을 환각으로서 제시하는 데서 자신의 독자성을 세워갔음을 보았다. 지금은 어찌하고 있는 것일까? 여기에서 독자의 눈길은 다시 「지구, 한 컵의 물」로 돌아가 미처 분석되지 않은 부분을 마저 읽는다. 그동안 너무 멀리 왔으니 다시 인용하기로 하자.

> 두려움에 떨면서 나는 컵을 든다, 물이 컵을 깰까,
> 고개 숙여 나는 천천히 마신다
> 순간 아득한 곳까지 가는 것이 불가함을 깨닫는다
> 그래서 문득 한 컵의 물을 들고
> 나는 물의 나가 된다
> 너무 먼 도시를 돌아서 온 이 한 컵의 물은
> 절망의 맨 끝, 앞에 서서 간다.

독자는 앞에서 '깨달음'까지 읽었다. 그 깨달음의 결과로 현실에 잔류하여 현실을 통째로 업고 달아나겠다는 의지, 궁극적으로 현실 안을 뚫어서 우주를 열겠다는 의지를 보았다. 더 나아가, 그 의지와 상황 인식의 양동성, 혹은 상관성을 마저 읽었다. 의지는 정지의 인식을 들끓어 움직이게 하고, 인식은 의지를 현실 내부로 끌어당긴다. 그러나 현실은 의지가 마음 붙일 데가 없다. 그가 떠나가고자 한 곳이기 때문에. 그래서 시인은 "그들은 애인들이 아니다, 기술 경쟁사회에서/이런 말을 들어본 적이 없다"(「한 고층빌딩의 靈地」)고 토로하고, "아직도 회의하는 나에 대한 고발과 심판"(「나무 망치

로 그의 머리를」)으로 몸살하는 세상에서 어떤 동료도, 정처도 찾지 못한다. "살아 있는 한쪽 생들은 슬그머니,/죽음이 밀어놓고 소외한 하나의 오브제일 뿐"(「눈 오는 산수병풍」)이다.

이 진퇴양난의 궁지에서 시인은 그 실존을 유일하게 감지할 수 있는 존재, 즉 '나'를 현실의 대용물로 삼는다. "내가 없으면 나의 시간은 없으므로"(「마음의 0시 6분」). 그리고 '나' 역시 현실의 일부이므로. 따라서 나만이 현실의 시간을 감당할 수 있으므로. "타자의 삶을 담을 수 있는 장르의 그릇은 없"(「테헤란로의 겨울」)는 것이다. 그리하여 현실을 뚫고 나가고자 하는 의지는 '나'를 뚫고 나가고자 하는 의지로 바뀐다. "가혹하게 우주를 내다본 까닭에/유리체 망막이 가로로 길게 열공되어버린/그의 화성은 붉고 캄캄했다"(「형광안저촬영실에서」) 같은 시구가 정확히 보여주듯, 우주를 꿈꿀 때, 뚫리는 것은 바로 '나'의 육체이다. 그러나 현실의 일부인 한, '나' 역시 저 '죽음이 밀어놓고 소외한 하나의 오브제'에 지나지 않는 것이 아닐까? 그래서 그 죽은 오브제를 뚫고 나아가서 우주로 나가기는커녕, 영원히 탈출하지 못할 화석 속에 갇히는 것이 아닐까?

실로 시인은 자신이 "시인이고 위원이었"(「편집위원회」)음을 고백한다. 이 고백은 간명하게 위원으로부터 시인으로 돌아가야 한다는 요구를 드러낸다. 위원으로 남아 있는 한, "치욕 속에서" 익어가는 생고기를 먹다가(「肉食의 밤」), "죽음의 도시로 가는 방사능의 검은 그림자〔에 쫓기며〕/오물을 뒤집어쓰고 돌아오는" 자가 될 것이다. 그렇게 돌아오면서 "저 늙은 나의 초상"이 "어쩌자고 아비의 시대를 빼닮았을까"에 놀라며 탄식하기만 할 것이다(「한

번씩 도시로 나갔다가」). 그렇다면 시인이 되는 길은 어디에 있는 가? "거짓 의식은 화장실에서 잠을 청〔하고〕/생피는 말랐고, 어떤 시인도 렌즈를 찾지 않는"(「반년의 지옥」) 이 시대에, 시인이라는 표장을 이마에 붙인다 한들, 정말 시인이 거기에 보이겠는가?

때문에 '나'는 자신을 있는 그대로, 저 우주를 여는 노동에 바치지 못한다. 그 노동을 수행할 수 있는 것은 '나'가 아니라, '나'의 어떤 일부, 즉 '손'이다. 이미 보았듯, 노동은 손에 집중된다. '나'의 나머지들은 세계 속에 잡아먹혔다. 세상이라는 제국주의가 나의 모든 것을 접수하려 들 때, 나의 저항은 공간을 최소화하고 거기에 밀도를 부여함으로써만 효율을 얻을 수 있다. '손'이 선택된 것은 그 때문이다. 이제 '나'의 주어는 '손'이다. 악어의 주어가 '턱'이었듯이. 그러나 '나'의 일부는 '나'를 온전히 대신하지 못한다. '나'의 일부는 '나'의 집중이지만 동시에 '나'의 결락이다. 나는 온전한 '나'로 회복되어야만 한다. 그러한 깨달음을 보여주는 대목이 바로「지구, 한 컵의 물」의 후반부이다. 나는 "문득 한 컵의 물을 들고/나는 물의 나가 된다"라는 사실을 감지하는 것이다. 만일 '손'으로의 집중만이 중요했다면, 시는 "문득 한 컵의 물을 들고" 다음에 곧바로 마지막 시행, "절망의 맨 끝 , 앞에 서서 간다"를 이어 붙였을 것이다. 그러나 시는 그렇게 씌어지지 않았다. 시는 "한 컵의 물을 드"는 순간, "문득" "물의 나가 되"어야 함을 깨닫는다. 그리고 그 깨달음으로 "물의 나"가 된다. 그 물에 '손'이 집중되어 있었다면, '물의 나'가 되는 일은 곧 '손의 나'가 되는 일이다. 왜 '손의 나'가 되어야 하는가? '손'은 현실을 견디는 데 몰입하는 대신에, 무언가를 못 보기 때문이다.

저 멀고 높은 곳에서 명령은 내려온다

그 문서와 존재는 볼 수 없다

거대 파동의 고주파를 볼 수 없듯

멀리 여자의 손바닥만 한 흰 공이

절규하며 빛을 뚫고 하늘로 날아오른다

—「손의 존재」 부분

"저 멀고 높은 곳에서" 내려오는 손 없는 "명령"의 "문서와 존재〔를〕볼 수 없"기 때문이다. 범박하게 풀이해 '손'은 현실을 감당할 뿐 현실의 원인과 구조와 양태와 법칙을 알 수가 없기 때문이다. 더 나아가 자신의 작용의 강도와 범위를 알 수가 없기 때문이다. 현실의 감당은 언제나 되풀이다. "계속 몇 번째의 손을 말아 던졌는가/쥔 손은 언제나 펼쳐지고 공은 날아간다." 중요한 것은 "인간의 손과 박쥐의 날개는 상동형질/아비는 같지만 하는 짓은 무관"함을 아는 것이다. "인간의 손"을 "박쥐의 날개"로 치환해야 한다는 것이 아니라, 이 존재의 다양성과 까닭과 관계와 작동을 알아야 한다는 것이다.

따라서 한편으로 문서와 존재를 보고, 다른 한편으로 역할과 한계를 알아야 한다면, 손으로부터 '나'로 회복되는 일이 필요하다. 「지구, 한 컵의 물」의 마지막 시행들의 중첩문은 그렇게 해서 태어났다. '나'는 "물의 나"가 되고, 이렇게 '나'가 주어성을 회복함으로써, 나의 삶은 위치와 시간과 존재 양태와 존재 방식과 작동 방식…… 등 최소한 일곱 차원이 말려 있는 존재-운동태를 획득하게 된다. 그렇게, "너무 먼 도시를 돌아서 온 이 한 컵의 물은/절망의 맨 끝, 앞에 서서 간다."

한 가지 주의를 해야 할 것이다. '나'가 주어성을 회복한다고 해서, 세상 전체를 수용하는 나, 서정시에 대한 표본적인 오해인 '세계의 자아화'를 수행하는 '자아'가 되는 게 아니라는 것이다. 이미 보았듯, "타자의 삶을 담을 수 있는 장르의 그릇은 없다." '나'는 아주 작은 하나의 개체일 뿐이다. 단, 이 작은 개체가 '주어성'을 회복할 때, 그것은 복수 차원의 존재-운동태로서의 삶을 발생시킨다. 즉 자아는 세계 전체를 몽땅 담는 거대한 대야가 아니라 세계라는 구체를 떠받치는 받침, 화판, 공이, 노즐, 혹은 시인 정지용이 바다를 "회동그란히 받쳐들"(「바다」) 때의 그 손받침이다. 그 받침 위에서 생생히 회전하는 구체가 바로 '나'가 꿈꾸는 것이라면, "그러니까 주인공은 내가 아니라 삶이다"(「테헤란로의 겨울」).

결국 '나'의 주어성은 세 단계의 과정을 거친다. '손'으로부터 '나'를 회복한 후, 다시 '삶'으로 산포된다. 이제 '주체'에 대한 새로운 정의가 필요할 것이다. 주체는 객체를 빨아들이고 제 안에 가두면서 빵빵해지는, 그런 개구리가 아니다. 주체는 객체가 스스로 생생히 살아 움직이도록 하는 발판이자 촉매이고 인상이며 Z전류이다. 주체는 충만이 아니라 결여이다. 누군가가 동남풍을 몰아오듯 운동을 도발하고 소리를 일으키고 생명의 방사를 유도하는 텅 빔이다. 현존으로서의 부재이다.

마침내 시인은 주체의 운동 역학을 자세히 묘사함으로써 후기시의 여정을 매기단한다.

너는 즉시 나의 손등을 비춘다

어떤 간절한 마음도 , 앞서 가는 광속의 예언도

너의 빛 위에 놓을 수가 없다

너는 이렇게, 직접 들어오지 않는다

다시 유리체를 통과하고 내 의식체를 비춘 뒤

되돌아 나오는 빛다발이 수없이 거쳐 가도

우리는 서로 다치지 않는다

나는 아마 너의 오랜 영혼에 매료되었고

창밖에 와 혼자 섰다

—「유리체를 통과하다」 부분

그렇다. '너'로 대표되는 세계는 결코 내 안에 "직접 들어오지 않는다." 나의 "유리체를 통과하고 내 의식체를 비춘 뒤/되돌아 나오는 빛다발"로서 자신의 강력한 인상을 내 안에 착상시키고 통과해나간다. 그때 "나는 아마 너의 오랜 영혼에 매료되었고/창밖에 와 혼자 섰다." 독자는 다시 한 번 이 표제시의 마지막 두 행이 초대칭적으로 병렬되어 있음을 읽는다. 이미 충분히 했으므로, 이 두 행을 시시콜콜 풀이할 필요는 없으리라. 독자는 다만 확인한다. 초대칭성 병렬과 '나'의 삼중적 존재태는 다른 게 아니다. 에너지와 질량이 다른 게 아니듯, 작동태와 존재태는 하나다. 좀더 정확히 말하면 호환적이다…… 그리고 마침표는 찍히지 않았다.

〔2012〕

우렁이의 시학
― 최두석의 시

체험이거나 주워들은 이야기거나 한 개인은
얼마나 많은 이야기들을 되새기며 사는가.[1]

최두석의 시를 가만히 읽다 보면, 기이하구나, 나는 어느새 자기
고백의 목소리를 낸다. 그의 시는 때로 서술적이며, 때로 서원적이
다. 타인의 생애에 대해 말할 때 그의 시는 사건 보고의 양식을 취
하며, 자신의 마음을 표현할 때 그의 시에는 굳은 다짐의 무게가
실려 있다. 서술일 때나 서원일 때나 그의 시의 바닥에는 이념적
진정성을 향한 열망이 자리하고 있으며, 그의 서술과 서원은 그것
을 방법적 혹은 열정적으로 드러내는 장치이다.

병풍산 골짜기에 야영장이 생기고 피서 행락객들로 붐비면서부터
대방리 농사꾼들은 수북천에서 목욕을 하지 않게 되었다.

― 「고순봉」 부분[2]

---

1) 최두석, 「이야기 시론」, 『오늘의 詩』 1989 상반기 통권 제2호, 현암사, p. 255.
2) 최두석, 『성에꽃』, 문학과지성사, 1990, p. 44. 이하 인용된 시는 모두 이 시집에 속
한다.

로 시작하는 시는 도시와 농촌 사이에 담을 치는 사회적 모순에 대한 분노로 가만히 끓고,

> 길이 남길 소중한 이야기는 인멸하고
> 지배자의 자기 합리화만 무성하며
> 무등산 같은 거인의 자취는 묻힌 채
> 삼인산 같은 소인배가 득세하는
> 그렇지만 이제로부터 기어이 바로잡아야 할
> 우리 역사.
>
> ──「무등산과 삼인산」 부분

로 끝맺는 시에서 우리는 시인의 바위처럼 단단한 신념을 본다. 성민엽이 "의식적 상상력"[3]이라고 이름붙인 이 '바로 됨'을 향한 의지는 자기고백의 울림에 젖는 내 귀를 문득 의심케 한다. 시인의 나직하지만 힘 실린 목청, 그 목청이 풀어내는 시의 리얼리즘은 순정하고도 단호해 내 목소리가 끼어들 틈을 좀처럼 열어주지 않는 듯이 보인다. 단호하고 순정한 것은 스스로 완결되고 충족하는 법, 그곳에서는 참됨과 그릇됨이 엄격하게 갈리고, 타자의 목소리는 예/아니오의 교대 반사 공간을 왕복하게 마련이다. "문인에게도 자신의 살아온 내력 및 살아나가는 사정이 자신의 기본적인 이

---

3) 성민엽, 「이야기와 상처 다스리기」, 최두석 시집 『대꽃』 해설, 문학과지성사, 1984, p. 100.

야기가 된다. 그리고 그것이 각 작가의 문학에서 뿌리가 된다. 그러니까 절실하면서도 참된 삶을 살 때 절실하면서도 참된 이야기를 간직할 수 있는 것이고 그것이 세상에 떠도는 절실하고도 참된 이야기를 받아들여 문학적으로 재창조할 수 있는 바탕이 된다."[4] 뿌리의 참됨, 그것은 충분조건은 아니나 필요조건이라고 시인은 말한다. 그러나 그 참됨이 이후의 참됨을 보증하는 알리바이로 작용하지는 않을 것인가? 신분과 성분을 따지는 모든 주장이 그렇듯이. 그것은 결국 애꿎은 자연까지도 침범해, 어른들이 미화한 것과 똑같은 논리로, 삼인산을 억울하게 만들지는 않겠는가? 참됨을 따지는 모든 인간 윤리 속에는 규정과 재단의 나사를 만물에 죄려는 끈덕진 욕망이 숨어 있는 것은 아닌가? 그래, 욕망. 시인 스스로 "이야기의 공유 및 교류를 가능하게 하는 것은 사람들의 욕망이다"[5]라고 말하고 있다면, 이야기의 참됨도 실은 참되고자 하는 열망의 한순간의 모습이 아니겠는가?

그러나 나는 실은 최두석의 시가 바로 그렇다고 말하고 싶은 것이다. 참됨의 역설에 있지 않고, 참되고자 함의 실천에 있다는 것을 말하려고 하는 것이다. 그에게 참된 삶, 참된 이야기, 참된 시는 순차적으로 있지 않고, 동시적으로, 현재진행형으로 있다는 것을 말하려 하는 것이다. 그의 '노래'와 '이야기'는 둘이 아니라 하나임을.

그가 「노래와 이야기」에서

---

4) 최두석, 「이야기 시론」, 앞의 책, p. 259.
5) 같은 글, 같은 책, p. 257.

그러나 내 격정의 상처는 노래에 쉬이 덧나

다스리는 처방은 이야기일 뿐

이야기로 하필 시를 쓰며

뇌수와 심장이 가장 긴밀히 결합되길 바란다.[6]

라고 노래한 이래, 최두석은 이야기 시론가로 더욱 알려져 있다. 그의 이야기 시론은 1980년대에 가장 많은 호응을 얻은 시론 중의 하나인데, 그러나 그에 비해 그의 시에 대한 이해는 그리 폭넓지 못하다. 때로는 시론의 휘장에 시가 가리고 말았다는 인상을 주기까지 한다. 그의 시론은 울울한 이야기의 밀림 속인데, 그의 시는 황야를 걷는다. 시론이 시보다 우세하게 받아들여지고 있다는 것은 1980년대 한국시 읽기의 관념적 편향을 거꾸로 증거하는 현상이기도 해서 그리 유쾌한 일은 아니나, 그러나 그렇다고 해서 그의 시에 대한 뛰어난 해설이 없었던 것은 아니다. 우리는 적어도 그에 관한 네 편의 글을 가지고 있으며, 그것들은 별처럼 반짝여 이야기 시의 구체/입체 공간으로 들어가는 길목을 밝게 비추어준다. 가장 먼저 씌어진 김현의 글은 「비둘기와 빈대」라는 시 한 편 분석을 통해 최두석의 이야기 시론이 널리 알려지기 전에 이미 그의 시의 "신화적"[7] 성격을 날카롭게 짚어냈고, 성민엽과 임우기의 글은 최두석 시의 이야기가 갖는 사회적 기능을 정확하고도 정밀하게 추적하고 있다. 정확한 쪽은 성민엽이고 정밀한 쪽은 임우기인데,

---

6) 최두석, 『대꽃』, p. 11.

7) 김현, 「빈대의 꿈」, 『젊은 시인들의 상상세계』, 문학과지성사, 1984, p. 236.

그 차이는 성민엽의 글이 먼저, 임우기의 글이 나중에 씌어졌기 때문이다. 성민엽은 앞의 시 「노래와 이야기」의 전언에 주목하고 「장화홍련」이라는 난해한 시를 분석하여, 최두석 시의 이야기가 "테러리즘의 참혹함에 대한 분노와 슬픔을 그 자체로 토로〔해〕, 분노·슬픔의 강렬한 감정에 매몰되어 버리"게 하는 대신, "그 분노·슬픔의 강렬한 감정을 동력으로 하여 냉혹하다 할 만큼 차분하게, 분노·슬픔을 직접태로 드러내지 않으면서 그 참혹함을 폭로"함으로써 "오히려 더욱 처절한 울림을 체험"[8]토록 하는 기법적 장치임을 밝혀내고, 임우기는 그러한 진단을 더욱 발전시켜 '오히려 더욱 처절한 울림'을 체험케 하는 최두석 이야기의 구조 체계를 해부한다. 임우기가 주목한 것은 김현과 마찬가지로 이야기, 즉 설화의 비논리적/초논리적 배열인데, 거기에서 "욕망의 세밀화"를 본 김현과는 달리, 그는 거기에서 "두 개 이상의 동시적 상황을 포획하는 문장을 한데 묶음으로써" "순간적 상황의 총체를 통해서 상황적 전형을 창조하는" "정교한 시적 기술"[9]을 본다. 그 정교한 시적 기술이 겨냥하고 있는 것은 "80년대의 폭력적 상황"의 총체이다. 김현에게 이야기가 욕망이고, 성민엽과 임우기에게 기법이라면, 홍정선에게 그것은 '서사'이다. 그리고 그것은 홍정선에게 최두석 시의 시적 특성을 문제 삼는 단서가 된다. 문제 제기적 성격을 띠고 있는 홍정선의 글은 한국의 시사에서 간간이 혹은 무리지어 출현하고 빈번히 옹호된 서사시/장시의 '이야기'가 '시'와 양립할 수 있는

---

8) 성민엽, 앞의 글, p. 100.
9) 임우기, 「상황적 전형의 창조」, 『우리 시대의 문학 5』, 문학과지성사, 1986, p. 338.

가, 그것은 시인의 상상력을 거꾸로 제한하는 것은 아닌가를 따지면서, 최두석의 두번째 시집 『임진강』에 관한 한 이야기는 "이완된 서술 문장"[10]을 초래케 한 주범이라고 판단한다.

흥미롭게도 시인은 그의 시론에서 네 사람의 정의를 모두 수용하고 있다. "이야기를 하려는 의욕이나 들으려는 흥미는 모두 욕망과 관련"[11]되며, 이야기는 시의 역사적·사회적 상황 제시라는 기능을 맡고 있고,[12] 이야기 시는 "서사 지향성이 강하게 발현된 시"[13]라는 것이다. 그렇다면 그 네 개의 주장 사이에는 어긋나는 점이 없는가? 성민엽·임우기의 적극적 의미 부여와 홍정선의 부정적 평가는 공존할 수 있는 것인가? 성민엽·임우기와 홍정선이 똑같이 이야기와 시를 대조적으로 파악하고 있다는 것도 또한 흥미로운 일이다. 앞 사람들에게 이야기는 "반심정주의 시학"을 북돋는 지원 화기이고, 뒷사람에게 그것은 시적 특성을 훼손하는 요인이다. 물론 임우기는 그에게서 "정교한 시적 기술"을 보지만, 글의 문맥만으로 그것은 '정교한 구성적 기술'이라고 고쳐 읽는 게 타당하다. 그가 최두석의 시를 일컬어 "최두석의 시의식은 객관적 세계와의 주관적 만남을 꾀하는 서정시 영역으로부터 멀리 떨어져 있다"[14]라고 말하면서 서정시가 아닌 시가 어떻게 시일 수 있는

---

10) 홍정선, 「한 낭만적 모험의 시적 변용」, 최두석 시집 『임진강』 해설, 청사, 1986, p 176.

11) 최두석, 앞의 글, p. 257.

12) 같은 글, p. 260.

13) 같은 글, p. 265.

14) 임우기, 앞의 글, p. 332.

가를 말하고 있지 않는 한은. 최두석의 "객관적 전형"[15]이 리얼리
즘 이론에서 얘기되는바 소설에 있어서의 '[총체적/집약적] 전형'
과 어떻게 다른가를 말해주지 않는 한은. 혹은 홍정선이 지적한 대
로 우리의 문학 이론이 아직 우리의 서사시/이야기시/장시에 대한
장르 규명을 하고 있지 않는 한은.[16] 그런 한 최두석의 '시'는 아직
윤곽만 어렴풋한 성곽이며, 그곳은 신비롭고 두려운 자태로 우리
의 말을 기다린다. 그러나 우리는 최두석의 '시'를 말하되, 최두석
의 텍스트에서 이야기를 뺀 나머지로서의 시를 말하려는 것이 아
니리라. 우리는 최두석의 '이야기'가 곧 '시'임을, 평론가들에게는
모순이 된 그의 욕망/기법/서사가 그에게는 조화일 수 있도록 하
는 고리가 무엇인가를 말해야 할 것이다. 그것을 위해 우리는 그의
'이야기'에 추를 내린다.

'이야기'라는 어휘 밑에 욕망과 기법과 서사가 있다면, 그 위로
는 시인의 세계관이 솟아나 있다. 그로부터 최두석의 시에 대한 이
야기를 풀어보자. 이야기 지향의 형태적 이념은 '뿌리 밝히기'이
며, 그것의 정치적 표현은 '민족주의'이다. 그 뿌리 밝히기가 공시
태화하면 사건의 밑자리로서의 복합적 상황의 얽힘이 성찰되고(성
민엽/임우기), 그것을 통시태화하면 짧은 삶의 깊은 내력, 그 "으름
덩굴", 즉 서사가 보인다. 공시태화할 때 세상은 모순된 힘들이 맞
물린 싸움-긴장의 자리이며, 통시태화할 때 그 싸움-긴장의 대물
림을 치러낸 한국인의 질긴 생명력이 힘줄을 드러낸다. 물론 그 두

15) 임우기, 앞의 글, p. 340.
16) 홍정선, 앞의 글, p. 180.

면은 그렇게 완벽하게 나누어질 수 있는 것은 아니어서, 살아내기의 생명력 속에는 "바다 모를 절망과/절망 곁에 또아리튼 뱀들이/무수히 혀를 날름거리며/무엇인가 저주"(「어떤 문상」)하고 있고, 싸움-긴장이 뒤엉킨 자리에서 시인은 "독사의 뱃가죽을 뚫고 수백 마리 새끼 두꺼비가 기어나오"고 "독사의 살을 먹으며 굼실굼실 자라"(「전태일」)는 것을 꿈꾼다. 공시태 속에는 공시태의 공시태와 공시태의 통시태가 꼬리를 물고, 통시태 속에는 통시태의 통시태와 통시태의 공시태가 낯선 가지들을 피운다. 그것들은 이질적이고도 동시적이다. 이질적이고도 동시적이기 때문에, 그의 시는

> 벌 주는 선생보다 높은 계급장을 위해
> 울타리를 뛰어넘지 않는다
> 얄미울 정도로 끈질기게
>
> 그러다가 간혹, 도무지 견딜 수 없는 아이는
> 온몸으로 죽음의 냄새를 맡는다
> 끄적거려둔 낙서가 문득
> 유서가 된다.
>
> ─「오리」 부분

처럼 얼핏, 차분하고 찬찬하지만, 깊이, 아주 그로테스크하다. 시인은 그 찬찬함과 괴기스러움 사이의 넓은 공간, 그 한국인의 산 역사를 동시에 껴안고 나간다. 말을 바꾸면, 최두석의 민족주의는 열광적이지 않고, 그의 뿌리 밝히기는 학문적이지 않다. 그것은 열

정적이나 반성적이며, 그것은 신중하나 비판적이다. 나는 그러한 그의 정치적 이념을 행동적 민족주의와는 다른 의미로서의 실천적 민족주의라고 정의하고 싶다. 그 실천적 민족주의는 시인이 한국 정신사에 있어서의 비관주의와 진보주의를 함께 비판하면서 전자의 "현실에 대한 절망"과 후자의 "현실에 대한 부정"이 모두 "리얼리즘의 실현을 제약"[17]한다고 말했을 때의 의미로서의 '리얼리즘' 지향의 민족주의를 말한다. 그것의 리얼리즘은 인공 낙원에 강박된 리얼리즘, 플라톤적 리얼리즘이 아니라 "현실에 대한 탐색"을 통해 "현실의 구조적 진실을 제대로 드러내는" 것을 중요한 과제로 삼는 리얼리즘이며, 그것의 민족주의는 민족적 나르시시스트를 양산하는 민족주의가 아니라, 민족의 구체적 형상을 복원하여 민족의 가능성을 모색하는 민족주의이다. 그 민족주의가 시에 어떻게 작용하는가? 시인이 분단 현실을 주 제재로 삼고, 몸으로 통일 의지를 실천한 한 지식인의 생애를 한 권의 시집으로 재구성, 그러니까 뜨거운 노래로 빚어냈다는 사실은 그다지 중요한 것이 아니다. 그것은 마음먹기에 따라 누구나 할 수 있는 일이다. 실천적 민족주의의 실체는 소재의 선택과 그에 대한 정열에 있지 않고, 그 정열을 사는 과정, 즉 그의 시 쓰기 안에서 살아 꿈틀거린다.

그 제일의 표지가 되는 것은 문장과 문법에 관한 그의 세심한 주의이다. 우리가 최두석의 시를 읽을 때 가장 놀랄 만하면서도 가장 무심히 지나치기 쉬운 대목이 여기이다. 그의 언어는 직관에 의존하지 않고, 훈련과 연마에서 나온다. 짐작컨대 시인은 시 쓰는 대

---

17) 최두석, 앞의 글, p. 264.

부분의 시간을 적확한 어휘의 선택과 배열에 바치고 있는 것으로 보인다. 그의 시에 난해한 어휘, 난삽한 구문이 없는 것은 그 때문이다. 때로 그의 시의 문장 구조는 너무 평이해 미식가들을 실망시키기에 충분하다. 맛깔 내는 양념의 수사가 그의 시에는 없다. 아니, 좀더 정확하게 말하자면 그것은 숨어 있다. 사실 그는 뛰어난 수사학자이며, 다만 그의 수사학은 아주 교묘해 거의 느끼지 못할 만큼 자연스럽게 녹아든다. 이를테면,

> 낯선 아줌마에게 길도 물어가면서 하염없이…… 그런데 ①이 고개만 넘으면 읍이라는 곳에서 해가 덜렁 졌다. 배는 고프고 으스스 무서워져 ②한참 망설이다가 되짚어 돌아오는 길은 한없이 멀고 캄캄 어둠에 동생은 울고 기진맥진 한밤중에야 ③호롱 들고 찾아나선 어머니를 만났다. ──어머니는 ④그날 따라 버스로 오시고
> ──「담양장」 부분(밑줄과 번호는 인용자)

의 밑줄 친 부분들을 음미해보라. 우선, ②와 ③. 통사론적으로 그것들은 앞뒤 문장들과 병렬 구문인데, 의미론적으로 그것들은 일종의 간투사의 역할을 하면서, 본래 구문의 방향을 조절한다. "한참 망설이다가/되짚어"는 길을 놓친 어린 형제의 마음을 휘어잡는 공포 속에 공포를 이겨내려는 행위가 동시에 진행되고 있음을 넌지시 보여주며, 그리하여 덜렁, 고프고, 으스스, 한없이, 캄캄 등 끝모르게 증폭되는 무서움(인물)/안타까움(독자)의 감정을 제어하여, 길을 재는 힘/시를 되짚어 읽을 힘을 준다. "호롱 들고"는 그 절망(/희망) 끝에 만난 어머니가 주는 안도와 환희를 생생하게 요

약한다. 하지만 호롱의 가냘픈 불빛은 공포/안도를 일시에 해방/분출시키지 않고 제어하고 지속시킨다. 그것은 그것들을 가능성으로 만들고, 어린 형제와 어머니에게 함께 되돌아가야 할 길을 남긴다. 이 구문들의 기능이 제어에 있다면, 그것들의 형태도 또한 제어이다. 그것들은 병렬 구문들 속에 가려, 그리고 "배는/고프고""으스스/무서워져""한참/망설이다가""되짚어/돌아오는""한없이/멀고""캄캄/어둠에""동생은/울고""호롱 들고/찾아나선"의 연속되는 두 박자 리듬에 실려, 감추어지고 남몰래 작동한다. 시인은 "말 속에/은밀히 심장의 박동을 골라 넣는다"(「노래와 이야기」, 『대꽃』). 다음, ①과 ④의 대조. 구문상으로 아무 연관이 없는 듯 보이는 두 문장은, 그러나 선명한 대조를 감추고 있다. 그 대조는 앞에 놓인 두 부호 '……'와 '——'의 대립으로부터 시작하며, 그 대조의 핵심은 공간의 형식에 있다. 전자의 말줄임표는 잠재된, 파묻힌, 가려진 공간으로 인도하고 후자의 붙임표는 명백한 사실을 지시한다. 말줄임표가 인도한 잠재 공간은 "대바구니 전성 시절" 밑에 놓여 있는 가족의 궁핍, 신산, 의지의 무수한 장면들로 "하염없"고, 붙임표가 가리키는 곳에는 아예 장소가 없다. 다만, 버스가 주파한 한 가닥 선이 그어질 뿐. 그 예리한 선 하나가 어머니와 형제, 대바구니 전성 시절의 겉과 속을 단숨에 가른다. 그것은 "죽장의 김삿갓""참빗으로 이 잡던 시절""대바구니 전성 시절"로 이어지는 한 시대가 "플라스틱"의 다른 한 시대에 밀려 쭈그러드는 현실의 첨예한 단면을 잘라낸다.

우리는 한 가지 사실을 알게 되었다. 최두석의 문장 다듬기는 자기 제어를 내용과 형식으로 가지고 있다는 것이 그것이다. 그의 '이야기'는 풀리면서, 동시에 압축된다. 그곳에는 세계의 개진과 대지의 은폐가 동시에 진행되고, 그리하여 그곳의 이야기는 은밀한 심장의 박동으로 이루어진 노래-이야기이며, 그러나 "격정의 상처"를 다스리는 이야기-노래이다. 시인의 다음과 같은 주장:

소설에서는 이야기를 구체적으로 섬세하게 전개시키는 것에 비해 시에서는 이야기를 생략과 응축을 통해 표현할 것이다. 그런데 소설 한 편을 읽었을 때 그 소설 속의 이야기는 우리 마음 안에 생략과 응축을 통해 받아들이게 마련이다. 그것은 소설을 읽은 후 세월이 흐를수록 더욱 그렇게 된다. 한 사람이 자기 마음 속에 있는 이야기를 떠올려 되새긴다고 할 경우 대체로 그 이야기가 소설처럼 섬세하게 전개되지는 않을 것이다. 또한 사람의 마음 속에 있는 이야기는 아무리 다른 사람에 대한 이야기라 할지라도 주체의 의식과 긴밀한 교섭을 갖게 마련인데 시 속의 이야기도 바로 그러한 양상을 띤다. 즉 시 속의 이야기가 사람들의 마음속에 존재하는 이야기의 속성에 더욱 육박해 있다는 주장이 가능할 것이다.[18] (밑줄은 인용자)

라는 약간 기상한 논리는 그의 시를 통해 확고한 실증을 확보한 셈이다. 또한 우리는 최두석의 이야기를 시라 부를 중요한 근거를 찾아낸 셈이다. 하지만 운문이 곧 시는 아니며(가사는 시가 아니다), 우리가 풀어볼 이야기의 실꾸리는 아직 두껍다. 이제 우리가 풀 매듭은 다음 두 가지이겠다. 첫째, 왜 그의 이야기는 '압축'을 핵자로

---

18) 최두석, 앞의 글, p. 262.

갖는가? 둘째, 그 압축의 시적 의미망은 무엇인가. 앞의 질문은 그의 시의 객관적 근원에 대한 질문이며, 뒤의 질문은 그의 시의 주체적 원리에 대한 질문이다. 앞의 것은 그의 시의 배경을 밝혀줄 것이고, 뒤의 것은 그의 시의 풍경을 펼쳐 보일 것이다.

앞의 질문에 대한 대답은 비교적 간단하다. 그것은 성민엽의 글 제목처럼 '상처 다스리기'와 관계가 있다. 하지만 이 간단한 이유의 내포는 좀더 복잡하다. 거듭 덧나는 격정의 상처를 다스리려는 의식적 행위 뒤에는 실상 어떤 절박성, 불가피함이 시를 떠밀고 있다. 「성에꽃」은 좀더 그 사정을 분명하게 보여준다.

> 어느 누구의 막막한 한숨이던가
> 어떤 더운 가슴이 토해낸 정열의 숨결이던가
> 일없이 정성스레 입김으로 손가락으로
> 성에꽃 한 잎 지우고
> 이마를 대고 본다
> 덜컹거리는 창에 어리는 푸석한 얼굴
> 오랫동안 함께 길을 걸었으나
> 지금은 면회마저 금지된 친구여.
>
> ─「성에꽃」 부분

시인은 새벽 시내버스의 유리창에 서린 성에꽃에서 서민들의 세상 살아내기의 아름다운 몸짓을 본다. "어제 이 버스를 탔던/처녀 총각 아이 어른/미용사 외판원 파출부 실업자의/입김과 숨결이/간밤에 은밀히 만나 피워낸/번뜩이는 기막힌 아름다움"을 본다. 그는 그것을 보며, "엄동 혹한일수록/선연히 피는" 생명의 힘을 느끼고, 그 한숨과 정열의 숨결을 상상한다. 그러나 그 상상은 문득 차단당한다. 차가 "덜컹거리는" 순간, 돌연 장면은 바뀌고, "지금은 면회마저 금지된 친구"의 "푸석한 얼굴"이 그 한숨과 정열의 아름다움을 가로막는다. 그의 이야기는 불현듯 얼어붙는다.『성에 꽃』의 대부분의 시는 이 이야기의 결빙을 섬뜩하게 보여주며, 바로 그것이 그의 시들을 그로테스크하게 만든다. 이야기의 결빙을 강요하는 것은 무엇인가? 우선은 질긴 삶의 내력이 그럼에도 광포한 현실을 이겨낼 힘이 되지 못하기 때문이다. 그러나 현실 극복의 힘이 되지 못하는 보다 심층적인 원인은 "삶의 넝쿨을 붙들고 늘어"(「귀향」)지는 그 끈질김과 지배적 현실 논리 사이에 무의식의 결탁이 있기 때문이다. "할머니의 산소는 명당"(「추석 성묘길에」)이라고 믿는 '아버지'의 풍수설, "간절히 기도"했더니 "이튿날 변소의 수위가 한결 낮아졌다"는 '지하실 아주머니'의 "분뇨처럼 충만"(「지하실 아주머니」)한 신앙심 속에서 그 결탁은 운명에 대한 환상으로 뿌리내리고, "큰 덩치에 일밖에 모르는" 연봉이 아재, "죽자사자 대바구니에 매달려, 밤샘 뒤의 장날이면 〔……〕 은은히 핏발선 소눈"이었던 그가 "어느 날 이장에 뽑히고 면사무소 출입을 하면서부터 보리방귀를 우습게 알고 막상 이장직에서 밀려난 뒤에도 다방에 나가 어정거리는 일이 잦"더니 급기야 "동네 사람 대개〔를〕 빚쟁이"로 만들고 "어느 날 밤봇짐을 쌌"(「연봉이 아재」)을 때 그 결탁은 지배적 현실 논리에 파먹힌 파멸을 낳기도 하고, "통일만 된다면 이까짓 버섯이 문제냐고, 언제라도 털고 일어서겠다고 기염을 토하지만 문익환과 임수경의 방북은 막무가내 인정하려 않는다. 경의선 기차를 이용하지 않았으므로 당연히 감옥에 가야 한다고 침을 튀긴다"(「전길수씨」)는 '전길수 씨'처럼 자기 합리화라는 새끼를 치기도 한다. "삶의 비수가 꽂혀 있"(「어떤 문상」)는 그 자리는 동시에 "장땡 잡"으려는 자리여서 "날마다 부딪히는 일상에서/분노의 돌멩이를 들었다가/슬쩍 놓아버리는 사이/돌멩이는 부스러져/모래로 강바닥에 쌓이고/당국은 그 모래를 파올려/끊임없이 장사를 한다/소위 근대화를 추진한다"(「다시 한강을 건너며」). "그러나 아무리 근대화를 해도/우리는 당연히 현대에 살고/한국의 현대사처럼/우중충하게 중독되어 흐르는 한강"(같은 시)의 시대, 옛이야기의 터전이 "꽃술을 내밀고 향내를 풍기며/우아하게 온몸으로/관광 나온 양키들의 카메라 세례를 받"(「매화나무 앞에서」)는 시대에 "예언으로 가는 길은 문득 끊겨/험한 절벽을 이"(「채석장」)룬다. 이야기의 결빙은 이 모든 것으로부터 온다.

그렇다면 최두석의 이야기는 반-이야기이다. 그것은 이야기의 형식 속에 이야기의 허무를 뒤집어 보여준다. 그의 압축으로서의-이야기, 숨은 리듬의 이야기는 바로 이야기의 결빙을 '이야기의 허무를 뒤집어 보여주기'로 변모시키려는 그의 의식적 노력에서 생성된다. 그것이 압축되고 조율되는 것과 같은 시간에 그의 이야기 속에서 세상의 온갖 이야기들은 욕망과 환상과 집념의 옷을 벗는다. 그것은 "가지가지 헛생각"(「어떤 문상」)의 "스무 고개〔를〕 넘어" "확실한 목소리"(「교과서와 휴전선」)의 알갱이를 골라낸다. 그것은 '현상학적 환원'의 환원과 거의 같은 의미로 서사적 환원을 전개하는 것이며, 그것의 정치적 측면은 바로 민족사의 환원이다. 그의 이야기는 세상 이야기들의 화려한 치장을 걷어내어 그것들이 가린 앙상한 벌거숭이의 현실, "온갖 바다새 물새 알 낳아 품던 무성한 숲은 신기루가 되고 이제 풀 한 포기 자라지 않는 벌거숭이"(「농섬」) 몸을 적나라하게 드러낸다. 아니, 그 벌거숭이 현실 자신으로 하여금 "폭격으로 처참하게 무너지며 새삼 식민지가 무엇인가 묻"(같은 시)게 한다. "오늘날 기독교의 홍성과 육이오의 피해는 어떤 함수관계에 있는 것이나 아닐지?"(「영산포 고모」) 묻고, "너무도 자명했기에 더욱 단호했던"(「채석장」) 독립운동가들의 싸움, "꽃잎으로 스러진/당신의 단호했던 목숨"(같은 시)을 생각하며, '인천 자유공원'의 맥아더 동상 앞에서 그가 주었다고 공원이 가르치는 "이 땅의 자유는 실로 연애의 자유에서/과연 얼마나 더 나아갔는가""그렇지만 자유가/민족의 분단처럼 외부에서/일방적인 선물로 주어질 성질의 것인가"(「인천 자유공원에서」) 묻는다. 그 물음들은 분노에 찬 도덕적 물음의 외양을 갖고 있지만, 그러나 그렇게 단순하지 않다.

요행히 멀리 떨어져 있던 고창득은 왼발에 깊은 상처를 입고 기절해 있었다. 이 상처로부터 몇 달 만에 회복된 그는 다리를 절룩이며 중등학교를 다녔다. 의사가 되는 게 희망이어서 세브란스 의대를 지원하였고 신체검사에서 떨어졌다. 이후 술병에 담겨진 그의 생애는 술버릇도 유난하여 군대 생활을 오 년이나 했다. 월급을 타면 며칠씩 집에 오지 않았으며, 아내는 화장품 장사를 해서 생계를 꾸렸다. 그의 아들이 내 담임반 학생인데 자기는 절대로 아버지를 사랑하지 않으며 앞으로도 그럴 거라고 힘주어 말했다.

—「고창득」 부분

고, 불발탄의 폭발이 뒤틀어버린 한 사람의 생애를 이야기하는 말의 덩굴은 단순한 도덕주의, 진실주의 이상을 포함하고 있다. 그것 속에는 한 인간의 삶의 의지와 죽음의 의지가 현실의 유혹과 부조리와 복잡하게 맞물려 있으며, 그리고 그것 속에는 그 복잡한 세상살이가 고창득과 아내와 아들 저마다에게 상이하게 풀리고 미묘하게 꼬이고 얽힌다. 그의 반–이야기 속에는 이야기의 환원과 이야기들의 겹침이 동시에 전개되는 것이다. 우리는 여기서 다음 매듭으로 넘어간다.

그것은 바로 그의 '시'에 대한 이야기이다. 그의 반–이야기는 사건의 뒤에 놓인 복합적 정황들을 하나하나 밝혀내면서 그것들을 단일한 사건 서술로 압축시킨다. 시인이 그 압축에서 시와 이야기의 친화성을 찾아냈다는 것은 이미 이야기한 바와 같다. 그 압축은 복합적 정황을 시인의 의식 속으로 농밀하게 수렴한다. 임우기가 그의 시를 '상황적 전형의 창조'라 이름하면서 "회상과 가상으로서의 여러 [……] 상황을 화자의 현재적 상황 속으로(현재의 '나'의 의식 속에서) 집중화시켜 재구성"[19]한다고 풀이한 것도 같은 맥락에 놓이는 이야기이다. 우리는 여기에서 시가 운문일 뿐만 아니라, 현실의 주관적 수렴의 자리라는 또 하나의 정의에 다가가게 된다. 박자가 실린 언어가 모두 시는 아니다. 독특하고 균일한 리듬을 탈때 그 노래는 시가 된다. 그러나 우리는 최두석의 시가 "객관적 세계와의 주관적 만남을 꾀하는 서정시의 영역"을 거부한다는, 혹은

---

19) 임우기, 앞의 글, p. 340.

훼손한다는 성민엽·임우기의 주장과 홍정선의 평가를 인정한 바 있다. 주관을 거부하며, 주관으로 수렴한다?! 그렇다면 그의 주관 은, 그 인식 주체·감성 주관은 이질적 정황과 내력들이 한 곳에 모 이는 장소일 따름인가? 그곳은 웅덩이고 연못이란 말인가? 그렇 다. 웅덩이라 할 수 있겠다. 그러나 그 웅덩이는 물이 고이는 자리 일 뿐 아니라, 탁하게 풀리고 깨끗하게 걸러져 새롭게 흘러나가는 발원지이기도 한다. 그리고 물의 정화가 이루어지는 그곳에는 그 웅덩이의 활동, 주체의 활동이 없을 리가 없다.

우리는 그 활동의 핵심을 처음 제어에서 찾았다. 제어란 무엇인 가? 이제 우리는 그것이 무수하고 빽빽한 욕망들을 모으고 간추려 빈자리를 열어주는 활동이라고 정의할 수 있을 것이다. 그 제어를 통해 욕망들의 자기도취, 이야들의 자기몰입의 풍선은 바람새 작아지고, 비로소 다른 욕망들, 다른 이야기들과 어깨를 낄 하나의 이야기·욕망들로 변모한다. 그 이야기들이 함께 모이는 장소에 시 를 쓰는 그의 이야기, 시를 읽는 나의 이야기가 없을 것인가? 최두 석 이야기-시의 또 하나의 핵심이 여기에 있다. 그의 이야기의 초 점은 사건 서술에 있는 것이 아니라, 이야기하는 사람의 마음과 이 야기되는 사람의 내력을 동시적으로 보여주는 데에 있다. 회상과 사건이 하나라는 데에 있다. 후자가 두드러질 때 그의 시는 서술적 이 되고, 전자가 돋보일 때 그의 시는 서원적이 되지만, 그의 서술 을 깁는 것은 서원의 실이고, 그의 서원이 펼치는 것은 드넓은 사 건의 풍경이다. 그리고 그러자 그의 서술이 객관적일 수만은 없듯 이, 그의 서원도 순정할 수만은 없다. 그것은 사건들의 풍경 속에 몸담아 스스로 객관화된다.

아버지가 운명으로 살았다면
나는 역사로 살아야 한다고 다짐하며
시원하게 오줌을 눈다

오줌을 누며 문득 생각한다
추석날 폭사했다는 한 아낙네의 죽음을
추석에만 특별히 허락되는
철책선 부근의 성묘길에서
앞서가며 안내하는 병사에게
사정을 말하기도 쑥스러워
가만히 풀섶으로 들어가 오줌 눌 자리를 고르다가
느닷없는 지뢰의 폭발로 온몸이 찢긴
어떤 아낙네의 죽음을.

— 「추석 성묘길에」 부분

아버지의 풍수설(이야기)을 거부하고 역사(반-이야기)를 살아야
한다는 다짐은 폭사한 아낙네의 연상으로 순간 차단당한다. 성민
엽이 적절하게 지적했듯이 "'방뇨'를 매개로 한 이 대비는 겉보기
처럼 그렇게 쉽게 얻어질 수 있는 것이 아니다. 그것은 '민족적 자
해'로서의 분단의 참혹함에 대한 인식과 그 참혹한 현실 속에서 막
연한 '다짐'이란 '시원한 방뇨'와 다르지 않다는 뼈아픈 자기반성
을 내용으로 하고 있는 것이다."[20] 최두석의 현실 정화, 서사적/민

---

20) 성민엽, 앞의 글, pp. 56~57.

족사적 환원은 인식 주체 안으로 수렴되는 것만이 아니고, 인식 주체 자신의 재구성을 촉발한다. 그것은 그것들과 동등하게 뒤섞여 함께 서사적/민족사적 환원을 겪는다. 내가 최두석의 시를 읽으며 자기고백의 울림에 홀연 젖는 것은 그 때문이리라. 환원의 목표는 열린 공간의 조성에 있는 것, 나의 목소리도 그곳에서 녹아 뿌예지고 걸러진다. 나도 내 마음의 환원을 겪는다. 그리고 그렇다면, 최두석의 시는 고전적 의미로서의 시로부터 멀리 있다. 현실의 주관화에는 주관의 객관화가 동시에 진행되고 있으며 바로 그 점에서 그의 시는 반-시의 울타리를 넘는다. 최두석의 시는 반-이야기를 일차 형식으로, 반-시를 이차 형식으로 가지고, 반-이야기와 반-시가 겹쳐 실존의 두께를 이룬 이야기-시이다. 그의 이야기 시론의 진정한 의미는 바로 거기에 있다.

그러나 우리는 아직 그에 대한 이야기의 매듭을 다 푼 것이 아니다. 하긴 사람살이에서 영원히 풀릴 매듭이 어디 있으랴. 다만, 풀린 실로 새로운 매듭을 지어나갈 뿐. 우리 앞에 놓인 매듭은 앞 이야기에 바로 이어져 있다. 최두석의 (반-)이야기를 (반)시로 만드는 주체의 가담, 회상과 사건의 어울림은 다만 반성을, 환원을 내용으로 하고 있는 것인가? 그 반성 속에, 그 환원 속에 새로운 삶을 향한 꿈은 생동하며 자라나고 있지 않은가? 나는 긍정문으로 대답하려 한다. 그의 시가 이야기들을 모아 응축하는 장소이며, 또한 자기압축의 활동이라면, 그곳에서 정수된 이야기들이 왜 새로이 신선한 물줄기로 흘러나가지 않겠는가? 그 점에 대해 김현의 섬세한 해석은 아주 시사적이다.

그 욕망의 적나라함을 감추기 위해, 시인은, 세 단락을 유기적 관계가 없는 것처럼 보이게 나열한다. 신화들이, 그 신화 제작자들의 욕망을 숨기기 위해, 유기적 관계가 없는 사물들을 모아놓은 것과 마찬가지이다. 빈대가 극성스럽게 무는 한, 비둘기 알은 천장에서 굴러떨어지게 되어 있다. 그 굴러떨어짐은 신화적이다. 다시 말해 욕망 은폐적이다. 욕망이 심하게 은폐되면 될수록, 그것을 숨기는 알은 풍요하고 관능적이 된다. 밥티를 쪼며 시인에게 가끔 눈길을 주는 비둘기, 율곡 선생의 엄숙한 도포 자락 앞에서(선생의 얼굴 앞에서가 아니다!) 부리를 맞대는 처녀 총각새(총각 처녀새가 아니라, 처녀 총각새다), 은밀한 신사임당의 적삼 속⋯⋯은, 그런 의미에서, 풍요하고 관능적이다.[21]

나는 이 글의 논리에 따라 윗글의 "욕망 은폐적"이란 말을 '욕망 제어적' 혹은 '욕망의 환원'으로 고쳐 읽는다. 그 욕망이 제어되면 될수록, 그러나 그것을 제어하는 공간은 "풍요하고 관능적이" 된다. '욕망 은폐적'이란 말은 '욕망 촉진적'이란 말과 동의어이다(윗글은 시처럼 욕망 촉진적이란 말을 은폐한다). 어떻게? 욕망이 분비한 자기집착의 감정들이 지워지고 그 물질적 표지들만이 남음으로써. 세상은 문득 신비한 어둠 속에 잠기고, 그 물질적 표지들은 사람들을 그 어둠 속으로 유혹하고 안내한다. 표지가 먼저 있고 욕망은 나중에 오며, 나중에 오는 욕망은 단일한, 고착된 욕망이 아니라, 서로 열려 광범위하게 참여하는 집단적 욕망들이다. 욕망의 제

21) 김현, 앞의 글, p. 236.

어, 욕망의 환원은 반성·비판만 낳는 것이 아니라, 신생의 기운을 동시에 뿜어낸다. 이야기의 결빙, 죽음은 이야기의 유쾌한 탄생과 한 몸이다.

> 셋방 사는 처지에
> 나무를 뽑아낼 입장도 아니어서
> 죽은 나무 그대로 세워두었다
> 그런데 흙이 채워진 그 발코니에
> 풀포기들이 돋아났다
> 자라는 걸 보니 강아지풀이었다
> 장마 때는 제법 무성해지더니
> 자못 실한 모갱이들을 내밀었다
>
> 내 눈에는 이 강아지풀들이
> 담장의 넝쿨장미보다도 더 예뻐 보였다
> 세 살 먹은 딸아이는
> 장미보다 강아지풀을 먼저 알았다
> 모갱이를 뽑아 간지럼을 피우거나
> 손바닥에 올려놓고 입김으로 부는
> 내 어렸을 적 유희도 가르쳤다
>
> ──「강아지풀」 부분

사람이 돌보지 않아 "먼지를 잔뜩 뒤집어쓰"고 죽은 회양목 네 그루를 '나'는 뽑아내지 못하고 그대로 둔다. 셋방 사는 처지이기 때문이다. 다만 거기에 흙을 채운다. '나'는 그러나 자신이 흙을 채웠다고 말하지 않는다. 그 발설이 은폐된 행동은 의식성이 감추어진 행동이 아니라, 자발적으로 행해진 행동이다. 그 자발성이 채워진 자리에서 강아지풀들이 스스로 돋아나고 모갱이들을 내민다. 나와 강아지풀 사이에는 행동의 화응이 있다. 그 화응 속에서 죽음과 삶은 하나, 즐거운 파괴와 생성의 놀이가 된다. 내가 뽑은 모갱이의 씨를 나는 "내년에는 더욱 무성해져서/죽은 나무를 완전히 뒤덮기를 바라며/구석구석 고루 뿌려"준다. 즐거운 죽음, 그로테스크의 쾌활과 생기가 그 행동 속에 있다. 물론 "다음해 이 방에서 살 자는/그걸 좋아할지 모르겠지만"이라는 마지막 시구가 지시하듯 인간사에서 죽음–생성의 장면은 즐거운 양태로 있지 못하다. 그것은,

　　그리하여 쇠전에서 자기의 피땀으로 기른 소의 머리를 쳤다. 소는 쓰러졌다가 불쑥 일어났다. 일어난 소의 정수리를 다시 쳐서 쓰러뜨리기를 몇 번 하니 완전히 누웠다. 장터의 농투사니들 우르르 몰려들고 죽은 소를 경운기에 싣고 함평 읍내를 돌고 또 돌았다. 그리하여 다음 장부터 몇 년 만에 소값이 잠시 오름세를 탔다.

　　　　　　　　　　　　　　　　　　　　　　　　　　　　　—「김영천씨」 부분

의 '김영천 씨'처럼 비극적 양태로, 혹은

　　문득 물결을 타고 어룽더룽 두꺼비 한 마리 헤엄쳐 오른다. 무겁게 알 밴 몸이 물살을 따라 흐르다가 다시 자맥질하며 거슬러오른

다. 마침내 기슭으로 기어올라 엉거주춤 뒷발에 한껏 힘을 주고 두리번거린다. 가슴을 벌럭이며 결연히, 어찌할 수 없는 천적 독사를 찾아나선다. 그리하여 드디어 온몸으로 잡아먹힌다. ……이제 며칠 후면 독사의 뱃가죽을 뚫고 수백 마리 새끼 두꺼비가 기어나오리라. 독사의 살을 먹으며 굼실굼실 자라리라.

—「전태일」부분

의 '전태일'처럼 "결연"한, 비장한 양태로 나타난다. 최두석 시의 마지막 국면이 여기이다. 그것은 현실의 불모, 현실 비판의 공간을 어느덧 새 삶의 원천으로 만들고 그 새 삶으로 가는 길, 웅덩이가 흘려보내는 물줄기들의 모양을 그린다. 그것은 이제, 언제나 죽음과 생성이 하나인 몸의 비극적/비장한/즐거운 양태들 사이의 긴장, 그 반동/결단/꿈의 관계 속으로 우리를 이끈다.

세상의 무수한 욕망을 모아 제어하고 압축해 새로운 욕망들로 여는 둠벙의 세계. 나는 그러한 최두석의 시에 '우렁이의 시학'이라는 이름을 붙여주고 싶다. 우렁이는 내가 지어낸 별명이 아니고, 그가 「우렁 색시」에서 "나의 선조는 최치원이 아니고/차라리 우렁이라 할까/끊임없이 생수 솟구치는 둠벙/둠벙에 깊이 잠겨 사는/주먹만한 우렁이라 할까"(「우렁 색시」, 『대꽃』)라고 노래하면서 스스로 붙인 그의 시의 표장이다. 우렁이는 '우렁잇속'의 우렁이이며, '우렁우렁' 소리 피우는 우렁이이고, 연체동물의 우렁이, 그리고, "목소리 해맑은 우렁이"는 또한 껍질 맑은 우렁이이다. 그 껍질 맑은 우렁이는 컴컴한 지하의 물길을 따라 흘러온 물들을 잘 거두고 모아, 끊임없는 생수로 솟구쳐 올린다. 그 자신 "〈이 농사 거

두어 누구랑 먹고 살지〉하는/총각의 혼잣말에 응수한""우렁에서
나온 색시"가 된다. "입에서 입으로 끈덕지게 전"하는 이야기가
된다.

　그 우렁이가 사나운 현실을 이기는 생성의 기운을 꿈의 보자기에
싸 이렇게 노래한다. 아니, 시 속의 까마귀떼와 더불어 화창한다.

　　　새벽 노을 속
　　　까마귀떼 잠 깨어 날아오른다
　　　깃들인 자리 대숲
　　　댓잎에 내린 된서리에
　　　부리를 닦고
　　　사나운 꿈자리
　　　날갯짓으로 훨훨
　　　털어내며 날아오른다
　　　눈녹이물 다시 논밭에서
　　　서릿발로 일어선
　　　텅 빈 들판 위로
　　　한 마리 두 마리 세 마리……
　　　칼날 바람 타고 잇따라
　　　솟구쳐오른다
　　　어느새 수백 수천의 까마귀
　　　결빙의 하늘에서 만나
　　　원무를 춘다
　　　거친 숨결 하늘에 뿜어

드디어 능선 위로 불끈

해가 솟는다

—「샘터에서」전문

나는 글을 닫으며, 이 서시를 천천히 되풀이해 읽는다. 이 시의
대숲, 들판, 하늘로 이어지는 지리적 확산을 본다. 현실의 피폐함
의 표상이며, 도피의 표지인 된서리와 대숲이 어느새 힘이 깃들
인 자리, 서릿발로 일어서는 힘으로 변모해 까마귀떼를 날아오르
게 하는 존재의 전환을 읽는다. 수백 수천의 까마귀떼가 추는 원무
를 내 몸에서 느낀다. 보고, 읽고, 느끼면서 나는 그 공간의 열림,
존재의 변환, 육체의 발산을 가능하게 하는 비밀이 '샘'에 있음을
눈치챈다. 본문에는 한마디도 나오지 않으나, 제목이 명료하게 지
시하는 그 샘이 자리한 곳이 대숲의 저 깊숙한 속이며, "드디어 능
선 위로 불끈" 솟는 '해'의 원형이 "끊임없이 생수 솟구치는 둠벙"
임을 본다. 그 둠벙 속에 까마귀떼의 원무를 '보고', 스스로 생수로
'솟아오르는', 샘 우렁이를 그린다. 앎과 함이 한 몸인 시, 그 자웅
동체의 시학에 오래 젖는다.

[1990]

자신을 부르는 소리

─ 고정희의 『여성 해방 출사표』[1]

특이한 배열?! 모두 4부로 구성되어 있는데, 앞 세 부는 다시 나뉘어 '이야기 여성사'라는 부제가 1에서 7까지 일련번호를 달고 붙어 있다. 제4부는 기념시들과 개별적 사건 혹은 체험의 기록들이 차례로 놓여 있다. 제1부에서 제4부의 기념시편들까지는 일종의 정서적 고양이 지속적으로 이루어지고 있는 데 비해, 제4부의 단편시들에 오면 그것이 끊긴다. 시집 전체를 하나의 작품으로 여기고 읽자면, 그것들은 앞에서 이야기된 것들의 단편적 예문들로 해석될 수 있다. 그러한 해석이 가능하다면, 제4부의 뒷부분은 자료편이고, 시집은 기념시편에서 사실상 대단원의 막을 내린다. 아니, 이 시집에는 막 내림이 없다. 기념시편은 절정이며, 그 감정의 충만 한복판에서 시들은 문득 하강해 최초의 결핍의 상태로 되돌아

---

1) 고정희, 『여성 해방 출사표』, 동광출판사, 1990. 이하 인용된 시는 모두 이 시집에 속한다.

간다. 제4부의 마지막 시편들은 마치 지금까지의 한 시집의 긴 생애가 다만 헛될 뿐이었다고 말하는 듯하고, 시집의 첫 페이지부터 다시 읽으라고 권유하는 듯이 보인다. 시인의 무의식은 무슨 계산을 하는 것일까? 그는 시집 속의 '황진이'가

> 머물면 마땅히 쌓이는 것 정이요
> 집을 지으면 대번 남는 것 미련이라
> 정과 미련 훌훌 털어내는 화두 하나,
>
>> 일은 다 끝났도다
>> 내일 아침 우리 둘 이별하고 나면
>> 사무치는 정 길고 긴 이별처럼
>
> 그렇게 다시 흘러가는 겁니다
> 그렇게 새로 마주치는 겁니다
> 새로운 물이 되어 돌아오는 겁니다
> 결혼하되 집을 짓지 않는 삶
> 거기에 해방세계 있기 때문입니다
>
> ──「황진이가 이옥봉에게」 중 '겨울편지' 부분

라고 주장한 바를 실천하는 것일까? 나는 분명한 판단을 내리지 못한 채로 처음부터 되풀이해 읽어나간다.

　이 시집의 주제는 여성 해방이다. 민족 통일, 언론 자유, 평등, 평화 등 다른 주제들도 곁에 따라붙어 있기는 하나,

> 남자가 모여서 지배를 낳고
> 지배가 모여서 전쟁을 낳고
> 전쟁이 모여서 억압세상 낳았
> ──「여자가 하나 되는 세상을 위하여」 중 '여자가 뭉치면 새 세상 된다네' 부분

기 때문에,

> 국토분단 장벽보다 먼저
> 민족분단 장벽보다 먼저
> 남녀분단 장벽 허물 일이 급선무
> ──「사임당이 허난설헌에게」 중 '사임당상이라니 기상천외이외다' 부분

라고 시는 주장한다. 모든 분열의 뿌리에 남성주의가 똬리를 틀고 있다. 시구를 빌리자면, 그것은 "아무데나 기어드는 뱀의 대가리"이다. 시인은 거기에 "휙휙 내리치는 해방의 칼" "쭉쭉 꽂히는 자유의 죽창"을 날려야 한다고 외친다.

한 가지 특이한 것은 그 여성 해방이라는 현대 사회의 보편적 주제가 역사와 연결되어 있다는 것이다. '이야기 여성사'라는 부제를 달고 있는 앞 세 부에선 황진이, 이옥봉, 허난설헌, 신사임당 등 역사 속의 여성 문학가들이 여성 해방이라는 현대적 주제를 놓고, 때로는 서로 화답하고 때로는 오늘의 "해동의 딸들"에게 말을 건넨다. 그들의 어법은

소실과 첩이란 무엇이니까

기둥서방 문화의 희생물이외다

기둥서방 문화란 무엇이니까

무릇 남자의 성기 밑에

여자의 자궁을 예속시키자는

영원무궁한 음모이외다

      —「사임당이 허난설헌에게」 중 '정실부인론을 곡함' 부분

에서 볼 수 있듯 고어 투이지만, 그 말들의 전언은, 그 상스런(풍
자적) 어조까지 포함하여, 아주 현대적이다. 그들은 문학사 교과서
속의 황진이, 이옥봉, 허난설헌, 신사임당이 아니라, 문학사가 파
묻어버린 그들이다. 왜 시인은 역사의 다리를 놓아 그들의 그림자
를 이곳에 초청하는 것일까? 거기에 시의 전략이 숨어 있으리라는
것은 쉽게 짐작할 수 있는 일이다.

  두 개의 전략이 있다. 그 하나는 시와 관계되어 있고, 다른 하나
는 역사와 관계되어 있는데, 그 둘은 교묘하게 얽혀 있다.

지금의 조선 한반도 여자들은

안팎으로 힘이 세지고 슬기로워

학식이나 주장이나 실천능력 어느 면인들

남성에 견줄 바가 아니라지요?

농자천하지본이라는 말이 부끄럽게

해동의 옥토는 여자농민들이 떠맡다시피 하고

여자노동자들 또한 대동단결하여

여성해방운동의 흐름을 이끌며

지식인 여자들도 학문이 고강해져

평등세상 땅고르기 한창이라지요?

규방일 관청일 출입문 따로 없고

밥짓기 빨래하기 남녀가 구별없고

벼슬길 풍류마당 신분차별 없다지요?

얼마나 학수고대했던 세상입니까

〔……〕

그러나 아직 낙관은 이르외다

무릎을 칠 만한 여남해방세상 시가

조선에는 아직 없는 듯 싶사외다

천지의 정기를 얻은 것이 해방된 여자요

해방된 몸을 다스리는 것이 해방의 마음이며

해방된 마음이 밖으로 퍼져 나오는 것이 해방의 말이요

해방된 말이 가장 알차고 맑게 영근 것

그것이 바로 시이거늘

그런 해방의 시가 조선에는 아직 없습니다

—「황진이가 이옥봉에게」 중 '봄편지' 부분

  시는, 황진이를 내세워, 오늘의 한국 사회에 여성 해방의 시대가
도래했음을 알리고 찬미한다. 그러나 곧 낙관은 이르다며 기쁨을
누른다. 그런데 문제는 거기에 있지 않고, 그다음에 있다. 돌연 시
는 여성 해방의 성취에 대해 말하는 대신, 시에 대해 말한다. 시는
여남 해방 세상의 도래를 막는 세력의 힘은 아직 만만치 않다고 말

하는 대신, 무릎을 칠 만한 시가 없다고 말한다. "해방된 말이 가장 알차고 맑게 영근 것"이 없음을 안타까워한다. 그러면 시인은 해방 세상의 찬송가를 원하는 것일까? 자신의 시가 그리 되고 싶어 하는 것일까? 하지만 자세히 읽어보면, 그러한 발언에 좀더 깊은 뜻이 있다는 것을 알 수 있다. 바로 몸과 마음의 분리에 대한 적시. 해방된 몸을 다스리는 것이 해방의 마음이라면, 해방의 시가 없다는 것은 곧 해방된 몸이 순조롭게 움직이지 못하고 있다는 것을 의미한다. 해방 세상이 도래했는데 왜 그러한가? 같은 내용, 같은 어조로 허난설헌이 해동의 딸들에게 보내는 전언을 보자면,

> 오늘날 조선의 자매들에겐
> 이념이나 투쟁능력이 승하다고 하나
> 오천년 서린 여자들의 눈물과 한숨에 대하여
> 서책으로 남을 만한
> 자매간의 화답의 묘미가 부족한 듯싶사외다
> ──「허난설헌이 해동의 딸들에게」 중 '해동란집에 대하여' 부분

오천 년 서린 여자들의 눈물과 한숨이 해원되지 않고 있기 때문이다. 오천 년 남성주의의 역사가 여남 해방 세상의 옹골진 성취를 가로막고 있기 때문이다. 그 한은 단지 묵은 원한만을 가리키는 것이 아니다. 그것은 때로 "원나라에 바쳐진 고려 여자들, 왜정 치하에 바쳐진 정신대 여자들, 외세 자본주의에 바쳐진 기생관광 여자들이 한반도 지사주의 축대가 아닌지요. 권력노예 출세노예 사업노예 시퍼렇게 살아 있으니"(「이옥봉이 황진이에게」 중 '월나라 여

자 서시' 부분) 같은 구절에서 보이듯, 여자 희생에 뒷받침된 민족 생존의 역사가 오늘날에도 변하지 않고 있다는 사실을 지시하며, "여자들의 무예가 하늘을 찌르고/첨단과학 문명이 옷섶에 나부끼며/민주 진보 급진사상이라는 것이/머리 깨친 사람들의 대세"라고 하는 "조선 땅에 아직/손가락 하나 끄떡않는 세 가지/바뀔 줄 모르고 변할 줄 모르는 세/가지가 있으니" "여자에게 현모양처 되라 하는 것이요/남자에게 현모양처 되겠다 빌붙는 것이요/여자가 남자 집에 시집가는 것[……]/시집가서 아들 낳기 원하는 것"(「사임당이 허난설헌에게」 중 '사임당상이라니 기상천외이외다')이라는 구절이 가리키듯, "머리로는 깨우친 세상에 살고 마음으론 조선조 여필종부 여전"(「이옥봉이 황진이에게」 중 '요사이 한반도 여자해방' 부분)한 돌같이 굳은 우리의 무의식적 실행을 찌르고 있다.

그렇다면 남성 지배의 세상은 변한 적이 없고, 단지 변한 척할 뿐이다. 그리고 그렇게 되자 지금까지 있어왔던 남녀평등, 여남평등의 양적 확대도 가치 없는 일일 뿐이다. "여자의 이 아픔/여자의 이 억압/여자의 이 억울함/하늘을 찌르고 땅에 솟구친들"(「사임당이 허난설헌에게」 중 '여자는 최후의 피압박계급?') 풀릴 길이 없다. 시인은 "최후의 피압박계급"인 여자의 삶에 "정작 길닦이가 없었나이까"(같은 시) 하고 탄식한다. 그러나 아니다. 그때 이미 세상의 모순을 꿰뚫은 여자가 있었다.

아니외다
사백 년 전 경번당 당신은 이미
여자의 처지를 계급으로 절감했사외다

사백 년 전 난설헌 당신은 이미

여자의 팔자를 피압박 인민으로 꿰뚫었사외다

사백 년 전 초희 당신은 이미

남자의 머리를 봉건제의 압제자로 명중했사외다

아니 아니 난설헌 당신은 최초로

조선 봉건제에 반기를 든 여자 시인이며

여자를 피압박계급으로 직시한

최초의 시인이 아니리까

　　　　　—「사임당이 허난설헌에게」 중 '여자는 최후의 피압박계급?' 부분

　여기서 역사의 역할에 반전이 일어나며, 시인이 역사를 끌어온 두번째 이유가 드러난다. 이제 역사는 진보의 역사가 아니라 과거에 빛났던 여성들의 역사가 된다. 그들의 타고난 기품, 재능, 비판적 현실 인식, 의지 등이 칭송되고, 그들이 남성 지배에 대항하여 꿈꾸고 실천한 시적, 사실적 혁명이 환기된다. 신사임당으로부터 어우동에 이르기까지 그들의 모든 행적이 재해석되어 여성해방 투쟁을 북돋을 역사적 전범으로 나타난다. 그 뛰어난 여성들의 삶, 아니 차라리 여성이라는 뛰어난 존재가 보여주는 삶의 모습은 한결같이 고결한 정신과 노예적 삶의 분리, 그리고 그 모순을 뛰어넘는 여성의 지혜이다. 그 지혜가 오천 년 동안 여자를 얽어맨 족쇄를 끊어버릴 길을 찾아주리라. 시인은 그것을 '전략'이라 이름하며, 그 전략의 내용을 "여자의 특질과 부드러움을 이용하여/〔……〕 허를 찌르"(「사임당이 허난설헌에게」 중 '정실부인론을 곡함')는 것이라 밝힌다.

그렇다면 그것도 실은 전략이었을까? 남자에 의해 칭송된 여자의 아리따움을 거부하면서도, "하늘이 낸 절세가인이 있"(「사임당이 허난설헌에게」 중 '어즈버 하늘이 낸 시인 난설헌')음을 자랑스러워하는 것은. 현대판 정실부인의 가정 꾸림의 행복론을 비웃으면서도 "여자가 뭉치면 무엇이 되나?/여자가 뭉치면 사랑을 낳는다네//모든 여자는 생명을 낳네"(「여자가 하나 되는 세상을 위하여」중 '여자가 뭉치면 새 세상 된다네')의 찬송 속에 고전적 모성주의가 은근히 내비치고 있는 것은. "여자다움의 족쇄 불구덩에 던져"(같은 시 중 '새벽이 오기 전에 우리 가야 하리')버릴 것을 다짐하면서도, 시집 제목이 가리키듯, 여자다움을 '어머니'의 상징으로 승화시키고 있는 것은. 분석실행자 l'analysant는 그것을 전략이라 이름하며, 분석하는 자 l'analyste는 그곳에서 텅 빈 남근의 욕망을 본다. '여남 평등 세상'의 순서 바꾸기에서, '여자 제갈공명, 여자 율곡, 여자 관음보살'에서, "수수편편 백옥 같은 시의 장강" 이룬 허난설헌에게서 '여자 두보'를 보는 데서, 그리고 "하늘이여 어찌하여 남자를 내고 다시/나를 여자로 내었나이까/하늘이여 어찌하여 김성립을 남편으로 점지하였나이까"(「사임당이 허난설헌에게」 중 '어즈버 하늘이 낸 시인 난설헌')라는 운명을 부르는 소리 속에서, "하느님도 막지 못할"(「여자바람, 새 바람 부는구나」) 이 운명을 넘어서는 자유를 향한 열망이 "이제 우리에게 점지하신 자유가 있다면 자라는 우리 아이들이 자유의 씨앗이요"라는 구절과 함께 자유의 결정론으로 전화하는 데에서, 분석하는 자는, 이항 대립을 전제해서만 존재하고 그것을 끊임없이 참조해서 깊은 동굴을 파는 분석실행자의 절반의 고뇌를 본다.

분석실행자의 전략과 분석하는 자의 욕망 사이에서 시는 한순간 위태롭게 흔들거린다. 위기의 순간, 피할 수 없는 자기반성의 순간이 오는 것이다. 그 순간 시들은 한편으로 "늙어가는 시간의 느티나무 아래"(「그 여자의 집에 내린 초설」)에 선 자의 처연함과 쓸쓸함으로 낮게 깔리고, 다른 한편으로 여성 해방을 향한 들끓는 열망의 소리들로 가득 찬다. 사면이 온통 소리로 진동한다. 하지만 이제 그 소리는 밖으로 퍼지지 않고, 여성 자신의 안으로 스며 울린다. 시는 남성주의에 대한 질타를 남성에게 행하지 않고, 여성 그 자신에게 돌린다. "여자가 여자 자신의 적"(「사임당이 허난설헌에게」 중 '정실부인론을 곡함')이기 때문이다. 그때 그의 시들은 자기 목에 걸린 "고양이 방울"(「정실부인회와 보수대연합」) 떼기를 주저하는 여자를 놀리며 꾸짖고, 해방 투쟁에 나선 여성들이 자칫 빠질지 모르는 "제 잘난 맛"(「여자가 하나 되는 세상을 위하여」 중 '새벽이 오기 전에 우리 가야 하리')을 경계시킨다.

　　　그러나 자매여
　　　너 고통의 종교를 만들지는 말아라
　　　너 자유의 우상을 만들지는 말아라
　　　너 해방의 금관을 만들지는 말아라
　　　남도땅 토말에서 장백산 그 너머
　　　시베리아 벌판이나 중국 길림성까지
　　　여성해방 싣고 가는 수레바퀴 되어라
　　　너로 인해 한반도가 울었고
　　　너로 인해 한반도가 줄었고

그리고 너로 인해 한반도가 부활했다 하리
— 「우리들의 두 눈에서 시작된 영산강이」 부분

　그리고 그 수많은 여성의 다양한 모습을 여성의 하나됨으로 드
높이고 드넓히려고 한다. 그 하나됨 속에서 자신의 "아리따움 벗
어" 병든 "자유의 몸뚱아리와 살을 섞"(「수넴 여자 아비삭의 노래」)
는, 부단히 자기를 벗고 다시 태어나는 거대한 여성을 그린다.
　고정희의 이 시집은 짙은 자기사랑의 시집이다. 그것은 자기 속에
침닉하는 자기애이기도 하면서, 자기를 드넓은 통일을 향해 넓히는
자기증진의 사랑이기도 하다. 그것이 자기애의 자장 속에 있기 때문
에 그것은 종결을 모른다. 자기를 되돌아보는 태도는 항상 자기를
변용시키는 움직임을 생산하기 때문이다. 시집 배열의 불균형은, 그
렇다면 불균형이 아니라, 미완결의 구조라는 것을 그것은 알려준다.
미완성되는 것만이 달라질 수 있다. 끊임없이 변혁될 수 있다.

[1990]

여성시의 진화[1]

── 김승희와 김혜순의 경우

한국문학은 자신의 미적 가치를 어떻게 입증할 수 있을까? 한국 여성시의 경우, 그러한 물음은 자기정체성에 대한 질문과 동의어가 될 수밖에 없었다. 왜냐하면 한국의 여성 시인들은 서양적인 것의 대타항으로서 긴 세월 동안 개발되어온 한국적 여성의 이미지와 싸워야 했기 때문이다. 한국에서는 전통적으로 여성이 공적 무대에서 철저히 배제되었던 데 비해 사적 공간에서는 고유한 역할이 요구되었다. 또 19세기 말에서 20세기 후반기까지 지속된 한국의 역사적 고난이 많은 남성을 험난한 정치적 현실 속에서 방황하게 했기 때문에 집을 지키고 자식을 가르치는 일이 어머니에게 맡겨지게 되었다. 그런 전통과 역사의 배경 속에서 한국의 여성에

---

1) 이 글은 2013년 4월 23일, 럿거스Rutgers 대학교에서 열린 '한국 문학 포럼' 『한국 문학의 정치학 : 번역과 해석*Politics of Korean Literature : Translation and Interpretation*』 (국제비교한국학회와 럿거스 대학교 협력 컨퍼런스)의 '저녁 시 낭독회'에서 발표한 글을 수정한 것이다.

게는 특별한 이미지가 부여되어왔다. 한편으로는 세속적으로 '여류 문학literature of ladies'이라는 별도의 명칭이 만들어져서 마치 문학의 공적 무대(남성들이 운영하고 있는)와는 별도의 사적인 여성들만의 리그가 있는 듯이 간주되었으며, 두 무대의 교류를 특별한 문학적 사건으로 여기고자 하는 태도가 미만해 있었다. 다른 한편으론 힘든 현실을 꿋꿋이 버텨내는 여인상으로부터 '집안과 자식을 위해 헌신하는 인고의 어머니'의 형상이 뚜렷이 구축되었다. 그 형상은 여성의 정신적 가치를 거듭 끌어올리며 대지모신의 이미지로까지 발전했다. 노라가 되기에는 한국의 여성성에는 아주 많은 보상이 주어져 있었던 것이다.

1980년대는 이러한 한국적 여성성의 신화화가 절정에 다다른 시기이자[2] 동시에 그에 대한 저항이 집단적으로 시작된 시기였다("집단적으로"라는 말은, 그 이전에 일제강점기의 나혜석으로부터 1970년대의 오정희에 이르기까지 개별적인 차원에서는 여성의 특수화를 거부하는 문화적 실천들이 지속되었다는 것을 함의한다[3]). 한국의 여성 지식인들이 모여 결성한 '또 하나의 문화'가 특별한 별외 존재가 아니라 일반인으로서의 여성의 보편성을 주장하기 시

---

2) 이성복의 『남해 금산』(문학과지성사, 1986)은 '인고의 어머니'라는 형상을 한국 사회의 치욕성(독재 정권의 연장에 조응하는)에 대한 가장 가혹한 증거로 남겼다. 이 시집은 한국인의 여성 신화에 뒷받침되어 있으면서, 동시에 그 신화의 붕괴를 동시에 암시한다.

3) 물론 2013년의 오늘에도 한국에서의 여성성의 신화화는 꾸준히 지속되고 있다. 황석영의 『심청』(문학동네, 2003), 신경숙의 『엄마를 부탁해』(창비, 2008) 이후, 김주영의 『잘가요 엄마』(문학동네, 2012)가 다시 한국인의 정서 깊숙이 뿌리내리고 있는 '어머니'를 끌어올렸다. 그만큼 한국인에게 '어머니의 이름'으로 수렴되는 여성성에 대한 무의식은 한국 산천에 널려 있는 아카시아의 뿌리와 같은 것이다.

작한 것이다. 그리고 그 선두에 고정희·최승자와 더불어 김승희·
김혜순이 있었다.

이 시인들은 종래의 여성성의 이미지로부터 벗어나고자 하는 의
도를 '자각'하고 있었다. "지배 문화의 허위를 진맥하고 지엄한 레
디메이드 여성 담론에 균열을 일으키고자 하는 위반의 문학"[4]이라
는 발언은 그러한 의도를 아주 명료하게 가리킨다. 그 위반은 어떻
게 이루어지는가? 김혜순은 여성 신화의 가장 깊은 심부로부터 시
작해 내부를 균열시키는 작업을 보여준다. 그는 「오늘의 이브」[5]에
서 이렇게 말한다.

스민다, 뱀이
내 몸 속으로

퍼진다, 스며들어온 뱀이
내 몸 전체로
호구에 던진 잉크병처럼
꺼멓게

퍼진다, 독이
정수리까지
일용한 마취의 독이

4) 김승희, 「여성시에는 왜 이렇게 광기와 타나토스가 많은 것일까」, 김승희 엮음, 『남자
　　들은 모른다─여성·여성성·여성문학』, 마음산책, 2001, p. 7.
5) 김혜순, 『우리들의 陰畵』, 문학과지성사, 1990.

스며들어온 독이
무겁다, 쇠뭉치처럼

　제목으로 미루어 "일용한 마취의 독"이 여성 신화를 가리킨다는
것은 쉽게 짐작할 수 있는 일이다. 그것은 우선 화자의 전신에 스
며든다. 그 독이 그의 전신에 침투했다는 것은 그가 독의 가장 깊
은 곳에 침닉했다, 라는 것과 같은 뜻이다. 그런데 김혜순은 바로
이 신화의 핵심에서부터 신화를 무너뜨린다.

　〔……〕쇠뭉치처럼
스며 들어온 독이

나를 일으켜세워
걸어가게 한다
금단의 나무 밑으로

그리곤 선이든 악이든
마구 따먹게 한다

　어떻게 그게 가능한가? 신화가 '나'에게 에너지를 부어주기 때
문이다. 그래서 나는 독을 먹고 자랐는데, 그런데 그 독이 이끄는
대로 따라 하는 게 아니라, "선이든 악이든/마구 따먹"는다. 주체
성을 학습한 존재가 교사가 시키는 대로 가는 법은 없다. 언제나

교사를 넘어서 간다. 근대의 신화는 모두 그 맹점에 걸린다. 왜 여성 신화가 근대의 신화인가? 남존여비의 사상을 공고화하는 신화가 아니라, 여성을 찬양하고 여성을 북돋는 척하며, 따로 떼어놓기 때문이다.

김혜순 시의 이러한 내파implosion의 방식은 오늘 낭독하는 시 중 「장엄 부엌」[6]에도 잘 나타나 있다.

> 그들이 또 달을 먹으러 왔다
> 여자는 달을 먹고, 다달이 배가 불렀다
> 젖을 짜 넣고 구운 달 위에
> 하늘나라 박하의 청량한 향을 첨가했다

> 나는 그의 부엌을 들여다본 적이 있다
> 흰 옷 입은 요리사들의 은밀한 지저귐
> 수백 개 통나무 도마 위에서
> 청둥오리들의 목을 내리치는
> 폭풍이 휘몰아쳤다
> 장엄한 부엌이었다

> 아이를 동반한 손님들이 들어왔다
> 엄마 엄마 새큼한 별 한 잔 마시고 싶어
> 먹구름을 갈아 만든 음료에

6) 김혜순, 『한 잔의 붉은 거울』, 문학과지성사, 2004.

차디찬 별을 띄워 내주었다

나는 그의 부엌을 들여다본 적이 있다
밀가루 구름의 폭풍우가 피어오르고
갓 죽은 짐승의 피가 수챗구멍으로 콸콸 쏟아져 들어가는 가운데
　설거지 통 속으로 빨려 들어가던
　수많은 숟가락, 젓가락, 손가락, 발가락들의 아우성
　장엄한 부엌이었다

　　　밤참을 준비를 할 시간
　　　달을 팬 위에 깨뜨리자
　　　달 위에 손톱만 한 구멍이 파이더니
　　　날개가 튀겨질 새떼가 기어 나왔다
　　　새떼는 밤이 깊어갈수록
　　　검은 날개를 하늘 가득 펼쳤다
　　　밤새도록 그것을 구웠다

　침 흘리고, 씹고, 핥고, 트림하고, 질겅질겅하고, 빨고, 맛보고,
마시고, 한시도 쉬지 않고 받아먹고, 삼키고, 건배! 하고 외치고, 더
먹어! 하고, 이봐요! 하고, 여기 한 병 더! 소리치고, 쩝쩝하고, 큭
하고, 끄르륵하고, 컥! 하고

　한번도 다물어본 적 없는 입술처럼
　저 밤거리의 양쪽 건물들이

거창하게 열린 채 밤하늘을 받아먹는 소리
모두 장엄했다

  부엌은 한국의 여성들에게 독점된 공간이다. 좋은 뜻이 아니다. 남편과 아이들은 부엌엘 얼씬도 하지 않는다는 뜻이다. 부엌의 노동이 고스란히 아내/어머니에게 떠맡겨진다는 것이다. 집안 살림은 전적으로 안사람의 권한이라고 생각하는 한국의 전통적인 부부관 속에서 아내/어머니는 이중의 강제 노역에 처해진다. 하나는 '봉사serving'의 노역이고 다른 하나는 '보호caring'의 노역이다. 전자는 아내의 노역이고 후자는 어머니의 노역이다. 그 이중의 노역을 집약적으로 구현하는 공간이 부엌이다. 이 부엌이 왜 장엄한가? 아내의 노역이 남편에 대한 봉사에 그치지 않고 어머니의 노역이 내 자식에 대한 보살핌에 그치지 않기 때문이다. 남편은 동료들을 데려와 술판을 벌이고, 아이는 친구들을 데려와 피자 파티를 벌인다. 남편을 위하려면 아내는 남편의 직장 동료·상사들에게까지 봉사해야 한다. 그래야 남편이 승진하고 월급을 더 가져올 수 있기 때문이다. 그것을 '내조'라 부른다. 자식을 위하려면 어머니는 제 자식의 급우들과 선생님까지 보살펴야 한다. 그래야 우리 애가 왕따당하지 않고 우쭐대면서 학교 생활을 하며, 좋은 상급학교로 진학할 수 있기 때문이다. 그것을 '치맛바람'이라 부른다. 시의 첫 연은 그러한 한국적 아내/어머니의 사정을 환몽적으로 비유하고 있다. 환몽적인 이미지가 붙은 까닭은 애초에 그러한 아내/어머니의 역할이 신비화되어 있다는 것을 암시한다. 그래서 권력은 아내/어머니에게 주어져 있는 것 같다. 둘째 연에서 아내/어머니는

"흰 옷 입은 요리사들"인 자신의 분신을 계속 만들어내면서 수백 개의 도마 위에서 세상의 모든 요리를 해내는 모습으로 나타난다. 부엌 안은 그렇게 강력한 힘이 몰아치지만, 식탁으로 요리를 내갈 때면 아내/엄마는 우아한 집주인으로 변신한다. 그러나 이 장엄하고 우아한 무대의 뒤편에는 어머니/아내의 짜증과 피로가 겹쳐 쌓이고 있다. "먹구름"이 몰려오고 있는 것이다. 그것을 가까스로 참는 아내/어머니의 자발적으로 강요된 인내는 점차 신경증적 공격성으로 바뀌게 된다. 아이가 요청한 "새큼한 별 한 잔"은 "먹구름을 갈아 만든 음료에/차디찬 별을 띄"운 것으로 바뀐다. 그러나 이 신경증적 공격성은 아주 미약하다. 대신 부엌 바깥의 잔치로부터 쏟아져 들어오는 설거지거리들로 가득 차서, 점차로 부엌은 쓰레기 하적장으로 변한다. "수많은 숟가락, 젓가락, 손가락, 발가락들의 아우성", 이것이 "장엄한 부엌"의 실체이다. 그러나 이 "숟가락, 젓가락"이 "손가락, 발가락"으로 이어지는 이 순간, 쓰레기 하적장은 단순히 부엌에 그치지 않고 잔치를 벌이고 있는 거실로 확대된다. 바로 그곳이 "침 흘리고, 씹고, 핥고, 트림하고, 질겅질겅하고, [……] 쩝쩝하고, 쿡하고, 끄르륵하고, 컥! 하"는 난장판이다. 마지막 "컥!" 하는 소리에서 독자는 음식을 허겁지겁 먹다가 목에 뼈가 걸려 질식당하는 인간의 모습을 보고 있지 않은가?

시의 전면은 차별의 공간으로서의 부엌을 폭발시켜 집 전체(지배 질서)의 붕괴에 대한 인식으로 나아간다. 이것이 김혜순식 내파이다. 그러나 그것만이 아니다. 김혜순 시의 내면은 언제나 두 방향으로 나아간다. 방금 본 것처럼 내면에서 외면으로 나가는 게 한 방향이라면, 내면에서 더 깊은 내면으로 나아가는 게 다른 방향이다. 그 방향은 '별도로 들여쓰기'가 이루어진 연들에서 열린다. 그 더 깊은 내면은 시 무대의 전면적 붕괴 안에서 가뭇없이 사라져가는 저 '신경증적 공격성'의 미약한 편린에서 태어난다. 그 공격성이 공간 전체의 재앙적 붕괴 앞에서 죽어버린 대가로 그것은 납작한 먹이로 변한다. 프라이팬의 계란이 된다. 그것이 '달'의 모양을 하고 있어서 독자는 이것이 저 1연의 '달'의 환유적 치환임을 간취할 수 있다. 즉 달이 표상하는 신비화된 아내/어머니의 이미지는 '차가운 별'로 변했다가 프라이팬 안에서 요리당하는 '계란'으로 변화한다. 그러나 그렇게 줄어드는 대가로 공격성의 에너지는 본래의 몸에서 이탈하여 그것에 "손톱만 한 구멍"을 내고 그로부터 '새떼'를 기어 나오게 한다. "기어 나왔다"라는 표현은, 이 새떼가 시 전면부의 총체적 붕괴의 현장에서 '기어 나올' 구더기들의 투영임을 감지하게 한다. 그렇기 때문에 이 '새떼'는 탈출과 해방의 기미로서 출현하는 게 아니라, 억압당한 소망이 악화되어 부어오른 형태로 나타난다. 이 '새떼'가 "검은 날개를 하늘 가득 펼"치는 것은 그 때문이다. 더 깊은 내면 안으로 들어간 곳에서 시인은 외부의 전면적 붕괴에 대한 대칭적 이미지로서 '검은 꿈'을 발견한다. 하지만 검은 꿈이 있다는 사실만으로도 독자는 여전히 이 세계를 넘어서야 한다는 괴로운 고뇌를 떨치지 못할 것이다.

김혜순의 시적 방법론이 내파에 근거해 있다면 김승희의 그것은 외착(外着)이라는 특이한 형태학을 보여준다. 우선 그의 시적 관심은 여성의 소외된 현실이 아니다. 젊은 시절에 태양과 불의 이미지의 화려한 현상학을 펼쳐 보여주었던 시인은 점차로 자본주의 현실에 대한 비판적 메시지를 증가시킨다. 김승희에게 여성적인 것은 이 현실을 바라보는 '관점'이자 현실에 대해 취하는 '반작용'의 근거가 된다. 그의 여성성은 그의 삶 그 자체로부터 나온다. 즉 그 것은 신비화되지도 소외되지도 않은, 독자적인 현실의 일부이다. 현실의 일부이되, 지배적 시선·태도와는 다른 시선·태도이다. 그 것은 현실을 "반달리즘 자본의 세월"(「빨랫줄 위의 산책」[7])이라고 파악하고, 그 자본의 반달리즘에 의해 세계 자체가 위기에 처해 있 다고 판단하며, 그 위기를 극복하기 위해 "위기를 과장하지 않으 면서/위기를 미학화하는 사업"에서 자신의 할 일을 찾는 시선·태 도이다. 이런 태도가 어떻게 형성되었는가? 우리가 이 태도에 여 성적인 태도라는 성질을 부여한다면, 그것은 어떤 사건을 통해 그 것이 개별화되는 곡절이 있었기 때문이다. 그에 대해 시인은 이렇 게 말한다. "가면을 벗어 조용히 응접실 탁자 위/가족 사진 옆에 포개어 놓고/[……]/어정쩡한 주부의 직업을 닫고/추운 겨울날/ [……]/다리를 건너간 여인"(「나혜석 콤플렉스」[8])이 있었고, 한국 의 여성들은 그 여인의 삶에서 자각의 계기를 찾았다는 것이다. 이 때 여성적인 것은 "다리를 건너가는" 행동으로 집약된다. 여성의 '소외alienation'를 여성적인 것의 '외화externalization'로 치환하 는 것, 그럼으로써 여성적인 것을 지배 현실에 대한 안티테제, 즉 대안적 가능성의 온상으로 만드는 것이다.

이때 태양과 불에 대한 시인의 생래적인 취향은 '심장의 불꽃'으 로 변용되어 여성적인 것의 속성으로 들어선다. 이 심장은 "달빛

---

7) 김승희, 『냄비는 둥둥』, 창비, 2006.
8) 김승희, 『달걀 속의 生』, 문학사상사, 1989.

아래 둥근 꽃봉오리"처럼 생기고 "속삭"이는 음성을 가졌으나 "지구에서 태양까지 두 번 갔다올 거리만큼"(「신이 감춰둔 사랑」, 『냄비는 둥둥』)을 '하루'에 뛰고, "피를 머금고 수반 위에 피어난 글라디올라스,/주렁주렁 매어달린 숙명의 측량할 수 없는 홍염"(「빨랫줄 위의 산책」)을 일으키며, "110층에서 떨어지는 여자는/꼭두서니빛 불타오르는 화염으로 치마를 물들이면서/너를 사랑했으며 너를 사랑한다, 영원히 사랑한다고/말하"(「110층에서 떨어지는 여자」, 『냄비는 둥둥』)는 세상에 대한 열정passion, 그 자체이다. 이 열정이 자본주의의 "캄캄한 극장"(「빨랫줄 위의 산책」)에 대한 대안 이미지이다. 시인은 이어서 말한다. 이것은 "하느님과의 동업"(「신이 감춰둔 사랑」)이라고. 즉 정말 가치 있는 일이라고.

물론 이 열정이 의기양양하게, 기세등등하게 펼쳐지는 것은 아니다. 이 열정은 "못 먹고 못 입고 지지리 궁상인 극빈의 연필심처럼/앙상하게 마른 시인이라는 동물이/자기 손금을 파서 우물을 내고 그 위에 빨랫줄 같은/한 그루 몽환의 무지개를 심"어서 만들어낸 환상이다. 이 환상은 나혜석이 "행려병자가 되어" "거리에서 죽었"(「나혜석 콤플렉스」)듯이, 또는 예수에게 열정이 곧 수난[9]이었던 것처럼,[10] 언제 좌절하고 무너질지 모르는 아슬아슬한 것이다.

---

9) passion의 어원은 라틴어 passio로서 '고통souffrance'이라는 뜻이다. 이것은 980년경부터 중세의 종교극에서 "예수의 수난passion du Christ"을 뜻하게 되었고, 예수의 수난 자체가 인류의 구원에 대한 가장 뜨거운 사업이었기 때문에, 13세기 중엽에 이르면 "감각 속에 나타나는 다양한 대상에 의해 촉발되어 흥분된 감정적 상태나 현상"을 가리키는 것으로 전의된다. 『로베르 큰 사전Le Grand Robert de la langue française』, in http://www.lerobert.com 참조.

10) 이제 짐작하겠지만, 김승희의 시에는 여성적인 것이 예수 이미지와 은밀히 겹쳐져

그로부터 그의 열정은 "빨랫줄 위를 걷는" 곡예라는 인식과 "나는 필히 골몰하여야 한다"(「빨랫줄 위의 산책」), "그대가 하는 일에 나도 참가하게 해다오"(「신이 감춰둔 사랑」)와 같은 임무 수행자의 결의 같은 태도가 태어난다.

현실의 대안으로서의 여성적인 것의 제시는 이렇게 해서 현실의 위기에 대한 위태로운 저항이라는 양태로 외착된다. 이 시적 공간에서는 가혹한 것도 위기이고, 뜨거운 것도 위기이다. 때문에 독자의 눈은 때로 시가 내뿜는 열정을 넘어 뜨거움이 유보된 적막한 성찰의 공간에 가 닿는다. 「냄비는 둥둥」은 그러한 성찰이 잘 드러난 시이다. 1연에서는 텔레비전을 통해서 세상의 혼란이 적나라하게 묘사된다. 그런데 1연의 마지막 행에서 시인은 이 혼란의 광경이 "고요"하다고 말한다. 그렇게 말하는 근거가 2연에서 제시되는데, 왜냐하면 시의 화자의 가족의 삶은 그런 소란과 무관한 듯이 "다리 하나 부러진 개다리밥상"에서 간신히 하루의 끼니를 해결하고 있기 때문이다. 물론 여기에서도 중요한 것은 일용할 양식이고, 저 소란스런 세상에서도 사람들의 행위는 잘 먹고 잘 살기 위한 온갖 몸부림이다. 시인은 그런 몸부림의 극단적인 두 가지 양태를 무시한 듯 던져놓아, 독자를 어리둥절하게 만드는데, 그러나 난데없는 엄마의 말이 두 극단 사이에 다리를 놓는다.

　　냄비 안에 시래깃국, 푸르른 논과 논두렁들,

있다. 물론 이것은 남성적인 것과의 혼재라는 뜻으로 쓴 말이 아니다. 예수에게 남성성은 아무런 의미가 없다. 인류의 정신적 자산으로서의 성경의 무게가 김승희의 여성성을 은근히 받치고 있다는 뜻이다.

쌀이 무엇인지 아니? 신의 이빨이란다,

인간이 배가 고파 헤맬 때 신이 이빨을 뽑아

빈 논에 던져 자란 것이란다,

경련하는 밥상, 엄마의 말이 그 경련을 지그시 누르고 있는

조용한 밥상의 시간

인간들이 맹렬히 다투는 먹이의 근원이 신의 이빨이라니? 이 말의 의미는, "경련하는 밥상, 엄마의 말이 그 경련을 지그시 누르고 있는"이라는 구절에 가서야 분명해진다. 즉 우리가 다투는 먹이는, 더 나아가 우리의 이 맹렬한 욕망은 신의 치통의 산물이라는 것이다. 아니, 그것은 치통의 장소 그 자체인 이빨이다. 따라서 우리의 욕망이 솟구치면 그만큼 치통은 더욱 심해질 것이다. 그러니 욕망을 "지그시 눌"러야 하는 것이다.

쌀이 신의 이빨이라는 이야기가 지구상의 어느 신화 혹은 설화에 있는지 필자는 알지 못한다. 시인의 창안일 수도 있다. 매우 낯선 이야기임에는 틀림이 없다. 이것은 김승희의 시적 구성이 외재적인 것의 부착을 통해서 본체를 반성적 상태로 몰아넣는다는 점을 다시 환기시킨다. 여기까지 와서 보면 김승희의 여성성에선 그것이 독자적인 세계를 구성하여 현실에 작용한다는 점보다, 그 독자성과 현실과의 긴장에 대한 성찰을 유도하는 기능이 더 핵심적이라는 것을 알 수 있다.

이 두 여성 시인이 한국의 여성시를 전부 대표한다고 할 수는 없다. 하지만 여성의 신비화라는 한국인의 오래된 집단 무의식과의

투쟁 속에서, '여성적인 것'을 현실에서 살아가는 인간의 일상적 삶의 영역으로 끌어내린 시도는 비교적 최근의 일이며(근대 이후 한국 문학사 전체를 두고 볼 때), 이 두 시인은 그런 투쟁의 맨 앞자리에 서 있는 이들이다. 이 새로운 투쟁의 결과를 두고 우리는 이렇게 물어야 할 것이다.

이 두 여성 시인의 시 세계는 자유의 확산과 인간 해방 그리고 '성 평등'의 보편적 대의에 참여하는 것이면서 동시에 세계의 어느 문학과도 구별되면서 세계문학의 지평을 넓힐 수 있는 특성을 보여주고 있는가?

나는 아직 이에 대한 충분한 대답을 갖지 못하니, 앞으로 공부해서 해결해야 할 숙제가 될 것이다. 다만 이 말은 분명히 할 수 있다. 여성성은 한국의 역사적 현실 속에서 아주 특별한 방식으로 구성됨으로써 신비화되는 과정을 밟았던 게 사실이다. 한국의 여성 신화는 중국의 '타이거 맘'의 신화와도 다르며, 서양의 오랜 전통 속의 사교의 주도자이며 예술과 지성의 후원자로서의 이미지와도 동떨어져 있다. 그러면서 한국의 여성 신비화는 세계의 어느 나라에서도 보기 어려울 만큼 지속적인 영향력을 발휘해왔으며 지금도 그러하다. 두 시인의 시는 그런 특별한 한국적 정황 속에서, 그 정황과의 투쟁 속에서 피어난 것이다. 두 시인의 시가 공히 두 세계의 동시성 혹은 긴장에 특별히 집중하는 것은 그 때문이며, 동시에 이는 한국문학만이 보여주는 특징일 수도 있다. 이런 정황적 특수성이 야기하는 문학적 효과는 체험의 강렬성이 행동이 아니라 성찰의 깊이로 이어진다는 것이다. 오늘 이 자리에서 다 말하지는 못했지만, 이러한 특수성은 은유와 리듬 모두에도 매우 독특한 세계를 이루게 한다는 것이 필자의 생각이다.

〔2013〕

자기응시의 미덕
── 백무산의 「그 모든 가장자리」

백무산의 시집 『그 모든 가장자리』[1]는 노동시의 존재 이유에 대해 근원적인 질문을 제기한다. 그는 노동자 시인이었다. 지금도 그러한가? 그의 시에 등장하는 어휘들은 여전히 그 호칭을 추억하고 있다. "변두리 불구를 추슬러온 퇴출된 노동들"(「예배를 드리러」) 같은 시구가 그것을 또렷이 보여주지만, 그보다는 그가 '노동'을 "더 작게 쪼갤 수 없는 목숨의 원소들"(같은 시)이라고 지칭하는 데서 그의 추억의 끈덕짐이 더 진하게 드러난다. '생산수단을 소유할 수 없어서 자신의 노동력을 상품으로 팔 수밖에 없는 존재'가 '프롤레타리아'라는 마르크스의 정의가 매우 강렬한 실존적 의상을 입은 채로 드러나기 때문이다. 그러나 이 노동자적 정념 혹은 사유의 지속을 시인은 어쩔 수 없이 추억의 범주 안에 넣을 수밖에 없다. 그가 보기에 그것들은 "퇴출"된 상태이기 때문이다. 생존을

---

1) 백무산, 『그 모든 가장자리』, 창비, 2012.

가능케 하는 필수의 질료가 삶 저편에 위치해 있는 상태, 그 앞에서 시인의 마음도 무너지고 정신도 망실된다.

이러한 정서적 공황은 1990년대 이후 대부분의 변혁적 지식인들이 겪었던 것과 다를 바가 없다. 현실사회주의의 몰락, 소비문화의 빅뱅 앞에서 바로 직전까지만 해도 전복의 열기를 가득 싣고 질주했던 트럭들이 일제히 파열된 타이어 위로 튀어오르며 부르주아 시민사회의 벼랑 밑으로 나뒹굴었던 것이다. 그리고 이 추락을 노래한 시와 소설은 지금까지 수없이 씌어졌다. 그렇다면 백무산의 이 시집이 가지는 변별성이 무엇인가?를 우리는 물어야 한다. 그리고 그 물음은 그의 지금의 정신적 지향이 어디로 움직이고 있는가에 비추어 던져져야 할 것이다. 만일 그가 노동자의 대의를 여전히 보듬고 있다면 우리는 그것의 실현을 위해 그의 시가 어떤 길을 뒤지고 있는가를 물어야 한다. 만일 그가 다른 전망을 향해 이동하고 있다면, 우리는 그 이동의 근거는 무엇이고 그 경로는 어떻게 되는가를 물어야 한다.

그러나 사정은 그렇게 간단치가 않다. 그가 노동자의 생리를 간직하고 있는 게 사실이다. 그것이 그로 하여금 노동자의 대의를 놓지 못하게 할 것이다. 그러나 동시에 그가 다른 전망에 눈길을 돌리지 않을 수 없는 까닭이 있다. 한편으로 그는 대의의 존속 여부를 물을 시간도 갖지 못한 채로 그것의 실현 가능성이 실종되었다고 느끼고 있다. 그는 "인간 진화의 자기상실"(「진화론」)이 인간에 의해 저질러졌고 그것은 여전히 지속되고 있다고 생각하고 있는 것이다. 게다가 그가 목격한 또 다른 광경은, 그의 전망이 적에 의해서 이미 선점된 것이 아닐까, 하는 의혹을 불러일으키는 사태이다. 「이웃집에 도서관이 생겼다」 같은 시에 그 모습이 여실히 나타나 있다. 그런데 이것이 전향의 구실이 될 수는 없다. 그의 마음이 무엇보다 그것을 용납하지 못한다. 그 때문에 "인간 진화의 자기상실"이라는 문명적 사태에 대해 그가 의견을 수정할 일은 없다. 그러나 그럼에도 불구하고, 다른 한편 그는 대의의 장소가 다른 데 있는 게 아닐까 하고, 아니 최소한 삶의 참됨을 보장해줄 수 있는 준거점이 다른 데 있는 게 아닐까, 하고 고쳐 생각하기 시작했다. 그는 "농사짓고 공장 일 하는 사람들의 공부 모임에서" 누군가의 질문에 대답한 일을 두고 이렇게 말한다. "나는 계급성이라고 말하려다/감수성이라고 말했습니다//계급적 감수성이라고 말하려다/생명의 감수성이라고 말했습니다//감수성은 윤리적인 거라고 말하려다/제길, 감수성은 고상한 것이 아니라 염치라고 말했습니다"(「감수성」).

이 시는 마음의 복잡성을 잘 드러내고 있다. 그의 감정은 이중적이다. 그는 생명의 감수성, 혹은 염치에 만족하지 못한다. 그러나 그것은 노동자 세상의 전망(의 실종)보다 확률이 높은 것이다. 그는 노동자의 전망에 대해 말하고 싶지만 못한다. 정직하게 말해야 하기 때문이다. 그는 계급에 대해 말하지 못하고, 생명의 감수성에 대해 말할 수밖에 없는 자신을 탓하면서도 그렇게 말해야 한다. "제길,"이라는 비명 같은 간투사가 전달하는 게 바로 그 곤혹스런 감정이다.

이 때문에 그의 시에는 과거와 미래가 착종되어 있다. "내 몸에 새로 이어지는 길이 있을까/내 몸 안에서 잃어버린 새를 찾을 수 있을까"(「잃어버린 새」) 같은 시구는 이 착종이 멀어짐과 당겨짐의 장력을 생성하는 흥미로운 이미지를 제공한다. 그 장력은 새의 형상 자체가 내포하고 있는 미래를 향한 움직임과 그 새를 "잃어버린 새"라고 지칭하는 내 마음의 과거 지향이 겹쳐진 데서 오는 것이리라. 그 "잃어버린 새"라는 지칭에는 그의 과거의 이념이 '그때에는' 미래의 새였던 것이다. 그것이 잃어버린 새를 충동적으로 새로 찾을 새의 방향으로 밀어 넣는다. 그럼에도 불구하고 시인의 정직성은 그 환각을 물음표 안에 가두고야 만다. 그 정직성 덕분에 새는 날개를 파닥거린다. 그렇지 않으면 "산새처럼 날아갔"(정지용, 「유리창 1」)을 것이다.

여기까지 오면 이 시집의 미덕은 무엇보다도 '자기응시'의 철저성에 있다는 것을 알아차릴 수 있을 것이다. 그는 이제 희망을 갖지 못한다. 그러나 그럼에도 불구하고 포기하지도 못한다. 거기에는 그 스스로 살아온 50여 년의 전 생애가 걸려 있을 것이다. 포기하지 않는다고 해서 그것에 집착할 수는 없다. 저 옛날처럼 무조건 믿을 수도 없다. 그러나 그것을 포기할 수 없을 때 그것은 미지의 과제가 된다. 그것은 비참한 패배의 외관을 벗고, 궁금증으로 남는다. 그것을 시인은 이렇게 표현한다. "새는 천천히 두려움을 거두고 내 눈을 깊이 들여다보고 있었다"(「잃어버린 새」). 그 궁금증을 해결할 수 있는 것은 '나' 자신밖에 없다. 모든 것을 잃었으나 살아 있는 한 잃어버린 양을 몽땅 가능성으로 바꾸길 시도해야 하는 것이다. '주체'가 할 일이란 그런 것이다. 그렇다. "삶은 이미 벼랑 끝에 있었"던 것이고, 그 삶을 정직히 감당하려고 작정하면, "그대라는 실낱에 전부가 매달려 있"(「슬픈 인사」)다. 이 자기응시가 그대로 박힌 못이 되어서는 안 되리라. 원한 것이 아니더라도 문명은 우리에게 시간을 주고 있으니, 그 응시를 넘어가보아야만 하리라.

〔2012〕

시인됨의 뜻

── 정일근의 『그리운 곳으로 돌아보라』

> 무릇 시인은 가슴속에 별 하나 품고 살 일이다
> 착한 영혼 속에 뜨고 지는 별 하나 품고 살 일이다
> ──「시인과 별」[1]

정일근은 시인됨을 누구보다도 결곡하게 지켜온 시인이다. 그것은 특별한 능력을 가진 사람의 오만함이나 유별난 인생을 사는 사람의 편협함과는 아무 관계가 없다. 그의 시인됨에 대한 경사는 이웃과 만물에 대해 그가 쏟는 넉넉하고도 따뜻한 마음씨와 상통한다. 그 마음씨야말로 시인의 으뜸가는 덕목에 속하는 것이다. 왜냐하면 가슴속에 별 하나 품고 사는 사람이 시인이기 때문이다. 별 하나 가슴에 품고 사는 사람은 내면의 빛으로 세상의 어둠을 밝힌다. 세상의 어둠을 밝히는 만큼 그의 시는 따뜻하게 빛을 내며, 그 빛은 세상 어둠의 크기와 맞서는 만큼의 넉넉한 크기를 갖는다. 그 넉넉한 따뜻함이 얼마만큼 어떠한지 보자.

---

1) 정일근, 『그리운 곳으로 돌아보라』, 푸른숲, 1994. 이하 인용된 시는 모두 이 시집에 속한다.

모름지기 시인의 사랑은 아파야 하느니
아픔 속에서 눈뜨는 사랑의 눈으로
칼국수처럼 잘려나간 세상의 아픔
따뜻한 멸치국물로 한 그릇 잘 말아야 하느니
칼국수를 먹는다
국수는 쓸쓸한 공복 넉넉히 채워주고

—「칼국수」부분

   실연한 후배와 시인은 점심을 먹는다. 그 점심은 "늦은 점심"이
고 그것의 메뉴는 겨우 칼국수다. 그것도 "우정 시장 나무의자에
나란히 앉아 먹는 칼국수"다. 시인은 실연한 후배를 대신해 여자
의 집으로 쳐들어가지도 못하고 후배를 위로하기 위해 멋진 선물
을 주지도 못한다. 그도 후배와 비슷이 이 세상으로부터 떼밀린 사
람이기 때문일 것이다. 그렇지 않고 그가 후배의 아픔을 보상해줄
능력이 있는 사람이라면, 그는 그런 후배를 두지도 않았을 것이다.
그러니, 그만이 후배와 '나란히' 앉아 칼국수를 같이 들 밖에 없는
것이다. 시인과 실연한 후배와 칼국수는 그렇게 서로 닮았다. 닮은
존재들의 아픔 나누기는 시인만의 특권은 아니다. 그러나 그것을
삶의 원리로 가지고 있는 존재는 시인뿐이다. 시인은 '함'의 영역
에 속하는 사람이 아니라 '말'의 영역에 속하는 사람이다. 그레마
스Algirdas Julien Greimas의 분류를 빌리자면, '함'이 세상에 대
한 행동이라면, '말'은 "사회의 기반이 되는 인간관계를 만드는 것
을 통해, 다른 사람들에 대해 하는 행동"이다. 함은 생산이고, 말
은 통화다. 플라톤 이래로 시인이 세상으로부터 언제나 곱지 못한

눈치를 받아온 것은 그것과 관련이 있을 것이다. 세상은 부를 가져오는 생산자를 좋아하지, 부에 대해 시시콜콜 따지는, 입만 산 자를 좋아하지 않는다. 시인은 바로 그런 입만 산 자다. 하지만 바로 그렇기 때문에 시인만이 타인의 아픔을 제 몸의 아픔처럼 느끼고 그에 대해 노래한다. 시인의 존재론적 조건 자체가 아픔이기 때문이다. 함, 즉 생산의 영역에서 제외된 자는 세상의 눈총에 숙명적으로 상처받은 자이다. 그래서 시인이,

> 떠나보지 않은 자는 모르리
> 저건 그리움의 얼굴
> 치술령 상봉에 선 망부석의 눈물
> 그리움 아니라면 붉은 이념 저 눈빛
> 빛바래고 눈물샘 벌써 마르고 말았으리
> 말라 꽃 피우지 못하는 척박한 한 줌 흙이 되었으리
>
> ──「취재수첩─이인모」부분

라고 노래할 때, 거기서 시인의 특정한 정치적 이념을 읽으려고 해서는 안 된다. 이념이 있다면, 오직 시인 일반의 이념이 있을 뿐이고, 그것은 정치적인 것이 아니라 존재론적인 것이다. 우리가 읽어야 할 것은 "떠나보지 않은 자는 모르리"라는 말의 내용이고 울림이다. 어떻게 그 단언이 시인의 입에서 가능하단 말인가? 시인은 벌써 떠났던 사람이기 때문이다. 시인에게 이 세상 탄생은 곧 이 세상과의 이별과 동의어여서, 그는 태어나자마자 실이 끊어진 연처럼 세상으로부터 휙이휙이 멀어졌던 것이고, 그래서 생래적으로

그리움에 처해진 존재, 생산의 길을 개척하지 못하고 회귀의 목만 기다랗게 뺀 존재, 그가 시인인 것이다. 이 운명적 아픔이 한 노인의 아픔과 만나 더욱 활성화되어 그것을 모든 종류와 양태의 떠남과 그리움의 차원으로 증폭시키는 외침을 낳으니, 그것이 "떠나보지 않은 자는 모르리"이다. 그렇게 외쳐도 전혀 공허하지 않고 오직 더더욱 붉고 절실하기만 한 까닭은 그것이 '시인된' 자, 다시 말해 그 자신이 결핍인 자의 입에서 솟아나와 울려 퍼졌기 때문이다.

시인은 타인의 희로애락을 같이 나눌 줄 아는 사람이다. 시인의 길은 "작은 바람 한 줌에도 온몸으로 대답하던 새 잎들처럼〔……〕 참으로 푸르게 시의 길을 걸어 그대 마을로 가"(「4월 엽서」)는 길이다. 그것은 저 옛적부터 시인의 으뜸 덕목이었다. 하지만 오늘 '옛적부터'에서 '부터'라는 조사는 삭제되어야 할지도 모른다. 현대시는 그 옛날의 전통을 상실했거나 파괴했다. 거기에는 그럴 만한 까닭이 있었다. 오늘의 시대는 더 이상 사람들 사이의 조화를 가능케 하지 않는다. 근대 이후, 삶의 가능성이 인간 그 자신에게로 돌려진 다음부터 모든 사람을 하나로 이어줄 보편적 유대의 끈은 사라져버렸다. 그것이 있다면, 주관적 상상의 영역에서거나, 아니면, 이 분열된 사회의 실상을 은폐하려는 자들의 이데올로기 속에 있다. 조화는 더 이상 조화가 되지 못하고 조화의 신경증 혹은 핑계가 되고 만 것이다. 그런 사회에서 현대시는 조화를 노래할 수 없게 되었다. 그것이 곧 이 시대의 분열을 감추는 도구로서 기능할 것이기 때문이다. '서정'에 대한 정의를 시도한 사람들이 그것을 추억 혹은 불화로 규정한 까닭은 거기에서 나온다. 이제 그것은 지나간 것으로 존재하거나 혹은 세상과의 근원적인 불일치를 의미하게 되었던 것이다.

그렇다면 정일근의 시인됨은 시대착오적인 것일까? 다시 「칼국수」를 보자. 이 시의 기본 구조는 밀림/채움의 대립으로 이루어져 있다. 밀림을 드러내는 것들: 시간의 '늦음'; 후배의 실연, 화자의 시인됨, 칼국수가 환기하는 가난과 쓸쓸함; 시장의 나무 의자. 이 밀림을 암시하는 단위들의 뒤에는, 빠른 시간, 여자, 효용적 인간상, 비싸고 화려한 음식, 안락의자 등이 숨어 있다. 그러나 시를 움직이는 것은 그 드러난 것들과 숨은 것들 사이의 대립이 아니라, 드러난 것들의 상태와 동작의 대립이다. 물론 상태는 드러난 단위들이 밀려나 있는 상태를 말한다. 그 상태가 시의 전면에 무겁게 깔려 있다. 이 상태는 그러나 "모름지기 시인의 사랑은 아파야 하느니"의 행을 고비로 움직이기 시작한다. 그 움직임은 "아픔 속에서 눈뜨는 사랑의 눈으로" 밀린 것을 말아 채우는 움직임이다. 시인의 섬세한 감수성은 '말다'의 다중적 의미를 절묘하게 배합시킨다. 우선 '말다'는 담가서 풀다의 뜻이다. "칼국수처럼 잘려나간 세상의 아픔/따뜻한 멸치국물로 한 그릇 잘 말아야 하느니"에서의 말다의 일차적인 뜻이 그것이며, 그것은 그 시구가 그대로 보여주듯이, 실연의 상처를 어루더듬어 다스리는 행위를 말한다. 어루더듬어 다스리는 데 쓰이는 것은 "따뜻한 멸치국물"인데, 그것이 시인의 "아픔 속에서 눈뜨는 사랑의 눈"과 등가임은 말할 나위가 없다. 그것의 "멸치"가 환기하는 잔약하고 초라한 모양은 앞에서 말한 대로 시인 자신이 이 세상에서 떼밀려난 존재임을, 혹은 시인 스스로 그렇게 낮아지는 존재임을 보여주는 시 내부의 증거에 해당한다. 그렇게 낮아진 존재만이 타인의 아픔을 나눌 수 있는 것이다. 아무튼 이 '말음'을 통해서 실연의 상처는 덧나기를 멈추는데, 당연히 '말다'의 두번째 뜻, 즉 그만두다, 중지하다의 의미가 상처의 자리에 생기는 딱지처럼 자연스럽게 덧붙는다. 상처가 어루더듬어짐으로써 여자에 대한 미련도 그친다. 하지만 거기서 그치는 것은 아니다. 그것은 상처의 진행을 멈추게 할 뿐만 아니라, "쓸쓸한 공복〔을〕 넉넉히 채워"준다. 그 진술은 비교적 자연스러운데, 음식이 들어갔으니, 공복이 채워질 것이기 때문이다. 그러나 '넉넉히' 채울 수 있을까? 이 시에서 움직이는 존재들은 모두 작고 약한 것들이다. 그것이 어떻게 넉넉함을 이룰 수 있는가? 우선은 "나무 의자에 나란히 앉아"의 '나란히'가 그것을 가능케 한다. 아픔을 함께 나누는 것은 동시에 아픔을 견딜 힘을 배가시키는 행위이다. 나누는 만큼 모일 것이다. 그러나 보다 활동적인 운동이 그 나누기-모으기 행위와 '나란히' 붙어 있으니, "깍둑깍둑 바람 든 무깍뚜기 반찬 삼아"에서의 바람 든 무깍뚜기를 씹는 행위가 그것이다. 깍두기 반찬이 씹히는 만큼 여자에 대한 '바람 든' 사랑도 차츰 수그러든다. 수그러들면서, 그 사랑은 시인이 불어넣는, 아픔을 함께 나누는 사랑으로 변모한다. 이 시의 가장 표층적인 대립이 여기에 있다. 헛되고 허망한 사랑/아픔을 나누는 사랑의 대립이 그것이다. 또한 여기에, '말음'의 세번째 뜻이 들어 있다. 이 과정을 통해서, 공복은 채워지고 늦은 시간은 제 리듬을 회복하며, 실연한 후배는 마음을 가다듬는다. 그러니까 그 과정은 허망하게 펼쳐졌던 것을 도로 마는 과정이기도 하다. 그것은 본래 상태로의 회귀이며, 이 회귀 덕분에, 작고 약했던 것들은 온당한 제 모습을 되찾는 것이며, 때문에 쓸쓸한 현재를 딛고 넉넉한 미래를 준비할 수가 있게 되는 것이다.

이 다의성의 '말음'의 원동력이 된 시행은, "모름지기……"의 시행, 즉 시인됨을 강조하는 진술이다. 따라서 여기까지는 시인의 옛 기능이 원만하게 수행되었다고 할 수가 있다. 그러나 이 과정 그 자체로부터 옛 기능으로부터의 일탈이 동시에 일어나고 있다. 시인은 국수를 마는 행위는 풀어 분해하는 행위라는 것에 재치 있게 착안하여, 그 변화를 보여준다. 앞에서의 '말음'의 기능은 회복에 있었다. 그것은 텅 빈 것을 채우고, 쓸쓸한 것을 넉넉한 것으로 변모시킨다. 그러나 그렇다고 사실 자체가 변할 수 있는 것은 아니다. 다시 말해 실연의 사실은 결코 사라지지 않는다. 위의 과정은, 그런데, 그것을 지워버리고 있었다. 그것은 칼국수를 함께 먹는 동안 후배의 가슴에서 사라져버린다. 시인의 마술에 의해! 그러나 마술은 속임수일 뿐이다. 시의 옛 덕목은 무서운 음모의 빌미가 될 수도 있는 것이다. 실연의 사실은 어디로 갔는가? 현대의 시인은, 섬세하고도 정직한 눈길로, 그것이 사라진 것이 아니라 단지 분해되었음을 본다.

> 국수는 쓸쓸한 공복 넉넉히 채워주고
> 칼은 홀로 떨어져나와
> 아픈 사랑의 상처 촘촘히 벤다
> 베어진 아픔의 단솥 국물 속에서 다시 끓고 있다

그것은 홀로 떨어져 나왔다. 그러나 단지 홀로 떨어져 나왔을 뿐 아니라, 여전히 아픈 사랑의 상처로 끓는다. 어떻게 끓는가? 시인이 아픔을 함께 나누는 행위는 상처를 지우는 행위가 아니라, 상처를 촘촘히 베는 행위다. 상처를 더욱 상처 나게 하는 것일까? 그게 아니라, 상처를 후배의 마음에서 떼어낸 다음 다시 말해 그것으로부터 끈적끈적한 정감을 떼어내어 객관적 사실로 만든 다음, 그것을 성찰의 도마 위에 올려놓는다. 그리고 끓인다. 그러니까 '아픈 사랑의 상처'는 주관적 집착의 대상이 아니라, 통주관적 성찰의 대상이 된다. 그것은 "국물 속에서 다시 끓고 있"는데, 그때 그 끓음은 더 이상 후배만의 끓음이 되지 않을 것이다. 둘이서 함께 되새기고 되새길, 그래서, 견디고 이기는 행위가 될 것이다.

　한편으로 상처를 다스리고, 다른 한편으로 그것을 끊임없이 되새긴다. 정일근의 시는 결코 옛날로 후퇴하지 않았다. 시의 옛 기능을 되살릴 뿐인 것이다. 시인의 자세에 대한 정일근의 되풀이되는 강조는 갈수록 잊혀가는 시인의 삶의 원리에 대한 지속적인 상기라는 의미를 띤다. 그러한 원리가 이제는 무의미하다고 주장할 많은 사람에 대해, 정일근은 그것이 시인인 한은 할 일이라고 주장하는 것이다. 그럼에도 불구하고! 그렇다. '그럼에도 불구하고'는 정일근 시의 모든 곳에 잠복해 있는 자동사 구문이다. 그럼에도 불구하고 시인은 있다. 그럼에도 불구하고 시인은 조화를 꿈꾸며 살아야 한다. 세상이 이렇게 빠르게 변화해도, 그럼에도 불구하고,

　　천 년 전 소나무는 아직도 소나무
　　오늘의 은행나무는 천 년 후에도 은행나무
　　시의 나무에는 여전히 시가 맺

　　　　　　　　　　　　　　　　　—「나무 한 그루」 부분

히는 것이다. 이 그럼에도 불구하고를 시인이 얼마나 뜨겁게 의식하고 있는지는 다음의 시구에 선명히 드러나 있다.

> 내 記事 사이사이에서 시는 발효중이다
> 매일매일 이 도시의 뉴스는 타전되고
> 뉴스의 행간에 내 시는 웅크리고 있다
> 직유와 은유가 용납되지 않는
> 저 무미건조한 6하원칙과 설명문의 영토 위에도
> 내 시는 호시탐탐 서정의 뿌리 내리고 있다
> 〔……〕
> 그대들이여, 보는가
> 새벽 화장실에서 혹은 아침 식탁에서
> 무심히 지나치는 1단의 작은 뉴스 속에도
> 익어 발효되고 있는 나의 시를
>
> 나는 살아 있다!
>
> ──「취재수첩─익명의 시인」 부분

오늘의 시대는 언어의 직접적 효용성이 과잉된 시대이다. 언어 역시 생산의 기제 안에 완벽하게 포함되어버린 것이다. 그러나, 그럼에도 불구하고 시는 살아 있다. 무미건조한 6하원칙과 설명문의 영토 위로 시는 뿌려져 그 안에서 익어 발효되고 있다. "있다"는 현실태로 읽히기보다는 가능태로 읽힌다. "호시탐탐 서정의 뿌리

내리"는 시인의 의지가 작용하고 있기 때문이다. 시인은 현실태로 이야기함으로써 서정의 뿌리내려야 할 당위성을 특별하게 강조하고 있는 것이다. 그런데 혹시 시인의 이 의지는 시와 쌍둥이를 이루고 있는 또 하나의 직유 언어들에 대해 무방비한 것이 아닐까? 그 역시 6하원칙과 설명문의 영토 안에서, 혹은 하단에서, 혹은 그것들 사이에서, 울창하게 자라나는 선전 언어들 말이다. 신문 하단의 광고들, 기사를 장식하는 수사들, 온갖 현란한 카피들. 하지만 「취재수첩—記念寫眞」을 쓴 시인이 그것을 지나칠 리가 없다. 그는 그 비유의 언어들이 가장 직접적인 효용성을 위해 봉사하고 있다는 것을 날카롭게 지적한다.

> 다음날 새벽같이 공무에 지친 공무원들을 깨우며
> 복구현장 확성기가 쉴 새 없이 운다
> (청와대에서 오신 박 과장님 전화왔습니다)
> 그리고 마침내, 국민여러분······
>
> 사망 78명 중상 51명 경상 62명
> 우리나라 최대의 열차사고 사상자를 낸
> 부산 구포 무궁화 참사현장을 배경으로
> 근심 어린 표정 지으며 기념촬영
> 위로금 전달하며 기념촬영
> (어, 사진 안 찍었잖아
> 부산시장 위로금 봉투 다시 돌려줘봐
> 사진기자들 불러 이거, 그림 되잖아 뭘해)

전달한 봉투 되받아 전달하며 또 기념사진

다같이 웃으면 안 돼요

(노 치~즈 노 김~치)

그날 석간에, 다음날 조간에 실리는 근엄한 기념사진들!

"국민여러분……"으로 시작될 말들은 "그림 되잖아"의 '그림'
을 설명하고 강화하며, 그 그림은 참사 현장에 뿌려질 온정을 창조
한다. 다시 말해 현대의 비유는 이미지의 직접성을 위해 봉사하고,
이미지의 직접성은 세상의 자애로움을 위해 봉사한다. 이런 시대에
서 가장 쓰임새 있는 언어는 부호화된, 디지털화된 언어, 가령 무
선호출기의 숫자 언어 같은 것이다. 그것은 "어느새 나의 오장육부
에 또 하나 칠부가 되어/내 몸 속으로 서서히 진화해 오"고, "그리
하여 나를 디지털화하는〔나의〕무서운 한몸"(「취재수첩─무선호출
기에 대한 명상」)이 되고 있다. 정일근에 의하면, 시인이 하는 일은
바로 그런 것에 단호히 반대하는 일이다. 이 이미지의 지배 시대
에 시인은 빠르고 즉각적인 이미지─기호에 의해 은폐되고 삭제된
것들을 되살린다. 가장 느릿느릿하게 피어나면서 "갈색의 추억/혹
은 그 추억의 쓸쓸한 허기"(「취재수첩─자장면 값 인상에 대한 보고
서」)를 함께 동반하는 언어들을 공들여 빚어내는 것이다.

정일근의 시를 읽다 보면, 마음이 편안해지는 것은 아마 그 때문
일 것이다. 갈색의 추억 속으로 우리를 서서히 몰아가기 때문일 것
이다. 시인은 저 앞에서 인용되었던 영원의 「나무 한 그루」에서 불
경의 여운을 떠올리면서,

나무는 南無, 나무의 목소리에 귀 기울이면
피안과 차안 사이 홀로 가는 나무 한 그루
보인다 南無南無 속삭이는 서쪽
나무 그림자 편안하게 누워 잠드는 서쪽

이라고 노래했는데, 실로 그의 시는 편안하게 누워 잠드는 '서쪽'
과도 같다. 혹은 "윤삼월 봄바다에 팔 베고 누워 욕심없이 돌아
오"(「윤삼월 바다」)는 뱃사람의 호흡에 섞여드는 "늙은 어머니의 미
역국 내음"(같은 시)처럼 읽는 이의 호흡 속으로 스며들어 공해에
찌든 우리의 폐를 편안히 달래준다. 그러나 동시에 그의 시는, 시는
그래야 한다는 당위를 일깨운다. "오래전부터 입 안에서 착한 말들
〔이〕 씹히고/피 흘리는 혀들이 다스린 덧난 세상"(「소금을 끓이다」)
에서는, 저 안식과 갈색 추억의 이야기를 "저 흰 꽃 사이 새로 돋는
새 혀와/뜨거운 소금의 목소리로"(같은 시) 노래해야 하기 때문이
다. 옛날의 아름다움을 노래할 오늘의 혀는 "아픈 혀"일 수밖에 없
으니, 그 아픈 혀는 그것을 현실태로서가 아니라 잠재태로 제시함
으로써, 독자가 최종적으로 실현해야 할 미완의 과제로 만들어야
하는 것이다.

　　나는 언젠가 이러한 정일근의 시적 동력을 동화의 상상력이라
이름 붙이고, 그 동화의 상상력이 건강한 고통의 세계를 낳는다고
말한 적이 있다.[2] 그의 건강한 고통의 세계는 시인됨의 자세에 대

─────────────

2) 졸고, 「천진성의 시인」, 『스밈과 짜임』, 문학과지성사, 1988.

한 올곧은 믿음에서 나오는 건강성으로 오늘의 현실과 정직하게, 다시 말해 고통스럽게 대결하려는 의지에서 나온다고 할 수 있다. 그러한 정일근의 시적 태도는 오늘날 비교적 희귀한 것에 속한다. 앞에서 말했듯이 언어가 스스로를 배반하게 된 이 시대에는 일탈과 낯설게 하기가 시적 원리처럼 작용하기 때문이다. 그래야만, 언어의 자기배반의 함정을 벗어날 수 있기 때문이다. 그러나 정일근은 오히려 거꾸로 간다. 언어의 시적 진실이 훼손되고 시 언어의 기능이 온갖 수사에 의해 남용당하는 시대에서, 그러한 훼손과 남용을 비판적으로 조명하는 데에서 시의 남은 역할을 찾는 대신에, 그는 시 언어 본래의 의의로의 회귀를 주장하고 있는 것이다. 이 극단적으로 상반된 두 태도를 두고 어느 것이 옳은가를 따지는 일만큼 어리석은 일은 없을 것이다. 우리가 물어야 할 것은 정일근이 어떻게 그런 희귀한 시적 태도를 내내 지킬 수가 있었던가 하는 점이다. 이번 시집은 그에 대한 주목할 만한 단서를 보여준다. 그것은 아버지에 대한 추억으로부터 발원한다.

시집의 헌사가 밝히고 있듯이, 시인의 아버지에 대한 추억은 각별하다. 시편들 이곳저곳에 흩어져 있는 기록에 따르면 시인의 아버지는 1970년 젊은 나이에 세상을 떠났다. 시인이 열두 살이었을 때였는데, 그 이후로 아버지는 시인에게 신비한 추억과 야릇한 고민의 심원으로 존재한다. 그가 생전의 아버지에 대해 가지고 있는 추억은 "옥색 고무신" 신은 어느 여자가 안방에서 할머니의 타이름을 받고 돌아가던 날 "돌아앉아 말이 없었지만 어둠 속에서도 견고한 어깨가 조금씩 흔들리고 있는 것이 보"(「흑백사진─그 여자」)였던 것과, 아버지와 함께 경전선 타고 가던 기억(「따뜻한 달걀」)이다. 그 외의 아버지에 대한 기억들은 기억이라기보다 아버지의 죽음에 대한 시인의 느낌들이다. 따라서 위 두 기억은 시인의 유년에 아버지가 어떻게 각인되었는가에 대한 단서를 제공한다. 무엇보다도 주목할 만한 것은 기억 속의 아버지는 집안의 기둥으로서의 이미지를 가지고 있지 않다는 것이다. 첫번째 기억에서 아버지는 외도를 함으로써 집안의 질서를 흔들고 있으며, 두번째 기억에서 아버지는 나와 함께 떠나고 있다. 그것 또한 시인의 기억 속의 아버지가 집안 밖에 있다는 것을 보여준다. 집의 평화와 행복에 대한 기억을 보여주는 시편들, 가령 「흑백사진—갈치」「흑백사진—닭국」「흑백사진—가물치」에서 아버지는 나타나지 않으며, 그 대신 할아버지, 할머니가 집안의 질서를 주도하고 있다는 것도 시인의 기억 속에서 아버지가 가부장적 이미지를 가지고 있지 않고 거꾸로 탈-가정적 이미지로 남아 있다는 것을 반증한다. 실로, 아버지는 "잠시 왔다간 세상 사진 한 장 남기"(「사진도 늙는다」)고 다시 떠났던 것이다. 그런데 그런 아버지를 보는 어린 시인의 눈은 결코 적대적이지 않다. 물론 그런 아버지가 집을 다복하게 해주었을 리는 만무하며, 당연히 시인은 결코 아버지를 "닮고 싶지 않았"(「사진도 늙는다」)다고 고백한다. 하지만 옥색 고무신의 그 여자가 안방에서 나올 때, 어린 시인의 촉수는 그 여자의 조용한 움직임에 민감하게 반응하고 있었고,

이윽고 방문이 열리고 조용히 밀리는 스란치마 밑으로 흰 버선코가 잠시 돋았다 사라졌다. 나는 그 여자의 얼굴을 보고 싶었지만 사마귀가 난 손이 자꾸만 부끄러워 고개를 들 수 없었다

그 여자가 떠난 후에 "견고한 어깨가 조금씩 흔들리"던 아버지를 애처롭게 보았었다. 아버지와 함께 타고 가던 푸른 열차 안에서는 어땠던가? 그때 아버지는 "삶은 달걀[의] 따뜻한 껍질 깨끗이 벗겨 주"었으며 "알이 없으면 닭은 어디에서 태어났느냐/닭이 없으면 알 은 누가 낳았느냐"는 끝없는 화두로 그를 잠들게 해주었다.

아버지는, 그렇다면 시인에게 집의 슬픔을 가져오는 사람이었을 뿐만 아니라, 동시에 의식적으로는 부인하면서도 남몰래 닮고 싶 었던 사람이었다. 왜? 그렇게 짧게 왔다 가면서, 함께 있을 때면, 나를 부드럽게 재워주었기 때문이다. 아버지는 무엇보다도 신비한 수수께끼였던 것이다. 시인은 지금도 삶은 달걀을 먹을 때면, "혀 끝 짠 소금맛과 함께 [……]/아버지의 수수께끼"(「따뜻한 달걀」)가 되살아나는 것이다. 때문에 아버지에 대한 기억 속에서 슬픔과 즐 거움은 동전의 양면처럼 한데 맞붙어 있다. 슬픔을 유발할수록 신 비하고, 물리치면 칠수록 더욱 끌려드는 것이다. 아마도 그러한 정 황을 가장 실감 나게 보여주고 있는 것은 역시 「따뜻한 달걀」 속의 다음과 같은 시구일 것이다.

> 지루한 기찻길 칙칙폭폭 칙칙폭폭
> 알이 없으면 닭은 어디에서 태어났느냐
> 닭이 없으면 알은 누가 낳았느냐
> 칙칙폭폭 칙칙폭폭 지루한 기찻길

끝없는 아버지의 화두에 지쳐 잠들면
아버지 손 내 눈꺼풀 위 잠을 부드럽게 덮고
내 손에 꼭 쥐어진 달걀 하나
나는 아버지의 손에 꼭 쥐어진 따뜻한 달걀 하나

어린 아들은 아버지와 함께 기차를 타고 가고 있다. 기찻길은 멀고 단조로워 아들을 지루하게 하고, 아버지는 아들의 지루함을 덜어주기 위해 이야기를 해준다. 그러나 그 이야기는 알과 닭에 관한 끝없는 화두여서 아들을 그것에 지쳐 잠들게 한다. 아버지의 끝없는 화두도 지루한 것의 일종이었던 것이다. 그러나 그 지루함에는 달걀 하나 손에 꼭 쥐고 든 부드러운 잠이 있다. 그 부드러운 잠 속에서 나는 아버지와 동화되어 아버지의 아버지가 되고, 아버지는 아들의 아들이 된다.

아버지의 달걀 속에서 내가 태어나고
내 달걀 속에서 아버지가 태어난다

아버지의 똑같은 이야기는, 그러니까 다른 무수한 이야기를 낳는 '화두'가 되었던 것이다. 그것은 거꾸로 기차의 반복적 진행음에 투사되어, 그것을 무한한 미래를 향한 즐거운 요동으로 바꾸어준다. 두 번 되풀이되어 나타나는 "칙칙폭폭 칙칙폭폭"의 의성어는 그대로 기차의 살아 있는 운동을 회복시킨다. 두 개의 이질적인 지루함이 포개짐으로써, 지루하게 되풀이되는 것이 변화와 생성의 리듬을 만들어내는 것이다.

모든 수수께끼는 끊임없이 캐내야 할 비밀의 원천인 법이고, 시인에게 아버지는 그런 원천이었던 것이다. 읽는 사람은 여기에서 정일근 시의 한 비밀을 본다. 그 비밀의 첫번째 속은, 시인이 끊임없이 회귀하고자 하는 옛 추억의 깊은 곳에는 그런 아버지가 있었다는 것이며, 두번째 속은, 그의 시의 밑바탕을 이루는 추억의 심원은 즐거운 슬픔이자 신나는 지루함이라는 희한한 모습을 가지고 있다는 것이고, 세번째 속은, 그렇게 슬픔을 즐겁게, 지루함을 신나게 변화시켜주는 동인은 추억 속에 서 있는 그의 아버지가 단순히 그리운 아버지일 뿐 아니라 수수께끼인 아버지라는 데에서 비롯한다는 것이다. 그럼으로써 그의 시의 심원은 스스로 활동하는 원천, 언제나 신기로움과 신생의 활기를 퐁퐁 뿜어내는 젊은 샘이 되어주었던 것이다. 그러니, 시인이 회상하는 아버지는 언제나 젊은 아버지인 것이다.

웅크린 내 몸 밟고 가는 젖은 발자국 소리
눈뜨면 깊은 산 속 홀로 누운 아버지 생각
봄비에 젖어 추울 아버지의 집

오늘도 젊은 아버지를 걱정하는 늙은 아들의 눈물
저벅저벅 내 슬픔의 옆구리를 밟고 오는 저 봄비

——「봄비」 부분

아버지는 아들보다도 젊다. 다시 말해 시의 심원은 언제나 싱싱하다. 그것이 정일근의 시가 끊임없이 길어 올릴 동화적 상상력의 샘이다. 그러나 이 시구의 어조는 쓸쓸하다. 시인은 "젊은 아버지를 걱정하는 늙은 아들의 눈물"에 대해 말한다. 그 눈물에서는 아버지만큼 젊게 살지 못하고 세상의 세파에 찌들어 늙어버린 데 대한 슬픔이 비쳐 나온다. 왜? "1970년부터 아버지는 부재 중이다"(「따뜻한 달걀」)라는 구절이 요약적으로 가리키고 있듯이, 그가 상상의 힘을 길어올 원천과 그 사이에 단절이 생겼기 때문이다. 추억 속의 아버지에도 물론 슬픔이 붙어 있었다. 그러나 이미 보았듯이, 그 슬픔은 즐거움으로 변용되는 신기한 슬픔이었다. 추억 속의 아버지는 떠남/돌아옴을 반복적으로 되풀이하는 신비한 존재였다. 그에 비해 지금의 시인에게 아버지는 영원히 부재하는 아버지이다. 아버지가 돌아가신 때부터, 그것이 즐거움으로 바뀔 가능성은 사라져버렸다.

운동장 조례시간이면
사마귀 난 내 손등이 슬펐다
어머니는 술 팔고
우리는 애비 없는 자식이었다
하나뿐인 방에까지 손님이 들면
동생은 도둑고양이처럼 웅크려
부뚜막에 누워 잠들고
안데르센 동화책을 읽어야 하는데
그림숙제를 해야 하는데
밤 늦게 술주전자를 나르며
같은 반 그 가시내 볼까 부끄러워

나는 자꾸만 달아나고 싶었다

앞으로 나란히

앞으로 나란히

내미는 손을 앞질러 달아나고 싶었다

돌아보면 웅크리고 있는

쓸쓸한 유년의 삽화 한 장

그 풍경들 하얗게 지워져 버렸지만

나는 여전히 그곳에 남아

부끄러운 손등 감추지 못하고

앞으로 나란히

앞으로 나란히

—「앞으로 나란히」전문

1970년부터 시인은 "애비 없는 자식"이었다. 그것은 시의 문맥에서 상상력의 샘을 상실했음을 정확히 가리킨다. 왜냐하면 아버지가 부재했기 때문에, 어린 시인은 "안데르센 동화책을 읽어야 하는데/그림숙제를 해야 하는데/밤 늦게 술주전자를 날"라야 했기 때문이다. 아버지의 부재와 더불어 상상의 세계도 그에게서 떠나갔다. 그런데 이러한 분석은 결국 앞의 이해와 모순되는 게 아니겠는가? 앞에서 우리는 정일근의 건강한 고통의 세계에 대해 말했었다. 그리고 그것이 수수께끼 같은 아버지의 신비로부터 솟아났음을 밝혔다. 즉, 정일근의 오늘의 시 안에 젊은 아버지의 모습은 펄펄 살아 있는 것이다. 그런데 이제 와서, 아버지는 영원히 부재한다니? 상상의 샘은 영원히 말라버렸다니?

이 모순의 양 측면을 똑같이 인정한다면, 정일근의 시에는 또 하나의 원천이 있다는 가정을 하지 않을 수 없다. 부재한 아버지를 환생시킬 또 하나의 숨은 힘을. 우선은, 앞의 시를 다시 차분히 읽어볼 필요가 있을 듯하다. 흥미로운 것은, 아버지의 부재를 가리키는 물질적 표지로서의 '사마귀'이다. 시인은 사마귀 난 손등과 집안의 사정을 병치시킴으로써, 그 사마귀를 가정 결손의 표지로 제시하고 있다. 그 표지는 그가 좋아하던 여자 아이에게서 그를 자꾸 달아나게 만든다. 그는, 운동장 조례시간에 '앞으로 나란히'를 할 때 손등에 드러나는 사마귀를 그 아이가 볼까 봐 부끄러웠다. 그 부끄러움은 "밤 늦게 술주전자를 나르"는 제 모습을 "같은 반 그 가시내〔가〕 볼까〔봐〕 부끄러"운 것과 같은 종류의 부끄러움이었다. 사마귀는 결손의 표식이었던 것이다. 한데, 그는 "부끄러운 손등 감추지 못하고" 여전히 앞으로 나란히를 할 수밖에 없었다. 왜? 그는 어린이일 수가 없었기 때문이었을 것이다. 동생과 그를 구별하는 결정적인 차이가 그것이다. "동생은 도둑고양이처럼 웅크려/부뚜막에 누워 잠들고"의 동생의 웅크림과 "돌아보면 웅크리고 있는/쓸쓸한 유년의 삽화 한 장"의 돌아본 유년의 웅크림은 등가이다. 웅크린 동생은 잠들고, 웅크리고 있는 유년의 삽화는 "하얗게 지워져 버"렸다. 동생과 유년은 현실로부터 달아나고, 현실을 지울 수 있다. 그러나 그는 동생이 아니었다. 말을 바꾸면 그는 유년이 아니었다. 그는 동생처럼 웅크리고 잠들지 못하고 술주전자를 날라야 했고, 그에게 유년의 삽화는 지워져버렸지만 어린 그는 "여전히 그곳에 남아" 앞으로 나란히를 하고 있다. 그는 어린이

였음에도 불구하고 어린이일 수가 없었던 것이다. 그가 할 수 있는 일이 있다면, "내미는 손을 앞질러 달아나"는 것이었다. 다시 말해 서둘러 어른이 되는 것이었다.

사마귀를 묘사하는 또 하나의 시는 이러한 추론을 썩 괜찮게 뒷받침해줄 수 있을 것이다. 그 시가 무엇인가? 바로, 아버지의 외도를 추억하는 시「흑백사진—그 여자」이다. 그 시에서 어린 시인은 아버지와 사귄 여자가 어머니와 할머니의 꾸중을 듣고 방 안에서 나올 때 "그 여자의 얼굴을 보고 싶었"다. 그런데 "사마귀가 난 손이 자꾸만 부끄러워 고개를 들 수 없었다." 사마귀 난 손의 부끄러움은 실은 어머니의 낮은 목소리, 할머니의 타이르는 소리가 무겁게 드리우는 금기에 대한 두려움의 치환이다. 나는 저 불결한 여자를 보면 안 된다. 저 여자를 보면 아버지처럼 쓸쓸해진다. 그것은 아버지를 남몰래 닮고 싶어 한 아이에 대한 최초의 규제가 되었고, 사마귀 난 손은 그것의 뚜렷한 물질적 표식이었다. 이때의 사마귀는, 그러니까, 아버지처럼 되는 데 대한 두려움의 표식, 다시 말해 훼손의 표식이었다. 이는 단순히 상상적 독해에 불과한 것일까? 아니다. 그 여자가 방문을 열고 나오는 장면을 음미해보자.

시나브로 어둠이 집 구석구석 찾아왔지만 어느 누구도 등불을 켜지 않았다. 이윽고 방문이 열리고 조용히 밀리는 스란치마 밑으로 흰 버선코가 잠시 돋았다 사라졌다. 나는 그 여자의 얼굴을 보고 싶었지만 사마귀가 난 손이 자꾸만 부끄러워 고개를 들 수 없었다. 그 여자의 고무신 잠시 아버지 곁에 멈추어서는 듯 이내 사라졌다.

네 개의 문장이다. 우선, 첫 문장과 나머지 세 문장 사이의 대립이 기본 구조이다. 어둠이 집 안 구석구석을 뒤덮는다. 그 어둠이 무겁게 깔리는 사위에 그 여자가 나타나는데, 어린 시인의 감각 체계에 들어온 것은 그 여자의 얼굴이 아니라 흰 버선코이다. "조용히 밀리는 스란치마 밑으로 흰 버선코 잠시 돋았다 사라졌다." 흰 버선코는 어둠과 대립되면서, 잠시 돋았다 사라지는 빛의 범주에 속한다. 그 버선코는 스란치마 밑에 감추어져 있다. 스란치마는 귀한 분위기를 자아내는 치마이다. 상상의 영역에서, 버선코는 어둠의 울타리에 가둬진 빛이 아니라, 귀한 세계가 감추고 있는 신비한 빛이다. 그 잠시 돋았다 사라지는 빛과 어둠의 대립이 첫 문장과 세 문장의 대립이다. 이 기본 구조 위에서 사마귀와 여인의 미묘한 유비가 세워진다. 마지막 문장 역시, 두번째 문장과 같은 구문을 이루고 있다. 그 여자의 고무신은 잠시 "멈추어서는 듯 이내 사라졌다." 사마귀가 나오는 문장은 세번째 문장이다. 그것은 잠시 돋았다 사라지는 빛을 보여주는 문장들 내에 감싸여져 있다. 다시 말해 그것은 신비한 세계 안에 감싸인 상태로 나타난다. 그 세계 속에서 나는 사마귀가 난 손이 부끄러워 그 여자를 보지 못했다. 그런데 사마귀도 돋아나는 것이다. 그것도 잠시 돋았다가 부끄러워 사라진다. 그러니까 흰 버선코/사마귀/고무신은 모두 상상적 동위원소들이다. 흰 버선코가 잠시 돋았다 사라지는 빛이라면, 사마귀도 그렇다. 흰 버선코가 분란의 징표라면, 나의 사마귀는 그 분란의 유발체에 감염된 자의 징표이다. 물론 그 둘은 엄격하게는 다르다. 그것은 수소와 중수소가 다른 것과 같은 이치이다. 흰 버선코가 이 세상에 잠시 나타났다가 영원히 사라질 저세상의 빛이라면,

사마귀는 그 빛에 쏘인 자가 이 세상에서 내내 살아가면서 드러낼 수밖에 없는 낙인이다.

사마귀는 결손의 표식이자 동시에 훼손의 표식이다. 그런 의미에서 「앞으로 나란히」에서의 사마귀는 단순히 아비 없는 자식의 표식이 아니다. 그것은 차라리 아버지처럼 잠시 나타났다 사라질 위험성이 높은 자의 표식이다. 어린 아들에게는 아비의 유전자가 들어 있다는 표지이다. 나도 언젠가 사라질지 모른다, 나도 언젠가 스란치마 입은 여인에게 홀려 집을 불행하게 할지도 모른다, 지 가시내도 언젠가 술을 팔지 모른다. 사마귀는 원천의 상실을 가리키는 표식이 아니라 원천에 대한 불안의 징표이다. 그러나 불안의 징표인 그것이 불안의 전도체는 아니다. 그 불안의 선을 따라 흐르는 것은 불안을 야기한 것에 대한 강렬한 유혹이다. 그러니까 시인은 거꾸로 보여주고 있는 것이다. 나를 불행하게 한 것이 얼마나 신비로운가를, 사라져 부재하는 아버지가 여전히 내 마음속에 살아 있다는 것을. 그의 사마귀가 여인의 버선코, 고무신과 동위원소이되, 다르다는 것의 실질 효과가 여기에 있다. 스란치마 입은 여인의 버선코, 고무신은 귀하지만 사라지는 것인 데 비해, 나의 사마귀는 결손의 낙인이지만 싱싱하게 살아 있다. 그것은 도저히 지워지지 않는다. 그것이, 그로 하여금 사마귀 난 손등을 감추지 않고, "앞으로 나란히/앞으로 나란히/내미는 손을 앞질러 달아나고 싶"게 만든다.

하지만 아직, 시의 또 다른 원천을 찾은 것은 아니다. 다만, 첫 번째 시원의 강렬한 여진을 확인했을 뿐이다. 그 여진이 남아 있는 채로 그것을 현실 세계로 끌어올릴 다른 두레박이 없었다면, 정일근의 시 쓰기는 아마도 원천에 대한 강박관념이 되었을 것이다. 그 원천은 아늑하지 않고 초조스러우며 활달하지 않고 음산했을 것이다. 확 트이지 않고 머뭇거렸을 것이다. 마찬가지로 시인됨의 옛 덕목으로 시인은 회귀하자고 그렇게 활달히 주장하지 않았을 것이다. 그런데 그는 그렇게 했다. 무엇이 또 있었던가? 그것은 시 쓰기 그 자체로부터 왔다.

선생님은 녹색 잉크로 글을 쓰셨다. 하얀 원고지 위 푸른 새 잎들마냥 팔랑팔랑 씌어졌다 엷게 번져가는 선생님의 녹색 글씨가 나는 좋았다. 마치 흰 꽃이 지고 막 눈을 뜨는 진해의 7만 벚꽃 나무들 연초록 건강한 잎맥에서 엽록소란 엽록소는 남김없이 뽑아낸 듯 선생님의 녹색 글씨에 나는 온몸이 푸르게 물들어버렸다. 꽃 지는 그해 4월 아버지를 잃은 내 슬픔의 모세혈관 하나하나 광합성을 일으켜 폭죽으로 터져나가고 언제나 슬픈 내 유년의 꿈속에서까지 따뜻한 녹색 바닷물이 밀려들어왔다.

아직도 선생님의 목책상 위에는 녹색 잉크가 놓여 있을까. 소리들이 증발해버린 빈 교실에 앉아 나는 조숙했던 슬픔의 시를 지웠다 다시 쓰고 선생님은 녹색 글씨로 어린 내 시를 다듬어주셨다. 애야 슬픔은 언 강물 같은 것, 따스한 봄햇살 한 줌에도 장강이 풀리어 큰 바다로 흘러가듯 누구나 그렇게 잊혀진단다. 선생님은 녹색 글씨로 상처받은 열두 살 내 영혼을 어루만져주셨다. 세월도 슬픔도 강물처럼 흘러가고 그때 무엇이 나를 눈물 많게 했든가. 이제는 그날의 슬픔의 이유는 말갛게 지워져버렸지만 선생님의 녹색 잉크는 내 오랜 그리움보다 더욱 짙어 지워지지 않는다.

그의 시 쓰기가 탄생했던 순간이 날것 그대로 드러나 있다. 흰 슬픔을 팔랑팔랑거리며 푸르게 번져가는 생동하는 기운으로 바꾸어준 것은 그것이었다. 그것은 우선은, 선생님의 '녹색 잉크'로부터 왔다. 그러나 그것은 겉으로 드러난 표지일 뿐이었다. 실제의 힘은 그의 시 쓰기 그 자체로부터 왔다. 희한하게도 시 쓰기는 아버지의 신비를 되풀이하는 것이었다. 보라, 그는 "친구들이 다 돌아간 빈 교실 노을이 유리창을 붉게 적셔 어두워질 때까지 16절지 갱지 위에 연필로 썼다 지웠다 서투르게 시를 썼다. 가끔 눈을 돌리면 운동장 가에 서 있는 키 큰 미루나무들의 그림자가 한뼘 한뼘 길어졌다 달아났다." 시 쓰기는 썼다 지우는 운동을 되풀이했다. 그러면 미루나무의 그림자가 길어졌다 달아났다. 그 미루나무의 그림자가 죽은 아버지의 치환임은 금세 짐작할 수 있는 일이다. 미루나무의 키 큼, 그리고 그림자. 내가 시를 쓰면 그가 길어졌다 사라졌다. 그것은 저 옛날 아버지가 잠시 왔다가 나를 포근하게 해주고 다시 사라지는 것과 동일한 형태를 이루고 있다. 나의 시 쓰기 운동은 그러니까 죽은 아비를 불러내는 운동이었다. 그것은 죽은 아버지의 생전의 모습을 되풀이하는 것이었다.

그리고 선생님의 녹색 잉크는 그 운동에 상록의 색깔을 주었다. 나는 "소리들이 증발해버린 빈 교실에 앉아 〔……〕 조숙했던 슬픔의 시를 지웠다 다시" 썼고 그때마다 그만큼 내 시는 봄 햇살의 언 강물처럼 풀리고 온통 "푸르게 물들어버렸다." 시 쓰기와 더불어 그는 소리의 세계로부터 잉크의 세계로 건너갈 수 있었다. 소리의 원형은 물론 할머니의 타이르는 소리이자, "애비 없는 자식"이라는 사람들의 말이다. 소리는 금기에 대한 두려움과 부끄러움, 그리고 아버지를 잃은 슬픔으로 그를 휘감는다. 그 무거운 슬픔을 영원한 싱그러움으로 잉크는 바꾸어주었다.

때문에 그의 시 쓰기는 그 자체로 삶의 극복이었다. 그의 시인됨은 사람됨이었던 것이다. 그가 시의 옛 덕목을 결곡하게 지켜온 내력이 거기에 있었다. 그것은 궁극적으로 정일근에게 세상의 모든 존재와 물상들을 거대한 친화성으로 파악하게 해주는 힘이 되었다. 그 친화성은, 그러나 맹목적인 하나됨, 추상적인 통일이 아니다. 그것은, 이런 말이 가능하다면, '멀고 먼 친화성'이라고 할 수 있다. 왜냐하면 그의 시의 원천은 슬픈 즐거움, 쓸쓸한 활달함이라는 활동하는 원천이기 때문이다. 그 활동하는 원천은 친화의 세계를 도래한 것으로서가 아니라 이뤄야 할 것으로 제시한다. 그의 시 자신도 언제나 새롭게 움직일 도리밖에 없는 것이다. 그 언제나 새로운 움직임의 결과로서 그것은 모든 익숙한 삶의 몸짓들을 최초의 신비로 재탄생시키는 힘을 가지고 있다. 그의 시는 "이 세상 가장 깨끗한 슬픔에 등불 켜고 싶은 봄밤"(「깨끗한 슬픔」)에서처럼 세상의 슬픔을 가장 깨끗한 슬픔으로, 게다가 등불에 맑게 비추어진 깨끗한 슬픔으로 다시 태어나게 해준다.

그 시 쓰기의 또 다른 효과: 그의 정황과의 친화감은 뛰어난 정황 묘사로 이행한다. 지금 당장 아무 시나 들추어보라. 그곳에는 존재들의 가장 섬세한 움직임들까지 생생하게 묘사되어 있다. 그 생동하는 묘사를 완성하면서 높이 울려 퍼지게 하는 것은 의성어의 절묘한 활용이다. 저 옛날 주네트Genette가 보았듯이, 의성어는 시니피앙과 시니피에가 최단 거리로 근접한 언어들이다. 그것은 의미하는 것과 의미되는 것의 통일을 가장 근사하게 보여준다. 정일근의 시에서 그것은 시의 활동하는 원천이 운동하는 모양새를 그대로 전달한다. 앞에서 읽었던 「녹색 잉크」에서의 "팔랑팔랑 씌어졌다 엷게 번져가는"의 '팔랑팔랑'이나 혹은

> 내 빈 주머니 속에는
> 영혼 팔아 지은 말들의 집
> 시집 두어 권뿐
> 오늘은 녹슨 별인 양 스스로 빛을 잃고
> 쩔렁쩔렁 슬픔으로 산화한다
>
> ─「1989-1993」부분

의 '쩔렁쩔렁'을 나직한 음성으로 소리 내어 읽어보라. 원고지 위에 이리저리 그어진 선들이 돌연 살아나 새잎들처럼 날아오르는 것이 보이지 않는가? 녹슨 별이 푸르른 녹색으로 살아나 빛을 발하는 광경이 눈에 선하지 않은가? 그의 의성어는 그가 묘사하는 정황의 완성일 뿐 아니라, 그것을 현실의 울타리 너머로 뛰어넘게 해주는 힘을 갖는다.

마지막으로, 세번째 효과: 그럼에도 불구하고 그의 정황 묘사는 분위기로 현실을 대체하는 기능을 갖지 않는다. 다시 말해 현실을 탈현실화시키지 않는다. 그의 정황 묘사는 분위기의 산포에 기여하기보다는 차라리 분위기를 여물지게 하는 데 기여한다.

오늘 첫 등불 켜고
지나가면 또다시 그리울 궁색한 삶에
쓸쓸한 마음 묻는다

　　　　　　　　　　　　　　　　　　—「쓸쓸한 입택」 부분

　　젊은 농부여 오늘은 무엇이 그대를 쓸쓸하게 하는가 오늘도 하루
분의 농업을 마감하고 서세루에 오르면 서른다섯 해 끓는 물 같은
세월도 한 장 바람에 씻기고 무덤에서 무덤으로 이어지던 남루한 누
대의 길들도 마을로 내려와 빛바랜 슬픔을 풀어 놓는다 바라보아라
젊은 농부여, 아직도 일몰의 장엄한 이 땅은 그대 마음의 감옥인가
쓰다 만 서정시편인가

　　　　　　　　　　　　　　　　　　—「서세루에 올라」 부분

　　사라지는 수평선 위로 반짝이며 오가는
　　수송선들의 간데라 불빛
　　중앙동에도 그리운 술집 불빛 새어나오겠다

　　　　　　　　　　　　　　　　　　—「저녁 아무르」 부분

　　밤이 깊어 민물새우도 잠들고
　　가난의 팔베개를 베고 누워 잠자는
　　삶에 허리 굽은 시인의 반 치 새우잠
　　투명한 슬픔의 내장을 눈물 많은 아내가 볼까
　　어린 딸아이 오줌잠 깨어 들여다볼까

시인은 감추어야 할 슬픔이 많아 슬픕니다

—「투명한 슬픔」부분

  인용된 시들은 시인이 생활 밖으로 결코 나간 적이 없음을 보여
준다. 그 쓸쓸하고 피폐한 생활을 그가 가장 맑게 묘사할 때조차
그는 그 쓸쓸함과 슬픔으로 되돌아온다. "허리 굽은 눈물 몇 방울/
시인의 맑은 두 눈에 매달려 있"는 것이다. 그것은 그가 정황을 현
실 밖으로 초월시킬 때 그것을 현실 밖의 정황으로 교체하는 것이
아니라, 그 정황 그 자체를 현실을 뛰어넘는 힘으로 만들고 있다는
것을 보여준다. 정황을 푸르게 채우는 것은 정황에서 벗어나는 것
이 아니라 정황 그 자체를 운동하게 하는 것이다.
  그의 시는 그렇게 영원히 이 세상 속에서 생동할 것이다. 이제
곧 마흔 줄에 접어들 시인은 그가 시를 쓰는 한은 영원히 젊을 것
이다. 그는 언제나 최초의 젊음의 힘으로 고통하고 있기 때문이다.
그 쉽지 않은 생동하는 고통에 대한 선언이자 묘사인 가장 아름다
운 시구 하나를 인용하는 것으로 이 서툰 해설을 마감하기로 한다.

  가을은 깊은 산 속으로 달아나며 불을 지르고
  너무 쉽게 노래하지 말아라 인후여
  가을 인후여
  노래하지 않아도 내 마음의 화엄은 저리 불타고 있으니
  오래지 않아 잎 지고 차가운 서리 내리려니

—「가을 華嚴」부분

〔1994〕

제4부

그리움의 자리

─ 이성복 형에 대한 기억

첫 만남

1977년인지, 1976년이었는지, 후배가 선배에게로 접근했는지 선배가 후배에게 먼저 왔었는지 확실치 않다. 후배에게 남은 기억은 선배가 해군에서 막 제대하고 복학했었다는 것이다. 술집은 아니었고 학교에서였던 것 같다. 과 사무실에서였는지, 아니면 강의실이었는지도 아스라하다. 후배의 기억에 따르면, 그는 그와 함께 걸었다. 학교를 빠져나오던 길이었는지, 그냥 산보를 했던 것인지도 모르겠다. 아니면 무슨 벤치에 앉았던 것일까? 무슨 말을 주고받았는가도 아물가물하다. 이 붉고 희뿌윰한 기억의 안개 속에서, 그러나 선명한 윤곽을 그리며 떠오르는 것이 있다. 코가 너무나 날카로워서 후배가 자칫 베일까 봐 무척 조심하는 사이 선배는 무덤덤하게 말했다. 나뭇가지에 썩은 시체가 걸려 있는 게 보였어. 언제 어디서 그것을 보았다고 했는지는 잊어버렸지만, 아주 짧은 순간, 그 말은 후배의 가슴을 휘익 뚫고 지나갔다. 그 틈으로 선배가 후배의 몸 깊숙이 들어와 결코 나가지 않으리라는 것을 후배는 그때 정말 몰랐다. 그즈음의 후배는 문학이 사회변혁의 도구가 되어야 한다는 주장에 매료된 문학청년이었고, 그 얼치기 문학청년이 보기에 선배는 헛것을 마구 보는 괴이한 '시인'임에 틀림없었다.

그러곤 선배가 괴상한 말을 후배에게 또다시 한 적은 없는 것 같다. 선배는 언제나 말이 없었고 학업에만 충실한 듯 보였다. 그것은 후배의 첫인상을 배반하고도 남았다. 이제 선배는 괴이한 시인이 아니라 모범생처럼 비쳤다. 들리는 소문에 따르면 그는 고등학교 시절엔 웅변반이었다. 후배가 대학에 들어가려고 땀을 뻘뻘 흘리고 있을 때 대학 신입생인 선배는 한국의 민주화를 위해 사자후를 토했었다고 했다. 후배는 도저히 그 모습이 상상되지 않았다. 그 사람이 저 사람이 아닌 것 같았고 저 사람은 더더욱 그 사람이 아닌 것 같았다.

후배가 깜짝 놀라게 된 것은 그의 시를 처음 읽었을 때이다. 나뭇가지에 걸린 시체가 거기에 정말로 있었다. 괴상한 이미지들이 숨 가쁘게 변주되고 있었고, 그것을 통해 암울한 시대를 사는 고통의 기운이 종이를 찢고 강하게 뿜어져 나오고 있었다. 그 뒤틀리고 뜨거운 이미지들에 후배는 압도당했다. 그때 시를 처음 알았노라고 말한다면 과장이 되겠지만, 선배의 시는 후배의 시에 대한 고정관념을 완전히 뒤엎어버렸다.

실은 후배는 처음에 선배의 시를 잘 이해하지 못했다. 후배는 전망을 제시하는 시, 읽기 쉬운 시들이 재미는 없었지만, 그래도 그게 바른 길이라고 생각하고 있었다. 그때 그가 탐독하던 책들은 그렇게 역설하고 있었고 후배는 그 책들의 하수인이었다. 그에 비추어보면 선배의 시는 너무 퇴폐적이었다. 아마도 김현 선생님이 언제나 보이지 않는 다리가 되어주었으리라. 김현 선생님은 실체보다는 관계의 중요성을, 그리고 모든 관계는 단선적이지 않고 복잡하게 엉켜 있다는 것을 제자인 후배에게 가르쳐주셨다. 선생님은 역시 제자인 선배에게도 미련한 후배를 잘 보살펴주라고 당부하셨을 것이다. 선배는 후배의 큰 목소리에 언제나 귀 기울여주곤 했는데 그렇다고 반대 의견을 제시하거나 해서 논쟁으로 확대시키거나 하지는 않았다. 꼭 그렇게는 아니더라도 둘은 같은 스승을 둔 행운을 누렸다.

두 사람 사이에 실질적인 교량이 되어준 사람은 또 한 사람의 선배, 그러니까 후배에게는 선배가 되었지만 선배에게는 후배가 되는 소설가였다. 세 사람은 대학원을 함께 다녔다. 소설가와 시인은 조교 일을 보고 있었다. 소설가는 조교라는 직함을 십분 남용하여 대학원생들을 '한잔집'으로, '일미집'으로, 밤이면 빠져 죽은 귀신이 나온다는 소문이 돌고 돌아가신 김붕구 선생님이 물 뜨러 다니셨던 학교 산 댐 뒤로 몰고 다니며 술판을 벌였다. 소설가와 시인은 비쩍 마른 몸의 관절을 기이하게 놀리며 오늘날 로봇 춤의 원조가 될 만한 춤을 추었고, 총각 후배는 '마누라……' 어쩌고 하는 노래를 불렀다. 그 놀이판에는 나중에 시인의 아내가 될 정숙하고 얌전한 여학생도 끼어서 박수를 쳐주곤 했다.

대학원 시절을 세 사람은 그렇게 잘 놀았다. 소설가가 거의 사명을 걸고 벌인 그 나눔의 장을 통해 딱딱하게 굳은 후배의 생각은 서서히 풀렸고, 내성적이고 칩거형인 시인은 조심스럽게 그의 본래의 따뜻한 마음을 타인들에게 열어 보여주었다. 후배는 소설가의 소설과 시인의 시들을 되풀이해 읽었다. 후배는 소설가 선배가 그 당시 자주 사용하던 데카당스라는 말의 의미를 다시 생각하게 되었다. 그리고 모든 데카당스에는 현실과의 지독한 싸움이 있다는 것을 알게 되었다. 그렇다고 논쟁이 없었던 것은 아니었다. 놀이판은 언제나 시끄러운 싸움판이었다. 후배는 여전히 자신의 처음의 생각을 철회할 마음이 없었고, 두 선배도 그랬을 것이다. 그러나 두 선배는, 각기 다른 방식으로 그러나 똑같이 후배의 손을 들어주었다. 이를테면 소설가 쪽은 "네 말이 옳다. 그런데 이런 경우는 어떠냐"였고, 시인 쪽은 부인도 수긍도 안 하고 이야기를 귀담아들었다. 언제나 지는 사람 앞에서는 아무리 뛰어난 싸움꾼도 질 수밖에 없는 것이다. 후배는 마침내 손을 들었다. 그는 선배들의 그 수동적이고 수용적인 몸가짐 안에 숨어 있는 열정과 고뇌와 그리고 인내가 얼마나 큰지를 느꼈다. 후배는 항복하고 싶었다. 그 생각이 들었을 때 그러나 그는 군대에 가야 했다. 두 선배가 이미 다녀온 그곳을 이제는 그가 거쳐와야 했다.

우리 세대의 문학

세 사람의 만남에 새로운 전기가 된 사건은 후배가 아직 군대에 있을 때 일어났다. 소설가는 훈련을 막 마친 후배에게 한번 다녀가라는 편지를 보냈다. 갔더니, 시인과 소설가 그리고 후배 셋이서 문학 부정기 간행물을 내자는 것이었다. 후배는 거절할 이유가 없었다. 그 사람들과 함께라면 우주 탐험이라도 나설 생각이 있었다. 그렇게 해서 『우리 세대의 문학』(1982)이 탄생했다. 이성복·이인성·정과리 편이었고, 첫 호의 제목은 「새로운 만남을 위하여」

였다.

『우리 세대의 문학』은 제4호에서 『우리 시대의 문학』으로 제호가 변경될 때까지 세 사람의 이름으로 편집되었다. 실질적인 일은 이인성이 거의 도맡아 했는데, 정과리는 군대에 있어서 몸을 움직이기가 불편했고 이성복도 대구에 직장을 찾아 내려갔기 때문에 실무를 담당할 수가 없었다(과로로 인해 이인성은 허파에 바람이 새는 기흉이라는 흉측한 병을 앓기도 했다). 어찌 됐든 그 무크지는 세 사람에게는 자발적으로 묶인 정신적 공동체의 역할을 했다. 이성복은 첫 호에 "슬픔은 가슴보다 크고/흘러가는 것은 연필심보다 가는 납빛 十字架"로 시작하는 장시 「분지 일기」를 발표했다. 그 장시는 이듬해 발표된 장시 「약속의 땅」과 함께, 나중에 섬세하게 분해·재조립되어 시집 『남해 금산』을 낳는다. 아무튼 「분지 일기」의 첫 행은 그 당시 시인의 마음을 완벽히 압축하고 있었고, 정과리는 그것에서 이성복의 시적 새로움이 또렷함을 느꼈다.

한국문학을 오래 읽은 독자라면 이 시행이 이전의 시들과는 전혀 다른 차원에 놓여 있다는 것을 알 수 있을 것이다. 그의 시는 한국시의 오래된 참조 틀인 '자연'을, 아니 자연의 자연성을 훌쩍 건너뛰고 있었다. 도대체 연필심에서 비유를 끌어온 시인이 누가 있었던가? 그렇다고 해서 그가 자연을 묘사하지 않는 것은 아니었다. 그의 시에도 꽃과 바다와 나무와 여름이 등장했다. 그럼에도 불구하고 그가 제시하는 자연은 자연스러운 자연, 한결같고 징표하고 증거하는 자연, 그래서 언제나 우리가 우리의 마음을 찍어내는 다식판으로 '써먹는' 그런 자연, 사람화된 자연이 아니었다. 물론 「분지 일기」의 첫 시행도 시인의 마음과 무관한 것은 아니었다.

그런 시는 존재할 수조차 없을 것이다. 그 행은 "이 세상 끝까지 뻗쳐 있는 슬픔"을 시인의 납빛 십자가인 펜으로 도저히 달랠 수 없음을 안 시인의 슬픔을 전달하고 있다. 그러나 그것은 거기서 멈추지 않는다. 그가 참조하는 배경은 단순히 비유물이 아니라 스스로 살고 그래서 더 세분화되고 변형되는 것들이었다. 「분지 일기」의 첫 시행의 새로움은 낯선 이미지를 끌어왔기 때문이 아니라 넘쳐나는 물과 차가운 쇠의 어긋난 스침에서 오는 것이었다. 그것은 물과 불, 넘침과 모자람, 뜨거움과 차가움이라는 상식적 대립을 배반하고 있었다. 연관을 찾기 어려운 이질적인 것들이 대비를 이루고 있었다. 그러나 그 이질적인 것들이 스스로 변화하면서 그것들은 선명한 상관적 이미지들로 재탄생하고 있었다. 넘쳐나는 것은 끓기 때문에 넘쳐나는 것이었다. 넘쳐나는 물은 그러니까 불을 머금은 물이었고, 그래서 십자가의 납빛과 선명하게 대비되었다. 그러나 흐르는 것은 그 넘쳐난 물이 아니라 납빛 십자가였다. 그러니, 넘쳐난 물이 곧 납빛 십자가가 아니겠는가? 그러나 그런 일은 있을 수 없는 것이다. 그것은 어디서 생겨났는가? 물론 물이 넘쳐나는 데서 생겨났다고 할 밖에 없다. 시인은 '흘러가는 것은'이라고 명시를 하고 있는 것이다. 실제로 납빛 십자가는 흘러가고 있었다. 연필심의 흑연은 곧 그 가늘음의 형태와 그것이 긋는 가는 선의 푸른빛을 통해 검은색에서 납빛으로 이동했고, 그렇게 이동함으로써 언제나 화살표의 성질을 함유한 십자가에서 방향성을 소멸시켰다. 소멸시키니까, 십자가는 표류하기 시작했다. 넘쳐난 슬픔은 흘러가지 않고 정지했으며, 또렷이 서야 할 십자가는 흘렀다. 정지한 것이 흘러가는 것을 낳았고, 그러니까, 정지한 것은 흘러가는 것이었고, 흘러가는 것은 정지를 찾아 헤맨다. 그렇게 그 시행은 단순한 대비를 제시하는 것이 아니라 두 행 사이에 일어난 잉태와 작용의 내력을 담고 있는 것이었다. 그렇게 해서 이성복의 시는 재래의 한국 시학을 건너뛰었을 뿐만 아니라, 비유에, 다시 말해 시와 현실 사이에 특이한 생기를 불어넣었다. 그는 언젠가 "우리가 아픔만을 강조하게 되면, 그 아픔을 가져오게 한 것들을 은폐하거나 신비화하게 될지도 모른다"고 말했다. 시가 현실의 아픔을 번역해서는 안 된다는 것을 시인은 알았다. 번역하기만 하면 그것은 죽음의 상태로 머물 것이기 때문이다. 시인은 "아픔은 죽음의 삶"임을 알았다. 죽은 것은 살아 있는 것이 되어야 했다. 그러려면 시가 현실을 번역할 것이 아니라 현실과 함께 움직여야 할 것이었다. 정과리는 이성복 시의 복잡한 운동 체계를 느꼈다. 그는 그것을 비평의 언어로 번역하고 싶었지만, 그래서는 안 될 것임을 또한 알았다. 그의 시는 복잡했고, 그 복잡성은 번역이 아니라는 데서 나왔다.

내 마음속에 파도치는 바다

성복 형은 내게 항상 그립고 신비한 사람이었고 지금도 여전히 그렇다. 형은 비밀 주머니들을 잔뜩 숨기고 있는 마술사처럼 내게 느껴졌다. 그의 시에 감전된 이후로 나는 형의 시를 누구보다도 열심히 읽었다. 그러나 내가 본격적인 이성복론을 쓰게 된 것은 1989년 여름(「이별의 가와 속」,『문학과사회』)에 가서였다. 첫 만남부터 따지자면 거의 15년 후였고,『우리 세대의 문학』때부터 헤아려도 7년이나 지난 뒤였다. 그만큼 그의 시 세계가 어려웠기 때문이다. 형의 시를 사회학적으로 번역해낼라치면 그 특이한 미학을 놓쳐버렸고, 그의 시를 이미지들의 변주로 도식화해놓고 나면, 그 이미지들이 꿈틀대며 발산하는 뜨거운 현실성을 죽여버리는 꼴이 되었다.

더욱이 전혀 예기치 않게 성복 형은 그의 시를 바꾸어나갔다. 『뒹구는 돌은 언제 잠 깨는가』에서 뒤틀린 분열적 이미지들의 숨 가쁜 전개로 보여주어 독자들을 충격했던 그는, 『남해 금산』에 와서 초기의 시적 차원을 '치욕'으로 압축하고, 그 배면으로부터 부조되는 인고의 어머니를 탄생시켰다. 한국적 여성주의의 한 절정을 보여준 그 '어머니'에게 독자들이 다투어 시집의 "문을 열고 들어가" 만나고 있을 때 시인은 홀연 그 어머니를 가슴에 사무치기 때문에 오히려 멀어져야만 하는 '당신'으로 바꾼 세칭 '연애시'들을 발표했다(『그 여름의 끝』, 문학과지성사, 1990). 그리고 그 '당신'은 『호랑가시나무의 기억』(문학과지성사, 1993)에 와서, 더 이상 멀어지지 않고, 높은 나무, 흰 꽃, 햇빛, 여름날의 기차, 검은 철사로 엮은 꽃 같은 죽은 말의 속눈썹, 미혹의 질 속으로 미끄러져 들어가는 차…… 인간 아닌 사물·생물들로 변형되어 시인의 눈동자를 투과했다. 성복 형은 자신의 시를 끊임없이 극복하고 갱신해 온 것이었다. 첫 시집의 비밀도 다 알지 못했는데 그의 시는 성큼 다른 우주들을 횡단하고 있었다. 그런 의미에서 성복 형은 언제나 독자들을 앞질러 갔으며, 둔한 독자 중의 하나인 나는 늘 그의 시의 심원성의 언저리만을 맴돌았다. 나는 그를 항상 그리워할 수밖에 없는 숙명에 처해진 것이었다. 「이별의 가와 속」은 그 그리움이 임계 상태에 도달했을 때 씌어진 것이었다. 돌아가신 스승은 그 글을 두고 "지나치게 해석"했다고 말씀하셨더랬는데, 내 그리움이 지나쳤기 때문에 그랬을 것이다. 그 글이 발표된 직후 성복 형은 전화를 걸어 "완벽한 소설"을 읽었노라고, 그러나 전혀 비아냥거리는 투가 없이 아주 다정한 목소리로 말해주었다. 창조란 이루지 못할 꿈으로부터 태어나는 법이니, 나의 '소설'은 그의 시의 심원에 결코 이르지 못하는 둔탁한 감수성에 근원을 두고 있었을 것이다.

그의 시뿐만 아니라 형의 생활도 내게는 언제나 탄성을 자아내게 했다.『우리 세대의 문학』의 편집을 평론가들에게 떠넘긴 이후로 성복 형은 대구에 거의 칩거하다시피 했다. 내가 책 편집과 술로 정신없이 세월을 보내는 동안 형은 놀랍게도 그곳에서 한문을 배우고 있었다. 그는『사서삼경』을 읽어냈고 그 공부의 결실로 네르발의 시 세계를 주역으로 풀이한 박사 논문(「네르발 시의 역학적 이해」, 1990)을 제출했다. 섬세한 시인은 또한 훌륭한 불문학자였고, 그럴 뿐만 아니라 동양 사상의 핵심에 육박하는 탐구자였다. 동·서양을 하나로 아우르려는 그의 학문적 열정은 최근 스트라스부르 대학교에서 발간하는『문학 연구*Travaux de Littérature*』(1993)에「역경에 비추어 본 보들레르적 여정」을 발표한 지금까지도 계속되고 있다. 요즈음의 형은 새롭게 정신분석 책들을 몇몇 동료와 함께 읽고 있다고 한다.

어쩌다 상경하여 술자리를 벌이면 형은 어김없이 옛 선인들의 지혜를 내게 가르쳐주었고, 그것은 잡지 일로 사람 관계에 시달리는 내게 새겨들을 교훈이 되었다. 그렇게 가르쳐주고는 형은 마치 서부극의 주인공처럼 '표표히' 대구로 떠나가곤 했다. 나는 형으로부터 배운 지혜를 실천에 옮기는 것을 늘 망각하곤 했다. 아마도 내

급한 성정 때문이리라. 그래서 나는 더욱더 그의 지혜를 듣고 싶어 했던 것인지도 모르겠는데, 그러나 그렇다고 해서 내가 형을 찾아 '대구'로 내려가지는 않았다. 쉴 새 없이 일이 밀려 있다는 것도 그 하나의 원인이었다. 어쩌면, 형이 자기 시에서 가르쳐준 대로 형을 그리워할 자리를 내 마음속에 오래 남겨두고 싶어 하기 때문일지 도 모른다.

아직 서해엔 가보지 않았습니다
어쩌면 당신이 거기 계실지 모르겠기에

그곳 바다인들 여느 바다와 다를까요
검은 개펄에 작은 게들이 구멍 속을 들락거리고
언제나 바다는 멀리서 진펄에 몸을 뒤척이겠지요

당신이 계실 자리를 위해
가보지 않은 곳을 남겨두어야 할까 봅니다
내 다 가보면 당신 계실 곳이 남지 않을 것이기에

내 가보지 않은 한쪽 바다는
늘 마음 속에서나 파도치고 있습니다
—「서해」 전문[1]

---

1) 이성복, 『그 여름의 끝』, 문학과지성사, 1990.

이 글을 쓰려고 사진첩을 뒤적이다가 우연히 인성 형의 집에서 세 가족이 한데 모였던 날의 사진 한 장이 눈에 띄었다. 성복 형의 아이와 우리 아이가 장난감을 서로 빼앗기지 않으려고 잡아당기면서 울음을 터뜨리는 장면이었다. 효원이와 다비가 그때 돌도 되기 전이었는데, 벌써 초등학교 졸업반이 되었다. 그렇게 세상은 흘러갔구나. 내가 산 세월은 피로와 우울이 산적된 나날들이었다. 형이 산 세월은 어떠했을까? 내 마음의 풍경 속에서 그의 세월은 언제나 나의 대척지에 위치하고 있었다. 형도 그렇게 느끼고 있을까? 형도 나에게서 대척지의 새벽을 보고 있을까?

〔1994〕

최후의 서문, 최선의 후기

1985년 첫 평론집 『문학, 존재의 변증법』을 냈을 때다. 철학도
인 황지우 형이 물었다. "존재는 무인데, 어떻게 변증법이 가능한
가?" 그런데 나는 거기에 내가 갈 길이 기다리고 있다고 생각하고
있었다. 존재를 무의미의 수열체라고 말한 건, 황지우나 내가 열심
히 밑줄 그으며 읽었던 서양 지식인들이었다. 그러나 그들도 그렇
게 말하면서 그 한계를 돌파하려고 갖은 애를 써왔다는 게 오늘의
내 짐작이다. 그게 바로 20세기 후반기 이후 지금까지의 서양 철학
사의 동체라고.

여하튼 당시 나는 속내의 확신만 품고 있었을 뿐 그걸 설명할 어
떤 논리도 개념도 가지고 있질 못했다. 따라서 나는 실제로 그 길
을 찾아가지 못했다. '전위avant-garde' '초현실주의', 혹은 김수영
이 "나는 너무나 많은 첨단의 노래만을 불러왔다/나는 정지의 미
에 너무나 등한하였다"라고 말했을 때의 '첨단' 등 내게 이정표의
역할을 했던 것들은 존재와 의식의 분열을 심화시켜왔을 뿐이다.

그러나 또한 나는 이 분열을 관통하지 않으면 '존재의 변증법'은 불가능하다는 것을 신념처럼 끌고 왔다. 왜냐하면 그 숱한 '대중주의'의 언설들, 존재가 명백한 '유'라고 강짜를 놓는 그 주장들 밑바닥에 도사리고 있는 지배의 욕망을 보아버렸고 그것 외에 어떤 것도 볼 수 없었기 때문이다. 문제는 '누가 주체인가'가 아니라 '그들이(그러니까 우리가) 어떻게 살아야 주체일 수 있는가'였고, 바로 그렇기 때문에 '어떻게 주체해야 비-주체를 떼어내지 않는 방식으로 주체될 수 있는가'였다. 아래로 갈 게 아니라 앞으로 가야 했다. 앞의 앞으로 가야만 했다. 그 앞은 말 그대로 암흑이었다. 그 미로 속에서 무려 30년을 헤맨 지금 이제 나는 내가 찾던 길의 초입에 근접했다는 기분에 따뜻이 젖어 있다. 그것도 바로 내게 그 질문을 던졌던 사람이 1980년대가 닫혀가던 시점에 냈던 시집 『나는 너다』를 물관으로 삼아서였으니, 유쾌한 아이러니라 할 것이다. 나는 그 시집을 통독하면서 세월의 퍼즐을 맞출 수 있었다. 첨단은 저변의 결과로서만 유의미하다는 걸 깨달을 수 있었다. 앞으로 가되, 삶의 덩어리를 통째로 끌고 천천히 앞으로 가야 할 일이었다. 이제 거미줄을 짚어갈 기운을 차렸으니 존재의 "소리 없는 아우성"을 전정기관 근처로 모아야 하리라.

이 설레는 기분으로 춤추는 오선지를 찢으며 마음속의 악마가 둔탁한 도끼를 휘두른다. "자넨 이제 쉴 나이가 아닌가? 세월은 자네의 감각을 저만치 지나쳐버렸네." 그러나 얼마 전에 타계한 인류의 위대한 선각자가 세상을 바꾸기 위해 출옥했을 때의 나이가 71세였다. 사르트르의 『닫힌 방Huis clos』에 삽입된 노래 「흰 망토의 거리Rue des Blancs-Manteaux」를 1950년에 부른 쥘리에트 그

레코Juliette Gréco는 2013년 말에도 자크 브렐을 위한 앨범을 내고 공연을 했다. 모든 위인의 의무는 나 같은 범인을 각성시켜야 한다는 것! 마음 끈을 조이자.